DIE ABTEI DER HUNDERT VERBRECHEN

Dieses Buch ist ein Roman. Die Handlung ist frei erfunden, wenngleich im historischen Umfeld eingebettet. Einige Personen, Ereignisse und Orte sind historisch, andere nicht. Darüber hinaus sind Ähnlichkeiten mit lebenden oder toten Personen rein zufällig.
Im Anhang befindet sich ein Glossar.

MARCELLO SIMONI

DIE ABTEI DER HUNDERT VERBRECHEN

MITTELALTER-THRILLER

Aus dem Italienischen
von Barbara Neeb und Katharina Schmidt

emons:

Bibliografische Information der Deutschen Nationalbibliothek
Die Deutsche Nationalbibliothek verzeichnet diese Publikation in der Deutschen Nationalbibliografie; detaillierte bibliografische Daten sind im Internet über http://dnb.d-nb.de abrufbar.

Die Originalausgabe erschien 2015 unter dem Titel »L'abbazia dei cento delitti« bei Newton Compton editori, Rom.

MIX
Papier aus verantwortungsvollen Quellen
FSC® C019821

Umschlagmotiv: Montage aus Valentino Sani/Arcangel Images; robodread/Depositphotos.com; shutterstock.com/Davydenko Yuliia
Umschlaggestaltung: Nina Schäfer
Gestaltung Innenteil: César Satz & Grafik GmbH, Köln
Druck und Bindung: Druckerei C.H. Beck, Nördlingen
Printed in Germany 2017
ISBN 978-3-7408-0212-7
Mittelalter-Thriller

Tag der Rache, Tag der Sünden,
Wird das Weltall sich entzünden.
»Dies irae« (nach Rüdiger Bartelmus)

PROLOG

Ferrara
13. März 1347

Der Mann, dem man die Beine mit Ketten gefesselt hatte, wurde von zwei Schergen am Strick durch die Porta San Paolo in die Stadt geführt. Entkräftet, die Kleider in Fetzen, schlang er die Arme eng um die Brust, um sich gegen die Kälte des späten Winters zu schützen. Er wirkte schmächtig und schien nicht an harte Arbeit gewöhnt zu sein, aber das Funkeln seiner Augen ließ auf einen fanatischen Geist schließen. Ein einziges Mal nur zeigte er einen Moment der Schwäche, als er den Blick zum Himmel hob und unter einem Heer dunkler Wolken einen Turm über sich aufragen sah. »*Miserere mei!*«, rief er und fiel auf die Knie. An den Zinnen jenes Turms hängte man gewöhnlich die Gotteslästerer und Betrüger auf, um sie dann in die Fluten des *Padus* zu werfen.

Ein kräftiger Ruck am Strick setzte seinem Verzweiflungsausbruch ein Ende und zwang ihn, auf der Via Grande weiterzugehen. Kein leichtes Unterfangen. Der Regen der vergangenen Nacht hatte die Straßen in einen Sumpf aus Kot und Schlamm verwandelt, darüber hing der aus den *Scursurii* ausströmende Gestank, der von diesen äußeren Abwassergräben hineingetragen wurde. Doch ein noch weit ekelhafterer Geruch ging von den Kadavern aus, die auf Piken entlang der Straße aufgespießt waren, Überreste von Angehörigen ghibellinischer Familien, die die Schergen der Päpste von Avignon aufgespürt hatten.

Das Volk wartete am Ende der Straße an der Piazza auf ihn. Eine Masse aschgrauer, eng aneinandergedrängter Gestalten, deren *Garnachen*, Umhänge und Mäntel allesamt zerlumpt waren. Dem Mann in Ketten kam es so vor, als würde er auf eine Horde Ratten treffen, die in ihrem Hunger und ihrer Unwissenheit nicht einmal Gott erkennen würden, falls niemand sie auf ihn hinweisen würde.

Diese Gesichter machten ihm Angst. Wütende Verachtung stand darin, wilde Grausamkeit, als wären alle von seiner Schuld überzeugt.

Der Mann bewegte sich unter ihrem Raunen und höhnischen Gelächter gesenkten Kopfes vorwärts, während ihn einige Knaben mit Steinen bewarfen. Er hätte nie gedacht, dass er jemals einer solchen Schmach ausgesetzt sein würde. Doch er zwang sich, selbst die Beleidigungen dieser kleinen Missgeburten zu ertragen, um die Menge nicht gegen sich aufzubringen oder gar die Schergen, die ihn führten.

Unter dem Steinhagel schritt er voran bis zum Ort seines Martyriums.

Die Richtstätte ragte nicht weit von der Kathedrale San Giorgio aus dem Menschenmeer auf, ihr gegenüber sah man vier Männer auf erhöhten Stühlen sitzen. Ganz rechts Seine Eminenz Bischof Guido da Cappello, der mit seinen weißen Haaren und dem mächtigen Bauch einen deutlichen Gegensatz zu den drei Edelleuten neben ihm bildete. Sie wirkten kampfgestählt und trugen so prächtige Rüstungen, dass es beinahe an Übertriebenheit grenzte. Der Gefangene musterte sie einen nach dem anderen, voller Groll, dass die Söhne des verstorbenen Marchese Aldobrandino II. d'Este sich in der Gesellschaft eines vom Papst eingesetzten Prälaten so augenscheinlich wohlzufühlen schienen. Gerade erst waren sie einem Prozess wegen Ketzerei entronnen, und jetzt schon gaben sie sich schamlos als Verteidiger der Kirche aus.

Noch schändlicher erschien es ihm allerdings, wie gleichgültig sie sich einem ihrer Diener gegenüber zeigten, der hier am Pranger stand. So belohnten sie also seine Treue, diese drei Brüder, die noch gestern erklärte Feinde der französischen Papisten gewesen waren. Er biss sich auf die Zunge, bevor er dieses Unrecht noch laut herausschrie. Nach all dem Unglück, das er durchlitten hatte, wollte er sein Leben nicht wegen seines Stolzes wegwerfen. Nicht, bis er erfahren hatte, welches Schicksal ihn erwartete.

Als hätte er seine Gedanken erraten, sah der Bischof ihn hasserfüllt an. »Wir sind hier zusammengekommen«, rief er laut, »um einen Verbrecher zu bestrafen!« Während er abwartete, dass sich das Gemurmel der Menge wieder legte, zeigte er verächtlich auf den Gefangenen. »Einen *nequissimus monachus*, der den Titel Abt missbraucht hat, um das Kloster der *Insula Pomposiae* zu bestehlen.«

Der Bischof lauschte kurz, welche Wirkung seine Worte auf das gemeine Volk hatten, dabei schnellte seine Zunge vor, um die Lippen zu benetzen. Dann fuhr er mit noch größerem Pathos fort: »Doch bevor wir ihn seiner gerechten Strafe zuführen, müssen wir uns fragen, ob ein so schweres Verbrechen wirklich durch die Habgier eines einzigen Mönchs, eines schwarzen Schafes unter tausend, geschehen kann. Und ich antworte: Nein, meine Kinder. Es war unsere Schuld, unser aller Schuld! Denn wie in den Leviten geschrieben steht, warnt Gott davor, dass Er zur Bestrafung desjenigen, der Seine Gebote nicht befolgt, wilde Bestien unter die Menschen schicken wird, die Tod und Verheerung bringen. Und hier … hier seht ihr eine dieser schändlichen Bestien, die gekommen sind, um unsere Klöster zu bestehlen!«

Ein unruhiges Raunen ging durch die Menge. Aus Furcht, dass die Stimmung in Gewalt umschlagen könnte, stand einer der Herren d'Este auf, um das Volk zu beruhigen. Doch Bischof Guido, noch genauso hart und streng wie zu seiner Zeit als Dominikanermönch und Inquisitor, fuhr mit der donnernden Schmährede fort: »Wenn jemand den Wunsch nach Gnade hegt, so soll er wissen, dass niemand ihm Gehör schenken wird. Dies ist nicht der richtige Zeitpunkt, um den ungehorsamen Söhnen zu verzeihen. Das arme Ferrara hat schon zu viele Schicksalsschläge erlebt! Im Namen Gottes, wenn wir endlich unserem Unglück Einhalt gebieten wollen, müssen wir jetzt die trockenen Schösslinge tränken!«

»Tod dem Verräter!«, erhob sich eine wütende Stimme, zu der sich sogleich andere gesellten, bis der ganze Platz von einem ohrenbetäubenden Geschrei erfüllt war.

Der Mann in Ketten fürchtete schon, dass die wütende Menge die Reihen der Soldaten durchbrechen und sich auf ihn stürzen würde, um ihn in Stücke zu reißen, doch die allgemeine Erregung legte sich, als der Bischof die Hand hob. Er fasste Mut.

»Edle Herren und Euer Väterlichkeit«, wandte er sich zögernd an die vier Würdenträger, »ich bitte, dass ich mich vor dem Rat der zwölf *Savi* verteidigen darf.« Hoffnungsvoll blickte er auf den nahen Palazzo della Ragione, in dem für gewöhnlich die weltliche Gerichtsbarkeit tagte.

»Die Richter der Stadt mischen sich nicht in unsere Angelegenheiten«, beschied ihm der Bischof. »Denn Ihr habt *in spiritualibus* gesündigt, Pater Facio di Malaspina.«

Als er seinen Namen hörte, lachte der Mann in Ketten leise auf. Seine wahre kriecherische Natur, die er bisher geschickt verborgen hatte, kam zum Vorschein. »Wenn Ihr denn so entschieden habt, bitte ich Eure Exzellenz wenigstens, mich anzuhören. Ehrwürdigster, Ihr wisst einiges nicht ... Dinge, die Euer heiliges Amt und die Zeichen Eurer väterlichen Macht sogar übertreffen ...«

»Wie könnt Ihr es wagen!« Mit einer herrischen Geste befahl der Bischof eine Handvoll Soldaten zur Richtstätte. »An Eurer hochmütigen Zunge werden die Zangen des Henkers ihr tödliches Handwerk beginnen.«

Angesichts dieser Drohung warf sich Facio zu Boden. »Wartet!«, flehte er und klammerte sich an die einzige Möglichkeit, die ihm noch blieb. Er schaute zu den drei Marchesi d'Este hinüber. »Wenigstens Ihr, edle Herren ... Ihr wisst, wovon ich Kenntnis habe! Ich habe es Euch gegenüber vor Monaten erwähnt, erinnert Ihr Euch? Wenn ich jetzt hier stürbe, ginge all mein Wissen verloren ...«

»Um Himmels willen«, sagte der Bischof verächtlich, »bewahrt wenigstens im Augenblick Eures Todes Würde.«

»Wartet bitte, Exzellenz.«

Der Bischof fuhr herum und starrte den Ältesten der Edelleute verärgert an.

Die Stirn von Rinaldo d'Este war gerunzelt, als hätte ein plötzlich aufgetauchter Zweifel seine Gleichmut gestört. »Auf ein Wort mit dem Gefangenen«, sagte er.

»Aber Euer Gnaden ...«, wandte der Bischof ein.

»Ich bestehe darauf.«

Zur allgemeinen Verblüffung stand der Marchese auf, verließ seinen Sitz und beugte sich über den Mann in Ketten. Er musterte ihn einen endlos scheinenden Moment lang, dann flüsterte er ihm etwas ins Ohr.

Darauf folgte ein kurzes Gespräch, das vom neugierigen Murmeln des Volkes begleitet wurde. Selbst der Bischof lehnte sich vor, um etwas davon zu erlauschen. Doch das Einzige, was alle hören konnten, war der abschließende Satz aus Pater Facios Mund: »Der Preis dafür ist meine Rettung.«

Nur ein Mann stand nahe genug, um mehr zu erfahren. Er war kein Bürger von Ferrara, sondern erst vor Kurzem in die Stadt gekommen, um der Kurie als Büttel zu dienen. Und obwohl das Gespräch zwischen dem Mönch und dem Marchese nur von kurzer Dauer gewesen war, blieb es ihm tief ins Gedächtnis eingebrannt. Nie mehr sollte er vergessen, wie Facio di Malaspina der Hinrichtung entkam. Obwohl der Bischof zugegen war und der Heilige Stuhl sich empörte. Obwohl das ganze Volk, das sich dort unter dem bleigrauen Märzhimmel versammelt hatte, danach gierte, sein Blut auf die Pflastersteine des Platzes fließen zu sehen.

Zwei Worte hatten genügt, um die Hinrichtung zu verhindern. Lediglich zwei Worte.

Lapis exilii.

ERSTER TEIL

DAS ERBE DES BLUTES

1

Ferrara, Kontrade Gusmaria
25. April

Er saß in einer Ecke des Raumes am einzigen Tisch. Die langen Arme hingen schlaff herab, der Kopf war nach vorn geneigt, das Kinn ruhte auf der Tischfläche. Aus dem Mund hing die Zunge heraus, viel weiter als natürlich. Sie war gewaltsam herausgezerrt und dann mit einem Dolch an der Holzplatte festgenagelt worden.

Maynard de Rocheblanche verfluchte stumm die Unwägbarkeiten des Schicksals und näherte sich dem Toten, um ihn im Licht seiner Fackel zu untersuchen. Nicht der makabre Anblick verstörte ihn, ihn reute vielmehr, dass er zu spät gekommen war. Der Mönch, der nun in sich zusammengesunken an dem Tisch lag, hatte ein schreckliches Geheimnis bewahrt. Nun konnte er ihm nichts mehr enthüllen, außer dass er qualvoll gestorben war.

Maynard bekreuzigte sich und berührte kurz die Dolchklinge, die er unter seinem Mönchsgewand verbarg. Wenn er etwas begreifen wollte, musste er weiter auf der Hut sein.

Auf dem Tisch hatte er zunächst nur das frische Blut gesehen, das als rotes Rinnsal auf den Boden tropfte. Doch bei näherem Hinsehen entdeckte er Worte, die ins Holz eingeschnitten worden waren. Wohl mit demselben Dolch, mit dem man Facios Lügenzunge durchbohrt hatte, als wollte man sich über denjenigen lustig machen, der nun in den Flammen der Hölle schmorte. Oder über den, der gerade seinen Blick auf die Inschrift richtete:

MONACHVS SVPERBVS

Worte, die in die Irre führen konnten, ahnte er. Hier ging es weniger um die fragwürdige Ehrbarkeit des Verstorbenen als um die Umstände seines Todes. Vermutlich handelte es sich dabei keineswegs um eine Bestrafung aus moralischer Empörung. Facio war mit voller Absicht in diese verlassene Taverne gelockt und dort vor seinem Tod gefoltert worden. Wer auch immer das getan hatte, wollte etwas von ihm erfahren.

Das plötzliche Geräusch von Schritten ließ Maynard herumfahren. Wachsam richtete er den Blick auf den Eingang, wo er eine halb verborgene Gestalt ausmachte.

»Wer da?«, fragte er.

Doch anstatt zu antworten, wich der Beobachter zurück und ergriff die Flucht.

Maynard setzte ihm nach und folgte ihm wie ein Spürhund durch die Dunkelheit. Mit wenigen Schritten war er draußen, in einem Labyrinth von Gassen, das sich nach Norden zog. Er bedauerte kurz, dass er nicht zu Pferde gekommen war, aber dann sagte er sich, dass man das Straßengewirr von Ferrara leichter zu Fuß durchquerte, zumal in einer schwarzen Kutte, die ihn unauffällig wirken ließ. Verstohlen wie ein Dieb. Bei diesem Gedanken schämte er sich beinahe, schließlich war er es nicht gewohnt, anderen aufzulauern. Er war ein Ritter aus Reims und dazu erzogen, seinem Feind nach den Regeln der Ehre zu begegnen. Nein, das war er früher gewesen. Dieser Ritter existierte nicht mehr. Er war in der Picardie gestorben, in der Schlacht von Crécy. Vielleicht sogar noch früher, beim Anblick seiner Schwester Eudeline, nachdem der Vater sie geschändet hatte.

Das genügte, damit der Zorn ihn übermannte und der Jagdinstinkt in ihm die Führung übernahm.

Der Mann, der vor ihm flüchtete, war schnell und drohte in dem Labyrinth der Gassen zwischen den Kirchen Santa Croce, San Niccolò und Ognissanti zu verschwinden. Maynard versuchte, ihm auf den Fersen zu bleiben, bevor er sich in irgendeinen geheimen Schlupfwinkel zurückzog. Ferrara kannte er kaum. Wenn er den Mann aus den Augen verlor, würde er ihn wohl niemals wiederfinden.

Doch plötzlich konnte er ihn nicht mehr entdecken. Maynard ging zurück zu der Stelle, an der er ihn zuletzt gesehen hatte, hob die Fackel und flehte zum Herrn, er möge die undurchdringlichen Wolken wegschieben, die den Mond verhüllten. Wenn es nur nicht so dunkel gewesen wäre … Er sah sich um und holte keuchend Luft. Seine Lungen rasselten, ihn beschwerten tausend Gedanken. Enttäuschung, der Überdruss eines Mannes, der es leid war, sich ständig in Sackgassen zu verirren.

Was ist aus mir geworden?, fragte er sich und blickte forschend in die Nacht, als wäre sie das Dunkel seiner eigenen Seele. Nach all den Jahren voller Schlachten und Opfer hatte sich sein Leben als ein Tarotspiel erwiesen, in dem sich das Gesicht jedes Menschen, der ihm je teuer gewesen war, grotesk verzerrt hatte und das aus ihm selbst einen streunenden Hund gemacht hatte, dazu verdammt, Chimären nachzujagen. Nichts schien auf seinem Leidensweg unversehrt geblieben zu sein, überdauert hatten einzig der Hass auf seinen Vater und das Wissen, dass die Welt niemals mehr wie früher sein würde. Nicht einmal durch Buße und Reue.

Es gab nur eine Hoffnung, dem eigenen armseligen Schicksal einen Sinn zu verleihen, doch auch sie würde sich in Rauch auflösen, wenn er nicht bald wusste, wohin es gehen sollte …

Er versuchte herauszufinden, welche Richtung der Mann, den er verfolgte, eingeschlagen haben mochte, doch in der Dunkelheit sah er nur eine von wenigen Fackeln erleuchtete Gasse, in der sich nichts rührte. Erst dann bemerkte er einen Gang zu seiner Rechten. Er versuchte sein Glück und lief hinein.

Und da war der Flüchtige, kaum zehn Schritte vor ihm. Er setzte sich in Bewegung, doch nicht mehr so schnell wie vorhin. Maynard konnte zum ersten Mal seine hohe, schlanke Gestalt ausmachen. Die Gewissheit, den Mörder des Mönchs doch noch einzuholen, schenkte ihm neue Kraft, und so kam er dicht genug heran, um ihn bei seinen Kleidern zu packen.

Der Mann fiel zu Boden, rollte zur Seite ab, ließ seine Hand zum Gürtel gleiten und zückte ein Stilett. Maynard wehrte einen Hieb ab, dann packte er ihn am Kragen und stieß ihn mit dem Rücken an die Wand.

»Warum habt Ihr ihn getötet?«, stieß er hervor.

»Ich habe niemanden getötet«, erwiderte der Mann, keuchend vor Zorn und Angst.

Maynard ging mit der Fackel näher heran, und plötzlich wusste er, dass er dieses fuchsschlaue Gesicht kannte. Wenn auch nur vom Sehen. »Dennoch seid Ihr geflohen«, sagte er und machte keine Anstalten, den Mann loszulassen.

»Ihr habt mir keine Wahl gelassen.« Der Mann verzog das Gesicht. »Als ich die Taverne betrat, habe ich Euch dort über die Leiche gebeugt gesehen und geglaubt –«

»Lügen! Ich habe Euch heute dabei beobachtet, wie Ihr Euch mit ihm an jenem Ort verabredet habt, wo ich ihn dann tot aufgefunden habe. Ich habe gehört, wie Ihr ihn überredet, ja beinahe dazu gezwungen habt … Und jetzt, welch ein Zufall, taucht Ihr hier am Ort des Verbrechens auf.«

Auf dem Gesicht des Mannes blitzte Neugier auf. »Wer seid Ihr, dass Ihr so viel über mich wisst?«

»Nicht Euch gilt mein Interesse«, antwortete Maynard barsch, »sondern dem Unglücklichen, den Ihr so grausam getötet habt.«

»Ihr wisst ja nicht, was Ihr sagt, *Messere*«, sagte der Mann. Obwohl er sich nicht befreien konnte, besaß er die Kühnheit, Maynard eine Grimasse zu schneiden. »So wahr ein Gott im Himmel ist, ich habe Pater Facio di Malaspina nicht umgebracht.«

Als Maynard den Namen des Mönches hörte, der ihm so viele Schwierigkeiten bereitet hatte, wurde er noch begieriger, mehr zu erfahren. »Aber Ihr habt etwas von ihm gewollt. Redet schon, sagt erst einmal, wer Ihr seid.«

»Wenn Ihr das herausfindet, werdet Ihr es bereuen, Eure Nase in Sachen gesteckt zu haben, die Euch nichts angehen.«

Dies war eine offene Drohung. Maynard, der Feiglinge und Hochmütige gleichermaßen verachtete, näherte die Spitze der Fackel dem Gesicht des arroganten Kerls. »Euren Namen!«

Der Mann versuchte zunächst, sich zu wehren, doch dann schrie er vor Schmerz auf. »Superanzio Orsini …«, presste er hervor und versuchte, der Flamme auszuweichen. »*Vizdom* des Bischofs …«

Maynard hatte ihn immer noch fest im Griff und machte keine

Anstalten, die Fackel zurückzunehmen. »Wollt Ihr mir damit sagen, der ehrwürdige Guido di Baisio hat Mörder unter seinen Leuten?«

»Ich bin kein Mörder.« Superanzios Gesicht war zu einer Leidensmaske verzerrt. Es roch nach verbranntem Fleisch. »Als Ihr mich entdeckt habt ... kam ich gerade zu dem Treffen ...« Seine Stimme wurde schriller. »Hört auf, ich flehe Euch an! Hört auf!«

Maynard hielt ihn jedoch weiter in eisernem Griff. Das Gesicht des Mannes, den er verhörte, schien sich immer mehr in das seines verhassten Vaters zu verwandeln. Er glaubte, eine Frau weinen zu hören, und mit einem Mal war er nur noch von dem Wunsch beseelt, diesen Mann zu vernichten, ihn für immer von der Erde zu tilgen.

»Was den Bischof angeht ...«, wimmerte Superanzio Orsini und riss Maynard damit aus seinem Trugbild. »Ich bin nicht ... in seinem Namen hier.«

Verblüfft nahm Maynard die Fackel weg. »In wessen Auftrag denn?«

»In niemandes ...« Superanzio war schweißnass, seine rechte Wange durch eine Verbrennung verunstaltet. Er holte tief Luft und kämpfte gegen die Krämpfe an, die seinen ganzen Körper schüttelten. »Nur ich kenne das Geheimnis ... Nur ich hörte es an jenem Tag an der Richtstätte ...«

Maynard drängte die Erinnerungen an seinen Vater zurück und zwang sich, klar zu denken. Obwohl es ihm schwerfiel, die geflüsterten Worte zu verstehen, hatte er in den vergangenen Tagen genügend Nachforschungen angestellt, um ihren Sinn zu begreifen. »Ihr sprecht vom Lapis exilii?«

Superanzio riss erstaunt die Augen auf. »Ihr also auch ... Wisst Ihr, was das ist?«

Maynard schüttelte den Kopf. »Ich suche zwei Reliquien, die eng mit diesem geheimnisvollen Gegenstand verbunden sind. Zwei Reliquien von unschätzbarem Wert. Pater Facio hat sie vor vielen Jahren gestohlen. Könnt Ihr mir etwas darüber sagen?«

Superanzio verneinte zunächst, doch als er sah, wie sich die Flamme wieder seinem Gesicht näherte, änderte er hastig seine Meinung. »Facio di Malaspina hat mir etwas erzählt ...«, gestand er. »Es handelt sich um einen Kelch und eine Lanzenspitze … Er sagte, er habe darüber in einem Buch gelesen … in einem sehr alten Buch …«

»Welchem Buch?«

Superanzios Mund öffnete sich nur langsam, es schien, als fürchte er sich, darüber zu sprechen. Doch urplötzlich änderte sich sein Verhalten, was sich Maynard zunächst nicht erklären konnte. Dann öffnete sich Superanzios Mund zu einem schrillen Schrei: »Waacheeen!«

Maynard drehte sich um und sah in der Ferne zwei Schatten.

»Waacheen!«, schrie Superanzio weiter, sein Gesicht verzerrte sich zu einer Grimasse aus Hohn und Angst. »Ruft den Vorsteher der *Kontrade*!«

Maynard musterte ihn ein letztes Mal, während er den eilends näher kommenden Schritten lauschte. Zweifellos waren das Stadtwachen. Noch ein Moment und er würde kämpfen müssen. Aber aus welchem Grund? Dann ginge er nur das Risiko ein, erkannt zu werden.

Nach kurzem Zögern warf er die Fackel zu Boden und floh in die Dunkelheit.

2

Maynard fand Bastien des Baux, seinen Gefährten und ehemaligen Waffenmeister, in der übelsten Taverne im Borgo San Leonardo, nur ein paar Schritte vom Haus der Barmherzigkeit entfernt. Dort saß er mit einem Krug Wein und ein paar Würfelspielern. Am meisten erstaunte Maynard, unter diesem Volk zwei Kanoniker von Sant'Antonio, dem Kloster auf der anderen Straßenseite, zu erkennen.

»Mein Freund, was tut Ihr hier?«, fragte Maynard, während er auf ihn zuging.

Bastien glättete sich den silbernen Schopf und versuchte, würdevoll zu wirken. »Sieht man das nicht?«, fragte er lachend. »Ich verliere einen Haufen Silberstücke.« Als er den Blick Maynards auf den beiden Kanonikern verweilen sah, breitete er begütigend die Arme aus. »Ihr wisst doch genau, Rocheblanche, wie sehr ich es hasse, an einem Tisch zu sitzen, wo niemand Französisch spricht. Diese beiden heiligen Männer haben angeboten, mich zu begleiten, um mir bei der Verständigung zu helfen und mich vor der Versuchung zu bewahren!« Er hob den Krug. »Wirt! Bringt noch Wein für die Kanoniker aus Vienne!«

Doch Maynard war nicht in der Stimmung für Scherze. Er hatte immer noch die Leiche von Facio di Malaspina und das verschlagene Gesicht des Vizdoms vor Augen. »Ich meinte damit, was Ihr *hier* macht«, beharrte er. »Ich habe Euch im Castel Tedaldo und im Palazzo della Signoria gesucht, da ich Euch bei den Feierlichkeiten für den heiligen Georg glaubte. Stattdessen …«

Bastien zuckte mit den Schultern. »Nach dem Pferderennen des Palio haben die Festlichkeiten für mich ihren Reiz verloren«, erklärte er und beobachtete den letzten Würfelwurf. »Offen gesagt war ich es leid, ständig vor all diesen Eminenzen in Seide und Spitzengewändern buckeln zu müssen.«

»Und Euer Herr?«

»Der edle Humbert de Viennois hat sich in die Gemächer des Marchese d'Este zurückgezogen und seine Eskorte auf der Straße stehen gelassen. Wie Hunde.«

Maynard bemerkte die Bitterkeit in diesen Worten und beschloss, nachsichtiger mit seinem Freund zu sein. Bastien hatte den Respekt vor den großen Heerführern und jedem anderen verloren, der die Ideale von Gerechtigkeit beschwor, um ahnungslose Soldaten wie Vieh auf die Schlachtbank zu schicken. Genau wie er selbst hatte er einen hohen Preis für diese ernüchterte Erkenntnis bezahlt.

»Ich muss mit Euch reden«, flüsterte Maynard ihm nun zu.

Augenblicklich wurde Bastien ernst. Er zeigte auf einen unbesetzten Tisch in einem Nebenraum, warf eine Münze auf den Tisch mit den Würfelspielern und verabschiedete sich von ihnen. Dann winkte er Maynard, ihm zu folgen.

»Ist etwas geschehen? Ihr wirkt verstört«, bemerkte er, kaum dass sie allein waren.

Maynard verzog das Gesicht und setzte sich hin, erst dann sagte er: »Vor einigen Tagen habe ich Euch von einem Mann erzählt, nach dem ich Ausschau halte, erinnert Ihr Euch?«

Bastien strich sich über den ungepflegten Bart, bis seine Finger auf der tiefen Narbe über seinem linken Jochbein zur Ruhe kamen. »Ein geheimnisvoller Mönch«, antwortete er. »Ihr sagtet mir, er habe sich an den Hof des Marchese Obizzo III. d'Este geflüchtet.«

»Sein Name ist Facio di Malaspina.«

»Nun und?«

»Er ist heute Nacht zu Tode gekommen.«

Bastien musterte ihn misstrauisch. »Wollt Ihr damit sagen, Ihr habt …« Er fuhr sich mit dem Finger über die Kehle.

»Nicht ich«, sagte Maynard. »Jemand ist mir zuvorgekommen.«

»Habt Ihr eine Vorstellung, wer das gewesen sein könnte?«

»Nein.« Bevor er fortfuhr, bedeutete Maynard dem Wirt, der an ihren Tisch kommen wollte, dass sie seine Dienste nicht benötigten. »Allerdings bin ich am Ort des Verbrechens auf einen Mann des Bischofs gestoßen, Vizdom Orsini. Ich habe seine Verfolgung aufgenommen, um mehr zu erfahren, und –«

Bastien schlug mit der Faust auf den Tisch. »Seid Ihr wahnsinnig geworden?«, rief er aus, doch er beruhigte sich sofort und fuhr danach leiser fort. »Sagt mir jetzt nicht, Ihr habt einen Diener der Kurie belästigt. Nicht hier, in einer Stadt, die so treu zu Avignon steht –«

»Glaubt Ihr etwa, ich hatte eine Wahl?«, unterbrach Maynard ihn erbost.

Doch so schnell ließ Bastien sich nicht den Mund verbieten. »Wenn Ihr nach Absolution sucht, müsst Ihr mich über die ganze Angelegenheit unterrichten. Ich bin Eure Geheimnisse leid, Rocheblanche. Darf ich vielleicht endlich erfahren, was Ihr hier in Ferrara sucht?«

Maynard schwieg einen Augenblick und überlegte, ob er zumindest einen Teil des Geheimnisses enthüllen sollte, dessen Hüter er so unerwartet geworden war. Er betrachtete Bastien des Baux als wertvollen Verbündeten, er wusste genau, dass dieser vertrauenswürdige Mann ihn nie verraten würde. Dennoch durfte niemand erfahren, was sich in dem abgelegenen Kloster Mont-Fleur verbarg. Maynard beschloss, sich vage auszudrücken.

»Ich suche zwei heilige Gegenstände«, sagte er leise. »Zwei Reliquien, weil ich einem alten Abt geschworen habe, sie in das Kloster zurückzubringen, aus dem sie gestohlen wurden.«

»Schwüre sind nichts für Ehrenmänner«, sagte Bastien seufzend. »Sie bringen einen bloß dazu, wahnsinnige Dinge zu unternehmen.« Er hatte seine kräftigen Kriegerhände zu Fäusten geballt und machte ein finsteres Gesicht. Doch in seinem Blick glomm ein Funke Begeisterung auf, vielleicht weil er im Grunde seines Herzens immer noch den nie erfüllten Wunsch nach ruhmreichen Heldentaten trug. »Habt Ihr wenigstens herausgefunden, wo sich diese Gegenstände befinden?«, fragte er.

»Das wusste niemand außer Pater Facio. Jetzt werde ich andere Wege finden, Nachforschungen anstellen müssen …«

»Hier in dieser Stadt?«

Maynard nickte.

»Aber der Vizdom hat Euer Gesicht gesehen«, wandte Bastien ein und wirkte nun besorgt. »Hat er Euch erkannt?«

»Das bezweifle ich.«

»Er könnte trotzdem nach Euch suchen. Habt Ihr ihn bedrängt?«

Jetzt war es an Maynard, zu seufzen. »Mehr, als ich sollte.«

»Dann müsst Ihr ein gutes Versteck finden. Vergesst nicht, dass Ihr in diesen Mauern derzeit nichts als ein gewöhnlicher Pilger seid und Euch noch dazu als Mönch ausgebt. Wenn die Schergen davon erführen …«

»Deshalb bin ich zu Euch gekommen. Ich hoffte, im Namen unserer alten Freundschaft …«

Bei diesen Worten sah Bastien ihn beinahe belustigt an. »Der stolze Maynard de Rocheblanche bittet um Hilfe? Das ist ja etwas ganz Neues!«, rief er aus und genoss Maynards Verlegenheit sichtlich. »Ihr habt Euch verändert, mein Freund, wobei ich noch nicht weiß, ob zum Besseren oder zum Schlechteren. Jedenfalls müssen Eure Schwierigkeiten schon sehr drängend sein, wenn Ihr Euch so vor mir demütigt.«

Bastien wartete vergebens, dass Maynard etwas sagte. So brach er schließlich selbst das Schweigen und raunte verschwörerisch: »Ihr habt recht daran getan, Euch an mich zu wenden, glaubt mir. Denn zufällig kenne ich die Lösung für Eure Probleme.«

Superanzio Orsini tauchte den Lappen in den Malvensud und musterte sein Spiegelbild. Im Schein der Kerze zeigte ihm die metallene Oberfläche ein zu einer Wutgrimasse verzogenes Gesicht, das an der Wange durch eine Verbrennung verunstaltet war. Er würde für sein ganzes Leben gezeichnet sein, und jedes Mal wenn jemand sein Antlitz mustern würde, würde er sich an den Fremden erinnern, der so unvermittelt aus der Dunkelheit aufgetaucht war. Der ihn über jedes Maß gedemütigt und wie einen elenden Lumpenkerl behandelt hatte.

Das sollte ihn teuer zu stehen kommen. Er würde ihn finden und ihn diese Demütigung tausendfach bereuen lassen.

Doch Superanzio trieb nicht nur Rachedurst um, sondern auch die Neugier, wer der Fremde war und wie sehr er in die Suche nach dem Lapis exilii verwickelt war. Dass der Mann jenen genannt hatte, hatte

Superanzio erschüttert. Bis jetzt hatte nur Facio di Malaspina über ihn Bescheid gewusst. Der Vizdom konnte sich noch genau an den Tag erinnern, an dem er miterlebt hatte, wie der Mönch der Hinrichtung entging, weil er dieses erstaunliche Geheimnis erwähnte. Ein Geheimnis, von dem Rinaldo d'Este zeit seines Lebens wie besessen war, obwohl es seinen Augen wie denen der ganzen Christenheit verborgen blieb.

Superanzio presste das Tuch auf die Wange und genoss die vorübergehende Erleichterung.

Er hatte keine Vorstellung davon, welche Vorteile ihm dieser Schatz bringen könnte, doch ihm würde es schon genügen, wenn er sich so von der Tyrannei der Kurie befreite. Superanzio war es leid, sich all den Geboten von Anstand und Genügsamkeit zu unterwerfen. Sich jedem Mitglied des Klerus gegenüber bescheiden und unterwürfig verhalten zu müssen. Als er jung gewesen war, hatte ihm sein Verhalten dazu verholfen, das unsichere Los eines enterbten Sohnes hinter sich zu lassen. Nun war er einer der einflussreichsten Männer von Ferrara geworden. Wenn er sich endlich nach Belieben als Herr geben und sich jeden seiner Wünsche erfüllen könnte, würde ihn dies für alle früheren Opfer entschädigen. Doch dies war nicht möglich, ohne die heimlichen Blicke der Inquisition auf sich zu lenken. Die Heilige Mutter Kirche ertrug es nur schlecht, wenn sich einer ihrer Söhne von ihrem Busen entfernte, und in Zeiten wie diesen würde sie kaum zögern, ihn unter dem Vorwand, er paktiere mit den Ghibellinen, anzuklagen und ihn seines ganzen Besitzes zu berauben. Es sei denn, er könnte im Gegenzug eine ungeheure Kostbarkeit anbieten.

Nun, da Pater Facio in der Hölle brannte, brauchte er einen Helfer. Vielleicht konnte dies der Fremde aus der Dunkelheit sein.

»Du musst ihn finden und zu mir bringen«, sagte er laut.

»Wie Ihr wünscht, Herr«, antwortete eine Stimme hinter ihm. Sie gehörte Petricciolo, einem Gauner, der im Sold des Vizdoms Informationen von Orten heranschaffte, an die die Ohren eines einfachen Dieners nicht hinreichten.

»Lass aber nicht deine Schläger auf ihn los.« Superanzio nahm mit schmerzerfülltem Gesicht das getränkte Tuch von der Wange. »Unser Wild könnte aufgescheucht werden.«

»Es wird nicht einmal einen Grashalm sehen, der sich bewegt.« Der Mann trat nun aus dem Halbdunkel hervor, und Superanzio fielen einmal mehr seine brutalen Gesichtszüge auf, die durch eine Hasenscharte noch betont wurden. »Aber Herr, Ihr müsst mir eine Spur geben, der ich folgen kann. Was erinnert Ihr von dem Schuft, der Euch das angetan hat?«

Nichts, wollte Superanzio im ersten Moment antworten. Von der Begegnung waren ihm nur das helle Licht der Fackel und das furchtbare Zischen seiner Haut in Erinnerung geblieben. Allein der Gedanke daran trieb ihm schon wieder die Röte ins Gesicht, und am liebsten hätte er seinen Zorn an jemand ausgelassen.

»Er trug eine Kutte, aber er war kein Mönch«, sagte er dann, während er das Tuch in das Becken vor ihm warf. »Er wirkte wie jemand, der an Waffen gewöhnt ist, jedoch nicht wie ein einfacher Soldat. Und an seiner Sprache war etwas seltsam.« Orsini hielt inne und versuchte sich an den gebieterischen Klang der Stimme zu erinnern. »Er sprach …«

»Wie, Herr?«, fragte der Scherge nach.

Superanzio wandte sich zu ihm um, auf seinem Gesicht erschien ein schlaues Lächeln. »Mit französischem Akzent.«

»Das ist gut. Es halten sich nur wenige Franzosen in der Stadt auf.«

Bei diesen Worten verwandelte sich das Lächeln des Vizdoms zu einem grausamen Grinsen, das er jedoch sofort bereute. »Petricciolo, warte …«, fügte er hinzu und legte die Hand an die schmerzende Wange. »Besorg mir Opium, bevor du gehst.«

3

Bastien wirkte ein wenig prahlerisch, als er sich vorbeugte und die Ellbogen auf dem Tisch abstützte. »Heute Morgen, Rocheblanche, habe ich ein wirklich seltsames Angebot erhalten. Und zwar von Marchese Obizzo III., nachdem er erfahren hatte, wer ich bin und woher ich komme.« Er wartete, bis ihn Maynard mit einem Nicken ermutigte fortzufahren, dann sagte er: »Ihr wisst bestimmt, dass Seine Gnaden der einzige überlebende Sohn des edlen Aldobrandino II. d'Este ist und dass er, obwohl er mit Zustimmung des Papstes über Ferrara herrscht, um sein Erbe fürchtet. Er möchte seinen Sohn darauf vorbereiten, ihm nachzufolgen, aber seine Lehrer und *Magister* reichen dazu nicht aus. Ihm mangelt es noch an einem guten Waffenmeister.«

»Die Wahl hätte auf keinen Besseren fallen können«, beglückwünschte ihn Maynard. »Aber wenn wir jetzt zu unserem Thema zurückkehren könnten –«

»Ich habe das Angebot abgelehnt«, unterbrach ihn Bastien. »Ich bin zu alt für derlei. Nach dem unseligen Kreuzzug und dem Tod meiner lieben Marie möchte ich mein Leben nur noch damit verbringen, mich in meinem Unglück zu suhlen. Wisst Ihr, ich bin wie die Erinnerungen an den Ruhm. Sie mildern sich mit der Zeit ab, bis wir schließlich lernen, sie zu lieben.«

»Ich möchte ja nicht unhöflich erscheinen«, sagte Maynard nun gereizter, »aber wenn wir jetzt auf meine Bitte zurückkommen könnten …«

»Ich könnte *Euch* an meiner Stelle empfehlen«, rückte Bastien endlich mit seinen Überlegungen heraus. »Ihr seid erfahren genug, um dem Sohn des Marchese alles beizubringen, was ich Euch gelehrt habe – vielleicht sogar noch etwas mehr. Ich kenne Euren Wert.«

Maynard fehlten die Worte. Die Ereignisse der letzten Nacht hatten ihm doch sehr zugesetzt, und so war es ihm nicht möglich, Bastien für dieses überraschende Angebot den schuldigen Dank auszudrücken. »Obizzo hat doch so viele Krieger zur Verfügung«, sagte er stattdessen leise, »warum sollte er einen Fremden wie mich auswählen?«

»Bescheidenheit steht Euch nicht gut an«, ermahnte Bastien ihn beinahe beleidigt. »Seine Gnaden weiß genau, dass er, selbst wenn er jedes Lehen zwischen den Alpen und dem Sizilischen Meer durchkämmen würde, keinen dort fände, der würdig ist, den Titel *Chevalier* zu tragen. Ihr seid ein Paladin Frankreichs, ein *miles* seiner Majestät König Philipp! In Euren Adern fließt das Blut der Franken, die vor dem Jahrtausend auf ihren Kriegsrössern bis an den Rhein geritten kamen und den Kampf zu Pferde meisterlich beherrschten. Was sollen denn diese italienischen Händler schon von den hohen Werten des *ordo equestris* wissen! Wie sollten sie denn lehren, im vollen Galopp Lanze, Schwert und Schild einzusetzen!«

Doch selbst diese leidenschaftlich kühnen Worte konnten Maynards gebrochenes Selbstvertrauen nicht aufrichten. Die Schande seines Vaters, die Qualen seiner Schwester Eudeline und die schmähliche Niederlage bei Crécy hatten in ihm den Stolz, ein Ritter zu sein, erstickt. »Ich habe Euch um ein Versteck gebeten«, erklärte er nur, »und Ihr bietet mir stattdessen eine Aufgabe, bei deren Ausführung ich mich in aller Öffentlichkeit zeigen müsste.«

»Ihr würdet Euch im Lichte der Sonne verbergen«, beharrte Bastien. »Oder wollt Ihr etwa leugnen, dass besonders die augenscheinlichsten Dinge unbemerkt bleiben?«

Maynard sah ihn an. »Wenn dem so ist, bezahlt man immer teuer dafür.«

»Ihr müsst dafür einzig wieder das *cingulum militiae* umgürten.«

Bastien strahlte eine solche Entschlossenheit aus, dass Maynard sich überzeugen ließ. Eigentlich hatte er seine Ermittlungen auf andere Art fortsetzen wollen, aber er erkannte, dass ihm keine Wahl blieb. Der Plan von Bastien des Baux würde es ihm gestatten, sich am Hof einzurichten und Informationen über Pater Facio einzuholen, ohne sich übermäßigen Gefahren auszusetzen. Außerdem würde er keinen Verdacht erregen.

Früher habe ich diesem Mann auch voll und ganz vertraut, dachte er und musterte seinen alten Waffenmeister. »Ein *cingulum*, sagt Ihr?«, fragte er schließlich lachend und zeigte die ausgefransten Ränder seiner Ärmel. »Zurzeit besitze ich nicht mehr als diese alte Kutte.«

»Ich nehme doch an, dass Ihr über genügend Geld verfügt, um zu einem Stoffhändler zu gehen«, gab Bastien ebenso spöttisch zurück. »Ich habe einige ausgezeichnete Läden an der Westseite der Piazza gesehen, auf der Rückseite des Palazzo della Signoria.«

»Ich muss zugeben, Euer Vorschlag hat seine Vorteile«, erwiderte Maynard, wirkte jedoch ein wenig zweifelnd. »Da gibt es nur eine Schwierigkeit – ich habe keinerlei Erfahrung mit frechen und respektlosen Adelssprösslingen.«

Bastien winkte ab. »Mit dem jungen Maler, der Euch hierher gefolgt ist, scheint Ihr doch gut auszukommen.«

»Gualtiero!« Der Name traf Maynard wie ein Blitz aus heiterem Himmel. Voller Reue und Sorge erinnerte er sich an den jungen Maler. »Gott möge mir vergeben, ich hatte den Jungen beinahe vergessen!« Er sprang auf, warf Bastien einen hastigen Gruß zu und wollte aufbrechen.

»Wartet, mein Freund«, hielt der ihn zurück. »Ihr könnt nicht einfach so gehen.«

»Ihr begreift nicht.« Maynard riss sich los, während er daran denken musste, welches Unrecht die Familie des braven jungen Mannes in so kurzer Zeit hatte erleiden müssen. »Heute wurde sein Vater gehängt. Ich muss zu ihm!«

»Das ist doch nicht Eure Sache.«

»Oh doch. Auch meinetwegen erlebt Gualtiero gerade die Hölle auf Erden.«

Seufzend gab Bastien auf. »Dann geht schon, verliert nicht noch mehr Zeit«, verabschiedete er seinen Freund. »Und was mein Angebot betrifft …«

Maynard, der sich schon zum Ausgang gewandt hatte, nickte. »Wenn Ihr erlaubt, möchte ich darüber nachdenken.«

»Auf keinen Fall!«, schnaubte Bastien. »Gleich morgen unterbreite ich dem Marchese meinen Vorschlag. Wenn er Euch nimmt, solltet Ihr besser schon ein neues Gewand haben.«

4

Ferrara, Galgenwiese
25. April

Für eine endlos lang erscheinende Zeit irrte er in einem quälenden Dunkel des Vergessens umher, bis er schließlich aus seiner Betäubung erwachte. Er konnte sich nicht daran erinnern, dass es so dunkel gewesen war, als er die Besinnung verloren hatte, aber er war froh, dass nun Nacht war. Dass er nichts sehen konnte und musste, machte es ihm leichter, die Last der Erinnerungen zu tragen, ganz so, als sei alles nur ein Traum gewesen. Er blieb zusammengekrümmt am Boden liegen wie ein Wesen, das gerade erst auf die Welt gekommen war, lauschte reglos dem Raunen des Windes in den Grashalmen und liebäugelte mit dem Gedanken, sich in diesem Geräusch gänzlich aufzulösen. Für immer. Doch seine Sinne schärften sich wieder, und er hörte nun das Rauschen des Flusses, roch den Schlamm unter sich und nahm langsam die Gestalten in seiner Umgebung wahr. Er sah sie im Schein von kleinen Lichtern, die er anfangs für Sterne hielt, doch dann erkannte er, dass es sich um die Fackeln auf den Stadtmauern jenseits der Uferbefestigung handelte.

Nur wenige waren auf der Galgenwiese zurückgeblieben. Es waren vor allem Soldaten, außerdem Familienangehörige der Toten, die mit unterdrücktem Schluchzen ihre Lieben beweinten, während die Mönche der *Congregatio mortis* Gebete an einen Gott richteten, der sich in der Ferne verbarg, zu fern, um sie zu hören.

Gualtiero kniete sich hin und sah hinauf zu den Gehängten. Er konnte sie in der Dunkelheit nur ausmachen, weil sie hin- und herschwangen, aber dies genügte, dass ein schneidender Schmerz seine Brust zerriss und sich in einem Verzweiflungsschrei Luft machte.

Unter diesen Toten befand sich sein Vater. Er war in Schande und zu Unrecht gestorben, und vor seinem Tod hatte er Worte geflüstert, die keinen Sinn zu ergeben schienen.

Eine Hand berührte Gualtiero im Nacken und holte ihn so einen Augenblick lang aus seinem Leid. Beinahe überrascht überließ er sich der Berührung dieser Finger und suchte Trost im Gesicht des Mädchens, das sich über ihn beugte. Er wusste nicht, was sie dazu bewogen hatte, ihm an diesen Ort des Todes zu folgen, aber er war ihr ungemein dankbar dafür. Sie war sein Rettungsanker gewesen, das Einzige, woran er sich klammern konnte, um sich nicht in diesem Abgrund zu verlieren. Er öffnete den Mund, um ihr das zu sagen, aber es kamen nur erstickte Laute heraus.

Isabeau drückte ihn an sich und bettete seinen Kopf sanft in ihren Schoß. Sie hatte etwas Wildes, Ungezähmtes an sich, etwas, das sich nicht fassen ließ, das zusammen mit ihren verschiedenfarbigen Augen verstörend wirken konnte, wäre da nicht dieses engelsgleiche Gesicht gewesen.

Gualtiero verlor sich in ihrem Duft, der Wärme ihres Körpers, er fühlte sich bei ihr beschützt vor allem Bösen und blieb so liegen, bis er endlich die Kraft fand, aufzustehen. Er wollte bei der kommenden Begegnung keine Schwäche zeigen, sonst würde er sich sein Leben lang dafür schämen, dass er sich in diesem Moment an die Röcke einer Frau geklammert hatte. Deshalb verließ er sie nun und ging zum Leichnam seines Vaters.

Die Dunkelheit wirkte jetzt nicht mehr so undurchdringlich. Unbarmherzig gab sie den Blick frei auf ein verzerrtes, maskenhaftes Gesicht, in dem kaum jemand den starrköpfigen Künstler wiedererkannt hätte, der sein Leben lang hart geschuftet hatte, um als unabhängiger *Mastro pittore* seinen Lebensunterhalt zu verdienen. Die Seele von Sigismondo de' Bruni wohnte nicht mehr in dieser obszön wirkenden Puppe. Sie war aus dem Körper entflohen, bevor Raben und Würmer sein Fleisch schänden konnten.

Gualtiero fühlte sich beinahe erleichtert. Jetzt war sein Vater frei und schwebte umher wie jener flüchtige Hauch, von dem Philosophen und Theologen sprachen. Er bekreuzigte sich und flehte zur Madonna, sie möge für seine unruhige, aber rechtschaffene Seele bitten, auf dass die Waage des Erzengels Michael sie des Paradieses würdig finden würde. Dann wandte er seine Gedanken wieder Sigismondo zu, vermied es jedoch, den Blick auf dessen leblosen Körper zu richten. Die Erinnerung an den Vater fiel schwer. Etwas schnürte ihm die Kehle zu und erstickte sein klares Denken, ließ in seinem Kopf nur Wut, Angst und Rachedurst zurück.

Doch im Namen der Liebe zu diesem bärbeißigen Mann, mit dem er mehr gestritten als glückliche Momente erlebt hatte, gelang es Gualtiero, sich zu beherrschen. Sein Vater hatte sein Leben bestimmt, hatte seine Leidenschaften in die richtigen Bahnen gelenkt und ihm erlaubt, den Ehrgeiz zu entwickeln, ein bedeutender Maler zu werden. »Und eines Tages werde ich es sein«, schwor er ihm zu Ehren. Doch ein tausendfach größerer Wunsch brach sich nun Bahn. »Zuerst aber lass mich meine Mutter wiederfinden.« Er schluchzte. »Gib, dass wenigstens sie sich retten konnte und zu mir zurückkehrt.«

Er überwand seinen Widerwillen, beugte sich vor und berührte einen Fuß seines Vaters. Eine letzte Abschiedsgeste.

Als er sich umwandte, stand neben Isabeau ein in eine schwarze Kutte gekleideter Mann, die jedoch nicht seine breiten Schultern und seine stolze Haltung verbergen konnte.

Gualtiero trocknete die Tränen und entbot ihm einen stummen Gruß.

Maynard senkte den Kopf, um ihm sein Beileid zu bekunden. Doch etwas Dringlicheres trieb ihn um. »Ich bin gekommen, um Euch wegzubringen.« Er blickte das Mädchen vorwurfsvoll an. »Alle beide.«

»Ich werde die Stadt nicht verlassen.« Trotz der Trauer, die ihn quälte, war Gualtiero von eiserner Entschlossenheit. »Ich bin Euch für alles dankbar, aber ich werde nicht noch einmal zulassen, dass Ihr über mein Leben entscheidet.«

Maynard musterte den jungen Mann an seiner Seite, wie er mit geballten Fäusten über die Holzbrücke zurück zur Stadt schritt, und ihn überkam Bewunderung. Hatte er den jungen Gualtiero de' Bruni bisher als freundlichen Menschen und Träumer betrachtet, so erkannte er jetzt mit Wohlgefallen eine stärkere Willenskraft in ihm, als er vermutet hatte. Eine Willenskraft, die jedoch nicht auf Erfahrung basierte. Leid und Unrecht auf der Welt würden ihn möglicherweise brechen und zu einer leichten Beute für allerlei Einflüsterungen werden lassen, während er unter der Anleitung eines guten Mentors zu einem Mann von außerordentlichen Eigenschaften heranwachsen konnte.

»Ihr werdet in die Abtei von Pomposa zurückkehren«, befahl er ihm angesichts dieser Überlegungen. »Unter den Schutz von Abt Andrea.«

Gualtiero schüttelte den Kopf. »Ich bleibe in Ferrara. Um meine Mutter zu suchen.«

»Ihr wisst genau, dass Eure Mutter nicht mehr hier ist.« Maynard folgte dem jungen Mann mit Isabeau unter den Bogen des Stadttors, während er die sich träge bewegenden Wachen im Auge behielt. »Sie wurde nach Avignon gebracht. Und bei Gott, Ihr verfügt weder über die Fähigkeiten noch die Mittel, um sie wiederzufinden.«

Gualtiero warf ihm einen vernichtenden Blick zu. »Haltet Ihr mich etwa für dumm?«

»Ja«, erwiderte Maynard auf die Gefahr hin, ihn zu kränken. »Ihr kennt die Welt und ihre Fallstricke nicht. Wenn Ihr Euch auf die Reise nach Avignon begebt, werdet Ihr keine Woche überleben.«

Gualtiero machte nur eine verächtliche Geste. Dennoch blieb er stehen und dachte nach. »Vielleicht habt Ihr recht, aber ich lerne schnell. Ich werde mich eben angleichen und, um sie zu finden, jeder Gefahr entgegentreten.«

»Ja, das werdet Ihr. Aber zur richtigen Zeit.«

»Diese Zeit ist jetzt! Wenn ich noch länger warte, wird es zu spät sein.«

»Denkt doch nach, mein Freund. Hätte man sie töten wollen, wäre sie nicht so weit weggebracht worden. Eure Mutter ist eine Frau mit vielen Geheimnissen, vergesst das nicht. Bevor Ihr handelt, solltet Ihr wissen, was sie vor Euch verbarg.«

Maynard hatte seine Worte mit Bedacht gewählt und mit sanfter Stimme gesprochen, aber er erregte nur Gualtieros Zorn.

»Ich werde selbst entscheiden, was ich tue!«, rief er.

»Nein, Ihr werdet mir gehorchen«, beharrte Maynard. »Ihr kehrt in die Abtei von Pomposa zurück, bis ich herausgefunden habe –«

»Ihr könnt mir nichts befehlen!«

»Seid Ihr da so sicher?« Maynard gab Isabeau ein Zeichen, zurückzubleiben, und versperrte Gualtiero den Weg. Inzwischen befanden sie sich innerhalb der Stadtmauern auf einer mit Fackeln beleuchteten Straße, die sich zwischen San Giovanni Vecchio und dem Servitenkloster hindurchschlängelte.

Gualtiero stellte sich ihm furchtlos. »Tretet beiseite, Herr!«

Maynard musterte den wütenden jungen Mann, und obwohl er wusste, dass aus ihm nur der Schmerz sprach, blieb er reglos mit verschränkten Armen stehen. »Dann zwingt mich doch dazu«, forderte er ihn heraus. »Zeigt, dass Ihr ein Mann seid.«

Er hatte die Worte noch nicht ausgesprochen, als Gualtiero sich mit all dem wütenden Groll in seinem Herzen auf ihn stürzte. Maynard verlagerte ungerührt das Gewicht auf den rechten Fuß und versetzte Gualtiero einen Schlag in den Magen, dass dieser der Länge nach hinschlug.

»Wollt Ihr Euch etwa so allen Gefahren stellen?«, ermahnte er ihn. »Wollt Ihr so Eure Mutter retten?«

Gualtiero lag zusammengekrümmt im Schlamm und rang nach Luft. Dann erhob er sich mit einem Verzweiflungsschrei auf die Knie und ging erneut zum Angriff über. Maynard trat nur zur Seite, packte ihn am Gürtel und schickte ihn wieder zu Boden.

»Bleibt liegen, mein Sohn«, riet er ihm. »Und lernt aus dieser Lektion.« Doch als er sich über Gualtiero beugte, sah er, wie der nach vorn schnellte und ihn am Rumpf packte.

Bevor er ihn zurückstoßen konnte, bemerkte Maynard, dass Gualtieros Gesicht tränenüberströmt war, und er ließ zu, dass er ihn mit aller Kraft umschlang. »Nur zu, mein Freund«, ermutigte er ihn. »Kommt, lasst Eurem Schmerz freien Lauf.«

Gualtiero presste den Kopf an Maynards Brust und erstickte so einen Schrei.

Maynard ließ sich von seinem Kummer mitreißen, und sie verharrten in dieser Umarmung. »Nehmt meine Hilfe an«, flüsterte er sanft, als würde er ein widerspenstiges Pferd zähmen. »Lasst mich Euch erklären, wie Ihr Eure Mutter retten könnt und auch Euch.«

Das Schluchzen, das er als einzige Antwort erhielt, machte ihm Hoffnung, dass der Sturm nun vorüber war.

5

Am folgenden Morgen begleitete Maynard die beiden jungen Leute bis zur Kontrade della Misericordia, einem südlich gelegenen Viertel, das durch den Padus von der übrigen Stadt getrennt war. Es wurde auch *Ferrariola* genannt nach dem langobardischen *castrum*, aus dem sich Ferrara nördlich des Flusses entwickelt hatte.

Während sie die Stadtmauern und die Schiffsbrücke hinter sich ließen, strahlte die bereits hoch am Himmel stehende Sonne mit ihrem goldenen Schein auf die Kathedrale San Giorgio *extra moenia* und den Marktplatz und lud zu einem Bummel zwischen den Ständen und Wagen der Verkäufer ein. Das laute Geschrei der Händler vermochte Maynards Alpträume der Nacht jedoch nicht zu zerstreuen. Seine Gedanken wanderten ständig vom Mord an Pater Facio zu dem Unglück, mit dem Gualtieros Familie geschlagen war.

Es tat ihm leid, dass er den jungen Mann so hart behandelt hatte, obwohl er wusste, dass es nur zu seinem Besten geschehen war. Er kannte solche aufbrausenden Gefühle genau, die einem das Herz vergiften konnten. Er selbst war ihnen erlegen und musste mit einer nie erlöschenden Wut leben, als würde sein Vater jeden Tag aufs Neue seine arme Schwester Eudeline schänden.

Maynards Blick ging zu Gualtiero. Als er ihn derart niedergedrückt vor sich herlaufen sah, litt er mit ihm. Bis vor einigen Jahren hätte er nie gedacht, dass seine Seele so mitfühlend sein könnte. Er hatte nur nach Ruhm und Blut gehungert, war dem Traumbild nachgelaufen, ein Held zu werden wie die Männer in den *Chansons de geste*. Demütigungen und Leid hatten ihn begreifen lassen, wie eitel diese Wünsche gewesen waren. Ruhm war doch nur eine Illusion und das Blutvergießen auf den Schlachtfeldern ein Kainsmal. Es blieb bloß die Berufung zum *servitium*. Nur dieses würde dem am Tag seines Ritterschlags geleisteten Schwur einen Sinn verleihen. Der Dienst an den Tugendhaften und Unterdrückten.

Während Maynard seinen Weg zwischen den Ständen der Fischhändler und Korbflechter suchte, konnte er eine weitere Sorge nicht vergessen. Keine allzu große Angelegenheit, aber immerhin so ärgerlich, dass er sie so schnell wie möglich hinter sich lassen wollte. Doch vorher musste er die Anlegestelle am Rand des Viertels erreichen, von wo aus Lastschiffe mit flachem, kiellosem Rumpf die Passagiere zur Küste brachten. Einige würden gewiss am *Portus abbatis* in Pomposa anlegen, und auf einem davon konnten Gualtiero und Isabeau an ihren Bestimmungsort gelangen. Sobald er herausgefunden hatte, welche das waren, widmete er sich wieder seinem Problem. Es ging um Isabeau. Unter einem Vorwand schickte er Gualtiero weg, um mit ihr unter vier Augen zu sprechen.

»Nehmt, Gualtiero.« Er hielt ihm ein paar Münzen hin und deutete auf die Pfarrkirche San Giorgio, die das Viertel überragte. »Als Fürbitte für die Seele Eures Vaters.«

Der junge Mann löste sich aus seiner tiefen Trauer, bedankte sich stumm bei ihm und ließ ihn mit Isabeau allein.

Die Pfarrkirche hatte einst großen Glanz in ihren Mauern geborgen. Das bemerkte Gualtiero sofort, als er durch die Tür getreten war und ihm Tücher und heilige Paramente ins Auge fielen, deren Purpur und Gold inzwischen verblasst waren. Von der früheren Pracht waren jetzt nur noch von Staub und Spinnennetzen verhüllte Oberflächen geblieben, die Gualtiero in seiner Trauer noch trister vorkamen. Sein geübter Blick glitt über ein verblasstes Fresko, welches das Leben des seligen Georg darstellte. Der Heilige aus Kappadokien war dort nicht zu Pferde abgebildet, sondern während seines Martyriums, auf ein gezahntes Rad gebunden. Seine leidende Pose, so ganz anders als die stolze Haltung, in der er sonst dargestellt wurde, bewegte Gualtiero tief, und er erinnerte sich wieder daran, warum er hier war.

Er ging zum Opferstock und ließ die Münzen hineinfallen, die ihm Maynard gegeben hatte, dabei sprach er ein Gebet. Er kam sich etwas seltsam dabei vor, da er Kirchen gemeinhin als Arbeitsplatz ansah. Auch seine ersten Schritte hatte er in einer Kirche getan, während sein Vater dort einen Bogen ausmalte, und seitdem war er ihm stets gefolgt, durch alle Länder vom Apennin bis zum Meer, von einer

Basilika oder Pfarrkirche zur anderen, und war so ganz allmählich in den Beruf des Malers hineingewachsen, bis er so geschickt darin wurde, dass er ihm helfen durfte, wenn er ihn nicht gar überflügelt hatte. Gerade sein großes Können hatte ihn und seinen Vater dann voneinander entfernt und in ihnen Hochmut und Neid aufkommen lassen. Nun jedoch war dieser Groll aus seinem Herzen gewichen. Und er glaubte fest daran, dass auch Sigismondo, wo immer er sich jetzt befand, ihm gegenüber keinen Zorn mehr empfand. Nein, sein Blick ruhte sicher gütig auf ihm und beschützte ihn, wie er es im Leben nie getan hatte. Das spürte Gualtiero ganz deutlich. Anders hätte er sich weder die Seelenstärke erklären können, mit der er der Hinrichtung beigewohnt hatte, noch die Entschlossenheit, die ihn jetzt drängte, nach seiner Mutter zu suchen.

Es schien ihm nicht angebracht, bei Maynard auf seinem Begehren zu beharren. Er begriff die Beweggründe für dessen Handeln, und er fühlte sich durch seine Freundschaft geehrt. Dennoch würde er nicht auf sein Einverständnis warten. Obwohl er nicht wusste, warum seine Mutter verhaftet und unter strengster Geheimhaltung nach Avignon gebracht worden war, würde er sie nicht der Gnade und Barmherzigkeit böser Menschen überlassen.

Aber er musste erst überlegen, wie er vorgehen sollte – da stimmte er Maynard zu –, sobald er jedoch genügend Geld beisammenhätte, würde er aufbrechen. Und er wusste auch schon, an wen er sich wenden sollte.

Während Gualtiero weiter leise das *Requiem* sprach, meinte er wahrzunehmen, dass sich seine Umgebung veränderte. Ihm war, als erbebten der Bogen der Apsis, die Wände und die Tonnengewölbe und würden die Form von großen Flügeln annehmen, die sich über ihm ausbreiteten. Gualtiero schloss die Lider, und um ihn herum verschwand alles. Hier in dieser abgeschirmten Welt leuchtete sein Schmerz lebhaft, ja beinahe grell auf, aber er konnte ihn zum ersten Mal in sich aufnehmen, ohne von Verzweiflung überwältigt zu werden.

Requiem aeternam dona eis, Domine.

Während er von diesem Kelch des Leidens kostete, begriff er zum ersten Mal, was es hieß, eine Kirche zu betreten, um dort bei Gott Trost zu suchen.

»Ich hatte dich unter dem Schutz der Mönche in Pomposa zurückgelassen. Warum bist du dem jungen Mann gefolgt?«

Isabeau senkte den Kopf und zog sich in Schweigen zurück, was Maynard verärgerte.

»Hat er es von dir verlangt?«, fragte er streng.

Sie verneinte stumm.

Er musste an sich halten, ihr keine Ohrfeige zu versetzen. Aber er bezähmte sich, weil ihn der Gedanke, ein Mädchen zu schlagen, anwiderte. Bevor sie einander vor einiger Zeit auf der *Via Francigena* begegnet waren, hatte Isabeau frei, ohne Regeln und Einschränkungen gelebt, die ihren Entscheidungen Grenzen gesetzt hätten. Dies und die Tatsache, dass ihre Mutter sie im Stich gelassen hatte, hatten das Mädchen scheu und misstrauisch gemacht und sie vor der Zeit erwachsen werden lassen.

»Wie dem auch sei«, sagte Maynard so gebieterisch wie möglich, »ich verlange, dass du so etwas nie wieder tust. Ich habe geschworen, dass ich mich um dich kümmere und –«

»Ihr habt mich angelogen.«

Er musterte Isabeau, deren Züge sich verhärtet hatten. »Was meinst du damit?«, fragte er sie, als hätte er einen Tadel verdient.

»Ihr habt mich in dieser Abtei zurückgelassen«, warf sie ihm vor. »Ich hatte Angst, Ihr würdet nie mehr wiederkommen.«

Maynard wandte den Blick von ihr ab. »Erinnerst du dich, was ich über die Mission gesagt habe, die ich erfüllen muss?«

Isabeau sah ihn mit ihren seltsamen Augen an, eines grün und das andere blau. »Ihr sagtet nur, wenn Ihr sie zu Ende gebracht hättet, würdet Ihr –«

»Ja, genau das habe ich gesagt.« Er strich ihr über das Gesicht. »Ich habe gesagt, dass ich nach Frankreich zurückkehren und dass ich dich mitnehmen werde. Das habe ich versprochen, Isabeau, und ein guter Ritter hält immer sein Wort. Aber damit ich das kann, muss ich noch in Ferrara bleiben und meine Mission erfüllen.«

»Dann erlaubt mir, Euch dabei zu helfen.«

»Du hilfst mir, indem du an einem sicheren Ort bleibst. In der Abtei von Pomposa, zusammen mit Gualtiero.« Maynard wartete, dass Isabeau zustimmend nickte, dann lächelte er. Es gab noch etwas, das er ihr einschärfen wollte. »Und denk daran«, ermahnte er sie, »in den Augen der *fratres* musst du weiterhin meine Schwester sein.« Er erklärte ihr nicht, warum, um sie nicht zu betrüben. Abt Andrea hatte sich nur bereit erklärt, sie unter seine Fittiche zu nehmen, weil er sie für ein Mädchen von adliger Abkunft hielt, eine de Rocheblanche. Maynard wollte sich nicht ausmalen, wie der Abt reagieren würde, wenn er wüsste, dass sie die verwaiste Tochter eines armseligen Gauklers war. »Bei deiner Rückkehr erzählst du den Mönchen, du seist fortgelaufen, weil du mich unbedingt treffen wolltest. Mehr nicht.«

Isabeaus Gesicht verfinsterte sich. »Heißt das, Ihr werdet mich nicht zur Insula Pomposiae begleiten?«

»Es geht nicht, das habe ich dir bereits gesagt. Dringende Angelegenheiten erwarten mich hier.« Als er nun einen langen Kahn entdeckte, der am Ufer festgemacht war, wusste er, dass er das Geeignete für seine Zwecke gefunden hatte. »Und jetzt sei so freundlich und hol Gualtiero her, während ich mit diesen Süßwassermatrosen den Preis aushandele.«

6

Abtei Santa Maria di Pomposa, Palatium abbatis
26. April

Im Halbdunkel seines Arbeitszimmers musterte Abt Andrea das Siegel des Briefes, der ihm eben gebracht worden war, und fragte sich, warum der Bischof von Ferrara so lange gezögert hatte, ihm zu schreiben. Wahrscheinlich ging es um eine heikle Angelegenheit. Anders hätte er sich auch das Verhalten von Marchese Obizzo nicht erklären können, der sich im Gegensatz zum Bischof nicht einmal dazu herabgelassen hatte, auf seine Fragen zu antworten.

Doch diese Fragen waren berechtigt. Dass diese Herren so erbittert gegen zwei einfache Leute aus dem Volk vorgegangen waren, verwirrte ihn. Immer wieder musste er an die Begebenheit denken, als der Vizdom nach Pomposa gekommen war und befohlen hatte, die Eltern von Gualtiero de' Bruni zu verhaften. Bisher wusste er nur, dass Sapia, die Frau des Malers, Superanzio Orsini zu diesem Befehl bewogen hatte. Sigismondo hatte sich nur des Vergehens schuldig gemacht, sie zu verteidigen, und hatte dafür bitter bezahlt.

Er dagegen hatte tatenlos zugesehen.

Was wäre gewesen, wenn die Schergen einen meiner Mönche angegriffen hätten?, fragte er sich. Hätte ich sie dann ebenfalls gewähren lassen?

Er ließ den Blick über die Bücherregale schweifen, die die Wände seines Arbeitszimmers bedeckten, um dann wieder zum Brief des Bischofs zurückzukehren. Dies alles widerte ihn an. Sigismondo und Sapia schmachteten seit Wochen im Kerker, und er hatte nichts anderes erreicht als diesen armseligen Brief! Wie konnte er Guido di Baisio und Obizzo d'Este tadeln, wenn er selbst so überaus empörend gehandelt hatte?

In Wahrheit fühlte er sich verloren und unfähig, zwischen Recht und Unrecht zu unterscheiden. Den einzigen Funken Klarheit in dieser Sache brachte ihm das, was ihn Severino da Padova, sein alter Mentor, gelehrt hatte, als er ihn auf das Leben eines Mönchs vorbereitet hatte. In jeder Sphäre der Schöpfung gab es Hierarchien, hatte er ihm damals erklärt. Durch sie entstand eine gottgewollte Ordnung zwischen den gesellschaftlichen Ständen genauso wie zwischen den Himmelskörpern, und im Namen dieser Ordnung musste man manchmal Opfer bringen, die dem Anschein nach ungerecht waren.

Abt Andrea sah in diesen Worten eine furchtbare, aber unanfechtbare Logik. Eine Logik, die er wie jeder, der eine gewisse Macht ausübte, akzeptierte und befolgte.

Doch für Gualtiero de' Bruni war er von seinen Grundsätzen abgewichen. Er hatte ihn Superanzios Klauen entrissen und in das *Skriptorium* von Pomposa aufgenommen, um aus ihm einen Miniaturenmaler zu machen.

Die Tat war jedoch auch auf seinen eigenen Vorteil ausgerichtet, warf er sich vor, obwohl er sah, dass er in guter Absicht gehandelt hatte. Dank der Gabe dieses jungen Mannes würde er die Abtei von ihren Schulden befreien können, ganz zu schweigen davon, dass Gualtiero von einem einfachen Kunsthandwerker in einen höheren Stand wechseln würde. Für den Augenblick hatte Andrea ihm noch nicht enthüllen wollen, was er für ihn plante. Er hatte zugelassen, dass der junge Mann nach Ferrara aufbrach, um sich nach dem Schicksal seiner Eltern zu erkundigen, weil er hoffte, dass diese Erfahrung ihm die Welt so zeigen würde, wie sie war: brutal. Nur dadurch würde er begreifen, dass Pomposa der einzige Ort war, an dem er sich selbst verwirklichen konnte.

Mit neu erwachter Hoffnung wandte sich Abt Andrea wieder dem Brief zu. Er öffnete eine Lade des Pults, holte ein Schreibermesser heraus und erbrach damit das Wachssiegel, begierig, das Schicksal von Sigismondo und Sapia zu erfahren.

Was er las, raubte ihm den Atem.

Unmöglich, dachte er, und sein Blick blieb an dem Schreckenswort hängen, das sich im Text wiederholte.

Haeresis.

»Unmöglich«, wiederholte er laut. Er konnte nicht glauben, dass die Familie de' Bruni aus Ketzern bestand. Das waren bescheidene Leute, die die Madonna und den heiligen Franziskus verehrten ... Sigismondo hatte ihm sogar gestanden, dass er sein künstlerisches Können verfeinert hatte, indem er Kirchen und andere Sakralbauten ausmalte ... Wie konnte er da ein Ketzer sein?

Doch der Bischof von Ferrara war unmissverständlich gewesen. Ketzer, hatte er geschrieben, ohne dabei die Katharer, Lollarden, Apostoliker oder die Brüder und Schwestern des Freien Geistes zu erwähnen ... Anstatt die teuflische Doktrin beim Namen zu nennen, der die de' Bruni anhingen, ließ der Bischof durchblicken, er solle die Angelegenheit nicht vertiefen. *Stellt keine weiteren Fragen*, schien er ihm zwischen den Zeilen zu raten.

Abt Andrea hatte es schon mit solchen Warnungen zu tun bekommen und erkannte deshalb die verhüllte Drohung, die aus dem Kurienlatein von Guido di Baisio sprach.

Er knüllte den Brief zusammen und warf ihn weit von sich, während es in seinem Kopf arbeitete. Was sollte er nur dem Jungen erzählen? Er durfte ihn auf keinen Fall anlügen oder ihn daran hindern, sich auf die Suche nach der Wahrheit zu machen. Allerdings auf eigene Gefahr ...

Einen Augenblick lang hoffte er, dass sein Freund Maynard etwas herausfinden könnte, doch dann schalt er sich einen Narren. Maynard de Rocheblanche war aus Frankreich gekommen, um eine ganz andere Mission zu erfüllen, außerdem kannte er sich im Umfeld des Bischofs und des Marchese nicht gut genug aus, um sich in den verschlungenen Pfaden einer derartigen Intrige zurechtzufinden.

Andererseits hatte Andrea keineswegs vor, das Ganze widerspruchslos zu akzeptieren. Wenn er Gualtiero enttäuschte, würde er ihn verlieren, zudem konnte er den Gedanken nur schlecht ertragen, die Übergriffe des Bischofs demütig hinzunehmen. Aber alles in allem, welche andere Möglichkeit blieb ihm denn? Die Schulden des Klosters drohten ihn zu erdrücken, und was seinen Glauben anging ...

Auf einmal schien ihm sein Arbeitszimmer zu eng. Heftig atmend blickte er sich um, er wäre am liebsten geflohen und hätte alles hinter sich gelassen. Intrigen, Pläne, Verantwortung ... Sich selbst verfluchend verließ er das Schreibpult und hastete zur Tür.

Als er aus dem Bogengang des *Palatiums* hinaustrat, wurde er von der Sonne geblendet, die hoch über dem Hof stand. Er ging vorwärts, den Blick auf das Gras gesenkt, ohne die Mönche und Diener zu grüßen, denen er begegnete. Wut, Reue und Missbehagen erfüllten ihn so sehr, dass er das Gefühl hatte, er würde durch einen schwarzen Strudel irren.

Kurze Zeit später fand er sich vor der Abtei wieder. Nicht das Bedürfnis zu beten hatte ihn hierhergeführt oder der Ruf nach spiritueller Sammlung. Dies alles hatte er schon vor Jahren aufgegeben. Nein, ihn trieb der Wunsch um, sich am göttlichen Vater abzureagieren. Eine andere Art, mit ihm in Verbindung zu treten, kannte er nicht. Nachdem sein Glauben nachgelassen hatte, konnte ihn nur noch die Wut als seine treue Begleiterin aus der Verzweiflung reißen. Und genau in Momenten wie diesem hätte er vor Wut am liebsten so laut aufgeschrien, dass alle Engel im Himmel erzitterten.

Kein Ort wäre geeigneter gewesen, seine Empörung aufzunehmen, als das Hauptschiff vor der alten Kanzel und dem Altar, inmitten von Fresken, die schon seit Jahrhunderten verblasst waren. Kein Ort hätte besser dafür gepasst, hier waren einst seine Träume entstanden, mit denen er dann von Gott in einer Welt von Verrückten im Stich gelassen wurde.

Er musterte das Gebäude mit gen Himmel gereckten Fäusten, während die in die Fassade eingeschnittenen Dekorationen – die einen Löwen, einen Pfau und einen Baum darstellten – einen Sturm von Gedanken in ihm auslösten. Wie so oft erschien es ihm, als würde ein nicht zu fassendes Wesen ihn verhöhnen, das zu vollkommen war, um sich seiner anzunehmen.

Er wollte schon hineingehen und den dort betenden Mönchen befehlen, sie sollten ihn allein lassen, als er das Fresko der Madonna über dem Portal erblickte.

Die heilige Jungfrau auf dem Thron, inmitten von Engeln, selig in ihrem Schmerz als Mutter und als Frau.

Abt Andrea blieb beinahe das Herz stehen.

Ihm war, als sähe er sie zum ersten Mal. Er öffnete die Fäuste und faltete die Hände vor der Brust, im festen Glauben, dass sie ihn angesehen hätte. Dann erinnerte er sich, dass er als Kind Ähnliches beim Anblick eines Bildes von Jesus Christus empfunden hatte. Jetzt hingegen mahnte die Madonna ihn, ja die gesamte Abtei schien ihn zu tadeln, wie sie so drohend über ihm aufragte gleich einem riesigen lebendigen Wesen.

Er kam sich winzig klein vor, wie der törichste und armseligste Mensch auf der ganzen Welt.

Dann hörte er das Winseln.

Aus seiner Vision gerissen, lauschte er diesem Laut hinterher, der sich wie eine Klage anhörte und ihn so rührte, dass er ihm folgte. Einem Schlafwandler ähnlich lief er los, in seinen Gedanken immer noch ganz beim Blick der Madonna, bis er zu einer Hecke am Rand des Hofes kam. Er wollte sich schon hinunterbeugen, um nachzusehen, als das Rascheln von Zweigen ihn zurückweichen ließ. Doch gleich darauf bewegte ein weiterer Klagelaut sein Herz. Daraufhin schob er die Blätter beiseite, neugierig geworden, welches Tier dort so litt.

Er sah einen Hund vor sich, der sich im Gras zusammengekauert hatte.

Das Tier war so schmutzig, dass man nicht einmal die Farbe seines Fells erkennen konnte. An der lang gezogenen, spitzen Schnauze und den langen Beine erkannte Abt Andrea, dass es sich um einen edlen Windhund handeln musste. Er wirkte zahm und friedlich. Am Ende seiner Kräfte und schwer atmend lag er da. Bei genauerem Hinsehen bemerkte Andrea, dass eine seiner Pfoten verletzt war.

Als er versuchte, ihn zu berühren, knurrte der Hund ihn an.

»Dominus!«

Der Abt fuhr herum und erblickte einen Diener aus der Abtei. Er hieß Bonus und war fast noch ein Knabe.

»Bleibt weg, Dominus«, warnte dieser ihn noch einmal und hob einen Stein vom Boden auf, »bevor er Euch noch beißt.«

»Er ist doch nur verängstigt.« Abt Andrea richtete sich auf und bedeutete dem Diener, er solle sich beruhigen, dann fiel ihm ein, dass der Junge für Arbeiten im Kloster eingeteilt war. »Was tust du hier?«

»Der Bruder Pförtner schickt mich, um Euch zu holen«, erwiderte Bonus. »Ich soll Euch ausrichten, dass zwei Personen vor Kurzem zurückgekehrt sind.«

»Um wen handelt es sich dabei?«

»Das französische Mädchen und der Minna… Minta…«

»Der Miniaturenmaler«, korrigierte ihn der Abt. Gualtiero war also zurückgekommen! Er wusste nicht, ob ihn dieser Gedanke froh stimmen oder ängstigen sollte. Was würde er ihm sagen? Er durfte ihm auf keinen Fall verheimlichen, was der Bischof geschrieben hatte … Andererseits war er begierig zu erfahren, welche Nachrichten Gualtiero aus Ferrara mitbrachte. »Ach wenn ich doch nur mehr Zeit zum Überlegen hätte!«, schimpfte er vor sich hin und wandte sich nur widerwillig dem Kloster zu.

Doch bevor er sich auf den Weg machte, erinnerte er sich an den Hund. Er machte Bonus auf die Wunde aufmerksam. »Bring diesem armen Kerl Wasser«, befahl er, »und hol den *Infirmarius*, er soll ihn versorgen.«

7

Gualtiero wurde gesagt, er solle mit Isabeau vor dem Turm mit dem Taubenschlag warten. Wäre es nach ihm gegangen, hätte er sich gern gleich in den großen Karren zurückgezogen, der seiner Familie gehört hatte. Durch einen Bogen, der den Blick auf den Hof der Abtei freigab, konnte er ihn am Rand des Sträßchens nach Pomposa erspähen. Noch vor einem Monat, dachte er, habe ich in diesem Wagen das Bildnis meiner Mutter gemalt. Dies genügte – und zahllose Erinnerungen trieben ihm die Tränen in die Augen. Seine Welt hatte sich so stark verändert, dass er sie nicht mehr wiedererkannte. Die letzte, die verstörendste Enthüllung hatte ihm Sigismondo kurz vor seinem Tod gemacht.

Ich bin nicht dein Vater.

Diese Worte hatten sich wie ein Pfeil in sein Herz gebohrt.

Anfangs hatte er sich gefragt, ob Sigismondo sie in einem Fieberwahn angesichts des Todes ausgesprochen hatte. Doch der Kummer auf seinem Gesicht hatte ihn vom Gegenteil überzeugt.

Die ganze Fahrt auf dem Fluss hatte er, gewiegt von den Wellen, darüber nachgedacht, doch es hatte sich einfach keine hilfreiche Erinnerung einstellen wollen, um diese Frage zu beantworten. In seinem Leben hatte es nur Sigismondo und Sapia gegeben. Er war überzeugt, dass sie einander geliebt und trotz der ärmlichen Verhältnisse ein glückliches Leben geführt hatten. Hätte man ihm nur vor einigen Tagen gesagt, dass ihr Zusammenleben auf einer Lüge aufgebaut war, hätte er das empört zurückgewiesen. Jetzt hingegen schien sein ganzes Leben voller dunkler Geheimnisse. Geheimnisse um die Verhaftung seiner Mutter. Um den Tod seines Vaters. Um seine eigene Herkunft …

Der Schlüssel zu allem war seine Mutter Sapia.

Das schien ihm nur allzu offensichtlich, sobald er wieder ein wenig klarer denken konnte. Alles schien mit ihr zusammenzuhängen. Alles hatte mit ihr angefangen. Je mehr er davon überzeugt war, desto mehr fühlte er sich zwischen Vernunft und Gefühl zerrissen. Die Vorstellung, dass seine Mutter ihn belogen hatte, verstörte ihn zutiefst.

Instinktiv suchten seine Hände Zuflucht in denen Isabeaus. Sie blickte ihn sanft an und umarmte ihn.

Das erinnerte Gualtiero daran, wie er in ihren Armen geweint hatte, doch während er den Duft ihres Körpers in sich aufnahm, dachte er, dass auch sie einiges verheimlichte. Sie war mit Maynard aus dem Norden gekommen und hatte nichts über ihre Vergangenheit offenbart. Nur eins stand fest, sie konnte kaum aus einer hochrangigen Familie stammen. Sie reagierte viel zu unbeherrscht, beinahe grob, was so gar nicht zu den Töchtern aus dem Adel oder von reichen Händlern passen wollte. Dennoch hatte sie sein Herz so gerührt, dass er sich ihr anvertraut hatte und nun Gott dankte, dass sie an seiner Seite war.

Als Abt Andrea aus einem der Nebengebäude des Klosters trat, löste er sich jäh von ihr.

Der Abt näherte sich mit vor dem Bauch verschränkten Händen. Eine ehrwürdige Erscheinung wie immer, doch schien ihn eine außergewöhnliche Sorge zu bedrücken. Er grüßte kurz und sah Isabeau fragend an.

»Verzeiht, ehrwürdiger Vater, dass ich mich entfernt habe«, sagte sie, sobald er vor ihr stand. »Ich habe meinem edlen Bruder einen Besuch abstatten wollen.«

»Und dafür musstet Ihr aus dem Kloster fortlaufen? Wenn ich davon gewusst hätte, hätte ich Euch einen Diener zur Begleitung mitgegeben.«

Das Mädchen zuckte nur mit den Schultern. »Gualtiero hat mich begleitet.«

Dem Abt schien diese Antwort zu missfallen. Seufzend wandte er sich Gualtiero zu. »Mein Sohn«, sagte er, und sein Gesicht verfinsterte sich, »Eure Augen sprechen für sich.«

»Mein Vater ist tot.« Gualtieros Antwort klang übertrieben scharf, doch sein innerer Schmerz ließ ihn keine milderen Worte finden. »Aber ich möchte mit Euch über etwas anderes reden.«

Andrea zeigte sich zunächst überrascht, dann sah man ihm tiefes Mitleid an. Ganz langsam schlug er ein Kreuz. »Lasst mich Euch mein Beileid ausdrücken …«

»Darum geht es nicht«, erwiderte Gualtiero. »Ich brauche Eure Hilfe, um meine Mutter wiederzufinden.«

Der Abt und Gualtiero wandten dem Kloster den Rücken zu und schlugen einen Pfad in südlicher Richtung ein, um ungestört reden zu können. Gualtiero hätte gern Isabeau bei sich gehabt, aber Andrea hatte das entschieden abgelehnt und einem Diener befohlen, sie in ihre Unterkunft zu bringen. »In Sicherheit«, hatte er betont und beiläufig gelächelt.

Es war warm und durch die Luftfeuchtigkeit noch stickiger. Stumm schritten die beiden Männer unter den Wipfeln der Ulmen, Eschen und Weiden voran, bis sie an einen grünlichen Teich kamen, der einen intensiven Geruch nach Torf ausströmte. Gualtiero war noch nie so weit in die Ländereien der Abtei vorgedrungen. Während er das Röhricht in ihrer Umgebung betrachtete, fragte er sich, warum Abt Andrea ihm all dies hier zeigen wollte.

»Was Eurem Vater zugestoßen ist, ist schrecklich«, brach Andrea schließlich die Stille um sie.

»Maynard de Rocheblanche hat nichts darüber herausfinden können«, erwiderte Gualtiero und antwortete damit auf die unausgesprochene Frage. »Und ich … ich habe nur der Hinrichtung beiwohnen können. Ohnmächtig.«

»Sagt mir, haben ihn Männer der Kirche zum Richtplatz geführt?«

»Männer der Kirche?« Gualtiero sah ihn verwundert an.

»Dominikaner, Franziskaner, Inquisitoren …«, erklärte der Abt und machte eine beiläufige Handbewegung.

»Nur die Brüder der *Congregatio mortis*.«

»Wisst Ihr das genau?«

»Ja, Vater.«

Andrea überlegte kurz, dann nickte er. »Ich werde für Sigismondo eine Messe lesen«, sagte er. »Damit er in Frieden ruhe.«

Gualtiero hatte den Verdacht, dass der Abt ihm etwas verheimlichte. »Ich bin Euch dankbar«, sagte er dennoch. »Doch wie ich schon andeutete, möchte ich Euch um etwas anderes bitten. Meine Mutter weilt nicht mehr in Ferrara. Maynard de Rocheblanche hat Gründe, anzunehmen, dass man sie nach Avignon gebracht hat.«

»Warum das?«, fragte der Abt.

Gualtiero sah hinaus auf das wogende Schilf im Sumpf und bewunderte den ewigen Frieden, der über diesem Ort zu herrschen schien. »Maynard weiß es nicht«, antwortete er. »Dennoch muss ich sie wiederfinden. Deshalb flehe ich Euch an, helft mir!«

Andrea ließ sich mit einer Antwort Zeit. Mit vor dem Bauch verschränkten Händen dachte er nach, eine schwarze Gestalt an den stillen Ufern des Tümpels. »Wisst Ihr eigentlich, wovon Ihr da sprecht?«, fragte er schließlich. »Habt Ihr überhaupt eine Vorstellung, wie viele Tage Wanderschaft Ihr auf Euch nehmen müsstet?«

»Wenn mein Vorhaben gerecht ist, wird der Herr mir helfen.«

»Oho, der Herr …« Das Gesicht des Abts verzog sich zu einer Grimasse. »Seid doch nicht töricht.«

Gualtiero sah ihn enttäuscht an. »Ausgerechnet Ihr, ehrwürdiger Abt, sagt mir das?«

Andrea zuckte schweigend mit den Schultern.

Gualtiero bemerkte seine Verbitterung, und zum ersten Mal wurde ihm klar, dass in dieser Benediktinerkutte ein Mann aus Fleisch und Blut steckte. »Ich brauche Geld für die Reise«, sagte er. »Glaubt mir, es fällt mir nicht leicht, mich mit einer solchen Bitte an Euch zu wenden, aber ich kann auf niemand anderen zählen. Ich schwöre, dass ich Euch alles erstatten werde, indem ich, wenn nötig, mein Leben lang im Skriptorium von Pomposa arbeiten werde, sobald ich zurückkehre.«

»Sobald Ihr zurückkehrt …«, wiederholte der Abt wenig hoffnungsvoll. Dann senkte er den Kopf und seufzte. »Vielleicht wisst Ihr ja nichts von dem Unglück, das auf meiner Abtei lastet. Es ist ganz sicher nicht mit Eurem zu vergleichen, aber doch so schlimm, dass es mich in die Knie zwingt. Die wenigen Goldflorin, über die ich verfügte, sind durch die Hände des Marchese Obizzo in die Taschen der Apostolischen Kammer geflossen. Deshalb verzeiht mir, Gualtiero. Ich kann Euch nicht helfen, so gern ich es auch möchte.«

»Ich verlange doch nicht viel«, bat Gualtiero.

»Doch genug, um das Wenige anzugreifen, das noch übrig bleibt.« Abt Andrea sah hinaus auf einen fernen Punkt, wo sich das Wasser in einen weißlichen Nebel aufzulösen schien. »Ist Euch nicht aufgefallen, wie heruntergekommen mein Kloster ist? Ich verfüge nur über zwanzig Mönche, die Schweres durchmachen, sowohl körperlich wie im Geiste.«

Angesichts seiner Weigerung fühlte sich Gualtiero, als wäre alles verloren. Er schloss die Augen. Zu stark war der Drang, den Mann vor sich einfach niederzuschlagen.

»Dennoch«, fuhr der Abt fort, »wenn Ihr nur Geduld hättet ...«

Plötzlich wirkte er wieder heiter und gelassen. Gualtiero konnte sich diesen Stimmungswechsel nicht erklären, bis er den Gesichtsausdruck des Abts bemerkte. Der Sturm in seinem Innern hatte sich weder gelegt, noch war er besänftigt. Er tobte hinter seinen eisengrauen Augen im Verborgenen weiter.

»Um Gottes willen, Pater, erklärt Euch.«

»Euer Talent könnte Euch helfen, genügend Geld zusammenzubekommen«, erläuterte der Abt. »Wie Ihr wisst, wenden sich häufig Wohlhabende an unsere Bibliothek und fragen nach Kopien von Handschriften. Teure Kopien, besonders wenn sie mit feinen Miniaturen verziert sind, und darin seid Ihr ein Meister.« Er lächelte Gualtiero an. »Wenn sich eine solche Gelegenheit böte, wäre ich bereit, den Lohn mit Euch zu teilen.«

»Aber das könnte womöglich erst in einigen Monaten geschehen ...«, wandte Gualtiero ein. »Oder Jahren ...«

»Oder in einer Woche.«

Gualtiero wusste nicht, was er darauf erwidern sollte. Der Kummer drängte ihn dazu, das Angebot abzulehnen und sich auf die Reise zu begeben, ehe es vielleicht auch für seine Mutter zu spät sein würde. Andererseits bestätigte das, was der Abt gesagt hatte, Maynards Worte: Wenn Sapias Kerkermeister sie hätten töten wollen, hätten sie bestimmt nicht die Mühe auf sich genommen, sie nach Avignon zu bringen.

Verzweifelt presste er die Handflächen an die Schläfen. Wäre er ein

Adliger gewesen, hätte er keinen Moment gezögert, seine tapferen Männer um sich zu versammeln, um sie zu befreien. Doch das Leben hatte es nicht so gut mit ihm gemeint. Jedes Hindernis wurde zu einem unwegsamen, beinahe unüberwindbaren Gebirge. Besonders nun, da er allein war, nur von Fremden umgeben, deren Pläne er schwerlich deuten konnte. Andererseits brauchte er Verbündete und wusste genau, dass er keine Hilfe zurückweisen durfte, die ihm angeboten wurde.

»Ehrwürdiger Vater«, erklärte er entschlossen, »ich sehe mich gezwungen, Eure Bedingungen anzunehmen.«

8

Ferrara, Palazzo della Signoria
28. April

Bevor er den Großen Saal betrat, wartete Maynard einen Moment, um sich an das blendende Licht zu gewöhnen, das von der Piazza durch die *Biforen* hereinfiel. Vor ihm öffnete sich ein großzügiger, mit Wappen und Wandfresken über die Heldentaten des Volkes von Ferrara geschmückter Raum. Im Hintergrund saß Marchese Obizzo III. d'Este, von einer Handvoll Edelleute umgeben.

Maynard ging entschiedenen Schrittes auf ihn zu, während er versuchte, sich seiner neuen Kleider nicht allzu bewusst zu sein. Er hatte als Farbe ein dunkles Rötlichbraun gewählt, um das Ansehen und gleichzeitig die Strenge seines Ritterstandes zu vermitteln. Dennoch wusste er nicht, wie er sich dem Marchese vorstellen sollte. Dieser beobachtete ihn beim Herankommen, strich sich über den braunen Bart und flüsterte dem hochgewachsenen, in ein langes Gewand gekleideten Mann zu seiner Rechten etwas zu.

Maynard bemerkte ihr verächtliches Lächeln und unterdrückte seinen Stolz. Dieser Mann war Filippo Migliorati, Richter im Rat der Savi und Oberhaupt des Adels von Ferrara. Während seiner Erkundigungen in der Stadt hatte Maynard es zwangsläufig auch mit einigen seiner Speichellecker zu tun bekommen. Zum Glück erkannte er dort noch eine andere Gestalt. Etwas abseits im Schatten stand sein Freund Bastien des Baux.

Eine ermunternde Geste seines alten Waffenmeisters half ihm, Haltung zu bewahren.

Maynard verbeugte sich vor Obizzo, doch ein weiteres Grinsen Miglioratis schürte seine Empörung. »Wisset, Herr«, wandte er sich angriffslustig an ihn, »ich bin es nicht gewohnt, so respektlos empfangen zu werden.«

»Habt Nachsicht mit ihm, edler Herr«, sagte Obizzo belustigt.

»Als guter Toskaner hat Filippo ein eher grimmiges Gemüt. Er hat mir gerade anvertraut, dass er bisher noch nie einen Ritter ohne Schwert gesehen hat.«

Erst jetzt bemerkte Maynard, dass er als Einziger im Saal keine Waffen trug, abgesehen von dem Dolch an seinem Gürtel. Er war so schnell einbestellt worden, dass ihm keine Zeit geblieben war, seine Schwerter aus dem Versteck in der Krypta von Pomposa zu holen. Doch er ließ sich davon nicht aus der Fassung bringen. Mit einem stolzen Lächeln wandte er sich den Anwesenden zu. »Jeder armselige Schurke könnte sich mit einem Schwert bewaffnen und vorgeben, er sei ein tapferer Ritter, doch nur mit Tugend und Können wird der edle Stahl gehärtet, den ich mit Meisterschaft beherrsche.«

»An Worten scheint es Euch nicht zu mangeln«, sagte der Marchese, als mache es ihm Freude, Maynard herauszufordern, »aber mein Sohn muss sich in Waffen üben. Haltet Ihr Euch für fähig, ihn zu unterrichten?«

Maynard senkte leicht den Kopf, doch nicht den Blick. »Ich stehe zu Eurer Verfügung.«

»Dann nennt Euren Namen und Titel.«

»Maynard, Herr der Burg von Rocheblanche und Chevalier seiner Majestät, Philipp VI. de Valois.«

»Ihr habt Euch weit von Euren Besitztümern entfernt«, bemerkte Obizzo d'Este. »Warum das?«

»Nach der entsetzlichen Niederlage bei Crécy«, erwiderte Maynard, »habe ich mich dem Umherziehen verschrieben. Seitdem wünsche ich mir nichts mehr, als meine Tapferkeit zu beweisen.«

Obizzo sah ihn zweifelnd an. »Man gebe ihm ein Schwert«, befahl er schließlich.

»Das ist eine Beleidigung«, platzte Bastien des Baux heraus und wandte sich mit wutgerötetem Gesicht an den Marchese. »Ich habe Euch diesen Mann empfohlen und mich für seinen Wert und seine Loyalität verbürgt. Ihn so verächtlich zu behandeln kommt einer Demütigung gleich!«

»Ob ich ihm meinen Sohn anvertrauen soll«, erwiderte der Marchese, »entscheide ich das erst, nachdem ich ihn geprüft habe. Und das wird zu meinen Bedingungen geschehen.«

Maynard beruhigte die Gemüter mit einer Handbewegung. »Gebt mir eine Waffe.«

»Nehmt meine.« Bastien zog das Schwert an seiner Seite und reichte es ihm. Es handelte sich um ein burgundisches Stockschwert, anderthalb Handbreit, mit einem flachen, kreisrund geformten Knauf, dessen Parierstange so breit war, dass das Schwert wie ein Kreuz aussah.

Maynard dankte seinem Gefährten stumm, hob die Waffe und schwang sie einige Male durch die Luft, dann ging er in die Mitte des Saals und wartete ab.

Bevor der Marchese etwas sagen konnte, kam ein in Grün gekleideter Edelmann auf ihn zu. Er wirkte überaus kräftig, und sein Haaransatz lag so tief in der Stirn, dass er ein wenig wie ein Affe aussah. »Lasst mich gegen diesen französischen Gockel hier kämpfen«, rief er herausfordernd.

»Niccolò de' Roberti von der Burg San Martino in Rio«, erklärte Obizzo lächelnd. »Ich habe nichts dagegen einzuwenden und hoffe dennoch nicht, einen meiner wertvollen Verbündeten zu verlieren.«

Diese Bemerkung löste allgemeines Gelächter aus, das jedoch die gespannte Atmosphäre noch weiter anheizte. Beide Männer trugen leichte Kleidung, die sie nicht vor einem direkten Schwerthieb schützen würde, dennoch wirkte keiner der beiden deswegen zögerlich.

Niccolò de' Roberti schien schier zu platzen vor Ungeduld, sich beweisen zu dürfen. Maynard ahnte diesen Wunsch und reizte ihn daher stumm zum Angriff. Er selbst blieb unbeweglich stehen, parierte den von oben kommenden Schlag, nahm die andere Hand für einen festen Griff zu Hilfe und zwang den Mann mit der Wucht seines Körpers, zurückzuweichen. Sein Gegner verlor das Gleichgewicht und prallte gegen eine Wand. Wütend antwortete er auf diesen Zug mit einem kaum gezielten Schlag. Maynard brauchte sich bloß zu bücken, um ihm auszuweichen, dann schlug er mit der flachen Klinge zu. Der Hieb traf den Mann hart in die Seite.

Niccolò stöhnte laut auf und krümmte sich zusammen. Sein

wütender Blick verhieß schreckliche Vergeltung, doch Maynard kümmerte sich nicht darum. Er hatte den Höfling in voller Absicht gedemütigt, um Obizzo zu zeigen, wie wenig seine Paladine taugten.

Während er darauf wartete, dass der Kampf wieder aufgenommen wurde, kehrte Maynard in die Mitte des Raumes zurück, senkte die Waffe und blickte den Gegner mit gespielter Enttäuschung an, als würde er einen Anfänger mahnen. Niccolò beging den Fehler, vorzuschnellen, um Maynard mit einem Stich in die Brust zu überraschen. Der wich aus, packte seinen Gegner am Handgelenk und brachte ihn dazu, die Waffe zu senken, bis deren Spitze den Boden berührte. Dann trat er heftig auf die Klinge und verbog sie.

Er zwang de' Roberti in die Knie und hob dessen frisch gekrümmte Waffe für alle gut sichtbar in die Höhe. »Wie ich schon sagte. Jeder Schurke kann sich mit einem Schwert bewaffnen.«

Marchese Obizzo erhob sich und wirkte recht beeindruckt. »Das gefällt mir.« Er durchquerte den Saal, blieb vor Maynard stehen und schüttelte ihm die Hand, wobei er ihn zum ersten Mal mit ehrlichem Respekt ansah. »Vielleicht sollte auch ich von Euch noch etwas lernen. Doch jetzt folgt mir, verlieren wir keine weitere Zeit. Ich kann es kaum abwarten, Euch meinen Jungen Aldobrandino vorzustellen.«

Madonna Lippa Ariosti löste sich von dem Loch in der Wand, durch das sie das gesamte Geschehen im Großen Saal beobachten konnte. Seit Langem hatte sie schon jegliches Interesse an Männern verloren, doch sie musste sich eingestehen, dass dieser Chevalier de Rocheblanche wirklich außergewöhnlich war.

Die geheimnisvolle Aura, die ihn umgab, reizte sie. Sie meinte ihn schon einige Tage zuvor im Publikum beim Palio gesehen zu haben, war sich jedoch nicht ganz sicher, weil der Mann, an den sie sich erinnerte, eine Mönchskutte getragen hatte.

Das hätte der Marchese sicher gern erfahren. Doch Madonna Ariosti hatte andere Pläne. Und sie würde sich von niemandem ihr Spiel verderben lassen.

9

Die Rückseite des Palazzos grenzte nach Westen an eine Gegend bei den Stadtmauern, die unter dem Namen Canton di San Marco bekannt war, und öffnete sich auf einen Hof, der groß genug war, um dort ein Reiterspiel stattfinden zu lassen. Maynard musterte den Holzaufbau zu seiner Rechten, dann verweilte sein Blick auf den Gebäuden an der entgegengesetzten Seite, einem Stall und vermutlich einem Lager für Waffen, Sättel, Saum- und Zügelzeug für Pferde. An einem Brunnen in der Mitte des Platzes waren zwei Knaben in ein Gespräch vertieft. Der größere von ihnen war blond und hager, er trug ein eng anliegendes Wams aus Leder, das bis zum Knie reichte, und lederne Stiefel. Der andere, etwas schmächtigere Junge trug eine gestreifte Livree.

Maynard blieb unter der Loggia am Rande des Hofes stehen, neben ihm der Marchese, der sich immer ehrerbietiger zeigte. Dieses Verhalten erstaunte Maynard nicht. Obizzo d'Este war ein lokaler Potentat, der sich bloß am Rande eines riesigen Schachbretts der Macht befand, ein Spielball von weit bedeutenderen Kräften. Mit ein wenig Frechheit hatte Maynard ihm aufgezeigt, wie klein seine Welt eigentlich war.

Der Marchese wartete ab, bis alle Anwesenden zu ihm aufgeschlossen hatten, dann zeigte er auf den blonden Jungen. »Aldobrandino, mein ältester Sohn«, sagte er stolz. »Er ist gerade zwölf Jahre alt geworden und drängt schon darauf, dass ich ihn zum Hauptmann der Truppe ernenne.«

»Ein stattlicher junger Mann«, sagte Maynard anerkennend.

Als er bemerkte, dass er Gegenstand der Unterhaltung war, wandte sich Aldobrandino der Hofgesellschaft zu und verbeugte sich. »Vater«, sagte er, »welchem Grund verdanke ich Euer Kommen?«

»Das ist Chevalier de Rocheblanche, Euer neuer Waffenmeister«, sagte der Marchese und schlug Maynard auf die Schulter. »Bevor ich

Euch einander vorstelle, möchte ich, dass Ihr ihm Eure Fortschritte beim Schwertkampf vorführt.«

Der Sohn des Marchese begrüßte Maynard mit einer leichten Verbeugung und befahl dem Jungen in Livree, ihm eine Waffe zu reichen. Der Diener befolgte seine Anweisung sogleich, rannte zu einem Waffengestell am Rand des Hofes, zog ein für die Größe des jungen Herrn passendes Schwert heraus und eilte zurück, um es ihm zu übergeben. Doch der übergroße Eifer brachte ihn genau vor seinem Herrn ins Straucheln, und er landete auf allen vieren in einer Schlammpfütze.

Aldobrandino wich vor den Dreckspritzern zurück und errötete vor Zorn. »Dummkopf!«, zischte er drohend. »Wie kannst du es wagen, mich so vor meinem edlen Vater zu demütigen!« Er hob das Schwert auf und schlug mit der flachen Klinge auf den Rücken des Dieners ein, sodass der sich auf dem Boden zusammenkauern und den Kopf mit den Händen schützen musste.

Der Junge schrie vor Schmerz und flehte jämmerlich um Verzeihung.

Bevor Obizzo etwas unternehmen konnte, eilte Maynard zu Aldobrandino, riss ihm das Schwert aus der Hand und versetzte ihm eine Ohrfeige. *»Seid also standhaft: Gürtet euch mit Wahrheit, zieht als Panzer die Gerechtigkeit an!«*, ermahnte er ihn, um sich dann an die Anwesenden zu wenden. »So lehrt es der heilige Paulus, auf dass der Starke den Schwachen beschütze.«

Aldobrandino legte schamrot die Hand an die geschlagene Wange.

Der Marchese hatte das Ganze mit großen Augen beobachtet, schien zwischen Unglauben und Empörung hin- und hergerissen. »Ihr habt meinen Sohn geohrfeigt!«, schrie er schließlich und ging drohend auf Maynard zu, die Rechte am Griff seines Schwertes.

»Eine solche Behandlung wurde mir auch zuteil«, erwiderte der. »Es geschah am Tag meiner Schwertleite, damit ich Selbstbeherrschung lernte und zum Mann würde«, erklärte er, während er dem Diener aufhalf. »Nun, Euer Gnaden, wünscht Ihr Euch nicht das Gleiche für Euren Sohn?«

Obizzo erstarrte und sah ihn finster an. Maynard kannte diesen

Blick von ihm, es war der eines Hundes, der gleich zubeißt. Er hatte den Marchese vor einem Monat zum ersten Mal in der Kathedrale gesehen; seitdem war ihm bewusst, dass dieser Mann schnell gekränkt und unberechenbar war. Er warf ihm das Kurzschwert vor die Füße und sah ihn herausfordernd an, denn er wusste, dass er noch alles verlieren konnte.

»Wollt Ihr mich etwa auf die Probe stellen, Chevalier?«, fragte Obizzo so barsch, dass er die Wachen in Alarmbereitschaft versetzte.

»Nicht mehr als Ihr mich, Euer Gnaden«, entgegnete Maynard und hielt dem Blick unbeirrt stand.

Der Marchese verschränkte die Arme vor der Brust. »Hört mir genau zu«, sagte er schließlich. »Wenn ich in Eurem Verhalten nur einen Funken Überheblichkeit wahrgenommen hätte, hätte ich Euch schon längst meinen Hunden zum Fraß vorwerfen lassen. Dennoch, haltet mich nicht für so naiv, dass ich nicht weiß, was Ihr denkt. Mir ist bekannt, wo Ihr herkommt. Dieser Hof muss Euch armselig erscheinen im Vergleich zum Königshof in Paris. Aber für den Moment seid Ihr hier und auf mein Wohlwollen angewiesen.«

»Euren Worten entnehme ich, dass Ihr wisst, warum ich so gehandelt habe.«

»In der Tat.« Der Marchese ließ seine Augen drohend aufblitzen. »Aber solltet Ihr es noch einmal wagen, meinen Sohn öffentlich zu demütigen, wird Euer Kopf auf einer Pike enden.«

Maynard breitete die Arme aus. »Dann hoffe ich nur, dass Euer Sprössling sich als guter Schüler erweist.« Er übergab das Kurzschwert dem Diener. »Jetzt bringe man mir ein *Bohrschwert*, das diesen Namen verdient, die Klinge zumindest fünf Spannen lang und mit einem breiten Heft. Aldobrandino muss sich endlich mit richtigen Waffen vertraut machen.«

Daraufhin nickte der junge d'Este beifällig.

Der Unterricht des jungen Herrn begann am folgenden Tag. Mit Erlaubnis des Marchese traf Maynard ihn im Hof des Palazzos. Aldobrandino wirkte etwas zurückhaltend, was sicher der Ohrfeige zuzuschreiben war, aber Maynard beschloss, dies nicht zu beachten. Nach einem militärischen Gruß zeigte er ihm ein handwerklich ausgezeichnet gefertigtes Schwert, und während er die Klinge nach unten hielt, wies er ihn auf den Knauf hin.

»Denkt immer daran, dass man auch hiermit angreifen kann. So.« Er deutete einen Schlag gegen das Brustbein und Kinn des Jungen an, dabei hielt den Knauf fest gepackt wie einen Mörserstößel.

Der Junge wich einen Schritt zurück und schützte sein Gesicht mit den Händen. Kaum hatte er bemerkt, dass es sich bloß um einen Scheinangriff handelte, sah er seinen Lehrer überrascht an.

»Nun zur Klinge«, fuhr Maynard fort, und allmählich legte sich die Anspannung zwischen den beiden. »Sie besteht aus drei Teilen, jeder hat seine besonderen Eigenschaften. Nur wenn Ihr sie alle beherrscht, unterscheidet Ihr Euch von einem gewöhnlichen Raufbold.« Er zeigte auf die Spitze, dann auf den Mittelteil und schließlich auf den Teil an der Parierstange und versah jeden mit einer Bezeichnung: die Schwäche, die Mitte, die Stärke. Er wartete ab, bis der Junge dazu nickte, und erklärte: »Wie Ihr sehen könnt, ist die Schwäche der einzig scharfe Teil der Klinge, aber er kann auch am leichtesten brechen.« Er wandte sich dem Mittelteil der Klinge zu. »Die breitere und wesentlich widerstandsfähigere Mitte ist dagegen unabdingbar, wenn Klinge auf Klinge trifft, um die Angriffe des Gegners abzulenken.« Schließlich zeigte er auf den unteren Teil der Klinge. »Die Stärke ist so widerstandsfähig, dass man damit parieren und die Waffe des Gegners binden kann. Habt Ihr das verstanden?«

»Die Schwäche, die Mitte, die Stärke«, wiederholte Aldobrandino und nickte entschieden.

»Dann in die Garde!« Maynard reichte ihm das Bohrschwert und forderte ihn auf, in Angriffsstellung zu gehen. Er ging prüfend um ihn herum. »Die Beine nicht so weit auseinander. Die Schultern gerade. Und ein wenig seitlich. Genau so, mit Anmut. Ja, das kann angehen.«

Der Junge lächelte ihn ehrgeizig an. Maynard sah, wie er mit jeder Faser danach lauerte, die Klinge zu schwingen. Er erkannte in seinem Gesicht eine Freundlichkeit, die dessen Vater nicht besaß, doch darüber hinaus auch das typische arrogante und unbeherrschte Verhalten eines Abkömmlings aus hohem Haus. So war er auch einmal gewesen. Er befahl Aldobrandino, mit erhobener Waffe stehen zu bleiben, und ging zum Gestell, um sich selbst ein Schwert zu holen.

Dort wählte er eine ähnlich schwere Waffe und zog mit der Klinge auf dem Boden zwischen sich und seinem Schüler eine Linie. Aldobrandino behielt in der Zwischenzeit die Haltung bei, obwohl seine Handgelenke unter dem Gewicht der Waffe zitterten.

»Jetzt stellt fest, wie weit wir voneinander entfernt sind«, befahl Maynard und begab sich Aldobrandino gegenüber in Angriffsposition. »Die Entfernung zwischen zwei Gegnern ist wichtig, habt das immer im Kopf. Daraufhin müsst Ihr entscheiden, ob Ihr einen Kampf auf weite *Mensur* oder auf enge Mensur erzwingen müsst. Versteht Ihr? Im ersten Fall habt Ihr genug Platz, um mit dem schwachen Teil zuzuschlagen. Im zweiten müsst Ihr den mittleren und starken Teil einsetzen.«

»Gibt es wirklich so viele Regeln?«, fragte Aldobrandino. »Ich dachte, es ginge vor allem um Instinkt und pure Kraft.«

»Haltet Ihr Euch etwa für einen Viehtreiber mit einem Stock?« Maynard lachte ihn aus. »Die Kampfkunst ist wie die Philosophie oder Musik. Man muss sie lernen, vervollkommnen und deuten. Nur wenige kennen ihre Geheimnisse zur Gänze.«

»War das der Grund, weshalb Ihr Niccolò de' Roberti schlagen konntet?«

Maynard sah ihn argwöhnisch an. »Was wisst Ihr darüber?«

»Das hat mir meine Mutter erzählt, Madonna Lippa Ariosti«, sagte Aldobrandino bewundernd. »Sie hat mir erzählt, dass Ihr ihn mit nur drei Stößen besiegt habt.«

»Eigentlich waren es bloß zwei«, erwiderte Maynard und zwinkerte ihm zu. »Beim dritten Angriff habe ich ihn mit einer Bindung blockiert.«

Aldobrandino konnte seine Begeisterung nicht mehr zurückhalten. »Erklärt mir, wie Ihr das gemacht habt, Meister!«

»Vielleicht später.« Maynard machte sich daran, die Gardestellung des Jungen zu korrigieren. »Jetzt werde ich Euch die Grundtechniken für den Kampf auf weite und enge Mensur zeigen. Da solltet

Ihr besser genau aufpassen. Sie könnten Euch eines Tages vielleicht das Leben retten.«

Und während er mit der Erklärung ansetzte, ging er im Kopf seinen Plan durch. Sobald es dunkel wurde, würde er nach dem ehemaligen Versteck von Facio di Malaspina suchen. Vielleicht konnte er dort Hinweise darauf finden, weshalb man ihn ermordet hatte und wo sich die beiden Reliquien befanden, für die er von so weit her gekommen war.

10

Nach seiner Flucht aus der Abtei von Pomposa hatte Pater Facio zwar im Palazzo della Signoria Unterschlupf gefunden, doch wie Maynard belauscht hatte, hatte man ihn gezwungen, in den unterirdischen Geschossen Zuflucht zu suchen. Maynard fragte sich, aus welchem Grund, und beabsichtigte, dies nun herauszufinden. Deshalb musste er Aldobrandino enttäuschen, der am Ende der ersten Stunde erwartet hatte, von seinen Heldentaten zu hören. »Morgen«, hatte ihn Maynard vertröstet und sich hastig verabschiedet.

Er verließ den Hof und stieg unbemerkt in das labyrinthische Untergeschoss des Palazzos hinunter. Zunächst erreichte er einen von Fackeln erhellten Gang. Dort lagen zwar nicht die Kerker, dennoch empfand Maynard ein Gefühl der Beklemmung. Vorsichtig ging er vorwärts in der Hoffnung, keinen Wächter aufzuschrecken.

Maynard stieß auf zwei kleine Schlafräume, doch als er bemerkte, dass sie leer waren, drang er weiter ins Halbdunkel vor. Er zog den Kopf ein und stieg weitere Stufen hinab, gelangte dann in ein Beichtzimmer mit einer alten Kniebank und einem Kruzifix. Zwei an beiden Seiten des Altars angebrachte Türen erregten seine Aufmerksamkeit. Er sah sie sich näher an. Hinter der linken lag ein Gang, der so dunkel war wie die Nacht. Die rechte dagegen führte in einen Raum mit einem Schreibpult und einem Strohlager.

Maynard beglückwünschte sich, den richtigen Ort gefunden zu haben, nahm eine der Fackeln von der Wand und betrat den Raum.

Das Schreibpult schien erst vor Kurzem benutzt worden zu sein. Auf ihm befanden sich ein Tintenfass, in dem die Tinte noch frisch war, ein Kerzenstummel und ein Pergament. Maynard besah es sich näher, und als er die Worte las, schrak er zusammen.

Missam ut molam ab angelo in mare
Est Lapis exilii situs in Monte floris
Nostra salute clausus in vetusta crypta
Sub caelo historiis mire depicto
A meridie Sancti Savini in uilla Cerisii

Wie der Mühlstein, den der Engel ins Meer warf
Befindet sich der Stein der Verbannung auf dem Blumenberg.
Für unser Heil ruht er in einer alten Krypta
Unter einem wunderbar gemalten Himmel voller Geschichten
Südlich von Saint-Savin in Villa Cerisii.

Er war sicher, dass Facio di Malaspina diese Worte niedergeschrieben hatte. Außer ihm selbst kannte er als Einziger das Rätsel, das zum Kloster Mont-Fleur und zum Geheimnis des Lapis exilii führte. Aber warum hatte er es abgeschrieben? Maynard ließ diese Frage zunächst beiseite, denn er bemerkte, dass der Text nicht so endete, wie er ihn kannte. Da war eine *sechste* Zeile – die er noch nie gelesen hatte.

Ein Geräusch schreckte ihn auf.

Auf dem Strohlager bewegte sich etwas.

Die Hand am Dolch näherte er sich und schob das Stoffbündel mit dem Fuß beiseite. Ein Dutzend Ratten sprang darunter hervor und lief zwischen seinen Beinen hindurch.

Armer Facio, musste er unwillkürlich denken. Er hatte seine letzten Tage in einem Rattennest verbracht, in der ständigen Angst, aufgespürt zu werden. Maynard war sicher, dass er nicht sein einziger Verfolger gewesen war. Andere mussten in diese dunklen Machenschaften verstrickt sein. Gefährliche Gegner, über die vielleicht der Vizdom Orsini etwas wusste ... Doch alles zu seiner Zeit, dachte er. Bevor er diesen schmierigen Kerl befragen konnte, musste er sich ein genaueres Bild von der Lage verschaffen.

Ehe er wieder zum Schreibpult ging, sah er sich das Stoffbündel auf dem Strohlager an und erkannte dort eine Mönchskutte neben anderen Kleidungsstücken. Hosen, ein *Skapulier* mit Kapuze, ein

Wams und einen Umhang … Vielleicht hatte Facio diese Sachen als Verkleidung benutzt, um sich unerkannt in der Stadt zu bewegen.

Unter den Kleidungsstücken befand sich auch ein Reisesack. Maynard öffnete ihn auf der Suche nach Hinweisen, doch er war leer. Er stülpte ihn um, und da bemerkte er im Licht der Kerze einen kleinen Gegenstand, der auf das Strohlager gefallen war.

Er hob ihn auf.

Ein goldener Ring.

Sofort erkannte er den silbernen Löwen auf rotem Grund und die eingeprägten Kardinalsinsignien. Es war der Ring, den Jang de Blannen, der König von Böhmen, ihm kurz vor seinem Tod anvertraut hatte, als er ihm auch das Rätsel um den Lapis exilii mitgab. Die Vorstellung, dass diese Schlange Facio den Ring aus seinem Besitz gestohlen hatte, ärgerte ihn gewaltig. Und noch schlimmer war seine Vermutung, dass der Mönch mehr über dieses Schmuckstück gewusst hatte als er.

Voller Hoffnung, dass das Pergament ihm neue Erkenntnis bringen würde, näherte er sich dem Schreibpult, um die sechste Zeile des Rätsels zu lesen.

Xpi servata ab primis in quinque

Maynard kam es plötzlich so vor, als würde es um ihn herum dunkler. Vielleicht wurde die Flamme der Fackel schwächer. Oder gaukelte ihm etwa sein Geist etwas vor?

»Das ergibt keinen Sinn«, murmelte er. Offensichtlich stand *Xpi* für das Chrismon, das Zeichen für Christus. Doch er wusste nicht, was dies mit *ab primis in quinque* verband. Einen Moment lang blitzte in ihm der rätselhafte Spruch auf, den er vor Jahren von einem Wandermönch gehört hatte: »Die Nägel am Kreuz sind drei, aber Seine Wunden fünf.« Sollte dies ein anderer Bezug auf den Herrn sein? Maynard bedauerte, dass er seine Schwester Eudeline nicht dazu befragen konnte. Sie hatte ihm geholfen, das Rätsel zu lösen, das ihn bis zum Kloster Mont-Fleur geführt und ihm die Furcht vor der Apokalypse eingeflößt hatte. Doch sie war weit weg, in ihrem Kloster in Reims. Und er war hier in diese Bluttat verwickelt, die sich nicht aufklären ließ, sondern nur noch undurchsichtiger wurde.

Aus welchem Grund auch immer Pater Facio di Malaspina getötet worden war, hier würde er keine weiteren Hinweise finden.

Er konnte nur noch das Pergament einrollen, es zusammen mit dem Kardinalsring in seiner Börse verstauen und schnell von hier verschwinden, bevor ihn noch jemand entdeckte.

11

Abtei Santa Maria di Pomposa
2. Mai

Der Windhund hielt unter einem kleinen Fenster in der Ecke der Apotheke ein Nickerchen. Bonus' energisches Bürsten hatte das weiße, auf dem Rücken rot gesprenkelte Fell geglättet und zum Leuchten gebracht. Abt Andrea beugte sich zu dem Tier hinunter, um sich seine Hinterpfote anzusehen, und bemerkte zufrieden, dass sie geschient und bandagiert war. Was tue ich eigentlich hier?, fragte er sich dabei. Er hatte sich doch früher nie um Haustiere gekümmert, er hatte sie für eine müßige Beschäftigung gehalten. Doch dieser Hund hatte sein Herz gerührt.

»Ich begreife nicht«, beklagte sich der Infirmarius hinter ihm. »So viel Sorge um einen Hund.«

Andrea streichelte den Windhund. »Der Herr lehrt uns, auch die Tiere zu achten«, sagte er, als würde er sich selbst eine Antwort geben.

Der Infirmarius breitete die Arme aus. »Aber die wenigen Arzneien, die ich habe, zur Heilung eines Hundes zu vergeuden ...«

Der Abt brachte ihn mit einem Blick zum Schweigen. »Wird er gesund werden?«

»Nicht vollkommen, fürchte ich. Seine Hinterpfote ist zerschmettert, vielleicht von einem Kampf mit einem wilden Tier. Ich habe mein Möglichstes getan ...«

Abt Andrea versuchte sich vorzustellen, was es für ein solches Geschöpf bedeuten musste, sich nicht richtig bewegen zu können. Eingeschränkt in seinem Lauf – ganz so wie mein Geist, dachte er. Er musterte den Hund und hatte den Eindruck, dass auch er beobachtet wurde. Doch etwas anderes erstaunte ihn. Aus diesen Augen sprach stoische Gelassenheit, mit der der Hund den Schmerz ertrug, ein Ausdruck fast heiliger Gnade. Die Gnade des Propheten Jakob, den Gott hinken machte und danach segnete.

Und wenn es bei mir genauso wäre?, fragte er sich auf einmal. Wenn das Versiegen meines Glaubens vielleicht eine Prüfung des Herrn wäre? Dieser Gedanke führte ihn zu weiteren Überlegungen, und er dachte über die Möglichkeiten einer spirituellen Erneuerung nach. Ein beinahe unmögliches Unterfangen, aber notwendig, damit die Abtei von Pomposa wieder zu neuem Leben erwachte.

Der Infirmarius räusperte sich vernehmlich, um ihn aus seinem Schweigen zu reißen. »Ich muss ganz offen mit Euch sprechen, ehrwürdiger Vater.«

»Ich höre«, forderte Andrea ihn auf.

»Im Kloster sind zwei Fälle von hohem Fieber aufgetreten. Die ungesunden Schwaden, die jetzt zu Beginn des Sommers vom Sumpf aufsteigen …«

Der Abt streichelte noch einmal den Windhund, es wirkte fast so, als suche er in ihm einen Komplizen. »Das ist gewiss nichts Neues.«

»Da habt Ihr recht«, gab der Mönch zu. »Dennoch, wie ich Euch schon andeutete, da an Arzneien Mangel herrscht, bin ich nicht in der Lage, meinen Pflichten aufs Beste nachzukommen. Gewisse Kräuter wachsen nicht in unserem *hortum simplicium*, versteht Ihr? Hanfsamen, Opium, Fuchskraut, Alraune … Wenn Ihr erlaubt, ich bräuchte Geld, um mir bei einem Apotheker eine ausreichende Menge davon zu besorgen.«

»Ich verstehe. Dafür werde ich sorgen.«

»Ich bezog mich aber nicht nur darauf …«, fuhr der Infirmarius ernster fort.

»Ich kann mir schon vorstellen, was Ihr ansprechen wollt«, erwiderte der Abt.

»Die Mönche sind schlecht ernährt. In ihrem Zustand wird man leicht krank oder fällt der Erschöpfung zum Opfer.«

»Die Not wütet überall, nicht nur in unserem Kloster.«

»Aber hier geht es um Söhne der Kirche, nicht um gewöhnliches Volk.«

»Ihr haltet Euch für besser als Euren Nächsten, weil Ihr ein Mönch seid?« Empört wollte Andrea aufstehen, um dem Infirmarius eine längere Strafpredigt zu halten, doch dann bemerkte er, dass der

Windhund seine Hand leckte. Das rührte ihn so, dass sein Groll dahinschmolz. Außerdem war es sinnlos, gegen den Bruder zu wüten. Die Angst vor der Not schwebte seit Monaten wie eine dunkle Wolke über der Abtei und verdichtete sich, je mehr die Vorräte an Getreide, Gemüse und Wildbret zur Neige gingen. Diese Situation wäre dennoch erträglich gewesen, wären da nicht die von der Apostolischen Kammer eingeforderten Schulden. »Habt Vertrauen«, sagte er, plötzlich versöhnlich geworden. »Es gibt ein Mittel dagegen.«

»Ihr müsst mir nichts vormachen, ehrwürdiger Vater«, sagte der Mönch. »Ich bin kein Knabe, den man beruhigen muss.«

»Ich bin ganz ehrlich zu Euch, glaubt mir«, beharrte der Abt. Es gab wirklich eine Lösung. Er dachte schon seit Tagen darüber nach, und obwohl er sie als überaus demütigend empfand, sah er dennoch keinen anderen Ausweg. Doch es war noch zu früh, seinen Mönchen davon zu erzählen. Zuerst musste er mit einem ihm freundlich gesonnenen Menschen darüber sprechen. Denn als einen solchen betrachtete er den Chevalier de Rocheblanche.

Er stand auf. »Im Augenblick habe ich jedoch keine Zeit, mich in das Thema zu vertiefen, meine Anwesenheit wird im Skriptorium verlangt«, sagte er und schritt zur Tür. »Bereitet eine Liste der Heilkräuter vor, die Ihr benötigt, und ich werde dafür sorgen, dass Eure Vorräte rasch aufgefüllt werden.« Er verabschiedete sich mit einer Geste. »Was Euch anbelangt, Pater, sorgt für Fiumano.«

»Fiumano?«, wiederholte der Infirmarius. »Wer soll das sein?«

Der Abt deutete auf den Windhund. »Irgendwie muss man ihn doch nennen, meint Ihr nicht?«

Der Bruder Bibliothekar erwartete ihn im Säulengang des Palatiums, wo er mit hinter dem Rücken verschränkten Fingern auf und ab lief. Er war genauso alt wie Andrea, auch wenn man ihn wegen seines langen weißen Barts für älter gehalten hätte. Im Näherkommen bemerkte der Abt, dass ihn etwas zu bedrücken schien.

»Ihr wolltet mich sprechen?«, fragte er freundlich.

Der Bibliothekar begrüßte ihn. »Ehrwürdiger Vater, ich habe Euch schon erwartet.«

»Nun denn, sprecht.«

»Nicht hier, bitte. Ich würde gern an einem … abgeschiedeneren Ort mit Euch sprechen.«

»Ist Euch die Bibliothek recht?«, fragte Andrea, und nachdem der Bibliothekar genickt hatte, ging er ihm voraus ins obere Stockwerk.

Dort gelangten sie in einen Gang, durch dessen fünf aneinandergereihte *Pentaforen* man auf der einen Seite einen herrlichen Blick auf die Abtei und den Kirchturm hatte. Auf der anderen Seite verlief eine Backsteinwand, hinter der das Skriptorium und die sich anschließende Bibliothek lagen. Abt Andrea folgte dem Gang weiter geradeaus, schließlich wollte er die Schreiber nicht stören.

»Wenn Ihr inzwischen schon etwas sagen könntet …«, sagte er, allmählich ungeduldig, den Grund für die Sorge zu erfahren.

Der Mönch folgte ihm mit gesenktem Haupt. »Ihr solltet wissen …«

»Was wissen?« Sie hatten die Tür zur Bibliothek erreicht, der Abt wandte sich um, um im Gesicht des anderen zu lesen.

»Der junge Mann«, stöhnte der Bibliothekar. »Der junge Miniaturenmaler …«

Das faltenreiche Gesicht des Bruders Schreiber war in Bewunderung erstarrt. Einen Moment lang freute sich Gualtiero über seine staunenden Blicke, doch dann beugte er sich wieder über das Schreibpult und widmete sich der Ausgestaltung der ersten Seite des »Explanatio Apocalypsis« von Beda dem Ehrwürdigen. Natürlich machte es ihn stolz, dass die anderen Mönche ihn für sein Können bewunderten, doch der Schmerz über den Tod seines Vaters ließ keine größere Freude darüber zu. Ganz im Gegenteil, dass er plötzlich der Gegenstand der allgemeinen Bewunderung war, störte ihn eher, und so widmete er sich mit umso größerer Aufmerksamkeit den Miniaturen.

Die Arbeit fiel ihm leicht. Hatte er anfangs noch Schwierigkeiten damit gehabt, den Pinsel in die Hand zu nehmen, flüchtete er jetzt geradezu in die Konzentration auf die Kunst, um sich von der übrigen Welt abzuschotten. Dort, weit weg von den Nöten des Alltags, kam es ihm vor, als könnte er frei von Druck und Furcht über alles und jedes nachdenken, auf der Suche nach dem besten Weg, um seine Mutter Sapia wiederzufinden und den Tod seines Vaters zu rächen. Es schien ihm, als würden seine Sorgen auf die Größe dieser winzigen Bilder, die er malte, zusammenschrumpfen. Selbst wenn sie ihn schmerzten, waren sie doch leichter erträglich.

Er hatte nicht lange gebraucht, um sich die Techniken der Miniaturmalerei anzueignen. Nachdem er gelernt hatte, wie man die Farben zerstieß – viel feiner als bei der Tempera – und sie in einer Mischung aus Gomma Arabica und Zucker zu lösen, hatte er geübt, wie sie auf dem Pergament aufzutragen waren. Er hatte sich in jedem der vier Arbeitsgänge verfeinert, die dem letzten vorausgingen. Für ihn war es ein Kinderspiel, Faltenwürfe, Schatten und Haut zu malen, indem er Mennigrot, Bleiweiß und Rebenschwarz abwechselte. Er fragte sich jedoch oft, welche Wirkung diese kleinen Figuren auf größeren Flächen, im Licht von Glasfenstern und Kerzenleuchtern gehabt hätten.

So prunkvoll die Handschriften im Skriptorium der Abtei auch waren, sie ließen ihn doch nicht die Worte des Vaters vergessen: Die Freskenmalerei war die Königin aller Künste. Da konnte Abt Andrea noch so viel einwenden, dies war für ihn die oberste Gewissheit. Die einzige, die ihm nach Sigismondos schrecklicher Enthüllung noch geblieben war. Der Zweifel, dass er nicht sein Sohn sein sollte, quälte ihn noch mehr als die Erinnerung daran, wie dieser Mann gehängt wurde. Er fühlte sich ausgestoßen, als würde seine eigene Vergangenheit nicht mehr zu ihm gehören. Und bei der Vorstellung, dass Sapia ihm ein so großes Geheimnis verschwiegen hatte, wuchs sein Zorn.

Seine Grübeleien wurden durch die Stimme des Bibliothekars unterbrochen. Sie kam zwar aus der benachbarten Bibliothek, doch da es im Skriptorium so still war, konnte man sie ganz deutlich vernehmen.

»Ich habe schon zu viel geduldet! Er mag ja so begabt sein, wie Ihr sagt, aber …«

»Aber was?« Die andere, empört klingende Stimme war die des Abts. »Eure Klagen sind lächerlich, aus ihnen spricht allein der Neid!«

»Ich soll neidisch sein? Auf einen *illiteratus*?«

»Er ist viel gebildeter, als Ihr zugeben mögt, das hat er bewiesen.«

»Wir sprechen hier doch über einen Mann aus dem gemeinen Volk ... nicht über einen ... einen ...«

»Einen Mönch?«, brauste der Abt auf. »War dies das Wort, das Ihr nicht auszusprechen wagtet?«

»Ich sage ja nur, dass Laien in einem Skriptorium nichts verloren haben!«

»Ihr ... Ihr werdet Euch bald anders besinnen!«

Andreas ärgerlicher Ausruf wurde von dem Knallen der Verbindungstür zum Skriptorium beendet, wütend tauchte der Abt darin auf und durchquerte den Saal mit langen Schritten. Der Bibliothekar folgte ihm sichtlich unangenehm berührt und versuchte sich zu entschuldigen. Doch Andrea stieß ihn ärgerlich zurück und zog ihm beim Verlassen des Raumes die Tür vor der Nase zu. Wieder mit einem lauten Knall.

Gualtiero hatte sich wie alle erhoben, um das Geschehen zu verfolgen. Als wieder Ruhe eingekehrt war, bemerkte er, dass alle Blicke auf einmal auf ihm ruhten.

Daraufhin beugte er sich wieder über sein Schreibpult, tat so, als wäre nichts vorgefallen, und versenkte sich bis in den späten Abend in die Welt seiner Miniaturen.

Isabeau war es leid, Gualtiero anzulügen. Sie konnte es nicht mehr ertragen, sich als Mädchen von Adel auszugeben, und sie glaubte auch nicht mehr, dass sie sich je in diese Rolle einfügen würde. All diese Lügen über das Adelshaus derer de Rocheblanche und ihren tapferen Bruder konnten doch nicht verbergen, wer sie wirklich war. Zum Teufel mit den Regeln, die Maynard aufgestellt hatte! Jedes Mal wenn sie mit Gualtiero zusammen war, hatte sie das Bedürfnis, ganz offen mit ihm zu sprechen, besonders jetzt, da ihn die Trauer niederdrückte. Sie hätte ihm gern erklärt, dass auch sie diese Einsamkeit und Verzweiflung kannte; inzwischen konnte sie sich nicht einmal mehr an das Leben mit ihren Eltern erinnern.

Die Mutter hatte sie verlassen, als sie noch ein kleines Mädchen gewesen war, um irgendeinem Fremden zu folgen. »Eines Tages wirst du das verstehen«, hatte sie ihr zugeflüstert, bevor sie mitten in der Nacht verschwunden war. Seitdem hatte Isabeau sie nicht wiedergesehen und konnte noch immer nicht begreifen, warum ihre Mutter das getan hatte. Schlimmer noch war gewesen zu sehen, wie ihr Vater darunter gelitten hatte. Obwohl er weiter als Gaukler aufgetreten war, konnte er es nicht verwinden, dass seine Frau ihn betrogen hatte, mit jedem Tag war er schwächer geworden, bis ihn schließlich eine tödliche Krankheit dahingerafft hatte.

Isabeau hatte niemandem erlaubt, in ihre Seele zu blicken, nicht einmal Maynard. Doch nun fühlte sie plötzlich, dass es sowohl Gualtiero als auch ihr guttun würde, wenn sie sich ihm anvertraute. Das Reden würde ihren Kummer erleichtern und sie einander gleichzeitig näherbringen.

Außerdem hatte sie Angst, ihn zu verlieren, wenn sie ihn weiter belog. Sie war nicht dumm. Natürlich hatte sie bemerkt, wie scheinbar uneigennützig, aber tatsächlich sehr vereinnahmend Abt Andrea Gualtiero an das Skriptorium fesselte. Nur noch ein paar Tage und er würde ihn unter dem einen oder anderen Vorwand nicht mehr aus dem Kloster lassen.

Deshalb entschied sie sich an diesem Abend, zu handeln. Sie nahm ihren ganzen Mut zusammen und schlüpfte heimlich in Gualtieros Karren. Es war nicht das erste Mal, dass sie sich irgendwo verbotenerweise Zutritt verschaffte, aber hier kam sie sich wie ein Eindringling vor. In den Wänden dieses Karrens waren Gualtieros sämtliche Erinnerungen eingeschlossen, an die zärtliche Liebe seiner Mutter wie an die schlaflosen Nächte, die er mit Malen und Zeichnen verbracht hatte. Das wusste Isabeau, da sie öfter aus ihrem Zimmer verschwunden war, um ihn heimlich zu beobachten. Und gerade diese kleinen Einblicke in sein Leben, in denen sie ihn zerrissen zwischen Schmerz und schöpferischem Schaffen gesehen hatte, hatten in ihr Gefühle ausgelöst, die über schlichte Neugier hinausgingen.

Sie hatte noch nie einen Menschen wie ihn kennengelernt. Trotz seiner mangelnden Erfahrung und Naivität war an Gualtiero etwas

Besonderes. Deshalb überraschte es sie wenig, dass sich Abt Andrea für ihn interessierte. Doch sie würde es nicht zulassen, dass dieser alte Mönch ihn zu etwas drängte, das Gualtiero nicht entsprach.

Der Karren war leer. Während sie auf Gualtieros Rückkehr wartete, bestaunte sie seine Werke. Porträtskizzen, Bilder von Landschaften, Kirchen und Häusern hingen an allen Wänden. Isabeau hätte nicht sagen können, wie lange sie in diese Bilder versunken war, bis sie schließlich neben dem Bett auf ein wunderbares Tafelbild stieß, das sie niemals wieder vergessen würde.

Es zeigte eine Frau, die ihr bekannt vorkam.

Blond, die Haare oberhalb der Ohren geflochten, den Blick auf einen Punkt in der Ferne gerichtet. Der Ausdruck, der in ihren Augen lag, war so sanft, dass er Isabeau tief anrührte. Sie konnte nicht sagen, was sie mehr aufwühlte, die Anmut der Frau oder die tiefe Zuneigung dessen, der sie gemalt hatte.

»Meine Mutter.«

Isabeau fuhr herum und sah sich Gualtiero gegenüber. Er wirkte erschöpft, die Miene angespannt nach den Stunden, die er im Skriptorium verbracht hatte. Ihr fielen seine farbverschmierten Finger auf. Schmal zulaufende Finger, schlanke Finger, die sich in Momenten der Trauer mit ihren verflochten hatten. Jetzt sehnte sie sich wieder danach, von ihnen berührt zu werden, aber plötzlich fühlte sie erneut diese Mauer aus Lügen zwischen ihnen.

»Ich muss mit dir reden«, sagte sie.

Er sah sie fragend an, fast als fürchtete er etwas.

»Ich möchte dir alles erzählen«, fuhr Isabeau fort und kam zu ihm. »Mein ganzes Leben.«

12

Ferrara
5. Mai

Kurz vor Mittag bot das emsige Hin und Her zwischen der Gasse der Tuchmacher und der Straße, die zur Kirche San Domenico führte, einen abwechslungsreichen Anblick.

Petricciolo stand im Schatten einer Loggia, knabberte mürrisch ein paar Fenchelsamen, um sich die Wartezeit zu vertreiben, und musterte die Gesichter der Vorbeigehenden.

»Nur Geduld«, wiederholte der in Lumpen gekleidete Mann neben ihm.

Der Scherge des Vizdoms nickte mit finsterer Miene, obwohl er wusste, dass er in guten Händen war. Unter diesen Lumpen verbarg sich einer der besten Spitzel von Ferrara, einer der wenigen, die über jeden Fremden in der Stadt wirklich alles wussten. Aber selbst mit seiner Hilfe war es schwierig gewesen, den Franzosen ausfindig zu machen, der in der vergangenen Woche Superanzio Orsini angegriffen hatte. Doch Petricciolo hatte ihm vertraut und ihn trotz der beharrlichen Nachfragen seines Herrn ungestört seine Arbeit tun lassen. Er begriff die Ungeduld des Vizdoms, wusste aber auch, dass man sich für die Menschenjagd Zeit nehmen musste.

»Da ist er!«, sagte der Spitzel plötzlich.

»Wo?«, fragte Petricciolo und sah sich hastig um. Der samstägliche Markt war gut besucht, obwohl nur wenige Geld hatten, um sich tatsächlich etwas zu kaufen. Die meisten Menschen liefen bloß zwischen den Ständen umher, die Köpfe gesenkt und die Gesichter von Hunger gezeichnet.

»Der Große dort drüben, im dunkelbraunen Gewand. Seht Ihr ihn? Neben dem Stand des Gerbers.«

»Ja, ja, ich sehe ihn«, flüsterte Petricciolo. »Bist du sicher, dass er es ist?«

»Ich würde meine Belohnung darauf verwetten.«

»Dann sag mir, was du über ihn weißt.«

»Sein Name ist Maynard de Rocheblanche, obwohl er sich bis vor wenigen Tagen Bruder Mainardo nannte. Er hatte sich als Mönch verkleidet und ist im Borgo San Leonardo im Hospiz der Antoniterkanoniker von Vienne untergekommen. Er hat Freunde unter den Kreuzrittern, die dort auf der Rückreise aus Smyrna Quartier genommen haben.«

Petricciolo betrachtete die hohe Gestalt des Franzosen und musterte dessen freundlichen und gleichzeitig grimmigen Gesichtsausdruck. »Ein merkwürdiger Kerl.«

»Hört erst, was ich noch über ihn weiß«, fuhr der Spitzel verschlagen fort. »Derzeit wohnt er im Palazzo des Marchese.«

»Unter dessen Schutz?«

»Was denkt Ihr wohl?«

Petricciolo, dem der Sinn nicht nach Rätseln stand, fuhr auf. »Nun rede schon. Welche Funktion hat er dort inne?«

Der andere wich zurück. »Das habe ich noch nicht in Erfahrung gebracht.«

»Weißt du wenigstens, was ihn nach Ferrara geführt hat?«

»Auch das ist mir noch unbekannt.«

»Dann sag mir mal, was nützt du mir eigentlich?« Petricciolo warf die restlichen Samen in seiner Hand auf den Boden, blickte sich misstrauisch um und holte dann einen Beutel voller Münzen unter seinem Umhang hervor, den er schwer in der Hand wog. *Den musst du dir erst noch verdienen*, sollte das bedeuten, sein Grinsen ließ die Missbildung seiner Oberlippe umso deutlicher hervortreten. Dann deutete er auf den Franzosen. »Nun ja, wenn man seinen Reisesack durchsuchen könnte …«

Der Spitzel verzog das Gesicht. »Das war nicht vereinbart.«

»Dann verschwinde mit leeren Händen!«

Der Blick des Spitzels wanderte vom Geldbeutel zu der anderen Hand Petricciolos, die nun einen gegen ihn gezückten Dolch hielt.

»Na gut«, seufzte er. Doch ehe er ans Werk gehen konnte, machte er seinen Auftraggeber auf etwas anderes aufmerksam.

Petricciolo wandte sich wieder dem Geschehen auf der Straße zu. Was er sah, behagte ihm gar nicht.

»Kennt Ihr sie?«

»Ganz gewiss …«, sagte Petricciolo leise. »Was macht *sie* denn hier?«

»Herr.«

Maynard fuhr herum und versuchte auszumachen, woher die Frauenstimme kam, die ihn gerufen hatte. Schließlich sah er, wie unter einem Baldachin die feuerrote Haarpracht von Lippa Ariosti aus einer Sänfte auftauchte.

»Meine Herrin«, begrüßte er sie höflich und verbeugte sich. »Ihr hier, mitten unter dem Volk? Ein solcher Ort geziemt sich nicht für Euch.«

»Ihr scheint hier noch mehr fehl am Platz zu sein als ich«, gab sie amüsiert zurück. »Es wirkt fast, als fühltet Ihr euch nicht wohl in Eurer Haut, möchte ich sagen.«

Maynard verlor sich einen Augenblick länger als nötig in ihren blauen Augen. »Ich bin nicht an Menschenansammlungen gewöhnt«, erklärte er schließlich. »Und doch …«

Lippa deutete auf den Stand eines Gerbers. »Was suchtet Ihr hier?«

»Ein Waffengehenk, Herrin. Für mein Schwert.«

Sie nickte, ließ jedoch erkennen, dass sie dort nichts entdeckte, was einen Kauf lohnte. Dann wandte sie sich ihm wieder zu. »Ich muss Euch sprechen«, sagte sie und lud ihn in ihre Sänfte ein.

Maynard lehnte mit einer höflichen Verbeugung ab. »Das würde ich niemals ohne Zustimmung Eures Mannes wagen.«

Lippa lachte herzhaft auf, dann entgegnete sie in noch vertraulicherem Ton: »Obizzo ist nicht mein Gemahl, und das wisst Ihr nur zu gut.«

»Und doch ist er immer noch Euer Herr …«

»Nun setzt Euch schon neben mich, Chevalier de Rocheblanche«, sagte Lippa lächelnd, »ich verspreche auch, dass ich nicht beiße.«

Maynard beschloss, ihr den Gefallen zu tun, und sei es nur, um der peinlichen Situation ein Ende zu setzen. Zumindest wollte er sich dies einreden. Ehe er in die Sänfte stieg, stieß er, fast ohne es zu bemerken, gegen einen Vorbeigehenden. Der Mann, ein Bettler in Lumpen, entfernte sich mit einer entschuldigenden Verbeugung Richtung Piazza.

13

Bei jeder Bewegung der Sänfte schwang die rote Haarpracht von Madonna Lippa Ariosti sanft auf und ab. »Nun denkt nicht schlecht von mir, Herr. Ich wollte mich nur nach meinem Sohn erkundigen.«

Maynard enthielt sich einer Entgegnung. *Nun denkt nicht schlecht von mir.* Das war keine Bitte um Nachsicht, diese Worte schienen vielmehr dazu bestimmt, ihn zu verführen oder ihn einzuschüchtern. Er wusste nur sehr wenig über Lippa Ariosti. Obizzo d'Este hatte sie nach dem Tod seiner Frau, Jacopa Pepoli, die ihm keine Kinder geschenkt hatte, zu seiner Favoritin erwählt. Lippa hatte ihm dann fast ein Dutzend Bastarde geboren.

»Aldobrandino ist ein tüchtiger Schüler«, entgegnete er knapp. »Er erweist sich als gleichermaßen geschickt wie klug.«

Sie wirkte erstaunt. »Ich hätte nie gedacht, dass er für die Waffenkunst begabt sei.«

»Er besitzt ein freundliches Wesen, darin stimme ich Euch zu. Aber ebendies wird aus ihm einen wertvollen Kämpfer machen. Kaltherzigkeit zeichnet Henker aus, keine Krieger.«

Lippa senkte die Lider, während sie fragte: »Sprecht Ihr nun von meinem Sohn oder von Euch?«

»Ich rede von der Art Mann, die zu sein ich mich tagtäglich, trotz meiner vielen Fehler, bemühe.«

»Fehler?« Lippas Ton schwankte zwischen Unglauben und Spott. »Es fällt schwer, welche an Euch zu entdecken, Chevalier. Ihr seid ohne Fehl und Tadel. Vielleicht sogar ein bisschen zu sehr.«

»Nur so viel, dass ich Aldobrandino ein guter Lehrmeister sein kann«, gab Maynard zurück.

Lippa ließ sich nach hinten sinken und sah ihm unverwandt in die Augen. Es wirkte nicht wie ein Mittel der Verführung, sondern eher wie ehrliches Interesse. Ob zwischen zwei Gegnern oder Freunden, blieb dabei offen. Maynard allerdings empfand diese Musterung durchaus als Provokation. Er musste an die Frau denken, gegen die er vor einigen Monaten bei Saint-Savin-sur-Gartempe gekämpft hatte, und erkannte, dass er jemanden ähnlichen Formats vor sich hatte. Und im selben Moment wusste er, warum er sich von Lippa Ariosti so angezogen fühlte.

»Ihr lasst ihn sich bereits im Zweikampf üben?«

Maynard wurde aus seinen Gedanken gerissen. »Was habt Ihr gesagt, Herrin?«

»Aldobrandino«, erklärte sie. »Lasst Ihr ihn bereits kämpfen?«

»Es ist noch zu früh für eine echte Bewährungsprobe. Im Augenblick übt er die wichtigsten Kombinationen für Angriff und Verteidigung.«

»Das muss gewiss langweilig für Euch sein.«

»Ganz im Gegenteil. So durchlebe ich erneut glückliche Momente meiner Jugend. Als alles noch viel einfacher war und ich darauf brannte, in die Schlacht zu ziehen.«

»Und was ist dann geschehen?«

Maynard sah nach draußen und ließ den Blick über den Menschenstrom schweifen, den die Sänfte teilte. »Die Figuren auf meinem Schachbrett wurden … durcheinandergeworfen.«

Lippa nickte verständnisvoll. »Manchmal denke ich, dass uns nur die Illusion vergönnt ist, wir selbst würden das Spiel bestimmen, und dass wir lediglich Schachfiguren auf dem Brett eines anderen sind.«

Maynard ahnte, dass Lippa Ariosti von sich selbst sprach. Kurz wirkte sie traurig, beinahe unglücklich, bis wieder die leicht spöttische Anmut die Oberhand gewann. Sie hatte ihm gerade die Vorlage geliefert, um ein ebenfalls verfängliches Thema anzuschneiden. Während er sich bemühte, seine Worte beiläufig klingen zu lassen, sagte er: »Schachfiguren, die zuweilen überraschenden Zügen unterworfen sind, wie wahr … Wie jener arme Mönch, der vor zehn Tagen tot in der Kontrade Gusmaria aufgefunden wurde.«

Lippa zuckte zusammen. »Ihr kanntet ihn?«

»Oh nein«, log Maynard. »Ich habe nur laut überlegt. In den Straßen redet man von nichts anderem …«

»Man sagt, er habe ein schreckliches Ende gefunden.« Lippa konnte ihren Abscheu nicht verbergen.

»Dann wisst Ihr also auch davon …« Maynard gab sich überrascht.

»Zwangsläufig«, erwiderte Lippa. »Er war ein Schützling des Marchese.«

»Tatsächlich? Dann kann ich mir vorstellen, welchen Gram er empfindet …«

»Damit ist es offen gesagt nicht weit her. Er schien mir vielmehr erleichtert zu sein. Wenn er ihn erwähnte, sagte er oft, dass dieser Mönch ein verfluchtes Erbe sei, das ihm sein Bruder Rinaldo hinterlassen habe.«

Maynard schwieg kurz, während er sich diese Neuigkeiten einprägte. »Wurde der Mörder gefasst?«, fuhr er schließlich fort, selbst wenn er mit dieser Frage ein starkes Interesse verriet.

»Der Marchese hatte noch keine Zeit, mit mir darüber zu sprechen. Wie Ihr wisst, ist er vor einigen Tagen nach Modena aufgebrochen.«

»Um einen Aufstand niederzuschlagen.«

Lippa nickte. »Die Herrschaft über die eigenen Besitztümer zu bewahren kostet ihn einen hohen Preis.«

»Teuer bezahlen müssen alle.« Noch während er dies sagte, streckte Maynard eine Hand nach draußen und klopfte auf das Dach der Sänfte. »Wenn Ihr mich nun entschuldigen wollt, ich muss mich leider verabschieden.«

Maynard kümmerte sich nicht um Lippas zornige Miene und sprang mit einem Satz auf die Straße.

Schnellen Schrittes eilte er durch das Nordtor der Stadtmauer in Richtung des Borgo San Leonardo, bis er das Haus der Barmherzigkeit erreichte. Vor dem Tor war Bastien des Baux damit beschäftigt, ein Pferd zu satteln.

»Mein Freund«, begrüßte ihn sein alter Waffenmeister, »Ihr kommt gerade rechtzeitig für einen Abschiedstrunk.«

Maynard lächelte bitter. »Ich will offen sein: Eigentlich hoffte ich, ich könnte Euch zum Bleiben überreden.«

Bastien wandte sich wieder dem Saumzeug seines Pferdes zu. »Hier gibt es nichts mehr für mich zu tun.«

Maynard packte ihn am Handgelenk. »Und in Paris dagegen schon?«

»Seht nicht alles so schwarz, Rocheblanche.« Bastien befreite sich mit einem Ruck aus seinem Griff. »Die Männer von Humbert de Viennois sind bereits aufgebrochen. Wenn ich ihren Geleitschutz nutzen möchte, dann muss ich mich beeilen.«

»Ich brauche Euch noch«, beharrte Maynard.

Fluchend zog Bastien den Bauchgurt des Sattels fest. »Das sagt Ihr bloß, damit ich ein schlechtes Gewissen habe.« Er ging auf die andere Straßenseite, in der selbstverständlichen Erwartung, dass Maynard ihm folgte. Als er sich zu ihm umdrehte, war sein Blick getrübt. »Im Palazzo della Signoria habe ich in Euch Größe entdeckt. Es war lediglich ein Moment, aber in dem habt Ihr mich stolz gemacht.«

Maynard hätte von ihm niemals so persönliche Worte erwartet. Seit Jahren hatte dieser alte Grimmbart immer nur geflucht und sich beschwert, aber nun verabschiedete er sich mit diesen besonderen Worten von ihm. Der Gedanke, dass er ihn vielleicht nie mehr wiedersehen würde, versetzte ihm einen Stich ins Herz. Er sah auf, und sein Blick fiel auf das Schild einer ihnen beiden wohlbekannten Schenke. Er musste lächeln. »Habt Ihr nicht etwas von einem Abschiedstrunk gesagt?«

Sie setzten sich in den Schatten einer Pergola und sprachen so vertraut miteinander wie Vater und Sohn. Maynard hatte aus seiner Dankbarkeit gegenüber seinem alten Waffenmeister niemals ein Hehl gemacht. Bastien war es gewesen, der das Ritterideal, welches ihm in Fleisch und Blut übergegangen war, in ihm als Erster verankert hatte. Ein beinahe unerreichbares Ideal von Edelmut und Stolz, das er trotzdem jeden Tag erstrebte, um sich seiner würdig zu fühlen. Ganz so, wie er es gerade Lippa Ariosti gegenüber eingestanden hatte.

Maynard unterrichtete Bastien über die Fortschritte in seinen Nachforschungen, wobei er einige Details ausließ, dafür erzählte er ihm umso mehr über das unerwartete Vergnügen, das ihm der Unterricht mit dem Sohn des Marchese bereitete. Was wiederum

Bastien mehr als alles andere erfreute. Dann leerten sie ihre Becher und verabschiedeten sich.

Maynard griff nach seinem Beutel, um ihre Zeche zu bezahlen, verzog dann jedoch ungläubig das Gesicht.

»Was ist mit Euch?«, fragte Bastien.

Maynard tastete seinen gesamten Körper ab. Vergeblich. »Ich bin bestohlen worden!«

Sobald er in Sicherheit war, nahm Petricciolo den Umhang ab und öffnete Maynard de Rocheblanches Beutel. Bereits auf der Straße war ihm aufgefallen, dass dieser zu groß war, um nur Münzen zu enthalten. Und tatsächlich rollten, als er ihn auf den Tisch ausleerte, nicht nur Silberstücke heraus.

Zwischen den zahlreichen Münzen lag auch ein Goldring, den ein Löwensymbol zierte. Petricciolo musterte ihn und überlegte, wie viel er für ihn wohl bei einem Goldschmied erhalten würde. Doch dann entschied er, dass sich Superanzio Orsini bestimmt als weit großzügiger erweisen würde.

Der andere Gegenstand, der kurz seine Aufmerksamkeit weckte, war ein zusammengerolltes Pergament. Er warf einen flüchtigen Blick darauf und sah, dass es sich um einen Text von sechs Zeilen handelte.

Petricciolo wusste nur zu gut, dass schriftliche Dokumente die Geheimnisse der Menschen am besten enthüllten, allerdings konnte er nicht lesen.

Wenn er mehr erfahren wollte, musste er sich so schnell wie möglich zum Vizdom des Bischofs begeben.

14

»Parade, ein Schritt zurück … Stoß! Nein, kehrt wieder in die Garde zurück. Nicht so angespannt, den Daumen locker auf der Fehlschärfe. Ja, genau so. Versucht es erneut!«

Maynard stellte sich neben Aldobrandino und führte mit ihm zusammen die Übung durch, zehn-, fünfzehnmal, bis er zufrieden war. Dann befahl er ihm, diesen Stoß weiter zu wiederholen, diesmal mit seinen Varianten der *Imbroccata*, dem Stich von oben nach unten, und der *Punta riversa*, einem Rückhandstoß von links nach rechts, und verfolgte aus dem Augenwinkel die Klinge. »Ruht Euch nun ein wenig aus«, sagte er schließlich und ging in die Hofmitte. Während der Junge sich den Schweiß von der Stirn wischte, führte Maynard sein Schwert wie einen Lehrstock. »Merkt Euch, einen Hieb kann man nur dann wirksam setzen, wenn man weit ausholt. Aber Ihr müsst entschlossen vorgehen, zunächst den Arm vorstrecken und dann erst das Bein, um nicht zu verraten, was Ihr vorhabt.«

Der Sohn des Marchese nickte. Er hatte sich angewöhnt, die Worte des Lehrers zu wiederholen, um sie sich besser einzuprägen. Maynard freute sich über Aldobrandinos Fortschritte, aber heute war ihm nicht nach Loben zumute. Nichts konnte schlimmer für ihn sein, als beraubt worden zu sein. Wahrscheinlich war er Opfer eines Beutelschneiders geworden. Vielleicht war es der zerlumpte Bettler gewesen, mit dem er in der Straße der Tuchmacher zusammengestoßen war. Der verführerische Augenaufschlag von Lippa Ariosti hatte ihn abgelenkt, sonst hätte er den Verlust sofort bemerkt.

Ihn ärgerte nicht der Verlust des Geldes. Vielmehr beunruhigte es ihn zutiefst, dass er nicht wusste, in wessen Hände die Gegenstände, die er in Pater Facios Unterschlupf gefunden hatte, gefallen waren. Diese Sorge verstärkte nur noch die Unruhe, die ihn nach dem Abschied von Bastien des Baux befallen hatte. Auch wenn er im Grunde gut allein zurechtkam, fehlte ihm doch ein Freund an seiner Seite, der ihn verstand und beraten konnte.

»Zurück zum Unterricht«, sagte er unvermittelt.

Gehorsam stellte sich Aldobrandino wieder in die Garde, als Marchese Obizzo d'Este in den Hof trat. Er kam allein und trug einen *Gambeson* und hohe Stiefel, als käme er direkt aus einer Schlacht.

»Euer Gnaden.« Maynard verbeugte sich. »Aus Modena zurück?«

»Ich habe die letzten Scharmützel meinen Untertanen überlassen, aber die Rebellen liegen bereits in Ketten«, antwortete der Marchese, dann wandte er sich lächelnd seinem Sohn zu. Der Junge widerstand der kindlichen Versuchung, ihm entgegenzulaufen, stattdessen erwiderte er den Gruß militärisch, wie ein Soldat. Obizzo schlug ihm väterlich auf die Schulter.

Maynard bemerkte beim Marchese eine schlecht verhohlene Gereiztheit, und er fragte sich, ob er von seiner Begegnung mit Lippa Ariosti unterrichtet worden war. Es schien ihm jedoch keine Eifersucht zu sein, die aus diesen tiefdunklen Augen sprach. »Ihr wirkt beunruhigt«, wagte er daher zu bemerken.

»Die Politik«, erwiderte der Marchese in einem Ton, als würde er über eine schreckliche Krankheit sprechen. Er ließ seine Rechte auf den Waffengurt gleiten und gab damit zu verstehen, dass er sich gern in einem Zweikampf ein wenig abreagieren wollte.

Maynard konnte es ihm nur zu gut nachempfinden. Ihm war es ähnlich ergangen, als sein König zugelassen hatte, dass der Angreifer aus England Calais belagerte, und dabei die Ehre dem eigenen Vorteil geopfert hatte.

»Um ganz ehrlich zu sein«, fuhr der Marchese fort, »seit ich gesehen habe, wie Ihr Euch mit Niccolò de' Roberti duelliert habt, quält mich der Wunsch, mich selbst mit Euch zu messen. Ich hoffe, Ihr habt nichts dagegen.«

»Im Gegenteil«, sagte Maynard und trat mit der Waffe in der Hand heran.

Obizzo zückte sein Schwert und stellte sich in die Garde. »Bis zum ersten Blut?«

»Es sei.«

Maynard erwartete den ersten Angriff, der in einer blitzschnellen Finte erfolgte. Er wich zurück und stieß gleichzeitig mit der Spitze seiner Klinge vor, wodurch Obizzo gezwungen war, den Abstand weit zu halten. Es folgte eine Reihe von Angriffen, wobei beide Gegner gleich stark waren und der Kampf ausgeglichen hin und her ging. Dann wurde das Duell hitziger, und Maynard tat sein Möglichstes, die Leidenschaft seines Gegners weiter zu schüren. Er kannte keinen besseren Weg, um den Charakter eines Mannes kennenzulernen, als sich mit ihm im Kampf zu messen, und so wurde er nun mit dem stürmischen Eifer des Marchese konfrontiert. Der durchaus nicht nur zu seinem puren Vergnügen kämpfte, wie Maynard bald erkannte, ein scharfer Verstand bändigte die hitzige Gewalt. Jeder Stoß entsprach der Bemerkung eines stummen Dialogs, und Maynard beschloss, ihn in einen Wortwechsel münden zu lassen.

»Ich habe vom Tod eines Eurer Schützlinge erfahren«, begann er und glitt gleichzeitig zur Seite auf der Suche nach einer Blöße bei seinem Gegner. »Das betrübt mich.«

Die Antwort des Marchese folgte nach einem meisterhaften Austausch von Stößen und Paraden. »Wen meint Ihr?«

»Pater Facio di Malaspina.«

»Dieser Schuft!« Erneut prallte seine Klinge klirrend gegen die des Gegners.

Maynard ahnte, was der Marchese beabsichtigte, und überraschte ihn auf der Linken mit einem geraden Stoß, wodurch er ihn zu einer kräftezehrenden Parade mit der flachen Klinge zwang. Und etwas Zeit gewann. »Anscheinend habt Ihr ihn nicht geschätzt.«

»Wer hat Euch von ihm erzählt?«, fragte Obizzo keuchend.

Während sie beide Atem schöpften, belauerten sie einander wie Löwen.

Maynard war unentschlossen, ob er den Marchese weiter reizen oder die Sache auf sich beruhen lassen sollte, dann wagte er einen Vorstoß. »In den Straßen Ferraras sind Gerüchte über seinen Tod im Umlauf. Aber im Gegensatz zu vielen anderen habe ich ihn kennengelernt. In Pomposa, wo er lebte.«

»Ah!« Obizzo d'Este wurde misstrauisch. »Habt Ihr dort auch mit ihm gesprochen?«

»Nur einmal. Er hat Euren Bruder Rinaldo erwähnt.«

Ehe der Marchese etwas entgegnen konnte, setzte Maynard einen Rückhandstoß von außen, den sein Gegner parierte. Und so verharrten sie, die Klingen gekreuzt, nur drei Handspannen voneinander entfernt und starrten einander gespannt an.

»Mein Bruder … Er war ein Narr, diesem Mönch zu vertrauen …«

Maynard verstärkte seinen Druck. »Und Ihr?«

»Ich verbarg ihn … Wie eine Schande!« Mit einer geschickten Bewegung befreite sich der Marchese aus der Bindung und schloss die Mensur, sodass Maynard zu einem Nahkampf gezwungen wurde. »Er dachte, er könnte mich ebenfalls umgarnen mit seinen Geheimnissen … mit seinem verfluchten Buch …«

Maynard kam der Absicht des Marchese zuvor, packte dessen Waffenhand mit seiner Linken und hielt sie fest. »Was für ein Buch?«

»Das geht Euch nichts an!«, beschied ihm Obizzo, seine aufkommende Wut schenkte ihm neue Kraft.

Maynard fühlte den unbedingten Siegeswillen des Marchese. Das war nicht einfach nur Stolz, sondern die zwingende Notwendigkeit, jeden zu beherrschen. Kurz fragte er sich, ob es nicht klüger wäre, diesem Bedürfnis entgegenzukommen, doch sein eigenes Naturell ließ es nicht zu. Er nutzte die Körpernähe und hieb seinem Gegner mit dem Schwertknauf ins Gesicht. Nur ein kurzer Schlag gegen das Kinn, um ihn nicht zu demütigen.

Der Marchese taumelte zurück, während er sich den Mund befühlte.

»Bis zum ersten Blut«, rief ihm Maynard in Erinnerung und zeigte auf den blutroten Speichel, der von Obizzos Unterlippe herablief.

»Was für Blut?« Der Marchese spuckte verächtlich aus. »Seid Ihr bereits müde, Ritter?«

Maynard schenkte ihm ein stolzes Lächeln. Dieser Mann gefiel ihm, trotz seiner etwas ungehobelten Art, wie sie eigentlich nicht zu einem Adligen passte. In gewisser Weise erinnerte er ihn an seinen Freund Robert de Vermandois, den er in Reims zurückgelassen hatte. »Im Gegenteil«, erwiderte er daher, »dieser Zweikampf reizt mich sehr. Genau wie die Geheimnisse von Pater Facio und Eurem Bruder Rinaldo.«

Obizzo wischte sich das Kinn mit dem Handrücken ab und musterte Maynard mit dem scharfen Blick eines Strategen. »Darf man erfahren, was man Euch in Pomposa erzählt hat?«

»Fast nichts«, erwiderte Maynard vorsichtig, »allerdings genug, um die Neugier eines Fremden zu wecken.«

»Diese lügnerischen Mönche ...«, sagte der Marchese verächtlich. »Glaubt ja nicht, dass sie nur um einen Deut besser wären als Facio di Malaspina.«

»Worauf spielt Ihr an?«

Das trockene Gelächter des Marchese gab ihm zu verstehen, dass er zu weit gegangen war. »Fragt sie doch selbst, wenn Ihr so neugierig seid. Fragt sie, was Pater Facio in ihrer verfluchten Bibliothek gefunden hat. Auf eigene Gefahr, selbstverständlich.«

Und noch ehe er seinen Satz beendet hatte, griff Obizzo ihn mit einem Stoß an, der auf die Kehle zielte.

Maynard beschränkte sich auf die Verteidigung, ließ den Marchese seine Wut an ihm abreagieren, ohne ihm allerdings die Genugtuung zu gönnen, in ernsthafte Bedrängnis zu geraten. Währenddessen dachte er über Obizzos Worte nach. Die Mönche von Pomposa, die Bibliothek der Abtei ... Er konnte sich nicht vorstellen, was dieser Ort mit den Geheimnissen von Pater Facio zu tun hatte, aber die Anspielung auf ein geheimnisvolles Buch rief in ihm die Erinnerung an eine Unterhaltung mit Facio wach. Nun blieb ihm kaum eine andere Möglichkeit. Er musste nach Pomposa zurückkehren, um dort mehr herauszufinden.

In der Zwischenzeit kämpfte der Marchese erbittert weiter, es gelang ihm jedoch nicht, eine Bresche in die Verteidigung seines Gegners zu schlagen. Seine Bewegungen hatten nun jede Leichtigkeit verloren. Plötzlich stieß er einen Wutschrei aus und schleuderte keuchend und mit hochrotem Kopf das Schwert zu Boden.

»Dieser Zweikampf gefällt mir nicht mehr!«, rief er mit Blick auf die Loggien des Palazzos aus.

Maynard trat zurück, erstaunt darüber, dass der Marchese so die Beherrschung verlor. Seine Worte mussten mehr noch als sein Schwert an eine tiefe Wunde gerührt haben. Er sah dem Marchese nach, der sich mit großen Schritten entfernte, ohne sich von seinem Sohn zu verabschieden.

»Noch eins, Rocheblanche«, rief Obizzo ihm in harschem Ton und ohne sich umzuwenden zu, »morgen wird eine Jagd stattfinden. Eure Anwesenheit ist erwünscht.«

Maynard verbeugte sich. »Dann werde ich nicht fehlen, Euer Gnaden.«

Als er wieder aufsah, bemerkte er oben an der Brüstung eine Bewegung.

Lippa Ariosti betrachtete ihn mit brennender Neugier.

Aus einem Fenster des Bischofspalasts beobachtete Vizdom Superanzio Orsini eine Gruppe in Lumpen gehüllter Gestalten, die auf die Kirche San Romano zusteuerten. Der Wanderstab und die auf die Gewänder genähten Heiligenbilder kennzeichneten sie als Pilger. Mit jedem Tag wuchs ihre Zahl, trotz der schrecklichen Hungersnot, die in den Lehen der Emilia und der Romagna wütete und zahllose Opfer forderte. Doch es war nicht nur der Hunger, der sie in die Stadtmauern lockte. Das Fronleichnamsfest stand vor der Tür und damit eine Vielzahl an Aufgaben für den Vizdom. Alles in allem eigentlich eine recht angenehme Pflicht, wenn er sich nicht hätte zeigen müssen.

Nach dem Angriff am 25. April hatte er sich nicht mehr in der Öffentlichkeit sehen lassen. Die Brandnarbe im Gesicht zog zu viele Blicke auf sich, und jeder davon erinnerte ihn daran, wie leicht dieser Franzose ihn überwältigt und dann gedemütigt hatte. Wenn auch Opium und Malvensud den Schmerz hatten lindern können, gab es doch kein Mittel gegen die Verletzung seiner Seele. Keines außer Rache.

Er wandte sich wieder dem Schergen zu, der vor seinem Schreibtisch stand. »Ist das alles?«, fragte er.

So fest in seinen Umhang gewickelt glich Petricciolo einer Vogelscheuche, wie sie die Bauern auf die Felder stellten, um die Raben zu vertreiben. »Ja, mein Herr.«

Superanzio nickte. »Dann geh.«

Sobald der Scherge fort war, nahm er an seinem Schreibtisch Platz, während er den Namen Maynard de Rocheblanche leise vor sich hinmurmelte. Dabei verspürte er ein morbides Allmachtsgefühl, wie man es empfindet, wenn man sich anschickt, jemanden im Schlaf zu erschlagen. Endlich gehörte dieser Kerl ihm, er hatte ihn in der Hand. Er würde alles mit ihm tun können, was er wollte.

Fast alles, um der Wahrheit die Ehre zu geben. Die Gegenstände, die Petricciolo ihm ausgehändigt hatte, hatten ihn sehr verwirrt. Superanzio musterte sie eingehend und versuchte herauszufinden, in welcher Beziehung sie zueinander standen. Er hatte seine Verwunderung nicht verhehlen können, als er bemerkte, dass der Text des Pergaments den Lapis exilii nannte. Er schien einen Ort zu bezeichnen, vielleicht das Versteck der unschätzbaren Reliquie, die dieser Mönch Facio vor langer Zeit erwähnt hatte. Doch die Anspielungen auf den »Blumenberg« und die »Villa von Cerisio« enthüllten ihm gar nichts. Ohne einen weiteren nützlichen Hinweis würde er sie wohl niemals finden.

Andererseits war nicht auszuschließen, dass der zweite Gegenstand, den Petricciolo entwendet hatte, den Schlüssel zu dem Rätsel bildete. Es war ein Kardinalsring mit einem Silberlöwen.

Es gab eine Vielzahl solcher Ringe, keiner glich dem anderen. Zu seinem Glück erinnerte sich Superanzio sehr genau, dass er diesen Ring bereits einmal gesehen hatte.

Es war das Siegel eines schrecklichen Mannes: des Kardinals von Avignon, den vor vierzehn Jahren ganz Ferrara gefürchtet hatte. In jenen dunklen Tagen hatte sich Superanzio mit dem Klerus aus Ferrara nach Bologna geflüchtet, um der Belagerung durch die päpstliche Miliz zu entgehen, die schließlich eine Bresche in die Stadtmauern geschlagen hatte und bis zur Piazza vorgedrungen war. Die drei Brüder derer d'Este, vor allen anderen der tapfere Rinaldo, hatten alles aufgeboten, bis sie die päpstlichen Truppen schließlich verjagen konnten. Doch Seine Eminenz Bertrand du Pouget, der große Kriegerkardinal, hatte überlebt und sich nach Avignon geflüchtet.

Und jetzt bemühte Vizdom Superanzio Orsini sich zu verstehen, in welcher Beziehung dieser Mann zu Maynard de Rocheblanche stand und zu dem geheimnisvollen Lapis exilii.

15

Abtei Santa Maria di Pomposa
9. Mai

Gualtiero und Isabeau saßen im Gras, genossen die Vormittagssonne und unterhielten sich lächelnd miteinander, mehr geschah nicht. Dennoch ärgerte sich Abt Andrea, als er ihren vertrauten Umgang sah. Schnell eilte er zu ihnen, dicht gefolgt von Fiumano. Seit seiner Genesung war der Windhund zu Andreas Schatten geworden und begleitete ihn, hinkend aufgrund seiner Verletzung, überallhin. Andrea sprach es zwar nicht laut aus, aber innerlich genoss er diese stille Gesellschaft. Wenn er sich unbeobachtet fühlte, streichelte er das Tier und flüsterte ihm Koseworte ins Ohr.

Fiumanos Anwesenheit konnte ihn im Moment jedoch nicht besänftigen. Er fühlte sich hinters Licht geführt, ja beinahe betrogen. Wie konnte dieses unverschämte junge Ding es wagen, seinen wertvollen Miniaturenmaler von der Arbeit abzuhalten! Schon seit einiger Zeit war ihm ihr Interesse an Gualtiero aufgefallen, aber zunächst hatte er nichts gesagt. Nach dem Tod seines Vaters Sigismondo war der junge de' Bruni in eine so tiefe Trauer verfallen, dass ihm etwas Ablenkung gewiss guttat. Aber nun war es genug. Andrea hatte sich davon überzeugt, dass das Mädchen sich zu sehr um Gualtiero bemühte, und obwohl er in seinem Leben noch keine Frau berührt hatte, so wusste er nur zu gut, was da geschehen konnte.

»Gualtiero!«, rief er. »Weshalb seid Ihr nicht im Skriptorium?«

Der junge Mann schreckte auf. »Ich bitte um Verzeihung, ehrwürdiger Vater. Ich hatte das Bedürfnis, meine Augen ein wenig auszuruhen.«

»In dem Fall«, mahnte ihn Andrea, als er vor Gualtiero stand, »hättet Ihr Euch ins Kloster begeben können.«

»Die frische Luft tat mir wesentlich besser.«

»Schön und gut, nur hätte ich gern, dass Ihr Euch nun wieder ins Skriptorium begebt. Der Bruder Bibliothekar braucht Euch.«

»Das glaube ich kaum«, erwiderte Gualtiero verwirrt. »Der Bruder Bibliothekar schätzt meine Anwesenheit dort gar nicht.«

»Das zu beurteilen steht Euch nicht zu, mein Sohn. Gehorcht einfach.«

Isabeau sprang empört auf. »Er ist kein Mönch«, rief sie, »Ihr könnt ihm nichts befehlen.«

Ihr Aufbegehren kam so unerwartet, dass Abt Andrea einen Schritt zurückwich. Er starrte sie feindselig an, wobei er sein Unbehagen über ihre verschiedenfarbigen Augen zu verbergen suchte. »Entschuldigt, meine Liebe«, zwang er sich zu einem wohlwollenden Ton. »Die Lage ist heikler, als Ihr glaubt. Und wenn ich mir die Bemerkung erlauben darf, im Hof herumzuspazieren ziemt sich nicht für eine junge Dame.«

Isabeau kicherte spöttisch und wechselte einen schnellen Blick mit Gualtiero.

Abt Andrea hatte das Gefühl, dass die beiden etwas vor ihm verheimlichten, was seine Nervosität noch verstärkte. »Mein Sohn, gehorcht Ihr mir jetzt bitte?«

Gualtiero nickte, schüttelte sich ein paar Halme von den Kleidern und verabschiedete sich von Isabeau. Doch ehe er sich umwandte, berührte sie ihn an der Schulter und gab ihm einen Kuss auf die Wange, beinahe, als wollte sie Andrea herausfordern.

Andrea wandte den Blick ab und ging dann schnell auf das Palatium zu, darum bemüht, seinen Gleichmut wiederzuerlangen. Kurz überlegte er, ob er Isabeau enthüllen sollte, dass Maynard de Rocheblanche im Laufe des Tages in der Abtei eintreffen würde, doch dann unterließ er es. Er fürchtete, dass so auch de' Bruni davon Kenntnis erhalten würde. Rocheblanches Ankunft konnte den Jungen erneut verstören und in ihm die gefährliche Hoffnung wecken, sich auf den Weg zu machen, um seine Mutter zu suchen. Dies galt es im Moment um jeden Preis zu verhindern.

Abt Andrea wollte ihm vorher seine eigenen Pläne unterbreiten.

16

»Ein Buch«, wiederholte Maynard.

»Seid Ihr sicher?«, vergewisserte sich der Abt.

»So hat es der Marchese gesagt.«

Obwohl Maynard nur einen knappen Monat fort gewesen war, kam ihm Abt Andrea verändert vor. Wenn er an das letzte Mal zurückdachte, als er das Arbeitszimmer des Abts betreten hatte, sah er sich nun einem anderen Mann gegenüber. Die Augen unter der gerunzelten Stirn blickten ihn durchdringender, beinahe feindselig an. *Diese lügnerischen Mönche* ... Vielleicht hatten auch nur Obizzos Worte sein Misstrauen erregt, und er war deshalb voreingenommen.

»Welche Art von Buch genau?«, fragte Andrea.

Ehe Maynard antwortete, betrachtete er den Hund, der sich zu Füßen eines *Armariums* zusammengerollt hatte. »Obizzo d'Este hat angedeutet, dass Pater Facio es hier, in der Bibliothek von Pomposa, gefunden haben soll. Ihm zufolge hatte Facio dank dieses Buches großen Einfluss auf den edlen Rinaldo.«

Der Abt strich sich über das Kinn. »Rinaldo II. d'Este ...«, murmelte er. »Was wisst Ihr über ihn?«

»Recht wenig, ehrwürdiger Vater.«

»Er war der älteste Sohn des Marchese Aldobrandino II. d'Este, von dem er das maßvolle, aber harte Wesen geerbt hatte. Er starb vor zwölf Jahren und hinterließ nur einen ungeeigneten Nachfolger.«

»Damit meint Ihr wohl Obizzo«, sagte Maynard. »In der Tat, mir kam es so vor, als hege er insgeheim eine Abneigung gegen seinen Bruder.«

»Das erstaunt mich nicht. In den letzten zwanzig Jahren waren die wechselhaften Geschicke derer d'Este fast ausschließlich von Rinaldo bestimmt worden. Er hatte sich mit dem ketzerischen Ludwig von Bayern verbündet und die Truppen Avignons aus Ferrara vertrieben. Doch dann überzeugte er seine Brüder, sich wieder mit dem Papst zu versöhnen und das Vikariat der Stadt zu akzeptieren.«

»Euren Worten höre ich beinahe Bewunderung an …«

»Missversteht mich nicht«, wehrte Abt Andrea ab. »Rinaldo d'Este war in seinem Herzen ein Ghibelline, so wie sein Bruder. Selbst nach der Einigung mit Johannes XXII. Skrupellos plünderte er Kirchen und Klöster und unterwanderte deren Reihen mit Spitzeln und Dieben. Einer davon war, wie Ihr vielleicht wisst, Facio di Malaspina.«

Maynard umklammerte die Armlehnen seines Stuhls. »Also das war die Verbindung zwischen Facio und derer d'Este …«

»Im Hinblick auf das, was Ihr gerade erzählt habt, könnte es noch eine tiefer gehende Beziehung geben.«

»Das können wir erst mit Gewissheit feststellen, wenn wir dieses Buch finden.«

Abt Andrea stieß einen Seufzer aus. »Habt Ihr eine Vorstellung, wie schwierig das ist, worum Ihr mich bittet? Wenn Ihr mir wenigstens den Zweck Eurer Mission enthüllen würdet …«

Maynard betrachtete die Finger des Abts, die dieser ständig neu verknotete, fast als wollte er ein unsichtbares Tuch knüpfen. »Ich bin auf der Suche nach zwei verschwundenen Reliquien, erinnert Ihr Euch? Ein Kelch und eine Lanzenspitze, die Facio gestohlen und an unbekanntem Ort verborgen hat. Mehr kann ich Euch nicht enthüllen, weder, woher sie stammen, noch, wer sie wiederhaben möchte. Ich hoffe nun, dass mich das von Obizzo erwähnte Buch auf die richtige Spur bringen wird.«

»Warum glaubt Ihr, dass es Euch helfen könnte?«

»Vermutungen, die an mein Schweigegelübde gebunden sind.«

Andrea verzog skeptisch den Mund. »Ein Buch unter tausend zu finden – vorausgesetzt, es existiert überhaupt und befindet sich noch immer in den Beständen der Bibliothek – ist so gut wie unmöglich, wenn wir weder Verfasser noch Titel kennen.«

»Einen Hinweis habe ich jedoch«, warf Maynard ein. In den letzten Tagen hatte er lange nachgedacht, und er hatte sich erinnert, dass Obizzo nicht der Einzige gewesen war, der von einem geheimnisvollen Buch im Besitz Facios gesprochen hatte. Auch Superanzio Orsini hatte eine alte Handschrift erwähnt, die Geheimnisse über die beiden von Facio geraubten Reliquien enthalten sollte. Bis jetzt hatte er es vorgezogen, dem Abt nichts davon zu erzählen, zum einen aus Gründen der Verschwiegenheit, zum anderen in der Hoffnung, etwas Neues gerade von ihm zu erfahren. »Ich kann nicht ausschließen, dass es eine falsche Spur ist«, fügte er vorsichtshalber hinzu, »aber ich denke, es lohnt die Mühe, es zu versuchen.«

Der Abt beugte sich interessiert vor und stützte die Ellenbogen auf die Tischplatte. »Ich bin ganz Ohr.«

»Was ich Euch nun erzähle, geschah vor zwei Monaten, als Facio aus Pomposa floh.«

»Ich habe die Umstände noch gut im Gedächtnis. Ihr wart es, der ihn entgegen meiner Anweisungen entkommen ließ.«

»Hätte ich damals auf Euch gehört, müssten wir uns nun nicht mit derlei beschäftigen«, gab Maynard zu und senkte den Kopf. »Wie dem auch sei, bevor er mir entkam, äußerte Pater Facio sich sehr rätselhaft über ein apokryphes Evangelium, einen Kodex ... Damals hielt ich es für nicht wichtig genug, um dem weiter nachzugehen. Jetzt allerdings vermute ich, dass es sich um dasselbe Buch handelt, von dem Obizzo d'Este mir erzählt hat.«

»Und weiter?«

»Nun«, fuhr Maynard bedeutungsvoll fort, »Pater Facio hat mir den Titel des Buches genannt: ›Codex Millenarius‹.«

Das Lachen des Abts traf ihn unerwartet. »Ihr seid so naiv.«

»Wie meint Ihr das?«, empörte sich Maynard.

»Dass es sich wahrscheinlich um ein *Alias vices* oder ein *Vel etiam* handelt, wenn nicht gar um ein *flatus vocis*.«

»Wollt Ihr Euch bitte etwas deutlicher ausdrücken?«

»*Alias vices* heißt ›anders gesagt‹«, erklärte Andrea. »Der Titel des Buches, den Ihr genannt habt, ist so allgemein, dass er absichtlich so gewählt scheint, um seinen wahren Titel zu verbergen. Manchmal geschieht dies zum Beispiel bei verbotenen Texten, Sammelwerken oder einfach denen *sine titulo*, ohne Titel, damit man sich auf diese *sub alio titulo vel alio nomine*, also unter der anderen Bezeichnung darauf beziehen kann. Es handelt sich um eine in Bibliotheken übliche Praxis, wo Handschriften, die schwierig zuzuordnen sind, in den Inventarien unter Formulierungen aus den Incipit, nach dem Inhalt oder nach dem Zufallsprinzip aufgeführt werden. Meiner Meinung nach ist Euer ›Codex Millenarius‹ letzterer Kategorie zuzuordnen.«

»Und selbst wenn?«, beharrte Maynard. »Verfügt denn die Bibliothek von Pomposa über kein Inventarium?«

»Über mehr als eines, um der Wahrheit die Ehre zu geben. Und obwohl ich sie unzählige Male konsultiert habe, ist mir ein derartiger Name noch nie untergekommen. Pater Facio kann ihn nicht von hier haben. Vielleicht hat er ihn sich einfach ausgedacht, um Euch zu täuschen.«

Maynard erhob sich von seinem Stuhl und begann, auf und ab zu gehen. »Es ist dennoch ziemlich wahrscheinlich, dass sich das Buch innerhalb dieser Mauern befindet.«

»Und wenn Ihr Euch von Marchese Obizzo auf eine falsche Spur habt bringen lassen?«

»Nein!« Maynard schlug mit der Faust gegen die Wand, sodass der Windhund aufschrak. »Den ›Codex Millenarius‹ gibt es, da bin ich ganz sicher!«

»Nun erregt Euch doch nicht so. Wenn Euch so viel daran liegt, werde ich nach ihm forschen, Ihr habt mein Wort. Ich werde in jedem Armarium der Bibliothek suchen lassen …«

Maynard musterte den Abt misstrauisch, dessen plötzliche Nachgiebigkeit ihn stutzig machte. Der kluge Mönch, dem er vor zwei Monaten gern alles anvertraut hatte, hätte nicht so unterwürfig reagiert. Er verbarg seine Zweifel jedoch, als er antwortete: »Ich baue ganz auf Euch, Pater.«

»So wie ich auf Euch.«

»Was meint Ihr damit?«

Unvermittelt barg Andrea das Gesicht in den Händen, dann atmete er tief durch und räusperte sich. »Ich benötige Geld«, sagte er mit rauer Stimme. »Allerdings weder um meinen eigenen Ehrgeiz zu befriedigen, noch um die Fresken der Abtei zu erneuern.«

Maynard bedeutete ihm, fortzufahren.

»Nur für unseren Lebensunterhalt, begreift Ihr?«, fuhr Abt

Andrea fort. »Damit ich meine Mönche ernähren und für sie sorgen kann, zumindest bis ich die Finanzen von Pomposa saniert habe …« Andrea brach ab und verfiel in ein tiefes kummervolles Schweigen.

Maynard betrachtete den Abt, der über seinen Schreibtisch gebeugt dasaß, und war hin- und hergerissen zwischen dem Wunsch, ihn zu trösten, und dem Verlangen nach Erklärungen. Die Lage hatte sich so schnell verändert, dass er nicht wusste, was er tun sollte. Er zögerte lange, bis er sich entschloss, Andrea eine Hand auf die Schulter zu legen.

»Warum habt Ihr nicht früher mit mir gesprochen?«

Der Abt trocknete sich die Augen. »Aus Stolz.«

»Würden sechshundert Goldflorin genügen?«

Andrea starrte ihn entgeistert an. »Ich hätte nie gewagt, Euch um so viel zu bitten …«

»Doch Ihr müsst Euch gedulden«, fuhr Maynard fort, als hätte der Abt nichts gesagt. »Das Vermögen der Familie wird von meiner Schwester in Reims verwaltet.«

»Ihr habt noch eine Schwester?«, fragte Abt Andrea erstaunt.

»Eudeline de Rocheblanche, Äbtissin des Klosters Sainte-Balsamie«, erwiderte Maynard lächelnd. »Ich habe jetzt keine Zeit, Euch alles zu erklären. Aber sobald ich zurück in Ferrara bin, werde ich meiner Schwester schreiben, um mir die Summe schicken zu lassen.«

»Ihr seid ein Engel, Herr.«

»Nun übertreibt nicht.« Und während er großmütig die Arme öffnete, fragte sich Maynard, ob das alles hier nicht nur eine Komödie war, die der Abt seit seiner Ankunft geplant hatte. Es konnte jedoch nicht schaden, Andrea durch Dankbarkeit an sich zu binden. »Es wäre unhöflich, um einen Gefallen zu bitten, ohne ihn zu erwidern«, sagte er. »Ausgerechnet Euch gegenüber, der Ihr Isabeau und mir so viel Freundlichkeit erwiesen habt.«

»Wo wir gerade über Isabeau sprechen …«, warf der Abt ein.

Maynard wurde ernst. »Ist etwas mit ihr?«

»Oh, der jungen Dame geht es bestens«, beruhigte ihn Andrea und kehrte zu seiner üblichen Gleichmut zurück. »Dennoch … bin ich zu der Überzeugung gelangt, dass eine andere Umgebung passender für sie wäre. Ein Ort, an dem es mehr Frauen gibt, versteht Ihr?«

»Unsinn«, widersprach Maynard. »Ich vertraue allein Euch.«

»Wartet«, beharrte der Abt. »Die Zuflucht, die ich meine, ist sicher vor jeder Gefahr, außerdem bürge ich für die Nonnen, die dort leben.«

Obwohl er eine derartige Entwicklung nicht vorhergesehen hatte, spürte Maynard, dass Isabeaus Anwesenheit in Pomposa aus irgendeinem Grund zu einem Problem geworden war. »Darf man erfahren, was Ihr meint?«, fragte er.

»Man sollte sie dem Kloster Sant'Antonio Abate anvertrauen.«

»Welcher Orden lebt dort?«

»Benediktinerinnen. Ihr Kloster befindet sich auf einer Insel bei Ferrara, außerhalb der Stadtmauern. So wird Isabeau in Eurer Nähe und gleichzeitig vor der Welt geschützt sein.«

»Ich werde darüber nachdenken, Pater«, versprach Maynard. »Nun muss ich jedoch wieder aufbrechen. Ich hoffe, dass Ihr zu Eurem Wort steht, so wie ich mich bemühen werde, meines zu erfüllen.«

»Falls sich der ›Codex Millenarius‹ in dieser Abtei befindet, werde ich ihn finden.« Mit diesen Worten neigte Abt Andrea den Kopf und verbeugte sich. Als er sich wieder aufrichtete, fühlte er sich, als sei eine riesige Last von ihm abgefallen.

17

Abt Andrea hoffte, dass er nicht zu weit gegangen war, aber er hatte seine Zunge nicht im Zaum halten können. Wenn er Maynard überzeugen konnte, Isabeau aus dem Kloster fortzuschicken, wäre damit zumindest eines seiner Probleme gelöst. Vielleicht übertrieb er es ja mit seinen Bedenken, dennoch fürchtete er, diesem Mädchen mit den seltsamen Augen würde es früher oder später gelingen, den jungen de' Bruni aus der Abtei wegzulocken. Besser, man schob dem rechtzeitig einen Riegel vor.

Nachdem er sich von Rocheblanche verabschiedet hatte, verließ er das Arbeitszimmer und ging ins obere Stockwerk des Palatium abbatis. Obwohl er gerade eine solch gute Nachricht erhalten hatte, konnte er sich nicht recht darüber freuen. Nicht ausschließlich wegen des »Codex Millenarius«, der ihm seiner Meinung nach lange und fruchtlose Nachforschungen bescheren würde. Ihn quälte vor allem die Verstimmung, die nun schon seit Tagen zwischen ihm und dem Bruder Bibliothekar herrschte. *Ein Laie!* Noch nie hatte er so viel Verachtung aus dem Mund eines Mitbruders vernommen, und ihm kam es beinahe so vor, als habe er selbst sich eines Verbrechens schuldig gemacht. Dennoch wusste er, dass er zum Wohle aller handelte. Und selbst wenn er damit die Klosterregeln brach, er würde Gualtiero nicht aus dem Skriptorium vertreiben. Seine Begabung war ein Geschenk des Himmels, der einzige Lichtstrahl nach Jahren, in denen er Gottes Gegenwart nicht mehr gespürt hatte. Jetzt, da er wieder den Blick des Vaters auf sich ruhen fühlte, würde er seine Pläne nicht aufgeben.

Mit der Zeit würde auch der Bruder Bibliothekar einverstanden sein, daran hatte er keinen Zweifel. Doch nun musste er den schwierigsten Teil seiner Aufgabe in Angriff nehmen.

Andrea schritt so rasch wie möglich den Gang zwischen den Pulten der Schreiber entlang, um sie nicht in ihrer Konzentration zu stören. Einige Male wandte er sich um, um Fiumano zu sich zu rufen, der fasziniert die Bewegungen der über die Pergamente huschenden Gänsefedern verfolgte. Schließlich entdeckte er Gualtiero, ging zu ihm und flüsterte ihm etwas zu. Nachdem dieser zustimmend genickt hatte, ging Andrea in den benachbarten Raum, in dem die Bücher aufbewahrt wurden.

Der Bibliothekar trat verlegen auf ihn zu.

»Lasst mich allein«, beschied ihm Andrea, und diese brüske Abfuhr schien das Unbehagen des Mannes noch zu verstärken. Doch er tat wie geheißen, und kaum war Andrea allein, ging er zum Schreibpult, auf dem die Inventarliste lag.

Dabei handelte es sich um ein dickes Buch aus Pergament, das mit einer Kette am Pult befestigt war, damit es niemand mit sich nehmen konnte. Schließlich befand sich darin die komplette Auflistung aller Bücher im Besitz des Klosters: ein wahrer Schatz, wenn auch nicht mit dem des Klosters von Cluny vergleichbar, dennoch geeignet, die besten *magistri* und Theologen der gesamten Christenheit anzulocken, auch diesen Autor aus Florenz, der die »Göttliche Komödie« geschrieben hatte. Zur ursprünglichen Liste, die der Mönch Enricus vor drei Jahrhunderten angelegt hatte, hatten sich andere hinzugesellt, die dokumentierten, wie sich die Bibliothek Jahr für Jahr vergrößert hatte.

Während Fiumano sich zu seinen Füßen zusammenrollte, begann Andrea, das Register durchzugehen. Er bezweifelte zwar, darin einen Hinweis auf den von Maynard gesuchten Text zu finden, dennoch wollte er sein Versprechen halten. Er wusste, dass Bruder Facio während seiner Zeit als Abt sehr viel Zeit mit den Büchern verbracht hatte. Auch später hatte er die Bibliothek häufig aufgesucht. Vielleicht war das Gerücht über den »Codex Millenarius« ja dadurch entstanden. Oder der lügnerische Facio hatte es selbst in die Welt gesetzt. Auf jeden Fall musste er der Sache nachgehen.

Er konzentrierte sich auf die manchmal gerundeten, manchmal wieder spitzen Buchstaben von Enricus, bis sie sich jäh veränderten und die Handschrift eines anderen Mönchs aufwiesen. Namen und Titel folgten ohne erkennbare Logik aufeinander, als hätte sie ein launischer Dämon durcheinandergewürfelt. Immer öfter musste sich

Andrea die Lider reiben, um seine müden Augen zu entlasten. Seit einiger Zeit überlegte er schon, sich eine dieser seltsamen *oculi di vitro* anzuschaffen, die beim Lesen behilflich sein sollten, aber wegen der zahlreichen Ausgaben für das Kloster hatte er bisher dann doch immer darauf verzichtet.

Die Abenddämmerung brach herein, und er musste im Schein einer Kerze weitersuchen, bis ihn die Müdigkeit überwältigte. Bis zur Hälfte der Liste war er gekommen, am nächsten Tag würde er seine Suche vollenden. Jetzt musste er sich einer anderen wichtigen Angelegenheit widmen.

Kurz vor der *Vesper* verließ Gualtiero das Skriptorium, um sich wie vom Abt geheißen in die Klosterkirche zu begeben. Das überraschende Treffen schenkte ihm neue Hoffnung. Vielleicht hatte der Abt ja etwas über Sapias Verhaftung erfahren oder einen Weg gefunden, sie zu befreien … Doch er gab sich lieber keinen Illusionen hin. In den letzten Tagen war ihm der Abt düster und nachdenklich erschienen, abgesehen davon, dass er sich zwischen ihn und Isabeau gestellt hatte. Was Gualtiero nicht begriff. Dieses Mädchen war das einzig Schöne, das ihm noch auf dieser Welt geblieben war, nicht nur, weil es ihr stets gelang, seinen Kummer zu vertreiben. Nein, vor allem, weil sie ihn so faszinierte … Dass er nun wusste, warum sie sich als Maynards Schwester ausgab, machte sie nur noch interessanter.

Er durchschritt das Portal und ging das Hauptschiff entlang, den Blick auf das Christusbild in der Apsis gerichtet. Es war vollkommen verunstaltet durch die Meißelschläge, die er und Sigismondo im vergangenen Monat dort angesetzt hatten, um den Untergrund für das neue Fresko zu schaffen. Dies blieb nun ein zerschlagener Traum, der nur noch zu seiner Verbitterung beitrug.

Aber ich habe es ihm geschworen, dachte er plötzlich. Ich habe geschworen, Maler zu werden wie mein Vater.

Dieser Gedanke riss den Schmerz in seiner Seele wieder auf.

Mein Vater.

Sigismondo de' Bruni, der Mann, der ihm das Laufen beigebracht hatte, der ihn aufs Leben vorbereitet und der ihn gelehrt hatte, Bilder zu schaffen, hatte ihm im Augenblick seines Todes eröffnet, dass er nicht sein Vater sei.

Jäh aufsteigende Wut schnürte Gualtiero die Kehle zu und verbannte jedes Bild und jeden Gedanken aus seinem Kopf. Dann bemerkte er, dass der Abt gekommen war. Hastig wischte er sich die Tränen weg.

»Sagt, Vater?«, fragte er heiser. »Weswegen wolltet Ihr mich sprechen?«

Der Abt legte ihm sanft eine Hand auf den Kopf. »Ich habe etwas Wichtiges mit Euch zu bereden, mein Sohn.«

»Ich höre.«

Der Abt betrachtete ihn kurz mit einem wohlwollenden Lächeln. »Vielleicht habe ich es Euch noch nie gesagt, aber ich vergesse Euren Schmerz nicht. Es war die Hoffnung, Euch in diesem Kloster eine neue Familie zu schenken, weswegen ich Euch hier aufgenommen habe.«

»Und ich bin Euch dankbar dafür«, erwiderte Gualtiero, obwohl es für ihn nur eine Familie gegeben hatte und niemand sie ersetzen konnte. »Ihr könnt Euch nicht vorstellen, wie sehr.«

»Dennoch«, fuhr Abt Andrea fort, »habt Ihr nicht nur Mitleid verdient. Ihr seid ein Geschenk des Himmels, mein Sohn. Eine Inspiration für uns alle, besonders für mich.«

Gualtiero sah ihn verwirrt an.

»Durch Eure Gabe, Gualtiero.« Abt Andrea breitete die Arme aus. »Die Leichtigkeit, mit der Ihr theologische Vorstellungen erfasst und in Bilder umsetzt … Ich bin noch niemandem begegnet – wirklich niemandem! –, der dieses Talent besitzt.«

»Ich bin nicht sehr gebildet«, wandte Gualtiero ein. »Ich beschränke mich darauf, Miniaturen, Bilder zu schaffen …«

»Aber das gelingt Euch mit einer solchen Natürlichkeit oder vielmehr so inspiriert wie keinem anderen. Stellt Euch nur vor, welche Werke Ihr schaffen könntet, wenn Ihr über eine Bildung wie die meine verfügtet.«

»Davon habt Ihr schon einmal gesprochen«, sagte Gualtiero. »Aber ich bin nun allein auf dieser Welt, arm und ungebildet.«

Der Abt lächelte wieder geheimnisvoll. »Ich nehme an, dass Ihr die Heilige Bulle ›Summi Magistri‹ nicht kennt, habe ich recht?«, fragte er, und ohne eine Antwort von Gualtiero abzuwarten, fuhr er fort: »Papst Benedikt XII. hat sie vor zehn Jahren verfasst, um den Benediktinerorden zu reformieren. Ich will Euch nicht damit langweilen, sie vollständig wiederzugeben, aber wisset, dass sie einem von zwanzig Mönchen gestattet, die Universität zu besuchen.«

»Verzeiht, Vater«, sagte Gualtiero, »ich verstehe nicht, was Ihr meint.«

Abt Andrea wurde ernst und sah durch eines der Fenster, durch das die Abendsonne hereinschien, nach draußen. »Die Mauern von Pomposa beherbergen eine Gemeinschaft von zwanzig Mönchen«, erklärte er beinahe beschwörend. »Ich schlage Euch vor, als Novize hier einzutreten, um der einundzwanzigste zu werden. Ich werde Euch in jeder Hinsicht unterstützen, damit Ihr Euer kostbares Talent aufs Fruchtbarste nutzen könnt. Und dank der in der Bulle garantierten Vorteile wird mir das bestimmt gelingen. Ihr werdet Feinde haben, Neid erregen, aber ich versichere Euch –«

»Um Gottes willen, Pater!« Gualtiero ballte die Hände zu Fäusten. »Ich muss meine Mutter wiederfinden … Die Wahrheit über meine Herkunft erfahren! Wie könnt Ihr nur glauben, dass ich auf einen solchen Vorschlag eingehe?«

»Mein Sohn, überlegt Euch das einmal genau«, mahnte ihn der Abt. In seinem eifrigen Bemühen kam er Gualtiero wie ein Raubvogel vor, der sich auf seine Beute stürzt. »Ich biete Euch nicht das Leben eines einfachen Mönches an, sondern schlage Euch vor, ein Gelehrter, ein *doctor* zu werden, der die Bücher kennt, die er illustriert. Habt Ihr eine Vorstellung davon, wie viel Glanz Ihr dieser Abtei verleihen würdet? Ihr würdet sie zu neuem Leben erwecken, ihr die frühere Größe zurückgeben …«

Trotz seiner Verwirrung und seines Widerstrebens empfand Gualtiero plötzlich Stolz. Ein großer Gelehrter zu werden, ehrgeizigen Zielen jenseits jeder Vorstellungskraft nachzujagen … Einen Augenblick lang sah er sich beinahe in dieser Rolle. Doch dann kehrte er ins Halbdunkel des Kirchenschiffs zurück, ein einfacher junger Mann in Sorge um das Schicksal seiner Mutter und voller Wut, dass er der Bastard eines unbekannten Vaters war.

»Euer Angebot ist sehr großzügig, Pater«, sagte er, »doch im Gegenzug verlangt Ihr auch sehr viel von mir.« Er lehnte sich an eine Bank, weil er gegen ein plötzliches Schwindelgefühl ankämpfen musste. Der Blick des Abts sagte ihm, dass er sich schnell entscheiden sollte. Wies er das Angebot nun deutlich zurück, würde er dessen Gunst verlieren; nahm er es an, bedeutete das den Verlust seiner Freiheit. Und augenblicklich fühlte er sich zu schwach, um eine Entscheidung zu treffen. »Ich brauche Zeit«, sagte er daher. »Zeit zum Nachdenken.«

18

Reims, Kloster Sainte-Balsamie
15. Juli

Eudeline sah nach draußen auf das erste Viertel des neuen Mondes, dann senkte sie die Hände in das Becken und benetzte ihr Gesicht. Obwohl der vergangene Tag mit beschwerlichen Aufgaben angefüllt gewesen war, fand sie keinen Schlaf. Wie jede Nacht, seit ein Fremder in ihr *Domus particularis* eingedrungen war. Kaum eingeschlummert, schreckte sie schon wieder hoch, weil Schritte in ihren Ohren hallten und sie Hände auf sich zu spüren glaubte.

Das Wasser auf dem Gesicht brachte ihr kurz Erleichterung, doch es verschaffte ihr keinen Frieden. Sie hatte zu viel erlebt, um sich einzureden, die Auswirkungen des Bösen verschwänden, sobald die Nebel eines Alptraums sich lichteten. Sie wirkten weit länger nach als die Umstände und die Personen, die sie verursacht hatten, und brannten sich in das Herz der Opfer ein. Erst ihr Vater Gaspar, dann die Feinde ihres geliebten Bruders …

Du bist töricht, schalt sie sich. Sich in einem Kloster zu verkriechen hatte nichts genützt. Die Angst vor der Gewalt verfolgte sie stets und überallhin, trotz der Mauern, die sie von der Welt trennten.

Diese Nacht jedoch hatte sie der Gedanke an Maynard wach gehalten. Wie hätte es auch anders sein können nach dem Brief, den er ihr aus der Emilia geschrieben hatte. Er war kurz gehalten wie üblich, aber im Unterschied zu den vorhergehenden nannte er den Ort, von dem er abgesandt worden war: *Abbatia Pomposiae*. Eudeline hatte schon von diesem Kloster gehört. Es stand am Lauf des Flusses Padus, unweit von Ferrara, und war bekannt für den Eifer seiner Mönche wie für einige Äbte, die nach einem Eremitenleben zu Heiligen erklärt worden waren. Aber es war zu bezweifeln, dass solche Tugend von Dauer war. Kirchen und Klöster verlotterten genauso wie die Menschen, Sittenverfall trat an die Stelle von Strenge.

Maynards Zeilen bestätigten ihr solche Überlegungen, doch erklärten sie nicht, warum er sich gerade in Pomposa verbarg. Er schrieb, dass es ihm gut ginge, und forderte Geld – sechshundert Goldflorin –, um das Vertrauen einer Person zu gewinnen, die ihm bei seinen Nachforschungen nützlich sein konnte.

Mein lieber Bruder, dachte Eudeline, lehnte sich aus dem Fenster und betrachtete den Mond mit zunehmend üblerer Laune.

Es war typisch für Maynard, dass er mit Geld verfuhr, als sei es nichts. Sechshundert Goldflorin waren eine beträchtliche Summe, dazu kam, dass es eine große Herausforderung sein würde, sie sicher in das Land jenseits der Alpen zu bringen. Besonders in diesen Zeiten der Not. Darüber hinaus sträubte sich in Eudeline alles, sich von diesem Geld zu trennen. Mehr noch als ihr Adelstitel hatte ihr das Familienvermögen den Titel einer Äbtissin eingebracht und es ihr ermöglicht, sich vor der Welt zurückzuziehen. Wäre das Erbe einmal ausgegeben, würde sie eine ganz gewöhnliche Frau sein, dazu verdammt, ein unsicheres Leben zu führen und sich den Gesetzen der Männer zu unterwerfen. Das war ihr als Erstes klar geworden, als sie die Verwaltung des Erbes ihres Vaters übernommen hatte: Güter, Felder und Vieh waren der sichtbare Beweis für ihre Unabhängigkeit.

Aus diesem Grund verängstigte sie die derzeit grassierende Not enorm. Selbst wenn sie durch den Rückgang der Einnahmen nicht gleich zu verarmen drohte, sank doch der Wert des Landes ständig. Es gab nur eine Sicherheit für sie: die Gold- und Silbermünzen in dem Schrein, zu dem nur sie Zugang hatte. Doch was konnte schon ein Bruder von solchen Ängsten wissen, der nur danach strebte, sich Ehre dank der Kraft seines Schwertes zu verdienen?

Sechshundert Goldflorin!, empörte sich Eudeline stumm. Davon konnte eine Familie ein Jahr lang gut ihr Auskommen haben. Und es war daher ihres Erachtens weit mehr, als nötig war, um sich die Dienste eines Mannes zu erkaufen, selbst wenn er ein Adliger oder ein gieriger Prälat wäre. Und was, wenn danach noch weitere Ausgaben erforderlich würden?

Die neuntausend Florin in ihrem Schrein würden nicht auf ewig reichen!

Doch Maynard forderte die Summe. Und er hatte ein Recht darauf.

Mit einem tiefen Seufzer blickte Eudeline auf ihr zerwühltes Bett. Nun würde sie keinen Schlaf mehr finden. Dann konnte sie ebenso gut die andere Sorge angehen, die sie seit Tagen quälte.

Es ging um Aleydis, die Gefangene des Klosters. Früher oder später würde sie mit ihr reden müssen.

Eudeline verließ ihre Räume und durchquerte mit einer brennenden Laterne in der Hand das Kloster, während sie sich bei jedem Schritt fragte, ob sie das Richtige tat. Die Gefangene war an einem Ort am Rande des Gartens eingeschlossen, fern von den Mitschwestern. Seit sie den Befehl gegeben hatte, Aleydis wegzusperren, hatte sie sie keines Besuches gewürdigt. Nicht etwa aus Angst oder Wut, sondern weil eine Begegnung mit ihr bedeutete, dass sie sich selbst in Frage stellen musste. Das hatte sie bereits begriffen, als sie noch gar nicht wusste, dass das Mädchen eine Nonne getötet und sich auf einen Handel mit einem Schurken eingelassen hatte. Und obwohl sie nun Aleydis' Verbrechen aufgedeckt hatte, hatte Eudeline festgestellt, dass sie das Band zwischen ihnen nicht so einfach kappen konnte.

Sie näherte sich Aleydis' Gefängnis, einem halb unter der Erde liegenden Raum, in dem früher ein Eiskeller untergebracht war. Sie hatten sich damit behelfen müssen, da das Kloster nicht über Kerker verfügte. Immer noch besser als die unwirtliche Nische in der Krypta, hatte sich Eudeline gesagt. Als sie den Eingang erreicht hatte, hielt sie kurz inne und ließ dann mit einem Seufzen das Schloss aufschnappen.

Aleydis saß auf einem Strohlager mit dem Rücken gegen die Wand gelehnt, hellwach, fast als hätte sie sie erwartet. Im Schein der Laterne sah Eudeline auf ihre Hände, die sie über dem leicht gewölbten Leib verschränkte. Inzwischen waren die Anzeichen der Schwangerschaft deutlich zu erkennen.

»Ihr seht gut aus«, begrüßte sie das Mädchen.

»Blühend wie eine Äbtissin«, gab Aleydis mit boshaftem Spott zurück.

»Gerade genug, damit Ihr gesund bleibt.« Eudeline ging auf sie zu und musterte sie misstrauisch. »Wenn Ihr glaubt, nur Eurer Schwangerschaft wegen hättet Ihr Milde verdient …«

»Ich glaube, dass Milde nicht gerade zu Euren Tugenden zählt«, erwiderte Aleydis. »Ihr hattet versprochen, für mich zu sorgen, mir einen bequemen Platz anzuweisen, aber stattdessen …«

»Wärt Ihr lieber in den Kerkern des Bischofs?« Eudeline stellte die Laterne auf einem Schemel ab und wandte sich Aleydis zu. »Klagt mich nicht so rasch an, meine Beste. Wenn hier eine Schlange im Raum ist, dann bin das gewiss nicht ich.«

Aleydis senkte den Blick. »Mir blieb keine Wahl, ich dachte, Ihr hättet das inzwischen begriffen. Es war nicht meine Idee.«

»Ihr habt Schwester Claire getötet«, erwiderte Eudeline. »Hat der Kardinal Euch auch das befohlen?«

»Das war ein Unglücksfall.«

»Es war eine Folge Eurer Entscheidungen.« Eudeline empfand zwar Wut und Empörung, aber wie sie sich schon gedacht hatte, gelang es ihr nicht, die nötige Distanz zu wahren. Sie bemerkte die tiefe Scham auf dem Gesicht des Mädchens und fragte sich, ob sie selbst unter derart außergewöhnlichen Umständen das Richtige getan hätte. »Hättet Ihr mir doch von Anfang an die Wahrheit erzählt …«

Aleydis schenkte ihr ein sarkastisches Lächeln. »Hättet Ihr mich dann als Novizin aufgenommen?«

»Ich hätte Euch beschützt. Ich hätte all meine Macht eingesetzt, um Euch von diesem schrecklichen Mann fernzuhalten.«

»Seine Eminenz der Kardinal Bertrand du Pouget.« Allein beim Klang dieses Namens schienen die festen Mauern des Raumes zu erbeben. »Glaubt Ihr wirklich, ehrwürdige Mutter, dass Ihr ihm gewachsen sein könntet? Wisst Ihr eigentlich, von wem Ihr da sprecht?«

»Wie mutig und unverschämt Ihr auf einmal seid«, spottete Eudeline. »Aber ich verstehe Euch. Wir sprechen hier immerhin über den Vater Eures Kindes.«

Aleydis wich an die Wand zurück, als würde sie dort Schutz suchen. »Er hat mich mit Gewalt genommen, und er war nicht der

Erste, der das getan hat!« In der tiefen Verachtung, mit der sie sprach, war das Ausmaß des Elends zu erkennen, in dem sie geboren war. »Was wollt Ihr schon davon wissen, Ihr, eine verwöhnte Dame von Stand, die zwischen kostbaren Stoffen aufgewachsen ist.«

»Schweigt, verdammtes Weib!« Eudeline versetzte Aleydis eine so heftige Ohrfeige, dass die auf die Seite fiel. Blitzartig war die Erinnerung in ihrem Kopf, wie ihr Vater wie ein wildes Tier auf ihr gelegen hatte. Keuchend, die rechte Hand noch immer erhoben, wich sie zurück, bis sie mit dem Rücken an der Tür stand. »Ihr seid hier die Unwissende ...«, stammelte sie. »Ihr wisst nichts ... gar nichts über mich ...«

Aleydis richtete sich wieder auf und sah sie erstaunt an. »Was ist der Grund für Euren Besuch?«, fragte sie mit gebrochener Stimme.

Eudeline packte die Laterne und steckte den Schlüssel ins Schloss. »Sehr bald ...« Ihre Hände zitterten. »Sehr bald werdet Ihr das erfahren!«

Nachdem sie das Gefängnis verlassen hatte, verschloss sie hastig die Tür und lief beinahe fluchtartig davon. Wieder war dieses Dunkel drohend über ihr.

Das Dunkel, das sie im Herzen trug.

19

Hatte der Gesang der *Matutin* die Ängste der Nacht noch verstärkt, so konnte der freundliche Gruß von Robert de Vermandois bei Anbruch des Tages sie vertreiben. Eudeline spürte, wie die Sorge von ihr wich, als der Ritter ihr Arbeitszimmer betrat, und er erschien ihr sogar noch stattlicher, als sie ihn in Erinnerung hatte.

Vielleicht lag es an der Tunika mit den bauschigen Ärmeln oder an dem braunen, wild wachsenden Bart, der sein kräftiges Kinn noch mehr betonte. Oder erbebte sie etwa noch immer bei dem Gedanken, dass diese Arme sie umfangen hatten? Eudeline wies ihm einen Stuhl an und setzte sich ihm gegenüber, wobei diesmal weder Tische noch Schachbretter zwischen ihnen standen.

»Es tut mir leid, dass ich Euch zu so früher Stunde zu mir gerufen habe«, begann sie, »aber die Angelegenheit ist ebenso dringend wie heikel.«

Robert schenkte ihr ein höfliches Lächeln. »Ich bin Euch gern zu Diensten, Madonna.«

Eudeline nahm eine gewisse Zurückhaltung wahr, und sie fragte sich, ob er wohl in einem ähnlichen Zwiespalt zwischen Körper und Geist gefangen war wie sie. Nein, gab sie sich selbst zur Antwort. Robert wirkte verärgert, beinahe gekränkt. Sie wollte ihn schon nach dem Grund fragen, doch dann sah sie davon ab, um nicht womöglich ihre eigenen Gefühle zu verraten. »Es geht um meinen Bruder.«

Robert musterte sie, als wollte er ihrem Blick etwas entnehmen. »Maynard ist ein teurer Freund«, sagte er schließlich. »Ich würde mein Leben für ihn geben.«

Er war nicht mehr der Mann, der an Gedächtnisverlust litt und den Maynard Eudelines Pflege anvertraut hatte. Robert de Vermandois wirkte selbstsicherer und gelassener, er brauchte nur den Namen eines Freundes zu hören, um seine Treue zu versichern. Dennoch zögerte Eudeline, ihn wie einen Ritter in ihren Diensten zu behandeln. »Ihr sollt ihm etwas von mir überbringen«, erklärte sie. »Und zwar Geld.«

»Also wisst Ihr jetzt, wo er sich aufhält«, sagte Robert. »Ist er wieder in Reims?«

»Nein. Er versteckt sich jenseits der Alpen, in der Emilia.«

»Eine recht weite Reise.«

Eudeline bemerkte in seinen Worten gewisse Bedenken, die sie verärgerten. »Eben deswegen kann ich keinen Bediensteten oder gar eine Mitschwester schicken«, erklärte sie. »Ich setze mein ganzes Vertrauen in Euch.«

»Ich verstehe, dass Ihr mich weit weg schicken müsst«, sagte Robert, »aber …«

Eudeline sprang auf. »*Ihr* habt meine Gastfreundschaft zurückgewiesen, wisst Ihr das etwa nicht mehr? Ihr! Ihr habt ganz plötzlich, ohne ein Wort, mein Kloster verlassen.«

Robert beugte sich vor, um sie zu beruhigen, doch sie wies ihn mit einer harschen Geste ab. Er stöhnte auf und lehnte sich auf dem Stuhl zurück. »Ich konnte nicht mehr im Gästehaus von Sainte-Balsamie wohnen«, sagte er leise, den Blick auf den Boden gerichtet. »Ich konnte es nicht mehr, begreift Ihr? Nicht mehr, nachdem ich Euch geküsst hatte.«

Eudeline verschränkte die Arme vor der Brust, beinahe als wollte sie den Aufruhr, der in ihrer Brust tobte, so zurückhalten. Nein, sie durfte ihn gewiss nicht dafür tadeln. Dennoch konnte sie sich nicht davon frei machen, dass er sie mit seinem Verschwinden hatte bestrafen wollen. »Robert, bitte begreift doch –«

»Da gibt es nicht viel zu begreifen, Herrin«, unterbrach er sie. »Ich weiß nicht, ob meine Liebe für Euch mehr Ketzerei oder eher Wahnsinn ist, aber ich kann sie nicht mehr unterdrücken. Und deshalb bitte ich Euch zweimal um Verzeihung. Für meine Dummheit und für meine Dreistigkeit.«

»Ihr müsst Euch für nichts entschuldigen.« Eudeline kniete sich neben ihn. »Wenn der Herr alles sieht, weiß er, dass dieser Moment für mich …«

Robert strich ihr über die Hand. »Setzt Euch wieder, bitte«, sagte er, und mit einem bitteren Lächeln zwang er sich, gleichmütiger zu klingen. »Was ich Euch vorhin eigentlich erzählen wollte, betrifft

Eure Sicherheit. Ihr sollt wissen, dass ich dem Araber auf der Spur bin.«

»Dem Araber?« Dieser Name ließ Eudeline hochschrecken. Hinter dem Namen verbarg sich ein Mann, der ihr vor einigen Monaten das Leben gerettet hatte. Ohne sein Eingreifen wäre sie Bertrand du Pouget in die Hände gefallen. Aber dennoch beunruhigte es sie, dass sie nicht wusste, inwiefern dieser Mann in die dunkle Angelegenheit verwickelt war. »Habt Ihr ihn schon gefunden?«, fragte sie überrascht.

»Noch nicht«, erwiderte Robert. »Aber ich habe einen Schmied getroffen, der ihn kennt. Einen Waffenschmied, genauer gesagt. Er übt sein Handwerk nahe der Kathedrale, gleich beim alten Markt, aus. Er sagt, der Mann hätte ihn mit der Anfertigung einer Rüstung beauftragt.«

Eudeline sah Robert überrascht an. »Ihr scheint mir in Rätseln zu sprechen.«

»Eine Rüstung aus geschwärztem Eisen, wie ich sie noch nie gesehen habe. Ich weiß nicht, wozu sie dienen soll, aber wenn der Araber sie abholt, greife ich ihn mir.«

»Vielleicht braucht das Zeit«, gab Eudeline zu bedenken, »und Maynards Ersuchen muss so schnell wie möglich erfüllt werden.«

»Ich bitte Euch nur um ein paar Tage Aufschub«, erwiderte Robert. »Die Rüstung ist inzwischen fertiggestellt.«

Eudeline dachte nach. Robert würde etliche Wochen brauchen, um die Goldflorin in die Abtei von Pomposa zu bringen. Maynard wusste, wie lange so etwas dauerte, also würde er sich gedulden. Einige Tage mehr würden keinen Unterschied für ihn machen. Doch für sie würden diese Tage bedeuten, dass sich endlich ein beunruhigendes Rätsel aufklären würde. »Wenn es sich so verhält«, sagte sie, »wage ich nicht, Euch aufzuhalten.«

Robert nickte zustimmend, dann erhob er sich und wollte sich verabschieden. Doch plötzlich verfinsterte sich sein Gesicht. »Nichtsdestotrotz, Äbtissin, überdenkt es noch einmal.«

»Was meint Ihr?«, fragte Eudeline.

»Wenn ich Reims verlassen habe, werdet Ihr allein sein. Niemand wird Euch mehr beschützen. Wenn Ihr mir doch nur Eure Geheimnisse anvertrauen würdet …«

Eudeline schüttelte den Kopf. »Kardinal Bertrand du Pouget hat die Stadt verlassen. Es heißt, er sei nach Avignon zurückgekehrt.«

»Aber seine Spitzel könnten sich noch in der Umgebung von Reims verbergen«, erwiderte Robert, »oder vielleicht sogar ganz in der Nähe des Klosters. Erinnert Ihr Euch, welche Verbindung er zu Karel von Böhmen und hohen französischen Prälaten hat? Das ist gefährlich, Herrin, sein Arm reicht weit.«

Robert de Vermandois verabschiedete sich mit einer Verbeugung und ließ Eudeline mit dieser neuen Sorge zurück.

20

Avignon, Livrée du Lion
18. Juli

»Haltet Euch fern, Eminenz. Diese Frau hat beim Teufel gelegen.«

Kardinal Bertrand du Pouget brachte seinen Rotfuchs vor dem Eingang zu seinem Palast zum Stehen und musterte erst den Soldaten, der ihn angesprochen hatte, dann die Frau, die dort unweit von ihm auf dem Boden saß. Sie war an einen Pfahl gefesselt, ihre schmutzigen Haare bedeckten ihr Gesicht. Um sie herum standen eine Handvoll Mönche, die ein Vaterunser rezitierten und qualmende Gefäße zur Ausräucherung schwenkten.

Er musste insgeheim lachen. Bei all den prachtvollen Huren in Avignon sollte sich der Teufel wirklich mit einem so armseligen Weib begnügt haben, um Unzucht zu treiben? Er nahm den Jagdhut ab und schwenkte ihn vor dem Gesicht, um die Mittagshitze zu vertreiben. Zu anderer Gelegenheit hätte er die kleine Jagdgesellschaft schon früher aufgelöst, doch die Hatz bis an die Grenzen des Comtats Venaissin hatte ihn in gute Laune versetzt. Er schlug ein Kreuz in die Luft und zog weiter in die *Livrée du Lion*, im Gefolge eine Schar von Bogenschützen und Knappen.

Vor einer Woche war er nach Avignon zurückgekehrt und nutzte nun jeden freien Augenblick, um sich zu erholen. Die Reisen nach Reims und Metz hatten ihn viel Kraft gekostet, aber obwohl die erste sich als Misserfolg erwiesen hatte, hatte die zweite ihm einen bedeutenden Triumph beschert. Jetzt, da ihm der König von Böhmen die Lanzenspitze übergeben hatte, besaß er zwei der unschätzbaren Reliquien, die im »Codex Millenarius« aufgeführt wurden. Es fehlte nur noch die dritte. Sobald er auch diese in seinen Händen hielt, würde er eine unglaubliche Macht über die Kirche und das gesamte Reich ausüben können. Doch der Lapis exilii würde nicht einfach zu beschaffen sein. Maynard de Rocheblanche, der Einzige, der wusste, wo er sich befand, war weiterhin wie vom Erdboden verschluckt.

Trotz allem war der Kardinal hoffnungsvoll. Nach seiner Flucht aus Reims hatte er dafür gesorgt, dass ein Getreuer dort die Äbtissin des Klosters von Sainte-Balsamie ausspionierte. Dieser würde ihn nicht so enttäuschen wie Aleydis. Der Mann war klüger, ihn trieb jener Eifer an, der einzig vom Glauben beflügelt wurde.

Er selbst würde in seinem Palast auf Nachrichten von ihm warten und sich keinen weiteren Gefahren aussetzen müssen. Er hatte Zeit. Nun musste er nur abwarten, bis die Ereignisse reiften wie Früchte an einem Baum. Sobald sein Spitzel herausgefunden hatte, wo Rocheblanche sich aufhielt, würde der Lapis exilii ihm gehören.

Im Trab ritt er durch den Innenhof zu den Ställen, bis ihm auf einmal ein älterer, schwarz gekleideter Mann entgegenkam. Gewarnt durch die lange *cioppa*, die Kleidung eines Anwalts oder Notars in päpstlichen Diensten, stieg der Kardinal vom Pferd und deutete einen Gruß an.

»Schon lange habe ich keinen Besuch mehr von *gens togata* Seiner Heiligkeit bekommen.«

Der Beamte erwiderte die Begrüßung mit einer steifen Verbeugung. »Kardinal Bertrand du Pouget, nehme ich an?«

»Derselbe. Mit wem habe ich die Ehre?«

»Mein Name ist Jacques de Bérail, aber das tut nichts zur Sache. Ich bin *advocatus* der Kurie von Avignon und hierhergekommen, um Euch zu benachrichtigen, dass der Heilige Vater bestürzt ist.«

Der Kardinal beruhigte seinen Rotfuchs, indem er ihn an der Trense packte. »Bestürzt?«

»Ja, Euer Gnaden«, erwiderte de Bérail tonlos.

Der Kardinal sah ihn in einer Mischung aus Erstaunen und Verärgerung an. Wie konnte dieser Mann es wagen, ihn so von oben herab zu behandeln? Er war einen Moment versucht, das Kurzschwert zu ziehen, das an seinem Sattelbogen hing, und dem Kerl die Kehle durchzuschneiden wie einem Hirschkalb, doch stattdessen lächelte er ihn freundlich an. »Wollt Ihr nicht mit mir an einem geeigneteren Ort darüber sprechen?«

Jacques de Bérail sah sich um, und sein Blick glitt über die hohen Hecken, die den Hof umgaben. »Befinden wir uns hier nicht auf Eurem Besitz?«

»Doch.«

»Dann ist ein Ort so gut wie der andere.« De Bérail zog eine versiegelte Pergamentrolle mit dem Wappen von Clemens VI. aus der Tasche und hielt sie dem Kardinal mit knapper Geste hin. »Wie ich schon sagte, bin ich gekommen, um die Bestürzung seiner Heiligkeit mitzuteilen angesichts einiger Nachrichten, die nach Eurem kurzen Aufenthalt vorigen April in Metz kursierten«, sagte er und musterte ihn kühl. »Es heißt, Ihr hättet Euch mit Seiner Majestät Karel von Böhmen getroffen.«

Der Kardinal konnte seine Erschütterung nur schwerlich verbergen. Hatte er doch jede Vorsichtsmaßnahme getroffen, damit die Angelegenheit geheim blieb, aber anscheinend hatten die Spitzel des Papstes es bis in Karels Privatgemächer geschafft. Er zögerte angesichts des Pergaments und überdachte schnell, welche Folgen es haben könnte, dann riss er es dem *advocatus* aus der Hand.

»Ich bin seit seiner Jugend Beichtvater dieses edlen Königs«, verteidigte er sich. »Deshalb habe ich ihn natürlich auf seine dringenden Bitten hin getroffen.«

»Und Ihr habt ihm auch geraten, sich nach Prag zurückzuziehen?«, fragte Jacques de Bérail schneidend. Das betroffene Schweigen des Kardinals schien ihm tiefste Befriedigung zu bereiten. »Aber beunruhigt Euch nicht«, sagte er dann, »nicht diese Nachricht hat den Papst bestürzt, sondern die Tatsache, dass König Karel Boten von den Habsburgern und den Wittelsbachern empfangen hat.«

Der Kardinal ließ sich nichts anmerken. »Und selbst wenn es so wäre?«

»Es handelt sich um Feinde von Avignon, Verbündete des Häretikers Ludwig von Bayern. Sie hätten es nie gewagt, sich dem zu nähern, der als ›Pfaffenkönig‹ bekannt ist. Es sei denn, der edle Karel selbst hätte sich aufgrund irgendeines dunklen Plans entschlossen, aus eigenen Stücken auf sie zuzugehen.«

Der Blick des Kardinals ging noch einmal zu seinem Kurzschwert. »Ich verstehe nicht, was das mit mir zu tun haben sollte«, sagte er.

Der *advocatus* gestattete sich ein scheinbar verlegenes Lächeln. »Nun, die Tatsache, dass diese Treffen unmittelbar nach Eurem Besuch stattgefunden haben … ist doch recht auffällig.«

Unfähig, sich weiter zu beherrschen, fuhr der Kardinal auf. »Wie könnt Ihr es wagen?«

Jacques de Bérail schüttelte gleichmütig den Kopf. »Das erlaube nicht ich mir«, erklärte er, »sondern Seine Heiligkeit. Er erwartet dringend Erklärungen von Euch.« Nachdem er auf die Pergamentrolle mit dem Siegel gezeigt hatte, verbeugte er sich kurz und verabschiedete sich.

Der Kardinal sah der dunklen Gestalt hinterher, bis sie am Ende des Hofes im grellen Licht der Sonne verschwand. Wie ein schwarzer Rabe, der Unheil übers Land brachte.

21

Wälder um Ferrara
20. Juli

Der Wolf war kaum mehr als ein Fleck zwischen den Büschen. Reglos, beinahe spöttisch, beobachtete er, wie der Mann auf dem Pferd auf ihn zielte und den Bogen spannte. Einen Augenblick lang waren sie eins, Beute und Jäger, beide auf die Spitze dieses Pfeils konzentriert, der gleich die Luft durchteilen würde. Doch dann legte sich eine Hand auf den Schaft und die Finger, die ihn gerade abschießen wollten. Wütend riss Obizzo d'Este den Bogen herum und wandte sich fluchend zu demjenigen um, der sich eine solche Kühnheit erlaubt hatte.

Maynard lächelte ihn gleichmütig an. »Verschont ihn doch«, flüsterte er. »Es ist ein so wunderbares Tier.«

Der Marchese war selbstverständlich nicht gewillt, diesen Rat zu befolgen, doch als er sich wieder seinem Ziel zuwenden wollte, war der Wolf verschwunden. »Ausgezeichnete Idee«, knurrte er, »Euch zu bitten, mich auf die Jagd zu begleiten.«

»Wir sind nicht hier, um Wölfe zu töten, Euer Gnaden.«

»Wahrscheinlich werde ich in Eurer Gesellschaft nicht einmal einen Hasen schießen.«

Maynard zuckte mit den Schultern. Schon seit er ein kleiner Junge gewesen war, wusste er, dass die wahre Jagd im Winter stattfand, wenn das Überleben in den Wäldern härter war und die Tiere scheuer. Aber er konnte dem Marchese kaum sagen, dass er Sommerjagden nur als Vergnügen für Feiglinge betrachtete. »Wenn ich mich recht erinnere«, sagte er daher, »wolltet Ihr mir gerade etwas mitteilen.«

Immer noch verärgert steckte Obizzo d'Este den Pfeil zurück in den Köcher am Bein und gab seinem Pferd die Sporen. »Das wollte ich in der Tat«, erwiderte er grimmig.

Maynard trieb sein Pferd ebenfalls an und folgte ihm durch den dichten Wald von San Giorgio. Er kannte den Marchese inzwischen gut genug, um dessen häufigen Stimmungsschwankungen nicht allzu viel Bedeutung beizumessen. Und so konnte er wenig später beobachten, wie Obizzo wieder nachdenklich wirkte. »Nun«, wiederholte er die Frage, »was wolltet Ihr mir sagen?«

Als Antwort zog Obizzo ein kleines Buch aus einer Satteltasche hervor. »Was haltet Ihr davon?«, fragte er und reichte es ihm.

Maynard zügelte sein Pferd und blätterte in den mit Miniaturen versehenen Seiten auf der Suche nach einem Incipit. »Eine ›*Vita Merlini*‹ in Prosa«, las er verwundert. Er hätte niemals erwartet, dass ein derart argwöhnischer und pragmatischer Mann so ein Buch las. Und noch viel weniger, dass er ihm dieses bei einem Jagdausflug zeigen würde.

»Ein belesener Mann aus Bologna hat es mir geliehen«, erklärte Obizzo. »Ehe ich das Buch zurückgebe, würde ich gerne eine Kopie davon anfertigen lassen.«

»Zu Eurem eigenen Vergnügen?«, spöttelte Maynard.

»Redet keinen Unsinn, Rocheblanche. Es ist für jemand anderen bestimmt ... eine Person, die mir nahesteht.«

Dieser verlegenen Umschreibung entnahm Maynard den Wunsch, damit eine bestimmte Dame für sich einzunehmen. »In diesem Fall wird es ein bestimmt sehr willkommenes Geschenk sein«, sagte er und gab das Buch zurück. »Aber weshalb wolltet Ihr mein Urteil dazu hören?«

Obizzo ließ die »Vita Merlini« wieder in die Satteltasche gleiten. »Vor einiger Zeit«, entgegnete er, »habt Ihr mir von Eurer Verbindung zum Kloster von Pomposa berichtet, erinnert Ihr Euch?«

»Ja, gewiss. Und weiter?«

Laute Schreie und Hundegebell kündigten an, dass sich eine Gruppe Treiber näherte, die die im Unterholz versteckten Wildschweine aufscheuchen sollten. Der Marchese bedeutete Maynard, ihm durch dichter bewaldete Abschnitte zu folgen, damit sie ungestört sprechen konnten. »Seit Kurzem ist in dieser Abtei ein Miniaturist von außergewöhnlichem Talent tätig«, sagte er, während er sein

Pferd im Trott führte. »Ich kenne weder seinen Namen, noch weiß ich, woher er kommt, aber ich habe eine seiner jüngsten Arbeiten bewundern dürfen, eine ›Legenda aurea‹ von Jacopo da Varagine, die er für die Kanoniker von Santa Maria in Vado bebildert hat. Und ich fragte mich, ob Ihr nicht zufällig –«

»Ich kenne ihn«, unterbrach ihn Rocheblanche. »Und ich kann alles bestätigen, was man sich über ihn erzählt. Er ist wirklich ein sehr begabter junger Mann.«

»Ich möchte, dass er eine Kopie des Buches illustriert, das ich Euch gerade gezeigt habe.« Der Marchese sprach sehr vorsichtig, als hätte er Brennnesseln im Mund. »Allerdings kann ich mich nicht direkt an das Skriptorium von Pomposa wenden. Vielleicht wisst Ihr es ja nicht, aber meine Beziehungen zu Abt Andrea sind nicht gerade die besten.«

»Auch darüber bin ich im Bilde«, antwortete Maynard. »Die Abgaben.«

»Ja, die Abgaben«, stieß Obizzo hervor. »Es ist ja nicht so, dass ich einen Anteil von diesen Goldflorin für mich einforderte. Sie sind insgesamt für die Apostolische Kammer bestimmt, genau wie der Betrag, den ich jährlich entrichte, um mir das Vikariat von Ferrara zu bewahren.«

»Ihr müsst Euch nicht vor mir rechtfertigen, Euer Gnaden.«

»Das war auch keineswegs meine Absicht.« Der Marchese hielt sein Pferd unvermittelt an und bedeutete Maynard zu lauschen. Ein kurzes Rascheln in den Büschen hörte schlagartig auf, was beiden den Eindruck vermittelte, dass man ihnen gefolgt war.

»Zurück zur ›Vita Merlini‹«, fuhr Obizzo fort, schaute sich allerdings weiter vorsichtig um. »Es gibt nur einen Weg, den Abt zu umgehen, und das wäre, wenn jemand den Mittelsmann spielte.«

»Ihr sprecht von mir, nehme ich an.«

Der Marchese nickte. »Ich wüsste nicht, wen ich sonst fragen sollte. Der ehrwürdige Andrea ist nicht dumm, er würde sofort erkennen, wenn er einen meiner Untergebenen vor sich hätte.«

»Es sei«, beruhigte ihn Maynard. »Ich werde ihm sagen, dass die Kopie für mich ist.«

Obizzo entspannte sich. »Ich werde mich Euch erkenntlich zeigen, Chevalier.«

Maynard war aufrichtig verwundert. Einen mit Miniaturen ausgestatteten *roman* zu verschenken ließ auf ein weit einfühlsameres Gemüt schließen, als der Marchese es üblicherweise zeigte. Andererseits böte ihm die Angelegenheit einen Vorwand, nach Pomposa zu reisen und Abt Andrea zu den Fortschritten seiner Suche zu befragen. Inzwischen waren zwei Monate vergangen, seit er ihn auf den »Codex Millenarius« angesprochen hatte, und Maynards Ungeduld wuchs. Die Sorge, dass mit Facios Tod die einzige Spur ausgelöscht worden war, die zu den Reliquien von Mont-Fleur führte, verstärkte seine Ungeduld nur. Sehr schnell bemerkte er, dass er die Lage auch noch zu einem anderen Zweck nutzen konnte. »Und der Miniaturist?«, fragte er daher.

»Was meint Ihr?«, fragte Obizzo, der immer noch dem seltsamen Rascheln in den Büschen hinterherspürte.

»Der Miniaturist«, wiederholte Maynard, »muss seinen Auftraggeber kennen, um dessen Vorlieben nach Wunsch entsprechen zu können.«

»Das scheint mir offensichtlich. Ihr selbst werdet sie ihm enthüllen, natürlich ganz im Vertrauen und gegen das Versprechen einer hohen Entlohnung.«

Maynard wurde ernst. »In dem Fall ist es nur recht und billig, wenn ich Euch einige Dinge über ihn erzähle.«

Obizzo hörte auf, sich umzusehen, und musterte Maynard überrascht. »Was sollte ich denn über einen gewöhnlichen Schreiber wissen müssen?«

»Er ist kein gewöhnlicher Schreiber«, erwiderte Maynard, der es nun im Nachhinein bereute. Noch ein Wort und er würde die Geheimnisse eines Freundes verraten, doch die Gelegenheit war zu günstig, um sie ungenutzt verstreichen zu lassen. Er trieb seinen Rappen über einen von Brombeerbüschen gesäumten Pfad und hoffte darauf, dass dieses Rascheln von einem wilden Tier verursacht worden war und nicht von jemandem, der sie ausspionieren wollte. »Sein Name ist Gualtiero de' Bruni.«

Die Miene des Marchese ließ weiter nur Verwunderung erkennen. »Sollte dieser mir etwas sagen?«

»Sein Vater wurde letzten April auf Euren Befehl hin in Ferrara gehenkt.«

»Ich erinnere mich nicht.«

»Ein *Mastro pittore*. Er wurde in Pomposa von Euren Männern verhaftet.«

»Wessen wurde er beschuldigt?«

»Das weiß ich nicht.« Maynard sah, wie die Augen des Marchese sich schlagartig verfinsterten und undurchdringlich wurden. Er witterte die Gefahr und dachte instinktiv an das Schwert, das er am Sattel trug. Doch dann war wieder dieses Geräusch im Unterholz zu hören, und beider Anspannung wuchs.

Reglos verharrten sie und lauschten, die Hände griffbereit am Köcher, ehe Obizzos Stimme erneut die Stille durchbrach: »So, wie Ihr es darstellt, ist der junge Mann mein Feind.«

»Nein«, sagte Maynard schnell. »Gualtiero de' Bruni ist ein besonnener Mensch. Er ist nicht auf Rache aus, sondern wünscht nur, mehr über das ungewisse Schicksal seiner Mutter Sapia zu erfahren. Sie ist zusammen mit ihrem Mann verhaftet worden, doch im Gegensatz zu ihm ...«

Obizzo wehrte ungeduldig ab. »Verlangt Ihr, dass ich mich in Angelegenheiten vertiefe, an die ich mich nicht einmal mehr erinnern kann?«

»Abt Andrea hat Euch diesbezüglich geschrieben, zumindest das sollte in Eurem Gedächtnis haften geblieben sein. Ich selbst habe seinen Brief Eurer Kanzlei übergeben.«

Der Marchese zuckte mit den Schultern. »Lasst es gut sein, Rocheblanche. Mein Kopf muss sich mit weit wichtigeren Dingen herumschlagen. Aber wenn ich mich nicht irre, scheint Euch das Geschick des jungen de' Bruni am Herzen zu liegen.«

»Sagen wir, wenn ich Neuigkeiten über seine Mutter erfahren könnte, würde das seinem Eifer bei der Arbeit, die Ihr ihm anvertrauen wollt, durchaus zuträglich sein.« Maynard lächelte.

Der Marchese nickte unbestimmt. »Wenn Euch die Angelegenheit so viel bedeutet, habt Ihr meine Erlaubnis, selbst in den Registern der Kanzlei nachzusehen. Irgendwo ist dort bestimmt vermerkt, was in dieser unseligen Sache geschehen ist.«

»Ich danke Euch.«

»Das glaube ich gern«, rief Obizzo. »Vergesst nicht, die ›Vita Merlini‹ ins Skriptorium von Pomposa zu bringen.«

»Ich werde es gleich morgen erledigen, Euer Gnaden.«

Sie trieben ihre Pferde an, um sich einer ständig anwachsenden Menge von Männern und Hunden zu nähern, die sich um eine Beute drängten. Dem Marchese war anzumerken, dass ihn der Wille zu töten antrieb, und Maynard sah keinen Grund mehr, ihn davon abzuhalten. Doch sobald sich das Unterholz lichtete, kam ein weiterer Reiter zwischen den Büschen hervor, stellte sich ihnen in den Weg und zwang sie so, die Pferde zu zügeln.

Maynard erkannte das höhnische Grinsen sofort. Er verbarg seinen Unmut hinter einem grimmigen Lächeln, und mit einem bedeutungsvollen Blick auf die Brandnarbe, die Vizdom Superanzio Orsini ihm verdankte, entbot er einen knappen Gruß.

22

»Ich wusste gar nicht, dass Ihr auch an der Treibjagd teilnehmen würdet, Herr.«

Superanzio Orsini wich Maynards misstrauischem Blick aus und wandte sich direkt an den Marchese. »Beeilt Euch, Euer Gnaden. Die Diener haben gerade eine fette Sau aufgestöbert.«

Obizzo nickte und galoppierte davon. Maynard dagegen hielt seinen Rappen zurück und sah den Mann vor sich prüfend an.

»Diese Adligen …«, spottete der Vizdom, während er den Marchese zwischen den Bäumen verschwinden sah. »Wie die Hunde, immer bereit, sich auf den ersten Knochen zu stürzen, den man ihnen hinwirft.«

»Ihr dagegen ähnelt mehr einem Schakal«, sagte Maynard, »der gern im Unterholz lauert.«

»Ach«, lächelte Superanzio. »Habt Ihr also meine Anwesenheit bemerkt?«

Maynard zuckte mit den Schultern. »Nur einen leichten Geruch nach Aas.« Er schnalzte kurz mit den Zügeln und ritt auf Superanzio zu. »Warum seid Ihr hier?«

Superanzios Lächeln verzerrte sich zu einer hinterhältigen Grimasse. »Ich an Eurer Stelle«, zischte er, »überließe jene Frau besser ihrem Schicksal.«

»Welche Frau?« Maynard tat, als wüsste er nicht, wer gemeint war.

»Die Frau des Malers. Die Sache geht Euch nichts an.«

Maynard fragte sich, was für ein Geheimnis Sapia wohl verbergen mochte, dass ein Untergebener des Bischofs sich die Mühe machte, ihn zu warnen. Aber gerade diese versteckte Drohung reizte ihn, fast mehr noch als seine Neugier. »Wie schon bei unserer ersten Begegnung haben wir unterschiedliche Auffassungen von den jeweiligen Pflichten«, gab er zurück. »Vielleicht hat Euch ja die letzte Lektion nicht gereicht.«

»Im Gegenteil, Ihr habt einen bleibenden Eindruck hinterlassen«, sagte der Vizdom, doch als er sich über die Brandnarbe im Gesicht fuhr, zeigte er den Ring an seinem Finger deutlich. »Jetzt bin ich am Zug.«

Maynard musste sich sehr beherrschen, um seinen ungläubigen Blick zu unterdrücken, als er den sich aufbäumenden Löwen im Siegel des Rings erkannte. »Dann wart Ihr es also, der –«

»Hört mir gut zu!« Superanzios Stimme überschlug sich vor überschäumendem Hass. »Sagt mir, wo der Lapis exilii zu finden ist, oder ich werde dem Marchese berichten, dass Ihr ein Spitzel aus Avignon seid. Dieser Ring wird mir als Beweis dienen.«

Maynard widerstand der Versuchung, den Vizdom am Hals zu packen und aus dem Sattel zu zerren. »Ich fürchte, ich verstehe nicht ganz«, presste er zwischen den Zähnen hervor.

»Wollt Ihr mich etwa glauben machen, Ihr wüsstet nicht, wem er gehört?«

»Das werdet Ihr mir sagen! Oder so wahr mir Gott helfe …«

Der Vizdom brach in Gelächter aus, sein Gesicht war in Schadenfreude verzerrt. »Seiner Eminenz Kardinal Bertrand du Pouget«, stieß er schließlich hervor. »Dem kriegerischen Prälaten, der vor Jahren Ferrara heimsuchte.«

Während die Worte in seinem Kopf widerhallten, fragte sich Maynard, was ein solcher Mann mit Jang de Blannen und den Geheimnissen von Mont-Fleur zu schaffen haben mochte. Er war überzeugt, diesen Namen noch nie zuvor gehört zu haben, und doch befürchtete er, dass sich mehrmals jemand auf ihn bezogen hatte. Nach Crécy in Anwesenheit des hochmütigen Karel von Böhmen oder wenig später durch die Frau, die ausgesandt worden war, um ihn zu töten. Also hatte Bertrand du Pouget jene Mordgesellen auf ihn losgelassen, die ihn bis nach Reims verfolgt hatten. Und vermutlich war auch er es gewesen, der das Vertrauen des Königs von Böhmen verraten hatte. Während diese Gedanken durch seinen Kopf schwirrten, musterte er den Kerl vor ihm voller Verachtung.

»Das sind niederträchtige Unterstellungen«, sagte er kühl. »Ich diene diesem Mann nicht.«

»Das ist nicht weiter wichtig«, gab Superanzio zurück. »Allein die Anschuldigung wird Euch an den Galgen bringen.«

»In dem Fall«, Maynards Hand glitt zum Schwert, »wird mein Schwert schneller sein.«

Schlagartig war es vorbei mit der Kühnheit des Vizdoms. »Wenn Ihr mich jetzt tötet, würdet Ihr den Ring erhalten«, warnte er Maynard, »aber nicht das Rätsel, das Ihr in Eurem Beutel aufbewahrtet.«

Maynard beherrschte seinen Zorn. »Ihr werdet mir auch dieses übergeben müssen«, sagte er, »wenn Euch Euer Leben lieb ist.«

»Im Moment ist es in sicheren Händen. Für den Fall, dass ich diese Begegnung nicht überlebe, habe ich angewiesen, dass es den Behörden übergeben wird, zusammen mit Eurem Namen und dem von Kardinal Bertrand. Könnt Ihr Euch die Folgen vorstellen?«

»Und wenn ich Euch verschone?«

»Das habe ich Euch bereits erklärt«, sagte Superanzio. »Ihr werdet mir alles enthüllen, was Ihr über den Lapis exilii wisst. Seit über zwei Monaten studiere ich jeden Tag den Text Eures Pergaments, ohne dessen Bedeutung zu erfassen. Wenn Ihr mir dabei helfen würdet, es zu lösen …«

Unschlüssig wog Maynard das Angebot ab. Dieser Mann spielte ein falsches Spiel, und auf irgendeine Weise würde er ihn hintergehen. Außerdem konnte er nicht ausschließen, dass der Vizdom Facio di Malaspina umgebracht hatte. Er wollte schon ablehnen, als ihm in den Sinn kam, welchen Vorteil er herausschlagen konnte.

»Meine Hilfe gegen die Wahrheit über die Frau von Sigismondo de' Bruni.«

»Einverstanden«, antwortete der Vizdom. »Allerdings nicht hier und jetzt. Treffen wir uns übermorgen Nacht, zur ersten Stunde, dort, wo die Kontrade der Rotta an den Graben grenzt, der zum Padus führt. Aber falls ich eine Falle wittere …«

»Vielleicht habt Ihr vergessen, Herr, wer von uns beiden hier die hinterhältige Schlange ist.« Mit einem rüden Ruck riss Maynard sein Pferd herum und trieb es in die Richtung, in die Marchese Obizzo verschwunden war.

23

Abtei Santa Maria di Pomposa
22. Juli

Gualtiero hatte den ganzen Tag ungeduldig auf den Moment gewartet, Isabeau zu sehen, aber ehe er zu seinem Karren ging – wo er sie zu finden hoffte –, schlug er vom Skriptorium aus den Pfad auf der Rückseite des Gebäudes ein. Seit Anbruch des Sommers war der Pflanzenwuchs rund um die Abtei dicht und beinahe undurchdringlich geworden, was der Landschaft einen regelrecht wilden Anstrich verlieh. Gualtiero kämpfte sich durch dorniges Brombeergestrüpp und andere Sträucher hin zu einer stillen Lagune, die ihm Abt Andrea vor einiger Zeit gezeigt hatte. Seitdem hatte er diesen Platz öfter allein aufgesucht, um die Geister der früheren Mönche, die über den Wassern schwebten, um Rat zu fragen. Obwohl der Abt ihn bedrängte, hatte er eine endgültige Entscheidung, das Gelübde abzulegen, immer wieder hinausgeschoben. Die Vorstellung, sein Leben an ein Kloster zu binden, erschreckte ihn, ganz abgesehen von seinen Gefühlen für Isabeau. Allerdings dachte er immer wieder an die Möglichkeiten, die sich ihm dadurch eröffnen würden, vor allem die Reisen zu den wichtigsten theologischen Bildungszentren. Der ehrwürdige Abt hatte Paris genannt, was in Gualtiero die Hoffnung geweckt hatte, er könnte auf dem Weg dorthin über Avignon reisen und seine Mutter suchen.

Im Moment bewegten ihn jedoch ganz andere Gedanken. Er dachte an das Mädchen, das sich in seinem Karren versteckte, an ihre Umarmungen, die ihn all seine Sorgen vergessen ließen. Er bahnte sich im Schatten der immer ausladenderen Zweige seinen Weg, bis er endlich den Rosenhain erreichte.

Die Blüten waren von so strahlendem Rot, dass sie an eine brennende Fackel erinnerten, dabei wirkten sie samtig wie Engelsflügel. Gualtiero hatte sie schon seit Tagen beobachtet und darauf gewartet, dass sie sich zu vollkommener Schönheit entfalteten. Er beugte sich nach unten, um die schönste auszuwählen, zog ein kleines Messer hervor und wollte sie schon abschneiden.

Doch dann zögerte er kurz und bewunderte das zarte Gewächs. Schließlich überwand er seine Scheu und setzte die Klinge an.

Der Rückweg kam ihm wesentlich kürzer vor, versüßt durch das Bild Isabeaus, wie sie diese Rose bewunderte.

Isabeau erwartete ihn auf dem Lager aus Fellen und Heu, umgeben von Wänden, die mit Kohleskizzen zugepflastert waren. Vorsichtig näherte er sich ihr, fast als fürchtete er, sie zu verscheuchen, während er den Geruch der Temperafarben einsog, von dem das Wageninnere nach wie vor erfüllt war. Ein vertrauter Geruch, der immer noch den Schmerz der Erinnerungen lindern konnte.

»Ist die für mich?«, fragte Isabeau, als sie die Rose in seiner Hand bemerkte.

Gualtiero reichte sie ihr. »Weißt du noch?«, fragte er. »Als wir uns zum ersten Mal sahen, da hast du mir eine Blume geschenkt.«

Sie strich sich mit der Rose über die Nase, dann betrachtete sie sie verträumt. »Um ehrlich zu sein, war es schon das zweite Mal.«

»Das erste Mal zählt nicht«, widersprach Gualtiero lachend. »Du warst so übel zugerichtet, dass ich dich für einen Jungen gehalten habe.«

Anstatt beleidigt zu sein, lächelte Isabeau lockend. »Und jetzt?«, fragte sie, während sie sich auf dem Lager räkelte.

Gualtiero spürte, wie die Lust in ihm aufstieg. Er widerstand der Versuchung, sich in Isabeaus Arme zu werfen, stattdessen ließ er seinen Blick über ihre weizenblonden Haare gleiten und stellte sich vor, welche Farbmischung wohl nötig wäre, um sie auf einer frischen Putzschicht zu verewigen. Schließlich verlor er sich in ihren Augen, die ihn immer mehr faszinierten. »Hat dich jemand gesehen?«, fragte er.

»Fast hätte mich der Bruder Pförtner ertappt, als ich aus dem Kloster huschte. Aber ich habe aufgepasst.«

»Und wenn er dich bemerkt hätte?«

»Das ist aber nicht geschehen«, versicherte ihm Isabeau und steckte sich die Blüte in die langen Haare. »Das wird niemals geschehen.«

Gualtiero widerstand weiterhin ihrer stummen Einladung, legte seinen Beutel auf einen Hocker und strich zärtlich über das Porträt seiner Mutter. Dann erst legte er sich zu Isabeau und küsste sie langsam mit aller Zärtlichkeit, zu der er fähig war.

Sie genoss die Berührung seiner Lippen und erwiderte sie mit einem noch leidenschaftlicheren Kuss. »Versprich mir«, flüsterte sie heiser, »versprich mir, dass du niemals Mönch wirst.«

Gualtieros Finger glitten forschend unter die Falten des groben Gewandes. Zu viele Gefühle tobten in seinem Inneren, als dass er unterscheiden konnte, was er für sie empfand und was nur dem Wunsch entsprang, dieser Welt voller Sorgen zu entfliehen. Dennoch hatte sich Isabeau in sein Herz gestohlen, ganz allmählich, und hatte sich dort inzwischen einen festen Platz erobert.

Nicht weit von ihnen stand ein Mann in einer schwarzen Kutte an einem Fenster des Palatium abbatis und wartete auf das Anbrechen des Tages, den Blick fest auf den Karren der de' Bruni gerichtet.

Jetzt ist es genug, sagte er sich.

Die Verlockungen dieser Sirene mussten ein Ende haben.

24

In derselben Nacht noch machte sich Maynard auf den Weg nach Pomposa. Da er sofort hatte aufbrechen wollen, glitt er nun auf einem flachen Lastkahn mit notdürftig geflickten Planken und einer Bande Schmuggler den Padus flussabwärts. Ein gewöhnlicher Passagier hätte bei einer solchen Fahrt Blut und Wasser geschwitzt. Ihm dagegen war es gelungen, sich bei dem Kommandanten des Schiffes – einem Riesenkerl namens Oreste – ohne Worte Respekt zu verschaffen, sodass er nun unbelästigt im Heck stehen konnte. Er hatte allerdings auch genügend andere Sorgen. Bei seinem jüngsten Besuch der Kanzlei des Marchese hatte er beunruhigende Neuigkeiten über Sapias Verhaftung erfahren, und die neuesten Enthüllungen über Bertrand du Pouget waren Anlass zu tiefer Besorgnis.

Er ist Euch überlegen. Die Worte der Frau, die vor Monaten versucht hatte, ihn zu töten, verfolgten ihn wie ein dunkler Hauch. Früher hätte er es nie für möglich gehalten, dass die Machenschaften eines einzigen Mannes, und sei es auch eines Kardinals, die Geschicke so vieler Menschen beeinflussen könnten. Nun warteten jedoch andere Aufgaben auf ihn. Er musste dringend mit Abt Andrea sprechen und dann nach Ferrara zurückkehren, um Superanzio Orsini erneut zu treffen, in der Hoffnung, ihn zur Zusammenarbeit zu bewegen, ohne ihm die Geheimnisse von Mont-Fleur zu enthüllen.

Fast als wollte er dort oben einen Rat einholen, suchte er am Firmament nach dem Altair, dem Stern des Mutes, der mit seiner kalten Flamme dem Adler die Vorherrschaft über den Himmel verlieh. Aber als er zwischen den Nebelschleiern auch den Geier und den Deneb erblickte, hatte er plötzlich ein *Sternendreieck* vor sich, das ihm seinen Traum mit den drei Reitern in Erinnerung rief.

Vergiss diese Ängste, befahl er sich. Mochten sie auch die Boten der Apokalypse sein, diese drei Männer mit den Kometenschweifen durften keine Macht über ihn erlangen. Er musste die geheimnisvollen Visionen vergessen und sich den wirklichen Gefahren stellen.

Nur so würde er die Schande seines Vaters Gaspar auslöschen können und die Sünden, die er selbst begangen hatte.

Plötzlich löste sich Oreste vom Steuerruder, beugte sich über die Reling und musterte eine Landzunge, die sich zwischen dem Schilf und der schwarzen Wasseroberfläche erstreckte. Maynard konnte sich denken, dass er nach einem Landeplatz fernab vom Portus abbatis suchte, um den Kontrollen zu entgehen und keinen Zoll entrichten zu müssen. Sobald er seine Vermutung bestätigt sah, band er seinen Rappen vom Mast los und wartete darauf, dass die Schmuggler den Anker auswarfen. Danach verabschiedete er sich vom Schiffskommandanten, ging an Land und galoppierte davon.

Beim ersten Licht des Tages erreichte er Pomposa.

Er ließ sein Pferd in den Stallungen, wusch sich das Gesicht an einem Brunnen und klopfte an Gualtieros Karren. Er wollte ihn über die jüngsten Entwicklungen unterrichten, bevor er den Abt aufsuchte, falls er bei Abt Andrea seine Unterstützung benötigte. Doch als er keine Antwort erhielt, nahm er an, dass der junge Maler bereits im Skriptorium war, und machte sich auf die Suche nach dem Abt.

Er fand ihn im Kreuzgang vor dem Eingang zum Kapitelsaal. Der Abt saß zu Füßen einer Säule, wirkte verärgert und war offensichtlich in Selbstgespräche vertieft. Als Maynard näher kam, bemerkte er den Windhund, der aufmerksam vor ihm kauerte, als würde er ihm zuhören.

»Ehrwürdiger Vater, ich entbiete Euch meinen Gruß.«

Der Abt fuhr auf. »Was führt Euch nach Pomposa?«

»Das könnt Ihr Euch denken.«

»Die sechshundert Goldflorin?«

»Der ›Codex Millenarius‹«, erwiderte Maynard verärgert. »Da ich keine Nachrichten mehr von Euch erhielt, war ich gezwungen, selbst hierherzukommen.«

»Der Grund für mein Schweigen ist, dass es nichts mitzuteilen gibt«, sagte Andrea. »Wie ich schon befürchtete, habe ich nichts gefunden.«

Maynard musterte ihn zweifelnd. »Seid Ihr sicher, dass Ihr gründlich danach gesucht habt?«

»Haltet Ihr mich etwa für unfähig?«, gab der Abt mit unverhohlenem Missfallen zurück.

»Keineswegs«, sagte Maynard besänftigend. »Doch da ich weiß, wie verschlagen Pater Facio war, würde es mich nicht wundern, wenn er dieses Buch weit sorgfältiger verborgen hätte, als wir uns vorstellen können.«

Der Abt schüttelte den Kopf. »Ich habe überall danach gesucht.«

»In jedem Winkel des Klosters?«

»In jedem Winkel der Bibliothek.«

»Würdet Ihr ein so wertvolles Buch an einem Ort verstecken, der allen zugänglich ist?«

Abt Andrea warf ihm einen bösen Blick zu. »Es ist nicht so einfach, in die Bibliothek zu gelangen.«

»Ach Pater, Ihr habt genau begriffen, was ich meinte«, rief Maynard. Er war erschöpft, und der Gedanke an das, was ihm noch bevorstand, nahm ihm jede Lust auf dieses Gespräch. »Facio di Malaspina war durchtrieben. Wer weiß, welche Verstecke er zu seiner Zeit in der Abtei von Pomposa angelegt hat.«

Der Abt wollte schon auffahren, doch dann hielt er sich zurück. Er ging zu Fiumano und streichelte ihm flüchtig über den Kopf. Dann schritt er den Kreuzgang auf und ab, was seinen Zorn etwas milderte. Schließlich sagte er seufzend: »Ihr habt mich überzeugt. Ich werde weitersuchen.«

Maynard betrachtete die tiefen Augenringe, die von schlaflosen Nächten zeugten, und die geröteten Wangen, und wieder hatte er das Gefühl, einen Fremden vor sich zu haben. Leicht verärgert fragte er sich, ob der Abt sich nur so nachgiebig zeigte, damit er Ruhe gab.

»Jetzt möchte ich jedoch«, fuhr Andrea fort, »mit Euch über Eure Schwester sprechen …«

»Eudeline?«, fragte Maynard überrascht. »Das Geld wird schon eintreffen, seid unbesorgt.«

»Ich bezog mich auf Isabeau«, stellte der Abt richtig und verschränkte die Arme vor der Brust. »Ich hoffe, Ihr habt über meinen Vorschlag nachgedacht …«

Maynard musste erst überlegen, doch dann erinnerte er sich an den Plan, Isabeau zu den Nonnen von Sant'Antonio in der Nähe von Ferrara zu bringen. »Wir werden bald darüber sprechen«, versprach er. »Jetzt möchte ich Euch um einen Gefallen bitten, der das Skriptorium betrifft.«

»Worum geht es?«

Maynard öffnete seine Schultertasche und holte das Buch heraus, das Obizzo ihm anvertraut hatte. »Mir ist diese ›Vita Merlini‹ untergekommen. Ich hätte gern eine Kopie davon.«

Andrea sah sich den kleinen Band interessiert an. »Betrachtet dies als bereits erledigt«, versicherte er. »Ich werde die Abschrift meinem besten Schreiber anvertrauen.«

»Einverstanden.« Maynard hob den Zeigefinger. »Aber die Miniaturen müssen von Gualtiero de' Bruni gefertigt werden.«

»Das versteht sich von selbst.«

»Nun, dann ruft ihn her. Ich will ihn unter vier Augen sprechen, um mit ihm zu verhandeln, wie er die Illustrationen ausführen soll.«

Als Gualtiero erfuhr, wer ihn zu sprechen wünschte, erfüllte ihn Angst. Beim Verlassen des Skriptoriums nahm er sich zusammen, so gut es ging, doch dann rannte er die Treppen des Palatiums hinunter und durch die sengende Sonne über den Hof. Maynard erwartete ihn im Schatten des Glockenturms, er lehnte dort an einer Wand aus alten Ziegelsteinen, die trotz der Hitze etwas Kühle boten.

»Sagt schon, Herr«, rief Gualtiero atemlos, als er endlich vor ihm stand.

Maynard de Rocheblanche wirkte finster, recht nachdenklich. »Nicht hier«, raunte er, löste sich von der Mauer und führte Gualtiero an der Südseite der Abtei entlang. Sobald sie die Apsis erreicht hatten, schlug er einen Pfad am Garten entlang hin zu einem Pferch ein.

»Gibt es Neuigkeiten über meine Mutter?«, fragte Gualtiero, sobald sie fern von neugierigen Blicken waren.

»Eins nach dem anderen«, beschied ihm Maynard. »Ihr sollt ein Buch mit Miniaturen ausschmücken. Abt Andrea wird Euch sagen, dass es für mich ist, aber in Wahrheit ist es für jemand anderen bestimmt. Ehe ich Euch enthülle, um wen es sich handelt, versprecht mir, dass Ihr dies für Euch behalten werdet und Euch nicht aufregt.«

Gualtiero nickte, ohne zu zögern.

Maynard sah ihn bedeutungsvoll an. »Es ist für den Marchese Obizzo III. d'Este.«

»Dieser Hund …«, stieß Gualtiero aus.

»Bleibt ruhig«, mahnte Maynard. Erst als der junge Mann genickt hatte, fuhr er fort: »Die Kopie des Buches ist für eine Frau, wahrscheinlich eine Hofdame, bestimmt, die dem Marchese sehr nahesteht. Bedenkt das immer, wenn Ihr die Dinge auswählt, die Ihr abbilden wollt.«

»Das gefällt mir nicht, Herr. Ich würde den Auftrag lieber ablehnen.«

»Seid nicht dumm, das Wohlwollen des Marchese könnte Euch nützlich sein.«

»Inwiefern?«

»Vor allem wegen des Lohns.« Maynard klang jetzt leicht verschwörerisch. »Bald werdet Ihr Geld benötigen. Viel Geld. Vorausgesetzt, dass Ihr Euch immer noch auf Reisen begeben wollt.«

In Gualtieros Augen blitzte Begeisterung auf. »Also habt Ihr etwas herausgefunden!«

Maynard legte ihm eine Hand auf die Schulter. »Freut Euch nicht zu früh«, sagte er und wurde wieder ernst. »Es wird Euch nicht gefallen.«

Gualtiero spürte einen Stich im Magen, und plötzlich war er nicht mehr so sicher, ob er vom Schicksal seiner Mutter erfahren wollte. Was, wenn man auch Sapia gehängt hatte? Er schloss die Augen und verjagte diesen schrecklichen Gedanken. Er musste stark sein, genauso stark wie Rocheblanche. »Ich bin bereit.«

»Erinnert Ihr Euch an die Nacht, als wir beide in Ferrara waren, um herauszufinden, wo man Eure Eltern eingekerkert hatte?«, begann Maynard.

»Wie könnte ich sie je vergessen? Der Name meiner Mutter war in den Registern des Kerkermeisters nicht zu finden.«

»Allerdings«, sagte Maynard bedeutungsvoll, »wurde am selben Tag eine andere Frau verhaftet.«

»Ja und?«

»Nun, erst jüngst konnte ich das Archiv der Kanzlei des Marchese einsehen. So habe ich herausgefunden, dass die Frau, von der ich spreche, nur kurz in den Kerkern des Castello dei Curtensi saß, ehe sie unter Bewachung nach Avignon geschafft wurde.«

»So wie meine Mutter …«, warf Gualtiero ein.

»Mein Freund«, Maynard lächelte bitter, »es ist sehr unwahrscheinlich, dass zwei Personen am selben Tag in die Stadt der Päpste überführt wurden. Versteht Ihr, was ich damit sagen will?«

Gualtiero starrte ihn verwirrt an, dann schlug er sich gegen die Stirn. Er brauchte etwas Zeit, um sich von seiner Verwirrung zu erholen und alle Mosaikteilchen zusammenzufügen. »Wenn nicht unter dem Namen Sapia«, fragte er mit bebenden Lippen, »wie wurde meine Mutter denn in den Papieren geführt?«

Maynard zögerte kurz, doch dann antwortete er: »Elisa de' Bonacossi.«

Gualtiero war bestürzt. Elisa de' Bonacossi? Dieser Name sagte ihm nichts. Ihm drängte sich schon der Gedanke auf, dass Maynard sich geirrt haben musste, dass er gefälschte Dokumente vorgefunden oder eventuell die Notare des Marchese missverstanden hatte. Doch dann erinnerte er sich an den Tag, an dem seine Eltern verhaftet worden waren, und an die Veränderung, die er an seiner Mutter wahrgenommen hatte: Sie war ihm so hart und stolz erschienen, dass sie wie eine Fremde auf ihn gewirkt hatte.

»Doch es gibt noch viel herauszufinden«, fuhr Maynard fort. »Selbst wenn, wie ich annehme, Elisa de' Bonacossi der wahre Name Eurer Mutter ist, findet sich in den Registern der Kanzlei weder eine Erklärung dafür, wer ihre Überführung nach Avignon befohlen hat, noch, aus welchem Grund.«

Gualtiero ballte die Fäuste so fest, dass sich die Nägel in die Handflächen bohrten. Er trug bereits schwer daran, nicht der Sohn von Sigismondo zu sein, nun musste er eine weitere Enthüllung hinnehmen. Er wusste nicht, ob er Wut oder Dankbarkeit für die

Frau empfinden sollte, die ihn von seiner Geburt an jeden einzelnen Tag seines Lebens belogen hatte. Dennoch überwog der Wunsch, sie wiederzusehen, um sie nach dem Grund all dieser Geheimnisse zu fragen. »Ich kann nicht länger hierbleiben und abwarten.«

»Ich bitte Euch jedoch, geduldet Euch noch etwas«, erwiderte Maynard.

»Wie könnt Ihr nur?«, fuhr Gualtiero auf. »Ihr habt keine Vorstellung, wie mich dieses ständige Hinhalten quält! Und nun, da ich weiß –«

»Es gilt immer noch das Gleiche, was ich Euch nach dem Tod Eures Vaters gesagt habe.« Maynard packte Gualtiero bei den Schultern. »Folgt meinem Rat, mein Freund. Versteht Ihr? Ich kehre noch heute nach Ferrara zurück und werde dort weitere Informationen über Eure Mutter erhalten. Nur noch eine Woche Geduld, höchstens zwei, dann können wir entscheiden, wie wir vorgehen. Inzwischen bewahrt Stillschweigen. Vor allem Abt Andrea gegenüber.«

Gualtiero sah forschend in die gütigen Augen Maynards und kämpfte gegen den Gefühlssturm in seinem Inneren an. Er spürte, dass er sich nur auf diesen Mann verlassen konnte. »Abt Andrea …«, sagte er wie zu sich selbst. »Seit ein paar Tagen ist er nicht mehr er selbst.«

»Ich habe es bemerkt«, erwiderte Maynard. »Deswegen habe ich auch zugestimmt, dass Isabeau Pomposa verlassen wird.«

Gualtiero wich zurück. »Und sie … weiß es schon?«

»Noch nicht. Doch ich sehe mich zu diesem Schritt gezwungen, der Abt duldet ihre Gegenwart hier nicht länger.«

Gualtiero senkte den Blick. »Vielleicht ist es meinetwegen …«

Maynards Reaktion war so heftig, dass sie ihm den Atem raubte. »Erklärt mir das!«, sagte er drohend.

Gualtiero fühlte den eisernen Griff seiner Hand an der Kehle. Er versuchte sich zu befreien, doch er bekam nur Maynards Handgelenke zu fassen. »Sie hat mir erzählt, wer sie ist …«, stammelte er, »… wer sie wirklich ist, meine ich …«

Maynard ragte immer noch wie ein Raubvogel drohend über ihm auf. »Was hat sie Euch noch erzählt?«

»Dass Ihr hierhergekommen seid, um nach zwei verschwundenen Reliquien zu suchen … Und um ein Geheimnis zu lösen, in dem es um den Lapis exilii geht …«

Mit einem harschen Fluch ließ Maynard ihn los und wandte sich ab. »Wagt es nie wieder, diesen Namen zu erwähnen.«

»Ich –«, setzte Gualtiero an.

»Es geht um Euer Leben«, beendete Maynard jede weitere Unterhaltung, dann eilte er mit großen Schritten in Richtung Abtei. Gualtiero hatte Mühe, ihn einzuholen.

»Begebt Euch ins Skriptorium«, befahl Maynard, »und tut, was ich Euch gesagt habe. Ihr werdet bald wieder von mir hören.«

»Wartet!«, rief Gualtiero. »Lasst mich wenigstens von Isabeau Abschied nehmen!«

Maynard drehte sich jäh um und durchbohrte ihn mit einem Blick, der keine Erwiderung duldete. »Wenn das, was Ihr mir gerade enthüllt habt, stimmt, wird es das Beste für alle sein, wenn Ihr einander nie wiederseht!«

25

Reims, Platz vor der Kathedrale
22. Juli

Nach einer Woche der Verfolgung geriet Robert de Vermandois allmählich in Sorge. Ein Mann von seiner Statur blieb nicht unbemerkt, und wenn er sich tagelang am selben Ort zeigte, stieg die Gefahr, von seiner Beute entdeckt zu werden. Daher hielt er sich möglichst nicht zu lange am selben Fleck auf, sondern ging zwischen den Marktständen auf und ab und mischte sich unter das Volk von Reims.

Die Verkaufsstände der Händler boten ihm eine Vielzahl von Beobachtungspunkten rund um den *cloître* von Notre-Dame. Er schritt unter den Loggien mit den Haushaltswaren, den Gewürzen und der Goldschmiede entlang, ohne sich allerdings zu weit von der Südseite des Platzes zu entfernen, wo etwa hundert Schritt von der Kathedrale entfernt die Werkstätten der Schmiede lagen. Dort, so hoffte er, würde er früher oder später den Araber ausfindig machen. Immer wieder strebte er zwischen dem Dominikanerkloster und den Hütten der Zimmerleute entlang, außerdem gab er sich interessiert an den Pferden, die auf dem Weg zum Viehmarkt hier vorbeigeführt wurden.

Als er zum dritten Mal zwischen der Kirche Saint-Jacques und dem Platz hin- und hergegangen war, kreuzte eine Edeldame seinen Weg, die anscheinend Stoffe kaufen wollte. Sie war jung, trug die Haare offen und ein Kleid aus grünem Satin, das die Taille betonte. Robert betrachtete sie und stellte sich dabei vor, wie wohl Eudeline in einem ähnlichen Gewand aussehen mochte. Ach, seufzte er innerlich, wenn das doch nur möglich wäre …

Das Erscheinen einer auffallenden Gestalt in der Menge riss ihn aus seinen Gedanken. Der Mann war nicht sehr groß und trug einen scharlachroten Umhang und einen weißen Turban, der seine dunklen Gesichtszüge betonte. Robert beobachtete, wie er bei einem

Geldwechsler stehen blieb, um ein paar Münzen einzutauschen, und danach auf die Loggia der Schmiede zuging.

Gewiss handelte es sich um den Araber. Robert folgte ihm vorsichtig. Wahrscheinlich wollte der Mann zum Waffenschmied, um die Rüstung zu bezahlen.

Doch etwas erschien ihm merkwürdig. Der Mann konnte seiner Statur nach diese schwere Ausrüstung keinesfalls aus eigener Kraft fortschaffen. Dafür benötigte er einen Karren oder zumindest ein kräftiges Lasttier.

Robert behielt den Araber im Auge, bis er die Werkstatt des Waffenschmieds betrat. Vernünftigerweise hätte er nun draußen gewartet, um dem Mann auf dem Heimweg zu folgen und herauszufinden, wo er seine Unterkunft hatte. Doch Robert war es leid, untätig zu bleiben, außerdem drängte es ihn, Eudeline so schnell wie möglich Ergebnisse zu beschaffen. Also erschien es ihm einfacher, in den Laden einzudringen, den Araber beim Kragen zu packen und so lange durchzuschütteln, bis er alles preisgegeben hatte.

Noch ehe er diesen Gedanken zu Ende gebracht hatte, betrat er schon mit einem grimmigen Lächeln die Werkstatt. Der Araber stand wenige Schritte von ihm entfernt und wollte dem Schmied gerade einen Beutel mit Geld überreichen. Doch anders als geplant stürzte Robert sich nicht sogleich auf ihn – die eindrucksvolle Rüstung, die einsatzbereit auf ein Gestell montiert war, ließ ihn zurückweichen. Allein ihr Anblick war furchteinflößend – nicht nur wegen der schieren Ausmaße, sondern vor allem wegen des Helms, der mit einem schnabelförmigen Visier und zwei Hörnern das schaurige Bild eines Dämons heraufbeschwor.

Robert bemerkte, dass der Araber unruhig wurde, daher zögerte er nicht länger und stürzte sich auf ihn. Doch dann geschah etwas, womit er unter keinen Umständen gerechnet hatte.

Die Rüstung bewegte sich.

Sie bückte sich und hob einen unfertigen Streithammer auf – kaum mehr als ein Metallklumpen, der neben der Esse stand –, dann richtete sie sich wieder auf und kam bedrohlich schnell auf ihn zu. Instinktiv wich Robert dem Hieb aus und zog sich vor dieser höllenschwarz glänzenden Gestalt zurück. Er lief um einen Tisch herum, duckte sich und entging wie durch ein Wunder einem zweiten Angriff. Doch ein dritter traf ihn an der Wade, und er stürzte.

Gleich darauf stand der Riese in der Rüstung vor ihm und schwang den Streithammer drohend über dem Kopf.

Hastig ergriff Robert einen alten Schild, der an der Wand lehnte, und konnte sich so vor einem Hagel immer heftigerer Schläge schützen. Ihm blieb nicht einmal die Zeit, sich zu fragen, wer da wohl gegen ihn kämpfte, da hatten die riesigen Hände seines Gegners schon seinen Schild gepackt und ihn ihm entrissen.

Durch den heftigen Zug wurde Robert nach vorne geschleudert. Er prallte mit dem Brustkorb gegen den Tisch, was ihm die Luft raubte. Dann spürte er, wie er an den Schultern gepackt und zu dem Fass geschleift wurde, in dem die Metalle abgekühlt wurden.

Im letzten Moment, in dem er noch klar denken konnte, hörte er einen lauten Aufschrei. Er dachte zunächst, er selbst hätte aus voller Kehle »Nein« gebrüllt, doch dann sah er über den Rand des Fasses, wie der Araber in seine Richtung lief. Einen Wimpernschlag später drückte ihn die eiserne Klaue in seinem Nacken schon ins beißend kalte Wasser.

26

»Ich kann mir nicht erklären, weshalb, Herrin, aber er hat mich verschont.«

Robert saß Eudeline gegenüber, und sein Gesicht wirkte so erschöpft und angespannt, dass ihr angst und bange wurde.

Obwohl sie im Moment hinter den starken Mauern von Sainte-Balsamie in Sicherheit waren, musste Eudeline sich erst einmal umblicken, um in den vertrauten Wänden ihres Arbeitszimmers Trost zu finden.

»Dem Himmel sei Dank«, sagte sie und bekreuzigte sich.

»Ich danke lieber dem Schmied«, erwiderte Robert grimmig. »Er hat schließlich meinen Kopf aus dem Fass gezogen, nachdem der Riese in der Rüstung verschwunden war.«

»Und der Araber?«

Robert zuckte mit den Schultern. »Er ist dem Riesen hinterhergelaufen. Zumindest erzählt es so der Schmied. Ich bitte um Verzeihung für mein Versagen, Herrin«, setzte er beschämt hinzu.

»Seid nicht so streng mit Euch«, sagte Eudeline. »Schließlich seid Ihr gerade erst von einer schweren Verletzung genesen. Und wenn ich es recht verstanden habe, so hat Euch Euer Gegner überrascht.«

Robert schlug mit der Faust auf seine Armlehne. »Ehe sie sich bewegte, glaubte ich, diese verdammte Rüstung wäre leer!«

»Habt Ihr eine Vorstellung, wer sich darin verbarg?«

»Nein. Der Schmied behauptet, den wahren Namen des Arabers nicht zu kennen, und ebenso wenig den des Mannes, für den er die Rüstung angefertigt hat. Doch er hat mir einige Einzelheiten über seine Arbeit verraten.«

»Etwas Brauchbares?«

»Sie wurde aus Eisenbarren aus Brescia gefertigt, die eigens beschafft wurden. Allein der Transport kostet ein Vermögen.«

»Also ein wohlhabender Kunde.«

Robert nickte. »Wohlhabend und gewiss auch kriegserfahren.

Der Araber scheint mir nur sein Bediensteter zu sein. Dass ich noch lebe, verdanke ich wohl ihm.«

Eudeline senkte den Kopf und blickte auf ihre verschränkten Hände. Alles erschien nur noch rätselhafter, und Roberts Ausführungen bestätigten ihre eigene Überzeugung, dass von dem Araber keine Gefahr ausging. »Was meint Ihr, weshalb wurdet Ihr angegriffen?«

Robert überlegte kurz. »Ich weiß es nicht, mir blieb nicht einmal die Zeit, eine Frage zu stellen. Doch was ist daran erstaunlich? Wer Ränke schmiedet, wendet zwangsläufig Gewalt an.«

»Und wenn sie sich einfach selbst bedroht fühlten?«

»Dafür bestand kein Grund.«

»Vielleicht hatten sie ja bemerkt, dass man sie beobachtete«, sagte Eudeline. »Vielleicht war ihnen Euer Gesicht schon aufgefallen.«

»Das kann ich nicht ausschließen«, musste Robert zugeben.

Eudeline versuchte ihn mit einem Lächeln zu beruhigen. »Ich werde weitere Nachforschungen anstellen lassen«, fuhr sie fort. »Ihr jedoch ...«

Robert sprang erzürnt auf. »Ich verstehe Eure Entscheidung, mir nicht mehr zu vertrauen, doch –«

»Ihr missversteht mich«, unterbrach ihn Eudeline. »Ich habe Euch tödlicher Gefahr ausgesetzt und danke der Jungfrau Maria, dass Ihr heil davongekommen seid. Doch bitte verfolgt diese Angelegenheit nicht weiter. Tut das für mich, damit ich beruhigt sein kann. Außerdem erwartet Euch eine wesentlich wichtigere Aufgabe.«

Robert setzte sich wieder, doch er sah keineswegs begeistert aus. »Ich kann mir denken, dass es um Euren Bruder geht.«

Eudeline nickte. »Seit Längerem schon benötigt er eine erkleckliche Summe Geldes. Ich kann die Angelegenheit nicht weiter aufschieben.«

»Wollt Ihr mir vielleicht vorschlagen, Euch hier schutzlos zurückzulassen?«

»Im Notfall kann ich mich an die Wachen des Bischofs wenden.«

»Wäret Ihr meine Braut«, sagte Robert tadelnd, »würde ich Euch niemals gestatten –«

»Aber ich bin eine Nonne«, fiel sie ihm ins Wort, »die gewohnt ist, aus der Not eine Tugend zu machen.«

Robert starrte sie erbost an, konnte seinen aufbrausenden Zorn jedoch gerade noch beherrschen. »Wie Ihr wünscht, Herrin.« Er senkte den Blick und schwieg. Schwer lastete die Stille im Raum.

»Ich werde nach Pomposa aufbrechen, sobald Ihr mir das Geld ausgehändigt habt«, sagte er schließlich, sichtlich um Entgegenkommen bemüht. »Aber würde ein Wechselbrief, den ich bei einer Bank in Florenz einlösen kann, nicht auch genügen?«

Eudeline schüttelte den Kopf. »Ich möchte Euch die Summe lieber in Goldflorin mitgeben«, sagte sie. »Ich weiß, dass es gefährlicher ist, aber anscheinend haben Krieg und Not viele Bankiersfamilien in den Ruin getrieben. Es geht das Gerücht, dass sogar die Bardi und die Peruzzi in ernsthaften Schwierigkeiten sind.«

»In dem Fall tut es auch eine kleine Geldkassette.«

»Sehr gut. Wartet hier.«

Mit diesen Worten stand Eudeline auf und ging hinaus.

Das schöne Wetter vom Morgen war jäh umgeschlagen, und schwerer Regen prasselte vom Himmel herab, der den Kreuzgang in einen Sumpf verwandelt hatte. Unter dem Schutz ihrer Haube eilte Eudeline durch den Schauer und flüchtete sich dann in das Innere der Kirche von Sainte-Balsamie. Deren einziges Schiff umfing sie mit einladender Stille und schien sie beinahe zu beobachten, während sie zwischen den Lichtflecken, die gedämpft durch die Fenster fielen, vorwärtsging. Nachdem sie sich noch einmal vergewissert hatte, dass sich niemand außer ihr dort aufhielt, ging sie weiter zur Apsis, nahm einen Kerzenhalter und stieg hinab in die Krypta.

Während sie die Treppen nach unten ging, quälte sie die Erinnerung an Aleydis, die sie hier zunächst eingesperrt hatte.

Törichtes Weib, schalt sie sich. Warum sollte sie Mitleid haben mit einer Lügnerin und Mörderin? Diese falsche Schlange hatte ihre gerechte Strafe erhalten. Eigentlich hatte sie es noch gut getroffen, verglichen mit dem Schicksal anderer Angeklagter, die von Inquisitoren und Schergen des Bischofs gefoltert wurden.

Sie ging weiter, bis sie vor einer Wand stehen blieb, über die sich ein Ziegelsteinbogen zog; darüber war ein Fresko der heiligen Balsamia angebracht, auf dem sie dem heiligen Remigius die Brust gab. Eudeline bestürzte dieses Bild stets von Neuem, weil ihr bei seinem Anblick jedes Mal bewusst wurde, dass sie niemals Kinder haben würde.

Mutter sein … Es hatte eine Zeit gegeben, da war dies ihr größter Wunsch gewesen. Und ein Teil von ihr hing dem immer noch nach. Doch nun war sie eine andere Frau, eine Benediktinernonne, die sich ganz Christus verschrieben hatte.

Seufzend beugte sie das Knie vor der heiligen Amme und führte dann die Kerzenflamme an der Wand entlang, bis sie einen kleinen Eisengriff fand. Nur wenige wussten von der Geheimkammer hinter dem Fresko, und allein die Äbtissin hatte freien Zugang zu ihr.

Mit leichtem Druck stieß sie die vollkommen in der Wand verborgene Tür auf und hob den Kerzenhalter, um den fensterlosen Raum zu beleuchten. Auf dem Steinboden standen sechs Geldschreine mit schweren Schlössern. Eudeline holte einen Schlüsselring aus der Tasche und öffnete den größten.

Ein Großteil des Vermögens des Hauses Rocheblanche lag dort vor ihren Augen, und sie schämte sich nicht, dass sein Anblick sie jedes Mal mit einem angenehmen Gefühl beglückte. Mochten die Heuchler und Besitzlosen es ruhig Teufelsdreck nennen. Für Eudeline, Äbtissin von Sainte-Balsamie, war Geld ein anderes Wort für Unabhängigkeit. Und nur widerwillig zählte sie jetzt sechshundert Goldflorin ab und legte sie in ein Kästchen.

Danach verschloss sie die große Kassette wieder, nahm das Kästchen und verließ den Raum. Sie schloss die Geheimtür sorgsam, doch das Kästchen war so schwer, dass sie es mit beiden Händen tragen und den Kerzenhalter zurücklassen musste.

Ohne zu straucheln erreichte sie die Treppe, doch mit der Dunkelheit, die sie umgab, wurde ihr bewusst, wie unvorsichtig sie gewesen war. Auf halbem Weg nach oben musste sie sich auf die Stufen setzen, um wieder zu Atem zu kommen.

Im schwach von oben hereinfallenden Licht stieg sie schließlich weiter die Treppe hinauf. Nun hatte sie den Großteil hinter sich gebracht und musste bloß noch die Krypta verschließen. Doch gerade in dem Augenblick, in dem sie sich umwandte, tauchte ein Mann vor ihr auf.

Eudeline wich zurück und wäre beinahe die Treppe hinuntergefallen.

»Ehrwürdige Mutter …«, rief der Mann aus. »Ich hatte nicht erwartet …«

Eudeline brauchte einen Moment, um sich von dem Schrecken zu erholen, erst dann erkannte sie den jungen *Prokurator*, der ihr vor zwei Monaten von der Kurie zugewiesen worden war. »Pater Claret!«, rief sie empört. »Haltet Ihr das etwa für ein angemessenes Benehmen?«

Der Prokurator legte flehentlich die Finger zusammen. »Ich bitte um Verzeihung, falls ich Euch geängstigt habe, aber ich wusste nicht …«

»Entfernt Euch«, befahl Eudeline. Schon sein Anblick bereitete ihr Unbehagen, und das lag nicht nur an seinem Rattengesicht. Sie hatte alles versucht, um diesen aufdringlichen Kerl loszuwerden, aber die Ordensregeln verpflichteten jedes Nonnenkloster, die eigenen Güter durch einen männlichen Aufseher verwalten zu lassen. Bis vor Kurzem war es Eudeline gelungen, dies zu vermeiden, doch dann war sie zur Ordnung gerufen worden.

Eilig wandte sie sich zum Gehen, das Kästchen an die Brust gepresst.

Pater Claret folgte ihr, gebannt starrte er auf ihre schwere Last. »Braucht Ihr Hilfe?«

»Wenn Ihr mir aus den Augen gingt«, fuhr sie ihn an, »wäre das in der Tat sehr hilfreich.«

»Es tut mir leid«, fuhr der Prokurator schmeichlerisch fort, »aber wenn Ihr Geld entnommen habt, so muss ich das wissen«, und er streckte die Hände nach dem Kästchen aus.

Entrüstet stieß Eudeline ihn mit der Schulter zurück und entfernte sich beinahe im Laufschritt. »Nichts, was Euch etwas anginge«, rief sie noch zurück.

Pater Claret blieb stehen und sah ihr betrübt hinterher, während sie durch das Portal ging und wie ein Schatten im Regen verschwand. Doch sobald er allein war, verzerrte sich sein Gesicht zu einer Grimasse. »Genieße es, solange du kannst, närrische Hündin«, stieß er hervor. »Sehr bald werde ich all deine Geheimnisse enthüllt haben …«

»Darin befinden sich die sechshundert Goldflorin«, sagte Eudeline, während sie das Kästchen vor Robert abstellte.

Er nahm es auf und klemmte es sich unter den Arm, als wäre es leicht wie eine Feder. »Morgen im ersten Licht des Tages breche ich auf«, versprach er. »Mit dem Ziel, Maynard so schnell wie möglich zu erreichen.«

»Der Herr möge mit Euch sein.«

Robert lächelte sie kühn an. »Ich wäre schon mit Eurer Liebe zufrieden«, sagte er und strich ihr zärtlich über das regennasse Gesicht.

Eudeline wich zurück. »Meine Freundschaft ist Euch gewiss.«

»Und Euch meine Treue.« Damit verneigte sich Robert zum Abschied. An der Tür blieb er noch einmal stehen. »Habt Ihr zusätzlich noch eine Botschaft für Euren Bruder?«

Eudeline überlegte kurz, dann runzelte sie die Stirn. »Sprecht mit ihm über Kardinal Bertrand du Pouget«, sagte sie. »Über alles, was er mir angetan hat, und welche Bedrohung er darstellt.«

27

»Ein Araber und ein sehr großer Krieger, ein wahrer Riese.«

Aleydis starrte die Äbtissin erstaunt von ihrem Lager aus an, die Hände über dem gewölbten Bauch gefaltet. Sie hatte sich diese Haltung angewöhnt, nachdem sie bemerkt hatte, dass sie ihrer Kerkermeisterin damit Unbehagen bereiten konnte. »Seid Ihr wirklich nur zu mir gekommen, um mich deswegen zu befragen?«

Eudeline stand aufrecht im alten Eiskeller vor ihr und musterte sie mit vorgetäuschter Gleichgültigkeit. »Habt Ihr diese Männer jemals gesehen oder von ihnen gehört?«

»Nein.«

»Seid Ihr sicher, dass Euer Kardinal sie nie erwähnt hat?«

Aleydis bog leicht das Kreuz durch und stellte die Rundung ihres Bauches damit nur noch mehr zur Schau. Und schon meinte sie zu erkennen, wie sich das Gesicht der Äbtissin schmerzlich verzog. »Ich weiß nicht, wonach Ihr sucht«, sagte sie höhnisch, »aber Ihr wirkt recht verwirrt auf mich. Oder vielleicht nur erschrocken.«

»Bei Eurem Anblick überwiegt Abscheu in mir«, gab Eudeline zurück. »Liebend gern würde ich darauf verzichten, Euch zu befragen, wenn ich nicht vermutete, dass Ihr mir etwas verschweigt.«

»Der Kardinal hat mich über seine Pläne im Dunkeln gelassen, das habe ich Euch bereits gesagt. Ich schwöre es beim Leben des Kindes, das ich im Schoß trage.«

»Nun ja, Ihr wart für ihn ja bloß eine unbedeutende Dienerin«, sagte Eudeline kühl. »Was man schon daraus ersehen kann, dass er aus Reims geflüchtet ist, ohne sich um Euch zu kümmern. Er hat Euch einfach hier zurückgelassen, auf dass Ihr in unseren Kerkern verfault.«

Aleydis ballte die Fäuste. »Ihr könnt das sicher nicht verstehen«, antwortete sie verächtlich. »Er hatte mir versprochen –«

»Was?«, unterbrach Eudeline sie. »Euch reich zu machen? Euch zur Äbtissin zu ernennen? Armes Ding, dass Ihr Euch von einer solchen Lüge umgarnen ließet!«

»Schweigt!« Aleydis sprang auf und wollte der Äbtissin schon das Gesicht zerkratzen. Doch dann besann sie sich, um ihre Peinigerin auf subtilere Art zu verletzen. »Zumindest werde ich erfahren, was es heißt, Mutter zu sein.«

Eudelines Blick glitt kurz zu dem gewölbten Bauch der jungen Frau, und einen Moment lang blitzte Neid darin auf, ehe sich wieder ein Schleier der Gleichgültigkeit darübersenkte. Sie schaffte es gerade noch, tonlos zu sagen: »Dann wisst, dass heute ein Mann meines Vertrauens aufgebrochen ist, um meinen Bruder Maynard vor Kardinal du Pouget zu warnen. Bald wird der Gerechtigkeit Genüge getan, verlasst Euch darauf. Ihr habt die Wahl, Ihr könnt mit mir zusammenarbeiten und Euch damit erlösen, oder Ihr werdet bis zu Eurem Tod hinter diesen Mauern eingesperrt bleiben.« Ohne eine Antwort abzuwarten, wandte Eudeline ihr den Rücken zu und schritt zum Ausgang der Zelle. Ehe sie die Tür schloss, sagte sie ausdruckslos: »Was Euren Wunsch betrifft, Mutter zu werden, so freut Euch nicht zu früh. Nach der Geburt wird man Euer Kind fortschaffen, damit es in einem Waisenhaus aufgezogen wird.«

Aleydis' Wutschrei verfolgte sie die dunklen Treppen hinauf. Ein Schwerthieb hätte sie nicht mehr verletzen können.

Kaum hatte Eudeline den Kerker verlassen, stieß sie schon wieder auf Pater Claret.

Der Prokurator machte ihr flink Platz und deutete sogar einen höflichen Gruß an. Ohne ihn eines Blickes zu würdigen, setzte Eudeline ihren Weg fort. Sie war zu aufgewühlt, um sich mit ihm zu befassen oder darüber nachzudenken, ob er wohl gelauscht hatte.

28

Am Ufer des Padus
22. Juli

Isabeau war nicht leicht davon zu überzeugen, Pomposa zu verlassen. Als sie erfahren hatte, dass Maynard sie fortbringen wollte, war sie in die Kirche geflüchtet und hatte sich in der Sakristei eingeschlossen. Maynard hatte mehrmals heftig gegen die Tür klopfen und ihr laut befehlen müssen, ihn einzulassen, und als sie dem schließlich nachgekommen war, hatte er sich einer kleinen Furie gegenübergesehen, die wild entschlossen war, ihm zu entkommen. Nach einem kurzen Gerangel gelang es ihm jedoch, sich die junge Frau, die wild um sich trat wie ein Maultier, über die Schulter zu werfen und die Kirche zu verlassen.

Maynard kümmerte sich nicht weiter um ihre Wut, trug sie in den Hof, setzte sie vor sich aufs Pferd und trieb dieses dann in Richtung Portus abbatis. Er musste Ferrara unbedingt bei Sonnenuntergang erreichen, daher konnte er sich keine Verzögerung leisten. Doch das kümmerte Isabeau nicht. Zweimal sprang sie aus dem Sattel und versuchte, ihm zu entkommen, woraufhin er gezwungen war, sie zwischen den Bäumen zu verfolgen.

»Verflucht noch eins, willst du mir vielleicht erklären, was in dich gefahren ist?«, schimpfte er, als er sie erneut einholte, ehe sie die Flucht ergreifen konnte.

»Lasst mich los!«, schrie Isabeau. »Ihr habt kein Recht, so mit mir umzuspringen!«

Maynard zerrte sie zu seinem Pferd zurück. »Bis vor Kurzem hast du mich doch angefleht, ich solle dich mit mir nehmen!«

»Die Dinge haben sich geändert.«

»Das liegt an dem jungen de' Bruni, nehme ich an«, knurrte Maynard, während er sie wieder auf seinen Rappen setzte.

Isabeau errötete vor Scham. »Das geht Euch nichts an!«

»Oh doch.« Ehe er seinem Pferd wieder die Sporen gab, schlang er Isabeau ein Band um die Hüften und verknotete es am Sattelknauf. »Und wie mich das betrifft, seit du ihm meine Geheimnisse verraten hast.«

»Gualtiero kann man vertrauen«, sagte Isabeau trotzig.

»*Für den Augenblick.* Wenn er irgendwann gezwungen würde, über den Lapis exilii zu sprechen, könnte er seine Meinung ändern.«

»Das wird er niemals.«

»Nicht einmal, wenn die Umstände es verlangen?«, fragte Maynard. »Jedem von uns ist etwas heilig, sei es ein geliebter Mensch oder ein Traum, den man verwirklichen möchte. Und dafür sind wir zu allem fähig.«

Isabeau schlang die Arme fest um den Oberkörper und hüllte sich für den Rest des Weges in Schweigen. Maynard wäre gern noch einmal auf das Thema zurückgekommen, aber dann hielt er es für besser, es auf sich beruhen zu lassen. Er hatte schon genügend Schwierigkeiten, da konnte er sich nicht auch noch um ein verliebtes Mädchen kümmern. Denn genau das war sie.

Die Tochter des Gauklers hatte sich also in Gualtiero verguckt. Das konnte noch so manche Unbill verursachen.

Nachdem sie sich beim Leuchtturm eingeschifft hatten, glitten Maynard und Isabeau an Deck unter einem hartnäckigen Nieselregen den Padus flussaufwärts. Hinter Caput Gauri wurden die Strömungen immer heftiger, und zwischen Anhäufungen aus Schlamm und Zweigen kamen sie an bäuerlichen Ansiedlungen vorbei, deren Namen Maynard inzwischen vertraut waren. Miliarium, Valclusura, Fiscalia und Alberlongum verschwanden ebenso schnell wieder hinter ausgedehnten Schilfinseln, wie sie aufgetaucht waren – bis sich im Grau des Sprühregens endlich die Stadtmauern von Ferrara abzeichneten.

Doch anstatt bei San Giorgio *extra moenia* an Land zu gehen, ließ sich Maynard unter der beweglichen Holzbrücke, dem Ponte Barbacane, hindurch in einen Flussarm nach Westen bringen. Isabeau wollte, dass er ihr den Grund dafür erklärte, aber er schwieg beharrlich, bis der Bug des Bootes das Ufer einer Insel südlich der Stadt gegenüber der Porta San Pietro berührte.

»Das sind die heilige Insel Sant'Antonio und das zugehörige Kloster.« Maynard bedeutete Isabeau, ihm zu folgen.

»Warum sind wir hier?«

»Das wird von nun an deine neue Zuflucht sein.«

Isabeau blieb stehen. »Aber ich … hatte gedacht, ich würde bei Euch bleiben!«

Maynard ergriff sanft ihre Hand. »Ich werde in deiner Nähe bleiben«, versicherte er, »und innerhalb der Stadtmauern Aufenthalt nehmen.«

Mit diesen Worten führte er sie durch eine Umfriedungsmauer aus Ziegelsteinen, hinter der sich eine Kirche erhob. Rechts davon erstreckte sich ein Kreuzgang, der so von Kletterpflanzen überwuchert war, dass man nicht erkennen konnte, wer dort zwischen seinen Säulen wandelte.

Inzwischen dämmerte es bereits, und Maynard hatte es eilig, sich wieder auf den Weg zu machen. In wenigen Stunden schon würde er sich mit Superanzio Orsini treffen. Daher klopfte er laut ans Klostertor und wartete ungeduldig, dass man ihnen öffnete.

Nach einiger Zeit erschien eine ganz in Schwarz gekleidete Nonne, die aufrecht in der Pforte stehen blieb und erst ihn, dann Isabeau musterte. »Ist das das Mädchen, von dem der Abt von Pomposa mir geschrieben hat?«

»Ja, ehrwürdige Mutter«, erwiderte Maynard.

Die Nonne fixierte Isabeaus verschiedenfarbige Augen. »Ihr Blick …«, flüsterte sie und bekreuzigte sich mit kaum verhohlener Feindseligkeit.

Maynard legte Isabeau die Hände auf die Schultern und bezähmte seinen Zorn. »Das ist meine Schwester«, log er. »Ich möchte sie Euch für kurze Zeit anvertrauen.«

»Das hier ist keine Herberge«, stellte die Nonne klar. »Sie wird sich an unsere Regeln halten müssen.«

»Das wird sie.«

»Und die Kosten für ihren Aufenthalt?«

Bereitwillig löste Maynard den Beutel, den er am Gürtel trug, und reichte ihn ihr. »Das wird für ein halbes Jahr genügen.«

»Einverstanden, Herr.« Die Nonne wog den Beutel kurz in ihrer Hand, ehe sie ihn rasch zwischen den Falten ihres Gewandes verschwinden ließ. Wie ein unheilvoller Engel blieb sie auf der Schwelle stehen.

»Falls es Schwierigkeiten gibt«, fügte er an, »scheut Euch nicht, nach mir zu schicken. Ich weile im Palast des Marchese als Waffenmeister. Doch von Zeit zu Zeit werde ich mich von selbst bei Euch melden.«

»Ich werde es mir merken.«

Ehe Maynard Isabeau der Nonne übergab, nahm er sie kurz beiseite, um sich von ihr zu verabschieden. Sie aber entzog sich seiner Umarmung.

»So sorgt Ihr also für mich?«, schimpfte sie. »Seid ehrlich, Ihr schert Euch keinen Pfifferling um mein Schicksal.«

»Offensichtlich warst du eben nicht sehr aufmerksam, meine Teure«, erwiderte Maynard. »Nur damit es dir gut geht, habe ich dieser Nonne gerade alles Geld gegeben, über das ich noch verfügte.«

Mit einem bitteren Lächeln wandte er sich ab und ging auf die Holzbrücke zu, die einzige Verbindung zwischen der Insel und Ferrara.

29

Abtei Santa Maria di Pomposa
22. Juli

Abt Andrea hätte es keinesfalls zugegeben, aber er jubilierte innerlich. Bei dem Gedanken, dass er diesen kleinen Wildfang niemals wiedersehen würde, blühte er richtiggehend auf. Isabeaus Gegenwart war ein ständiger Stachel in seinem Fleisch gewesen, nicht nur wegen ihrer Schönheit, mit der sie selbst die Mönche betören konnte, sondern auch, weil sie beständig überall herumgelaufen war. Doch der Tropfen, der das Fass zum Überlaufen gebracht hatte, war ihr schamloses Verhalten Gualtiero gegenüber gewesen. Gott sei Dank hatte nur er es bemerkt, und natürlich hatte er sich gehütet, seine Mitbrüder darauf aufmerksam zu machen. Der Ruf des jungen de' Bruni durfte nicht leiden, ehe er sich um das Noviziat bewarb. Was bestimmt bald geschehen würde, nun da der Junge nicht mehr den Verführungen dieses Weibes ausgesetzt war.

Doch er musste sich gedulden. Der Wille des Herrn würde sich zu gegebener Zeit schon weisen. Für den Moment genoss er seinen kleinen Sieg im Arbeitszimmer des Palatiums, fern aller Blicke, die seine plötzliche Fröhlichkeit missdeuten konnten. Auch Maynard de Rocheblanche gegenüber hatte er beinahe zu viel verraten.

Ach ja, dachte er. Rocheblanche. Wenn dieser Ritter ein Ehrenmann war, würde er ihm bald sechshundert Goldflorin übergeben. Eine Summe, die Pomposa von der jüngsten Schuldenlast befreien würde. Sobald er über diese Summe verfügen könnte, würde er unverzüglich einige Arbeiten im Kloster und in den Ländereien in Auftrag geben, damit sich die Umstände seiner Mitbrüder, aber auch die der Knechte und Mägde verbesserten.

Andererseits musste auch er das Versprechen halten, welches er dem Ritter gegeben hatte, und sich auf die Suche nach dem »Codex Millenarius« machen, den Pater Facio irgendwo versteckt hatte.

Andrea stützte sich mit den Ellbogen auf den Schreibtisch und runzelte die Stirn. Er war sicher, dass eine weitere Suche genauso wenig Erfolg haben würde wie die vorherige. Die Bibliothek hatte keine Hinweise erbracht, wo sollte er also sonst noch suchen? An jedem anderen Ort wäre eine Handschrift sogleich jemandem aufgefallen. Er selbst bewahrte seine Dokumente ausschließlich hier in seinem Arbeitszimmer auf. Aus Angst, sie zu verlieren, hob er sie sicher versteckt in seinem …

»Oh mein Gott! Könnte das sein?«, rief er aus.

Er legte die Hände auf den Schreibtisch, um ihn zu untersuchen. Er war aus Nussholz und an den Rändern mit astrologischen Zeichen geschmückt, und er bedeutete ihm weit mehr als ein schlichtes Möbelstück. Einst hatte dieser Schreibtisch seinem Lehrmeister Severino aus Padua gehört, der ihn seinerseits von dem Astrologen Pietro d'Abano geschenkt bekommen hatte, ehe man ihn auf dem Scheiterhaufen verbrannte.

Andrea ließ die Finger über den Rand der Tischplatte gleiten, bis er die seinem Stuhl zugewandte Kante erreichte, und klappte die Platte hoch, woraufhin ein Fach zum Vorschein kam, in dem er seine wichtigsten Dokumente aufbewahrte. Er warf einen Blick hinein und überdachte kurz seine Eingebung, dann lief er zur Tür und rief: »Bonus!«

Eilfertig kam der Diener zu ihm. »Zu Euren Diensten, Dominus.«

»Der alte Schreibtisch, der vom vorherigen Abt.« Andrea war so ungeduldig, dass er keinen vollständigen Satz hervorbrachte. »Was ist aus ihm geworden?«

Bonus starrte ihn verwirrt an.

»Der Tisch zum Schreiben!«, schrie Andrea. »Der letzte, der ihn benutzt hatte, war Pater Facio di Malaspina, ehe ich ihn ersetzen ließ.«

Vor lauter Aufregung, seinen Herrn zu enttäuschen, hatte Bonus feuerrote Ohren bekommen. Schließlich stammelte er: »Ich … ich glaube mich zu erinnern. Ja, ich weiß, wo er ist.«

Die Schmiede des Klosters war sicher nicht der angemessenste Ort für ein Möbel, auf dem jahrhundertelang die Tintenfässer der Mönche von Pomposa gestanden hatten, aber Andrea hatte nicht vor, sich darüber zu empören. Bonus erklärte ihm, dass der alte Schreibtisch weder im Schreibsaal noch in der Bibliothek Verwendung gefunden hatte, weil er beschädigt war.

»Beschädigt?«, fragte Andrea. »Inwiefern?«

»Das werdet Ihr gleich sehen«, sagte Bonus.

Die Werkstatt des Hufschmieds war ein dunkles Loch, in dem sich alles Mögliche angesammelt hatte. Sie mussten länger suchen, bis sie den Schreibtisch unter einem Haufen Werkzeug, Ketten und allerlei Metallresten fanden.

»Seht Ihr, Herr?«, sagte Bonus. »Das Fach unter der Platte öffnet sich nicht, anscheinend hat es sich verklemmt.«

Andrea untersuchte den Tisch aufmerksam. Trotz dieses Makels handelte es sich immer noch um ein kostbares Möbelstück. Allerdings hatten ihm Nachlässigkeit und Abnutzung ziemlich zugesetzt. Auf der Tischplatte konnte man immer noch zwei kniende Mönche erkennen, eine Schnitzarbeit ähnlich denen am Taufbecken der Abtei. Und auch die altertümliche Eleganz der Stützen und des hinteren Teils fielen ihm auf. Allerdings hatte Bonus recht, das Fach ließ sich nicht öffnen.

Andrea bezweifelte, dass es sich um einen Defekt handelte. Wahrscheinlich lag es eher an einem Mechanismus, der das Fach blockieren sollte. Vermutlich gab es irgendeinen geheimen Hebel oder ein Schloss, mit dem man das Fach öffnen konnte. Doch seine Ungeduld war zu groß.

»Brich es auf«, befahl er dem Hufschmied. »Jetzt!«

»Aber dann«, warf der Mann ein, »würde ich den Tisch beschädigen ...«

Andrea zuckte mit den Schultern. »Dann soll es eben so sein.«

Also setzte der Schmied einen Meißel dort an, wo die Tischoberfläche auflag, und nachdem er seine Scheu überwunden hatte, schlug er kräftig mit dem Hammer darauf. Das Holz ächzte, aber es waren noch einige weitere Schläge nötig, um den Spalt zu erweitern. Dennoch weigerte sich das Möbel, sein Geheimnis preiszugeben.

Auf Befehl des Abts legte der Hufschmied den Meißel beiseite und hieb mit einem Hammer auf die Ecken des Schreibtisches ein, bis der obere Teil zerbarst.

»Ausgezeichnet.« Schnell trat Andrea heran und riss die Reste der Tischplatte fort, um zu überprüfen, was darunter verborgen war.

Das Geheimfach war recht klein. Auf der linken Seite war ein ausgeklügelter Schließmechanismus zu erkennen, der es bis jetzt versperrt hatte.

Doch Andreas Aufmerksamkeit galt dem Buch, das darin lag. Ein großes Buch, in Leder gebunden. Er zügelte seine Aufregung und nahm es in die Hand. Gänzlich sicher konnte er sich noch nicht sein, aber er spürte, dass er ebenjenes wertvolle Buch gefunden hatte, das der schlaue Facio dort versteckt hatte. Ja, so musste es sein. Der Herr hatte ihn in seinem unergründlichen Schweigen geleitet.

Fast zärtlich strich er über den Einband des Buches und zögerte noch, dessen Geheimnisse zu enthüllen.

Doch dann siegte die Neugier, und er öffnete es.

Bereits die ersten Zeilen genügten, um ihn in tiefe Bestürzung zu versetzen.

30

Ferrara, Kontrade der Rotta
22. Juli

Der Ort, den Vizdom Superanzio Orsini für ihr Treffen gewählt hatte, ziemte sich mit Sicherheit nicht für eine Begegnung unter Edelleuten. Er befand sich außerhalb der Stadtmauern auf einer im Osten von ärmlichen Hütten gesäumten Anhöhe, darunter verlief ein Abwassergraben, der zur Porta Spinella führte und dort sein von den Niederschlägen der letzten Tage aufgewühltes Brackwasser in den Padus ergoss.

Als Maynard diesen Ort erreichte, regnete es heftig, und die Dunkelheit war so undurchdringlich, dass er im Licht seiner Fackel kaum vorankam. Er machte sein Pferd an einer großen Buche fest und stellte sich dort im Schutz der Blätter zwischen Büschen unter, die sich den morastigen Abhang bis zum Kanal hinabzogen.

Er wusste sehr wohl, dass er ein gewagtes Spiel spielte, aber es ging um zu viel, als dass er den Geboten der Vernunft folgen durfte. Superanzio hatte erkennen lassen, dass er in der Angelegenheit einiges wusste, und obwohl er nicht in der Lage gewesen war, das Rätsel des Lapis exilii zu lösen, kannte der Vizdom vielleicht nützliche Details, mit denen er die beiden von Pater Facio geraubten Reliquien auffinden konnte. Maynard wünschte sich dies von ganzem Herzen, obwohl er ahnte, dass es nicht leicht werden würde, diesen Kerl zum Reden zu bringen. Wenn er etwas von ihm erhalten wollte, müsste er ihn massiv bedrohen oder sich gar weiter in einer Weise schändlich verhalten, die eines Ritters nicht würdig war.

Er musste lachen. Woher kamen auf einmal diese Skrupel? Dass er den Sohn des Marchese als Fechtmeister unterrichtete, hatte wohl einen Riss in seiner rauen Schale verursacht. Vielleicht hatte ihn auch seine väterliche Zuneigung zu Isabeau verändert. Er stellte sich diese Frage schon länger, und die Schuldgefühle, die ihn plagten, seit er sie auf der Insel Sant'Antonio zurückgelassen hatte, verstärkten diesen Eindruck noch. Er bedauerte es sehr, das Mädchen in einem Nonnenkloster einschließen zu müssen, aber ihm blieb keine andere Wahl. Wie vor vielen Jahren mit Eudeline. Wieder einmal quälte ihn der Zweifel, ob er wohl einen Fehler begangen hatte.

Eine Bewegung hinter ihm ließ ihn aufschrecken. Er hob die Fackel und packte den Griff seines Schwertes.

»Zeigt Euch!«, raunte er.

Ein in einen weiten Umhang gehüllter Mann glitt aus der Dunkelheit hervor. »Ich bin es«, flüsterte er und schlug die regennasse Kapuze zurück.

Maynard erkannte das bösartige Lächeln von Superanzio Orsini. »Seid gegrüßt«, sagte er finster. »Ich erwarte, dass Ihr zu Enthüllungen bereit seid.«

»Ich werde reden«, bestätigte ihm der Vizdom. »Ich werde Euch alles über die Frau des Malers sagen, aber zuerst müsst Ihr mir entdecken, was Ihr über den Lapis exilii wisst. So war es abgemacht.«

»Zum Teufel mit den Abmachungen.« Maynard trat einen Schritt vor und ließ Superanzio sehen, dass er bewaffnet war. »Ich werde Euch jetzt sagen, wie es weitergeht. Ihr gebt mir den Ring und die Pergamentrolle mit dem Rätsel zurück, dann offenbart Ihr mir der Reihe nach Eure Geheimnisse, und zwar so lange, bis ich zufrieden bin. Nicht nur die über die Frau des Malers, sondern auch über Bertrand du Pouget und über Facio di Malaspina. Habt Ihr verstanden?«

Superanzio brach in Gelächter aus. »Verfluchter Franzose«, höhnte er. »Wie dumm Ihr doch seid.«

Eine plötzliche Ahnung ließ Maynard sich dorthin wenden, wo er Blätter rascheln hörte, und er sah sich einer finsteren Gestalt gegenüber. Der Knüppel traf ihn mitten ins Gesicht und ließ einen feuerroten Blitz vor seinen Augen aufleuchten.

Blind vor Zorn fand er sich gleich darauf im Schlamm wieder. Er versuchte, sich aufzurichten, doch ein zweiter Scherge trat ihm gegen die Brust und nagelte ihn so auf dem Boden fest. Dann sauste der Knüppel erneut auf ihn nieder, und sein Körper war ein einziger Schmerz.

Mit schlammverklebten Haaren, die ihm die Sicht nahmen, warf er sich zur Seite und riss sein Schwert aus der Scheide, doch die Klinge sauste ohnmächtig durch die Luft, ohne einen der Gegner zu treffen.

Dann entwaffnete ihn ein Schlag gegen die Hand, ein weiterer Treffer an die Stirn raubte ihm jede Hoffnung, sich aus diesem Hinterhalt zu befreien.

»Das genügt, Petricciolo«, befahl Superanzio. »Sag deinem Kumpan, er soll aufhören. Ich will ihn lebend.«

Die Schläge hörten auf. Maynard spürte, wie er an den Armen hochgezogen und vor den Vizdom geschleppt wurde.

Superanzio baute sich triumphierend vor ihm auf. »Endlich habe ich meine Rache!« Es hätte nicht viel gefehlt, und vor Befriedigung wäre ihm der Geifer aus dem Mund getrieft. Er packte Maynard an den Haaren und hielt ihm einen Dolch an die Kehle. »Jetzt sagt mir alles, Bastard. Alles, was Ihr über das Rätsel des Lapis exilii wisst, vielleicht begnüge ich mich dann damit, Euch die Nase abzuschneiden.«

Maynard spuckte ihm ins Gesicht, woraufhin Orsini wutentbrannt aufschrie. Ehe die Schergen reagieren konnten, rammte Maynard einen Fuß fest in den Schlamm und riss sich mit einem Ruck aus der Umklammerung. Anschließend packte er Superanzio an der Kehle und drückte mit aller ihm verbliebenen Kraft zu.

Kurz genoss er diesen Augenblick roher Gewalt, doch dann musste er erkennen, dass Superanzios Dolch genauso schnell wie er gewesen war. Fast ohne dass er Schmerz empfunden hätte, war die Klinge eine halbe Spanne tief in seine Seite gedrungen.

Maynard löste seinen Griff und wich zurück. Keuchend fiel er nach hinten, den Abhang hinab, ehe die wütenden Häscher des Vizdoms ihn packen konnten. Nun ist alles vorbei, durchzuckte es ihn. Dann glitt er über eine Schlammzunge in den Fluss, dessen tosende Wasser ihn forttrugen.

ZWEITER TEIL

DIE TAGE DES ZORNS

1

Abtei Santa Maria di Pomposa
9. Oktober

An jenem Tag entfernte sich Fiumano weiter von der Abtei als sonst. Er verfolgte einen Hasen und hatte sich auf einem Weg vorgewagt, der sich nach Westen durch den Herbstwald schlängelte. Er folgte der Spur über den Teppich aus trockenen Blättern, und seine Nase zuckte, sobald er ein Eichhörnchen oder einen Fasan aufscheuchte. Diese Art Beute war inzwischen zu schnell für ihn geworden, trotzdem hinkte Fiumano weiter durch das Gebüsch, erregt von dem Wildgeruch, der ihn umgab.

Das Geräusch von Hufen war noch weit entfernt, als es an seine Ohren drang. Er vergaß den Hasen, als er den Geruch von Menschen und Pferden witterte und neugierig in diese Richtung lief. Fiumano überquerte eine Ebene mit Brombeersträuchern und einen von Wurzeln überzogenen Hang, während die Erschütterungen der Erde immer heftiger zu spüren waren. Schließlich sah er sie. Eine Handvoll Bewaffneter mit flatternden Fahnen und glänzenden Sporen.

Er beobachtete sie zunächst aus dem dichten Gebüsch heraus, bis sein Jagdhundinstinkt ihn dazu trieb, ihnen zu folgen. Er holte sie ein und passte dann sein Tempo ihrem Schritt an, ohne sich um die Männer zu kümmern, die ihn verspotteten, weil er auf drei Beinen hinter ihnen herhumpelte.

Die Schar zog durch die von Braun und Weinrot geprägte Landschaft vorwärts auf einen Kirchturm zu, der die oberen, bereits kahlen Äste der Bäume überragte. Kaum war die übrige Abtei auszumachen, gab der Kommandant seinem Pferd die Sporen und befahl der Truppe, sich zu beeilen. Er unterschied sich von den anderen durch seinen finsteren Gesichtsausdruck und die Verbrennung, die sein Antlitz verunstaltete.

Superanzio Orsini hielt sein Pferd vor der Fassade des Klosters an und befahl seinen Schergen, dort zu warten. Er sah, wie Abt Andrea ihm bis zum äußersten Eingangstor entgegenschritt, wo er dann seinen knotigen Hirtenstab in die Erde rammte und ihm so den Weg versperrte. Superanzio empfand instinktive Feindseligkeit ihm gegenüber. Da hatte er sein Leben damit zugebracht, solchen Männern zu dienen, und dennoch hatte er sich ihren Respekt noch immer nicht verdient. Aus dem Augenwinkel bemerkte er, dass der hinkende Windhund sich aus den hinteren Reihen seiner Truppe löste und neben den Abt kauerte. Er lachte.

»Ein neuer Anwärter für Euer Kloster, ehrwürdiger *abbas*?«

»Was führt Euch hier an meine Pforte?« Der Blick des Abts verweilte auf der Narbe, dann fügte er trocken hinzu: »Ihr werdet hier nicht noch mehr Geld für die Taschen von Avignon finden.«

»Um der Wahrheit die Ehre zu geben: Ich suche einen Mann.«

»Beim letzten Mal, als Ihr das sagtet, legtet Ihr Unschuldige in Ketten.«

Superanzio musterte den Abt von seinem Pferd herab. Ein Schlag mit den Zügeln würde genügen, und die Hufe seines Tieres würden den Mann zerschmettern. Doch er bezähmte sich. Schließlich durfte er nicht vergessen, was ihn eigentlich bis nach Pomposa geführt hatte. »Der französische Ritter«, verkündete er. »Maynard de Rocheblanche.«

Abt Andrea zog zögernd eine Augenbraue hoch.

Der Vizdom bemerkte dessen kurze Unsicherheit. »Ich weiß genau, dass Ihr Verbindungen zu ihm unterhaltet. Versteckt ihr ihn hier?«

»Ich habe seit über zwei Monaten nichts mehr von ihm gehört.«

Einen Moment lang sah Superanzio wieder den Franzosen vor sich, wie er mit dem Dolch im Leib in den Fluss fiel. In den Tagen danach hatte er seine Schergen zu den Ufern des Padus ausgeschickt, um mögliche Anzeichen dafür zu finden, dass der Mann überlebt hatte. Vergeblich. Die Fluten schienen den verdammten Kerl verschluckt zu haben – und mit ihm seine Geheimnisse. Doch Superanzio wurde das unangenehme Gefühl nicht los, dass er es trotzdem geschafft haben könnte. Er konnte es natürlich nicht mit Sicherheit sagen, allerdings wusste er aus Erfahrung, dass die Toten – oder die Totgeglaubten – manchmal zurückkehrten, um sich zu rächen.

»Über zwei Monate, habt Ihr gesagt.« Er musterte den Abt misstrauisch. »Und was war der Grund für seinen letzten Besuch in Pomposa?«

»Nichts von Bedeutung.« Abt Andrea zuckte die Schultern. »Er war nur gekommen, um seine Schwester in das Kloster des heiligen Antonius zu bringen.«

»Eine Schwester?«

»Ein junges Mädchen«, erklärte der Abt.

Ein Lächeln schlich sich auf Superanzios Lippen, aber um das Misstrauen des Abts nicht zu erregen, wurde er wieder ernst. »Wenn ich also meinen Männern befehlen würde, Euer Kloster zu durchsuchen, würde ich nichts finden?«

Statt ihm zu antworten, betrachtete der Abt argwöhnisch die Schar Bewaffneter. »An den Wappenzeichen Eures Gefolges erkenne ich die der d'Este, aber nicht die der Kurie. In wessen Auftrag seid Ihr hier?«

»Im Auftrag Seiner Gnaden, des Marchese d'Este. Er hat mich aufgefordert, wegen des langen Fernbleibens seines Waffenmeisters nachzuforschen.«

»Also seid Ihr jetzt ein Apportierhund von Obizzo III. geworden?«

Superanzio ignorierte die Beleidigung. Er hatte begriffen, welches Spiel der Abt spielte, und wollte ihm keine Vorwände liefern, hinter denen er sich verstecken konnte. »Das ist übliche Verwaltungspraxis«, erwiderte er. »Der Bischof hat mich freigestellt, damit ich dem Stellvertreter des Papstes zu Diensten sein kann.«

»Dennoch habt Ihr hier in Pomposa keine Machtbefugnisse.« Der Abt sah ihn scharf an. »Weder im Namen des Bischofs noch in dem des Marchese. Außer natürlich, Ihr hättet eine Erlaubnis vom Papst höchstpersönlich.«

Superanzio umklammerte wütend die Zügel. »Nehmt Euch in Acht, Mönch!«, warnte er. »Ich habe Euch schon einmal Euren Hochmut büßen lassen.«

Abt Andrea stand weiter aufrecht vor ihm und sah ihn gleichmütig an. »In diesen Mauern werdet Ihr Rocheblanche nicht finden«, wiederholte er. »Aber wenn Ihr trotzdem eintreten wollt, tut Ihr das als Büßer ohne Waffen und Sporen.«

»Schutzlos wie ein Lamm vor der Schlachtbank?« Superanzio ließ sein Pferd zurückweichen, denn gerade waren oben in den Bogen des Kirchturms zwei Bogenschützen aufgetaucht. Es handelte sich um Männer, die treu zum Bischof und dem Marchese standen, aber sie waren schon zu lange unter dem Befehl des Abts, als dass er darauf setzen mochte, dass sie ihm gehorchen würden. »Niemals!«, rief er und bedeutete den Männern hinter ihm, sich zurückzuziehen.

Dann riss er sein Pferd herum und ritt zurück nach Ferrara.

2

Gualtiero betrachtete den roten Teufel auf der oberen Abbildung der Seite, die Fledermausflügel und die Eleganz, mit der er verstohlen unter die Decke einer schlafenden jungen Frau schlüpfte. *Conceptio Merlini.* Diese Miniatur hatte er heimlich angefertigt. Er hatte gewartet, bis sich das Skriptorium vollständig geleert hatte, um die Illustrierung des Manuskripts zu vollenden, das Seine Gnaden Obizzo III. in Auftrag gegeben hatte. Beim Anfertigen von Bildern war es ihm noch nie passiert, dass er wollüstige Gefühle entwickelte. Doch seit dem ersten Pinselstrich hatte diese Miniatur sinnliche Phantasien in ihm erweckt. Anfangs hatte das Mädchen ihn erregt, das dort ahnungslos und dennoch verführerisch auf ihrem Lager schlummerte. Doch dann hatte sich die Erinnerung an Isabeau darübergelegt, und er musste ständig daran denken, wie gern er sie verführt hätte. Sie fehlte ihm, und das nicht nur, weil sie so schön war.

Gualtiero floh die Versuchungen des roten Teufels und strich im Licht der flackernden Kerze zärtlich über das Pergament. Er bewunderte den wagemutigen Scharfsinn, mit dem der Verfasser die Empfängnis jenes Zauberers der von Christus gegenübergestellt hatte. Barg diese Kühnheit den Keim der Häresie in sich, oder war sie nur als Spott auf die Theologen gedacht?

Andererseits hatte sich der Schreiber, der die »Vita Merlini« auf Befehl von Abt Andrea kopiert hatte, dem Text anscheinend mit großem Vergnügen gewidmet. Solche Schriften kamen den Mönchen, die sich ihr Leben lang die Augen beim Abschreiben von Vulgatatexten, Predigten der Wüstenväter und Traktaten des heiligen Augustinus verdarben, nicht gerade oft unter. Gualtiero selbst hatte viele Inspirationen aus diesem nicht religiösen Kodex erhalten. Es war für ihn eine anregende Erfahrung gewesen, obwohl die letzten Monate doch von einer wachsenden Sorge geprägt waren. Er wusste nicht, wie er die lange Abwesenheit von Maynard deuten sollte, befürchtete sogar, dass sich seine Pläne in Rauch auflösen würden.

Ohne Maynard würde er nichts mehr über seine Mutter oder über den Aufenthaltsort von Isabeau herausfinden können. Außerdem war da noch das Problem mit der »Vita Merlini«. Dem Abt zu erklären, dass diese Kopie an Marchese Obizzo ging, würde nicht gerade einfach werden.

Dennoch war Gualtiero entschlossen, eine Lösung dafür zu finden. Er hatte sein Bestes gegeben, um Miniaturen zu schaffen, die einer vornehmen Dame würdig waren, und nun wollte er seinen Lohn dafür.

Das Zittern der Kerzenflamme kündigte ihm an, dass sich ihm jemand von hinten näherte. Gualtiero schaffte es gerade noch, die anzügliche Miniatur unter einem Blatt Pergament zu verbergen, als der Abt schon neben ihm stand.

»Ihr arbeitet bis spät in die Nacht«, sagte Andrea.

»Wenn das Probleme bereitet, ehrwürdiger Vater …«, entschuldigte Gualtiero sich.

Der Abt lächelte. »Nein, im Gegenteil, das gefällt mir. Jeden Tag zeigt Ihr mehr, wie sehr Ihr zur Pflichterfüllung und zu Opfern bereit seid. Dennoch könntet Ihr heute das Abendessen versäumen.«

»Dann beeile ich mich, hier rasch fertig zu werden.«

Gualtiero ordnete sein Material auf dem Schreibpult und stapelte die Pergamente des Kodex übereinander, danach machte er Anstalten, sie in das Fach unter der Schreibplatte zu legen. Doch als er sah, dass sich das Gesicht des Abts verfinsterte, hielt er inne.

»Ich warte noch auf Eure Antwort, mein Sohn«, sagte Andrea. »Vergesst das nicht.«

»Bitte haltet mein Zaudern nicht für Undankbarkeit, ehrwürdiger Vater«, sagte Gualtiero. Tatsächlich war so viel Zeit seit ihrem letzten Gespräch vergangen, dass er gehofft hatte, der Abt hätte es inzwischen aufgegeben. Erst jetzt merkte Gualtiero, wie naiv er gewesen war. »Ich erwarte eine wichtige Nachricht«, fühlte er sich genötigt zu erklären. »Bevor ich sie nicht habe, kann ich keine Entscheidung treffen.«

Der Abt lächelte ihn halbherzig an. »Dann werde ich zum Herrn beten, dass dies so bald wie möglich geschieht«, sagte er und wollte sich schon entfernen. Doch er überlegte es sich anders und wandte sich noch einmal um. »Aber wenn diese Nachricht von Maynard de Rocheblanche kommen soll, rate ich Euch, jede Hoffnung aufzugeben.«

Gualtiero fuhr erschrocken auf. »Wisst Ihr etwa, was mit ihm geschehen ist?«

»Heute waren Männer aus Ferrara hier, um ihn zu suchen. Anscheinend ist er verschwunden.«

»Verschwunden … was heißt das?«

Abt Andreas Miene wurde ernst. »Da die Nachricht vom Vizdom des Bischofs stammt, würde ich daraus schließen, dass er tot ist.«

Nach dem Abendessen hatte sich Gualtiero entschieden, was er tun musste.

Er wartete ab, bis sich die Mönche zur Vesper im Kloster versammelt hatten, dann ging er ins Skriptorium und nahm die Kopie der »Vita Merlini« mitsamt dem Original an sich. Sowohl der Text als auch die Illustrationen waren vollendet, nun fehlte nur noch die Bindung. Das war nicht weiter schlimm, sagte er sich, Obizzo d'Este konnte auf die Fähigkeiten eines Buchbinders in Ferrara zurückgreifen.

Gualtiero verbarg die losen Seiten in seinem Reisesack und versteckte sich, bis die Sonne unterging, danach entfernte er sich schnell von der Abtei. Er rannte, denn er hatte keine Vorstellung, wie lange er zu Fuß nach Ferrara brauchen würde. Die Boote würde er meiden. Er wollte nicht riskieren, dass man ihn an der Anlegestelle beim Leuchtturm aufspürte. Dort würde ihn der Abt bestimmt als Erstes suchen lassen.

Bei sich trug er seinen Verdienst der letzten Monate. Es handelte sich bloß um einige wenige Münzen, die ihm gerade einmal Unterkunft und Proviant auf dem Weg sichern würden. Dennoch musste er sie gut verstecken. In diesen Zeiten der Not konnte man sich für weniger einen Dolchstich einfangen.

Im Schein des Mondes ging er einen Weg zwischen Bäumen entlang, auf das Licht seiner mitgenommenen Laterne verzichtete er, bis er weit genug von der Abtei entfernt war. Er musste sich vorsehen, bald würde man seine Abwesenheit bemerken.

Plötzlich drang ein Lichtschein durch das dichte Buschwerk.

Gualtiero glaubte sich schon entdeckt und floh, den Reisesack an die Brust gepresst. Er rannte dorthin, wo die Pflanzen dichter standen, und suchte Schutz zwischen den Büschen. Man durfte ihn einfach nicht entdecken. Doch der Lichtschein kam unbarmherzig näher, begleitet vom Geräusch von Pferdehufen.

Gualtiero kletterte über einen mächtigen Baumstamm, der den Weg versperrte, und versteckte sich dahinter in einer kleinen Bodensenke. Kurz darauf sah er, wie ein riesiges Pferd über das Hindernis sprang und unweit von ihm aufkam.

Der Mann im Sattel zog die Zügel an und hob die Fackel in seiner Faust. Er war genauso imponierend wie sein Ross, ein Umhang betonte die breiten Schultern.

Bevor er entdeckt wurde, sprang Gualtiero auf und rannte mit gesenktem Kopf davon. Doch nach wenigen Schritten versperrte der Reiter ihm den Weg.

»Bleib stehen, Bauer!«, rief der Mann mit einem deutlich französischen Akzent. »Ich brauche Hilfe für meinen Weg.«

Gualtiero blieb misstrauisch und hielt sich weiterhin fluchtbereit. »Sagt mir, wo Ihr hinwollt, Herr.«

»Zur Abtei von Pomposa.«

»Die habt Ihr fast schon erreicht«, antwortete Gualtiero rasch. »Reitet weiter nach Osten, dann werdet Ihr schnell dort sein.«

»Kommt Ihr daher?«, fragte der Mann und betrachtete Gualtiero aufmerksamer. »Genauer besehen wirkt Ihr wie ein Mönch …«

Gualtiero hütete sich, ihm zu antworten. Er wich langsam zurück, den Reisesack immer fest an die Brust gepresst.

Im Schein der Fackel sah er, wie Hoffnung das Gesicht des Franzosen erhellte. »Vielleicht kennt Ihr ja einen Ritter, der hier gewohnt hat«, fuhr er fort. »Er kommt aus dem Norden wie ich. Sein Name ist Maynard de Rocheblanche.«

Gualtiero musste seine ganze Kaltblütigkeit zusammennehmen, um an sich zu halten. Wenn er diese Frage bejahte, würde der Fremde zweifellos von ihm verlangen, dass er ihn zum Kloster begleitete. »Ich kenne ihn nicht«, stammelte er und betete stumm, dass er überzeugend wirkte.

Der Mann musterte ihn kurz, dann nickte er. »Der Herr sei mit Euch, ich bin Euch dennoch dankbar«, sagte er und gab seinem Pferd die Sporen.

»Wartet!«, hielt ihn Gualtiero zurück. Seine Neugier, wer der Mann war, ließ ihn unvorsichtig sein. »Wie heißt Ihr?«, fragte er.

Ohne innezuhalten, rief der Ritter in die Nacht hinein: »Baron Robert de Vermandois.«

Und das Licht seiner Fackel verschwand langsam zwischen den dunklen Silhouetten der Bäume.

3

»Die Lage ist verzwickt, verstehst du?« Abt Andrea entfernte sich gesenkten Hauptes von der Abtei.

Fiumano folgte ihm durch die Dunkelheit über den Blätterteppich zum Palatium, während die Mönche in einiger Entfernung auf das *Dormitorium* zuströmten.

»Verzwickt«, wiederholte Andrea, beinahe als erwartete er, dass der Hund sich dazu äußern würde. »Ausgerechnet jetzt, da Rocheblanche alles erhalten könnte, wonach er gesucht hat, verschwindet er spurlos«, seufzte er. »Und Gualtiero … oh, was für ein ungeduldiger junger Mann!«

As er das Palatium erreicht hatte, hielt er kurz im Säulengang inne. Der Vespergottesdienst hatte die Runzeln auf seiner Stirn nicht glätten können. Er hatte ihn nur noch mehr betrübt, sodass es ihn drängte, den Chor so schnell wie möglich zu verlassen. Und nun zögerte er, sich ins Palatium zurückzuziehen, in seine Zelle, wo ihn doch nur Stunden unruhigen Schlafes erwarten würden. Da verweilte er besser hier unter dem Himmelsgewölbe, das in dieser Nacht mehr als sonst die Erinnerung an seinen geliebten Lehrmeister Severino wachrief. Dieser Wahnsinnige, der angesichts des Scheiterhaufens von Pietro d'Abano geweint hatte.

Andrea wischte sich eine Träne weg. Vielleicht war es ja genau dieser Wahnsinn, der den Glauben in einem lebendig erhielt, selbst wenn er dabei entstellt wurde. Das fragte er sich ständig, seit er das Buch aus dem alten Schreibpult aufgeschlagen hatte. Inzwischen hatte er keine Zweifel mehr. Es musste sich um den »Codex Millenarius« von Facio di Malaspina handeln, dieses Buch voller höchster und schrecklichster Geheimnisse, das ihn seit Monaten in tiefe Zerrissenheit stürzte.

Ketzerei, dachte Andrea. Einmal hatte Severino da Padova gesagt, sie existiere nicht. Wie vermessen, vorzuschreiben, dass der Verstand Dogmen und die Wahrheit hinter den Dingen nicht in Frage stellen durfte. Wenn Gott dem Menschen Vernunft gegeben hatte, dann nur, damit er sie benutzte und sich nicht von den Fesseln behindern ließ, die seinesgleichen ihm auferlegt hatten.

Doch Andrea fürchtete diese Worte. Ihm fehlte der Mut, sich seinen Zweifeln zu stellen und sich in Ungewissheit zu begeben.

Lasset alles zurück und folget mir nach.

Diese Aufforderung hatte er erst dann voll und ganz verstanden, nachdem er den »Codex Millenarius« gelesen hatte.

Lasset alles zurück.

Ja, alles.

Also auch jede Sicherheit und feste Überzeugung.

Nun wusste er endgültig, warum er seinen Glauben verloren hatte. Aus Angst, dass er sich ihm vollkommen hingeben könnte, wie er es als Novize getan hatte. Angst davor, sich von etwas Unbekanntem leiten zu lassen, ohne Rücksicht auf Regeln und Gesetze und die Lehren der Äbte.

Ein Verhalten, zu dem er, wie er zu seinem größten Bedauern feststellte, nicht mehr fähig war.

Deshalb musste dieses Buch verschwinden.

»Verdammter Rocheblanche«, stieß er zwischen den Zähnen hervor. »Wo seid Ihr nur?«

Fiumano jaulte auf und holte ihn so einen Augenblick lang aus seinen finsteren Gedanken. Andrea beugte sich hinunter und strich ihm über den Kopf, während er ihn kurz um seine friedliche Unwissenheit beneidete. Als er sich aufrichtete, fiel sein Blick auf den Karren der de' Bruni, der ganz in der Nähe stand, und ihn überkam eine dumpfe Vorahnung. Aus dem Innern drang kein Licht. Seltsam für einen Menschen wie Gualtiero, der schlecht schlief. Er wollte schon hingehen und nachsehen, als die Stimme eines Dieners ihn zwang, sich umzudrehen.

»Dominus, ein Ritter ist gerade ins Kloster gekommen.«

Andrea legte sich eine Hand an die Brust. »Ist es Rocheblanche?«

»Nein, Dominus«, erwiderte der Diener. »Er sagt, er komme von weit her, und fragt nach Euch.«

Abt Andrea empfing den Fremden im *Parlatorium* der Abtei. Ihn hatte die Beharrlichkeit beeindruckt, mit der der Mann gesagt hatte, er wolle ihn sogleich treffen, obwohl er ganz offensichtlich von der Reise erschöpft war. Nun stand er mit ernster Miene vor ihm, in einen schwarzen Umhang gehüllt, und wirkte, als ginge es um eine Frage über Leben oder Tod.

»Robert de Vermandois«, wiederholte Andrea. »Habe ich recht verstanden?«

»Ja, ehrwürdiger Vater«, sagte de Vermandois und runzelte die Stirn. »Und wie ich Euch sagte, suche ich Maynard de Rocheblanche.«

Andrea verdrehte die Augen. »Den suchen in letzter Zeit viele.«

»Ich weiß allerdings mit Bestimmtheit, dass er sich hier befindet«, beharrte de Vermandois. »Ich habe etwas bei mir, das ich ihm unbedingt übergeben muss. Etwas ... eine Sache ... von großem Wert.« Er schlug einen Teil seines Umhangs zurück und zeigte ein Schatzkästchen, das er unter dem Arm trug.

»Oh Herr ...«, entfuhr es Andrea. »Ihr wollt doch nicht etwa sagen, dass ... sind es die sechshundert Goldflorin?«

Robert de Vermandois wurde misstrauisch. »Anscheinend wisst Ihr davon.«

»Denkt nichts Böses«, beruhigte der Abt ihn. »Rocheblanche hat natürlich mit mir darüber gesprochen. Denn offen gestanden ist die Summe für die Abtei bestimmt.«

»Nur Geduld, ehrwürdiger Vater, üblicherweise misstraue ich Mönchen, die sich so schnell Spenden anmaßen.«

Andrea hob entschuldigend die Hände. »Es läge mir fern, etwas zu fordern, was mir nicht zusteht, aber –«

Robert de Vermandois unterbrach ihn ungeduldig. »Ihr habt mir noch nicht gesagt, wo sich Maynard befindet.«

Auf einmal bereute Andrea, dass er diesen Menschen allein empfangen hatte. Er spürte, wie der Zorn in dem anderen wuchs, aber er fürchtete, wenn er jetzt einen Diener riefe, würde er den Mann erst recht gegen sich aufbringen. »Die Wahrheit ist, ich weiß es nicht«, erwiderte er besänftigend. »Genauer gesagt weiß es niemand. Seit fast drei Monaten ist er verschwunden.«

Robert de Vermandois kam drohend einen Schritt auf ihn zu. »Erzählt mir alles von Anfang an!«

Andrea wich zurück. »Da gibt es wenig zu sagen, glaubt mir. Rocheblanche hatte beim Marchese von Ferrara Aufenthalt genommen und dort als Waffenmeister dessen Sohn unterrichtet, bis er auf einmal spurlos verschwand.«

»Wenn er Gast des Marchese war, warum hat er mich dann hierherbestellt?«

»Weil«, so erklärte Andrea, »er nur mir vertraute.«

Robert de Vermandois fuhr sich mit der Hand über das Gesicht und sah sich immer verwirrter um. »Ich bitte um Gastfreundschaft für diese Nacht«, sagte er schließlich. »Und bevor ich meinen Waffengefährten nicht gefunden habe, so seid versichert, werdet Ihr keinen Zugriff auf dieses Geld erhalten.«

4

Ferrara, Klosterinsel Sant'Antonio Abate
10. Oktober

Isabeau hasste das Leben als Conversin, zu dem man sie zwang. Wenn sie in Pomposa auch eine Ahnung von der Strenge des Klosterlebens bekommen hatte, so waren die Regeln der Benediktinerinnen noch viel unerbittlicher. Sie musste im Garten arbeiten, sich den Raum zum Schlafen mit Fremden teilen, an sämtlichen Andachten teilnehmen und vor Sonnenaufgang aufstehen. Die harten Klosterregeln und die Abgeschiedenheit lasteten auf ihr wie ein Felsbrocken. Sie hätte es niemals in Worte fassen können, wie sehr sie außerdem die Gesänge hasste. Jeden einzelnen Tag musste sie mit den Nonnen die Psalmen singen, und wenn man sie dabei erwischte, dass sie ein paar Worte verschluckte oder nur so tat, als würde sie singen, wurde ihr mit der Geschichte des Teufels Titivillus gedroht, der die unausgesprochenen Silben der Psalmen stahl, um sie dem Bösen zu weihen. Isabeau hätte ihre Zeit tausendmal lieber mit diesem sagenhaften Titivillus verbracht als mit der Äbtissin. Sie konnte ihr jedoch nur selten entkommen, und in diesen wenigen Momenten flüchtete sie sich unter die Zweige eines großen Kirschbaums an der Klostermauer, um dort an Gualtiero zu denken.

Zum Glück war heute Mittwoch, der einzige Tag in der Woche, an dem sie das Kloster verlassen durfte. Aber genau genommen war auch das keine freie Zeit. Isabeau musste der Schwester Verwahrerin helfen, die Grundstücke der Insel zu überprüfen, jenseits der anderthalb Klafter hohen Mauer, die das Kloster von der Außenwelt trennte. Es war kaum zu glauben, dass eine so kleine Fläche Landum so viel enthalten konnte, doch dieser vom Fluss umspülte Zipfel Erde genügte, um das Kloster Sant'Antonio unabhängig zu machen. Außer einem Weinberg und Obst- und Gemüseanbau gab es sogar eine Mühle und einen Bootsschuppen.

Isabeau hielt sich recht gern in Gesellschaft der Verwahrerin auf. Schwester Imelda machte nicht viele Worte, aber sie hatte ein gutes Herz. Klein und pummelig, wie sie war, schien sie sich nie an die schwarze Tracht gewöhnt zu haben, die ihren Leib verhüllte und sie in ihren Bewegungen einschränkte. Sie schien sich nur wohlzufühlen, wenn sie die Erntemengen und eventuelle Veränderungen auf ihrer Wachstafel notierte und ganz ohne Mühen ihre Berechnungen anstellen konnte.

Isabeau bewunderte Imeldas Geistesschärfe und hielt diese für eine weit größere Begabung als die Fähigkeit, Psalmen zu singen und sich anmutig zu bewegen. Doch eigentlich achtete sie gar nicht auf die Verwahrerin, sie nutzte diesen Moment im Freien, um die Stadtmauern am anderen Ufer des Padus zu betrachten, und stellte sich das Gewirr der Straßen und das geschäftige Hin und Her der Leute hinter dem Stadttor vor. Seit ihre Sorge über Maynards Abwesenheit wuchs, wanderten ihre Gedanken immer häufiger dorthin. Der Sommer war dem Herbst gewichen, und Isabeau wusste nicht, wie sie es deuten sollte, dass Maynard sie kein einziges Mal aufgesucht hatte.

Isabeau lief an der Anlegestelle entlang, wo Imelda eine Familie von Fischern befragte, wie viele Körbe Fisch sie diese Woche ans Kloster liefern würde, als sie plötzlich merkte, dass jemand hinter ihr stand.

»Rocheblanche.«

Isabeau war nicht an diesen Namen gewöhnt, aber weil sie hoffte, dass es sich um einen Boten von Maynard handelte, drehte sie sich um und nickte. Der Mann, der vor ihr stand, jagte ihr Angst ein. Er war untersetzt, und seine durch eine Hasenscharte verunstaltete Lippe verzog sich zu einem unangenehmen Grinsen. Unter seinem schwarzen Umhang ragte ein Dolch hervor. Und statt ihr zu sagen, wer er sei, griff er nach ihr.

Bevor Isabeau auch nur schreien konnte, rannte Schwester Imelda herbei, um sie zu beschützen. Doch ein Stoß genügte, und sie landete auf dem Rücken. Der Mann zog den Dolch, hielt Isabeau fest und wehrte so die ebenfalls herbeigelaufenen Fischer ab.

Isabeau trat nach ihm, aber es gelang ihr nicht, sich zu befreien.

Ungeachtet ihrer Gegenwehr zog der Mann sie bis zum Ufer und warf sie wie einen Sack Mehl in ein Boot, das dort im Schilf versteckt lag. Ein zweiter Mann in einem weiten Umhang saß wartend am Ruder.

»Los!«, befahl ihm der Mann und sprang an Bord.

Ohne dass jemand etwas dagegen tun konnte, glitt das Boot mit Isabeau auf den Fluss.

5

Ferrara, Palazzo della Signoria
11. Oktober

Gualtiero brauchte zwei Tage nach Ferrara. Einen guten Teil der Strecke hatte er zu Fuß zurückgelegt und war über eine weite Ebene mit tonhaltigem Boden gekommen. Hin und wieder hatte er dort magere Gestalten erblickt, an Pflügen, die von noch ausgemergelterem Vieh gezogen wurden. Bauern am Ende ihrer Kräfte, gezwungen unter ein Joch, das Gualtiero mehr Angst einjagte als die Gefahren, denen er entgegenging. Schlimmstenfalls blieb ihm ja noch die Möglichkeit, Mönch zu werden, und dank seines Talents würde er bestimmt überleben. Diese einsamen Gestalten dagegen waren dazu verurteilt, sich bis zu ihrem Tod auf der unfruchtbaren Erdscholle abzuschuften, während ihr Gott, der sich nicht fassen ließ, sich nur manchmal unter dem grauen Himmel zeigte, mal in einem Totenschädel, mal in dem Lächeln eines wohlgenährten Bischofs.

Das letzte Stück Wegs legte er auf dem Karren eines Bauern zurück, auf dem ihn das Rattern der Räder ständig einnicken ließ. Nachdem sie das Vorstadtviertel delle Pioppe erreicht hatten, betrat er die Stadt durch das südöstliche Tor, folgte der Via Grande bis zum alten Castello dei Curtensi, der ersten Ansiedlung von Ferrara, und von dort führte ihn die Via dei Sabbioni bis zur Piazza. Seine vorherigen Besuche in Ferrara hatten ihn gelehrt, wie er Viertel, die von den Ärmsten der Armen bewohnt waren, mied. Doch diese Unglücklichen bevölkerten nun auch die Hauptstraßen. Krüppel, Bettler und falsche Mönche flehten an jeder Wegkreuzung um Hilfe.

Gualtiero konnte seine Gleichgültigkeit wahren, bis er auf ein kleines Mädchen in Lumpen traf, das auf dem Boden saß und gerade einen Brei aus Mehl und Erde essen wollte. Er hielt inne, als er seine Hand in den Geldbeutel stecken wollte, weil ihm schwante, dass seine milde Gabe in den Händen von jemand Gierigerem landen würde, sobald er sich entfernt hätte.

Betrübt ging er weiter, an der Seite der Kathedrale entlang zur Porta dei Romei, bis er den Palazzo des Marchese erreichte.

Er hatte es schon mit den Wachen am Eingang zu tun bekommen und keine sehr gute Erinnerung daran. Seitdem wusste er, wie er sich verhalten musste. Wie er lügen musste.

»Seine Gnaden, der Marchese Obizzo, erwartet mich«, verkündete er. »Mich schickt Maynard de Rocheblanche.«

Gualtiero hatte noch nie einem Adligen vom Rang Obizzos III. d'Este gegenübergestanden, und er war sofort beeindruckt. Nicht wegen dessen Hochmut oder Unverschämtheit, die beinahe jedem Krieger innewohnte, sondern wegen seines Blickes. Finster und nachdenklich, fähig, jeden genau zu mustern, ohne ein Gefühl zu verraten. Gualtiero kam es vor, als würde er ihn durchbohren, und um diesem zwingenden Blick zu entgehen, konzentrierte er sich auf die prächtigen Gewänder des Mannes und seine beringten Hände. Angesichts seiner eigenen alten, schlammbedeckten Kutte wurde er verlegen, doch er errötete nicht etwa deshalb, sondern vor Zorn: Ihm gegenüber stand derjenige, der seine Mutter hatte verhaften und seinen Vater hatte hängen lassen.

Der Marchese hatte ihm eine Audienz unter der Loggia des Innenhofes gewährt, fast als wollte er betonen, dass er einen aus dem gemeinen Volk nicht im Innern des Palazzos empfangen konnte. Keine Wachen waren anwesend, nur der Marchese und Gualtiero, der vor ihm kniete.

»Nun also, Euch soll Rocheblanche schicken?«, fragte Obizzo d'Este misstrauisch. »Wisst Ihr, dass dieser unverschämte Mensch seit dem Sommer an meinem Hof nicht mehr gesehen wurde?«

Gualtiero nickte stumm.

»Ich habe ihn durch einen anderen Waffenmeister ersetzen müssen«, fuhr Obizzo fort. »Zur großen Enttäuschung meines Sohnes.«

»Ich habe ebenfalls keine Nachricht mehr von ihm«, eröffnete Gualtiero. »Dennoch habe ich mir erlaubt, vor Euch zu erscheinen, um einen Auftrag zu erfüllen, der mir durch Vermittlung des Ritters de Rocheblanche von Euer Gnaden erteilt wurde.«

Der Marchese zeigte sich leicht verwundert. »Welchen Auftrag?«

»Die Kopie der ›Vita Merlini‹.«

»Ach ja, das Buch …«, sagte der Marchese leise und hob die Augenbrauen. »Also seid Ihr der Miniaturenmaler.«

»Ja, Euer Gnaden. Gualtiero de' Bruni, zu Euren Diensten.«

»Der Sohn des Malers«, murmelte Obizzo.

Gualtiero kniete weiter, den Blick fest auf die Stiefel des Marchese gesenkt. Einen Augenblick lang fühlte er sich auf die Galgenwiese zurückversetzt, und er sah die dunkle Silhouette seines Vaters vor sich, wie sie am Seil herabhing. »Ja.«

Zu seiner großen Überraschung seufzte Obizzo laut und fragte: »Noch ein Wort zu Rocheblanche. Wisst Ihr, was mit ihm geschehen ist?«

»Leider nicht«, antwortete Gualtiero. Er sah kurz auf und bemerkte den ausweichenden Blick des Marchese. »Ich weiß nur, dass Eure Männer kürzlich in Pomposa aufgetaucht sind und nach ihm gesucht haben.«

»Dazu hat mir der Vizdom des Bischofs geraten, um alle Möglichkeiten auszuschöpfen«, erwiderte Obizzo. Dann bedeutete er Gualtiero, aufzustehen. »Doch jetzt zeigt mir das Buch.«

Gehorsam holte Gualtiero die beiden aus dem Skriptorium von Pomposa entwendeten Schriften aus seinem Reisesack und reichte sie dem Marchese. »Ich habe Euch auch das Original zurückgebracht«, erklärte er.

Kaum hielt er die Abschrift der »Vita Merlini« in Händen, rief der Marchese verärgert aus: »Aber … das sind ja bloß einzelne Seiten!«

Gualtiero hielt seinem Blick stand. »Vielleicht habe ich das missverstanden, aber da ich den Gebrauch kenne, den Euer Gnaden von dem Buch machen will, habe ich angenommen, es solle etwas opulenter gebunden werden, als es ein Mönch des Klosters könnte.«

Obizzo trommelte mit den Fingern auf dem Stoß Pergamentblätter und dachte über Gualtieros Worte nach. »Gut gesprochen«, sagte er schließlich. »Und wie hat sich der Abt dazu geäußert?«

»Der Abt weiß nichts davon«, gestand Gualtiero. »Er glaubt, Maynard hätte die Kopie in Auftrag gegeben.«

Auf Obizzo d'Estes Gesicht stahl sich ein Lächeln. »Ich gestehe, dass es mir durchaus gefällt, mit dieser widerspenstigen Krähe meinen Spaß zu treiben.« Er begann unter dem Säulengang auf und ab zu gehen. »Der ehrwürdige Abt Andrea! Immer bereit, mir Bannflüche entgegenzuschleudern, dabei täte er besser daran, sich um das Wenige zu kümmern, das ihm geblieben ist.« Dann wandte er sich wieder an Gualtiero, der mit verschränkten Händen stehen geblieben war. »Aber vielleicht bin ich zu offen angesichts eines seiner –«

»Ich bin kein Mönch«, erklärte Gualtiero und neigte den Kopf, um Obizzo zu zeigen, dass er keine Tonsur trug. »Nicht einmal ein Novize.«

»Und trotz allem lässt man Euch im Skriptorium arbeiten?« Ungläubig überprüfte der Marchese die Seiten, die ihm Gualtiero übergeben hatte. Er blätterte sie einzeln durch und zeigte wachsendes Erstaunen, danach verglich er sie mit dem Original. »Die Miniaturen sind unglaublich …«, entschlüpfte ihm. »Wirklich meisterhaft.«

Gualtiero, der keineswegs unempfindlich für Lob war, vergaß einen Augenblick alles, was ihn bedrückte. »Mein Werk, Euer Gnaden.«

»Noch bartlos und schon so begabt …«, fuhr Obizzo fort und konnte seinen Blick nicht von den Illustrationen wenden.

Gualtiero bemerkte, dass er auf einmal gar nicht mehr finster und abweisend wirkte, vielmehr wie ein gewöhnlicher Mensch, der im Vergleich zu der eingeübten Gleichmütigkeit gewisser Mönche einen geradezu unverbildeten Eindruck machte.

Der Marchese löste nun ein Ledersäckchen vom Gürtel und reichte es ihm. »Der würdige Lohn für Eure hohe Kunst.«

Gualtiero nahm den Beutel dankend entgegen. Sein Gewicht weckte in ihm den dringenden Wunsch, sich so schnell wie möglich zu entfernen, um die Münzen verborgen vor neugierigen Blicken zu zählen.

»Jetzt geht, de' Bruni«, verabschiedete ihn Obizzo, den das plötzliche Erscheinen eines Boten aufschreckte. »Kehrt in Euer Kloster zurück und haltet mir die Treue.«

Gualtiero verbeugte sich rasch und wollte sich schon abwenden. Doch plötzlich überfiel ihn ein dunkler Schmerz aus den Tiefen seiner Seele, und er schämte sich, dass er sich so untertänig verhalten hatte.

In harschem Ton sagte er: »Ich werde gehen, Euer Gnaden, sobald Ihr mir erklärt habt, warum Ihr meinen Vater zum Galgen verurteilt habt.«

Obizzo d'Este, der gerade mit dem Boten sprechen wollte, fuhr ruckartig herum. Nun wirkte er wieder ausweichend, beinahe feindlich, und einen Moment lang schien es, als wollte er unbeherrscht reagieren. »Es war nicht mein Wille, dass Euer Vater verurteilt wurde«, antwortete er geheimnisvoll. »Und ich weiß nicht, warum Eure Mutter ein so schändliches Schicksal erleiden musste.«

Kurz darauf verließ ein unglücklicher Gualtiero den Palazzo della Signoria. Obwohl die Münzen in seinem Reisesack schwer wogen, hatte er doch das Gefühl, mit leeren Händen nach Pomposa zurückzukehren.

»Habt Mitleid mit einem armen Blinden.«

Gualtiero wich vor dem Mann in dem abgetragenen Umhang zurück, der sich ihm genähert hatte, und achtete darauf, nicht zu stolpern. »Ich habe kein Geld«, wehrte er ab.

»Wartet, Herr«, beharrte der Mann beinahe beschwörend. »Nur ein paar Münzen, um die Last Eurer Sünden zu erleichtern.«

Gualtiero spürte, wie ihn eine Hand an der Schulter packte und ihn umdrehte, sodass er sich plötzlich Angesicht zu Angesicht mit dem Fremden fand. Er wehrte sich, bis sein Blick unter das Dunkel der Kapuze und den ungepflegten Bart gedrungen war, die das Gesicht seines Gegenübers verbargen.

»Oh Herr!«, rief er erstaunt aus. »Seid Ihr es wirklich?«

6

»Sprecht leise, mein Freund«, sagte Maynard, »oder Ihr werdet noch Verdacht erregen.«

Ehe er nickte, musste sich Gualtiero erst von seiner Überraschung erholen. Verwirrt und glücklich zugleich folgte er Maynard mit vorgetäuschter Gleichgültigkeit durch eine enge Straße am Rande der Piazza. Erst dann schlug der Ritter die Kapuze zurück. Sein Gesicht war blass, er hatte dunkle Ringe unter den Augen.

»Euch geht es nicht gut, Herr …«

»Macht Euch um mich keine Sorgen, ich werde schon wieder zu Kräften kommen.« Maynard sah sich misstrauisch um. »Weshalb seid Ihr nach Ferrara gekommen?«

»Ich habe die ›Vita Merlini‹ übergeben.«

»Recht kühn von Euch ohne meine Hilfe.«

Gualtiero zuckte mit den Schultern. »Der Marchese hat nach Euch gefragt, und ich wusste nicht, was ich ihm antworten sollte«, sagte er, dann fragte er neugierig: »Was ist Euch denn zugestoßen?«

»Vizdom Superanzio Orsini hat mich in eine Falle gelockt.« Maynard fuhr sich über die Rippen. »Dass ich überlebt habe, verdanke ich allein einem Hirten, der mich aus dem Padus gefischt und in eine Einsiedelei geschleppt hat, wo man mich gesund pflegte. Ich war schwer verletzt und dem Tode nahe. Bis ich wieder vollständig genesen bin, werde ich mich versteckt halten und meinen Feind beobachten.«

»Wollt Ihr Euch rächen?«

»Im Moment kann ich nichts Genaueres sagen …« Maynard verstummte, als zwei Männer an ihnen vorbeikamen, verbarg das Gesicht unter der Kapuze und nahm seinen Weg durch einen engen Durchgang zur Kirche Ognissanti wieder auf.

Gualtiero folgte ihm. »Es sind Soldaten nach Pomposa gekommen und haben nach Euch gefragt«, unterrichtete er Maynard leise. »Ich habe sie nicht gesehen, weil ich mich im Skriptorium aufhielt.

Der Abt hat mir jedoch gesagt, dass sie zum Gefolge des Vizdoms gehörten.«

Maynard nickte. »Dieser Schurke Superanzio fürchtet, dass ich überlebt haben könnte, und jagt mich weiterhin. In der Stadt wimmelt es nur vor seinen Spitzeln.«

Gualtiero lief bei diesen Worten ein Schauder über den Rücken. Mit gesenktem Kopf drängte er sich an einer Menschentraube vor der Kirche vorbei und bog dann mit seinem Begleiter in eine alte Kontrade ein, die nach Westen ging.

»Da ist noch jemand, der nach Euch sucht«, erzählte er Maynard, als sie wieder allein waren. »Ein französischer Ritter.«

»Wie ist sein Name?«, fragte Maynard, ohne sich umzuwenden.

»Ich weiß es nicht mehr genau. Ich habe ihn vor zwei Nächten getroffen, als ich Pomposa verließ. Er ist ein Baron. De Vardois oder de Mandois, hat er wohl gesagt ...«

Maynard blieb abrupt stehen und packte Gualtiero so heftig am Arm, dass dieser zusammenzuckte. »Robert de Vermandois?«

»Schon möglich ...«, brachte Gualtiero erschrocken heraus.

»Ich muss ihn unbedingt treffen.« Maynard ließ ihn los und ging rasch weiter. »Ich komme noch heute mit Euch nach Pomposa.«

»Gut, Herr«, sagte Gualtiero. »Solange wir in Ferrara sind, bitte ich Euch jedoch um einen Gefallen.«

Maynard musterte ihn skeptisch. »Was ist es?«

»Ich möchte Isabeau wiedersehen.«

7

Die Brücke, die die Insel von Sant'Antonio mit der Porta San Pietro verband, war ein schmaler Steg, der an beiden Ufern mit Holzpfosten befestigt war. Maynard und Gualtiero überquerten sie, als der Tag allmählich zur Neige ging und ein leichter Nebel vom Wasser aufstieg, der zwischen die Falten ihrer Gewänder kroch.

Obwohl die Stadt so nah war, kam es ihnen so vor, als würden sie eine vom Rest der Welt abgeschiedene Einsiedelei aufsuchen, einen Ort, an dem Fremde nur ungern gesehen waren und selbst lautes Reden wie ein Regelverstoß wirkte, der bestraft werden musste. Allerdings sprachen die beiden ohnehin nicht. Maynard war verstummt, seit Gualtiero seine Bitte vorgebracht hatte, und dieser hatte sich gehütet, ihn nach Erklärungen zu fragen.

Nachdem sie die Mauern des Klosters durchschritten hatten, wandten sie sich an einen Diener mit der Bitte, man solle sie zur Äbtissin führen. Der Mann brachte sie am Kloster vorbei zu einem von einer Rosenhecke umgrenzten Garten. Die Äbtissin erging sich dort allein mit einem schmalen Buch in der Hand.

Maynard deutete eine Verbeugung an und trat auf sie zu. Ehe er ihm folgte, sah Gualtiero an einem Nebengebäude hoch zu den schmalen vergitterten Fenstern, hinter denen man die Silhouetten von Nonnen erahnen konnte, die ihrerseits neugierig nach draußen spähten. Der Gedanke, dass sich Isabeau darunter befand, entlockte ihm einen verzweifelten Seufzer. Schnell schloss er zu seinem Gefährten auf in der Hoffnung, sie bald wiederzusehen.

»Ich bin wegen meiner Schwester gekommen«, begann Maynard gerade.

Die Äbtissin, sichtlich betroffen von seiner schlechten Verfassung, schüttelte nur bedauernd den Kopf.

»Was wollt Ihr damit sagen?«, fragte Maynard stirnrunzelnd.

»Dass sie entführt wurde«, erwiderte die Äbtissin. »Gestern Morgen, von zwei Männern, die in einem Boot kamen. Nach dem Vorfall habe ich sofort einen Boten zum markgräflichen Palast geschickt, erhielt aber nur die Antwort, dass Ihr Euch dort nicht mehr aufhaltet. Und da ich nicht wusste, an wen ich mich wenden sollte –«

»Zwei Männer, sagt Ihr?«, fiel Maynard ihr ins Wort.

Von seinem barschen Tonfall erschreckt wich die Äbtissin zurück. »Ja«, erwiderte sie. »Die Schwester Verwahrerin, die das Mädchen begleitete, hat nur einen davon gut sehen können. Ein kräftiger Krieger in einem Umhang.«

»Hat sie gehört, ob er etwas gesagt hat? Hat sie Wappen oder Farben eines Adelshauses erkannt?«

»Nichts dergleichen. Nur seine Hasenscharte ist ihr aufgefallen.«

Maynard wollte schon etwas entgegnen, doch dann brachten ihn ihre letzten Worte ins Grübeln. »Eine Hasenscharte …«, murmelte er. Er lächelte bitter. »Ich danke Euch, ehrwürdige Mutter«, sagte er und verabschiedete sich mit einer hastigen Verbeugung. »Ich werde mich darum kümmern.«

»Aber Herr!«, rief Gualtiero entsetzt, der die Unterhaltung mit wachsender Sorge verfolgt hatte. »Wäre es nicht besser, aus dem Mund der Verwahrerin zu hören, was sich zugetragen hat? Wenn wir ihr die richtigen Fragen stellen –«

»Das ist nicht nötig, mein Freund«, unterbrach ihn Maynard. »Ich weiß bereits, um wen es sich handelt.«

»Das war ein Mann von Superanzio Orsini.«

Gualtiero starrte Maynard bestürzt an. »Seid Ihr sicher?«

Statt zu antworten, lief Maynard rasch über die Brücke und blieb erst an der Porta San Pietro stehen. Im grauen Zwielicht der Abenddämmerung erhoben sich die Türme von Ferrara wie stumme Wächter vor ihnen. »Wie ich Euch bereits gesagt habe«, erwiderte er, »beobachte ich Superanzio schon lange genug, um seine Schergen zu kennen. Sein engster Vertrauter ist ein Mann namens Petricciolo, auf den die Beschreibung der Äbtissin genau passt. Das kann kein Zufall sein.«

»Worauf warten wir dann noch?«

»Nur Geduld, mein Freund.«

Gualtiero ballte die Fäuste. »Isabeau ist in ihrer Gewalt, und Ihr zögert noch?«

»Glaubt nicht, dass Ihr der Einzige seid, der sich ihretwegen sorgt«, sagte Maynard mit brüchiger Stimme. »Offensichtlich haben diese Hunde sie entführt, um mich aus der Deckung zu locken. Doch sie werden sehr bald meinen Zorn kennenlernen. Wenn wir Isabeau retten wollen, müssen wir schlau überlegen, wie wir der Gefahr begegnen.«

»Was wisst Ihr denn, wie es ihr geht?«, rief Gualtiero aufgebracht. »Sie könnte bereits tot sein!«

Maynard verschränkte die Arme und zog sich in nachdenkliches Schweigen zurück. Auf seinem Gesicht wechselten sich Sorge und Wut ab, bis es zu einer Maske kühler Vernunft erstarrte.

»Nein, Superanzio Orsini hat sie gewiss noch nicht getötet«, sagte er schließlich. »Er kann nur etwas von mir erhalten, wenn er mir Isabeau lebend übergibt. Vergesst nicht, dass er sie für meine Schwester hält. Er will mir für ihre Freilassung Geheimnisse abpressen, doch ich werde ihm nur eines dafür geben, und zwar den Tod.«

Gualtiero sah ihn entschlossen an. »Zählt auf meine Unterstützung, Herr.«

»Fühlt Euch nicht dazu verpflichtet«, erwiderte Maynard.

Doch Gualtiero dachte nicht daran, von seinem Angebot zurückzutreten. »Isabeau ist mir nicht gleichgültig«, gestand er. »Sie bedeutet mir viel – mehr, als ich bislang gedacht habe. Mehr, als ich ihr gesagt habe. Und allein der Gedanke, dass jemand ihr etwas antun könnte …«

Maynard nickte verständnisvoll. »Ihr seid ein tapferer Mann, mein Freund.« Er drückte Gualtiero die Hände, fast als wollte er prüfen, was er empfand. »Ich bitte um Verzeihung, falls ich Euch in der Vergangenheit zu hart angefasst habe, aber ich war so verbohrt in das Bemühen, meine Geheimnisse zu verbergen, dass ich blind für die Sorgen meiner Nächsten war. Ich möchte jedoch nicht, dass Ihr für meinen Fehler Euer Leben aufs Spiel setzt.«

Gualtiero wich zurück. »Wenn Ihr glaubt, Ihr könntet mich ausschließen …«

»... dann werdet Ihr Euch über mein Verbot hinwegsetzen«, beendete Maynard für ihn den Satz.

Gualtiero nickte langsam und schien sich allmählich zu beruhigen. »Dann erklärt mir wenigstens Euren Plan.«

Maynard bedeutete ihm, sie sollten ihren Weg wieder aufnehmen. »Ich werde in der Stadt bleiben und so schnell wie möglich in den Palazzo della Signoria zurückkehren. Sobald Superanzio mich bemerkt, wird er sicher den nächsten Schritt wagen.«

»Und was soll ich inzwischen tun?«

»Ihr werdet nach Pomposa zurückkehren und insgeheim den Ritter treffen, von dem Ihr mir erzählt habt. Überzeugt Euch, dass es sich wirklich um meinen Freund Robert de Vermandois handelt, und wenn dem so ist, richtet ihm aus, dass ich ihn brauche. Dann begleitet ihn nach Ferrara an einen geheimen Ort, bis Ihr von mir Bescheid erhaltet.«

»Wo sollen wir denn warten?«

»Gewiss nicht im Haus der Barmherzigkeit«, erwiderte Maynard. »Seit meinem Aufenthalt dort wird es sicher überwacht. Ich werde es Euch mitteilen. Und nun hört mir aufmerksam zu, denn Ihr dürft Euch keinen Fehler erlauben ...«

8

Als Gualtiero am folgenden Tag in die Abtei zurückkehrte, lag Nebel über dem Land, so dicht, dass die Sonne ihn nicht durchdringen konnte, um mit ihren Strahlen den Boden zu berühren. Er umrundete das Palatium abbatis und schlich sich bis ans Ende des Hofes zu einem großen Baum. Bei dem Gedanken an die Stunden, die er unter dessen Zweigen mit Isabeau verbracht hatte, überfiel ihn Traurigkeit, doch er verdrängte die Erinnerungen, grub rasch ein Loch unter dem Stamm und legte die Münzen hinein, die er von Obizzo d'Este erhalten hatte. Fünfzehn Goldflorin. Eine weit höhere Summe, als er sich erhofft hatte. Unter anderen Umständen wäre er damit unverzüglich nach Avignon aufgebrochen. Doch nun mussten die Sorgen um seine Mutter warten, ebenso wie dieses kleine Vermögen.

Er schüttete das Loch zwischen den Wurzeln des Baumes wieder zu und bedeckte es mit Gras, dann ging er zum Kloster und machte sich auf die Suche nach dem Bruder Pförtner. Er fand ihn unter dem *Narthex*, wo er gerade die Flügeltüren polierte.

»Verzeiht mir, Bruder.«

»Sprecht, mein Sohn«, antwortete der Mönch und unterbrach seine Arbeit.

»Wisst Ihr vielleicht etwas über den Ritter, der kürzlich in die Abtei gekommen ist?«

»Ihr meint bestimmt den Baron aus der Picardie.« Der Mönch musterte ihn misstrauisch. »Er wohnt auf Anordnung des ehrwürdigen Vaters im Gästehaus.«

»Ich danke Euch«, erwiderte Gualtiero hastig und entfernte sich.

Er wollte diesen Mann treffen, ohne dass jemand es bemerkte, vor allem nicht der Abt. Zum Glück konnte er dank des Nebels unbemerkt zum Gästehaus gelangen.

Der Franzose stand draußen vor dem Haus und wandte ihm den Rücken zu. Er sattelte gerade sein Pferd und schien demnächst aufbrechen zu wollen.

Gott sei Dank bin ich noch rechtzeitig gekommen, dachte Gualtiero. Im Näherkommen betrachtete er die kräftige Statur des Ritters. Er überragte Maynard um mindestens eine Spanne, und seine Brust glich der eines Riesen; ein an den Seiten gegürteter Brustharnisch betonte deren Ausmaße noch.

»Herr …«, sagte Gualtiero, um ihn auf sich aufmerksam zu machen.

Ehe der Franzose antworten konnte, traten zwei Wachen aus dem Nebel. »Halt!«, befahlen sie und zielten mit gespanntem Bogen auf ihn.

De Vermandois griff nach seinem Schwert, das er auf dem Boden abgelegt hatte, und zog es verteidigungsbereit zur Hälfte aus der Scheide. Allein das Erscheinen von Abt Andrea hinter den Soldaten, der beschwörend die Hände erhob, verhinderte einen Kampf.

»Legt Euer Schwert beiseite, Herr«, rief er. »Die Wachen sind nicht Euretwegen hier, sondern wegen dieses Undankbaren.« Der Abt warf Gualtiero einen bösen Blick zu. »Ihr … Glaubtet Ihr etwa, Ihr könntet die Abtei verlassen und betreten, ohne dass ich es bemerke? Schämt Euch! Ihr habt mein Vertrauen missbraucht und einen Kodex aus dem Skriptorium gestohlen.«

Obwohl er tatsächlich heimlich gehandelt hatte, hätte Gualtiero niemals erwartet, dass man ihn wie einen Dieb behandeln würde. Er blieb erhobenen Hauptes stehen und blickte den Abt stolz an, ohne sich um die Wachen zu kümmern.

»Ich bitte Euch um Verzeihung wegen meiner unerlaubten Abwesenheit«, sagte er. »Doch was den Kodex betrifft, so habe ich nichts gestohlen. Ich habe ihn nur Ritter de Rocheblanche ausgehändigt, wie es vereinbart war.«

Als Robert de Vermandois diesen Namen hörte, drehte er sich hastig zu ihm um. »Ihr sprecht von Maynard de Rocheblanche?«, fragte er.

»Mischt Euch bitte nicht ein, Herr«, warnte ihn Abt Andrea. »Diese Angelegenheit betrifft nur diesen jungen Mann und mich.«

Gualtiero sprach weiter, um die Neugier des französischen Ritters anzustacheln: »Maynard lebt, begreift Ihr? Ich habe ihn gestern in Ferrara getroffen. Nur das zählt im Moment.«

»Ihr werdet mir sofort in meinem Arbeitszimmer Bericht erstatten«, befahl ihm der Abt, »oder ich werde Euch in Fesseln legen lassen.«

»Niemand rührt sich!« Robert de Vermandois richtete sein Schwert auf die Wachen. »Falls der ehrwürdige Vater nicht möchte, dass dieses Gras hier mit Blut befleckt wird.« Er starrte den Abt herausfordernd an. »Zweimal hat dieser Bursche hier den Namen meines Waffenbruders genannt, und so wahr mir Gott helfe, er wird mir nun unverzüglich alles erklären.«

Gualtiero hatte nur darauf gewartet. »Maynard braucht Euch, Herr«, stieß er hastig hervor. »Ich habe ihm versprochen, Euch nach Ferrara zu bringen, damit Ihr dort zu ihm stoßt.«

»Dummes Zeug!«, rief der Abt.

»Das ist die Wahrheit«, beharrte Gualtiero. »Und wenn Ihr mir nun nicht zuhören wollt, werdet Ihr den Tod einer jungen Frau auf dem Gewissen haben.«

9

Reims, Kloster Sainte-Balsamie
12. Oktober

Als Eudeline von Aleydis' Zustand erfuhr, verließ sie die nachmittägliche Messe und eilte zum alten Eiskeller. Mit schnellen Schritten lief sie die Treppe nach unten, bis sie das Gefängnis erreicht hatte. Sie fand Aleydis zusammengekrümmt auf ihrem Lager, von Krämpfen geschüttelt. Die Infirmaria stand über sie gebeugt.

»Was geschieht hier?«, fragte Eudeline atemlos.

Die Siechenmeisterin sah nicht von Aleydis auf, sondern tastete weiter deren Bauch ab. »Sie hat Wehen.«

»Wie kann das sein? Die Schwangerschaft ist doch längst noch nicht so weit fortgeschritten.«

»Wenn wir nichts unternehmen, wird sie das Kind verlieren.«

Eudeline bahnte sich zögernd einen Weg durch die auf dem Boden ausgebreiteten Gegenstände: eine Schüssel, saubere Tücher, ein Mörser und ein Fläschchen mit unbekanntem Inhalt. Obwohl ihr bewusst war, dass sie jetzt helfen musste, schien ihr Verstand wie benebelt zu sein.

»Nun steht nicht da wie angewurzelt!«, fuhr die Siechenmeisterin sie an. »Schnell! Lauft in den *herbaria* und bringt mir Alraune.«

Eudeline schaute sie überrascht an: »Seid Ihr sicher – ausgerechnet diese Pflanze?«

»Ich kann nicht von hier fort, das müsst Ihr schon machen.« Die erfahrenen Hände der Siechenmeisterin tasteten weiter Aleydis' Bauch ab. »Seid einfach achtsam im Umgang mit ihr.«

Eudeline wollte schon etwas entgegnen. Sie duldete es nicht, dass man sie in *ihrem* Kloster derart behandelte. Doch Aleydis' Klageschreie ließen sie ihren Stolz vergessen. Sie eilte nach draußen, winkte einem Bediensteten, ihr zu folgen, und erreichte schließlich den Gartenteil mit den Heilpflanzen.

Man hatte die Alraune etwas abseits der anderen Kräuter angepflanzt, damit niemand sie aus Versehen pflückte. Ihre blassvioletten Blüten, von denen der herbstliche Tau perlte, schienen ihr einen stummen Gruß zu entbieten. Eudeline trat vorsichtig näher und achtete darauf, die Pflanze nicht einmal mit den Füßen zu berühren. Sie fürchtete nicht deren Gift, vielmehr ängstigten sie die Gerüchte von magischen Ritualen, die man sich über die Pflanze erzählte. Auszüge ihres Saftes konnten Leidenschaft und Wahnsinn auslösen, ja vielleicht sogar die Macht zu fliegen verleihen. Daher fragte sie sich nun, obwohl sie volles Vertrauen in die Fähigkeiten der Siechenmeisterin hatte, wie sie in der Lage sein konnte, einer jungen Frau zu helfen, die eine Fehlgeburt zu erleiden drohte.

Der Diener warnte sie: »Ehe man dieses Hexenkraut erntet, Herrin, sollte man drei Kreise darum ziehen und sich die Ohren verstopfen –«

»Dafür haben wir keine Zeit«, unterbrach ihn Eudeline. »Legt einfach eine Schlinge um die gesamte Wurzel und zieht sie so heraus, ohne sie berühren zu müssen.«

Der Mann nickte, bekreuzigte sich, machte aber keine Anstalten, etwas zu unternehmen.

»Tretet beiseite, Feigling!«, rief Eudeline ungeduldig. Sie riss ihm die Schnur aus der Hand und wickelte sie mürrisch um die Pflanze. Erst hatte sie diese herrischen Töne von der Infirmaria ertragen müssen, jetzt verweigerte ihr ein Diener noch den Befehl. Das war wirklich zu viel! Energisch riss sie an der Schnur und dachte dabei an die arme Aleydis, die solche Schmerzen erlitt. *Wenigstens werde ich wissen, was es heißt, Mutter zu sein.* Sie zerrte noch stärker. »Vielleicht nicht, mein Kind.«

Als sie die Wurzel aus der Erde kommen sah, wich sie zurück. Die Wurzel war dunkel und kleiner, als sie erwartet hatte, und ähnelte auf unheimliche Weise einem Säugling. An der Spitze konnte man sogar so etwas wie eine Nase und Augenhöhlen erkennen. Doch von Höllengestank keine Spur, ebenso wenig von schrecklichem Geschrei oder dämonischem Stöhnen.

Eudeline wickelte die Wurzel schnell in ein Tuch und kehrte damit in den Kerker zurück.

Dort beugte sich die Siechenmeisterin immer noch über das Mädchen und wartete schon ungeduldig auf sie. Eudeline reichte ihr rasch die Alraune und warf einen Blick auf Aleydis' verängstigtes Gesicht. Sie verstand sich selbst nicht mehr. Trotz aller Wut, die sie immer noch gegenüber dieser Verräterin hegte, fühlte sie Mitleid mit ihr. So kniete sie am Kopfende ihres Lagers nieder und strich ihr über die Stirn.

»Wie geht es ihr?«, fragte sie die Siechenmeisterin.

»Die Wehen wollen einfach nicht aufhören«, erklärte diese, während sie den Inhalt des Bündels begutachtete. »Wir werden versuchen, sie mit einem Sud zu lindern.«

»Aus einer giftigen Pflanze?«, fragte Eudeline zweifelnd.

»Alraune ist nur im Übermaß giftig.« Die Siechenmeisterin reichte ihr Leinenhandschuhe. »Zieht diese an und reicht mir das Messer und den Mörser.«

Eudeline wusste nicht, ob es dem Alraunensud oder der Gnade Gottes zu verdanken war, dass Aleydis schließlich keine Wehen mehr hatte. Der Pflanzentrank hatte sie in einen Wachzustand mit beinahe ekstatischen Halluzinationen versetzt. Trotz der Versicherungen der Siechenmeisterin, sie würde nicht mehr gebraucht, war Eudeline bis spät in die Nacht geblieben, um Aleydis Beistand zu leisten.

Tatsächlich hatte sie ein schlechtes Gewissen. Wenn sie Aleydis nicht an einem so unwirtlichen Ort eingesperrt hätte, wäre es vielleicht nicht dazu gekommen. Doch sie hatte es tun müssen. Als sie deren Untaten entdeckt hatte, hatte sie sich berechtigt gefühlt, an ihr sämtliche Ängste und Widrigkeiten der letzten Monate auszulassen, einschließlich ihrer unerfüllbaren Liebe zu Robert de Vermandois und der Sorge um ihren Bruder. Und bis zu diesem Tag hatte sie es beinahe genossen, das Mädchen so schlecht zu behandeln.

Was ist nur aus mir geworden?, fragte sie sich.

Eudeline wischte Aleydis mit einem feuchten Tuch über die Stirn und strich ihr die Locken zurecht. Sie hatte die junge Frau von Anfang an gemocht. Hübsch und entschlossen, etwas aus ihrem Leben zu machen. Eudeline hatte ihre Fortschritte in der klösterlichen

Gemeinschaft aus der Ferne verfolgt und sie bei jeder Gelegenheit ermutigt, selbst wenn sie dadurch ihre Vorliebe für sie zu erkennen gab.

Und dann dieser Verrat. Doch verletzt hatte sie etwas anderes. Neid. Obwohl sie einen unverzeihlichen Fehler beging, hatte diese einfache Novizin den Mut bewiesen, die Regeln zu brechen und mehr zu wagen, als sie selbst es jemals getan hätte. Dieser Gedanke hatte ihr schlaflose Nächte bereitet und in ihr den Wunsch geweckt, mit Robert zu fliehen und sich nie mehr um die Sünde, den Schutz des Schleiers und die Ängste zu sorgen, die sie ins Kloster getrieben hatten.

Daher durfte sie nicht Aleydis die Schuld an ihrem Kummer geben. Gerührt betrachtete Eudeline den gewölbten Bauch des Mädchens und dachte an das Kind, das nun wieder sicher darin ruhte.

Vielleicht hatte Aleydis sich ja geirrt, dachte sie.

Und sie könnte schließlich selbst noch erfahren, was es bedeutete, Mutter zu sein.

In dem Augenblick schreckte Aleydis aus ihrem unruhigen Schlaf auf und musterte sie überrascht.

Mit einer letzten zärtlichen Geste verabschiedete sich Eudeline von ihr. »Es geht ihm gut«, sagte sie und stand auf. »Und ich gestatte Euch auch, es zu behalten.«

Pater Claret verharrte geduckt hinter den Schösslingen eines Weinstocks, bis er sah, wie die Äbtissin den alten Eiskeller verließ. Es dämmerte bereits, und er musste achtgeben, dass sie ihn nicht entdeckte. Zur Sicherheit wartete er noch so lange, bis sie nicht mehr zu sehen war, dann erhob er sich aus seinem Versteck und näherte sich dem Gebäude, das die Äbtissin gerade verlassen hatte.

Er hatte die Unruhe dieses Tages genutzt, um die Schlüssel zu den Untergeschossen zu stehlen. Und er musste sie so schnell wie möglich zurückbringen, wenn er keinen Verdacht erregen wollte. Pater Claret ließ das Schloss aufschnappen und stieg im Schein einer Laterne die Treppe hinab, sehr darauf bedacht, auf den ausgetretenen Stufen nicht auszurutschen. Zu peinlich oder sogar gefährlich wäre es gewesen, wenn man ihn nach einem Sturz bewusstlos oder tot dort gefunden hätte. Peinlich für ihn und gefährlich für die dunklen Machenschaften von Kardinal Pouget.

Vorsichtig öffnete er die letzte Tür und stand dann vor der Gefangenen.

»Ihr also«, sagte er, »Ihr wart die Erste, die Seine Eminenz ausgeschickt hat.«

Er schloss die Tür und hob die Laterne vor das bestürzte Gesicht von Aleydis. »Ihr werdet mir jetzt alles über die Äbtissin verraten«, fuhr er drohend fort. »Alles, besonders alle schmutzigen Einzelheiten. Oder, das schwöre ich bei Gott, Euer Leben wird von nun an die Hölle sein.«

10

In jener Nacht wagte sich der Araber bis in die westlichen Viertel von Reims. Das tat er nicht oft, aber jüngst waren ihm verdächtige Umtriebe beim Kloster Sainte-Balsamie zu Ohren gekommen, daher wollte er sich versichern, dass Eudeline de Rocheblanche keine Gefahr drohte. Ihm bereitete vor allem ein ganz in Schwarz gekleideter Krieger mit einem sich aufbäumenden Löwen auf seiner Fibel Sorge, der vor einigen Tagen in der Stadt aufgetaucht war. Ganz gewiss ein Mann von Kardinal du Pouget, allerdings kannte der Araber noch zu wenige Einzelheiten, um die Angelegenheit durchschauen zu können. Außerdem waren die Anweisungen seines Herrn unmissverständlich gewesen: Er sollte aus der Ferne beobachten und nur im Notfall eingreifen.

Und so hatte er es bislang gehalten. Er fand ein Versteck in einem Hauseingang gegenüber dem Kloster und beobachtete von dort aus alles, während er in einen Zustand versank, in dem er aufmerksam und abwesend zugleich war. Er fühlte sich zurückversetzt in die Zeiten, als er auf den Bastionen Andalusiens Wache gestanden hatte, in sternenklaren Nächten oder Morgendämmerungen, die der heiße Wüstenwind in ein gelbliches Licht tauchte. Damals war er kaum mehr als ein Knabe gewesen und wusste noch nichts von der Heilkunst und den christlichen Kriegern. Und noch viel weniger von dem abenteuerlichen Schicksal, das vor ihm lag.

Kurz nachdem es Mitternacht geschlagen hatte, sah er, wie eine Gestalt aus dem Kloster trat. Er musterte sie aufmerksam, bis er in ihr den Prokurator erkannte. Er hatte ihn bereits einige Male in den vergangenen Wochen gesehen und ihn dabei eigentlich als zu feige eingeschätzt, als dass er eine Gefahr sein könnte.

Und doch schlich dieser Mann nun heimlich über die verlassene Straße.

Der Araber beobachtete ihn weiter, bis er aus einer Gasse einen zweiten Mann auftauchen sah, groß und stattlich und in einen schwarzen Umhang gehüllt. Er ging auf den Prokurator zu, sprach kurz mit ihm und erhielt dann einen Brief von ihm. Der Prokurator gab dazu weitere Erklärungen ab.

Der Mann in Schwarz nickte bloß und verschwand dann wieder in der Nacht.

Er hinterließ beim Araber die unangenehme Ahnung, dass eine schreckliche Intrige im Gange war.

11

Ferrara, Palazzo della Signoria
13. Oktober

Maynard betrachtete sein Spiegelbild, strich sich über den Bart und schärfte dann das Rasiermesser an einem Lederriemen. Nun war er wieder bei Hofe und musste deshalb ein entsprechend würdiges Aussehen annehmen. Obizzo d'Este war so großzügig gewesen, ihn in diesem Gemach unterzubringen, ohne zunächst eine Entschuldigung zu verlangen, allerdings hatte er ihm klar bedeutet, dass er ihm den Grund seiner Abwesenheit noch nennen musste. Maynard hatte ihm versprochen, so bald wie möglich Erklärungen zu liefern, in der Hoffnung, genügend Zeit zu gewinnen, um Superanzio Orsini unbemerkt aus der Deckung zu locken. Am folgenden Tag würde er ganz offen über die Piazza und durch die am meisten besuchten Straßen der Stadt schlendern, vor allem im Viertel San Romano, damit sein Feind ihn auch bemerkte. Maynard kannte die Gefahr, der er sich damit aussetzte, aber er konnte Isabeau nicht in den widerlichen Händen des Vizdoms lassen.

Wie verabredet befanden sich auch Gualtiero und Robert de Vermandois bereits in Ferrara. Der junge Mann hatte ihm an diesem Morgen eine Botschaft zukommen lassen, an welchem Ort sie auf weitere Anweisungen von ihm warteten.

Maynard sah einem Treffen voller Ungeduld entgegen. Er hatte Robert zuletzt in Reims im Kloster Sainte-Balsamie gesehen und wollte nun wissen, warum sein Freund nach Pomposa gekommen war, war begierig, Neues über Eudeline zu erfahren und über die schrecklichen Ereignisse, die Frankreich verheerten.

Aber noch mehr drängte es ihn, mit Gualtiero zu sprechen. In seiner Botschaft hatte er angedeutet, dass er von Abt Andrea Neues über den vor Langem verlorenen »Codex Millenarius« erfahren hatte.

Das Rasiermesser schnitt in die Haut und hinterließ eine schmale Blutspur.

Alles zu seiner Zeit, sagte sich Maynard und zwang sich zur Gelassenheit.

Mit einem feuchten Tuch wischte er sich das Gesicht ab und warf es dann auf ein Gestell neben dem Kamin, zusammen mit den anderen Gegenständen, die er zum Rasieren benutzt hatte. Hinter ihm erwartete ihn ein Bett mit einer hohen Lehne am Kopfende und der Aussicht auf einen erholsamen Schlaf.

Da erst bemerkte er, dass jemand in der Tür stand.

Eine Dienerin betrat das Zimmer mit einer kleinen Kanne in der Hand. Sie war jung und von unaufdringlicher Schönheit. »Meine Herrin schickt Euch diesen Balsam«, sagte sie. »Ein duftendes Stärkungsmittel zum Entspannen der Glieder.«

Maynard warf sich rasch das Wams über die Schultern, um seinen nackten Oberkörper zu bedecken. »Eure Herrin?«, fragte er.

»Madonna Ariosti.«

Maynard zögerte einen Augenblick, dann nickte er. »Stellt das Gefäß ans Ende des Bettes«, sagte er und wartete neben dem Feuer, dass das Mädchen ging.

Doch die Dienerin blieb neben dem Bett stehen. »Meine Herrin«, sagte sie verführerisch, »stellt mich Euch zur Verfügung.«

Mit undurchdringlicher Miene ging Maynard zu ihr, nahm eine ihrer Locken zwischen die Finger und drehte sie spielerisch. »Richtet Eurer Herrin aus«, raunte er dann, »dass ich keine weiteren Aufmerksamkeiten benötige.«

»Sagt Ihr das doch selbst«, drang eine Stimme von der Tür zu ihm.

Maynard wandte sich um und erkannte Lippa Ariosti, die ihn lächelnd musterte und nun entschlossen auf den Kamin zuging. Unter der Garnache aus Eichhornfell trug sie eine grüne Tunika aus dünner Seide, zu leicht für Herbstabende.

»Herrin«, überspielte Maynard seine Überraschung, »wenn ich gewusst hätte, dass Ihr mich treffen wolltet …«

»Ich habe mich gerade erst dazu entschieden, Ritter.« Der Feuerschein flackerte über ihr Gesicht und ließ ihre kupferroten Haare aufleuchten. »Ich bin eine launenhafte Frau.«

»Und Euer Gemahl ist darüber im Bilde?«

Mit einem Ruck fuhr sie herum. »Obizzo ist nicht mein Gemahl.«

Maynard hatte ihr Interesse an ihm bereits bemerkt, und auch er musste sich eingestehen, dass Lippa ihn nicht gleichgültig ließ. Doch sie war die Geliebte des Marchese, und er hatte keinesfalls vor, sich im Vorfeld einer so heiklen Angelegenheit in zweideutige Situationen zu verstricken. »Dennoch solltet Ihr nun gehen.«

»Findet Ihr mich denn so hässlich?«

»Das wollte ich damit nicht sagen, Herrin.«

Lippa zuckte mit den Schultern, dann schickte sie die Dienerin mit einer beiläufigen Handbewegung fort. Sobald sie allein waren, wandte sie sich wieder Maynard zu. »Wo seid Ihr die ganze Zeit gewesen?«

»Unterwegs in komplizierten Angelegenheiten«, antwortete Maynard vage. »Ich werde morgen dem Marchese unter vier Augen darüber berichten.«

»Komplizierte Angelegenheiten ...« Lippas Blick glitt unter sein offen stehendes Wams, dann blieb er an der frischen Narbe hängen. »Und anscheinend auch gefährliche.«

Maynard wich zurück und drehte ihr den Rücken zu.

»Ihr solltet den Balsam versuchen, den ich Euch bringen ließ«, sagte Lippa sanft. »Er könnte Eurer Wunde guttun.«

»Ich werde Euren Rat beherzigen.«

»Erlaubt, dass ich mich darum kümmere.«

Maynard spürte, wie sie sich von hinten näherte. »Herrin ...«

»Ihr macht mich neugierig, Rocheblanche«, flüsterte Lippa und kam dichter an ihn heran, als es die Regeln des Anstands erlaubten. »Und in einer Welt voller langweiliger Männer stellt dies eine zu reizvolle Herausforderung dar, als dass ich sie ignorieren könnte.« Ihre vom Balsam glänzenden Finger glitten unter das Wams. »Was sucht Ihr in Ferrara? Macht? Ruhm? Reichtum?«

Maynard verharrte reglos, hin- und hergerissen zwischen dem

Wunsch, Haltung zu bewahren, und dem, sich ihren Zärtlichkeiten hinzugeben. »Nichts davon.«

»Was sonst könnte einen Ritter Eures Ranges antreiben?«

Er spürte, wie ihre Hand seine Wunde berührte, und einen Moment lang sah er wieder den Vizdom vor sich, wie dieser ihn im Regen niederstach. Dann wurde das Bild überlagert von dem seines Vaters, des brutalen Gaspar de Rocheblanche. Nur mit Mühe unterdrückte er den aufwallenden Zorn.

»Der Wunsch, sich von einer schweren Schuld zu befreien«, antwortete er mit rauer Stimme.

»Ihr lügt, Rocheblanche. Das kann ich in Euren Augen lesen.« Lippas Lippen streiften seinen Hals. »Ihr wollt Blut sehen.«

»Vielleicht habt Ihr recht.« Maynard nahm ihre Hand und drehte sich um, um sie zurückzuweisen. Doch dann erkannte er, dass er dem verführerischen Lächeln dieser Frau nichts entgegenzusetzen hatte.

»Blut«, wiederholte Lippa und ließ die Pelzgarnache zu Boden gleiten. »Und einen triftigen Grund, um Eure Wut abzureagieren.«

Hinter der angelehnten Tür kauernd sah die junge Dienerin zu, bis die Körper der beiden Liebenden unter den Decken verschwunden waren. Als sie Schritte hinter sich hörte, wandte sie sich erschrocken um und stand einem Diener des Marchese gegenüber.

»Psst!«, flüsterte sie und verscheuchte ihn barsch.

Der junge Mann gehorchte. Doch er blieb einen Moment zu lang.

12

Am nächsten Tag verfolgte Maynard seine Pläne und ließ sich bis zur sechsten Stunde durch die Hauptstraßen Ferraras treiben. Seine Gegenwart erregte Aufmerksamkeit, vor allem im Viertel San Romano, wo sich der Bischofspalast befand. Unweit des Gebäudes traf er auf drei schwer bewaffnete Soldaten, die bei seinem Anblick sichtlich erschraken. Er musste nicht erst auf die Farben ihrer Uniformen achten. Da Bischof Guido di Baisio mit seiner Eskorte nach Bologna zurückgekehrt war, konnte es sich nur um die Männer des Vizdoms handeln. Maynard grüßte sie mit einem herausfordernden Lächeln und ging dann unbeirrt weiter, während er sie hinter sich aufgeregt raunen hörte. Danach kehrte er an Obizzos Hof zurück, wobei er sich immer wieder vorsichtig umsah, die Hand stets griffbereit am Heft seines Schwertes.

Der Garten des Palazzos lag beinahe verlassen, als er dort ankam. Obwohl die Sonne hoch am Himmel stand, war er in ein blasses Licht getaucht, das ihm einen düsteren Anstrich verlieh. Lippa Ariosti saß neben einem Brunnen und las ein Buch. Sie trug ein Samtkleid, dazu einen eleganten *Hennin* auf dem Kopf und sah ihn nur lange an. Er erwiderte ihren stummen Gruß mit einem Kopfnicken, setzte seinen Weg jedoch fort, als hinge er seinen Gedanken nach, bis ihn eine Knabenstimme rief und er sich umdrehte.

»Herr, ich konnte es fast nicht glauben, dass Ihr zurückgekehrt seid!«, begrüßte ihn Aldobrandino voller Freude.

»Aber wie Ihr seht, bin ich hier«, antwortete Maynard lächelnd.

»Mein Vater behauptet, er wüsste nicht, warum Ihr so lange fortgeblieben seid«, fuhr Aldobrandino aufgeregt fort.

»Ich werde es ihm heute beim Abendessen erklären.«

»Werdet Ihr mich wieder unterrichten?«

»Wenn es Euch beliebt.«

»Ich habe meinen Hieb verbessert«, plapperte Aldobrandino weiter in seinem Eifer. Er schien so begeistert über die Rückkehr seines Lehrers, dass er alle Regeln der Zurückhaltung vergaß. »Darf ich Euch das gleich zeigen?«

Maynard freute sich und wollte seinem Wunsch schon nachgeben, als er an der Pforte einen Bewaffneten sah. Einen der Schergen, denen er eben in der Nähe des Bischofssitzes begegnet war. Der Soldat blieb mit verschränkten Armen unter der Loggia am Rand des Gartens stehen und starrte ihn finster an.

»Geht nun zu Eurer Mutter, Aldobrandino«, sagte Maynard. »Ich bin gleich bei Euch.« Er selbst marschierte kampfbereit auf den Soldaten zu, obwohl er bezweifelte, dass es zu einem Kampf kommen würde. Als er vor dem Mann stand, reckte er auffordernd das Kinn vor, um zu hören, was dieser ihm zu sagen hatte. Doch der Scherge überreichte ihm bloß hochmütig grinsend ein Stück Pergament und entfernte sich.

Maynard sah ihm hinterher, bis er verschwunden war, dann las er die Botschaft. Sie enthielt nur wenige Worte, doch diese zeigten ihm, dass er ins Schwarze getroffen hatte.

Wenn Euch etwas an ihr liegt, kommt morgen Nacht zum Bischofspalast.

13

Avignon, innerer Mauerring beim Rocher des Doms
14. Oktober

Seit Langem hatte sich Kardinal Bertrand du Pouget keinen Ausritt mehr gegönnt, doch heute nutzte er die milde Herbstluft, um sich bei einem Ritt zu erfrischen. Er gab seinem Rotfuchs die Sporen und galoppierte an den riesigen Türmen und den zinnenbewehrten Mauern vorbei, die den Papstpalast und die Altstadt schützten. Voller Stolz bewunderte er die von Benedikt XII. und Clemens VI. errichteten mächtigen Mauern, obwohl diese für ihn persönlich ein Zeichen der Niederlage darstellten. Dreizehn Jahre waren vergangen, seit er nach den Aufständen in der Emilia und der Romagna aus Italien hierher zurückgekehrt war, und immer noch schmerzte ihn die Erinnerung an diese Zeit. Die eigenen Träume von Ruhm und Eroberungen in Rauch aufgehen zu sehen war allerdings nur wenig angesichts der Demütigung, als er seinen Vater, Papst Johannes XXII., darüber unterrichten musste, dass die vier Millionen Goldflorin für Waffen und Soldaten verloren waren. Um den völligen Ruin der Apostolischen Kammer zu verhindern, hatte der Papst aus eigener Tasche ein Zehntel dieser Summe aufbringen müssen. Was aus diesem Geld geworden war, konnte Bertrand nun an den mächtigen Festungsmauern bewundern.

»Diese Mauern beeindrucken mich immer wieder«, sagte der Bischof mit dem ausgeprägten Adlerprofil, der an seiner Seite ritt. Sein Name war Bernardo de Graves, und er tat sich am Hof seiner Heiligkeit – der etwa vierhundert Personen umschloss – vor allem durch Habgier und Prunksucht hervor. »Hätten die letzten beiden Päpste nicht so viel Weitblick bewiesen, wären wir allen Söldner- und Lumpenhorden auf ihrem Weg in die Provence ausgeliefert.«

»Diese Mauern«, stellte der Kardinal richtig, »sind allein das Vermächtnis von Johannes XXII.«

Bernardo trieb seinen wunderschönen Schecken an, während er sich eine boshafte Bemerkung nicht verkneifen konnte. »So viel Undank übt Ihr gegenüber seinen Nachfolgern?«

Der Kardinal äußerte sich nicht dazu. Der Prälat war im Gefolge von Clemens VI. groß geworden und profitierte wie jene Männer der Kirche von einer nach außen hin wirtschaftlich stabilen Lage, die jedoch nur auf Schulden und Versprechungen gegründet war. »Denkt lieber an Eure Besitztümer«, spöttelte er nun seinerseits, während sie im Trott einen ausgedehnten Hain durchquerten. »Deren Unterhalt kostet Euch ja ein Vermögen, wie es heißt.«

»In diesen Zeiten ist das Leben für alle hart«, seufzte Bernardo. »Und wie es scheint, hat der Tod Ludwigs des Bayern die Dinge auch nicht zum Besseren gewendet.«

Der Kardinal enthielt sich eines Kommentars. Die Nachricht war erst einen Tag alt, und er hatte sich diesbezüglich noch keine Meinung gebildet. Der Tod Ludwigs IV., wahrscheinlich durch einen Schlaganfall, beendete fünfundzwanzig Jahre Ketzerei, Aufstände und innere Kämpfe, doch ebenso die Vorstellung von einem Heiligen Römischen Reich mit universalem Herrschaftsanspruch. »Habt Ihr denn kein Vertrauen in Karel von Böhmen?«, fragte er scheinbar gleichgültig. »Er ist jetzt der neue Kaiser.«

»Euer Schützling ist eine rechte Heimsuchung«, seufzte Bischof Bernardo. »Man munkelt, er habe enge Verbindungen zum Herzog von Österreich und zu anderen Adligen, die dem Papst feindlich gesinnt sind.«

»Und selbst wenn? So ist er immer noch ein Mann, der treu zu seinem Glauben steht.«

»Vielleicht eher zu den Reliquien, die er sammelt. Oder zu seinem zwanghaften Ideal von Strenge. Doch niemand weiß, ob seine Loyalität auch der Mutter Kirche gilt.«

»Vielleicht tröstet Euch ja«, erwiderte der Kardinal, »dass er in seinem *Speculum principum* die Kirche ausgiebig preist.«

Bernardo lachte spöttisch. »Der Papst würde einem moralisierenden Fürsten immer einen ungebildeten Getreuen vorziehen.«

Der Kardinal widersprach ihm nicht. Willfährige Herrscher, die man wie Marionetten lenken konnte, waren vor allem in Zeiten wie diesen ein Geschenk des Himmels. Karel von Böhmen war zunächst so jemand gewesen, und zwar so ausgeprägt, dass ihm der Name »Pfaffenkönig« geblieben war. Der Kardinal hatte allerdings das Interesse an ihm verloren. Nun, da er von ihm die Lanzenspitze erhalten hatte, konnte er die Suche nach dem Lapis exilii allein fortführen. »Mächtige Männer sind nichts als Huren«, sagte er ungerührt. »Um sich ihrer Dienste zu versichern, genügt es, den Preis dafür auszuhandeln.«

Bernardo biss sich auf die Zunge, da er sich nicht sicher war, ob er mit diesen Worten gemeint war oder der neue Kaiser. Ehe er etwas antworten konnte, nahm ein herangaloppierender Reiter ihre Aufmerksamkeit in Anspruch.

»Eure Eminenz«, rief der Mann, hielt sein Pferd mit einem kräftigen Ruck an und reichte dem Kardinal eine Pergamentrolle. »Eine wichtige Depesche aus Reims.«

Der Kardinal nahm das Schreiben unwirsch an, verärgert über diese Indiskretion. Er lenkte seinen Rotfuchs ein Stück weiter und öffnete die Botschaft erst, als er sich weit genug von den neugierigen Blicken des Bischofs entfernt hatte.

Die Nachricht kam vom Prokurator von Sainte-Balsamie. Er unterrichtete ihn darüber, dass er Interessantes über die Äbtissin Eudeline herausgefunden hatte. Doch dort stand nicht das Geringste über den Lapis exilii. Allerdings vermutete der Prokurator, dass die Äbtissin einem Waffengefährten Rocheblanches eine erhebliche Geldsumme anvertraut hatte. Pater Claret konnte nicht ausschließen, dass sie für Maynard gedacht war. Er gestattete sich sogar zu behaupten, er habe den schwachen Punkt von Äbtissin Eudeline herausgefunden und wie man diesen zu des Kardinals Vorteil nutzen konnte – sodass sie sogar Maynards Versteck preisgeben würde.

Der Kardinal spürte, dass er seiner Beute näher kam. Ihm gefiel so viel Schlauheit. Der Plan, den man ihm in diesem Brief darlegte, war so klug eingefädelt, dass er nicht einmal Gesetze brechen musste. Sobald man die Äbtissin von Sainte-Balsamie in die Zange genommen hatte, würde sie schon reden.

Er steckte den Brief in eine Satteltasche und strich zufrieden über die Mähne seines Pferdes. Dann gab er dem Rotfuchs die Sporen, ohne sich weiter um Bischof Bernardo zu kümmern.

Wenn Pater Clarets Plan aufging, würde man ihn bald in der ganzen Welt als den neuen Papst begrüßen.

14

Ferrara, Viertel San Romagnolo
15. Oktober

Maynard und Robert de Vermandois hatten auf dem Dach eines Gebäudes Stellung bezogen, das hoch genug war, um von dort aus das Haupttor des bischöflichen Palastes und darüber hinaus einen Teil des Innenhofes im Auge zu behalten. Links von ihnen ragte der Campanile von San Romano auf, vor dem sich nach Süden hin Häuser und Laubengänge bis fast an die Stadtmauern erstreckten. Auf der anderen Seite erhoben sich die mächtige Kathedrale und der Turm des markgräflichen Palastes. Zwischen dessen Zinnen waren keine Wachen zu sehen.

Maynard und Robert hatten das Gelände gründlich ausgekundschaftet. Von ihrer Position aus konnte man, wenn auch mit gebotener Vorsicht, über das Ziegeldach bis zum Giebel des Nebenhauses gelangen, von wo aus man eine bessere Sicht auf den Innenhof hatte. Tief unter ihnen standen bereits zwei Pferde für eine mögliche Flucht bereit. Sie mussten jedoch unbedingt dafür sorgen, dass sie nicht vor dem Angriff von den Wachen, die ihre Runde drehten, entdeckt wurden, daher trugen sie schwarze Umhänge, um mit dem Dunkel der Nacht zu verschmelzen. Darunter hatten sie *Brigantinen* aus Leder angelegt, außerdem führten sie eine reichliche Auswahl an Hieb- und Stichwaffen mit sich. Robert trug darüber hinaus noch einen Langbogen aus Eibenholz und am Bein einen Köcher.

Lauernd wie Katzen warteten sie nun darauf, dass das Licht der Sonne endgültig verlöschen würde.

»Ihr werdet doch nur sterben«, raunte Robert plötzlich.

»Sollte das geschehen, dann müsst Ihr Isabeau retten«, sagte Maynard, ohne die Straße aus den Augen zu lassen. »Aber bis dahin bleibt hier auf dem Dach, um mir Deckung zu geben.«

Robert wirkte nicht überzeugt. »Ich habe dort unten fünfzehn Männer gezählt. Und wenn wir es gemeinsam versuchten?«

»Ich möchte nicht, dass Ihr Euch so weit vorwagt. Eure Beteiligung darf nicht entdeckt werden.«

»Glaubt Ihr etwa, dass ich hier oben bleibe und zusehe, falls es wirklich zum Äußersten kommt?«

Maynard lächelte listig. »Ich werde mich kein zweites Mal unvorbereitet erwischen lassen. Nicht von den Hunden des Vizdoms.«

»Das wäre für alle besser«, seufzte Robert. »Eure Schwester braucht Euch noch.«

»Wenn dieses Abenteuer vorbei ist, möchte ich, dass Ihr unverzüglich zu ihr zurückkehrt.«

Roberts Miene verfinsterte sich. »Das ... kann ich nicht.«

»Wie meint Ihr das?«, fragte Maynard.

»Ich habe Euch bereits die sechshundert Goldflorin gebracht, wie sie es von mir verlangt hat. Ist das nicht genug?«

Mit Erstaunen stellte Maynard fest, dass Robert seinem Blick auswich. »Mein Freund, was ist denn mit Euch? Es sieht Euch nicht ähnlich, so zu sprechen.«

Robert zuckte mit den Schultern. »Es ist an der Zeit, dass Ihr wieder zu Eurer Verantwortung steht. Ihr müsst selbst zu ihr.«

»Das werde ich, aber erst, wenn ich etwas Wichtiges erledigt habe.«

»Das tut Ihr ja heute Nacht.«

»Nein, diese andere Angelegenheit hat mit dem Vizdom nichts zu tun.« Maynard fragte sich, inwieweit sein Freund schon in die Sache eingeweiht war. Eudeline hatte ihm bestimmt etwas erzählt, um ihn zum Aufbruch nach Pomposa zu bewegen. Doch er sollte ihm wohl nicht mehr als nötig enthüllen. »Vor einigen Monaten habe ich einen Schwur getan, und diesen möchte ich halten«, sagte er daher knapp.

»Betrifft dieser Schwur Kardinal Bertrand du Pouget?«

Maynard verzog das Gesicht. Nachdem er von Robert erfahren hatte, was der Kardinal Eudeline angetan hatte, hätte er diesen Schurken am liebsten sogleich eigenhändig erschlagen. »Der Kardinal ist sicher auch beteiligt, aber die Intrige reicht weiter, als Ihr Euch vorstellen könnt. Ich habe selbst noch nicht ihr ganzes Ausmaß erfasst.«

»Trotzdem könnt Ihr Eure Schwester nicht schutzlos lassen.«

»Deswegen bitte ich Euch um Eure Hilfe.«

»Ich liebe sie.«

Maynard fuhr herum, für einen Moment vergaß er sogar das gefährliche Vorhaben, dessentwegen er hier war. »Was habt Ihr gesagt?«

Robert mied weiterhin seinen Blick. Seine rechte Hand löste sich vom Bogen und zupfte nun an seinem dichten Schnurrbart. »Versteht Ihr, deswegen kann ich nicht nach Reims zurück«, gestand er leise. »Allein ihr Anblick …«

Maynard starrte ihn wortlos an und erkannte die Qualen, die diesen so unerschütterlich wirkenden Mann umtrieben. Er lächelte. »Ihr habt Euch ja einen schönen Moment ausgesucht, um mir das zu eröffnen.«

Nun erst sah Robert zu seinem Freund auf. »Diese Nachricht erschüttert Euch nicht?«, fragte er erstaunt.

»Nicht so sehr wie Eure Verlegenheit«, zog Maynard ihn auf. Dann wurde er wieder ernst. »Eudeline ist nicht für das Kloster geschaffen. Sie hat den Schleier genommen, weil ich in einem Moment der Verzweiflung einen Fehler gemacht habe. Und das werde ich mir niemals vergeben, denn obwohl sie sagt, dass sie über diese Wahl glücklich ist, belügt meine Schwester sich selbst. Ihr müsst Euch Eurer Gefühle daher nicht schämen oder für schuldig halten. Das Eingeständnis Eurer Liebe könnte mich nicht glücklicher machen.«

»Doch sie ist immer noch eine Nonne«, gab Robert zurück.

»Nur so lange sie dies wünscht.«

»Vorsicht!« Robert zeigte jäh auf eine in einen Kapuzenumhang gehüllte Gestalt, die sich dem Bischofspalast näherte.

»Ja, ich habe ihn schon gesehen«, beruhigte ihn Maynard. »Es verläuft alles nach Plan.«

Robert zupfte die Sehne seines Bogens und erzitterte schier vor Ungeduld. »Traut Ihr diesem Jungen?«

»Mehr als meinem eigenen Herzen.«

Gualtiero blieb vor dem Tor des von Fackelschein erleuchteten Palazzos stehen und zwang sich, nicht an die beiden Männer zu denken, die zu seinem Schutz keine zehn Armlängen von ihm entfernt über ihm standen und jeden seiner Schritte beobachteten. Vor ihm lag keine leichte Aufgabe, doch er war wild entschlossen, Isabeau zu retten. Selbst wenn er dafür das eigene Leben aufs Spiel setzen musste.

Er musterte die drei Soldaten, bis einer von ihnen ihm bedeutete, dass er ihn bemerkt hatte.

»Ich muss Seine Gnaden sprechen«, sagte er ehrfürchtig, »den Vizdom des Bischofs.«

»Seine Gnaden gewährt Pilgern keine Audienzen«, erwiderte der Soldat knapp.

»Ich bin kein Pilger.« Gualtiero sah sehr wohl das breite Schwert am Gürtel der Wache, doch er ließ sich davon nicht einschüchtern. »Ich bin ein Schreiber, der auf seinen Wunsch hin erschienen ist.«

»Kehrt morgen wieder, Schreiber«, gab der Soldat zurück. »Vielleicht trefft Ihr dann auf jemanden, der milder gestimmt ist als ich.«

Gualtiero ließ sich nicht beirren. »Wollt Ihr ihm dann von den Miniaturen berichten?«

»Was denn für Kreaturen?«

»Miniaturen«, verbesserte ihn Gualtiero. Wie vorhergesehen hatte die Erwähnung eines Begriffs, der dem Soldaten unbekannt sein musste, bei diesem für Verwirrung gesorgt. »Also, was meint Ihr? Wie Ihr wohl versteht, handelt es sich um wichtige Angelegenheiten.«

Ehe er etwas erwiderte, sah sich der Soldat zu seinen Gefährten um, die jedoch auch nur mit den Schultern zuckten. Er musterte Gualtiero fast hilflos, dann forderte er ihn auf, weiter ins Licht der Fackeln zu treten. »Erklärt Euch näher.«

Nun wusste Gualtiero, dass er den Mann an der Angel hatte. Er öffnete seine Tasche und holte das Heft mit seinen besten Skizzen hervor. »Die Miniaturen, die Seine Gnaden für einen heiligen Kodex des Bischofs angefordert hatte«, erklärte er und zeigte auf einige vom unruhigen Fackelschein erleuchtete Zeichnungen. »Hier könnt Ihr ein paar der Skizzen sehen, die ich ihm vorlegen möchte, ehe ich mit der Arbeit beginne.«

Der Soldat betrachtete die Bilder und konnte eine gewisse Bewunderung nicht verhehlen. »Die sind wirklich Euer Werk?«, fragte er.

Gualtiero nickte.

Die Wache musterte ihn noch einmal prüfend vom Scheitel bis zu Sohle, um sich zu vergewissern, dass er keine Gefahr darstellte. »Ich begleite Euch hinein«, sagte er schließlich und trat beiseite.

»Das ist nicht nötig«, sagte Gualtiero. »Ich kenne mich im Palast aus.« Und nach dieser Lüge konnte er ungehindert und allein eintreten.

Er durchquerte die Eingangshalle und folgte dann vorsichtig einem breiten Gang, der sich durchs gesamte Erdgeschoss des Gebäudes zog. Bis auf ein paar Diener sah er nur bewaffnete Männer. Soweit er von Maynard de Rocheblanche erfahren hatte, gehörten sie alle zum persönlichen Heer von Superanzio Orsini. In Abwesenheit des Bischofs hatte er das Kommando über den Palazzo.

Mit gesenktem Kopf lief er weiter und tat so, als spräche er leise Gebete vor sich hin, während er sich umsah. Obwohl ihn seine Kutte mit der Kapuze vor neugierigen Blicken der Wachen schützte, die an die Gegenwart von Mönchen gewöhnt waren, durfte er doch nicht durch ungewöhnliches Verhalten auffallen.

Ohne Schwierigkeiten erreichte er die Pforte zum äußeren Hof. Er verweilte kurz im Schatten einer Nische, um festzustellen, ob er nicht die Wachen alarmiert hatte, dann trat er hinaus und schlich unter einem Laubengang weiter, der rund um den Hof verlief.

Seit er den Palast betreten hatte, hatte er immer wieder mit verstohlenen Blicken herauszufinden versucht, wo Isabeau gefangen gehalten wurde. Die Versuchung, selbst nach ihr zu suchen, war groß, aber Maynard hatte ihm eingeschärft: »Haltet Euch an den Plan, und alles wird sich zum Guten wenden.«

»Haltet Euch an den Plan«, wiederholte Gualtiero leise.

Er duckte sich hinter eine Säule und verbarg sich vor einer Wache, die ihre Runde machte. Sobald er wieder allein war, beugte er sich vor, um sich einen Überblick über den Hof zu verschaffen. Es war zwar tiefdunkle Nacht, aber dank eines Dutzends Fackeln konnte er alle Einzelheiten erkennen. Dieses Licht konnte ihn allerdings verraten, sobald er selbst ins Freie treten musste.

Gualtiero bemühte sich, nicht an die Gefahr zu denken, und blickte sich weiter um, bis er entdeckte, wonach er gesucht hatte. Wie Maynard es gesagt hatte, befanden sich die Stallungen am südlichen Ende des Hofes. Zwanzig, höchstens dreißig Schritte trennten ihn von seinem Ziel.

Gualtiero zögerte kurz. Würde er nun bemerkt, wäre alles verloren. Er atmete einmal tief durch, dann eilte er in leicht gebückter Haltung los, um rasch wieder mit dem Schatten einer Hecke zu verschmelzen.

Als er die Stallungen erreicht hatte, trat er schnell ein und blieb dann mit angehaltenem Atem stehen, um zu lauschen. Er zählte bis zehn, danach bis zwanzig, aber nichts rührte sich. Vorsichtig spähte er nach draußen, doch dort war niemand zu entdecken. Gut, sagte er sich. Er konnte beginnen.

Er lief zur Wand gegenüber dem Eingang und kniete sich neben zwei Haufen von Stroh und Hafer, holte Feuerstein und Feuereisen aus seiner Tasche und begann sie gegeneinanderzuschlagen, bis ein Funke entstand.

Dann noch einer.

Und noch einer.

15

Die Flammen loderten so jäh und so laut knisternd hoch, dass Robert aufkeuchte. Auch Maynard beobachtete gebannt, wie die Feuerzungen mit gierigem Geknister aus den Stallungen leckten. Er begann sich schon Sorgen um Gualtiero zu machen, bis er sah, wie das Tor des Gebäudes unter dem Druck der scheuenden Pferde aufgesprengt wurde und er schließlich vor dem flackernden Hintergrund aus Licht und Schatten eine Gestalt mit Kapuze ausmachen konnte.

Darauf trat er an den Rand des Daches und drehte sich noch einmal zu seinem Freund um. »Folgt meinen Anweisungen«, sagte er zum Abschied.

Flink kletterte er auf den Balkon unter sich und von dort hinab zur Straße, dann lief er mit großen Schritten auf das Tor des Palazzos zu. Hier stieß er auf drei Wachen, die völlig verwirrt von dem Lärm der Flammen aus dem Innenhof waren. Ehe sie ein Wort sagen konnten, wurde einer von ihnen von einem Pfeil im Nacken getroffen und stürzte zu Boden. Maynard zog sein Schwert aus der Scheide und versenkte es im Bauch des größten Soldaten, während der letzte von einem weiteren Pfeil niedergestreckt wurde.

Maynard zog die Klinge aus seinem Opfer und schaute hinauf zum Dach, um Robert mit einem Kopfnicken zu danken. Dessen Gestalt ragte vor dem Sternenhimmel auf, er hatte die schwarze Kapuze nach hinten geschlagen und hielt den Bogen schon wieder gespannt, um nötigenfalls weiteren Tod zu bringen.

Maynard betrat das Gebäude. Er musste so schnell wie möglich in den Hof gelangen, wo er noch auf die Unterstützung seines Freundes zählen konnte. Währenddessen hoffte er, dass Gualtiero wie besprochen vorging.

Er folgte einem langen Gang, doch noch ehe er ins Freie gelangte, stieß er auf zwei Wachen. Den ersten streckte er mit einem Stich in die Kehle nieder, den zweiten rammte er so heftig, dass er zu Boden stürzte, woraufhin Maynard ihm das Schwert in den Rücken stieß.

Unbeirrt von der Blutlache, die sich rasch unter dem Mann ausbreitete, lief er weiter, geführt von Schreien und dem Geruch des Feuers.

Wenige Schritte vom Hof entfernt musste er beiseitespringen, um einem Pferd mit brennendem Schweif auszuweichen. Er sah ihm nach, wie es im Innern des Palastes verschwand, und dieser Anblick weckte in ihm düstere Ahnungen.

Schließlich wandte er sich wieder dem Hof zu.

Dieser war inzwischen die reinste Flammenhölle.

Nachdem das Feuer die Stallungen verschlungen hatte, hatte es sich durch Hecken und Bäume an der Umgrenzungsmauer entlanggefressen, bis es die Holzbalkone des ersten Stockwerks erfasste. Ein Dutzend bewaffneter Männer irrte hilf- und planlos über das Gras, sie konnten sich offenbar nicht entscheiden, ob sie das Feuer löschen oder lieber die wild gewordenen Pferde einfangen sollten.

Maynard löste seinen Umhang und ließ ihn fallen, während er mit dem Schwert in der Hand zum Zentrum der Zerstörung vordrang. Aus dem Augenwinkel bemerkte er, wie ihm eine dunkle Gestalt auf ein angrenzendes Dach folgte, und als er sah, dass diese wieder Stellung bezogen hatte, schrie er, so laut er konnte: »Superanzio Orsini, verfluchter Hund! Kommt heraus!«

Einen Moment lang schien alles stillzustehen. Alle Blicke waren auf ihn gerichtet.

Maynard musterte einen Mann nach dem anderen auf der Suche nach dem Vizdom. Doch er konnte ihn nicht ausmachen. »Das bedeutet, dass ihr alle sterben werdet«, sagte er und breitete herausfordernd die Arme aus.

Ehe die Schergen ihn angreifen konnten, ging ein Pfeilhagel auf sie nieder. Aus seinem dunklen Versteck mähte Robert die vordersten nieder, um seinem Freund einen Vorsprung zu verschaffen. Dennoch musste sich Maynard beeilen. Er wechselte das Schwert in die linke Hand, mit der rechten schwang er nun einen schweren Totschläger und ließ diesen gleich auf den ersten Gegner niedersausen, der sich ihm in den Weg stellte. Maynard machte einen Schritt zur Seite, und eingehüllt in Rauchschwaden traf er einen zweiten in den Rücken.

Eingekreist von seinen Gegnern wich Maynard einer Pike aus

und konzentrierte sich nun auf einen Hünen mit blondem Bart, der die Soldaten anführte. Er hielt dessen Hieb mit vor dem Körper gekreuztem Schwert und Totschläger auf, dann rammte er ihm sein Knie heftig in den Unterleib. Mit schmerzverzerrtem Gesicht wich der Mann zurück, während ein weiterer seiner Gefolgsleute von einem Pfeil Roberts durchbohrt wurde. Maynard nutzte diese Ablenkung, um sich eine Bresche durch die Feinde zu schlagen; blind hieb er darauflos und durchschnitt die Schulter eines weiteren Gegners.

Darauf hielt er kurz inne, um sich das Blut aus dem Gesicht zu wischen, und das Schwert des Hünen mit dem blonden Bart verfehlte ihn nur knapp. Blitzschnell wich Maynard aus und holte zu einem Hieb aus, der den Mann am rechten Knöchel traf. Der Hüne sank in die Knie, und Maynard erwischte ihn mit dem Totschläger an der Schläfe. Mit einem schrecklichen Geräusch, das die wenigen Überlebenden dieses Kampfes erschauern ließ, löste sich dessen Schädel beinahe vom Hals.

»Superanzio Orsini!« Voller Mordlust stieß Maynard mit dem Fuß den Leichnam seines letzten Opfers beiseite. »Seid Ihr wirklich so ein Feigling, dass Ihr Euch weiterhin versteckt?«

Keiner aus dem Häuflein verschreckter Schergen wagte es, ihn anzugreifen. Bis schließlich aus dem Rauch und den Flammen ein Mann auftauchte.

»Elender Franzose!« Der Vizdom schäumte vor Wut. »Diesmal werde ich Euch das Herz aus der Brust reißen.«

Gualtiero hatte unbemerkt den Palast erneut betreten und mischte sich unter die vom Feuer aufgescheuchte Dienerschar. Ihm blieb nur wenig Zeit zum Handeln, und noch weniger konnte er sich Gedanken um das Schicksal von Maynard de Rocheblanche machen. Da waren nicht nur die Schergen des Bischofs, sondern auch die Soldaten des Marchese, die bestimmt bald in den Kampf eingreifen würden.

Deshalb eilte er den Weg zurück, den er gekommen war, bis er die Treppe zu den Untergeschossen erreichte. Nach allem, was er von den beiden französischen Rittern gehört hatte, würde er Isabeau hier am ehesten finden. Ohne zu zögern lief Gualtiero nach unten; er war sicher, dass jeder, der eine Waffe schwingen konnte, draußen im Hof war, um Maynard zu ergreifen.

»Isabeau!«, rief er auf der Treppe. »Isabeau!«

Er folgte einem schmalen Gang, immer wieder ihren Namen rufend, aber als er das Ende des Ganges erreicht hatte, der noch von seinen Rufen widerhallte, hatte er sie immer noch nicht gefunden. »Isabeau!«, schrie er wieder, während die Angst ihm fast den Atem nahm. »Bitte sag mir, wo du bist!«

»Gualtiero!«

Er fuhr herum, von plötzlichem Glücksgefühl durchströmt. »Ja, Isabeau! Ich bin's! Sag mir, wo du bist!«

»Ich weiß es nicht«, rief sie zurück.

Doch ihre Stimme wies ihm den richtigen Weg. Gualtiero bemerkte, dass er einen Seiteneingang übersehen hatte, der so schmal war, dass er nicht ins Auge fiel. Rasch lief er hinein, ungeduldig, Isabeau endlich in die Arme schließen zu können. »Ruf weiter!«, forderte er sie auf.

»Sei vorsichtig!«, rief sie.

»Ich kann dich hören. Du bist ganz nahe!«

»Sei vorsichtig, bitte! Da ist ein Mann!«

Im selben Moment, in dem er die Warnung hörte, bemerkte Gualtiero eine Bewegung hinter sich. Seine Hand reagierte schneller, als er sich das jemals hätte vorstellen können. Und als sich grobe Finger auf seine Schultern legten, stieß er aufs Geratewohl mit dem kleinen Dolch zu, den er in einer Tasche seines Gewandes verborgen hatte.

16

»Lasst das Mädchen frei«, befahl Maynard.

Durch die Flammen und den Rauch, die inzwischen jeden Winkel des Hofes erfüllten, kam Superanzio Orsini auf ihn zu. Trotz seiner Wut wirkte er wachsam. »Und Ihr zieht Euren Bogenschützen dort ab.«

»Der braucht Euch nicht zu bekümmern.« Maynard berührte ihn mit der Spitze des Schwertes an der Brust, was einen roten Fleck auf dem bischöflichen Wappen seines Obergewandes hinterließ. »Wenn Ihr heute Nacht sterbt, dann allein durch meine Hand.«

Superanzio wich zurück. »Ihr seid vollkommen verrückt, Rocheblanche! Glaubt Ihr wirklich, dass ein solcher Angriff unbestraft bleiben könnte? Euer Kopf wird auf einer Pike enden!«

»Lasst das Mädchen frei, habe ich gesagt!«

»Zuerst möchte ich Eure Geheimnisse erfahren.«

Maynard lächelte abfällig. In dieser Nacht hatte er schon zu viele Männer getötet, als dass ihm noch der Sinn nach Verhandlungen stünde. Er wollte, dass Isabeau gerettet würde, aber genauso sehr gierte er nach dem Blut dieses Schurken. »Ich will sie jetzt sehen, und zwar lebend, verdammter Hund!«

»Wagt es nicht, so mit mir zu reden!« Mit einem Aufschrei zog der Vizdom sein Schwert und ging zum Angriff über.

Klirrend trafen die Klingen aufeinander, als Maynard parierte, dann folgte ein Austausch wütender Schwerthiebe, die Superanzio schließlich in die Enge trieben.

»Petricciolo!«, schrie er und entwand sich wie eine Schlange Maynards Versuch, seine Klinge zu binden.

Maynard drehte sich zu den drei Soldaten um, die auf Superanzios Rufen herbeigelaufen kamen. Ein Pfeil Roberts traf einen von ihnen, der zweite zischte ins Leere und bohrte sich in den Boden. Maynard sprang zurück, damit Robert besser zielen konnte, doch ihm wurde klar, dass der ihm nicht mehr helfen konnte. Die Rauchwolken waren inzwischen so dicht geworden, dass ein genaues Zielen unmöglich war.

Ein schneidender Schmerz an der linken Schulter ließ ihn aufstöhnen. Er wich ein Stück zurück von dem feigen Kerl, der ihn von hinten getroffen hatte, und sobald er dessen Hasenscharte erblickte, erkannte er in ihm den Mann wieder, der ihn vor Monaten beinahe totgeschlagen hatte. Der Mann schwang ein Kurzschwert und lauerte nur darauf, noch einmal zuzustechen.

»Bastard!«, brüllte Maynard und schlug mit dem *Rabenschnabel* nach ihm.

Petricciolo warf sich zur Seite, um dem Hieb auszuweichen; Maynard nutzte die Gelegenheit, um den dritten Schergen zu töten, der noch an der Seite Superanzios verblieben war. Er griff ihn frontal an und zertrümmerte ihm mit dem Schwertknauf Nase und Stirn, dann wich er zurück und beobachtete die beiden Gegner, die dem Blutbad bisher entkommen waren: Superanzio und Petricciolo. Um sie herum häuften sich zwischen den Flammen die Leichen.

Petricciolo beendete als Erster das gegenseitige Belauern. Er griff Maynard von vorne an, sodass der Vizdom ihn im Rücken attackieren konnte.

Maynard wusste sich beiden zu entziehen, doch die Schulterverletzung hinderte ihn, einen Gegenschlag erfolgreich zu Ende zu führen. Er strauchelte und fiel rücklings auf ein Bett aus Asche. Superanzio war sofort über ihm, nur vom Wunsch beseelt, ihn zu durchbohren, doch Maynard wich seinen Hieben aus und konnte ihm im Wegrollen eine Streifwunde am Schenkel zufügen.

»Endlich sehe ich Euer Blut!«, rief er triumphierend und sprang wieder auf die Füße.

Superanzio taumelte zurück und sah sich hilfesuchend um. Petricciolo schien zunächst zwischen Dunkelheit und Flammen verschwunden zu sein, doch dann sprang er unvermittelt aus dem dichten Rauch hervor. Maynard konnte einem Hieb seines Kurzschwerts nicht mehr entgehen, der aber glücklicherweise an seinem Ledergurt abglitt. Er stieß Petricciolo gegen die Säule eines Bogengangs, der in Flammen stand. Dieser stürzte über ihm zusammen und begrub ihn unter sich.

Doch Maynard war noch nicht mit Petricciolo fertig. Er packte ihn am Fuß und zerrte ihn unter den glühenden Trümmern hervor. Zufrieden sah er zu, wie er sich vor Schmerzen wand. Maynard dachte daran, wie dieser Mann ihn erniedrigt und brutal zusammengeschlagen hatte. Er dachte daran, dass dieser Mann Isabeau entführt hatte. Schließlich stellte er seinen Stiefel auf dessen Stirn, spuckte ihn verächtlich an und rammte sein Schwert tief in Petricciolos Mund.

Superanzio beobachtete das Ganze wie gelähmt.

»Jetzt seid Ihr an der Reihe, edler Herr«, höhnte Maynard, während er seine Klinge an den versengten Gewändern des Toten abwischte.

Superanzio wich zurück. »Und wenn ich Euch das Mädchen übergebe?«, fragte er.

»Sagt mir, wo sie ist, dann denke ich über Euer Angebot nach«, gab Maynard kalt zurück.

»In den unteren Geschossen.«

»Dann wird der junge de' Bruni sie schon in Sicherheit gebracht haben.«

Der Vizdom unterdrückte einen Fluch, dann schwang er sein Schwert wieder hoch zum Angriff. »Und Kardinal du Pouget?«, fragte er mit bebender Stimme. »Wollt Ihr denn nichts mehr über ihn erfahren?«

Maynard winkte ab. »Kürzlich hat man mich über seine Machenschaften in Kenntnis gesetzt.« Er setzte einen blitzartigen Schlag, um die Deckung des Vizdoms zu prüfen, gefolgt von einem weit besser platzierten Hieb, den Superanzio zwar parieren konnte, jedoch nur unter großer Anstrengung. Seine Arme zitterten, als er Maynards Klinge zurückstieß. »Ich weiß alles über ihn.«

»Das bezweifele ich!« Superanzio zögerte mit einem neuerlichen Angriff, doch dann kam er erschöpft auf Maynard zu. »Ihr wisst ja nicht, wozu dieser Mann fähig ist.«

»Ich weiß, dass er ein Ungeheuer ist wie Ihr, vielleicht noch eine Spur gieriger.« Entschlossen, bis zum Ende zu kämpfen, wehrte Maynard den von oben geführten Hieb ab und nutzte dann seine unbewaffnete Hand, um die Deckung Superanzios zu durchbrechen und ihm mit der Faust hart ins Gesicht zu schlagen.

Superanzio stürzte rücklings in einen Holzzaun, der unter seinem Gewicht zusammenbrach. Ein großer Splitter bohrte sich in seine Seite, und er schrie auf vor Schmerz.

»Du Pouget!«, fuhr Maynard angewidert fort. »Dieser Schurke hat vergeblich seine Mörder ausgesandt, um mich zu töten. Dann hat er meine Schwester entführt, weil es ihm nicht genügte, eine Spionin in ihrem Kloster einzunisten, doch sie wurde rasch befreit. Wie Ihr seht, weiß ich nur zu gut über ihn Bescheid. Ein Freund hat mir diese Nachrichten überbracht, derselbe Mann, der heute Nacht Eure Schergen mit seinen Pfeilen durchbohrt hat.« Maynard setzte dem Vizdom das Schwert an die Kehle. »Aber das ist noch nicht alles, Herr. Ich glaube allmählich, dass es tatsächlich Bertrand du Pouget war, der Jang de Blannen verraten hat, um damit eine Intrige, die vor vielen Jahren gesponnen wurde, zu beenden. Und all das … für den Lapis exilii. Ja, so muss es sein. Das erklärt auch seinen Ring …«

»Vielleicht habt Ihr recht.« Superanzio richtete sich auf die Ellbogen auf und suchte verzweifelt nach einem Ausweg. »Schließlich fürchtete auch Facio di Malaspina den Kardinal. Er hat ihn immer gefürchtet …«

Maynard stand weiterhin drohend über ihm. »Doch Kardinal Bertrand du Pouget ist keine Bedrohung mehr für mich. Er weiß nicht, wo ich mich verstecke und welche Geheimnisse ich kenne. Ich werde ihn im rechten Moment überraschen und –«

»Ihr seid ein Narr!«, unterbrach ihn Superanzio höhnisch lachend.

Maynard beugte sich über ihn. »Was meint Ihr damit? Sprecht, oder –« Bevor er den Satz beenden konnte, hörte er, wie ihn jemand von oben rief. Er sah hinauf zu den rauchumhüllten Dächern, bis er dort Robert entdeckte, der heftig mit den Armen winkte.

»Beeilt Euch, mein Freund!«, rief er. »Von der Piazza eilen jede Menge Soldaten herbei!«

»Geht voran!«, rief Maynard zurück. »Ich komme dann nach!«

»Ich decke Eure Flucht!«, beharrte Robert.

»Nein, eilt jetzt! Denkt an Gualtiero und Isabeau!«

Schließlich gab Robert nach, und Maynard verabschiedete sich stumm von ihm. Erst danach wandte er sich wieder dem Vizdom zu, doch diese Spanne der Unaufmerksamkeit hatte Superanzio genügt, um einen erneuten Angriff zu versuchen. Maynard konnte gerade noch ausweichen, doch als er den eigentlich tödlichen Schlag abwehrte, traf er seinen Gegner in den Bauch.

Superanzios Schrei wurde von einer Blutfontäne erstickt.

»Narr …«, wiederholte er schließlich stöhnend. »Der Kardinal … wird alles erfahren …«

Maynard riss ihn am Kragen seines Gewandes hoch. »Wie?«, drängte er. »Gesteht! Enthüllt mir alles!«

Superanzio fand noch die Kraft zu einem letzten Grinsen. »Ich habe Befehl gegeben … wenn ich sterbe … an jemanden Nachricht zu schicken …«

»An wen?«

Die Lider des Vizdoms schlossen sich.

»An wen, du Bastard?«, wiederholte Maynard.

Doch aus dem Mund Superanzios quoll nur noch ein roter Blutstrom.

17

Mit dem Bogen über der Schulter sprang Robert vom Dach und machte sich auf den Weg zu dem Platz, an dem die Pferde auf sie warteten. Dann dachte er an Maynards eindringliche Aufforderung, sich um die beiden jungen Leute zu kümmern. Er kehrte auf dem Absatz um und hastete, ohne auf die herbeieilenden Schergen zu achten, auf das Tor des Bischofspalastes zu. Dort stieg er über die Leichen der Wachen hinweg, immer bereit, gegen jeden zu kämpfen, der das Feuer überlebt hatte, als er zwei Gestalten aus der Eingangstür kommen sah.

»Herr, Ihr seid es!«, rief Gualtiero mit bleichem Gesicht. Neben ihm stand ein blondes Mädchen, das Ordenstracht trug.

»Schnell!«, trieb Robert sie an und lief wieder in die Richtung, die er zunächst eingeschlagen hatte. »Es gilt keine Zeit zu verlieren!«

»Und Maynard?«, fragte Isabeau.

»Ich soll Euch in Sicherheit bringen«, sagte Robert nur und hastete ihnen in eine Gasse voran. »Um Maynard kümmere ich mich später.«

Sie erreichten einen verlassenen Garten, in dem sie zwei bereits gesattelte Pferde erwarteten. Gualtiero erkannte Maynards Rappen und saß auf. »Komm herauf«, drängte er Isabeau und nahm sie bei der Hand.

Robert bestieg das andere Tier, schnalzte mit den Zügeln, und dann ging es im Galopp auf die Hauptstraße zu. Sie hatten das Ende der Gasse noch nicht erreicht, als sie auf eine Schar Wachen mit Fackeln in den Händen stießen. Robert ließ sein Pferd hochsteigen, worauf die vordersten Soldaten zu Boden gingen, dann trieb er dem Tier die Sporen in die Flanken und öffnete galoppierend eine Bresche für Gualtiero und Isabeau.

»Folgt mir!«, rief er und ritt alle Männer nieder, die sich ihm in den Weg stellen wollten.

Auf der Hauptstraße wandten sie sich nach Süden und konnten

gerade noch sehen, wie eine Schar Bewaffneter in den Bischofspalast eindrang.

»Zur Porta San Romano!«, rief Robert.

In schnellem Galopp ritten sie über die Kreuzung mit der Via Grande und hielten erst kurz inne, als sie die Stadtmauer hinter sich gebracht hatten. Die Flammen des Brandes hinter ihnen waren immer noch zu sehen, ein glühender Kern im Dunkel der Nacht.

Kurz nach Tagesanbruch überquerte ein Bote zu Pferd den Stadtgraben von Bologna und trieb sein Pferd an, bis er das Viertel San Domenico erreicht hatte. Kurz darauf wurde Bischof Guido di Baisio in seinem Himmelbett geweckt, das sich in einem der geschütztesten Bereiche des prächtigen Palastes befand. Er diente ihm als Wohnsitz, seit er Erzdiakon der Kurie dieser Stadt gewesen war.

Nur mit einem Nachthemd bekleidet empfing der Bischof den Boten in seinem Arbeitszimmer und bat ihn, ein wenig abseits zu warten, während er gähnend das Siegel des Briefes erbrach, den er ihm gebracht hatte. Die Botschaft stammte von seinem Vizdom Orsini, also brachte sie bestimmt Schwierigkeiten mit sich. Doch als er den Brief öffnete und einen Kardinalsring in Händen hielt, empfand er wirkliche Sorge.

Schnell überprüfte er die Fassung mit dem silbernen Löwen auf rotem Grund, dann widmete er sich dem Inhalt des Briefes. Inzwischen war er wach, wenn auch übler Laune, doch der letzte Anflug von Müdigkeit wich schlagartig, als er einen Namen las.

Bertrand du Pouget.

Guido di Baisio richtete sich in seinem Stuhl auf, seine Miene verfinsterte sich zusehends. In welche gefährliche Intrige hatte Superanzio sich verstrickt? Als er den Brief zu Ende gelesen hatte, hatte sich seine Sorge in blanke Angst verwandelt.

Er starrte den Boten an, der regungslos in einem Winkel seines Arbeitszimmers stand, und schlug stumm ein Kreuz.

18

Abtei Santa Maria di Pomposa
16. Oktober

Abt Andrea lief in der Sakristei auf und ab, verfolgt von den aufmerksamen Blicken Fiumanos. Einige Male war er schon versucht gewesen, vor einem mit Edelsteinen übersäten Kruzifix auf die Knie zu fallen, um göttlichen Rat herbeizuflehen, hatte dann aber doch davon abgesehen.

Wenige Schritte von ihm entfernt wartete ein besorgter Gualtiero darauf, dass sich der Abt beruhigen würde. Als er ihn um eine private Audienz gebeten hatte, um ihn über das Vorgefallene in Kenntnis zu setzen, hatte er nicht damit gerechnet, dass Andrea sich so erregen würde.

»Hätte ich das nur gewusst …«, rief der Abt zum wiederholten Mal. »Ich hätte es nie zugelassen … Oh Herr! Nein, nie, niemals!«

»Es musste sein«, sagte Gualtiero leise.

Andrea fuhr herum. »Musste sein?«, sagte er scharf. »Männer zu töten? Den bischöflichen Palast anzuzünden?«

Gualtiero hielt seinem Blick stand. »Sie hielten Isabeau gefangen.«

»Kommt endlich zu Euch, mein Sohn! Das war ein Überfall!«

»Chevalier Maynard hat nur Gerechtigkeit walten lassen.«

»Er hat sich rächen wollen«, widersprach ihm der Abt. »Wenn es so ist, wie Ihr mir berichtet habt, geht seine Fehde mit dem Vizdom weit über das hinaus, was wir uns vorstellen können.«

»Und selbst wenn?«, gab Gualtiero aufgebracht zurück. »Er hat einen grausamen Mann getötet. Der heilige Thomas würde keinen Augenblick zögern, ihm zu vergeben.«

Als er den Namen des Heiligen hörte, wurde Abt Andrea zornig. *»Vox populi, vox ignorantiae!«*, rief er aus. »Selbst wenn Thomas von Aquin das Töten von bösen Menschen rechtfertigt, billigt er doch keinesfalls den Einsatz blinder Gewalt. Gerechtigkeit zu üben ist den Fürsten vorbehalten, nicht irgendwelchen Unbesonnenen.«

Nun konnte Gualtiero sich nicht mehr beherrschen, mit geballten Fäusten lief er auf den Abt zu. »Solche Empörung für einen Schurken, wo Ihr nicht halb so viel zeigtet über den Tod meines Vaters!« Er funkelte ihn so drohend an, dass Andrea zurückwich. »Ihr mächtigen Männer seid doch alle gleich. Stets bereit, einander zu zerfleischen, aber vor dem Volk steht Ihr geschlossen da!«

»Wie könnt Ihr es wagen!«, fuhr der Abt auf. »Nehmt Eure Worte sofort zurück oder ich –«

Gualtiero brachte ihn durch eine abfällige Handbewegung zum Verstummen. »Was, wenn Rocheblanche wirklich Rache gesucht hätte? Hätte ich dies doch über mich gebracht, oh ja!« Er lächelte bitter. »Aber Isabeau ist in Sicherheit, das genügt mir.«

»Isabeau …«, wiederholte Abt Andrea nachdenklich. »Habt Ihr sie … hierhergebracht?«

»Ich weiß doch, wie sehr Euch ihre Anwesenheit hier missfällt«, sagte Gualtiero, ohne sich erneut zu erregen. »Ich habe sie zurück zu den Nonnen von Sant'Antonio Abate gebracht, wie mir Robert de Vermandois geraten hatte.«

Der Abt betrachtete eingehend das kostbare Kruzifix an der Wand, dann den Windhund, der sich in einer Ecke des Raums niedergelassen hatte. »Warum ist Robert de Vermandois denn nicht bei Euch?«, fragte er dann besorgt.

»Nachdem er mir den Weg gewiesen hat, ist er nach Ferrara zurückgekehrt. Er möchte herausfinden, was mit Maynard geschehen ist.«

»Heiliger Himmel! Ist er denn verrückt geworden? Er wird am Ende von den Schergen verhaftet werden.«

Die Reaktion des Abts erstaunte Gualtiero, und er fragte sich, ob hinter diesem überraschend großen Mitleid für einen eigentlich Fremden nicht ein anderes Motiv steckte. Es war kein Geheimnis, dass Robert de Vermandois im Kloster einen Schrein voll mit Münzen hinterlegt hatte.

»Robert fühlt sich Maynard verpflichtet«, erklärte er. »Ihre Verbindung geht über bloße Freundschaft hinaus. Sie sind einander wohl tief ergeben.«

»Und Ihr, Gualtiero, wem seid Ihr ergeben?« Abt Andrea musterte ihn herausfordernd. »Ich habe schon zu viel Nachsicht mit Euch gehabt, mich geduldet und ohne mit der Wimper zu zucken Eure unvorhergesehenen Handlungen ertragen. Aber nun reicht es, ich verlange eine Antwort von Euch!«

Gualtiero breitete hilflos die Arme aus. Die aufwühlenden Ereignisse der vergangenen Nacht hatten ihn die Pläne des Abts vollkommen vergessen lassen. »Ich bin eines kontemplativen Lebens nicht würdig«, gestand er nun.

»Meiner Meinung nach würdet Ihr ganz im Gegenteil einen ausgezeichneten Novizen abgeben.«

»Ich habe einen Mann getötet.«

Abt Andreas Augen weiteten sich vor Entsetzen. »Wann ist das geschehen?«

»Letzte Nacht, im Palast des Bischofs.« Gualtiero sank mit dem Rücken gegen eine Wand. Die Anspannung der Nacht wich so plötzlich, dass es ihm alle Kräfte raubte. »Ich musste es tun. Um Isabeau zu befreien.«

»Ach, dieses Weib!«

»Sie trifft keine Schuld.«

»Fühlt Ihr wenigstens Reue?«

»Reue?« Gualtiero erforschte rasch sein Gewissen. Sein sehnlichster Wunsch war es, allein zu sein und sich keine Gedanken mehr machen zu müssen. »Nein, ehrwürdiger Vater. Ich fühle nur Erleichterung, dass ich noch am Leben bin.«

Der Abt beugte sich über ihn. »Ihr müsst beichten, mein Sohn. Noch ist Zeit dazu! Nehmt Gott in Eurem Herzen an …«

»Warum?«, fragte Gualtiero. »Könnt Ihr ihn etwa hören?«

Andrea verzog das Gesicht schmerzlich. »Ja, früher hörte ich ihn. Und ich lebe nur für den Augenblick, dass dies wieder geschieht.«

Gualtiero stützte die Hände auf den kalten Boden und versuchte die Kraft zu finden, um aufzustehen. »*Ich* hingegen warte einzig auf den Augenblick, in dem ich meine Mutter wiedersehe.«

»Nehmt Vernunft an. Die Sorge trübt Euren Verstand.«

»Nicht die Sorge beherrscht mich. Nicht mehr, seit ich weiß, dass meine Mutter mich belogen hat. Jetzt will ich nur noch die Wahrheit herausfinden und entdecken, wer ich wirklich bin. Ich kann nicht mit dem Zweifel weiterleben.«

»Ich begreife nicht … von welchen Lügen sprecht Ihr?«

»Maynard hat es für mich herausgefunden.«

»Maynard?«

Gualtiero war auf dem Weg zur Tür, doch dann zögerte er. »Warum überrascht Euch das?«, fragte er. »Teilt Ihr nicht etwa auch Geheimnisse mit diesem Mann?«

»Wenn Ihr Euch auf das Buch bezieht, von dem ich Euch erzählt habe –«, begann der Abt.

»Das geht mich nichts an«, unterbrach ihn Gualtiero. »Wisst jedenfalls, dass ich Eure Botschaft verstanden habe.« Mit diesen Worten verschwand er.

Abt Andrea blieb allein im Halbdunkel der Sakristei zurück. »Nach allem, was vorgefallen ist«, sagte er leise, »bezweifele ich, dass dies noch etwas helfen wird.«

19

Reims, Kloster Sainte-Balsamie
1. November

Die Messe zu Allerheiligen erschütterte Eudeline derart, dass sie die Kirche so schnell wie möglich verließ. Beim Gedanken an all diese Seligen dort im *Empyreum*, die die Sterblichen betrachteten und im Licht der himmlischen Gnade über sie urteilten, hatte sie sich schmutzig und erbärmlich gefühlt. Nicht nur Aleydis' wegen, die sie inzwischen in einem Flügel des Klosters untergebracht hatte. Nein, sie quälte, dass sie weder ihre Gefühle Robert gegenüber zu unterdrücken vermochte noch ihr schlechtes Gewissen, ihn auf eine gefährliche Reise geschickt zu haben. Seit drei Monaten hatte sie keine Nachricht mehr von ihm, und obwohl sie wusste, wie lange Briefe über eine so große Entfernung brauchten, war sie in beständiger Anspannung. Schon ein paar Worte hätten ihr genügt, nur um sich zu vergewissern, dass es ihm gut ging und dass er sie noch liebte.

Törichtes Weib, schalt sie sich. Es hatte eine Zeit gegeben, da sie dachte, sie sei stark und habe genug gelitten, um das Klosterleben klaglos zu ertragen. Und was tat sie jetzt? Sie schwärmte für einen Mann wie die Bauernmädchen, die sie durch die Gitter ihres Klosters beobachtete.

In einen wollenen Umhang gehüllt lief sie rasch den Weg zu ihrem Domus particularis entlang, bevor eine ihrer Mitschwestern sie noch mit irgendeiner unsinnigen Bitte belästigte. Sie war nicht in der Laune, sich die Wünsche von Nonnen anzuhören, die die Kutten mit Stickereien verzieren, Katzen halten oder die Essenszeit verlängern wollten. Zweifellos hätte sie unbeherrscht reagiert.

Sie kam ungestört bis zum Kreuzgang, doch dann hörte sie schnelle Schritte hinter sich. Jemand versuchte, sie einzuholen. Sie wandte sich halb um, mit dem strengsten Gesichtsausdruck, zu dem sie fähig war.

Zu ihrem Erstaunen sah sie Pater Claret vor sich.

»Ich möchte allein sein«, erklärte sie ihm und setzte ihren Weg fort.

»Ich habe keineswegs vor, Euch zu belästigen«, sagte der Prokurator, doch er machte noch ein paar längere Schritte, bis er neben ihr war. »Dennoch brauche ich Euren Rat.«

Eudeline musterte den Mann und sein glattes Lächeln und empfand spontan Abscheu ihm gegenüber. Dann bemerkte sie ein ledergebundenes *Kartular* unter seinem Arm. »Worum geht es?«

»Ich will schon einige Zeit mit Euch sprechen, und ich kann es nicht mit meinem Gewissen vereinbaren, es noch länger aufzuschieben.« Pater Claret forderte sie auf, in der Nähe des Kreuzgangs stehen zu bleiben, entfernt von neugierigen Blicken, und fuhr dann mit leiserer Stimme fort: »Wie Ihr wisst, überprüfe ich gerade die Akten und Dokumente von Sainte-Balsamie. Seine Exzellenz der Bischof verlangt, dass die Verwaltung jeder Pfarrei und religiösen Gemeinschaft von Reims offengelegt wird, um so die Steuerschätzungen der Apostolischen Kammer zu erleichtern.«

Pater Claret wartete darauf, dass Eudeline nickte, dann seufzte er. »Nun also, als ich die alten Verzeichnisse des Klosters ansah, bin ich auf eine Unregelmäßigkeit gestoßen.«

»Erklärt Euch genauer.«

»Ich möchte betonen, dass diese nicht Eure Amtszeit betrifft, sondern die Eurer Vorgängerin.«

»Das erstaunt mich nicht«, erwiderte Eudeline, die wegen dieses langen Vorgeplänkels allmählich die Geduld verlor. »Mutter Cécile war nicht sehr bewandert in Verwaltungsangelegenheiten. Manchmal setzte sie Dokumente in Eile und nicht sehr sorgfältig auf.«

Der Prokurator senkte den Blick. »Ich fürchte, es geht um mehr als das, ehrwürdige Mutter.«

»Dann redet nicht länger um den heißen Brei herum.«

Der Prokurator nickte. »Ich nehme an, Ihr wisst, dass Mutter Cécile durch den Papst als Äbtissin eingesetzt wurde und deshalb verpflichtet war, dem Heiligen Stuhl ein Drittel der jährlichen Einnahmen zuzuerkennen. Es handelt sich um eine übliche Praxis, der

Ihr selbst ebenfalls unterliegt. Doch gemäß den Dokumenten in meinem Besitz«, er zeigte ihr das Kartular, »ist Eure Vorgängerin ihren Verpflichtungen nur zum Teil nachgekommen. Während ihrer gesamten Amtszeit hat sie weder die allgemeinen *Serviten* noch die *Servitia communia* gezahlt. Außerdem gibt es Unregelmäßigkeiten betreffs der *Decimae* und der *Servitia minuta*, die nicht fortlaufend gezahlt wurden, besonders in der Zeit kurz vor ihrem Tod.«

Eudeline traute ihren Ohren nicht. »Das tut mir leid«, sagte sie und musterte die heuchlerische Miene des Prokurators misstrauisch. Mutter Cécile war ihre Lehrmeisterin gewesen, sie hatte ihr alles beigebracht, was man über die Leitung eines Klosters und die Ländereien wissen musste, hatte sie bestärkt, ihren Kopf und ihre Persönlichkeit einzusetzen. Dass diese Frau über Jahre hin die Geldeintreiber des Papstes betrogen haben sollte, überraschte sie zwar, aber sie ließ sich davon nicht aus der Fassung bringen. »Das tut mir leid«, wiederholte sie, »aber es betrifft nicht mich.«

»Doch, das betrifft Euch sehr wohl«, widersprach Pater Claret, konnte ihr dabei aber nicht in die Augen sehen. »Da Ihr die gleichen Privilegien genießt, müsst Ihr die Schulden der Äbtissin Cécile bezahlen.«

Eudeline fuhr auf. »Aber … das ist unannehmbar!«

»So sieht es die Apostolische Kammer vor.« Der Prokurator gönnte sich ein kleines Lächeln. »Grundlage für das Eintreibungsverfahren sind nicht die Begünstigten, sondern die Vergünstigungen, die ständig gemäß ihres Werts Abgaben einbringen müssen, ohne Ansehen der Nachfolge von Personen, denen sie anvertraut sind.«

»Doch ich wusste nichts davon.« Eudeline spürte, wie ihre Sorge wuchs.

»Niemand wusste davon, ehrwürdige Mutter. Aber nun ist der Missstand entdeckt und muss behoben werden.«

»Habt Ihr eine Vorstellung, um welchen Fehlbetrag es sich handelt?«

Pater Claret fiel es sichtlich schwer, seine Freude zu verbergen. »Grob geschätzt siebentausend Goldflorin. Ich muss noch die Belege für die Abgaben überprüfen und –«

»Das ist Wahnsinn!« Eudeline riss dem Prokurator das Kartular aus der Hand und sah sich die darin enthaltenen Dokumente an, ihr Blick glitt prüfend über die Zahlenreihen. Obwohl Mutter Céciles Hinterziehung offensichtlich war, konnte sie ihren Zorn nur an ihrem Gegenüber abreagieren. Dieser gemeine Kerl genoss die Situation. Je genauer sie ihn betrachtete, desto mehr war sie davon überzeugt. Verärgert hielt sie ihm das Buch hin. »Die Kassen des Klosters verfügen nicht über ein solches Vermögen.«

Der Prokurator nickte und gab sich verständnisvoll. »Das weiß ich, ich kenne die Finanzen von Sainte-Balsamie genau«, sagte er und grinste Eudeline zu ihrem Erstaunen an. »Ich weiß jedoch auch, dass Ihr über anderen Besitz verfügt, das Erbe Eurer Familie.«

Eudeline wich empört zurück. »Ihr werdet doch nicht etwa verlangen, dass ich eine solche Summe aus eigener Tasche bezahle!«

»Ich selbst verlange gar nichts«, erklärte der Prokurator, der nun offen unverschämt wurde. »Übermittelt Eure Beschwerden an die Beamten der päpstlichen Schatzkammer. Ich habe nur die Pflicht, Euch darauf hinzuweisen, dass eine Ablehnung Euch den Kirchenbann, wenn nicht Schlimmeres einbringen würde.«

Obwohl sie vor Wut zitterte, musste Eudeline ihm recht geben. Sie kannte die Strafmaßnahmen der Kirche, die besonders zu Zeiten des verschwenderischen Clemens VI. auf säumige Zahler angewandt wurden. Dennoch hatte sie nicht vor, einen derartigen Übergriff einfach so hinzunehmen. Wenn sie die siebentausend Goldflorin zahlte, würde sie damit das gesamte Familienvermögen abtreten, und ihr blieben nur die Burg Rocheblanche und die vom Vater ererbten Ländereien.

»Könntet Ihr mir ein paar Tage Frist einräumen, bevor Ihr den Fehlbetrag der Apostolischen Kammer meldet?«

»Ihr verlangt viel von mir, ehrwürdige Mutter.«

»Ich wäre Euch dankbar.« Eudeline zwang sich zu vorgetäuschter Freundlichkeit. »Ich möchte eine andere Lösung finden, die mich vor dem völligen Zusammenbruch meiner Finanzen bewahrt.«

Pater Claret strich sich nachdenklich übers Kinn. »Ich gebe Euch einen Tag Zeit«, sagte er dann. Er verbeugte sich und wandte ihr den Rücken zu, doch aus dem Augenwinkel konnte sie noch sein triumphierendes Lächeln sehen.

Eudeline lehnte sich an eine Säule, weil ihre Beine nachzugeben drohten. Innerlich tobte sie vor Verzweiflung.

In der Nacht fand sie keinen Schlaf. Über Stunden wälzte sie sich im Bett herum, ihre Unruhe wuchs, bis sie spürte, dass sie jetzt einen Spaziergang an der frischen Luft brauchte. Sie stand von ihrem Lager auf, holte sich den wollenen Umhang und verließ ihr Domus. Trotz der Kälte empfand sie sofort Erleichterung, als ihre Füße ins Gras eintauchten. Die Dunkelheit war beinahe mit Händen zu greifen, und die Luft roch nach Schnee, obwohl der Himmel beschlossen hatte, die Dörfer und Felder von Reims für den Moment noch zu verschonen.

Gedankenversunken bog Eudeline in einen dunklen Weg ein und folgte den Fackeln an den Mauern, die das Kloster von der Stadt trennten. Wäre doch Maynard nur bei ihr! Er hätte ihr bestimmt einen guten Rat geben können. Und als Erstes hätte er Pater Claret am Kragen gepackt und ihn fortgejagt wie einen lästigen Bettler, dann wäre er zum Bischof gegangen und hätte dort mit der Faust auf den Tisch geschlagen.

Doch in dieser Männerwelt musste Eudeline ihren Kampf nun allein austragen. Ihr war bewusst, dass sie sich der Apostolischen Kammer nicht widersetzen durfte, die auf einer Bezahlung der Schulden bestehen würde, selbst wenn sie auf den Titel einer Äbtissin verzichtet hätte. Jedoch konnte sie sich auch nicht erlauben, den Geldbesitz der Familie vollständig aufzuzehren. Das wäre Unrecht ihrem Bruder gegenüber, der doch genau wie sie oder vielleicht noch mehr als sie Verfügungsgewalt über die Erbschaft des Vaters hatte. Außerdem wagte sie nicht daran zu denken, was geschehen würde, wenn sie auf einmal aller Reichtümer beraubt wäre, die ihr bisher ein unabhängiges Leben ermöglicht hatten.

Mit den Goldflorin wäre ihr auch die Möglichkeit genommen, die Felder besser zu bewirtschaften, die Tagelöhner wie auch die Verwalter zu bezahlen, die in ihrem Namen diese Aufgaben ausführten.

Bald bliebe ihr nichts weiter als eine Handvoll brachliegender Äcker, und sie hätte keine Knechte mehr, die bereit wären, sie zu bestellen.

Stumm verwünschte sie Mutter Cécile, die so verantwortungslos gehandelt hatte und ihr diese riesige Bürde hinterlassen hatte. Eine derartige Unredlichkeit hätte sie nie von ihrer Vorgängerin erwartet, und die Wertschätzung, die sie all die Jahre für sie empfunden hatte, schwand schlagartig.

Aber es muss doch eine Lösung geben, überlegte sie und ging weiter durch die kalte Nacht.

Als sie schließlich aufsah, fuhr sie erschrocken zusammen.

Sie war der Mauer bis zu dem großen Tor gefolgt, das auf die Straße führte. Genau dort, auf der anderen Seite, hob sich die Silhouette eines in einen Umhang gehüllten Mannes ab. Reglos stand er da und starrte sie an.

Als sie ihren Schreck überwunden hatte, näherte sie sich ihm, getrieben von dem Gefühl, ihn zu kennen.

Es war der Araber.

»Was wollt Ihr?«, fragte sie mit fester Stimme.

»Ich will Euch warnen«, raunte ihr der Mann zu.

»Ich weiß weder, wer Ihr seid, noch, wer Euch schickt.«

»Und dennoch müsst Ihr mir vertrauen«, sagte der Araber wie immer gleichmütig.

Eudeline erinnerte sich an die Nacht, in der er sie gerettet hatte, und zitterte auf einmal. Sie nahm den Duft der Gewürze, der seinem Umhang entströmte, wahr und fragte sich, ob er darunter noch die gebogene Klinge trug, mit der er den Schergen des Kardinals getötet hatte. Dann bedeutete sie ihm, er solle fortfahren.

»Hütet Euch vor dem Prokurator.« Der Araber löste seine Finger vom Tor, und seine elegante Gestalt glitt zurück in die Dunkelheit. »Er kam im Auftrag dessen, der Euch entführen ließ.«

Einen Wimpernschlag später wurde Eudeline klar, dass sie bloß noch in die Dunkelheit starrte, und sie fragte sich, ob sie den Mann wirklich gesehen hatte oder ob alles nur ein Traum gewesen war.

20

Pater Claret wurde wie angekündigt am nächsten Tag vorstellig, doch er kam nicht allein. Er wurde von einem großen, beleibten Prälaten begleitet, der sich eigens zu diesem Zweck aus Avignon mit einer Eskorte Soldaten herbemüht hatte.

Eudeline traf dies jedoch nicht unvorbereitet. Sie empfing die Besucher außerhalb der Klostermauern und führte sie dann zum Hof vor der Kirche.

»Die Soldaten müssen draußen warten«, sagte sie und bedeutete dem Prokurator und dem Mann aus Avignon, ihr zu folgen. Sie sprach kein Wort mehr, bis die Gäste in ihrem Arbeitszimmer Platz genommen hatten. Sie selbst setzte sich hinter den Schreibtisch, legte die gefalteten Hände an die Lippen und forderte die Männer auf, zu reden.

Pater Claret wechselte einen fragenden Blick mit seinem Begleiter, dann beschloss er, das Gespräch zu eröffnen. »Wie Ihr wisst, bin ich wegen der Schulden hier, die die vorherige Äbtissin von Sainte-Balsamie angehäuft hat, eine Summe von etwa siebentausendzweihundert Goldflorin, die an die Apostolische Kammer zu entrichten sind. Ich werde in dieser Angelegenheit lediglich ein Zeuge sein. Die Verhandlungen mit Euch wird Monsignore Pierre de Banhac, Referendar Seiner Heiligkeit, führen, der im Auftrag des päpstlichen Schatzamtes handelt.«

Der Genannte beschränkte sich darauf, Eudeline zu mustern, während er sich über das Doppelkinn strich.

Ohne zu zeigen, wie abstoßend sie ihn fand, erwiderte Eudeline seinen Blick. »Sprecht«, sagte sie schließlich, »wie lauten die Vorschläge der Apostolischen Kammer?«

»Die Schulden zu begleichen«, antwortete de Banhac. Seine Stimme klang tief und entschlossen, wenngleich auch ein wenig weibisch, wie öfter bei Priestern.

»Dem würde ich gern nachkommen«, sagte Eudeline, »aber das Kloster verfügt nicht über so viel Geld.«

Der Mann aus Avignon erwiderte nichts, sah nur den Prokurator an.

»Ehrwürdige Mutter«, sagte dieser, »Ihr erinnert Euch bestimmt an unser letztes Gespräch –«

»Welches Gespräch?«, fragte Eudeline und gab sich höchst überrascht.

Pater Claret lächelte nervös. »Das über Eure Möglichkeit, die Schuld … auf andere Weise zu begleichen.«

»Ihr drückt Euch sehr vage aus, was mich erstaunt.«

Monsignore de Banhac wandte sich ihr zu. »Leugnet Ihr etwa, im Besitz ausreichender Mittel zu sein, um die Schulden zu begleichen?«

Eudeline breitete nach außen weiterhin ruhig die Hände aus. »Wie ich bereits sagte, mein Kloster kann sich eine derartige –«

»Ich meinte Euer persönliches Vermögen«, unterbrach sie der Prälat, der puterrot geworden war. »Ihr seid reich, Madame de Rocheblanche. Sehr reich! Wagt es nicht, uns mit derartigen Spitzfindigkeiten zu verhöhnen.«

»Mein Reichtum besteht aus Lehen und Wäldern«, gab Eudeline zurück. »Das wenige Geld, über das ich verfügte, ist für die letzte Aussaat und zum Unterhalt der Leibeigenen ausgegeben worden.«

Das genügte, um den Zorn des Prälaten weiter anzufachen. »Doch Pater Claret behauptet, dass –«

Eudeline verzog die Lippen zu einem spöttischen Lächeln. »Pater Claret hat keinen Zugang zu meinen Büchern und schon gar nicht zu meinen Mitteln. Er muss sich ein falsches Urteil gebildet haben.«

»Das stimmt nicht!«, fuhr der Prokurator auf. »Diese Frau lügt. Sie will mich vor Euer Gnaden in Verlegenheit bringen.«

Doch de Banhac war noch aufgebrachter als Claret. »Verflucht sollt Ihr sein, Pater Claret«, zeterte er. »Ich dachte, Ihr hättet alles geklärt, ehe Ihr mich hierherbemüht habt. Stattdessen –«

»Ich versichere Euch, dass dem so ist!«, beharrte der Prokurator, nun klang seine Stimme entschiedener. »Glaubt mir, ich weiß genau, dass diese Frau dort ihr Geld innerhalb dieser Mauern aufbewahrt.«

»Wenn dem so ist«, der Prälat sah Eudeline drohend an, »dann hätte sie uns belogen.«

»Bezweifelt Euer Gnaden etwa mein Wort?« Eudeline sah ihn kämpferisch an.

»Das Zugeständnis des Zweifels gehört nicht zu meinen Pflichten.« Monsignore de Banhac war am Ende seiner Geduld. »Ich werde das Kloster von meinen Soldaten durchsuchen lassen, dann werden wir schon sehen, wer die Wahrheit gesprochen hat.«

»Wie könnt Ihr es wagen?«, rief Eudeline. »Wenn Ihr Eure Schergen auf meine Nonnen loslasst …«

De Banhac erhob sich schwerfällig und überragte nun wieder alle Anwesenden. »Ich habe diesem Weib lange genug zugehört«, verkündete er. »Pater Claret, führt meine Befehle aus.«

Eudeline konnte nur ohnmächtig zusehen. Sie begleitete Monsignore de Banhac durch das Kloster, während die Soldaten jeden Winkel durchsuchten, ohne Rücksicht auf die Nonnen. Pater Claret beobachtete sie aus der Entfernung.

Kein Raum wurde ausgelassen, nicht einmal die Krypta. Der Prälat aus Avignon hatte sich diesen Ort für den Schluss aufgehoben, da er überzeugt war, genau dort befände sich das Versteck des Geldes. Eudeline wartete ein wenig abseits und verfolgte ungerührt, wie die Männer Paramente und andere heilige Gegenstände vor dem Fresko der heiligen Balsamia durchwühlten. Doch trotz ihrer vorgeschobenen Gleichgültigkeit schweifte ihr Blick unwillkürlich mehrfach zu der Geheimtür in der Wand.

Dies bemerkte der Prokurator. »Halt!«, rief er und näherte sich misstrauisch dem Fresko unter dem Ziegelbogen. »Worauf starrt Ihr so hartnäckig, ehrwürdige Mutter?« Er glitt mit den Fingern über die Wand, bis er den kleinen Griff fand.

De Banhac kam zu ihm. »Öffnet unverzüglich diese Tür!«

Eudeline seufzte schicksalsergeben, doch dann eilte sie herbei, schloss die Tür auf, die sich hinter dem Fresko verbarg, und trat zur Seite, um den unerwünschten Besuchern einen Blick hinein zu erlauben.

Die Kammer war vollkommen leer.

Überrascht beugten sich die Männer hinein.

»Ich hätte schwören können ...«, stammelte Pater Claret.

»Schweigt!«, rief de Banhac zornig. »Mit dieser Farce habt Ihr nur meine kostbare Zeit vergeudet.«

Eudeline konnte diesen kleinen Sieg nur kurz genießen, denn de Banhac wandte sich ihr wieder zu und sah sie durchdringend an. »Und was Euch betrifft, Äbtissin, glaubt ja nicht, dass Ihr gesiegt habt! Wenn Ihr nicht mit klingender Münze bezahlt, werdet Ihr die Schulden eben auf eine andere Weise tilgen. Ich werde Euch wenn nötig bis auf das letzte Lehen pfänden lassen!«

Bestürzt wich sie zurück. Sie hätte nicht erwartet, dass die Gier der Apostolischen Kammer so weit gehen könnte.

Die Lippen des Prälaten verzogen sich zu einem Grinsen. »Gewiss, Äbtissin, Ihr werdet über kein Land mehr verfügen. Euch wird nur der adlige Name bleiben, das Einzige, was Euch dann noch vom gemeinen Volk unterscheidet.«

»Das wagt Ihr nicht!«, erwiderte Eudeline. »Mein Vater nahm das Kreuz im Namen des Papstes und starb im spanischen Maurenland. Und mein tapferer Bruder –«

»Und wo sind sie denn nun, Eure treuen Ritter?«, höhnte der Prokurator. »Solange Ihr uns nicht sagen wollt, wo sich Euer Bruder befindet, müssen wir annehmen, dass auch er tot ist. Und in diesem Fall ...«

»In diesem Fall ist unsere Äbtissin hier die Letzte derer de Rocheblanche«, erklärte de Banhac, »und kann damit nicht verhindern, dass die Apostolische Kammer sich ihrer Lehen bemächtigt.« Spitzfindig fügte er hinzu: »Es sei denn natürlich, Euer Bruder kehrte aus dem Jenseits zurück, um seine Rechte einzufordern.«

Eudeline spürte, wie sich Galle und Kälte in ihrem Magen ausbreiteten. Mit einem Mal wurde ihr bewusst, dass sie in eine Falle getappt war. Die Schulden waren nur ein Vorwand, um sie dazu zu bringen, Maynards Versteck zu verraten. Sie presste die Lippen zusammen, um die vielen Beleidigungen, die sie ihnen gern entgegengeschleudert hätte, zurückzuhalten.

Oh göttliche Gerechtigkeit, flehte sie stumm, wo bist du nun? Wo bist du? Doch im Moment blieb ihr nichts anderes übrig, als den beiden Männern hinterherzublicken, die nun ohne ein weiteres Wort die Krypta verließen.

Stumm folgte sie ihnen durch das Kirchenschiff nach draußen und weiter vor die Klostermauern, während die beiden Prälaten sich so selbstgefällig verhielten, als gehörte das gesamte Kloster bereits ihnen. Innerlich zitternd vor Wut ertrug sie auch dieses Betragen, als sie bemerkte, dass der Prokurator innegehalten hatte, um sich von ihr zu verabschieden.

»Wenn Ihr nicht alles verlieren wollt«, flüsterte er ihr schmeichelnd zu, »müsst Ihr nur Kardinal du Pouget Eure Geheimnisse offenbaren.« Mit diesen Worten wandte er sich zum Gehen.

Eudeline unterdrückte nur schwer einen Wutschrei und kehrte dann ins Kloster zurück. Eine Zeitspanne, die ihr wie die halbe Ewigkeit vorkam, blieb sie dort zwischen Bäumen und Heilkräutern stehen und zwang sich, nicht laut loszuweinen. Schließlich eilte sie zu dem ausgetrockneten Brunnen, in dem sie vor Monaten die Leiche ihrer jungen Kapellanin gefunden hatten.

»Friede Eurer Seele, Schwester Claire.«

Sie beugte sich vor und sah nach unten, bis sie zwischen den Schatten die Umrisse der schweren Geldschreine ausmachte, die ihre Diener in der letzten Nacht dorthin geschafft hatten.

Erst jetzt gönnte sie sich ein zufriedenes Lächeln.

21

Abtei Santa Maria di Pomposa
21. Dezember

Der Winter breitete sich mit klirrend kalten Tramontanawinden über die Ebene des Padus aus, und die Erde wurde so hart, dass sie aufbrach.

Innerhalb weniger Tage legte sich Schnee über Felder, Wälder und die entlang seinen Ufern verlaufende Via dei romei, sodass die Pilger gezwungen waren, in den am Weg liegenden Klöstern und *hospitalia* Schutz zu suchen. Jede Arbeit kam zum Erliegen, und in den Dörfern zwischen Ferrara und dem Meer herrschte erzwungener Stillstand. Nur von den Kirchtürmen erklangen noch Lebenszeichen, mit ihrem Bronzeklang gaben die Glocken die Stunden der dunklen und nicht enden wollenden Tage vor. Und während die Familien sich in ihre Häuser verkrochen und um die wärmenden Feuer scharten, verließen Wölfe, Hirsche und Wiesel die Wälder, überwanden die Umzäunungen und kamen auf ihrer Suche nach Nahrung bis an die Haustüren.

Doch sie waren keineswegs die Einzigen, die Hunger litten.

Die Kälte verschlimmerte nur die bereits herrschende Hungersnot, die bald jeden traf, der nicht für sich selbst sorgen konnte. Immer häufiger wurden am Rand der Ansiedlungen, in denen zerlumpte Gestalten ums tägliche Überleben kämpften, Leichen gefunden. Und die Klöster wurden geradezu belagert.

Auf der Insula Pomposiae bedeckte eine drei Spannen hohe Schneedecke das Land vom Fluss bis hoch zum Kloster, was den Eindruck einer beinahe unantastbaren Ruhe vermittelte. Doch nicht nur die Gesänge der Mönche durchbrachen sie. Abt Andrea hatte neben dem Campanile eine Hütte mit einem stets brennenden Feuer errichten lassen, um die sich vor den Toren drängenden Bettler vom Kloster selbst fernzuhalten. Aus Furcht, der Hunger würde sie zu

Gewalt greifen lassen, hatte er die Wachen der Bogenschützen verdreifacht.

Seit fast zwei Monaten lebte Robert de Vermandois nun hinter diesen Mauern. Nach den Ereignissen von Ferrara hatte er das Kloster als ideales Versteck betrachtet, doch nun brannte er vor Ungeduld, endlich wieder handeln zu können.

Gleich nach dem Angriff auf den bischöflichen Palast war er in die Stadt zurückgekehrt, doch damit hatte er nichts erreicht. Er hatte nur erfahren, dass Maynard, nachdem er Superanzio Orsini getötet hatte, von den Wachen des Marchese gefangen genommen und ins Gefängnis geschleppt worden war.

In den vergangenen Wochen hatte Robert unermüdlich nach einem Weg gesucht, wie er seinen Freund retten könnte, und das in der ständigen Angst, ihn letzten Endes hängen zu sehen. Um Informationen einzuholen, hatte er sich noch zweimal unerkannt nach Ferrara gewagt, und so war es ihm gelungen, sich einen Überblick über die Lage zu verschaffen.

Maynard de Rocheblanche war noch am Leben und wurde in den Kerkern des Palazzo della Signoria gefangen gehalten. Robert war einen ganzen Nachmittag um das Gebäude herumgeschlichen und hatte nach einer Möglichkeit gesucht, ihm zur Flucht zu verhelfen. Er hatte sich jede Tür und jedes Fenster eingeprägt, die Höhe der Mauern, die Zinnen und die Postierung der Wachen. Doch nichts davon hatte ihm eine zündende Idee für einen Plan eingegeben.

Bis heute.

Nachdem ihn die Glocken geweckt hatten, hatte er das Gästehaus verlassen, um sich Feuerholz zu holen. Die Kälte hatte ihn gleich wieder hineingetrieben, wo er sich in seinen Umhang hüllte, um erneut auf den Hof zu treten. Und dort bis zu den Knien im Schnee zu versinken.

In der Nacht hatte ein heftiger Schneesturm das Dach der Abtei und die Treppe hoch zum Portal mit einer weißen Decke überzogen.

Robert kämpfte sich gerade mühsam vorwärts, als er die Mönche aus der Kirche kommen sah. Die Messe zur *Terz* war gerade vorüber, und Pater Andrea führte seine Mitbrüder in den Kreuzgang zurück.

Robert verbeugte sich grüßend, musste sich jedoch zur Ehrerbietung zwingen. Er mochte den Abt nicht. Obwohl Andrea ihn im Kloster aufgenommen hatte, zeigte er sich für sein Dafürhalten viel zu interessiert an den Goldflorin aus Frankreich. Schon mehrmals hatte Robert ihm erklären müssen, dass er sich um keinen Preis davon trennen würde, ehe Maynard nicht wieder in Freiheit wäre.

Er sah dem Abt hinterher, wie er den frierenden Mönchen voranschritt, starrte gedankenverloren auf dessen weißes Gewand, über dem sich schwarz die Stola des *Advents* abhob. Und plötzlich hatte er eine Eingebung.

Eine ganze Weile noch blieb er reglos im Schnee stehen und spürte nicht einmal die schneidend kalte Morgenluft, während allmählich eine Idee in seinem Kopf Gestalt annahm. Es war noch zu früh, um von einem Plan zu sprechen, aber vielleicht, wenn er noch einige Erkundigungen anstellte …

Gualtiero verließ das Palatium abbatis, hob eine Handvoll Schnee auf und presste sie zur Linderung auf seine Augen. Die Arbeit im Skriptorium ging ununterbrochen voran, mit unzähligen Büchern und Miniaturen sowohl geistlichen wie weltlichen Inhalts. Obwohl er kein Mönch werden wollte, hatte Abt Andrea ihm gestattet, weiter in Pomposa zu bleiben, bis er sich auf die Suche nach seiner Mutter machen würde. Gualtiero wusste, dass er den Abt mit seinem Hinhalten enttäuscht hatte, doch er wollte nicht aufbrechen, ehe er nicht wusste, welches Schicksal Maynard erwartete. Und natürlich machte ihm der Gedanke zu schaffen, Isabeau verlassen zu müssen.

Der kühle Schnee entlockte ihm ein wohliges Stöhnen, doch als er die Augen wieder öffnete, verfinsterte sich seine Miene.

Robert de Vermandois kam erregt auf ihn zu.

»Mein Junge«, rief er, »hört mir zu!«

Gualtiero bemerkte, dass der Ritter Reisekleidung trug, einschließlich des breiten Gurtes, an dem sein Schwert hing. »Worum geht es?«

Robert legte ihm eine Hand auf die Schulter und beugte sich zu ihm hinab. »Vielleicht weiß ich, wie wir Rocheblanche retten können«, flüsterte er ihm ins Ohr. »Doch ich brauche Eure Hilfe.«

22

Ferrara, Kerker des Palazzo della Signoria
23. Dezember

Er hörte, wie sich die Schritte des Kerkermeisters der Zelle näherten, dann das Kreischen der Türangeln, ehe das Licht einer Laterne ihn blendete. Maynard legte schützend eine Hand vor die Augen, doch der Mann in der Tür jagte ihm keine Angst ein. Widerstand war vollkommen sinnlos. Die Fesseln an seinen Fußgelenken verhinderten jeden Fluchtversuch. Maynard wusste nicht, wie lange er schon in diesem dreckigen Loch saß. Eine Woche, vielleicht auch einen Monat. Ihm blieben allein seine Gedanken, und allmählich fiel es ihm schwer, zu unterscheiden, ob er wach war oder ob ihn nur schreckliche Träume quälten.

Doch seinen Stolz hatte er nicht verloren. Sobald er sich an das blendende Licht gewöhnt hatte, nahm er die Hand vom Gesicht und rappelte sich auf. Nun erkannte er, dass er keine einfache Wache vor sich hatte.

Die Laterne vor sich haltend betrat Obizzo d'Este seine Zelle. »Ich fasse es nicht«, sagte er verächtlich. »Ich habe eine Schlange an meinem Busen genährt.«

Maynard ging nicht auf seine Beleidigung ein. »Euer Gnaden, ich wartete bereits gespannt, wann Ihr mich besuchen würdet.«

»Lästige Unannehmlichkeiten haben mich aufgehalten«, sagte der Marchese. »Jetzt bin ich gekommen, um dem Mann ins Gesicht zu sehen, den ich in Fesseln gelegt habe.«

Weit entfernt davon, Reue zu empfinden, nickte Maynard bloß. »Wenn ich Euer Vertrauen missbraucht habe, dann nur für eine gerechte Sache.«

»Eine gerechte Sache?«, rief der Marchese. »Was könnte das Massaker an Vizdom Orsini und seinen Männern rechtfertigen?«

»Er war nicht der rechtschaffene Mann, für den Ihr ihn haltet.«

»Passt auf, was Ihr sagt, Chevalier. Superanzio Orsini war ein treuer Diener Ferraras, ein zuverlässiger Freund.«

»Er war eine giftige Schlange«, widersprach Maynard, auch wenn er damit erneut den Zorn Obizzos heraufbeschwor. »Er hätte jeden verraten, um seine Ziele zu erreichen, Euch eingeschlossen. Ich habe zwar keine Beweise, aber ich weiß, dass er gemeinsame Sache mit Facio di Malaspina machte, und vielleicht hat er ihn sogar eigenhändig ermordet.«

»Facio di Malaspina.« Der Marchese sprach die Worte, als würde er Dreck ausspucken. »Noch so ein Name eines Schmarotzers. Er setzte meinem Bruder diese verrückte Idee in den Kopf, wusstet Ihr das? Rinaldo war nicht mehr derselbe, seit er von diesem berüchtigten Buch gehört hatte.«

»Meint Ihr etwa den ›Codex Millenarius‹?«

Der Marchese nickte hasserfüllt. »Auch Ihr wolltet es unbedingt, das weiß ich nur zu gut. Ich erkannte es an dem Tag, als wir uns im Hof vor meinem Sohn im Zweikampf maßen. Damals hielt ich Euch jedoch nicht für einen Feind.« Er leuchtete Maynard mit der Laterne ins Gesicht. »Aber in einem irrt Ihr Euch, Rocheblanche.«

Maynard wartete stumm darauf, dass Obizzo fortfuhr.

»Ich selbst habe Facio di Malaspina getötet«, erklärte dieser und lachte hässlich. »Glaubtet Ihr wirklich, Ihr wärt schlauer als ich? Ich wusste seit Langem von seinem Plan, den Vizdom zu ködern, daher bin ich ihm gefolgt und durchbohrte ihm seine hochmütige Zunge, damit er nicht länger andere mit seinen gefährlichen Ideen anstecken konnte.«

Dieses Geständnis kam so unerwartet, dass Maynard seine Überraschung nicht verhehlen konnte. Er unterdrückte einen ungläubigen Ausruf und fragte sich, inwieweit der Marchese in Pater Facios Geheimnisse eingeweiht war.

»Warum habt Ihr ihn ermordet, da Ihr ihn auch hättet verurteilen lassen können?«, fragte er.

»Sollte ich ihn etwa dem Urteil der zwölf Savi überlassen? Nie im Leben! Dieser schändliche Mensch hätte nur die Gelegenheit genutzt, um Rinaldos Interesse an seinen ketzerischen Ideen offenzulegen und so das Haus derer d'Este in Schande zu bringen. Warum, glaubt Ihr wohl, habe ich ihm Unterschlupf gewährt? Es war der einzige Weg, seinen Erpressungen zu entgehen.«

»Jetzt begreife ich, Euer Gnaden, aber in einem irrt Ihr: An den Geheimnissen von Pater Facio ist nichts Ketzerisches.«

»Was wisst Ihr denn schon darüber? Ihr könnt Euch nicht vorstellen, welche Hinterlist sich in den Seiten seines verdammten Buches verbirgt!«

Zum ersten Mal bemerkte Maynard Furcht in der Stimme Obizzos.

»Meine Familie ist schon einmal von der Inquisition verfolgt worden«, rief der Marchese erregt. »Ich schwöre bei Gott, dies wird kein zweites Mal geschehen.«

»Dann müsstet Ihr mir ja eigentlich dankbar sein«, sagte Maynard. »Mit der Zeit hätte Euch Superanzio Orsini weit mehr als Malaspina schaden können.«

»War etwa auch er auf der Suche nach dem Lapis exilii?«, verspottete ihn der Marchese.

»Sogar diesen Namen kennt Ihr!«

»Ich habe Euch doch gesagt«, antwortete Obizzo, »mein Bruder war so besessen von Pater Facios Ketzereien, dass er von ihm verlangte, er möge für ihn den Lapis exilii und die beiden anderen Reliquien finden.« Er machte eine wütende Handbewegung. »Die Reliquien Christi, nichts Geringeres! Man stelle sich das einmal vor! Dieser schändliche Mönch gehorchte ihm und machte sich unverzüglich nach Frankreich auf. Allerdings schien er, nachdem er sein Amt als Abt verloren hatte, nur auf diese Gelegenheit gewartet zu haben.«

Das war ein weiterer schwerer Schlag für Maynard. Plötzlich begriff er, wer die Geschehnisse ausgelöst hatte, in die er hineingeraten war. Wenn das Geheimnis von Mont-Fleur verraten worden war und Gerüchte über den Lapis exilii Kardinal Bertrand du Pouget und Jang de Blannen zu Ohren gekommen waren, dann bestimmt auch durch diesen verfluchten Facio di Malaspina.

»Ich bin weder Pater Facio noch Superanzio Orsini«, sagte er. »Ich stelle keine Gefahr für Euch dar.«

»Das weiß ich sehr wohl, dessen könnt Ihr gewiss sein.« Obizzos Augen musterten ihn unbarmherzig. »Ginge es hier nur um den Tod des Vizdoms, dann schmückte Euer Haupt längst die Spitze einer Pike. Nein, nicht deshalb sollt Ihr hier in diesem Kerker verrotten. Das Verbrechen, dessentwegen Ihr hier und noch am Leben seid, ist weitaus hinterhältiger und betrifft mich persönlich.«

Maynard näherte sich ihm. »Ich weiß nicht, inwiefern ich Euer Gnaden beleidigt haben könnte.«

Das Gesicht des Marchese war eine unerbittliche Maske. »Bei all den Weibern im Palast, warum nahmt Ihr Euch ausgerechnet die Mutter meiner Kinder?«, stieß er hervor, schnellte vor und schlug Maynard die Faust ins Gesicht.

Maynard ging zu Boden.

»Was habt Ihr zu Eurer Verteidigung vorzubringen? Ihr seid beobachtet worden, zum Teufel! Von einem meiner Diener, in meinem eigenen Palast. Ihr könnt Euch nicht vorstellen, wie sehr diese Schande an mir nagt. Nein, das könnt Ihr nicht … Aber das werdet Ihr mir büßen! Bis zum letzten Atemzug!«

Maynard blieb stumm; was konnte er dem schon entgegensetzen.

Rasend vor Wut wandte sich Obizzo d'Este zur Tür. »Ihr werdet Eure Strafe nicht sogleich erhalten und bestimmt nicht so, wie es einem Mann Eures Ranges gebührt. Nein, Rocheblanche, ich werde Euch nicht zu einem ehrenvollen Tod verurteilen.« Er lachte böse. »Wenn das neue Jahr beginnt, werdet Ihr auf die Piazza geführt und in aller Öffentlichkeit auf dem Richtgerüst entmannt werden. Zu meinem eigenen Vergnügen und zur Belustigung des Volkes.«

23

Ferrara, Burgus Novus
25. Dezember

Die großen Engelsflügel ragten aus dem Karren hervor, mit ihren Federn aus Seide und Brokat schwangen sie im dichten Schneegestöber hinter ihm hin und her. Gualtiero ließ sie nicht aus den Augen, während er ihnen zusammen mit Robert de Vermandois auf der Straße am Gorgondello-Kanal hinterherritt, der zwischen dem neuen Stadtviertel und der Kathedrale verlief. Mit ihren Maultieren und den Umhängen aus Sackleinen fielen sie zwischen den Gauklern, Sängern und fahrenden Schauspielern nicht auf, die heute Abend auf der Piazza das Spiel von der Geburt Christi aufführen sollten.

Immer mehr Menschen strömten herbei, staunten über die leuchtenden Farben und die Unbekümmertheit der Gaukler auf ihren Karren und freuten sich auf das Spektakel, das ihnen der Marchese versprochen hatte. In dem Moment begriff Gualtiero, was Isabeau empfunden haben musste, als sie zusammen mit ihrem Vater übers Land gezogen war, und war erschüttert. Denn er las nicht nur Neugier und Vorfreude in den Gesichtern der Umstehenden. Hinter dieser vordergründigen Freude war auch Feindseligkeit, ja beinahe Angst gegenüber denen zu erkennen, die ihr eintöniges, geordnetes Leben durchbrachen.

Der Wagenzug fuhr bis zum Nebeneingang des Palazzo della Signoria, der einen direkten Zugang zum Hof in der Nähe der Stallungen bot. Dort durfte die ganze Gesellschaft bis zur Vorstellung ihr Lager aufschlagen, während auf der Piazza die Bühne aufgebaut wurde.

Alles verlief ganz nach ihrem Plan. Zu Beginn war er Gualtiero äußerst gefährlich erschienen, doch alles in allem blieb es die einzige Möglichkeit, Maynard de Rocheblanche zu retten. Außerdem war Robert de Vermandois recht zuversichtlich. Er hatte zunächst nur vorgehabt, die allgemeine Unaufmerksamkeit anlässlich des Weihnachtsfestes auszunutzen, um sich in den Palast einzuschleichen, aber dann waren sie auf die Gaukler gestoßen, ein reiner Glücksfall für sie.

»Eine Hilfe Gottes«, hatte de Vermandois gesagt. Oder eine List Satans, hätte Gualtiero beinahe erwidert.

Um nicht aufzufallen, taten sie so, als würden sie den Schauspielern bei den Vorbereitungen helfen, ihre Kostüme anzuziehen, sich zu schminken oder Instrumente zu stimmen, doch dabei hielten sie stets die Augen offen. In den inneren Bereichen wurde der Palast nicht allzu stark bewacht, und Robert de Vermandois nahm an, dass die Aufmerksamkeit dort gegen Abend weiter nachlassen würde, wenn die Wachen zur Piazza abgezogen wurden, um das Volk in seinen Schranken zu halten. Ab diesem Moment stand der Schutz der markgräflichen Familie und all der hochrangigen Persönlichkeiten, die dem Ereignis beiwohnen würden, an erster Stelle.

»Das wird der Augenblick sein, in dem ich hinab in die Kerker steige«, sagte Robert. »Um dort nach Maynard zu suchen.«

»Ich könnte Euch dabei helfen«, schlug Gualtiero vor. »Ihr werdet dort unten bestimmt auf Wachen stoßen.«

»Hier draußen werdet Ihr nützlicher sein.« Robert zeigte auf eine Stelle, an der die Mauern den Hof von der Straße trennten. Diese konnten mit Hilfe eines Seils oder einer hohen Leiter leicht überwunden werden. »Ihr müsst einen Weg finden, über sie hinwegzusteigen.«

Gualtiero nickte und zwang sich, nicht daran zu denken, was geschehen würde, falls man ihn entdeckte.

»Ihr müsst bereit sein«, fuhr Robert fort, »wenn ich mit unserem Freund zurückkomme.«

Alles verlief nach Plan. Sobald sich die Schauspieler und Gaukler für die Vorführung auf die Piazza begaben, versteckten sich Gualtiero und Robert unter einem Karren, bis die letzte Wache den Hof verlassen hatte. Dann trennten sie sich.

»Passt auf Euch auf«, ermahnte Robert ihn zum Abschied.

Gualtiero sah der beeindruckenden Gestalt hinterher, wie sie zunächst im Schatten des Gartens und dann unter dem nächsten Laubengang verschwand, der zu den Palasträumen führte, dann machte er sich selbst ans Werk.

Er öffnete die Karren des fahrenden Volks, weil er glaubte, dass er darin alles Nötige zum Überwinden der Mauer finden würde. Doch recht bald erkannte er, dass diese restlos ausgeräumt waren. Alles musste wohl zum Aufbau der Bühne verwendet worden sein.

Besorgt sah er sich um. Im Hof gab es keine anderen Verschläge, wo er etwas Nützliches für sein Vorhaben finden konnte, doch in den Palast einzudringen wäre zu riskant gewesen. Dennoch musste er eine Lösung finden.

Er wandte sich wieder der Mauer zu. Sie war mehr oder minder so hoch wie zwei ausgewachsene Männer. Es galt nur diese geringe Höhe zu überwinden, dann konnte man sich oben festhalten, sich hinaufziehen und auf der anderen Seite hinabspringen.

So einfach wie doch jetzt unmöglich.

Gualtiero hörte Stimmen und hastete zu den Stallungen, um sich dort zu verstecken, gerade noch rechtzeitig, ehe zwei Wachen auf ihrer Runde um die Ecke bogen. Er wartete hinter einer mit Hafer gefüllten Krippe ab, bis sie vorüber waren, dann lief er wieder nach draußen. Lass dir etwas einfallen, ermahnte er sich selbst, oder Ritter Robert wird gefangen genommen werden, sobald er hier auftaucht.

Ein lautes Wiehern ließ ihn auffahren.

Er drehte sich um, sah die an einem Karren festgebundenen Pferde und entspannte sich. Es bestand keine Gefahr. Doch dann ließ ihn ein Gedanke nicht mehr los, und er behielt die Pferde einige Momente im Blick.

Er hatte die Lösung gefunden.

Kurz darauf kehrte Robert zurück. Er tauchte aus dem Schatten des Bogengangs auf, strauchelte jedoch und wäre beinahe gefallen. Hinter ihm erschien ein zweiter Mann, der ihn stützte. Als Gualtiero ihn erkannte, schlug er sich staunend die Hand vor den Mund. Er winkte, um auf sich aufmerksam zu machen, und lief den beiden Männern dann entgegen.

»Herr!«, rief er. »Ihr seid es, heil und gesund …«

Maynard eilte auf ihn zu, mit einem Arm hielt er Robert de Vermandois. »Helft mir, ihn zu stützen«, sagte er. »Er ist am Bein verletzt worden.«

»Nichts Schlimmes«, knurrte Robert.

Gualtiero half ihnen zur Mauer.

»Wie kommen wir dort hinüber?«, fragte Maynard. Trotz seines heruntergekommenen Zustands wirkte sein Blick aufmerksam und wachsam wie immer, als er sich umsah.

Gualtiero bat ihn um etwas Geduld und kam kurz darauf mit einem gesattelten Pferd zurück. Er brachte das Tier direkt vor der Mauer zum Stehen und erklärte: »Wir müssen einer nach dem anderen auf den Sattel klettern. So haben wir die richtige Höhe, um über die Mauer zu gelangen.«

»Für mich mag das angehen«, sagte Maynard. »Aber Robert …«

Der knurrte einen Fluch. »Ich schaff das schon, verdammt noch eins!«

Und sie flohen eilig über die Mauer.

24

Ferrara, Insel Sant'Antonio Abate
25. Dezember

Weihnachten stimmte Isabeau traurig. Diese Zeit des Jahres erinnerte sie am eindrücklichsten an ihren Vater. Dann sah sie ihn wieder vor sich, wie er auf Plätzen oder vor Kirchen auftrat und den Applaus der Menge genoss. In solchen Momenten war es ihr stets leichtgefallen, auf seine akrobatischen Kunststücke stolz zu sein, auf seine Leidenschaft dafür, die ihn bis zu seinem Ende begleitet hatte.

Isabeau teilte auch jetzt nicht die allgemeine Freude der Schwestern um sie herum an einem Fest, das in die kälteste Zeit des Jahres fiel, schließlich starben dann überall im Land die Menschen an Hunger und Erfrierung. Natürlich kannte keine der Nonnen von Sant'Antonio die Entbehrungen eines Vagabundenlebens, sie verstanden nicht die Sorgen derer, die bei der Fahrt übers Land dem Sturm ausgesetzt waren oder durch verschneite Wälder voller Wölfe reisen mussten. Die Klausur hielt alles von diesen Frauen fern, einschließlich des wahren Lebens; sie lebten eingeschlossen in einem geschützten Raum, in dem sie nur gehorchen mussten, und alles würde gut sein. Isabeau verachtete dieses Leben von ganzem Herzen.

Sie sehnte sich zwar nach Freiheit, doch diese Nacht musste sie sich damit begnügen, sich heimlich aus dem Schlafsaal zu schleichen und allein durch den Garten zu streifen, wo sie auf das Knirschen ihrer Schritte im Schnee lauschen konnte. Und auf das Murmeln des Padus, das einzig Schöne an diesem Ort, das in den Nachtstunden lauter zu sein schien als am Tag.

Isabeau spitzte die Ohren, während sie auf den großen Kirschbaum mit seinen kahlen Ästen zulief. Trotz der beißenden Kälte wollte sie sich zwischen seinen Wurzeln niederlassen, die Augen schließen und alle Gedanken von sich fortschieben. Sie war es müde, zu warten. Müde, sich um Maynard und Gualtiero zu sorgen. Sie vermisste sie beide, wenn auch auf ganz unterschiedliche Weise.

Als eine in einen Umhang gehüllte Gestalt vor ihr auftauchte, schrak sie zusammen; die Erinnerung an den Schergen blitzte in ihr auf, der sie aufs Boot entführt hatte. Aber noch ehe sie schreien konnte, erkannte sie die Stimme des Mannes, den sie liebte.

»Ich hätte nie gedacht, dass es so einfach wäre, in ein Kloster einzudringen.«

Isabeau lief ihm entgegen, umarmte und küsste ihn. »Warum hast du mich so lange warten lassen?«, rief sie vorwurfsvoll. »Wo warst du nur?«

Gualtiero gab ihr noch einen Kuss und lächelte. »Wir haben Ritter Maynard befreit.«

Als sie das hörte, schlang sie die Arme nur umso fester um ihn. »Und wo ist er jetzt?«

»Bereits mit Herrn Robert auf dem Weg nach Pomposa. Dort wird er sich verstecken, bis er genaue Pläne hat.«

»Aber im Kloster wird man ihn doch als Erstes suchen!«, wandte Isabeau ein.

Gualtiero wurde ernst. »Er muss unbedingt mit Abt Andrea sprechen.« Er strich ihr sanft übers Gesicht. »Hab keine Angst. Solange er dort ist, kann ihm niemand etwas antun.«

Isabeau nahm seine Hand, sie war eiskalt. »Und du?«

»Ich wollte erst noch hierher, um dich zu sehen.«

»Die Schergen des Marchese werden nach dir suchen.«

»Niemand verdächtigt mich.«

Sie nickte. Und war glücklich, obwohl sie wusste, dass dieser Moment nicht ewig anhalten würde. Sie verschränkte ihre Finger mit seinen und zog ihn mit sich. »Ich möchte, dass du dir etwas ansiehst.«

Die Klosterkirche von Sant'Antonio Abate lag verlassen da, erleuchtet vom flackernden Schein Dutzender Kerzen. Gualtiero empfing eine wohlige Wärme. »Ich kann hier nicht eintreten«, flüsterte er.

»Jetzt ist niemand drinnen.« Isabeau ging ihm voraus zum Ende des Kirchenschiffes. »Die Nonnen schlafen alle.«

»Alle bis auf eine«, spöttelte Gualtiero leise und eilte ihr hinterher.

»Ich bin keine Nonne«, erwiderte sie empört. »Und ich werde nie eine sein.«

Aber Gualtiero hörte ihr nicht mehr zu. Seine Aufmerksamkeit galt bereits der *Biblia pauperum*, die als Fresko die Wände des Chors schmückte. Begeistert betrachtete er die rechte Kapelle mit den Darstellungen der Passion Christi und Geschichten über Johannes den Täufer wie den Apostel Johannes. Dann bestaunte er Szenen aus Jesu Kindheit, die die entgegengesetzte Seite zierten.

Er studierte den einfachen, aber intensiven Strich der Maler, die nacheinander diese Mauern ausgeschmückt hatten; einer musste erst kürzlich daran gearbeitet haben, wie man den leuchtenden Farben einiger Gemälde ansah. Besonders fesselten ihn die Begegnung zwischen Maria und Elisabeth und die Flucht aus Ägypten, wo seltsamerweise das Jesuskind bereits auf der Schulter Josefs saß, wie sonst auf Darstellungen des heiligen Christophorus.

Isabeau fuhr ihm durch die Haare. »Ich wusste, dass es dir gefallen würde.«

Er nickte in einer Mischung aus Bewunderung und Stolz. »Eines Tages werde auch ich so ein Werk schaffen. Und es wird noch größer und strahlender als dieses werden.«

»Hast du keine anderen Pläne für die Zukunft?«, fragte sie ihn und lehnte den Kopf an seine Schulter.

Gualtiero seufzte. Er wusste genau, was sie meinte, und einen Moment lang wünschte er sich, er könnte ihr den Gefallen tun und antworten, was sie von ihm erwartete. Doch dann erkannte er, dass er es nicht konnte. Er schaute zu Boden, um ihr nicht in die Augen sehen zu müssen.

»Denkst du denn gar nicht an mich?«, fragte Isabeau ärgerlich.

»Ich muss zuerst meine Mutter finden. Und begreifen, wer ich eigentlich bin.«

»Ich komme mit dir.«

»Nein.« Gualtiero machte sich los und ging zur Kanzel. »Du würdest dein Leben aufs Spiel setzen.«

»Du kannst sagen, was du willst«, rief ihm Isabeau hinterher. »Ich folge dir trotzdem.«

Jedes ihrer Worte traf ihn wie ein Stich ins Herz. Gualtiero versuchte, die Gefühlsverwirrung zu lösen, die ihn bewegte, aber da waren so viele Sorgen, so viele Gedanken, dass er nicht mehr klar denken konnte. »Ich bin mir nicht sicher, was ich für dich empfinde.«

Isabeau stand reglos im flackernden Schein der Kerzen und starrte ihn an. »Du Lügner.« Sie stellte sich vor ihn und küsste ihn leidenschaftlich, bis sie spürte, wie seine Hände über ihre Hüften glitten. »Lügner.«

25

Die beiden Männer ritten Richtung Pomposa; ein grauer Morgen kündigte sich an, und es hörte nicht auf zu schneien. Trotz der Kälte war Maynard froh, endlich wieder frische Luft atmen zu können und nichts als den Himmel über sich zu haben. Dass dies ausgerechnet die Nacht war, in der der Heiland geboren wurde, machte diesen Augenblick für ihn umso bedeutender. Sobald sie die Stadtmauern von Ferrara hinter sich gelassen hatten, hatte er Robert davon überzeugt, zur Abtei zurückzukehren, und dessen Mahnung, er solle Geduld haben, mit dem Argument abgewehrt, er müsse unbedingt mit Abt Andrea sprechen. Er wollte alles über das Buch hören, das der Abt gefunden hatte, um hoffentlich etwas Neues über den Lapis exilii zu erfahren und über das Versteck, in das Pater Facio die aus Mont-Fleur gestohlenen Reliquien geschafft hatte.

Es hätte Roberts Warnung nicht gebraucht, denn er wusste selbst, dass Obizzo d'Este als Erstes auf der Insula Pomposiae nach ihm suchen lassen würde. Andererseits konnte er nicht fortgehen, ohne herauszufinden, wer Superanzio Orsinis mysteriöser Informant sein mochte. Der Gedanke, dass jemand um seine Geheimnisse wusste und Kardinal du Pouget davon in Kenntnis setzen könnte, war ein unerträglicher Stachel in seinem Fleisch.

Ihn tröstete allein der Gedanke, dass zumindest Isabeau sich in Sicherheit befand und dass auch er in der Abtei Unterschlupf finden würde. Falls Abt Andrea jemals an die sechshundert Goldflorin gelangen wollte, konnte er sich nicht weigern, ihn vor dem Marchese zu schützen.

Lippa Ariosti setzte sich in ihrem Bett auf, die »Vita Merlini«, die sie vor dem Einschlafen neben dem Kopfkissen vergessen hatte, glitt zu Boden. Sie hatte gehört, wie sich jemand ihrem Zimmer näherte, und der energische Schritt ließ keine Zweifel, um wen es sich handelte. So wartete sie in aller Ruhe ab und ordnete sich noch die Haare und das Nachtgewand. Seit Langem hatte der Marchese ihr keinen nächtlichen Besuch mehr abgestattet, aber vielleicht hatte der großzügige Ausschnitt des Kleides, das sie zum Weihnachtsmahl getragen hatte, seinen Appetit wieder angeregt. Doch dazu wollte die Tageszeit nicht passen. Wenn sie den matten Lichtschein, der zu dem kleinen Fenster hereinfiel, richtig deutete, dämmerte es bereits.

Sie hörte, wie die Schritte vor ihrer Tür verhielten, dann einen tiefen, fast klagenden Seufzer. Danach herrschte Stille.

»Mein Herr?«, fragte sie und erhob sich.

Keine Antwort.

Und doch stand er dort hinter der Tür. Das wusste sie genau, ebenso wie sie wusste, dass dieses Schweigen nichts Gutes verhieß. Schließlich zögerte sie nicht länger, lief zur Tür und riss sie auf.

Obizzos Miene erschreckte sie. Sein Gesicht hatte sich zu einer grotesken Maske verzerrt, fast als würde es gleich in sich zusammenfallen.

»Mein Herr«, wiederholte sie und trat beiseite, eine Aufforderung, ihre Räume zu betreten.

Obizzo stieß sie so heftig zurück, dass sie gegen einen großen Silberspiegel prallte. »Er ist geflohen!«, rief er.

»W… wer?«, stammelte Lippa.

Obizzo betrat das Zimmer und schlug die Tür hinter sich zu.

Lippa presste sich gegen eine Wand. »Ich verstehe nicht …«

Obizzo packte sie am Hals. Seine geweiteten Pupillen waren bodenlose schwarze Abgründe. »Wart Ihr das?«, fragte er. »Habt Ihr einen Diener geschickt, um ihm zu helfen?«

»Ich schwöre Euch, nein …«

»Wie hat er es dann geschafft?« Obizzo ließ sie unwirsch los und reagierte seine Wut an einem Stuhl ab, der in tausend Teile zersplitterte. »Er hat zwei Wachen getötet und ist dann spurlos verschwunden!«

Lippa brachte sich schnell außer Reichweite. In einer derartigen Verfassung hatte sie ihn kaum jemals gesehen, aber sie wusste genau, wozu der schweigsame Mann fähig war, wenn der Zorn ihn übermannte. »Warum fragt Ihr ausgerechnet mich?«

»Weil Ihr ihn begehrt!« Befriedigt, dass sie auf diese Anschuldigung hin erbebte, näherte Obizzo sich ihr nun weit ruhiger. »Ich habe beobachtet, wie ihr einander Blicke zugeworfen habt, und habe geschwiegen. Ich habe mich sogar unwissend gestellt, als mir von Eurem nächtlichen Besuch in seinen Räumen berichtet wurde.«

»Eine Lüge«, verteidigte sich Lippa, die sich inzwischen ein wenig gefasst hatte.

Obizzo musterte sie mit einem ungläubigen Lächeln. »Ich habe dem Diener die Kehle durchtrennt, der es mir hinterbracht hat, damit er es keinem anderen erzählen kann. Aber Ihr … Ihr …« Er hob die Faust, bereit, sie zu schlagen.

»Wagt es nicht!«, zischte Lippa.

Obizzo lachte schrill auf, seine Faust schwebte immer noch in der Luft. »Oh, was das angeht, so habe ich bei Euch lange nichts gewagt«, sagte er kalt. »Und dennoch, törichte Hure, habe ich es Euch an nichts fehlen lassen.«

Obwohl Lippa wusste, dass nicht Eifersucht der Grund für diesen Zorn war, sondern verletzter Stolz, fand sie den Mut, ihm zu widersprechen. »Seid Ihr da so sicher, Euer Gnaden?«

Obizzo dachte kurz über diese Frage nach. »Ich habe Euch nicht zur Frau genommen, das ist wahr«, sagte er dann. »Ja und? Ich hatte bereits einmal eine Frau, und es war die pure Langeweile.«

»Wenn schon nicht für mich, dann hättet Ihr es wenigstens für Eure Kinder tun müssen.«

»Für meine Bastarde«, sagte er mit zynischem Grinsen. »Wisst Ihr genau, dass sie alle von mir sind?«

Empört richtete Lippa den Finger auf ihn. »Der Bastard seid Ihr!« Kurz verspürte sie Genugtuung, als sie die Demütigung und die Überraschung im Gesicht des Mannes beobachtete, der ganz Ferrara in Angst und Schrecken versetzen konnte. Sie musste diesen flüchtigen Moment des Triumphes einfach auskosten und gestattete sich ein höhnisches Lächeln. »Gott sei mein Zeuge, wenn ich Lust in den Armen eines anderen gesucht habe, dann nur, weil Ihr –«

»Schweigt!« Rasend vor Zorn fiel Obizzo über sie her. Ehe er begriff, was er getan hatte, sah er, wie die Verachtung aus Lippas

Gesicht wich und sie zu röcheln begann. »Schweigt …«, raunte er leise.

Mit einem unbarmherzigen Blick schloss sie ihre Finger fest um seine rechte Hand. Und drückte die Klinge, die in ihren Bauch eingedrungen war, noch tiefer in sich hinein.

26

Abtei Santa Maria di Pomposa, Palatium abbatis
26. Dezember

»Ihr müsst Euch ausruhen, Herr«, sagte Abt Andrea, als er die Tür hinter sich schloss. »Ihr seht erschöpft aus.«

Maynard lief in die Mitte des Arbeitszimmers und blieb dort stehen. »Ich werde mir später etwas Schlaf gönnen«, sagte er. »Vorausgesetzt, Ihr seid immer noch bereit, mich in Eurem Kloster zu beherbergen.«

Der Abt setzte sich an den Schreibtisch und bot ihm einen Platz ihm gegenüber an. Aus jeder seiner Gesten sprach Beunruhigung, aber keine Unhöflichkeit. »Das versteht sich von selbst«, sagte er leise.

»Ich verhehle Euch nicht, dass es für Euch eine Gefahr darstellen könnte«, entgegnete Maynard.

»Ich bin so oder so in diese Angelegenheit verwickelt.« Abt Andrea seufzte auf. »Die Männer des Marchese werden im Kloster nach Euch suchen, ganz gleich, ob Ihr hier seid oder nicht. Es ist nur eine Frage der Zeit.«

»Und doch, wenn sie mich fänden …«

»Sie werden Euch nicht finden«, versicherte ihm der Abt. »Weder Euch noch Euren Waffengefährten. Ihr werdet in der Krypta sein, fernab von allen neugierigen Blicken.«

»Ich stehe in Eurer Schuld«, sagte Maynard.

Andrea breitete die Arme aus. »Ihr habt Eure Schuld im Voraus beglichen.« Er zeigte auf ein kleines Kästchen in einer Ecke des Zimmers. »Zumindest bei mir.«

»Worauf spielt Ihr an?«

»Auf Euer Gewissen.«

Maynard zuckte mit den Schultern. »Wenn der junge de' Bruni Euch etwas angedeutet hat …«

»Er hat mir Euer verwerfliches Tun bis ins Letzte geschildert. Ein aufrechter Mann wie Ihr, ein Ritter … Wie konntet Ihr Diener der Kirche niedermetzeln?«

»Wölfe im Schafspelz«, erwiderte Maynard. »Wenn ich für ihren Tod in der Hölle schmoren muss, so kann ich es nicht ändern. Aber ich akzeptiere keinen Tadel von jemandem, der noch nie eine Waffe gegen einen Schurken geschwungen hat.«

Abt Andrea lächelte bitter. »Ehre über alles, habe ich recht?«

»Das habt Ihr, Pater.« Maynard strich sich über den Bart, der ihm in der Gefangenschaft gewachsen war. »Und jetzt, wenn Ihr erlaubt, kommen wir zum wahren Grund, weshalb ich nach Pomposa gekommen bin. Gualtiero hat mir Eure Botschaft überbracht.«

Die Augen des Abts blitzten kurz auf. »Das Buch.«

»Ja, der ›Codex Millenarius‹. Habt Ihr ihn wirklich gefunden?«

»Er war in Pater Facios ehemaligem Schreibtisch verborgen. Ich würde dem Herrn ja danken, dass er mir die Hand geleitet hat, wäre da nicht der Inhalt dieses Buches.«

»Bitte zeigt es mir«, sagte Maynard.

Der Abt zögerte kurz, doch dann erhob er sich und öffnete einen Bücherschrank zu seiner Rechten. »Ich warne Euch, es wird Euch keine große Hilfe sein.«

»Überlasst die Entscheidung mir«, erwiderte Maynard.

Abt Andrea nickte ergeben, dann reichte er ihm den ledergebundenen Kodex. »Der wahre Titel wird nirgendwo erwähnt«, erklärte er, während Maynard das Buch hoffnungsvoll entgegennahm. »Das Werk ist auf Latein verfasst und kann auf den ersten Blick für eine *collectanea* mit Auszügen aus dem Evangelium gehalten werden. Aber bei etwas eingehenderer Lektüre erkennt man den Wahn des Verfassers.«

Maynard sah auf. »Habt Ihr es gelesen?«

»Mehrmals, um ehrlich zu sein. Der Autor heißt Flegetanis. Das Hauptthema seines Werkes ist eine sehr alte heilige Schrift, die in die Hände von Josef von Arimathäa gelangt ist.«

Maynard war beeindruckt. »Meint Ihr den Mann, der den Leichnam unseres Herrn ins Grab legte?«

»Ja, ebenden. Josef, ein wohlhabender Bürger und Mitglied des Hohen Rates, außerdem ein Jünger Jesu.«

»Und was nun ängstigt Euch daran?«

Mit besorgter Miene setzte sich der Abt wieder hin und presste die Finger gegen die Stirn. »Was mich ängstigt, fragt Ihr?«, wiederholte er. »Die Tatsache, dass Flegetanis zufolge die heilige Schrift aus dem Besitz von Josef von Arimathäa von Jesus Christus selbst kurz vor der Kreuzigung verfasst wurde.«

Maynard sprang auf und lief im Kreis wie ein gefangenes Tier. Er musste an das asketische Gesicht von Abt Manessier denken, des Mannes, der ihn nach Pomposa geschickt hatte, ohne ihm etwas über die von Pater Facio gestohlenen Reliquien zu eröffnen. Und jetzt hörte er von einem schriftlichen Zeugnis, das Gottes Sohn selbst geschrieben hatte!

Er presste den »Codex Millenarius« gegen die Brust. »Erwähnt Flegetanis auch, wo dieser Text zu finden ist?«

Abt Andrea schüttelte den Kopf. »Er schreibt bloß, dass er Josef von Arimathäa mit dem Kelch des Letzten Abendmahls und der Spitze von Longinus' Lanze anvertraut wurde. Außerdem erzählt er, dass Josef jedes seiner Worte in einen geheimnisvollen Stein eingemeißelt hat, auf dass sie niemals in Vergessenheit gerieten.«

»Ein geheimnisvoller Stein ...«

»Er nennt ihn Lapis exilii.«

Der Name traf Maynard wie ein Peitschenhieb. Das war also das Geheimnis, das sich in der Krypta von Mont-Fleur verbarg! Er dachte noch einmal an das Rätsel zurück, das ihn bis zu dem abgelegenen Kloster in Frankreich geführt hatte, und begriff nun endlich die Anspielung *nostra salute* – für unser Heil – aus der dritten Zeile. Aber worüber wunderte er sich denn? Im Grunde seines Herzens hatte er immer geahnt, dass es sich um etwas Derartiges handeln musste, aber als er es jetzt ausgesprochen hörte, fühlte er sich von der Bürde der Verantwortung wie erdrückt.

Pater Manessier, Ihr seid wahnsinnig, dachte er. Einem einzigen Menschen, einem Verirrten, eine solche Last aufzubürden ... Er starrte Abt Andrea an, der immer noch die Finger gegen die Stirn presste. »Erzählt mir von diesem Flegetanis. Was wisst Ihr über ihn?«

»Mir begegnete dieser Name während der Lektüre zum ersten

Mal«, antwortete der Abt. »In keinem Vers der Bibel oder eines Kirchenvaters wird er erwähnt, daher kann ich mich nur auf das stützen, was er selbst in der Handschrift über sich erzählt. Er beschreibt sich als getauften Juden, der aus dem Königsgeschlecht Salomons stammt, als einen weisen Mann mit tiefer Kenntnis der Gestirne.«

Unter Aufbringung aller Selbstbeherrschung zwang sich Maynard, wieder Platz zu nehmen. »Ein … *astrologus*?«

»Ja. Er behauptet, er könne den Einfluss der Sterne auf das Geschick der Menschen bestimmen.«

»Nun verstehe ich Euer Zögern noch besser.«

»Das war allerdings nicht der Grund dafür.« Abt Andrea blickte Maynard mit wiedergewonnener Gefasstheit an. »Mein eigener Lehrmeister, Severino von Padua, war von ähnlichen Dingen so fasziniert, dass er mich davon überzeugte, das Firmament sei das Buch, welches Gott für seine Kinder geschrieben habe. Aber nun eingestehen zu müssen, dass ein unbekannter jüdischer Astrologe ein solch unschätzbares Geheimnis weitergegeben haben soll …«

»Meine Erfahrung lässt mich eher das Gegenteil annehmen«, sagte Maynard. »Bevor ich diese Suche begann, hatte ich einen Traum, den ich mir nicht erklären konnte, bis ein weiser Mann, ein Abt wie Ihr, mich darauf brachte, die Antworten in den Bewegungen der Himmelskörper zu suchen. Und ich sah darin die Anzeichen der Apokalypse.«

»Möchtet Ihr darüber reden?«

»Vielleicht eines Tages, ehrwürdiger Vater.« Maynard stand auf, verbarg Flegetanis' Buch unter seinem Umhang und ging zur Tür. »Für den Moment solltet Ihr nur wissen, dass das Geheimnis des Lapis exilii von Schurken bedroht ist. Superanzio Orsini war einer von ihnen, aber vor seinem Tod hat er alles an einen anderen weitergegeben. Einen Prälaten aus Ferrara, nehme ich an. Es ist meine Pflicht, ihn zu finden, und jetzt, wo ich weiß, was auf dem Spiel steht, bin ich bereit, alles zu wagen, um meine Mission zu erfüllen.«

27

Ferrara, Kirche San Francesco
27. Dezember

Die von schwarzen Stuten gezogene Kutsche fuhr in der Abenddämmerung die Straße hinter dem Dom entlang, vorbei an der Kirche San Cristoforo, ehe sie am Minoritenkloster anhielt. Dort wartete der Marchese bereits mit einem großen Gefolge an Adligen und Geistlichen, um einer der schönsten Kurtisanen Ferraras die Ehre zu erweisen. Er stieg in die mit nachtschwarzen Tüchern verschleierte und mit ebenso schwarzen Federbüschen geschmückte Kabine, um gleich darauf wieder herauszukommen, ohne sich von Dienern helfen zu lassen, in seinen Armen trug er Lippa Ariosti. Beim Anblick des bleichen Antlitzes unter der flammend roten Lockenpracht stöhnten viele Anwesende entsetzt auf.

Ohne darauf zu achten, betrat Obizzo d'Este die Kirche und durchschritt stolz und aufrecht das Schiff, gefolgt von seinen Vasallen und seinen weinenden Kindern. Aldobrandino, der Älteste, lief neben ihm her, eine Hand umklammerte einen Schleier seiner Mutter.

Der Priester wartete, das Gesicht in einem Ausdruck der Bestürzung erstarrt, bereits am Altar. Sein Blick ging kurz zu der mit Rosen geschmückten Totenbahre, die nur wenige Schritte entfernt stand, dann kehrte er zum Marchese zurück, der sich gerade vor ihn hinkniete, ohne die Frau in seinen Armen dabei loszulassen. Obizzo d'Estes Gesicht war aschfahl, dunkle Ringe unter den Augen ließen sein Gesicht umso düsterer erscheinen.

»Mein Fürst«, wagte der Geistliche einzuwenden, »seid Ihr sicher, dass diese Hochzeit *in extremis* –«

»Beginnt mit der Zeremonie«, herrschte Obizzo ihn an. »Solange sie noch atmet.«

Der Priester musterte Lippas blutleere Lippen, ihre weit offen stehenden, glasigen Augen. Und bekreuzigte sich.

Dann folgte die Trauungszeremonie, in der Kirche herrschte bleiernes Schweigen, das nur durch die Stimme des Priesters unterbrochen wurde. Als letzten Akt der Liebe, der allgemeines Entsetzen hervorrief, legte der Marchese seine Braut auf das Bett aus Rosen und verabschiedete sich von ihr mit einem Kuss.

Mit steinerner Miene wandte er sich an die Anwesenden. »Ferrara beweine nun seine Marchesa«, verkündete er laut, »und begrüße mit Jubel meine legitimen Erben!«

Unter den Klängen des Requiems schritt er schnell zum Ausgang und bis zum Hof bei der Stadtmauer, wo die Kutsche bereits auf ihn wartete.

Tief in der Nacht wurde Gualtiero von Hufgetrappel im Hof der Abtei wach. Er rieb sich die Augen, lugte aus seinem Karren hervor und sah ein Dutzend Reiter, die sich im Halbkreis vor der Klosterfassade aufgereiht hatten. Alle trugen eine Fackel bis auf den einen in ihrer Mitte: ein Mann mit Bart und dunklen Haaren, dessen Umhang so lang war, dass er bis über die Kruppe seines Pferdes hing. Es war zu dunkel, als dass er den Reiter erkennen konnte, doch sobald er dessen Stimme hörte, wusste er zweifelsfrei, wen er vor sich hatte.

»Abt Andrea, Ihr sollt verflucht sein!«, schrie Obizzo III. d'Este und ließ sein Pferd steigen. »Zeigt Euch und bringt mir diesen Feigling de Rocheblanche!« Höhnisches Gelächter seiner Männer unterstrich die Drohung.

Gualtiero kannte den Grund für diesen nächtlichen Besuch und hütete sich davor, selbst entdeckt zu werden. Er hätte allerdings nie im Leben angenommen, dass der Marchese sich persönlich nach Pomposa bemühen würde, um Maynards Kopf zu fordern.

Ehe Gualtiero noch überlegen konnte, was nun wohl geschehen würde, erschien der Abt an der Pforte. Er wirkte vollkommen ungerührt.

»Euer Gnaden«, begann er kühl. »Ich würde Euch ja einen höflichen Gruß entbieten, wenn ich nicht gerade solche Schmähungen gehört hätte.« Er kam die Freitreppe hinab und versicherte sich mit einem Blick, dass oben auf dem Campanile die Bogenschützen postiert waren. »Doch trotz allem möge Friede mit Euch sein.«

»Behaltet Euren Frieden!«, zischte Obizzo. »Übergebt mir lieber diesen französischen Hurensohn!«

»Seid Ihr sicher, dass Ihr am rechten Ort nach ihm sucht?«

»Ich weiß, dass Ihr ihn beschützt. Wollt Ihr das etwa bestreiten?«

Abt Andrea erwiderte seinen Blick unbeirrt. »Diese Mauern beherbergen nur gottesfürchtige Männer.«

»Einer von ihnen ist ein Mörder! Ein Mann, der aus dem Gefängnis entflohen ist!«

»Selbst wenn dem so wäre, so stünde der Ritter, von dem Ihr sprecht, immer noch unter meinem Schutz.«

»Ihr liefert ihn mir trotzdem aus!«

Der Marchese war so außer sich, dass er selbst Gualtiero Furcht einflößte, obwohl er sich in seinem Karren versteckt hielt. Gesetzten Schrittes ging der Abt nun auf Obizzo d'Este zu und bohrte dabei die Spitze des Hirtenstabs in den Schnee.

»Ich bin nicht verpflichtet, Euch irgendwen auszuliefern oder Euch gar in mein Kloster einzulassen«, erklärte er entschieden. »Pomposa ist frei gegründet worden, und das wird es immer bleiben.«

»Törichter alter Mann, seid Ihr verrückt geworden?«, rief Obizzo. »Ihr steht hier vor dem Herrn von Ferrara, dem Vikar Seiner Heiligkeit, dem Papst!«

Mit einer brüsken Bewegung ergriff Abt Andrea das Zaumzeug des Pferdes. *»Apostolica dignitate in spiritualibus, iurisdictio solius Imperii«*, deklamierte er. »Daher, Euer Gnaden, solange Ihr nicht *in spiritualibus* über die Vorgaben des Heiligen Vaters streiten wollt, fordere ich Euch auf, diesen Ort zu verlassen.«

Der Marchese riss die Zügel zurück, um sein Pferd freizubekommen. »Superanzio Orsini ließ zwei Menschen innerhalb Eures Zuständigkeitsbereichs verhaften«, sagte er, »und mir verweigert Ihr dieses Recht?«

»Orsini nahm zwei Menschen fest, die sich *außerhalb* des Klosters befanden«, stellte der Abt klar. »Niemand kam je durch dieses Portal, um die eigene Befehlsgewalt über die Gottes zu erheben.«

Obizzo, von Wut übermannt, griff zum Langschwert, das am Sattel hing. Dann hielt er inne und stieg mit einem kalten Lächeln auf den Lippen vom Pferd. »Ihr macht Euch über mich lustig?«, rief er und ohrfeigte Abt Andrea so heftig, dass er zu Boden fiel. »Ich habe soeben die Mutter meiner Kinder in einen Sarg legen müssen, und Ihr wagt es, mich mit derartigen Lächerlichkeiten zu beleidigen? Ihr werdet mich nicht daran hindern, diesen Bastard zu ergreifen!«

Der Abt wollte sich an seinem Hirtenstab aufrichten, doch der Stiefel des Marchese presste ihn mit dem Gesicht voran in den Schnee. Gualtiero wünschte sich brennend, eingreifen zu können. Er wollte schon mit einem wütenden Aufschrei aus dem Wagen stürzen, als sein Blick auf die fackeltragenden Reiter fiel, die einen Halbkreis um den Marchese bildeten. Diese Soldaten hätten ihn getötet, noch ehe er sich ihrem Herrn auch nur hätte nähern können.

Abt Andrea gelang es schließlich, sich zu befreien, und er hob keuchend den Kopf. »Demütigt mich nur, wenn Ihr wollt …«, sagte er heiser. »Aber das Asylrecht dieser Abtei darf niemals verletzt werden.«

Unter einem dunklen Himmel maßen sich der Marchese und der Abt in einem stummen Duell aus Blicken, alle Anwesenden harrten gebannt des Ausgangs. Dann stieg einer der Männer aus Obizzos Gefolge vom Pferd und flüsterte seinem Herrn etwas ins Ohr.

Widerwillig nickte der Marchese. »Ich danke Filippo Migliorati, unserem Richter von den Savi, für seinen Rat.« Und mit einer letzten verächtlichen Geste zog er sich zurück.

Beinahe ungläubig beobachtete Andrea, wie er wieder aufsaß und den Abmarsch anordnete.

Obizzo schenkte ihm einen letzten hasserfüllten Blick. »Denkt nicht, dass Ihr gewonnen habt, törichter Mönch. Ich werde Maynard de Rocheblanche schon heraustreiben, und wenn ich dafür die ganze Abtei niederbrennen muss. Und dann wird es ihm schlecht ergehen … so wie Euch!«

28

Reims, Kloster Sainte-Balsamie
7. Januar 1348

»Wir brauchen mehr heißes Wasser!« Die Siechenmeisterin musste schreien, um Aleydis' Klagelaute zu übertönen.

Eudeline kniete ihr gegenüber, den Kopf der jungen Frau in ihrem Schoß. Sie bedeutete einer Schwester, das Wasser zu holen, dann wandte sie sich wieder Aleydis zu. Sie wohnte zum ersten Mal einer Geburt bei und war auf diese Qualen nicht vorbereitet gewesen.

Warum?, fragte sie sich immer wieder. Warum diese tiefe Demütigung?

Weder ihr Glaube noch ihr Verstand konnten ihr eine Antwort auf diese Frage geben. Sie sah Aleydis vor sich, schweißüberströmt und erschöpft, die für Evas Schuld büßen musste, um das eigene Kind zur Welt zu bringen. Ihr Körper hatte sich mit jedem Tag mehr aufgebläht, sodass sie zum Schluss nicht einmal mehr laufen oder ihr Bedürfnis eigenständig verrichten konnte. Eudeline hatte ihr oft aufopferungsvoll beigestanden, und dabei war die gegenseitige Verbundenheit, die sie vor einem knappen Jahr dazu bewogen hatte, sich um diese junge Waise zu kümmern, erneut zum Vorschein gekommen. Vergeben war jede Schuld, jedes Unrecht vergessen. Wie Schwestern hatten sie ungeduldig dem Tag der Niederkunft entgegengesehen.

Dann war Aleydis' Fruchtblase vorzeitig geplatzt, und die Wehen waren immer schneller und heftiger gekommen. Nun beobachtete Eudeline die Siechenmeisterin, die ertastete, wie weit sich die Gebärmutter schon geöffnet hatte, während Aleydis sich vor Schmerzen nur noch auf dem Lager wälzen konnte.

Das ist der Beweis, dachte Eudeline, wie wenig Anmut dem Menschengeschlecht innewohnt. Kein Fortschritt, keine schöngeistige oder theologische Philosophie konnten das animalische Wesen der

Kinder Adams auslöschen. Sie waren alle Tiere, nur verblendet von der Eitelkeit des Verstandes, die vergaßen, dass sie unter den schlimmsten Qualen zur Welt gekommen waren.

Plötzlich beugte sich Aleydis vor und übergab sich. Eudeline stützte ihren Kopf und wischte ihr mit einem Tuch die Stirn ab.

»Presst«, rief die Siechenmeisterin. »Ich sehe den Kopf.«

Eudeline wusste nicht, ob sie sich freuen oder sich ekeln sollte. Vorsichtig beobachtete sie, wie die Siechenmeisterin zwischen Aleydis' Schenkeln hantierte, dann bemerkte sie aus dem Augenwinkel, dass die Schwester mit dem heißen Wasser zurückgekehrt war.

Aleydis stieß einen dumpfen Schrei aus. Eudeline spürte, wie sie zitterte wie ein Baum im Sturm, und packte ihre Schultern, um sie zu unterstützen. »Ihr seid stark, meine Schwester«, sagte sie leise. »Ich werde Euch nicht verlassen.«

Zu ihrer großen Überraschung sah Aleydis sie gerührt an. »Ich liebe Euch …«, stammelte sie. Dann presste sie, von einer neuen Wehe geschüttelt, die Zähne zusammen.

Eudeline hielt sie fest, damit sie nicht vom Lager stürzte. Die anspornenden Rufe der Siechenmeisterin drangen an ihr Ohr wie ein fernes Echo. Sie nahm alles nur verschwommen wahr. Aleydis wurde wieder von einem so stechenden Schmerz gepeinigt, dass Eudeline sich selbst wie durchbohrt fühlte. Sie bewunderte die junge Frau für ihre Leidensfähigkeit. Dann endete die Wehe.

»Falls ich sterben sollte …«, sagte Aleydis matt, »versprecht mir … versprecht mir, dass Ihr Euch um mein Kind kümmern werdet.«

»Ihr werdet nicht sterben«, versicherte Eudeline ihr.

Aleydis wollte noch etwas erwidern, doch dann ergriff sie eine erneute Wehe, dann noch eine und noch eine.

Als sie schließlich den Schrei des Kindes hörte, nahm Eudeline ihn kaum zur Kenntnis. Sie hatte nur für ihre Schutzbefohlene Augen und freute sich, dass deren Gesicht sich endlich entspannte.

»Es ist ein Mädchen«, verkündete die Siechenmeisterin und reichte ihr ein kleines Bündel Mensch in einem Tuch. »Zeigt es der Mutter.«

Eudeline durchquerte einen verlassenen Wandelgang, den Säugling auf dem Arm. Vor einem hohen, schmalen Fenster, durch das bleiches Winterlicht hineinfiel, blieb sie stehen. Sie hatte gewartet, bis Aleydis endlich eingeschlafen war, um das Neugeborene mit sich zu nehmen und es allein in aller Ruhe zu betrachten. Sie wollte von niemandem dabei beobachtet werden, wie sie es mit Lächeln und Zärtlichkeiten verwöhnte. Zumindest noch nicht. Solange sie nicht gelernt hatte, ihre Gefühle angesichts dieses kleinen Erdenwesens zu beherrschen.

Sie fand das Mädchen wunderschön mit ihren winzigen Fingern und dem süßen Stupsnäschen, das nur danach verlockte, angeknabbert zu werden. Allein das Kind im Arm zu wiegen erfüllte sie mit einer ungekannten Freude, die nicht nur die Erinnerung an die langwierige Geburt, sondern auch an all das tiefe Unrecht auslöschte, das sie im vergangenen Monat erleiden musste.

Monsignore Pierre de Banhac hatte keine Zeit verloren, seine Drohung wahr zu machen. Mit Hilfe des Bischofs und Pater Clarets hatte er die Besitztümer derer de Rocheblanche zum Großteil beschlagnahmt, um so die Kassen von Avignon zu füllen.

Eudeline hatte es schweigend erdulden müssen. Denn der Einzige, an den sie sich mit ihren Beschwerden wenden konnte, war der Prokurator, und dieser gerissene Hund hatte ihr ihre Grenzen aufgezeigt. »Wenn Ihr Eure Güter wiedererlangen wollt«, hatte er bei ihrem letzten Treffen gesagt, »müsst Ihr beweisen, dass Ihr nicht die letzte lebende Erbin seid.«

Nicht ein einziges Mal war der Name des Kardinals du Pouget gefallen, und doch schien er für Eudeline in jedem Wort mitzuschwingen. Sie war sicher, falls sie jemals Maynards Versteck offenbaren würde, würden sich die von diesem Verbrecher ausgesandten Mörder wie Falken auf ihn stürzen. Deshalb hatte sie die Niederlage akzeptiert, obwohl es sie mit wildem Zorn erfüllte, dass man sie all ihrer Güter beraubt hatte. Zumindest für den Moment.

Früher oder später würde Robert de Vermandois zurückkehren und Nachricht von ihrem Bruder mitbringen. Dann wäre es Zeit für Eudeline de Rocheblanche, an Rache zu denken.

Sie streichelte den kleinen Engel in ihren Armen, und weil es sie so freute, wie er sein Gesichtchen verzog, nahm sie das edelsteingeschmückte Kreuz ab, das sie auf der Brust trug, und legte es ihm um den Hals.

»Angélique«, flüsterte sie sanft. »Ich werde deiner Mutter vorschlagen, dich Angélique zu nennen.«

DRITTER TEIL

DER TRIUMPH DES TODES

1

Abtei Santa Maria di Pomposa
23. Februar

Zu Beginn des Jahres hatte die Erde gebebt, wie es schon einmal vor Monaten geschehen war, und hatte das Volk von Ferrara in Angst und Schrecken versetzt, das hilflos zusehen musste, wie Türme und Kirchtürme schwankten wie Schilf im Wind. Abt Andrea hatte um seine geliebte Abtei gefürchtet, bis er sich vergewissern konnte, dass die Fundamente, Säulen und Mauern den Launen der Natur widerstanden hatten. Auch andernorts wich der Schreck rasch der Sorge vor dem Schatten des Hungers, der sich dunkel über Stadt und Ländereien legte.

Nicht nur Andrea kam das Beben der Erde wieder in den Sinn, als er von einer neuen Plage erfuhr, die schnell wie der Teufel den Rücken des Apennin erklomm und nun seine Heimat in ihren Würgegriff nahm. Seit Wochen hörte er davon, aber er zögerte immer noch, seine Mitbrüder in Kenntnis zu setzen, um sie nicht mit Geschichten zu sorgen, die schlimmer als Alpträume schienen. Widersprüchliche Nachrichten gaben Anlass zu Gerüchten über das Jüngste Gericht, über verfluchte Schiffe, die in Marseille angelegt hatten, und sogar über eine Verschwörung der Juden … Die Berichte erzählten so viele und so unterschiedliche Versionen, dass man an ihrer Wahrhaftigkeit zweifeln musste, nur eins stand unbestritten fest – die allgemeine Furcht vor dem Tod, der plötzlich höchstpersönlich in den Stadtvierteln umzugehen schien.

Wenn der Abt einen genauen Eindruck der Lage hatte, dann nur dank eines verzweifelten Briefs des ehrwürdigen Paters Michele Flammini, Abt des Klosters Vallombrosa.

Das Schreiben hatte ihn diese Nacht erreicht; ein Bote, der unter Lebensgefahr die Berge in der Nähe der Einsiedelei Camaldoli überwunden hatte, hatte es in seinem Reisesack mitgebracht. Gleich nach dem Erhalt zog sich Andrea ins Arbeitszimmer des Palatiums zurück und las es, wobei er mit der Beschreibung einer geheimnisvollen Krankheit konfrontiert wurde, die einen gesunden Mann innerhalb weniger Tage töten konnte.

Um deren Symptome zu beschreiben, hatte Pater Flammini neben seiner eigenen Erfahrung auf das heidnische Wissen von Hippokrates und Galen zurückgegriffen. Er schrieb, dass er die Regale einiger Bibliotheken durchsucht hätte, ohne einen von christlicher Hand verfassten Text zu finden, der ihm mehr Aufschluss geben konnte. Seiner Schilderung nach offenbarte sich die Krankheit in grässlichen Abszessen und Beulen, die oft unter den Achseln und am Unterleib zu finden waren. Doch die schlimmsten Schäden richtete sie im Innern des Körpers an, indem sie eine *Dyskrasie* der Körpersäfte hervorrief, die dazu führte, dass die inneren Organe verfaulten. Diese Krankheit verbreitete sich gnadenlos, und die Sterblichkeit war hoch, so hoch, dass man sich nur mit Gottes Gnade davor retten konnte. Der beste Beweis dafür war Florenz, das sein sündhaftes Leben mit einer unermesslichen Trauer büßte. Jeden Tag musste man dort die Straßen von den Leichen räumen, die in der ersten Morgendämmerung vor die Häuser gelegt wurden, obwohl inzwischen die Massengräber von den Überresten der Unglückseligen überquollen, die vor der Zeit zum ewigen Leben abgerufen wurden.

Jede Zeile, die der Abt von Vallombrosa geschrieben hatte, atmete seine Besorgnis und Verzweiflung. Dennoch hatte er sich genug Vernunft erhalten, um sich am Ende des Briefes zu bemühen, eine rationale Erklärung für das zu geben, was er mit Grauen als »Pesthauch« bezeichnete. Der heidnischen Medizin folgend erwähnte er tatsächlich eine *aer corruptus* – eine verpestete Luft –, die von den südlichen Winden herangetragen wurde oder vielleicht aus dem Bauch der Erde aufstieg und in der Lage war, die Menschheit krank zu machen.

Andrea blieb bis zum Morgengrauen in der beklemmenden Einsamkeit des Palatium abbatis zurück, um über diese schrecklichen Worte nachzudenken. In seiner Jugend hatte er von seinem Lehrmeister Severino da Padova gelernt, dass man die Verbindungen zwischen allgemeinen und besonderen Erscheinungen nie vernachlässigen sollte. Und obwohl er einerseits geneigt war, die Ansichten von Pater Flammini zu teilen, brachte er sie doch mit den Behauptungen von Claudius Ptolomäus zusammen, dass große Naturphänomene sich auf die Menschheit auswirken. Nichts schien ihm deshalb schlüssiger, als die Ursache für den Pesthauch in den Erdbeben der vergangenen Monate zu suchen. Soweit er wusste, war nicht nur die Gegend von Ferrara betroffen. Die Erdstöße waren auch in den Ostalpen aufgetreten und vielleicht auch noch anderenorts. Man musste sich deshalb fragen, ob nicht gerade diese durch das Aufbrechen des Bodens die giftigen Dämpfe freigesetzt hatten.

Doch als Mönch konnte Andrea nicht anders, als auf den eigenen Glauben zurückzugreifen. Auch der Abt von Vallombrosa hatte seinen Brief mit einer flehentlichen Bitte an Gott beschlossen, weil sich nicht einmal die eifrigsten Gläubigen wie Simone da Cascia vor der Geißel retten konnten.

Andrea faltete die Hände und sprach ein Stoßgebet, dass Pomposa verschont bleiben möge. Er hatte Angst. Eine kalte, beinahe rationale Angst, durchzogen von einem Gefühl beinahe biblischer Unabwendbarkeit. In seinem Kopf schwirrten tausend Gedanken. Obwohl die schreckliche Krankheit nur dem Willen des Schöpfers entstammen konnte, gab Andrea doch der Versuchung nach, über ihre Gründe und Auswirkungen zu spekulieren, wie er es von seinem ehemaligen Lehrer gelernt hatte.

Oh ich unglückseliger Mensch!, warf er sich wütend vor.

In letzter Zeit war er zu der Gewissheit gelangt, dass gerade sein intellektueller Stolz ihn den Glauben hatte verlieren lassen. Derselbe Stolz, der ihn dazu getrieben hatte, das Buch von Flegetanis zu lesen und darin eine höhere Wahrheit als die der Glaubensdogmen zu suchen. Statt dass er in die Knie gegangen und sich tausendmal vor dem Kreuz niedergeworfen hätte.

Als *miles Christi* hatte er vor allem über seine Seele und die seiner Mönche zu wachen. Deshalb durfte er sich nur fragen, was Gottvater so erzürnt hatte und was man tun konnte, um das Schwert Seines Engels aufzuhalten.

Das Knarren der Tür schreckte ihn auf. Andrea legte den Brief in den Schoß und richtete den Blick auf das Raubvogelgesicht, das aus der Dunkelheit erschien. »Wer ist da?«

»Herr.« Bonus verneigte sich vor ihm. »Eine Abordnung Besucher fragt nach Euch.«

»Um wen handelt es sich?«

»Um Seine Gnaden, den Bischof von Ferrara.«

Erstaunt stand Andrea auf. »Warum ist er hier?«

Bonus wich zurück. »Das konnte mir der Bruder Pförtner nicht sagen …«

Andrea überlegte, welche Gründe wohl einen so hochrangigen Mann wie den Bischof dazu bewogen haben konnten, mitten in der Nacht nach Ferrara zu reisen, und keiner davon gefiel ihm. »Er soll es sich im Sprechzimmer bequem machen«, befahl er. Dann erinnerte er sich an den Brief in seiner Hand. »Und was den Boten aus Vallombrosa betrifft, sorgt dafür, dass er mit niemandem ein Wort wechselt. Weder mit der Dienerschaft noch mit den Mönchen.«

Andrea verließ das Palatium abbatis und lief durch die kühle Morgendämmerung zum Kloster. Die Sorgen drückten ihn so schwer, dass er weder den Nieselregen bemerkte, der ihm kalt in den Nacken fiel, noch die prunkvolle Kutsche vor den Stallungen.

Kaum hatte er die Kirche betreten, verzog er angesichts der durch Sigismondo de' Brunis Meißel zerstörten Fresken in der Apsis schmerzlich das Gesicht. Die geplante Neugestaltung würde nun nie mehr stattfinden. Das verblasste Bild des Christus *Pantokrator* war gerade noch zu erkennen, sein Gesicht durch Löcher verunstaltet, die Andrea nun wie die schrecklichen Abszesse erschienen, die Pater Flammini beschrieben hatte.

Er schritt durch das schmale rechte Kirchenschiff und betrat das Parlatorium.

Seine Exzellenz Bischof Guido di Baisio saß in einen schwarzen Umhang gehüllt auf einer Bank am Rand des kleinen Zimmers. Bonus hatte einen Kerzenleuchter entzündet und dem Bischof eine dampfende Schüssel Suppe serviert, damit er sich von den Strapazen der Fahrt erholte. Den dunklen Augenringen und dem verquollenen Gesicht konnte man entnehmen, wie erschöpft er war.

»Euer Gnaden«, sagte Andrea und setzte sich ihm gegenüber, »was führt Euch an meine Pforte?«

Der alte Bischof schlürfte einen Schluck Suppe, schaute kurz zu ihm auf und senkte gleich wieder den Blick. »Die Pest«, murmelte er. »Sie hat Bologna in die Knie gezwungen und wütet nun in den Straßen von Ferrara.«

»Sie ist schon hier?«, fragte Andrea ungläubig.

Guido di Baisio nickte. »Mein Palast ist nicht mehr sicher, so wie viele andere in der Stadt. Der Tod dringt durch die Mauern und macht keinen Unterschied zwischen Geschlecht und Alter …« Der Bischof beugte sich vor und nahm Andreas Hand. Seine Finger waren eiskalt und zitterten. »Ich bin hier, weil ich Euch um Asyl bitten möchte, ehrwürdiger Vater. Für mich und mein Gefolge. Die Insula Pomposiae ist durch die Wälder ringsumher und den Padus geschützt … Ich kenne keine andere so sichere Zuflucht.«

»Aber ich …«, zögerte Andrea. Er war so erschüttert, dass er am liebsten geweint und mit den Fäusten auf den Boden getrommelt hätte.

Oh Herr!, dachte er. Wie konnte das so schnell geschehen sein?

Er fühlte sich noch nicht bereit, brauchte mehr Zeit, um sich auf die Lage vorzubereiten, seinen Geist zu stärken …

Andrea presste die Fingerkuppen gegen die Lider und zwang sich, ruhig zu bleiben. »Es wird mir … eine Ehre sein, Euer Exzellenz.«

»Ihr rettet mir das Leben«, sagte der Bischof dankbar. »Dennoch bin ich hier, um Euch um einen weiteren Dienst zu bitten.«

»Ich höre.«

Die Augen des Bischofs zogen sich zu undurchdringlichen Schlitzen zusammen.

»Ich muss mit Maynard de Rocheblanche sprechen.«

2

Als Maynard das Parlatorium betrat, hätte er alles erwartet, nur nicht, dort auf den Bischof von Ferrara zu treffen. Er sah ihn hinten an der Wand sitzen, gemeinsam mit Abt Andrea, und witterte sofort Gefahr. Er deutete eine Verbeugung an und schloss die Tür hinter sich, während er sich an seine letzte Begegnung mit diesem Mann erinnerte. Sie war noch kein Jahr her, aber nach einem Blick in dessen Gesicht hätte er gesagt, es wäre wesentlich mehr Zeit vergangen. Schon damals hatte er den Eindruck gehabt, dass dem Bischof die Beschwerden des Alters zusetzten, jetzt allerdings nahm er an ihm eine tief gehende Erschöpfung wahr, vielleicht noch mehr des Geistes als des Körpers.

»Meine Ehrerbietung, Euer Gnaden«, begann Maynard.

»Er ist ganz schön kühn.« Der ehrwürdige Guido lachte auf. »Zuerst schlachtet er einen Mann in meinen Diensten ab, und jetzt begrüßt er mich, als ob nichts vorgefallen wäre.«

Nach zwei Monaten, in denen er sich verbergen musste, war Maynard nicht in der Stimmung, sich verspotten zu lassen. »Wenn Euer Gnaden gekommen ist, um mich zu überreden, ich solle mich Obizzo d'Este stellen –«

»Es gibt augenblicklich viel dringendere Probleme«, unterbrach ihn der Bischof. »Ich muss Euch dennoch davon in Kenntnis setzen, dass Ihr für vogelfrei erklärt seid und eine Belohnung auf Euren Kopf ausgesetzt ist.«

»Sobald der Schnee schmilzt, werde ich mich rechtfertigen«, gab Maynard abschätzig zurück. »Jedem, der mich beschuldigt, werde ich mich zum Gottesurteil im Zweikampf stellen, und mit der Hilfe des Herrn –«

»Schweigt, Maynard«, herrschte ihn Abt Andrea an. Er wirkte unruhig und zutiefst besorgt. Anscheinend wollte er aufstehen, doch dann faltete er mit gerunzelter Stirn die Hände. »Wenn Seine Exzellenz der Bischof Euch sehen wollte, geht es um eine Angelegenheit, die alle Anwesenden betrifft, wenn auch in unterschiedlicher Weise«, erklärte er leise. »Vor nicht allzu langer Zeit habt Ihr mir von jemandem erzählt, der Superanzio Orsini über die Angelegenheit unterrichtet hat, in die Ihr verwickelt seid. Ist das richtig?«

Maynard warf ihm einen misstrauischen Blick zu. »Und selbst wenn es so wäre?«

Guido di Baisio seufzte. »Mein Vizdom war ein Prahlhans, da gebe ich Euch recht«, gab er bereitwillig zu. »Da ich ihn gut kannte, zweifle ich nicht, dass er Eure Strafe verdient hat. Dennoch war er mir gegenüber loyal genug, dass er mich wie als letzten Willen in Kenntnis über drei unschätzbar wertvolle Reliquien gesetzt hat.«

Maynard traute seinen Ohren nicht. Nachdem er sich monatelang gefragt hatte, wer diese geheimnisvolle Kontaktperson von Orsini gewesen sein könnte, stand der Mann jetzt vor ihm. Doch vielleicht war das ja eine Hinterlist. Er sah Abt Andrea an und fragte sich, wie tief dessen Vertrauensbruch gehen mochte, dann wandte er sich wieder dem Bischof zu. »Erklärt Euch genauer, Exzellenz.«

»Ich spreche von einem Kelch, einer Lanzenspitze und einem rätselhaften Gegenstand, den man unter dem Namen Lapis exilii kennt.«

»Wenn das eine Falle ist …« Maynard sah Abt Andrea misstrauisch an.

»Seid nicht albern«, besänftigte ihn Guido di Baisio. »Ich habe hier den Brief von Orsini, der meine Worte bestätigt.« Er suchte in einer Tasche seines Umhangs und hielt Maynard ein Pergament und einen goldenen Ring hin. »Diese beiden Dinge hat er mir außerdem geschickt.«

Während sich seine Empörung in Erstaunen verwandelte, nahm Maynard die beiden Gegenstände entgegen, die man ihm vor etlichen Monaten gestohlen hatte: den Ring von Kardinal Bertrand du Pouget und das Blatt mit dem Rätsel um den Lapis exilii. Er musterte den Bischof von Ferrara und versuchte aus seiner Miene zu lesen, wie viel er über die Sache wusste. »Und Ihr übergebt sie mir einfach so?«

Der Bischof zuckte die Schultern. »Wenn Ihr wüsstet, was gerade außerhalb dieser Mauern geschieht, wäre Euch klar, wie eitel Eure Worte sind.«

Maynard beobachtete erstaunt, wie sich der Bischof bekreuzigte. »Was meint Ihr damit, Euer Exzellenz?«

Der Bischof wechselte einen düsteren Blick mit Andrea. »Darüber sprechen wir später. Jetzt sollt Ihr Euch nur mit dieser Frage beschäftigen. Der ehrwürdige Abt Andrea sagt, dass Ihr das Rätsel dieses Pergaments lösen könnt, das ich Euch gerade gezeigt habe.«

»Ich habe geschworen, darüber Schweigen zu bewahren«, erwiderte Maynard kurz.

»Ich möchte Euch zu nichts zwingen, obwohl der bedeutende Name, der mit diesen Geheimnissen verknüpft ist, mir auferlegt, alles zu verstehen.«

»Ihr meint Bertrand du Pouget.«

»Ihr sagt es«, bestätigte der Bischof. »Ein Kardinal aus Avignon und bestimmt nicht irgendeiner. Er war es, der vor zwanzig Jahren das Reichsvikariat derer d'Este über Ferrara eingesetzt hat und damit die Anklage der Häresie, die auf diesem Adelshaus lastete, beendete.«

»Und derselbe«, fügte Andrea deutlich weniger begeistert hinzu, »der kurz danach versucht hatte, Ferrara einzunehmen.«

Der Bischof brummte verärgert. »Wir schulden Monsignore Bertrand zumindest Gehorsam.«

Maynard bemerkte die leichte Meinungsverschiedenheit zwischen Andrea und Guido. Der Abt von Pomposa schien der päpstlichen Autorität nicht freundlich gesonnen, während sich der Bischof loyal zeigte. Außerdem verdankte Letzterer sein Amt vermutlich der Kurie in Avignon und fühlte sich schon deshalb verpflichtet, sich auf die Seite des Kardinals zu stellen. Und Maynard selbst war mittendrin – fühlte er sich doch moralisch verpflichtet und war persönlich betroffen.

»Kardinal hin oder her, du Pouget ist ein Verbrecher«, sagte er. »Ich könnte viele Schandtaten aufzählen, mit denen er sich befleckt hat bei dem Versuch, sich des Lapis exilii zu bemächtigen, aber ich belasse es bei einem Hinweis auf seine Beteiligung am Tod von Jang de Blannen und auf den schlechten Einfluss, den er auf den neuen Kaiser ausübt.«

Der Bischof musterte ihn erstaunt. »Also ist auch Karel von Böhmen in die Angelegenheit verwickelt?«

»Ich fürchte, ja«, antwortete Maynard. »Als ich das Schlachtfeld von Crécy verlassen habe, umschwärmten ihn die Spitzel des Kardinals wie Schutzteufelchen.«

Der Bischof schwieg einige Augenblicke, sichtlich erschüttert. »Ihr seid Euch dessen so sicher«, sagte er dann. »Woher kommt Eure Gewissheit, dass Ihr das Eingreifen von Bertrand du Pouget nicht missverstanden habt?«

»Von der Tatsache, dass dieser Hund erst versucht hat, mich zu töten und dann meine Schwester Eudeline.« Maynard unterdrückte seine aufkommende Wut und den Wunsch, einfach aus diesem verdammten Raum zu stürmen. »Außerdem, wenn ich frei reden darf, verpflichtete ich mich einem Mann, der wesentlich weiser ist als Eure Väterlichkeiten, zu schweigen. Einem Mann, den ich unter keinen Umständen verraten werde.«

»Diese Worte gereichen Euch zur Ehre«, erklärte der Bischof ungerührt ob der Beleidigung. »Dennoch, die gleichen Bedenken, die Euch zum Stillschweigen verpflichten, zwingen mich zu überlegen, ob ich Kardinal du Pouget über alles in Kenntnis setzen sollte.«

»Ihr würdet einen schweren Fehler begehen«, sagte Maynard.

»Haltet Ihr mich etwa für einen Dummkopf?«, erwiderte der Bischof pikiert. »Wir haben noch nicht über die betreffende Angelegenheit gesprochen, aber ich glaube begriffen zu haben, dass die Reliquien aus dem Besitz unseres Herrn Jesus Christus stammen. Wenn dem so wäre, würdet Ihr sie wirklich vor der Heiligen Mutter Kirche verbergen wollen?«

Maynard betrachtete einen Augenblick lang die verwunderte Miene von Abt Andrea, in der Hoffnung, in ihm einen Verbündeten zu finden. Doch dieser schien in Schweigen versunken zu sein.

»Das habe nicht ich zu entscheiden«, sagte Maynard schließlich.

»Nein, ganz genau so ist es«, rief der Bischof und wirkte, als hätte er eine solche Antwort erwartet. »Und deswegen müsst Ihr Euch dem Urteilsvermögen eines Menschen unterwerfen, der über Euch steht und vom Heiligen Geist erleuchtet ist.«

Maynard lächelte ihn höhnisch an. »Wenn Gott ihn auf meinen Weg schickt, werde ich ihn schon erkennen«, sagte er mit wachsender Ungeduld. »Doch bis dahin habe ich nur eine Aufgabe zu erfüllen: Ich muss den Kelch und die Lanzenspitze wiederfinden, die Pater Facio gestohlen hat, um sie dorthin zurückzubringen, wo sie ursprünglich aufbewahrt wurden.«

Statt Maynard weiter zu bedrängen, senkte Bischof Guido di Baisio nur den Kopf. »Bedenkt man die jetzige Lage, wird dies schwieriger, als Ihr Euch vorstellen könnt.«

Maynard war es leid, dass man ihm etwas verheimlichte. »Wollt Ihr mir endlich erklären, was hier vorgeht?«

Der Bischof hob die bleichen Lider. »Der Zorn des Allmächtigen«, antwortete er und verbarg die Angst auf seinem Gesicht unter der Kapuze seines Umhangs. »Die Pest verheert dieses Land.«

Maynard sah ihn an wie vom Schlag getroffen. Sein Blick ging suchend zu Abt Andrea, dann fiel er vor dem Bischof auf die Knie. »Wie ist das möglich ... ohne jede Vorwarnung?«

»Braucht der Tod etwa eine Einladung?«, erwiderte Guido di Baisio. »In Ferrara hat es erst gestern begonnen, und das Volk ist schon im Fiebertaumel. Leichen säumen die Abwasserkanäle, Prozessionen von Büßern ziehen durch die Straßen ... Die Armen und die Gauner schlagen sich in Banden durch die Viertel, lassen ihren niedrigsten Instinkten freien Lauf und überfallen die Häuser der Reichen. Sogar Kirchen und Klöster sind nicht mehr sicher.«

Bei diesen Worten schrak Maynard zusammen. »Erklärt Euch bitte näher.«

»Die Wachen können den Plebs nicht mehr im Zaum halten«, antwortete der Bischof. »Im allgemeinen Wahnsinn sind Mönche und Nonnen Opfer aller möglichen Schikanen. Ich selbst musste –«

»Ich muss sofort aufbrechen.« Maynard sprang auf.

Abt Andrea ging auf ihn zu, um ihn zurückzuhalten. »Seid Ihr verrückt geworden?«

Maynard schob ihn grob beiseite. »Ich habe Isabeau in Ferrara gelassen, weil ich sie dort in Sicherheit glaubte. Ich muss mich überzeugen, dass ihr nichts geschehen ist.«

»Ihr riskiert, verhaftet zu werden«, warnte ihn der Abt, »oder euch anzustecken.«

Doch Maynard schritt schon über die Schwelle. »Ich werde dafür büßen, wenn es sein muss«, sagte er furchtlos. »Aber Ihr könnt sicher sein, ehrwürdige Patres, dass ich dieses Mädchen nicht schutzlos zurücklassen werde.«

3

Stadtmauern von Ferrara
24. Februar

Maynard und Robert hatten den Vorort San Giorgio noch nicht erreicht, als sie sahen, wie Rauchwolken aus den Siedlungen aufstiegen. Sie hielten ihre Pferde im Trab und mieden die bewohnten Gegenden, um nicht Banden von verzweifelten Menschen in die Arme zu laufen, die auf der Suche nach Beute waren. Vor Tagesanbruch hatten sie bereits Räuber in den Wald zurückgescheucht, und sie wollten angesichts der vor ihnen liegenden Aufgabe ihre Kräfte sparen.

Auf einem Hügelkamm folgten sie, gut eingehüllt in ihre wollenen Umhänge, dem Verlauf des Padus und versuchten, die lauten Klagen, die aus der Nähe der alten Basilika kamen, nicht zu beachten. Sie wollten sich so weit wie möglich von der Ansteckungsgefahr fernhalten, die Bischof Guido ihnen beschrieben hatte. Doch bevor sie die Stadtmauern erreichten, mussten sie an einem Massengrab vorbei, in dem sich die Leichen häuften. Maynard schlug den Kragen bis über die Nase hoch, um sich vor dem Gestank zu schützen, ihn ekelte vor dem Anblick dieser wie Wurzeln verkrümmten aufeinandergestapelten Körper. Ihre Haut hatte eine unnatürliche bläulich-schwärzliche Färbung angenommen, genauso unnatürlich wie die Beulen, die man auf einigen Gesichtern deutlich erkennen konnte. Er verscheuchte die Raben, die ihre Schnäbel in den Augen der Unglücklichen versenkten, und trieb seinen Rappen auf die Stadtmauer zu, wobei er das Gefühl zu verdrängen versuchte, dass sich dort in der Grube noch jemand bewegte.

Die bewegliche Brücke auf Lastkähnen lag verlassen da, das Stadttor stand weit offen, und die unnatürliche Stille schien die Reisenden davon abhalten zu wollen, ins Innere vorzustoßen, ebenso wie der beißende Rauch, der von den Feuern ausging, die man an den schneebedeckten Ufern entzündet hatte.

Maynard drängte Robert, den Fluss zu überqueren, und sah hoffnungsvoll gen Westen. Die Insel Sant'Antonio lag nicht allzu weit entfernt, umgeben von bleigrauen Fluten. Um dorthin zu gelangen, würden sie in die Stadt und über die Via Grande bis zur Porta San Pietro reiten müssen. Ein kurzer Weg nur, doch voller Unbekanntem.

Als sie die Brücke zur Hälfte hinter sich gelassen hatten, mussten sie anhalten, um einem Maultierkarren Platz zu machen, der Leichen transportierte. Der Mann auf dem Bock, ein alter, in Lumpen gekleideter Mann, musterte sie mit Augen, in denen der Wahnsinn stand, und fuhr ohne einen Gruß an ihnen vorbei. Mit einem Blick erkannten sie die Male der Pest auf seiner linken Wange.

»Das ist die Hölle«, murmelte Robert.

»Noch könnt Ihr umkehren«, sagte Maynard. »Ich wüsste Euch lieber in Sicherheit. Besonders jetzt, da Ihr nach Reims zurückkehren wollt.«

Robert schickte ihn mit einer harschen Geste zum Teufel und gab seinem Pferd die Sporen.

Hinter der Stadtmauer erwarteten sie Scheiterhaufen. Die Luft war so geschwängert von dem Geruch nach Weihrauch und Gewürzen, dass einem davon übel wurde, und dennoch war er nicht stark genug, um den Verwesungsgestank zu überdecken. Überall lagen Leichen. Dutzende, vielleicht sogar Hunderte. Man hatte sie vor die Häuser geworfen, in die Abwasserrinnen oder nur einen Schritt entfernt von den verriegelten Türen gegen die Mauern gelehnt. Erwachsene, Kinder, Alte ... Der Tod hatte niemanden verschont, und in einigen Fällen schien er sich sogar den Spaß erlaubt zu haben, ihre Gesichter zu einem finsteren Grinsen zu verzerren, als wollte er so die Lebenden verhöhnen.

Maynard lenkte sein Pferd weiter Richtung Westen, er ritt voraus, an den hohen Mauern des Castello dei Curtensi entlang. Er nahm an, dass ein großer Teil des Klerus und des Adels sich dort verbarrikadiert hatte, im Schatten der Kirchtürme von San Pietro, San Gregorio und San Salvatore, da an diesem Ort die Rauchentwicklung so stark zunahm, dass der Himmel davon ganz verdunkelt war.

Als die Straße enger wurde, wich er einem weiteren Karren mit übereinandergestapelten Leichen aus und hielt sein Pferd an, um einen Zug Flagellanten mit spitzen Kapuzen vorbeizulassen. Ihnen voran lief eine über und über mit Blut bedeckte Frau, die eine Holztafel mit der Aufschrift »MAGDALENA MERETRIX« um den Hals trug.

»Dreckige Bastarde«, fluchte Robert und beruhigte sein Pferd.

»Jedem seinen Gott«, sagte Maynard und lächelte traurig, doch gleich darauf horchte er auf.

Er hörte Schreie, Pferdewiehern und Waffenklirren. Zunächst glaubte er, der Lärm käme von Norden, aus der Richtung der Via dei Sabbioni. Doch dann stellte er fest, dass man unmöglich genau ausmachen konnte, woher die Geräusche kamen. Sie verbreiteten sich wie ein Echo durch die Straßen der Stadt.

Maynard trieb sein Pferd Richtung Westen, entschlossen, allen Schwierigkeiten aus dem Weg zu gehen, doch schon nach der ersten Wegbiegung sah er sich einer mit Steinen und Mistgabeln bewaffneten Menge gegenüber. Es waren die Niedrigsten und Ärmsten. Von der Pest und vom Hunger gezeichnet streckten sie mit der Wut der Verzweiflung die Trophäen ihrer Plünderungen hoch.

Maynard zog die Zügel an und bog seinem Instinkt folgend nach Süden ab, nahm eine Abkürzung durch eine Gasse mit elenden Hütten in Richtung Stadtmauer. Robert blieb ihm auf den Fersen, gefolgt von der bedrohlich lärmenden Menge. Die Gasse wurde so schmal, dass sie beinahe absteigen mussten, bis sie sich auf einmal zu einem Vorplatz öffnete. Maynard wich zur Seite aus, um nicht in eine Horde Zerlumpter zu geraten, die eine Kutsche umgeworfen hatte, dann ritt er wieder schneller, als er eine Öffnung in der Stadtmauer erspähte, die vor die Stadt führte.

»Die Porta San Pietro?«, rief Robert, immer noch dicht hinter ihm.

»Nein, das ist die Porta Sant'Agnese«, antwortete Maynard. »Wir werden wieder ein wenig zurückreiten müssen, Isabeaus Kloster liegt weiter östlich!«

Im Galopp ließen sie einen Zipfel Festland zwischen dem Padus und den hohen Stadtmauern hinter sich, wobei sie immer wieder

Leichen ausweichen musste, die von den Zinnen herabgeworfen wurden. Eine zerschmetterte genau vor Robert, sodass er beinahe vom Pferd gestürzt wäre.

Maynard trieb seinen Rappen weiter an in der Hoffnung, dass der Herr Isabeau verschont hatte. Er hätte nie erwartet, jemals in einen solchen Alptraum zu geraten, und vor allem nicht, dass er noch Grauen vor dem Tod empfinden konnte. Nach der Schlacht von Crécy hatte er geglaubt, er hätte sich an die Untaten des Großen Schnitters gewöhnt, aber er hatte nicht mit dem Anblick so vieler Menschen gerechnet, die ohne ein erkennbares Motiv, ja beinahe zum Vergnügen aus dem Leben gerissen worden waren. Und doch bemühte sich ein Teil von ihm, einen Sinn in dem zu finden, was er sah. Musste es nicht einen tieferen Grund dafür geben, eine höhere Bedeutung, so wie es seine Heldenepen kündeten?

Er zwang seine Gedanken in die Gegenwart zurück, als er einige Soldaten bemerkte, die sich vor der Holzbrücke postiert hatten, dem einzigen Zugang zur Isola Sant'Antonio. Das Kloster der Benediktinerinnen schien also noch nicht angegriffen worden zu sein. Er hielt seinen Rappen vor der Gruppe an und entbot demjenigen, den er für den Ranghöchsten hielt, seinen Gruß.

»Euer Kommandant?«

Der Soldat klappte das Visier hoch, und darunter kam ein junges, von Erschöpfung gezeichnetes Gesicht zum Vorschein. »Ist heute Nacht gestorben, Herr.«

»Das erstaunt mich nicht«, erwiderte Maynard. »Um hierherzukommen, sind wir durch die Hölle gegangen.«

Der Soldat musterte ihn aufmerksamer, dann sah er zu Robert hinüber. »Kommt Ihr vom Osttor?«

»Ja«, antwortete Robert.

»Dann habt Ihr noch gar nichts gesehen, glaubt mir.«

Ohne ihm zu antworten, stieg Maynard vom Pferd, um über die Brücke zum Kloster zu gelangen. »Ich sorge mich um eine junge Frau, die ich in die Obhut der Benediktinerinnen gegeben habe«, erklärte er und ließ seine Eile erkennen. »Ich bin gekommen, um mich zu vergewissern, dass es ihr gut geht.«

Der junge Soldat hielt ihn auf. »Nach dem Willen der Äbtissin betritt oder verlässt niemand das Kloster. Mein Trupp hat die Aufgabe, jedem den Durchgang zu verweigern.«

»Erklärt das genauer«, bat Maynard.

»Das geschieht, um die Nonnen vor der Ansteckung zu schützen, aber nicht nur davor«, antwortete der Soldat. »Wenn Ihr bis hierher vorgedrungen seid, habt Ihr mit eigenen Augen gesehen, was auf den Straßen los ist. Der Pöbel ist vollkommen wahnsinnig geworden, er nutzt das große Sterben aus, um die Kornspeicher der Palazzi und der Kirchen auszuplündern. Und weil er eben von der Piazza zurückgedrängt wurde, wird es nicht lange dauern, bis er hierherströmt.«

Maynard dachte an das höllische Chaos, das sie auf ihrem Weg durch die Stadt gesehen hatten, und musterte den spärlichen Trupp Soldaten. Fünfzehn Mann, davon einige leicht verletzt aus früheren Zusammenstößen und vielleicht schon vom Pesthauch angesteckt.

»Seid Ihr die Wachen des Marchese?«, erkundigte er sich.

»Die wenigen Überlebenden«, erwiderte der Soldat stolz.

Maynard überlegte kurz, was wohl dem Kloster und damit Isabeau drohte, dann suchte er in Roberts Gesicht stumm nach Zustimmung. Schließlich sagte er: »Mein Waffengefährte und ich sind bereit, Euch zu helfen, wenn Ihr dies erlaubt.«

»Ich weiß nicht, wer Ihr seid, Herr«, erwiderte der Soldat, »aber es wird mir eine Ehre sein.«

Es dauerte länger als angenommen, aber schließlich kam die gierige Menge. Sie strömte wie ein reißender Fluss von der Porta San Pietro her, während die Sonne sich hinter den schwarzen Rauchsäulen, die sich über der Stadt erhoben, allmählich rötlich färbte. Maynard hatte die Zeit genutzt, um die Wachen über die Geschehnisse zu befragen, und war vor allem darüber erschrocken, mit welcher erbarmungslosen Schnelligkeit die Pest Opfer unter der Bevölkerung Ferraras erntete. Die Zahl der Toten nahm so schnell zu, dass die Bewohner der Unterstadt sie unter Missachtung der heiligen Gebote massenweise verbrennen mussten. Viele Häuser wurden ebenfalls den Flammen übergeben in der Hoffnung, so die Krankheit, die ganze Familien ausgelöscht hatte, einzudämmen.

Als er die angriffsbereite Menge vor ihnen auftauchen sah, schwang sich Maynard auf sein Pferd und stellte sich links der Soldatenschar. Robert postierte sich auf der anderen Seite, löste den Bogen vom Sattel und schoss seine Pfeile auf die Ersten ab. Er streckte ein halbes Dutzend der Leute nieder, noch ehe sie auf zehn *Ruten* herangekommen waren, und fuhr fort, bis sein Köcher leer war. Nun würde es gleich Mann gegen Mann gehen.

Maynard zählte etwa sechzig Aufständische, vor allem Männer im besten Alter. Sie schwangen behelfsmäßige Waffen, Sicheln, Stöcke und Steine. Dazwischen blitzten allerdings auch einige Spitzen von Piken auf, die sie vermutlich den Wachen bei irgendwelchen Zusammenstößen abgenommen hatten.

Er zog sein Schwert und hetzte sein Pferd auf sie, weil er die Horde auseinandertreiben wollte, bevor sie sich auf die Verteidiger der Brücke stürzte. Er schlug dem armen Teufel, der die Menge anführte, den Kopf ab, doch es gelang ihm nicht, dessen Gefährten aufzuhalten. Deshalb stürmte er einfach weiter und hieb wild nach links und rechts um sich, bis ihm genug Spielraum blieb, um sein Pferd herumzureißen und einen neuen Angriff zu reiten.

Ihm genügte ein schneller Blick, um Robert auszumachen, der wie er selbst in die Enge getrieben wurde. Deshalb entschloss er sich, die Reihen der Aufrührer zu lichten, die gegen die Wachen vordrängten. Er versenkte sein Schwert viele Male, bis ihn ein plötzlicher Stoß aus dem Sattel warf.

Er rollte im Schlamm herum, damit er nicht erdrückt wurde, hob ein altes Holzbrett vom Boden neben sich auf und benutzte es als Schild, um sich zu verteidigen und aufzustehen. Die Angreifer stürzten sich in Wellen auf ihn und zwangen ihn, sich zur Brücke zurückzuziehen. Sehr bald fand er sich an der Seite der Wachen wieder.

»Schließt die Reihen!«, rief ein Soldat hinter ihm. »Jetzt gehören sie uns!«

Maynard gab ihm stumm recht. Die Wut dieser Elenden hatte sich im selben Maß verringert, wie ihre Zahl weniger wurde, wenn auch um einen hohen Preis aufseiten der Soldaten. Sie waren dezimiert worden und inzwischen am Ende ihrer Kräfte. Nur Robert schien keine Müdigkeit zu verspüren. Er führte sein Pferd immer wieder in den Kampf und säte mit einem beeindruckenden Rabenschnabel Tod unter denen, die noch Widerstand leisteten.

Dann, fast unvermittelt, kehrte Ruhe ein.

Die Besiegten zogen sich eilig Richtung Porta San Pietro zurück und schleppten ihre versehrten Körper und die Waffen durch den Schlamm. Maynard beruhigte sein Ross, stieg auf und betrachtete die Insel mit einem erstaunten Ausruf.

Ohne dass es jemand bemerkt hatte, hatten sich sämtliche Bewohner des Klosters Sant'Antonio am Ufer versammelt, um dem Kampf beizuwohnen. Maynard entdeckte Isabeau und winkte ihr einen Gruß zu, den sie mit einem Lächeln erwiderte. Dann wandte sich die allgemeine Aufmerksamkeit der Äbtissin zu, die eine Kanne Pech über dem Boden der Brücke ausschüttete und eine Fackel daraufwarf.

Die Flammen loderten so heftig auf, dass sowohl Maynard als auch die Wachen hastig zurücksprangen.

»Jetzt wird keiner mehr einen Fuß auf die Insel setzen können«, verkündete ein Soldat.

Bevor Maynard etwas dazu sagen konnte, bemerkte er die Unruhe auf Roberts Gesicht. Als er in dieselbe Richtung blickte wie sein Freund, entdeckte er einen Zug Reiter, die nach Westen unterwegs waren. Der Mann an der Spitze befahl ihnen plötzlich anzuhalten und musterte sie einen Augenblick reglos. Er war ganz in Schwarz gekleidet, sein Kopf war in einen Schal gehüllt, der nur die Augen frei ließ.

Das Ganze dauerte nur einen Augenblick, dann läutete eine Sturmglocke, und der Blick des Mannes ging zum Turm von San Romano. Ein Befehlsschrei und die Reiter galoppierten zum Angriff.

»War das wirklich er?«, fragte Robert betroffen.

»Ja«, antwortete Maynard, »das war Seine Gnaden, der Marchese von Ferrara.«

4

Abtei Santa Maria di Pomposa
25. Februar

Beim ersten Hahnenschrei war Bonus bereits auf den Beinen. Die Ankunft des Bischofs mit seinem großen Gefolge stellte ihn schließlich vor beträchtliche Herausforderungen. Nicht so sehr wegen der vielen Zusatzaufgaben, sondern weil er den hohen Besuch stets ermahnen musste, die Gewohnheiten des Klosters zu achten. Denn obschon es sich um Männer der Kirche handelte, waren sie das bequeme Leben in der Kurie gewohnt und mussten ständig diskret umsorgt werden.

Wegen seiner Umsicht und profunden Kenntnisse der Ordensregeln durfte Bonus mit Fug und Recht von sich behaupten, dieser Aufgabe von allen Dienern am besten gewachsen zu sein. Doch trotz seiner zur Schau getragenen Ehrerbietung ertrug er die vornehmen Gäste nur ungern, vor allem wenn sie hochmütig waren und aus der Stadt kamen. Er selbst hatte seine ländliche Herkunft nie vergessen, und auch nachdem er von Abt Andrea als Diener erwählt worden war, hatte er sich nie vor den niederen, aber erfüllenden Tätigkeiten des bäuerlichen Lebens gedrückt. Daher war er auch an diesem Morgen auf dem Weg zum Stall, um auszumisten und die Kühe zu melken.

So stieß er auf den Jungen.

Er erkannte ihn sofort, obwohl er in sich zusammengesunken mit der Wange gegen den Brunnen im Hof lehnte. Es war der Page des Bischofs, der sich um die Kutschpferde kümmerte.

Da Bonus dachte, er wäre ohnmächtig geworden, fasste er ihn sanft an den Schultern, um ihn auf dem Boden zu betten.

Mit rasselndem Atem dankte ihm der Junge. Er war schweißgebadet, seine Augen glänzten fiebrig. Bonus reichte ihm Wasser, doch als der Page anschließend einen Hustenanfall bekam, lehnte er ihn wieder gegen die Brunnenmauer und wartete, dass er sich erholte. Da keine Besserung eintrat, lockerte er dem Jungen das Wams, damit er leichter Luft bekam.

Als sein Blick auf die rötliche Beule auf dessen Brust fiel, schrie er entsetzt auf und wich zurück.

»Die Pest ist in Pomposa!«, rief Abt Andrea. »Und Ihr habt sie hierhergebracht!«

Bischof Guido di Baisio senkte den Blick. »Wäre mir bekannt gewesen, dass dieser Page krank ist, hätte ich ihn nicht mitgenommen.«

Sie befanden sich im Erdgeschoss des Palatium abbatis, das nunmehr dem Bischof als Wohnsitz diente. Von dort hatte er versucht, mit Ferrara Verbindung aufzunehmen, indem er die Tauben des Klosters zum Marchese und den größeren Kirchen geschickt hatte. Bis eine Antwort eintreffen würde, hatte er sich von der Welt abgeschottet und sogar jedes Fenster schließen lassen. Außer dem Abt war es niemandem gestattet, mit ihm zu sprechen.

Andrea verabscheute diese Haltung. Während sich der Bruder Infirmarius dem Risiko einer Ansteckung aussetzte, um das Leben des Jungen zu retten, kümmerte sich der oberste Hirte von Ferrara lediglich um sein eigenes Wohl. Andrea unterdrückte seinen Zorn jedoch und versuchte sich ins Gedächtnis zu rufen, wen er vor sich hatte.

»Vergebt mir, Exzellenz«, presste er hervor. »Es ist nur die Sorge um meine Mitbrüder, die mich so harte Worte finden lässt.«

»Ihr habt durchaus recht«, erwiderte Guido. »Eigentlich müsste *ich* Euch um Verzeihung bitten.«

Andrea entnahm diesen Worten eine Bitte um Nachsicht, meinte, beim Bischof Reue, wenn nicht sogar Schuldgefühl zu spüren, doch die Stellung seines Gegenübers verbat jede direkte Frage. »Es ist der Wille des Herrn«, sagte er daher, um eine Erklärung von ihm zu bekommen.

»Nicht alles«, sagte der Bischof und seufzte tief. »Manche Begebenheiten hängen von uns selbst ab, von unseren Entscheidungen.«

»Worauf wollt Ihr hinaus?«, fragte Andrea, der sich nun zu klaren Worten ermutigt fühlte.

Der Bischof zuckte mit den Schultern. »Heute Morgen habe ich Eure Schreiber beobachtet«, setzte er umständlich an. »Und dabei kam ich nicht umhin, Euren jungen Miniaturisten zu bemerken.«

»Ein vielversprechendes Talent.«

»Er ist der Sohn von Sigismondo de' Bruni, nicht wahr?«

Andrea runzelte die Stirn. »Woher kennt Ihr ihn?«

»Ich weiß mehr, als Ihr denkt«, erwiderte der Bischof. »Mehr als Ihr selbst.«

Andrea konnte seinen Unmut kaum noch verhehlen. »Vor Monaten schrieb ich Euch in dieser Angelegenheit, und Ihr habt mir nur eine ausweichende Antwort gegeben«, sagte er und seine Stimme zitterte leicht. »Ihr erklärtet, es handle sich um eine Familie von Häretikern.«

Der Bischof schob einen Vorhang leicht zur Seite und gab vor, nach draußen zu spähen. »Ich war gezwungen … zu lügen.«

»Und weshalb plagt Euch jetzt das Gewissen?«

»Weil ich in ein paar Tagen vielleicht nicht mehr unter den Lebenden weile«, fuhr der Bischof auf und sah Andrea an. »Ich saß während der gesamten Reise von Bologna nach Pomposa neben diesem Pagen, begreift Ihr? Glaubt Ihr wirklich, dass der Pesthauch mich verschont hat? Ich bete, dass dem so ist. Doch wenn ich in diesem Moment sterben sollte, wird niemand erfahren, wer Gualtiero de' Bruni in Wirklichkeit ist.«

»Vielleicht weiß er es ja bereits«, gab Andrea zurück. »Er wollte mir zwar nichts Genaues erzählen, doch er sagte, er kenne den Aufenthaltsort seiner Mutter.«

Der Bischof lachte hässlich auf. »Oh, seine Mutter! Wer, glaubt Ihr wohl, gab den Befehl, dass sie nach Avignon gebracht würde?«

»Wollt Ihr etwa sagen …«, Andrea sah ihn ungläubig an, »dass … Ihr das gewesen seid?«

Der Bischof nickte. »Sobald ich von der Verhaftung dieser Frau erfuhr, wusste ich, dass ich keine Wahl hatte. Ich musste sie so schnell wie möglich aus Ferrara entfernen lassen.«

»Um Himmels willen, aus welchem Grund?«

»Ihr werdet es erfahren, nur keine Sorge. Doch zunächst müsst Ihr mir eins versprechen: Überzeugt Maynard de Rocheblanche davon, seine Geheimnisse Kardinal du Pouget zu enthüllen.«

5

Maynard würde Pomposa gegen Einbruch der Nacht erreichen, nachdem er fast einen ganzen Tag durchgeritten war. Er war körperlich und geistig so erschöpft wie schon seit Jahren nicht mehr. Besonders das letzte Wegstück hatte ihn auf eine harte Probe gestellt, und er hatte weder auf das Schnauben seines Rappen noch auf Roberts Mahnungen Rücksicht genommen. Trotz des eisigen Windes war er schweißgetränkt, eine starke Hitze beklemmte seine Brust.

Kurz vor der Ankunft im Kloster schreckte er hoch und bemerkte, dass er einen Teil der Strecke im Halbschlaf zurückgelegt hatte. Undeutlich erinnerte er sich an einen Alptraum, in dem Eudeline – oder vielleicht auch Isabeau? – in einen Abgrund gestürzt war, und er hatte ohnmächtig zusehen müssen. Auch die drei mächtigen Reiter hatte er gesehen. Umgeben von ihren feurigen Aureolen waren sie über einen mit Knochen gepflasterten Weg dahingaloppiert.

»Mein Freund, geht es Euch gut?« Roberts sorgenerfüllte Stimme riss ihn aus seinen Gedanken.

Maynard wandte sich seinem Gefährten zu, um ihn zu beruhigen, doch statt eines Gesichts blickte ihm eine von Verwesung zerfressene Fratze entgegen. Entsetzt über diese Wahnvorstellung unterdrückte er zwar einen erschrockenen Aufschrei, gab jedoch seine Angst an sein Pferd weiter. Der Rappe bäumte sich auf, und Maynard konnte ihn nur mit knapper Not bändigen. Dann glitt er erschöpft aus dem Sattel.

Ehe die Kräfte ihn ganz verließen, erkannte er zwischen den Bäumen den Kirchturm der Abtei.

6

Gualtiero wusste nicht, wo Maynard und Robert geblieben waren. Sie waren vor drei Tagen in großer Eile und voller Rüstung aufgebrochen, ohne eine Nachricht zu hinterlassen. Sehr seltsam, da der Ritter seit Dezember keinen Fuß mehr vor die Abtei gesetzt hatte, um nicht von den Soldaten des Marchese gefasst zu werden. Der Besuch des Bischofs musste die Lage verändert haben. Nicht allein für Maynard, sondern für die gesamte Gemeinschaft von Pomposa. Im Übrigen hatte Gualtiero gleich gespürt, dass dieser Guido di Baisio Ärger verhieß, sobald er ihn zusammen mit seinem speichelleckerischen Gefolge aus der Kutsche hatte steigen sehen.

Doch nun bereitete ihm Maynards Abwesenheit Sorgen. Er fürchtete, der Ritter wäre nach Frankreich aufgebrochen, ohne ihm Bescheid zu sagen, ungeachtet seines Vorhabens, seine Mutter wiederzufinden. Voller Unruhe beschloss er schließlich, sich an Abt Andrea zu wenden in der Hoffnung, dass zumindest dieser in die Pläne Maynards eingeweiht war. Obwohl er an dessen Aufrichtigkeit zweifelte, wusste Gualtiero, dass ihm keine andere Wahl blieb. Nachdem er also sein Tagespensum im Skriptorium erledigt hatte, eilte er zum Kloster, um den Abt um eine Unterredung zu bitten.

Er hatte die weißen Kolonnaden des Kreuzgangs noch nicht ganz zurückgelegt, da packte ihn jemand am Arm. Als er herumfuhr, blickte er in die besorgten Augen des Bruders Pförtner.

»Schnell, mein Sohn«, forderte der Mönch ihn auf, »kommt mit mir.«

Gualtiero folgte ihm eilig zu einem Gebäude hinter der Apotheke, in dem er noch nie gewesen war. Über einen lang gestreckten Gang zwischen Regalen voller Gefäße und Phiolen erreichten sie eine Türöffnung, vor der Fiumano schlummerte. Dort bedeutete ihm der Bruder Pförtner, er solle allein weitergehen, und lief ängstlich nach draußen.

Gualtiero hielt kurz inne und fragte sich, warum er wohl hier war, dann schob er den Vorhang beiseite und stand auf einmal in einem fensterlosen Raum. Das einzige Licht – die Flamme einer Kerze – drang hinter einem dünnen Tuch hervor, das von der Decke herabhing, dahinter konnte man eine Gestalt auf einem Lager ruhen sehen.

Noch ehe er näher treten konnte, befahl ihm jemand von dort: »Bleibt weg von mir!«

Gualtiero hielt an, plötzlich von großer Sorge erfüllt. Diese Stimme gehörte Maynard. Und sie klang kraftlos. »Herr ...«, stammelte er. »Was ist mit Euch geschehen?«

»Nehmt einen Zipfel Eures Gewandes und legt es Euch vors Gesicht«, sagte Maynard. »Atmet nur dadurch ein.«

»Aber warum ...?«

»Tut es einfach!«, beharrte Maynard, ehe er von einem heftigen Hustenanfall geschüttelt wurde.

Gualtiero gehorchte und bedeckte Nase und Mund mit dem Schal, den er um den Hals trug. Dann bedeutete er Maynard, dass er fortfahren könne.

»Ich habe Euch aus einem bestimmten Grund herbestellt, mein Freund«, erklärte Maynard. »Ehe ich jedoch mit Euch darüber spreche, bitte ich Euch, nachzusehen, ob uns jemand belauscht.«

Immer verwirrter ging Gualtiero noch einmal zur Türöffnung. Schließlich kehrte er zu Maynard zurück. »Wir sind allein, Herr.«

»Vergebt mir die Vorsicht«, sagte Maynard, »aber ich traue dem Abt nicht. Zumindest nicht in jeder Hinsicht.« Er schwieg kurz, dann war ein Stöhnen zu vernehmen. Als Maynard weitersprach, klang seine Stimme noch schwächer. »Ihr müsst wissen, dass ich von einem plötzlichen und hartnäckigen Übel befallen wurde.«

Die Nachricht traf Gualtiero wie ein Dolchstich mitten ins Herz. »Wie ist das geschehen?«, fragte er. »Ich wusste von nichts, niemand hat ...«

»Es muss in Ferrara gewesen sein, vielleicht in dem Gewühl des Aufstands«, sprach Maynard leise, mehr zu sich selbst. »Der Infirmarius gibt mir nur wenig Hoffnung, dass ich überlebe.«

»Sagt das nicht einmal im Scherz! Ihr seid stark, Herr. Ihr werdet Euch wieder erholen ...«

»Nicht den Tod fürchte ich«, fuhr Maynard gefasst fort. »Doch mich quält es, eine Aufgabe unvollendet zurückzulassen. Ein Versprechen, das ich nicht erfüllen kann. Deswegen wende ich mich jetzt an Euch.«

»Herr …« Gualtiero wich einen Schritt zurück, von unendlicher Trauer wie von Verwunderung gleichermaßen erfüllt. »Ich bin nicht von Adel, nicht einmal ein ehrlich Geborener …«

»Wollt Ihr mir etwa beibringen, was Ehre ist? Mein Vater war ein Ritter wie ich, und doch gab es nicht einen Tag in seinem Leben, der im Zeichen der Ehre gestanden hätte. Ihr dagegen verfügt über Leidenschaft, Gualtiero, und Ihr wisst zu lieben. Ich weiß es, ich habe Euch kennengelernt. Obwohl ich weiß, dass Ihr über keine Erfahrung verfügt, habt Ihr es geschafft, Euch mein Vertrauen zu verdienen.«

»Und Ritter Robert? Warum wendet Ihr Euch nicht an ihn?«

»Robert hat eine andere wichtige Mission zu erfüllen«, erklärte Maynard geheimnisvoll. Er streckte einen Arm aus, als wollte er den Vorhang beiseiteschieben, um Gualtiero in die Augen zu sehen. Doch er hielt sich zurück. »Mein Freund, ich habe nur Euch. Wollt Ihr mir meinen letzten Wunsch erfüllen?«

Gualtiero wusste, welch ehrenvolle Aufgabe von ihm verlangt wurde, und Stolz erfüllte ihn durch und durch, so wie früher, wenn er, ein Knabe noch, die vom Vater vollendeten Fresken betrachtet hatte, doch zugleich fürchtete er, ihr nicht gewachsen zu sein. Allerdings hatten Maynards Worte ihn mehr berührt, als er sich hätte vorstellen können. Er fragte sich, was dieser Mann ihm eigentlich bedeutete, und rief sich in Erinnerung, was sie im letzten Jahr füreinander getan hatten. Und da begriff er, dass die Worte »mein Freund« ernst gemeint waren. »Ich werde es tun, Herr.«

Er meinte, Maynard lächeln zu sehen. »Nehmt den Beutel, der an der Wand neben der Tür hängt«, sagte er. »Öffnet ihn und sagt mir, was Ihr darin findet.«

Gualtiero bemerkte einen Lederbeutel, hob ihn herab und löste das Band, das ihn verschloss. Er schüttete sich den Inhalt auf die flache Hand. »Einen Goldring und eine kleine Pergamentrolle.«

»Sehr gut.« Maynards Stimme klang nun befehlend. »Schwört, diese beiden Dinge zu bewahren, sie niemandem zu zeigen und sie niemals, unter keinen Umständen, zu verlieren. Morgen wird Robert de Vermandois von Pomposa nach Reims aufbrechen. Ihr werdet mit ihm ziehen, unter seinem Schutz, aber von Avignon müsst Ihr allein Richtung Norden reisen.«

Gualtiero zuckte zusammen. »Dann werde ich meine Mutter wiedersehen.«

»Ja. Ihr werdet Eure Mutter wiederfinden, so es Euch möglich ist. Ihr dürft Euch jedoch keinesfalls von der Aufgabe abbringen lassen, die ich Euch jetzt anvertraue. Nach Avignon reist Ihr nach Saint-Savin-sur-Gartempe, dort in den Wäldern verborgen liegt ein Kloster. Mont-Fleur heißt es, und es liegt nicht weit von einem Ort, der als Villa Cerisii bekannt ist. Ich werde Euch den Weg beschreiben und Euch Anweisungen geben, damit Ihr Euch nicht verirrt.«

»Und wenn ich dort bin, was soll ich tun?«

»Bittet um eine Audienz bei Abt Manessier und sagt ihm, dass ich Euch geschickt habe.« Maynard sprach immer schneller, fast als fürchtete er, jeden Moment von den Schwingen des Todes fortgetragen zu werden. »Ihr müsst ihm die beiden Dinge aus dem Beutel übergeben, außerdem müsst Ihr ihn vor zwei Personen warnen. Aber gebt acht ...« Er brach ab, von einem erneuten Hustenanfall geschüttelt.

»Ja, Herr«, versicherte ihm Gualtiero. Er konnte das Leid in seinem Herzen nicht in Worte kleiden. »Ich höre Euch zu.«

»Seid vorsichtig ... Ihr dürft mit niemandem darüber sprechen oder irgendjemandem verraten, was Euer eigentliches Ziel ist. Nicht einmal Robert de Vermandois.«

»Ich schwöre es bei der Heiligen Jungfrau Maria. Sagt mir nun die Namen.«

»Karel von Böhmen und Bertrand du Pouget«, presste Maynard hervor. »Ihr müsst den ehrwürdigen Manessier unbedingt warnen, dass sie eine ungeheure Bedrohung für Mont-Fleur darstellen. Sagt ihm, dass beide vom Lapis exilii wissen.«

»Lapis exilii? Ich hörte diesen Namen bereits einmal, und zwar von Isabeau ... Was ist das?«

»Ich weiß es nicht, mein Freund. Doch das ist unwichtig. Es zählt allein, dass Ihr Euch genau an meine Worte erinnert.«

»Ich habe ein gutes Gedächtnis.«

»Noch etwas«, fügte Maynard an. »Sagt Manessier, dass ich versagt habe. Obwohl ich es versucht habe, konnte ich die beiden Reliquien nicht aufspüren, die nach Mont-Fleur zurückzubringen ich geschworen habe.«

In dem Moment näherten sich schwere Schritte, und eine große Gestalt betrat den Raum. Maynard sprach nicht weiter und deutete einen Gruß an. Robert trat ans Lager heran und schob das Tuch beiseite.

»Seid Ihr verrückt geworden?«, rief Maynard. »Wollt Ihr Euch etwa anstecken?«

»Was sollte mich das kümmern?« Roberts Gesicht war tränenüberströmt. »Euer Leben ist wertvoller als meines. Ihr dürft nicht sterben!«

Gualtiero sah, wie Maynard den Kopf schüttelte. Erschrocken bemerkte er jetzt, wie bleich der Ritter war und wie nass geschwitzt seine Tunika.

»Ihr irrt Euch, Robert«, sagte Maynard. »Jetzt liegt alles an Euch. Ihr müsst mir schwören, dass Ihr Euch um sie kümmern werdet. Beschützt sie, liebt sie und sagt Ihr, dass ich ihr immer nahe sein werde.« Nachdem er das gesagt hatte, ließ er sich aufs Lager zurücksinken. »Und jetzt, mein Lieber, seid so freundlich und lasst mich mit diesem jungen Mann hier allein.«

7

An diesem Abend kniete sich Gualtiero zum Gebet vor das verunstaltete Bild des Pantokrators in der Apsis. Er sprach ein Vaterunser für Maynard de Rocheblanche, dann bat er weiter um Mut für die schwierigen Aufgaben, denen er entgegenging. Noch konnte er nicht glauben, dass er in so wichtige und geheimnisvolle Ereignisse verwickelt war, und es wurde ihm angst vor der weiten Welt, in die er nun hinaussollte. Außerdem quälte ihn die Sorge um Maynard. Es durfte nicht sein, dass dieser starke Mann von einer unbekannten Krankheit niedergestreckt wurde, und obwohl er selbst ein Kind aus dem Volk war, verstand er doch dessen unausgesprochene Empörung, dass er einem so erbärmlichen und sinnlosen Tod entgegenging. Ihm hätte es auch nicht gefallen, eine Aufgabe unvollendet zurückzulassen. Gualtiero flehte zur Jungfrau Maria, sie möge ihm helfen, seine Mutter zu finden und die Wahrheit über seine Herkunft, ganz gleich, wie sie aussehen mochte.

Einen Moment hatte er das Gefühl, von einem großen und flüchtigen Geist umgeben zu sein, der aus den Bögen des Kirchenschiffs herabgestiegen war, um ihn anzuhören. Und so betete er mit noch größerer Inbrunst, bis seine Künstlerseele, die eher in Bildern als in Worten dachte, den Blick über die alten Fresken im Hauptschiff schweifen ließ. Er suchte in den Gesichtern der Apostel und Propheten um Rat für das unerklärliche Unbehagen, das ihn erfasst hatte. Bis er plötzlich den Grund dafür erkannte.

Er würde Isabeau nicht wiedersehen.

Gualtiero stützte sich auf den Mosaikboden, um nicht von seinen Gefühlen überwältigt zu werden. Natürlich konnte er sie nicht mit sich nehmen. Da waren zu viele Gefahren, zu viele Unsicherheiten. Sie musste im Kloster Sant'Antonio bleiben.

Und doch konnte er sich nicht damit abfinden, dass Isabeau aus seinem Leben verschwinden sollte. Er schwor sich, zurückzukehren, sobald er seine Aufgaben erfüllt hatte.

Schließlich stand er auf und verließ die Kirche, in Gedanken schon bei den letzten Reisevorbereitungen. Er ging am Palatium abbatis vorbei bis zum Rand des Hofs und dann weiter in Richtung des großen Baumes, unter dem er die fünfzehn Goldflorin von Marchese Obizzo vergraben hatte. Mit diesen würde er seine Reisekosten bestreiten, damit er Robert de Vermandois nicht zur Last fiel.

Als er sein Versteck erreichte, bückte er sich und sah bestürzt, dass die Erde zwischen den Wurzeln frisch umgegraben war. Ein schrecklicher Verdacht befiel ihn, und er begann fieberhaft zu graben, ein weit tieferes Loch als beim ersten Mal.

»Das darf nicht sein!«, rief er aus, während er weiter in dem Loch wühlte. »Oh Herr, mach, dass das nicht wahr ist!«

Der Lederbeutel war verschwunden.

Kurz vor dem Abendessen fand er Abt Andrea. Er stand vor dem Eingang zur Apotheke und warf Fiumano Streifen von Trockenfleisch hin. Der Windhund kaute eifrig darauf herum und starrte gebannt auf die Hände seines Herrn, auch noch als Gualtiero wutschnaubend um die Ecke der Kirche gelaufen kam.

»Ich weiß, dass Ihr sie genommen habt!«

Abt Andrea schaute auf. »Was meint Ihr?«, fragte er gelassen.

»Die fünfzehn Goldflorin, die ich unter dem Baum vergraben hatte!«

Als Andrea erkannte, wie aufgeregt Gualtiero war, runzelte er die Stirn. »Mein Sohn, Ihr begreift nicht …«, sagte er versöhnlich. »Dieses Geld würde Euch mehr schaden als nutzen.«

Doch Gualtiero ließ sich nicht so einfach beschwichtigen. »Das Geld gehört mir!«, sagte er. »Ihr habt kein Recht –«

»Ach wirklich?«, unterbrach ihn Abt Andrea, der nun ebenfalls aufbrauste. Er warf dem Hund den letzten Streifen Fleisch zu und baute sich keine Handbreit vor Gualtiero auf. »Haltet Ihr mich etwa für so naiv, dass ich mich nicht frage, wie Ihr an dieses kleine Vermögen gekommen seid? Törichter Bursche! Ich habe es nur vorgezogen, zu schweigen und Euch im Auge zu behalten, damit Ihr Euch nicht in Schwierigkeiten bringt.«

»Dann habt Ihr mich also lieber beobachten lassen«, erwiderte Gualtiero verächtlich, »anstatt mich persönlich darauf anzusprechen?«

»Wärt Ihr denn ehrlich zu mir gewesen?«, fragte der Abt ernst. »Ich weiß genau, was Ihr vorhabt, und ich weiß auch, welche Geheimnisse Ihr verbergt. Doch verurteilt mich nicht deswegen. Es liegt mir fern, Euch meinen Willen aufzuzwingen, obwohl Ihr Euch immer noch unter meiner Obhut befindet.«

Gualtiero verschränkte die Arme vor der Brust. »Nicht mehr, ehrwürdiger Vater.«

»Wie meint Ihr das?«

»Ich werde morgen mit Robert de Vermandois nach Frankreich aufbrechen.«

»Etwa nach Avignon?«, rief der Abt.

Gualtiero bemerkte die Sorge in seiner Stimme. »Das ist nicht alles«, erwiderte er mitleidslos. »Ich soll für Maynard eine Mission erfüllen.«

»Gleich eine Mission … Um Gottes willen, worum handelt es sich?«

»Es tut mir leid, ich bin zum Schweigen verpflichtet.«

Bekümmert kniete Andrea sich hin und streichelte Fiumano, um sich wenigstens nach außen hin zu beruhigen. Er hatte eigentlich nicht vor, das Gespräch fortzuführen, doch schließlich überwand er seinen Unmut.

»Rocheblanche hütet ein recht gefährliches Geheimnis. Ein Geheimnis, über das ich zum Teil unterrichtet bin.« Er flüsterte beinahe. »Der Ritter ist allerdings im Moment in großer Gefahr. Er ist sehr krank, und sollte er sterben, wird dieses Geheimnis mit ihm ins Grab gehen. Daher bin ich derselben Meinung wie der Bischof und geneigt –«

»Maynard traut dem Bischof nicht«, unterbrach ihn Gualtiero harsch. »Genauso wenig wie Euch.«

»Rocheblanche sieht überall Feinde«, gab der Abt zurück. »Denkt nur an die Rücksichtslosigkeit, mit der er gegen Superanzio Orsini gehandelt hat.«

Als Gualtiero Abt Andreas verletzte Miene sah, merkte er, dass er sich von seinen Gefühlen hatte fortreißen lassen. Falls er seine fünfzehn Goldflorin je wiedersehen wollte, musste er versöhnlichere Töne anschlagen. »Maynards Methoden sind nicht die Euren, das stimmt«, räumte er ein. »Aber ich weiß mit Sicherheit, dass Ihr ihn schätzt. Ich habe selbst miterlebt, welchen Mut Ihr bewiesen habt, um ihn vor dem Marchese von Ferrara zu schützen.«

Andrea nickte seufzend. »Ihr habt recht, ich schätze ihn sehr«, gestand er mit gequältem Lächeln. »Ich möchte jedoch nicht, dass Ihr seinem Beispiel folgt.«

»Selbst wenn, so müsst Ihr mich doch ziehen lassen.« Gualtiero ging vor dem Abt auf die Knie. »Ich erbitte dies von Euch als persönlichen Gefallen, und Euren Segen.«

Verärgert hieß der Abt ihn aufstehen. »Ich hatte solche Hoffnungen in Euch gesetzt«, sagte er. »Und jetzt fällt es mir schwer, darauf zu verzichten.«

»Also wollt Ihr mich zwingen?«, fragte Gualtiero.

»Das habe ich nicht gesagt«, erwiderte Andrea. »Kommt morgen nach den *Laudes* zu mir in die Sakristei. Dort erhaltet Ihr meine Antwort.«

8

Abtei Santa Maria di Pomposa
28. Februar

Erfüllt von der bevorstehenden Abreise fand sich Gualtiero wie verabredet in der Sakristei ein. Trotz der jüngsten Verstimmungen wollte er sich so vom Abt verabschieden, wie es sich für Männer geziemt, die einander schätzen. Er war jedoch fest entschlossen, sich weder einschüchtern noch sein Vorhaben ausreden zu lassen. Er würde heute nach Frankreich aufbrechen, ob mit oder ohne den Segen des Abts von Pomposa.

Abt Andrea erwartete ihn an einem Lesepult und war ganz in seine Lektüre versunken. Als er Gualtiero schließlich bemerkte, winkte er ihn zu sich. »Ihr tragt bereits Reisekleidung«, bemerkte er mit hochgezogener Augenbraue.

»Robert de Vermandois wartet im Hof auf mich«, erwiderte Gualtiero.

Der Abt nickte bedächtig. Dann zog er quälend langsam einen Beutel aus einer Tasche seiner Kutte. »Ich gebe Euch Eure fünfzehn Goldflorin zurück.«

Gualtiero sah ihn verblüfft an. »Dann … habe ich Euer Einverständnis?«

»Wohl eher meine Kapitulation«, seufzte der Abt. »In den vergangenen Monaten habe ich versucht, Euer Talent zu fördern, in der Hoffnung, es einem höheren Ziel weihen zu können. Erst jetzt erkenne ich, dass ich versagt habe.«

»Im Gegenteil, Ihr habt aus mir einen besseren Menschen gemacht«, widersprach Gualtiero. »Durch die Arbeit im Skriptorium von Pomposa habe ich weit mehr gelernt, als Ihr Euch vorstellen könnt. Ich werde euch niemals im Leben genug dafür danken können.«

Der Abt schien sich an eine letzte Hoffnung zu klammern. »Es ist immer noch Zeit zur Umkehr«, sagte er. »Überlegt es Euch genau, mein Sohn, ehe Ihr eine schwere Dummheit begeht.«

Gualtiero schüttelte den Kopf. »Ich habe das Gefühl, dass ich schon viel zu viel Zeit verloren habe. Ich muss aufbrechen. Und zwar jetzt.«

Der Abt musterte seine entschlossene Miene. »Habt Ihr wirklich alles genau bedacht? Ihr geht einem unbekannten Abenteuer voller tödlicher Gefahren entgegen. Ihr wisst nichts über das, was in diesen Zeiten da draußen vor sich geht … Habt keine Vorstellung von der schrecklichen Plage, die das Land verwüstet.«

»Meint Ihr damit die Krankheit, die Maynard befallen hat?«

»Ebendiese. Wenn Ihr Euch aus Pomposa entfernt, heißt das gleichzeitig, dass Ihr dieser zum Opfer fallen werdet.«

Gualtiero dachte an Maynards leichenblasses Gesicht und fühlte, wie Eiseskälte in ihm hochkroch. Andererseits hatte er genug unter gelehrten Schreibern gelebt, um zu wissen, wie leicht einem im Kloster die Tatkraft abhandenkam. »Gottes Wille geschehe«, sagte er daher entschlossen.

»Gottes Wille!« Der Abt lachte unfroh auf, breitete die Arme aus und lief erregt im Zimmer auf und ab. »Es gab eine Zeit, da glaubte ich, ihn in Euch erkannt zu haben«, sagte er bitter. »Und stattdessen … seht uns an! Er verhöhnt mich nur, und das nicht zum ersten Mal!«

»Er hat uns alle verhöhnt«, entgegnete Gualtiero, der nicht wusste, worauf der Abt anspielte. Dennoch erahnte er dessen inneren Zwiespalt und empfand Mitleid mit ihm. »Nichtsdestotrotz«, fügte er hinzu, »muss ich meinen Verpflichtungen nachkommen.«

Andrea blieb stehen und breitete ergeben die Arme aus. Für den Moment zumindest schien er seinen Frieden gefunden zu haben, vielleicht hatte er einfach nur vor Gualtieros Entschlossenheit kapituliert.

»Ich hoffe wirklich, dass Ihr recht habt«, sagte er versöhnlich. »Genauso, wie ich von ganzem Herzen hoffe, Euch wiederzusehen.«

»Das geht mir ebenso«, erwiderte Gualtiero erleichtert. Er ergriff die Hände, die der Abt ihm hingestreckt hatte, dann erinnerte er sich an etwas Wichtiges, und er reichte ihm eine kleine Pergamentrolle. »Ich habe noch eine Bitte. Würdet Ihr diese Botschaft bitte einer Eurer Brieftauben anvertrauen?«

»Wohin soll sie gehen?«, fragte Andrea.

»Zum Kloster Sant'Antonio Abate.«

»Ich habe verstanden, Ihr braucht mir nichts mehr zu erklären. Ich verspreche, dass sie sich heute noch in die Lüfte schwingen wird.«

»Vielleicht wäre morgen besser, damit ich schon weit weg bin, wenn sie ihr Ziel erreicht.«

»Wie Ihr wünscht.«

Gualtiero verbeugte sich zum Dank. »Wieder einmal stehe ich in Eurer Schuld.« Er wollte gehen.

»Noch einen Moment, mein Sohn«, hielt der Abt ihn auf. »Auf Eurem Weg könntet Ihr Euch rechtfertigen müssen, weshalb Ihr umherreist.« Er ging zum Lesepult und nahm von dort ein mit Siegel versehenes Pergament. »Damit Ihr unterwegs keine Schwierigkeiten bekommt, habe ich diesen Geleitbrief verfasst.«

Gualtiero betrachtete das Dokument. »Worum handelt es sich?«

»Diese *Charta* bescheinigt, dass Ihr eine Pilgerreise zur Grabstätte des Apostels Jakobus in der Kathedrale von Santiago de Compostela unternehmt. Wenn Ihr sie immer bei Euch habt, wird kein Scherge oder Statthalter auf Eurem Weg Euch des Vagabundentums bezichtigen können.«

»Ehrwürdiger Vater, das ist zu großzügig ...«

Der Abt hob abwiegelnd die Hände und reichte ihm eine fächerförmige Muschel. »Nehmt auch diese hier«, sagte er. »Damit Ihr auf Eurem Rückweg belegen könnt, dass Ihr wirklich den Ort besucht habt, von dem im Dokument die Rede ist.«

Gualtiero steckte den Geleitbrief und die Jakobsmuschel in seinen Reisesack, dann verneigte er sich zum Gruß.

Ehe er sich ebenfalls verabschiedete, legte der Abt ihm die Hände auf die Schultern und schaute ihm ernst in die Augen. »Maynard hatte recht, was den Bischof betrifft«, sagte er warnend. »Falls Ihr es irgendwann mit ihm zu tun bekommt, seht Euch vor.«

Als Gualtiero nach dem Verlassen der Abtei zu Robert de Vermandois stieß, saß dieser bereits im Sattel. Ein Blick in dessen Gesicht genügte ihm, um zu erahnen, dass er sich von Maynard bereits verabschiedet hatte. Der Gedanke an ihn betrübte ihn unsäglich.

»Schnell, steigt auf«, forderte er Gualtiero mürrisch auf. »Die Reise beginnt!«

9

Ferrara, Kloster Sant'Antonio Abate
29. Februar

Die Äbtissin saß mit über dem Bauch verschränkten Händen da und betrachtete das Mädchen mit den seltsamen Augen. Sie hatte ihren Abscheu vor ihr noch nie laut geäußert oder anders gezeigt, aber er war mehr als offensichtlich. Sie mied Isabeau, wo sie nur konnte, und übertrug ihr die niedrigsten Arbeiten, um sie von den Mitschwestern nach Möglichkeit fernzuhalten.

Im Grunde ihres Herzens war Isabeau ihr dafür sogar dankbar. Immerhin ermöglichte ihr diese Art der Bestrafung ein Entkommen vor den ehernen Klosterregeln. Nach den schier endlosen Stunden angefüllt mit Messen, Gesang und Kopieren war sie froh, nach draußen zu gelangen, sich um den Garten oder die Tiere zu kümmern oder auch einfach nur die Wassereimer aufzufüllen. Außerdem hatte sie keinen Grund, die Oberin zu fürchten.

Doch jetzt nahm sie an ihr eine tiefe Verärgerung wahr. Fast vorwurfsvoll saß sie da, dabei wusste Isabeau, dass sie sich im letzten Monat gut verhalten hatte. So wartete sie nun vor ihrem Schreibtisch und wippte ungeduldig auf und ab, bis das Wort an sie gerichtet wurde.

»Rocheblanche«, sprach die Äbtissin sie an, »glaubt Ihr etwa, dieser heilige Ort wäre ein Freudenhaus?«

»Nein, ehrwürdige Mutter«, antwortete Isabeau starr vor Überraschung.

»Oder etwa ein Haus für Jungfern auf der Suche nach einem Mann?«

»Bestimmt nicht.«

»Sehr gut.« Die Äbtissin zeigte auf ein mit Tinte beschriftetes Pergamentröllchen. »Dann begreift Ihr wohl, dass ich eine Korrespondenz mit einem Verehrer nicht ermutigen kann.«

Isabeau zuckte zusammen. »Ist das für mich?«, fragte sie aufs Äußerste gespannt.

»Es kommt von einem gewissen Gualtiero de' Bruni.« Kaum hatte sie das gesagt, hielt die Äbtissin die Nachricht an eine Kerzenflamme und entzündete sie.

»Nein!« Isabeau sprang vor, um ihr den Rest der Botschaft aus der Hand zu reißen. Das brachte ihr zwar eine Ohrfeige ein, aber sie konnte immerhin noch einen Teil des schmalen Pergamentstreifens retten.

»Wagt das nie wieder, törichtes Mädchen!«, schalt die Äbtissin, die Hand erhoben, als wollte sie ihr weitere Schläge verpassen. »Ich werde Euch den Inhalt zusammenfassen. Unter Auslassung aller Einzelheiten, die man mit Fug und Recht als schamlos beschreiben könnte.«

»Ihr seid nicht meine Herrin!«, sagte Isabeau. »Maynard hat dafür bezahlt, dass Ihr Euch um mich kümmert.«

Mit all der Würde des Ordens, dem sie angehörte, sah die Äbtissin sie scheinbar gleichmütig an. Nur die Finger, die die Lehnen ihres Stuhls heftig umklammerten, verrieten ihre mühsam zurückgehaltene Wut.

»Wenn es Euch so sehr danach verlangt, diese Insel zu verlassen, steht es Euch frei, dies zu tun«, sagte sie kühl. »Bedenkt allerdings, dass die Pest überall am anderen Ufer des Padus wütet, und selbst wenn Ihr mit Gottes Hilfe nach Pomposa gelangen solltet, würde Euch dort niemand empfangen. Euer Gualtiero ist nach Avignon aufgebrochen. Und was den edlen Maynard de Rocheblanche betrifft ...«, die Äbtissin bekreuzigte sich, »so liegt dieser ohnmächtig auf dem Totenbett.«

Der Schmerz traf Isabeau so unerwartet, dass er sich in einem langen, herzzerreißenden Schrei entlud. Sie floh vor dieser schrecklichen Frau, weit weg vor die Tore des Klosters, bis sie angesichts der verbrannten Brückenreste an den bleigrauen Fluten des Padus in die Knie sank.

Lange Zeit waren da nur die Tränen und ihre Verzweiflung.

Schließlich bemerkte sie, dass sie noch immer die Überreste der

Pergamentrolle umklammert hielt. Fast alles war verkohlt, nur wenige Worte waren noch zu erkennen. Doch sie genügten, um einen Schimmer Hoffnung in ihr zu entzünden.

Warte auf mich … Ich werde zurückkehren …

10

Abtei Santa Maria di Pomposa
2. bis 9. März

Sein Krankenlager war eine einzige schweißgetränkte Agonie, unterbrochen nur durch heftige Anfälle von Schüttelfrost, die ihn Tag und Nacht quälten. Er hörte Stimmen, unablässig umschlangen sich vor seinen Augen Körper in obszönen Umarmungen und riefen seinen Namen.

Eine gefühlte Ewigkeit lang schien er zwischen diesen Verdammten im Morast eines dumpfen Grabes zu versinken, und weder sein Körper noch sein Kopf gehorchten ihm.

Dagegen anzukämpfen war eigentlich der reine Irrsinn, doch er wagte es. Er hörte, wie seine Fingernägel bei dem Versuch brachen, an den dunklen Wänden zum Tageslicht emporzuklettern. Um sich schließlich mühevoll bewusst zu werden, dass er noch am Leben war.

Dann befiel ihn der Durst.

Seine Kehle schien mit Sand gefüllt zu sein, schon ein Atemholen löste Krämpfe aus. In Todesangst versuchte er, die Lider zu heben, doch sie waren wie zugenäht. Er wäre stöhnend in Tränen ausgebrochen, hätten ihm nicht sogar dafür die Kräfte gefehlt ebenso wie dafür, sich von den Decken zu befreien, in die er gewickelt war.

Etwas berührte sein Gesicht. Eine Hand. Er fühlte, wie sein Kopf sanft angehoben wurde, schließlich war da eine raue Oberfläche an seinen Lippen. Eine frische, süße Flüssigkeit rann ihm die Kehle hinab. Und er dankte Gott.

Während die Rührung ihm die Tränen in die Augen trieb, hörte er eine Stimme.

»Ein Wunder.«

Maynard nahm die Umrisse eines Mönches wahr, seine Sicht wurde immer klarer, bis er den Infirmarius erkannte.

»Ein Wunder«, wiederholte der Mönch, während er ihm weiter in kleinen Schlucken Wasser einflößte.

Dann versank er wieder im Schlaf.

Das zweite Erwachen fühlte sich weniger schrecklich an, aber er war immer noch so erschöpft, dass er nicht einmal nach dem Wasserkrug greifen konnte, der neben seinem Lager stand. Die Enttäuschung darüber trieb ihn wieder in die Bewusstlosigkeit.

Als er die Augen das nächste Mal öffnete, war es tiefe Nacht. Er hatte keine Vorstellung, wie viel Zeit vergangen war, der Alptraum hallte immer noch in seinem Kopf nach. Er drehte sich unter Mühen auf die Seite und bemerkte eine Kerze neben seinem Lager. Auch der Krug stand immer noch dort. Vom Durst getrieben streckte Maynard sehr langsam eine Hand danach aus und konnte ihn diesmal greifen. Er hob den Kopf und trank daraus mit kleinen Schlucken, während er der Vorsehung dankte.

Beim ersten Hahnenschrei wurde er wieder wach.

Der Infirmarius stand an seinem Lager und untersuchte ihn. Sobald er bemerkte, dass Maynard die Augen geöffnet hatte, lächelte er ihn an. »Sehr gut, sehr gut …«, murmelte er und gab ihm Holundersaft zu trinken. Dann half er ihm, sich aufzusetzen, und reichte ihm etwas zu essen.

Nach einer Woche fühlte Maynard sich kräftig genug, um aufzustehen. Die Besuche des Infirmarius waren immer seltener geworden, bis schließlich nur noch ein Diener zu ihm kam, der ihm Wasser und Nahrung brachte. Die Alpträume verfolgten ihn jedoch noch immer.

Zum dritten Mal war er dem Tode entronnen, und er konnte es immer noch nicht fassen. Er hatte schon zu viele Leichen gesehen, um Gott einfach nur dankbar dafür zu sein. Wie viele tote Kinder hatte er in den Straßen von Ferrara sehen müssen? Die Erinnerung daran war schlimmer als jedes Schlachtfeld, auf dem er je gewesen war, und noch schwerer fiel es ihm, zu ertragen, dass er nicht wusste, weshalb ausgerechnet er überlebt hatte.

Diese Frage trieb ihn letzten Endes aus dem Bett.

Nur mit seinen Beinlingen bekleidet und mit einer Decke um die Schultern verließ er den Raum, in dem er tagelang durch die Hölle gegangen war. Er lief den Gang hinter der Apotheke entlang und musste sich dabei immer wieder an den Wänden abstützen. Schließlich gelangte er ins Freie.

Die milde Nachmittagssonne verlockte geradezu, mit geschlossenen Lidern auf der Schwelle zu verharren und einmal tief durchzuatmen. Erst hier wurde ihm bewusst, dass er wirklich wieder unter den Lebenden weilte. Er versenkte die bloßen Füße im Gras und lief über die Wiese zum Palatium abbatis.

Es verwirrte ihn, dass er niemandem begegnete, dazu stieß er im Gebäude auf weitere Auffälligkeiten. Alle Türen und Fenster waren verrammelt. Zwischen den Säulen des Obergeschosses sah er zahlreiche Glutbecken stehen, von denen duftender Rauch aufstieg.

Immer besorgter trat Maynard unter den Bogengang, griff nach dem Türklopfer und hämmerte damit so fest gegen die Tür, wie es sein Zustand zuließ. Und doch musste er erst längere Zeit beharrlich sein, ehe er Antwort erhielt.

»Geht fort!«, hörte er von der anderen Seite der Tür.

Er erkannte die Stimme des Abts. »Lasst mich ein!«, rief er laut, was den Schmerz in seiner brennenden Kehle wieder aufflammen ließ. »Ich bin's, Rocheblanche!«

»Rocheblanche?«, wiederholte der Abt ungläubig.

»Ja, ich bin's, ich schwöre es!«

Das Türchen der Luke flog auf, und hinter dem Gitter tauchte das Gesicht von Abt Andrea auf. »Oh heilige Mutter im Himmel!« Der Riegel schnappte geräuschvoll zurück, und nach einem letzten Zögern wurde die Tür aufgerissen. »Ich glaubte Euch noch im Delirium.«

»Hat Euch der Infirmarius nicht darüber unterrichtet, dass es mir besser geht?«, fragte Maynard verwundert.

»Der Infirmarius wurde vor drei Tagen selbst vom Fieber befallen.« Andrea sah zur Abtei hinüber, als wollte er einen Fluch ausstoßen, dann wandte er sich wieder Maynard zu. »Zusammen mit den anderen …«

»Was meint Ihr damit? Wo sind Eure Mönche?«

»Die Pest. Das Gefolge Seiner Eminenz, sechs Mönche und fast alle Bediensteten, hatte sich angesteckt. Da unser Kloster über kein *Valetudinarium* verfügt, musste ich sie im Gästehaus unterbringen. Die übrigen Mönche haben sich im Dormitorium eingeschlossen in der Hoffnung, so der Plage zu entgehen.«

Maynard spähte über Andreas Schulter ins Innere des Gebäudes und sah im zuckenden Schein vieler Kerzen zahlreiche Weihrauchgefäße. Entkräftet lehnte er sich an eine Säule des Bogengangs. »Und was ist mit Euch, ehrwürdiger Vater?«

Andrea seufzte tief auf. »Der Bischof zwingt mich, mich hier drinnen einzuschließen, um ihm Gesellschaft zu leisten. Er gestattet mir nicht, hinauszugehen, ja nicht einmal meine Mitbrüder darf ich sehen. Stellt Euch meinen Kummer vor! Wenn es mir möglich wäre, würde ich liebend gern mein Leben geben, um das Kloster zu retten.«

Obwohl ihm diese Worte doch etwas übertrieben vorkamen, empfand Maynard Mitleid mit diesem alten Mönch, der ohnmächtig mitansehen musste, wie seine Welt in Stücke zerbrach. »Gibt es Kunde aus den umliegenden Städten?«

»Nur aus Ferrara, und die ist immer entmutigender«, erwiderte der Abt. »Mehr als die Hälfte der Bevölkerung wurde ausgelöscht, und zwar nicht nur das einfache Volk. Die Hospitäler von Sant'Anna, Santa Maria Bianca und das Lazarett des Borgo della Pioppa quellen über vor Sterbenden, sodass die Mönche gezwungen sind, sie in den Straßen ihrem Todeskampf zu überlassen. Sogar die Franziskaner- und Dominikanermönche haben ihre Klöster geöffnet. Anscheinend gibt es nur Hoffnung für den, der die Pforten der Paläste und der Klöster verriegelt oder aufs Land flieht.«

Maynard dachte an das Massengrab im Borgo San Giorgio und an die mit Leichen gepflasterten Straßen zurück, auf denen sich Horden von Schurken und wahnsinnig Gewordenen tummelten. Und über diese Erinnerung legte sich sein Traum von den drei flammenden Reitern, die über blutige Lande galoppierten. »Ich habe geträumt …«, murmelte er und fasste sich an die Stirn.

»Meint Ihr eine Vision?«, fragte der Abt. »Ihr habt schon einmal davon gesprochen.«

»Die Apokalypse, Vater.« Maynard kämpfte gegen seinen Schwindel an. Schon zu lange hatte er diese dunkle Ahnung für sich behalten, jetzt drängte es ihn, sich einem klugen Menschen zu öffnen, der ihm wenigstens zuhören würde, wenn er auch nicht immer aufrichtig war. »Sie wurde mir von drei Reitern mit feurigen Aureolen verkündet«, gestand er. »Ich sah sie in einem Dämmerschlaf, halb wach, halb schlafend, nach dem Blutbad von Crécy, und seit damals werde ich das Gefühl nicht los, dass sie mich verfolgen.«

»Damals habt Ihr mir auch von einem weisen Mann erzählt, der Euch darüber aufklärte.« Der Abt musterte ihn aufmerksam, ja beinahe fasziniert. »Ich habe lange darüber nachgedacht und kam zu dem Schluss, dass er der geheimnisvolle Mann sein muss, dem Ihr Euren Schwur geleistet habt.« Er legte Maynard eine Hand auf die Schulter. »Der Mönch, der Euch bis hierher auf der Suche nach Pater Facio schickte.«

Maynard entzog sich der Berührung. Die dünne Mauer, die er zur Verteidigung seiner Geheimnisse errichtet hatte, schwankte, und er argwöhnte, dass der Abt etwas über den ehrwürdigen Manessier und das Kloster von Mont-Fleur herausgefunden hatte. Vielleicht hatte ja Bischof Guido etwas verlauten lassen, oder es gab eine geheime Botschaft von Facio di Malaspina … Das Blut pochte in seinen Schläfen, und er stellte immer wildere Mutmaßungen an, bis er in Andreas Gesicht wieder jene Sanftmut wahrnahm, die ihn vor einem Jahr veranlasst hatte, ihm zu vertrauen. Er entschied, dass von ihm keine Gefahr drohte.

»Der Weise, von dem Ihr sprecht, war ein Mönch und *astrologus*«, sagte er. »Er hatte meinen Traum als die Vorhut der drei apokalyptischen Reiter gedeutet, die dem Tod voranreiten, oder auch die Träger von Krone, Schwert und Waage. Und genauso schnell hat er in ihnen Jupiter, Mars und Saturn erkannt.«

»Die drei Planeten …«, sagte Andrea leise. »Die drei Planeten der großen *Konjunktion*, die vor drei Jahren stattgefunden hat.«

Maynard nickte.

Der Abt stützte sich an einem Türpfosten ab, plötzlich schienen alle Sorgen und Ängste von ihm abgefallen. Auf seinem Gesicht stand blankes Staunen. »Bis jetzt habe ich das noch niemandem offenbart«, sagte er fast wie zu sich selbst. »Mein Lehrmeister Severino war ein Schüler von Pietro d'Abano, jenes ketzerischen *medicus*, der in Paris und Padua die Wissenschaft von den Sternen lehrte, und er gab die Grundlagen seines Gedankengutes an mich weiter. In Übereinstimmung mit den Thesen von Galen und Albumasar behauptete d'Abano, dass die Bewegungen der Himmelskörper die Verbreitung von Krankheiten beeinflussten und damit auch die Geschicke der Menschheit in einer Aufeinanderfolge von Ursachen und Wirkungen. Ich hatte diese Theorien immer angezweifelt. Aber jetzt, angesichts Eurer Enthüllungen …«

»Jede Plage entsteht gewiss aus einem Anlass, seien es unsere Sünden oder der Zorn des Himmels«, sagte Maynard. »Mich drängt es jedoch, zu erfahren, welche Rolle mir in diesen Ereignissen zukommt. Ich muss das unbedingt wissen, Vater, um einen Sinn darin zu erkennen, weshalb ich im Gegensatz zu so vielen anderen Unglücklichen noch am Leben bin.«

Andrea breitete hilflos die Arme aus. »Der Herr muss einen Plan für Euch haben, ich finde sonst keine Erklärung.«

»Wenn es sich so verhält, wie Ihr sagt«, gab Maynard zurück, »warum nur spricht Er durch seltsame Träume?«

Völlig unerwartet kam die Antwort aus dem Dunkel der Eingangshalle. »Als Gott die Pest über die Philister schickte, wollte er sie dafür bestrafen, dass sie die Bundeslade geraubt hatten.«

Maynard und Andrea fuhren zu der vermummten Gestalt herum, die an der Tür erschienen war. Guido di Baisio war unter dem langen Stoffstreifen, den er sich um den Kopf und über Mund und Nase geschlungen hatte, kaum zu erkennen. Ganz in einen schwarzen Umhang gehüllt, trug er um den Hals einen *Bisamapfel*, dem ein Duft von Amber und Benzoeharz entströmte.

»Eure Exzellenz, ich habe nichts geraubt«, verteidigte sich Maynard finster, nachdem ihm klar geworden war, dass der Bischof auf den Lapis exilii anspielte. »Im Gegenteil wurde ich damit beauftragt, zwei Reliquien wiederzubeschaffen, die Pater Facio entwendet hatte.«

»Und wenn nun Eure Bestimmung darin läge, das geraubte Gut der Kirche zu übergeben?«, beharrte der Bischof. »Denkt doch einmal nach, edler Ritter. Ihr selbst habt zugegeben, dass Ihr nicht wisst, weshalb Ihr so viel Unglück erleben müsst.«

»Ihr versteht es meisterlich, in anderen den Zweifel zu säen, aber bemüht Euch nicht zu sehr. In diesem Moment ist ein Vertrauter auf dem Weg in die Alpentäler und fern der Pest, um den Betroffenen vor Bertrand du Pouget zu warnen.«

»Ich an Eurer Stelle wäre da nicht so hoffnungsvoll«, spottete Guido. »Nach den jüngsten Nachrichten zu urteilen hat der Zorn des Herrn nicht nur unsere Halbinsel getroffen. Euer Bote wird höchstwahrscheinlich auf der Via Francigena umkommen, noch ehe er sein Ziel erreicht hat.«

11

Das Skriptorium lag verlassen da, erfüllt von einer beinahe unnatürlichen Stille. Maynard, den die vielen Treppenstufen erschöpft hatten, ließ den Abt vorgehen, dann folgte er ihm durch die unbesetzten Bänke und stellte sich vor, wie dort Scharen von über ihre Arbeit gebeugten Schreibern saßen und Handschriften kopierten.

Geistererscheinungen, dachte er, während ihn das Gefühl erfasste, diesen Ort zu entweihen, den über Jahrhunderte kein Laie betreten hatte.

»Seit die Seuche auch das Kloster befallen hat«, sagte der Abt mutlos, »steht jede Tätigkeit still.«

Maynard, der den Abt um ein Vier-Augen-Gespräch gebeten hatte, brannte anderes auf der Zunge, aber er hielt sich zurück. Angesichts der dramatischen Ereignisse der letzten Tage fragte er sich allmählich, ob es noch sinnvoll wäre, sich mit Leib und Seele dem Geheimnis von Mont-Fleur zu widmen. Andererseits hatte Guido di Baisio nicht vollkommen unrecht. Der Menschheit zu enthüllen, dass es dieses Heilssymbol gab, würde ihr helfen, der Grausamkeit dieser Zeiten zu begegnen. Pilger und Gläubige würden von überall herbeiströmen, um die echten Reliquien Christi anzusehen und so die Bedeutung von Glauben und Hoffnung wiederzuentdecken.

Doch allein die Aussicht, dass er dann seinen Schwur brechen würde, genügte, in ihm Schuldbewusstsein zu wecken. Er hielt es für Unrecht Abt Manessier gegenüber und vor allem auch gegenüber Gualtiero, der, ohne es zu wissen, eine Reise unternommen hatte, die unter einem Unglücksstern stand. Diese Vorstellung quälte ihn so sehr, dass er sich erneut abstützen musste. Hätte er doch nur gewusst, wo überall die Pest-Gefahr lauerte, hätte er den jungen Mann niemals in die Sache hineingezogen …

Während er langsam wieder zu Atem kam, bemerkte er, dass sich Abt Andrea über einen großen Kodex beugte, der geöffnet auf einem Schreibpult lag. Das Blatt auf der rechten Seite zeigte eine Miniatur von drei Kriegern auf ungeheuerlichen Rössern mit Löwenköpfen und Schlangenschwänzen. Aus ihren Rüstungen und den Mäulern der Tiere schossen Flammenzungen.

Der Abt bemerkte seine Neugier. »Die Offenbarung des Johannes erwähnt nicht nur Eure Reiter«, erläuterte er mit traurigem Spott, »sondern auch die der sechsten Posaune, die die schwefligen Zerstörer der Gier und des Hochmuts bringt.« Er klopfte mit dem Zeigefinger auf die Abbildung. »Gemäß der Erklärung von Beda dem Ehrwürdigen sind sie eine Allegorie für die *falsi doctores*.«

Obwohl sich Andrea scheinbar auf das Unglück der Menschheit bezog, war Maynard doch gebildet genug, um in diesen Schwefelnebeln den Hinweis auf eine Eitelkeit zu erkennen, die auch das Urteilsvermögen zu trüben vermochte. Außerdem war es nur wenige Monate her, dass Andrea die Hypothese ausgesprochen hatte, auch Flegetanis sei einer dieser falschen Doktoren. Und nun brachte er, wenngleich versteckt, den gleichen Zweifel erneut vor.

»Eine wunderbare Buchmalerei«, antwortete Maynard nur, doch er bereute dies sogleich.

»Die letzte des jungen de' Bruni.« Der Abt schloss das Buch jäh und forderte Maynard auf, sich auf einen Stuhl zu setzen, der an der hinteren Wand des Raumes stand. »Ich bin zu sehr abgeschweift«, fügte er hinzu. »Weshalb wolltet Ihr mich allein sprechen?«

Maynard nahm dankbar Platz und gelobte sich, dass er sich nach dem Gespräch sogleich ausruhen würde, deshalb konzentrierte er sich nun auf seine Befürchtungen. »Ich möchte wissen, ob Ihr mit dem Bischof über das Buch von Flegetanis gesprochen habt.«

Der Abt musterte ihn gereizt. »Wie könnt Ihr das auch nur denken?«

»Es ist meine Pflicht«, sagte Maynard entschieden. »Ich traue dem Mann nicht.«

»Ebenso wenig wie mir, habe ich gehört.«

Maynard versuchte, den aufgebrachten Abt mit einer abwiegelnden Geste zu besänftigen. Die Erschöpfung machte ihn nachsichtig, außerdem lief er Gefahr, einen wertvollen Verbündeten einzubüßen. Obwohl er sich nicht eindeutig festlegte, hatte der alte Mönch ihn doch beherbergt, ihm geholfen und ihn gegen seine Feinde beschützt.

»Ihr seid ein Mann Gottes«, sagte er deshalb. »Euer Gehorsam gilt der Kirche, das verstehe ich. Ich kann Euch sicher nicht dafür tadeln …«

»Meine Treue der Mutter Kirche gegenüber solltet Ihr nicht mit blinder Untertänigkeit verwechseln.« Der Abt musterte ihn von oben herab. »Ich weiß genau, welche Fäulnis Avignon von innen heraus zersetzt hat, und ich verabscheue sie mehr als die Krankheit, die jetzt die gesamte Menschheit bedroht.«

»Ich habe Eure Meinungsverschiedenheit diesbezüglich mit dem Bischof beobachtet«, enthüllte ihm Maynard. »Aber ich frage mich, ob Ihr Bertrand du Pouget fürchtet.«

»Ich fürchte die Folgen, wenn er möglicherweise nach Ferrara kommen würde«, antwortete der Abt knapp. »Unglücklicherweise ist Seine Exzellenz nicht meiner Meinung.«

»Glaubt Ihr, dass er dem Kardinal über den Lapis exilii geschrieben hat?«

Der Abt zuckte mit den Schultern. »Die Geißel der Pest lässt diese und jede andere Bedrohung in den Hintergrund treten. Im Augenblick geht es nur darum, zu überleben und auf die Gnade des Herrn zu hoffen.« Er begann, zwischen den Pulten umherzugehen und mit raschen Blicken jeden Winkel nach dem hinkenden Windhund abzusuchen. »Andererseits«, fügte er hinzu, »kann ich nicht leugnen, dass Monsignore Guido in den vergangenen Tagen zahlreiche Briefe versandt hat, oft ohne mir zu offenbaren, an wen sie gerichtet waren.«

»Vielleicht habt Ihr recht«, sagte Maynard, »und meine Furcht ist übertrieben und kreist um die falschen Sorgen. Ich schätze jedoch Eure Offenheit und erlaube Euch noch einmal ausdrücklich, die sechshundert Goldflorin, die ich Euch gespendet habe, dafür zu verwenden, die Leiden von Pomposa zu mildern.«

»Das ist leichter gesagt als getan«, sagte der Abt betrübt.

»Wie meint Ihr das?«

»Wir brauchen dringend Lebensmittel für das Kloster, oder wir werden bald Hungers sterben. Unsere Kornspeicher sind leer, und wegen der Pest und der Plünderungen weiß ich nicht, wie ich sie wieder füllen soll.«

»Der Bischof soll in Ferrara seine Autorität in die Waagschale werfen«, schlug Maynard vor.

Abt Andrea schüttelte den Kopf. »Dort ist niemand mehr, an den er sich wenden könnte. Die Vorräte in den Speichern der Grundbesitzer sind inzwischen mehr wert als Gold, und wer noch etwas hat, ist nicht bereit, sich davon zu trennen.«

Maynard überlegte kurz. Obwohl sein Kopf dringend nach Schlaf verlangte, hatte er eine Lösung entdeckt. »Noch ist nicht alles verloren«, sagte er. »Vergangenen Sommer haben mich einige Schmuggler, die ihr Handwerk auf dem Padus betreiben, mit ihrem Boot mitgenommen. Sobald ich mich erholt habe, könnte ich nach ihnen suchen und sie um ihre Dienste bitten.«

»Ihr seid ein Engel.« Der Abt lächelte. »Doch ich möchte Euch in keiner Weise behindern.«

»Wäre ich kräftig genug, hätte ich mich längst in den Sattel geschwungen, um Robert und Gualtiero einzuholen«, sagte Maynard. »Doch inzwischen sind sie schon zu weit entfernt. Und es gilt eine schwerwiegendere Gefahr abzuwenden.«

»Und zwar?«

»Um mich mit Euren Worten auszudrücken, es handelt sich nicht um eine unmittelbare Bedrohung. Hier wie andernorts wird man irgendwann die Krankheit überwinden. Und sobald diese Geißel besiegt ist, wird Kardinal du Pouget seine Jagd wieder aufnehmen, sollte der Tod ihn sich nicht geholt haben. Wenn der Bischof ihn über alles in Kenntnis gesetzt hat, wird er nicht zögern, mit seinen Gefolgsleuten hierherzukommen. Gerade aus diesem Grund müssen wir meiner Meinung nach verhindern, dass er sich mit Obizzo III. d'Este verbündet.«

Die Miene des Abts versteinerte. Seinem Gesichtsausdruck nach schien er abzuwägen, welche Gefahren dies für ihn selbst und sein Kloster barg. »Ihr beunruhigt Euch zu Recht«, sagte er schließlich. »Obwohl die beiden als Feinde geschieden sind, gibt es mehr als einen Weg, um den Willen des Marchese zu beugen, und der Kardinal wüsste sicher, wie er das anstellen müsste. Und nun, Ritter, mit welcher List wollt Ihr eine derartige Bedrohung abwenden?«

Maynard dachte an seine letzte Begegnung mit Obizzo. Der Marchese hatte ihn kaum eines Blickes gewürdigt, so besorgt war er um das Schicksal von Ferrara gewesen. »Angesichts der traurigen Umstände besteht dazu keine Eile. Aber zweifelt nicht, Vater, im richtigen Moment werde ich wissen, was ich zu tun habe.«

»Wenn diese Sicherheit, die Ihr hier an den Tag legt, nicht nur vorgetäuscht ist, habt Ihr anscheinend schon einen klaren Plan.«

Maynard begnügte sich mit einem Nicken. »Inzwischen werde ich mich damit beschäftigen, Nahrung für die Abtei zu beschaffen.«

»Und ich werde Euch diesen Gefallen erwidern«, schloss der Abt genauso ausweichend. »Ich will Euch keineswegs zu große Hoffnungen machen, aber vielleicht weiß ich, wie ich mir Informationen über die Korrespondenz von Bischof Guido besorgen kann.«

12

Auf der Via Francigena
21. März

»Dann nahm der Engel die Räucherpfanne, füllte sie mit glühenden Kohlen, die er vom Altar nahm, und warf sie auf die Erde; da begann es zu donnern und zu dröhnen, zu blitzen und zu beben.«

Ein alter, in eine schäbige Kutte gehüllter Mann stand am Straßenrand vor einem zwischen die Steine gerammten Holzkruzifix und schrie diese Worte aus der Offenbarung heraus. Um ihn hatte sich eine kleine Gruppe Reisender versammelt, die gebannt die Bewegungen seiner knochigen Finger und seine fieberhaften Prophezeiungen verfolgte. Mit immer schriller werdender Stimme beschwor er den mit Blut vermischten Hagel, die Heuschrecken, die aus dem Rauch kamen, um die Menschen zu quälen, und den Stern Wermut, der vom Himmel fiel.

Gualtiero hielt sein Pferd an, um dem irrsinnigen Schauspiel beizuwohnen. Seit drei Wochen oder vielleicht sogar noch länger ritt er nun über Straßen, die von dieser schrecklichen Geißel verdunkelt waren. Er konnte inzwischen nicht mehr zählen, wie oft er auf Prediger und Besessene gestoßen war, doch er begriff immer noch nicht, wie diese Unglücksboten so viele Anhänger fanden. Offenbar hatten die Leute nicht genug davon, Leichen in Massengräbern, am Rand der Plätze oder auf Scheiterhaufen anzuhäufen, und suchten den Tod auch noch in den Salbadereien aus jenen geifernden Mündern.

Während der ersten Tage ihrer Reise hatte Gualtiero in ihren wenigen Pausen sein Skizzenheft mit Studien von Leichen gefüllt, die im Gras lagen, an Baumstämmen lehnten oder an behelfsmäßig errichteten Galgen aufgeknüpft waren. Doch dann hatte er damit aufgehört, weil ihn die makabre Eintönigkeit des Todes anwiderte. Er hätte nicht sagen können, wann sich sein Entsetzen in Gleichgültigkeit verwandelt hatte, aber inzwischen kam es ihm vor, als würde er dieses Meer aus verwesendem Fleisch schon eine Ewigkeit durchpflügen.

Was ihn bestürzte, war dieser um sich greifende Wahnsinn. Überall schien sich zusammen mit der Pest eine rätselhafte Raserei zu verbreiten, die das Volk dazu brachte, die widerlichsten Taten zu begehen. Plünderungen, Scheiterhaufen für vorgebliche Hexen und Prozessionen von Flagellanten waren so alltäglich geworden, dass er und Robert de Vermandois Ansiedlungen inzwischen nach Möglichkeit mieden. In den Städten lief man zudem am meisten Gefahr, sich anzustecken, doch dafür waren die Wälder zur Zuflucht für jede Art von Räubern und Elenden geworden.

Erst als sie sich den Bergen näherten, besserte sich die Lage allmählich. Während sie sich langsam zwischen Schluchten und über schneebedeckte Pfade hinaufbewegten, stießen sie immer seltener auf mögliche Gefahren. Obwohl Reisende und Menschen, die vor der Pest geflohen waren, die Krankheit des Schwarzen Todes bis dorthin gebracht hatten, schien das rauere Klima deren Verbreitung eingedämmt zu haben.

Die Schreie des Predigers brachten Gualtiero in die Gegenwart zurück, und er bemerkte einen Bettler, der sich an einen seiner Stiefel klammerte.

»Habt Erbarmen, guter Herr …«, flehte der Unglückliche. »Ein paar Münzen nur, damit ich den nagenden Hunger stillen kann …«

Gualtiero riss die Zügel seines Pferdes herum, doch der Mann blieb hartnäckig.

»Wenn Ihr ihm etwas gebt, habt Ihr bald zehn andere an den Fersen.« Robert zeigte auf die Menge, die sich um den Prediger versammelt hatte.

Mehr musste Gualtiero nicht hören. Er wollte zu seinem Dolch greifen, der in der Schärpe um seine Hüfte verstaut war, doch dann überlegte er es sich, hielt sich mit festem Griff am Sattelbogen, rief »Verschwinde!« und stieß den Bettler mit einem Tritt zu Boden.

Er wartete gar nicht erst ab, dass der zerlumpte Mann aufstand, und entfernte sich mit Robert eilig von diesem Ort des Wahnsinns.

13

Insula Pomposiae, südliche Grenze
29. März

Nachdem er den Karren im Schutz der Zweige abgestellt hatte, hob Maynard seine Laterne dreimal und wartete dann ab, bis die schwarze Silhouette des Kahns erschien. Vom Kutschbock aus verfolgte er, wie das Boot anlegte, während er den Umhang fester um sich zog, um sich gegen den feuchten Nebel zu schützen. Der Frühling zeigte sich noch nicht, als hätte der Fluch der Pest auch den Wechsel der Jahreszeiten beeinflusst. Und nur Gott allein wusste, wie sehr die unglückliche Menschheit sich nach der milden Sonnenwärme sehnte.

Sobald der Kahn das Ufer berührt hatte, setzte ein Trupp Schmuggler vom Heck aus an Land und entlud eine bescheidene Menge Krüge und Fässer. Maynard bedeutete ihnen, sie sollten die Sachen auf die Ladefläche hinter ihm stellen, und wandte sich dem kräftigen Mann zu, der sich wie üblich misstrauisch umschaute, als fürchtete er, dass jemand ihn aus dem Hinterhalt beobachtete.

»Und die Krüge mit Öl?«, fragte Maynard, ohne ihn eines Grußes zu würdigen.

Oreste spuckte auf den Boden. »Öl ist nicht mehr zu bekommen«, sagte er und streichelte einen der Ochsen, die am Karren angeschirrt waren. Seine Hand war so groß, dass sie die gesamte Stirn des Tiers bedeckte. »Doch alles andere ist dabei.«

Maynard wartete ab, bis die Schmuggler den Karren zu Ende beladen hatten, dann zog er ein Säckchen unter seinem Umhang hervor und wog es schwer in der Hand. »Wenn ich mich nicht irre, hatte ich auch nach *Theriak*-Pastillen verlangt.«

Mit einem tiefen Seufzer löste Oreste ein kleines Päckchen vom Gürtel. »Das sind die letzten«, sagte er. »Von hier bis Pavia wurde jede Apotheke geplündert.«

Maynard ließ sich das Päckchen geben. »Gibt es immer noch

Opfer?«, erkundigte er sich. Da er keine Antwort erhielt, sah er hoch und bemerkte, dass Oreste nur noch Augen für das Geldsäckchen hatte. »Achtzig Goldflorin«, sagte Maynard leise und reichte es ihm. »Wie abgemacht.«

»Einverstanden, Herr.«

Nachdem er seine Männer zu sich gerufen hatte, ging Oreste auf das Heck des Kahns zu. Erst im letzten Moment schien er sich an die Frage zu erinnern, die Maynard ihm gestellt hatte, und wandte sich noch einmal zu ihm um.

»Ja, es gibt immer noch Opfer«, sagte er. »Sie sterben wie die Fliegen.«

Die Finger gegen die Schläfen gepresst blieb Abt Andrea den gesamten Morgen am Fenster und betrachtete den Teil des Friedhofs, den er von dort aus sehen konnte. Ihm ging unentwegt ein geheimnisvoller Hexameter durch den Kopf, den er irgendwo gehört hatte. Er murmelte ihn immer wieder vor sich hin, bis sogar Fiumano, der sich vor einer Wand zusammengerollt hatte, aufschaute.

Florida me genuit nigrantem corpore tellus

Neun Kreuze hatten sie erst kürzlich dort draußen in die Erde gerammt. Neun seiner Mitbrüder hatte diese finstere Nacht mit sich gerissen, die aus dem Leib der Erde geboren war. Und Andrea konnte nichts tun, als sie zu beweinen und die Gnade eines stummen, tatenlosen Gottes zu erflehen. Er hatte sich dem Gebet hingegeben wie seit Jahren nicht mehr, ausgestreckt auf dem kalten Boden, während sich in seinem Innern eine Flamme neu entfacht hatte, die er auf ewig erloschen geglaubt hatte und die nun Tag für Tag, genährt vom Schmerz, wuchs. Doch diese innere Sammlung hatte nur eines bewirkt, nämlich dass er den belastenden Ruf bloß umso deutlicher vernahm.

Lasset alles zurück und folget mir nach.

Ja, noch einmal.

Alle Sicherheit, alle Menschen, allen Ehrgeiz hinter sich lassen.

Seine Mönche dem Tod überlassen.

Andrea trocknete eine Träne und starrte auf die neun Kreuze, zwang sich, hinter den äußeren Anschein zu blicken. Seine Mitbrüder ruhten nicht dort unter einer Schicht stinkender Erde und wurden von den Raben angefressen. Nein. Genau wie die anderen Seligen waren sie wie reines Licht bis in Abrahams Schoß aufgestiegen, um dort auszuharren, bis das Jüngste Gericht ihnen die Pforten zum Paradies öffnete.

War dies etwa nicht das höchste Streben eines Mönchs? Andrea bemühte sich, sich für all diejenigen zu freuen, die die Mühen des Erdenlebens ertragen und hinter sich gelassen hatten und nun die Umarmung des Ewigen genossen. Doch Freude darüber zu empfinden war zu viel, beinahe eine Beleidigung des unglückseligen Menschengeschlechts. Er betete stumm ein Requiem für jedes Opfer der Pest, der Ungerechtigkeit und der Gewalt und überließ sich dem Schmerz, bis sich eine Hand auf seine Schulter legte.

»Betrauert nicht die, die sich jetzt im Haus des Herrn befinden.«

Andrea wandte sich langsam um und sah sich dem Bischof gegenüber. »Ich trauere nicht um sie, sondern um mich selbst«, sagte er, während er sich bemühte, die aufsteigende Angst zu unterdrücken. Doch nachdem er so lange alles in sich verborgen hatte, hungerte er nach Verständnis. »Es ist noch nicht lange her, da richtete sich mein Ehrgeiz auf eine große spirituelle Erneuerung«, gestand er. »Ich war hochmütig ... Aber wenigstens hatte ich noch Träume.« Gesenkten Hauptes entfernte er sich vom Fenster. »Doch seht mich nun an! Ich knie hier, zerschmettert von Trauer und Enttäuschung.«

»Ihr habt noch Zeit«, erwiderte der Bischof. »Diese Plage wird enden. Und Ihr ... Ihr ...«

»Ich habe keine Hoffnung mehr, Exzellenz. Mir fehlen die Kräfte und die Mittel.«

»Ich werde Euch helfen, so wie Ihr mir geholfen habt.«

Andrea bemerkte den gütigen Blick von Guido di Baisio, und dieser berührte, nein, er erstaunte ihn, doch er bezwang die Versuchung, seiner Schwäche nachzugeben. »So entehrt Ihr mich«, erklärte er hart. »Ich habe nie Geschenke im Ausgleich für Gastfreundschaft verlangt. Und falls Ihr mich dazu bewegen wollt, Rocheblanche auszuhorchen, wisset, dass ich nicht bereit bin, meine Treue zu verkaufen.«

Keineswegs beleidigt schüttelte der Bischof den Kopf. »Ich dachte mir schon, dass Ihr Maynard de Rocheblanche nicht verraten würdet, und nehme Euch das nicht übel. Außerdem verdanken wir es diesem Mann, dass wir noch etwas zu essen haben. Er ist ein Ritter mit edlen Grundsätzen, wenn auch unstet und misstrauisch. Gott allein weiß, wie sehr ich mir wünschte, ihm die Augen zu öffnen …«

»Also verzichtet Ihr darauf, Kardinal du Pouget in Kenntnis zu setzen?«, wagte Andrea zu fragen.

»Das geht Euch nichts an.« Der Bischof runzelte die Stirn. Er schien kein weiteres Interesse an einem Gespräch zu haben und stieg die Treppe zur Bibliothek hinauf. Dort wandte er sich noch einmal kurz um. »Ganz gleich, wie die Ereignisse sich weiter entwickeln werden, gilt mein Hilfsangebot weiterhin«, sagte er. »Ich verdanke Euch mein Leben.«

Andrea blieb allein zurück mit dem Stachel des Zweifels. Trauer und Niedergeschlagenheit wichen dem Erstaunen, wie schnell sich die Stimmung des Bischofs geändert hatte. Eine Frage hatte genügt, um ihn zu verärgern, eine winzige Nachfrage zu den Geheimnissen von Rocheblanche. Andrea lauschte dem Geräusch seiner Schritte auf dem Weg in das obere Stockwerk und fragte sich, ob nun der Augenblick gekommen war, seinen Plan auszuführen. Sehr wahrscheinlich würde Seine Exzellenz gleich das Regal mit den Messbüchern konsultieren, wie er es beinahe jeden Tag kurz vor dem Mittagsmahl tat – und ihm würde dadurch Zeit bleiben, um …

Andrea unterdrückte ein nervöses Zittern. Sein Geist bewegte sich fieberhaft, und zwar in eine gefährliche Richtung.

»Nun los«, ermahnte er sich.

Bevor er noch zu Ende gedacht hatte, machte er sich auf den Weg zum Arbeitszimmer.

Er schlich herein, beinahe als hätte er vergessen, dass er einen Raum betrat, der vor einem Monat noch allein ihm zustand. Doch jetzt hatte Guido ihn sich angeeignet und in ein undurchdringliches

Labyrinth aus Registern und Akten verwandelt, in dem er nach Belieben schaltete und waltete und nichts nach außen dringen ließ.

Dennoch hatte Andrea ihn während ihres erzwungenen Zusammenlebens im Palatium genügend beobachten können, dass er dessen Gewohnheiten kannte. So war er überzeugt, dass sich der Bischof Notizen über seine Briefwechsel in ein Kartular machte, das er unter einem Stapel von Dokumenten verbarg.

Andrea bedeutete Fiumano, an seinem Platz zu bleiben, und ging auf das Schreibpult zu, während er überrascht feststellte, wie anders die Dinge dort angeordnet waren. Guido di Baisio war ein beinahe manischer Notierer; er schrieb sich alles auf, weil er Angst hatte, etwas zu vergessen. Und er war über alle Maßen unordentlich.

Andrea musste deutlich länger suchen als gedacht, um das Gewünschte zu finden.

Das Kartular, so stellte er fest, befand sich nicht mehr unter dem Stapel von Dokumenten. Es lag jetzt am Rand des Schreibpults, als Lesezeichen zwischen den Seiten einer dicken Kopie der »Enigmata«.

Was für ein einmaliger Zufall, dachte Andrea.

Als er es öffnete, stieß er auf eine Unmenge Notizen zu Daten und Orten, daneben einige kurze Postillen. Wie angenommen hatte der Bischof eine Liste seiner Schreiben erstellt, die er in den vergangenen fünf Wochen von Pomposa aus gesandt hatte, doch die Namen der Adressaten hatte er leider nicht notiert. Nur die Städte, in denen sie lebten, erschienen auf der Liste. Ferrara, Bologna, Rimini, Florenz, Rom … Er schien ein Netz unter seinen Kontakten auszuwerfen, um zu erkunden, wie weit sich die Pest ausgebreitet hatte, aber das war nicht alles. Kurze Notizen am Rand berichteten von Geldsendungen, theologischen Zitaten und Anweisungen für die Verwaltung kirchlicher Güter. Doch auf nur einige wenige Briefe hatte er eine Antwort erhalten. Der Bischof hatte diese äußerst sorgfältig mit einem Kreuz am Rand markiert.

Dies galt allerdings nicht für eine Botschaft, die er am 1. März nach Avignon gesandt hatte.

Andrea wischte sich den Schweiß von der Stirn und erbebte bei dem Gedanken, was Guido di Baisio in diesem Brief geschrieben haben mochte. Und an wen er gegangen war. Dass der Brief seine Bestimmung nicht erreicht haben könnte, war nur ein schwacher Trost verglichen mit der Entschiedenheit des Bischofs.

Er hörte Schritte aus dem oberen Stockwerk.

Rasch klappte er das Kartular zu und wollte es dorthin zurücklegen, wo er es gefunden hatte, doch in der Eile entglitt es seinen Händen.

Er eilte um das Schreibpult herum, um es aufzuheben. Es war unter dem Stuhl davor gelandet, und beim Aufprall auf den Boden hatte es sich auf der letzten Seite geöffnet.

Bevor er das Kartular schloss, sah Andrea hinein und schreckte zusammen.

»Oh mein Gott ...«, flüsterte er.

Die sich nähernden Schritte zwangen ihn, nicht länger zu verweilen. Er legte das Kartular dorthin zurück, wo er es gefunden hatte, und verließ mit klopfendem Herzen das Arbeitszimmer.

Maynard hielt den Ochsenkarren vor der Abtei an und sprang herab, froh, wenigstens einen Sonnenstrahl zwischen den Wolken zu entdecken. Ihm blieb nicht die Zeit, zu überprüfen, ob seine Ladung heil angekommen war, da rief ihn schon jemand.

Erstaunt bemerkte er Abt Andrea, der sich hinter einem Busch hervorschlich.

»Ehrwürdiger Vater ...«, sagte Maynard leise.

»Ich muss mich beeilen, wenn meine Abwesenheit nicht bemerkt werden soll ...«

Maynard begriff, dass er auf den Bischof anspielte, und forderte ihn auf zu sprechen.

»Guido hat einen Brief nach Avignon gesandt«, sagte der Abt hastig, »aber er hat noch keine Antwort erhalten.«

»Es ist zu früh, zu hoffen, dass der Brief verloren gegangen ist.«

»Das ist im Moment meine geringere Sorge«, fuhr der Abt fort. »Unter seinen Notizen habe ich einige lateinische Zitate gefunden, die den Lapis exilii betreffen. Ich fürchte, es handelt sich um Euer Rätsel. Guido di Baisio muss es wohl abgeschrieben haben, bevor er es Euch übergeben hat.«

Maynard fluchte unterdrückt. »Erinnert Ihr Euch an den Inhalt?«

»Ich hatte es nur einen Augenblick vor mir. Es handelt sich um sechs Zeilen, und angesichts der Notizen am Rand nehme ich an, dass der Bischof versucht hat, deren Inhalt zu entschlüsseln.«

»Wenn dem so ist, beten wir zum Herrn, dass es ihm nicht gelingt.« Maynard übergab dem Abt das Päckchen mit dem Theriak. »Geht jetzt zurück ins Palatium, ehe diese Schlange Euch entdeckt.«

14

Pont Saint-Bénézet, vor den Toren Avignons
27. Juni

Die beiden Reisenden ließen ihre Pferde bei der Brücke Saint-Bénézet weiden. Gualtiero saß unter einem Baum und wartete darauf, dass Robert seine Unterhaltung mit einem zwielichtigen Kerl beendete, den sie zwei Tage zuvor in den Armenvierteln vor den Toren von Avignon getroffen hatten. Inzwischen war es heller Tag, aber das einzige Geräusch außer dem Strömen der Rhone war das Krächzen der Raben. Obzwar Gualtiero seit Monaten nichts anderes hörte, konnte er sich nicht daran gewöhnen. Es war schlimmer als die Trostlosigkeit und sogar schlimmer als der Verwesungsgestank, der die Luft verpestete, weil es die Stille um sie herum noch mehr betonte.

Seine Mutter in dieser Stadt der Päpste finden zu wollen war ein aussichtsloses Unterfangen gewesen. Kein Kerkermeister oder Stadtvorsteher schien den Namen Elisa de' Bonacossi zu kennen oder wusste etwas von einer Gefangenen, die in den vergangenen Monaten aus Ferrara hierhergebracht worden war. Das hatten diese Männer Robert gegenüber zumindest behauptet. Und trotzdem hatte er nicht aufgegeben und seine Erkundungen in den Vierteln außerhalb der Stadtmauern von Avignon fortgesetzt, selbst auf die Gefahr hin, dass er dort in Berührung mit Pestkranken kam.

Gualtiero fand keine Worte, um ihm seine Dankbarkeit zu bekunden. Nachdem Maynard ein so erbärmliches Los erlitten hatte, hatte Robert ihn unter seine Fittiche genommen, hatte ihn gelehrt, sich in jeder Lage zu behaupten, ohne Ehre oder Mut zu verleugnen. Ohne diesen Mann hätte er nicht gewusst, wie er sich nach den Fehlschlägen in Avignon selbst weiter auf die Spur seiner Mutter hätte setzen sollen. Doch jetzt erfüllte ihn eine neue Hoffnung.

Wenn auch eine sehr schwache Hoffnung.

Die Pest wütete unbarmherzig allenthalben, aber das Land rund um den Rocher des Doms schien besonders von der unseligen Plage geschlagen zu sein. Trotz aller Schrecken, die Gualtiero bisher erlebt hatte, war ihm auf seiner Reise noch kein solches Heer von Leichen untergekommen. Avignon wurde buchstäblich vom Tod belagert, als wäre die Stadt das bevorzugte Opfer des göttlichen Zorns. Es hieß, nur ein Geistlicher von dreien hätte überlebt und es gäbe keine Hoffnung für die, die sich innerhalb der Stadtmauern aufhielten.

Trotzdem hatten sie unbeirrt weitergesucht und einmal die Stadt außerhalb der Mauern umrundet.

Während sie so durch Vorortviertel und armselige Ansiedlungen streiften, wunderte sich Gualtiero, wie viele Informationen man über eine Stadt erhalten konnte, ohne sie selbst zu betreten. Schließlich waren sie in einer Taverne auf den Gauner gestoßen, der nun eifrig auf Robert einredete.

Ihre Unterhaltung schloss damit, dass Robert dem Mann eine stattliche Belohnung übergab, danach verabschiedete er ihn und wandte sich Gualtiero zu.

»Es ist nicht sicher«, verkündete er, »aber Eure Mutter könnte sich hier in der Nähe befinden.«

Begeistert sprang Gualtiero auf. »Was habt Ihr erfahren?«

»Kürzlich wurde eine Frau nach Villeneuve in eine dem heiligen Nikolaus geweihte kleinere Kirche gebracht. Das ist nicht mehr als drei Tage her. Es scheint, dass sie vorher in Avignon gefangen gehalten wurde.«

Noch ehe Robert zu Ende gesprochen hatte, wollte Gualtiero schon aufbrechen. »Einen Versuch ist es wert.«

»Ihr wisst noch nicht alles.« Robert klang, als hätte er nichts Gutes zu sagen. »Die Kirche, um die es geht, befindet sich außerhalb der Zitadelle.« Er zeigte auf einen Punkt jenseits der Rhone. »Das Kloster wird als Krankenhaus benutzt.«

Gualtiero spürte, wie ihm der Atem stockte. »Also … denkt Ihr …«

Roberts Miene verfinsterte sich. Er sah genauso aus wie nach seiner letzten Begegnung mit Maynard. Dieser Ausdruck schmerzte Gualtiero mehr als die Worte: »Macht Euch nicht zu viel Hoffnung.«

Gualtiero beharrte darauf, allein weiterzureiten. Er galoppierte über den Pont Saint-Bénézet und ritt dann langsamer auf den östlichen Teil der Festungsmauer zu, der Kirche des heiligen Nikolaus entgegen. Sie war von üppigem Pflanzenwuchs umgeben, der sich im Westen beinahe bis an die Mauern erstreckte. Als sich Gualtiero der Kirche näherte, sah er etliche Todkranke, die sich rund um den Kirchturm drängten. Ein spärliches Häuflein Wachen hielt sie von dort fern und ließ in der Sonne drohend die Metallspitzen ihrer Piken aufblitzen.

Gualtiero bahnte sich seinen Weg durch die Menschen und hielt sein Pferd direkt vor den Wachen an. »Ich suche eine Frau«, sagte er in stockendem Französisch. »Ihr Name ist Elisa de' Bonacossi.«

Die Männer sahen einander an und wussten offenbar nicht, was sie antworten sollten. Gualtiero begriff ihr Zögern angesichts eines Pilgers, der aus einer Menge Zerlumpter hervorstach, war er doch wie ein Mönch gekleidet und ritt auf einem Rotfuchs. Er wollte schon etwas hinzufügen, als ein Mann, der sich an das altehrwürdige Portal lehnte, den Kopf hob und ihn neugierig heranwinkte.

»In welcher Beziehung steht Ihr zu ihr?«

Gualtiero musterte das harte und misstrauische Gesicht vor sich. »Ich bin ihr Sohn«, erwiderte er und machte Anstalten, vorwärtszureiten.

»Nicht weiter«, befahl der Mann. »Steigt vom Pferd und legt Eure Kleider ab.«

An solche Forderungen war Gualtiero schon gewöhnt. Robert und er waren bereits ähnlichen Untersuchungen unterzogen worden, um festzustellen, dass sie keine Beulen unter den Achseln und am Unterleib aufwiesen.

»Ich trage keine Male«, erklärte er und stieg aus dem Sattel.

»Dann habt Ihr wohl nichts dagegen, uns das zu beweisen«, beharrte die Wache.

Gualtiero zog den Dolch aus der Schärpe, entgürtete die Kutte und zeigte Hals, Rumpf wie Schenkel, die keine Male der Krankheit aufwiesen. Nachdem man ihm die Zustimmung erteilt hatte, zog er sich wieder an.

Als er die Kirche betrat, klopfte sein Herz so heftig, dass seine Brust erbebte.

15

Die Kirche Saint-Nicolas wirkte wie der Vorhof zur Hölle.

Aus dem Kirchenschiff waren Bänke, Statuen und sämtliche anderen Möbel entfernt worden, um Platz für vier Reihen mit Strohlagern zu schaffen, auf denen mindestens hundert Kranke lagen. Erfüllt von Hoffnung und Furcht gleichermaßen, unter ihnen seine Mutter zu finden, lief Gualtiero die Gänge ab, wie ein Schlafwandler fast ohne sein Zutun einen Fuß vor den anderen setzend.

Während der gesamten Reise nach Avignon war es ihm keinen Moment in den Sinn gekommen, dass seine Mutter erkrankt sein könnte. Er hatte gebetet, dass sie nicht misshandelt, dass sie nicht gefoltert oder erniedrigt werden würde … Doch nie hatte er sich vorgestellt, dass sie an dieser schrecklichen Plage erkranken könnte.

Erst jetzt wurde Gualtiero bewusst, wie naiv er gewesen war.

Mit tränenfeuchten Augen hastete er zwischen den Todkranken umher und überlegte, was er ihr wohl sagen würde, sollte er auf einmal vor ihr stehen. Die Empörung über ihre Lüge und die Angst vor der Wahrheit hatten ihn zu lange gequält, als dass er sie ganz aus seinem Herzen verbannen konnte, doch er stellte fest, dass sie auf einmal ganz hinter der Ungeduld zurücktraten, sie wiederzusehen und in die Arme zu schließen. Diese Sehnsucht war im Laufe des Jahres stetig in ihm gewachsen, jetzt erfüllte sie jede Faser seines Seins.

Ich liebe dich. Dieser Satz brannte ihm in der Kehle, seit er die Kirche betreten hatte, obwohl ihn die Vorstellung ängstigte, ihn wirklich auszusprechen. Er wusste nicht, in welchem Zustand er sie vorfinden würde, ja ob sie überhaupt noch lebte. Ebenso wenig wusste er, worum er die göttliche Vorsehung bitten sollte.

Kurz glaubte Gualtiero, sie in einem in Decken gewickelten Leichnam zu erkennen. Doch dann bemerkte er seinen Irrtum, dankte den Engeln im Himmel dafür und ging weiter zum Chor. Fieberhaft überprüfte er Lager um Lager, obwohl es so beißend nach Exkrementen und Verwesung roch, dass auch der Stofffetzen, den er sich vor die Nase presste, nichts dagegen ausrichten konnte.

Ich liebe dich. Dieser Gedanke machte ihm Mut, trotz des Grauens, der Entstellungen und des Elends an diesem Ort.

Doch als er das Ende des Kirchenschiffs erreicht hatte, ohne sie zu finden, dachte er verzweifelt, dass er bestimmt zu spät gekommen war.

»Nein!«, flüsterte er, und er spürte, wie ihn auf einmal die Erschöpfung niederdrückte. So durfte es nicht enden. Nicht ohne dass er sie ein letztes Mal gesehen hatte …

Er lehnte sich gegen eine Säule, wo ihn unvermutet ein frischer Lufthauch traf, weshalb er sich zu einem Bogengang links des Altars wandte. Hier bemerkte er eine Tür, hinter der ein Kreuzgang zu erkennen war. Er schöpfte neue Hoffnung.

Als Gualtiero ins Freie trat, sah er dort noch mehr Menschen auf Liegen gebettet, fadenscheinige Tücher trennten ihre Lager voneinander ab.

Mit neu erwachtem Mut wollte er seine Suche wiederaufnehmen, als ein langer, dürrer Mönch sich ihm in den Weg stellte und ihn fragend ansah.

»Elisa …« Gualtiero musste erst schlucken, um den Knoten in seiner Kehle zu lösen. »Elisa de' Bonacossi.«

Verwundert, aber voller Ehrfurcht wiederholte der Mönch den Namen leise, dann nickte er und führte Gualtiero durch die Reihen der im Kreuzgang untergebrachten Sterbenden.

Gualtiero begriff, dass unter diesen düsteren Baldachinen die Kranken von höherem Stand lagerten, und empfand den Gedanken als tröstlich, dass seine Mutter besser umsorgt wurde als die Ärmsten, die im Kirchenschiff überwiegend sich selbst überlassen waren. Und wenn sie doch gesund würde? Auf seinem Weg hatte er durchaus von Menschen gehört, die von der Krankheit genesen waren … Mit seinen paar Brocken Französisch erkundigte er sich voller Sorge nach seiner Mutter. Doch statt zu antworten, blieb der Mönch an einem Vorhang stehen.

Gualtiero starrte ihn an, das Schweigen des Mannes beunruhigte ihn. Jede Hoffnung schwand angesichts dieses dünnen Stoffbaldachins dahin. So kam ihm die Geste des Mönchs fast grausam vor, mit der er den Vorhang beiseiteschob, um ihm Zugang zum Bett zu verschaffen.

Gualtiero, der in dem Dämmerlicht nur vage Umrisse ausmachen konnte, näherte sich dem Lager.

Zunächst erkannte er sie gar nicht. Sie wirkte klein, beinahe wie ein Kind, ihre Finger umklammerten krampfhaft die Decken, ihre ungepflegten Haare waren dunkler, als er sie in Erinnerung hatte. Dann betrachtete er ihr ausgezehrtes Gesicht, das nur noch aus Wangenknochen zu bestehen schien, und ein schrecklicher Schmerz zerriss sein Herz. Nichts war von der rosigen Haut und den goldenen Zöpfen geblieben, die er vor einem Jahr so kunstvoll porträtiert hatte. Eine eingesunkene, graue und regungslose Maske hatte sie ersetzt.

Gualtiero warf sich auf die Knie und vergrub das Gesicht in den Händen.

Nicht sie, wiederholte er in stummer Verzweiflung. *Nicht sie!*

Seine Mutter in einem ähnlichen Zustand zu sehen wie all die Sterbenden, die ihm auf seinem Weg begegnet waren, ging über seine Kräfte, mehr, als er je angenommen hätte. Er fühlte sich wie tot, wie erloschen. Doch dann nahm er alle ihm verbliebene Energie zusammen und versuchte ein Lächeln.

Denn sie betrachtete ihn.

»Mein Sohn …«, flüsterte sie schwach.

Gualtiero wischte sich die Tränen ab und verlor sich in diesen Augen, die so hell glänzten wie Sterne. Erst da wurde ihm wirklich bewusst, wie sehr er sich gewünscht hatte, sie wiederzusehen.

»Mutter …«, stammelte er.

»Mein Schatz …« Sapia öffnete die Lippen und musste gleich einen Krampf besiegen, der sie am ganzen Körper schüttelte. Dann überwog die Sorge in ihr. »Geh fort!«

Gualtiero schüttelte sanft den Kopf. Er konnte nicht aufhören zu weinen, wurde hin- und hergerissen zwischen dem Wunsch, dieser Moment möge niemals enden, und der Qual, sie so sehr leiden zu sehen.

Seine Mutter dagegen hatte keine Tränen in den Augen. Unerwartet entschlossen richtete sie sich vom Kissen auf und sah ihn an. »Ich habe dich … angelogen.«

»Das ist nicht mehr wichtig«, erwiderte er. Vergessen waren all die Nächte, in denen er von Fragen gequält keinen Schlaf gefunden hatte. »Jetzt habe ich dich gefunden, und du wirst wieder gesund … Ja, ganz bestimmt …« Innerlich zerrissen, doch nach außen ruhig gab er vor, die Beule nicht zu sehen, die ihren Hals entstellte. »Dir wird es wieder gut gehen …«

Sapia schenkte ihm ein resigniertes Lächeln, das einen Anflug ihrer früheren Schönheit zurückbrachte. Sie hob eine Hand, um ihn zu streicheln, zog sie jedoch sofort wieder zurück aus Angst, ihn anzustecken. »Und dein Vater?«, fragte sie.

Gualtiero hatte die schreckliche Szene auf der Galgenwiese Ferraras wie auch seine Verzweiflung unter Sigismondos Leiche noch in lebhafter Erinnerung, doch um sie nicht unnötig zu quälen, schüttelte er bloß den Kopf.

Sapia nickte zum Zeichen, dass sie verstanden hatte, und senkte den Blick. »Er war ein guter Mann«, sagte sie traurig.

Gualtiero wusste natürlich, dass sie erschöpft und am Ende ihrer Kräfte war, dennoch wunderte er sich, wie gefasst sie die Nachricht von Sigismondos Tod aufnahm. Er sah sie überrascht an, und erneut nahm er diesen stolzen, unerschütterlichen Zug an ihr wahr, den er bis zu ihrer Verhaftung nicht gekannt hatte. »Mutter …«, setzte er an. »Warum all das?«

»Warum, fragst du mich? Das ist einfach … Ich hatte keine Wahl.« Jetzt war die Verwandlung perfekt. Der Blick, die Haltung, sogar der Klang ihrer Stimme schienen zu einer Fremden zu gehören.

»Dein Name … dein *wahrer* Name …«, beharrte Gualtiero. »Elisa de' Bonacossi, was bedeutet das?«

Seine Mutter musterte ihn beinahe misstrauisch. »Bonacossi war der Name meines ersten Gemahls«, erklärte sie dann stolz. »Ich wurde unter dem Wappen des Adlers derer d'Este geboren, Tochter des Marchese Aldobrandino II. und seiner Frau Alda Rangoni … der Herren über Ferrara.«

Gualtiero war wie vom Donner gerührt.

»Hör mir genau zu«, befahl sie ihm, ohne ihm Zeit zu lassen, sich mit dieser Enthüllung vertraut zu machen. »Hör gut zu, mein Sohn …«, sie musste einen Hustenanfall unterdrücken, »wenn du das Geheimnis deiner Herkunft wissen willst.« Ein weiterer heftiger Krampfanfall schüttelte sie so, dass sie sich abwenden musste.

Gualtiero fürchtete schon das Schlimmste und beugte sich über sie, um ihr zu helfen, doch sie wies ihn mit einer herrischen Geste zurück. Diesmal war es allerdings nicht die Furcht, ihn anzustecken, sondern die Scham darüber, dass er sie in diesem Zustand sah.

Gualtiero wandte sich nach draußen, um nach Hilfe zu rufen, doch vergebens. Der Mönch, der ihn hierherbegleitet hatte, war nirgendwo zu entdecken.

Sapia, die von nun an Elisa für ihn sein musste, tupfte sich das ausgehustete Blut von den Lippen und fuhr dann mit brüchiger Stimme fort: »In der vollen Blüte meiner Jugend … wurde ich Passerino de' Bonacossi, dem Herrn über Mantua, zur Frau gegeben …« Sie atmete tief durch und zwang sich, weiterzureden. »Ich blieb an seiner Seite, bis er einem Komplott zwischen den Gonzaga und Cangrande della Scala zum Opfer fiel … Das war im August 1328, als die Soldaten Mantua eroberten, und ich … ich …« Sie schloss erschöpft die Augen. »Ich erwartete ein Kind.« Erneut musste sie husten. »Ich floh«, sagte sie knapp. »Ich floh, ehe man mich gefangen nehmen konnte, und zwar nach Ferrara … Ja, Ferrara … Doch mein Vater war bereits verstorben … Und ich fand nirgends Schutz …«

Trotz der Gefühle, die auf ihn einstürmten, wurde Gualtiero bewusst, dass seitdem zwanzig Jahre vergangen waren. Und er war beinahe so alt. Gegen den Widerstand seiner Mutter ergriff er ihre Hand. »Du erwartetest ein Kind …«, wiederholte er, während es ihm die Kehle zuschnürte.

Sie nickte. »Ich hielt die Schwangerschaft vor meinen Brüdern geheim, da ich nichts riskieren wollte … Es war dann ein Mann der Kirche … vielleicht der damalige Bischof, der sie davon unterrichtete …« Erschöpft deutete sie auf den Wasserkrug neben dem Lager.

Gualtiero griff danach, hob ihren Kopf und gab ihr in kleinen

Schlucken zu trinken. Er wollte dringend den Schluss dieser unglaublichen Geschichte erfahren, auch wenn es ihn schmerzte, wie seine Mutter mit jedem Wort schwächer wurde. Er betete, dass sie sich nicht zu sehr anstrengen und ohnmächtig werden würde. Oder noch Schlimmeres geschah. Obwohl er ahnte, dass ihr Ende kurz bevorstand, war er noch nicht bereit, sie gehen zu lassen. Gott allein wusste, was er alles auf sich genommen hätte, nur um den Schatten des Todes von ihr zu wenden.

»Vor Jahren schon war ich eine Spionin von Avignon geworden«, fuhr Elisa fort, als ihr Kopf wieder auf dem Kissen ruhte. Jetzt sprach sie so leise, als ob sie keine Luft mehr bekäme, und Gualtiero litt unendlich mit ihr. »Du musst das verstehen … Ich bitte dich zu verstehen … Bei all den Bündnissen und Intrigen, die ich miterlebte … hatte ich mir vorgegaukelt, ich könnte etwas Gutes bewirken.«

Gualtiero sah, wie sich ihre Augen nach oben verdrehten, und fürchtete, sie jeden Moment zu verlieren. Dann rang sie so heftig nach Luft, als würde sie ersticken. »Ruh dich aus«, bat er sie. »Am besten erzählst du mir alles später, nachdem du dich erholt hast.«

Aber Elisa d'Este wirkte fest entschlossen, dem Schwarzen Tod diese letzten Momente ihres Lebens abzutrotzen. »Das Kind, das ich in meinem Schoß trug … Das warst du!« Ihr ganzer Rest von Stolz löste sich in einem leisen Weinen auf. »Verstehst du jetzt … warum ich geflohen bin? Du bist der Sohn des Herrschers von Mantua … sein legitimer Erbe … Mörder aus den Häusern derer von Gonzaga und della Scala wie der Kurie in Avignon hätten dich verfolgt … und zwar überallhin!« Ein noch heftigerer Hustenanfall schüttelte sie, und ihr Kinn färbte sich blutrot. »Ich verbarg mich, änderte meinen Namen … Wurde zu Sapia und heiratete einen starken Mann … der dich beschützen und dir ein guter Vater sein sollte.«

»Und ich hatte von alldem keine Ahnung«, stammelte Gualtiero unter Tränen, als er nun zurückdachte, wie ungerecht er sich Sigismondo gegenüber verhalten hatte. Dieser Mann hatte ihn wie sein eigen Fleisch und Blut aufgezogen, hatte ihn das Handwerk eines Malers gelehrt, ihn beschützt … Und er hatte es ihm mit endlosen Streitereien gedankt!

Elisa wälzte sich unruhig auf ihrem Lager. »Gualtiero, wo bist du?«, fragte sie ängstlich.

»Hier, meine Mutter«, beruhigte er sie.

»Du musst meinem Bruder sagen …«, sie schien im Fieberwahn zu versinken, »dass ich bereue …«

Gualtiero konnte seine Verachtung nicht verbergen. »Sprichst du von Marchese Obizzo?«

Seine Mutter sah sich erschrocken um. »Er war es ja nicht, der mich zum Sterben hierhergeschickt hat … Er wusste nichts davon …« Plötzlich zuckte sie zusammen, als hätte sie einen Geist gesehen.

Gualtiero strich ihr sanft über die Stirn, sie war eiskalt. »Reg dich nicht auf«, flüsterte er ihr zärtlich zu.

»Das war der Bischof … Bischof Guido … Er wollte mich loswerden …«

»Beruhige dich bitte …«, flehte er sie an.

»Verzeih mir, mein Sohn … Wenn du meinetwegen gelitten hast …«

Gualtiero trocknete sich die Tränen, die ihm den Blick trübten, und wollte etwas antworten.

Doch es war zu spät.

Seine Mutter hatte die Augen geschlossen. Für immer.

Aus den obersten Fenstern des Palais de Griffon, der am Weg hinauf nach Villeneuve erbaut worden war, konnte man den gedrungenen Kirchturm von Saint-Nicolas sehen. Der Kardinal betrachtete ihn eine Weile, ehe sein Blick über die baumbestandene Straße weiterschweifte, die über die Rhone führte. Er grübelte über die Nachricht nach, die man ihm gerade hinterbracht hatte, dann atmete er einmal tief durch und wandte sich an den Mann, der hinter dem Gitter wartete.

»Ein Besuch für Elisa d'Este, habt Ihr gesagt?«

Der Mann mit dem schmalen Gesicht nickte. »Der Sohn.«

»Ich wusste gar nicht, dass sie einen hatte«, murmelte der Kardinal. »Hat er etwas über sich erzählt? Einen Namen genannt, gesagt, wo er herkommt?«

»Nichts, Exzellenz. Er ist sofort nach dem Tod der Mutter weitergereist.«

»Ihr habt gut daran getan, mich sofort zu unterrichten. Weniger gut war, dass Ihr ihn ziehen ließet.«

Hinter dem Gitter hörte man einen leisen Fluch. »Vielleicht«, schlug der Mann dann vor, »könnte ich ihm folgen.«

Der Kardinal nickte. »Dann brecht sofort auf. Sobald Ihr etwas erfahrt, berichtet mir davon. Und zwar nur mir.«

16

In der Nähe von Lyon
Ende Juli

Gualtiero und Robert reisten noch einige Wochen zusammen die Rhone flussaufwärts. Robert sorgte sich sehr um den jungen Mann und zögerte, ihn allein weiterziehen zu lassen. Mehr als einmal fragte er ihn, wohin genau er unterwegs sei, und bot ihm an, ihn zu begleiten. Doch Gualtiero, der in tiefe Trauer versunken war, schüttelte bloß den Kopf und hielt sich an das Versprechen, das er Maynard gegeben hatte. Bis schließlich der Moment kam, von dem an er seinen Weg allein weiterverfolgen musste.

Sie trennten sich in den Weinbergen von Lyon, ganz in der Nähe einer wenig besuchten Schenke. Robert warnte Gualtiero nochmals vor den Gefahren, die ihn unterwegs erwarten würden, und schenkte ihm ein *Basler Messer*, das er anstelle seines kleinen Dolches zu seinem Schutz einsetzen konnte. Gualtiero bewunderte die lange zweischneidige Klinge, die sogar ein Kettenhemd durchdringen konnte, ehe er sich bedankte und die Waffe am Sattel befestigte. Durch die jüngsten Schicksalsschläge war er zum Mann herangereift. Robert umarmte ihn zum Abschied und ritt dann gen Norden davon.

Keiner der beiden hatte den Mann mit dem schmalen Gesicht bemerkt, der ihnen ab Villeneuve gefolgt war. Er hatte stets eine angemessene Entfernung eingehalten und die Nachtstunden genutzt, um ungesehen zu ihnen aufzuschließen. Nachdem er hinter Blattwerk verborgen ihren Abschied beobachtet hatte, war er nach Westen aufgebrochen.

Elisa d'Estes Sohn auf den Fersen.

17

Reims, Kloster Sainte-Balsamie
10. August

Im Laufe des Sommers breitete sich die Pest auch nördlich der Provence aus und bahnte sich unerbittlich ihren Weg die Flussläufe von Loire, Rhone und Seine hinauf. Gelehrte und Chronisten gaben den Sternenkonstellationen die Schuld, den feuchten Winden des Südens oder den englischen Eroberern, während sich die Einwohner von Paris aus Furcht vor Ansteckung in ihren Häusern verbarrikadierten. Und das große Sterben hatte sich angekündigt: Viele hatten kurz vor dem Ausbruch der Seuche über den Landen der Champagne einen geschweiften Kometen beobachtet, der später als böses Vorzeichen gedeutet wurde, doch die meisten sahen im Ausbruch der Pocken zu Reims im Juli den Beginn der Ernte von Schnitter Tod.

Eudeline traf die Krankheit nicht unvorbereitet. Genau wie die Bischöfe, Herrscher und Äbte hatte sie die Ohren stets offen gehalten für alle Nachrichten darüber, was sich in den benachbarten Gegenden abspielte, und als sie erste Gerüchte über eine Krankheit hörte, die die Haut mit rötlichen Blasen überzog, hatte sie sofort das Kloster vom Rest der Welt abgeschirmt, um die Schwestern zu schützen. Doch alles war vergebens gewesen. Der Keim dieser teuflischen Seuche hatte dennoch die Mauern ihres kleinen Reichs überwunden und die Einwohner von Sainte-Balsamie wie die von jeder anderen Stadt oder Gemeinde dezimiert.

Es gab so viele Todesfälle, dass der Verdacht aufkam, es handele sich nicht bloß um Pocken, sondern bereits um die Pest. Doch letztendlich waren Eudeline derlei Unterscheidungen gleichgültig.

Zwanzig ihrer Schwestern waren rasch hintereinander gestorben, ebenso viele waren geflohen, weil sie fürchteten, das gleiche Schicksal zu erleiden. Eudeline hatte versucht, sie aufzuhalten, und hatte sie eindringlich vor den Gefahren der Reise gewarnt, die sie unterwegs erwarteten. Vergeblich. Sie hatte in letzter Zeit selbst so viel Leid erfahren, dass sie nicht mehr über die nötige Autorität verfügte, um ihre kleine Schar zusammenzuhalten.

Die Letzte, die von ihr ging, war die Siechenmeisterin gewesen. Sie hatte beharrlich gekämpft und ihr gesamtes Wissen aufgeboten, um ein Heilmittel gegen die Seuche zu finden, doch ohne Erfolg. Eins nach dem anderen waren ihr die Leben ihrer Mitschwestern entglitten, dahingerafft von einem Fluch, der sich letztlich auch gegen sie selbst wandte.

Sie sterben zu sehen war für Eudeline die vernichtendste Niederlage gewesen. Sie fühlte sich, als hätte sie jetzt das letzte bisschen Mut und die Hoffnung verloren, dass es sich lohnte, um das Leben ihrer Mitmenschen zu kämpfen. Inzwischen war das Kloster nur noch ein Hort von Erinnerungen und den Geistern der Verstorbenen.

Wie jeden Tag wartete Eudeline darauf, dass die Gluthitze des Tages nachließ, um den kleinen Friedhof von Sainte-Balsamie zu besuchen und den toten Mitschwestern Ehre zu erweisen. Beinahe soldatisch grüßend schritt sie die Reihen ab, bis sie schließlich vor dem Grab der Siechenmeisterin zu stehen kam. Sie vermisste die spröde Direktheit der Schwester, die stets klug und entschlossen gewesen war, und fragte sich, weshalb der Herr sie so vor der Zeit zu sich gerufen hatte.

Nicht zum ersten Mal empörte sie sich gegen Gott. Nachdem ihr Vater Gaspar sie vergewaltigt hatte, hatte sie sich lange Jahre mit dem Gedanken gequält, weshalb es so viel Unrecht in der Welt gab. Wenn wirklich stimmte, was von den Kanzeln gepredigt wurde, nämlich dass das Leid seinen Ursprung in der Sünde hatte, warum traf die Strafe dann nicht nur die schlechten Menschen?

Vielleicht gab es ja gar keine Unschuldigen.

Sie versenkte die Finger in der Erde und schloss sie zur Faust, um die aufwallende Wut zurückzuhalten.

Schließlich sah sie auf. Und bemerkte den Mann, der unter den länger werdenden Schatten des Tages auf sie zukam.

Den Prokurator.

Sie trocknete sich die Tränen, ohne darauf zu achten, ob sie sich mit den erdverschmierten Fingern das Gesicht beschmutzte. Immer noch voll stummer Empörung musterte sie das halb von der Kapuze verborgene Gesicht und entdeckte darin rötliche Wunden.

»Falls Ihr mir bis hierhin gefolgt seid, um mir noch mehr von meinem Besitz zu nehmen«, warnte sie ihn, »dann wisset, dass ich bereits alles verloren habe.«

»Nein«, sagte Pater Claret kalt. »Nicht alles.«

Eudeline warf einen letzten Blick auf die Blume, die sie aufs Grab gelegt hatte. »Meine Mitschwestern sind tot ... Das Kloster verlassen, ein toter Ort«, erwiderte sie hart. »Und was noch übrig ist, wird bald die Pest mit sich ins Grab reißen.«

»Ihr besitzt immer noch Euer Leben.«

»Das scheint nur so. Die Frau, die vor Euch steht, ist vor Langem gestorben.«

Pater Claret trat drohend vor. »Sagt mir, wo er ist.«

Eudeline sah ihm furchtlos in das von den Pocken entstellte Gesicht. »Belästigt mich nicht länger damit.«

Der Prokurator schüttelte den Kopf. »Wenn Ihr es mir nicht sagt, werde ich sie fragen.«

»Sie weiß von nichts«, gab Eudeline zurück.

»Ich habe Kenntnis, dass Ihr sie hier irgendwo versteckt. Ich werde sie finden, und dann werde ich sie Euch wegnehmen«, sagte der Prokurator drohend. »Ich werde sie an das übelste Hurenhaus von Avignon verkaufen, bis Ihr –«

»Verschwindet!«

Aber Pater Claret war außer sich. »Törichte Hündin!« Plötzlich stieß er sie zu Boden und riss ihr den Schleier vom Kopf. »Wenn Ihr nicht redet, werdet Ihr dasselbe Ende nehmen!« Er ohrfeigte sie. »Wie eine Hure verkauft! Ja! Und wenn Ihr durch die Hände von hundert, nein, tausend Männern gegangen seid, werde ich zurückkehren und Euch erneut fragen, wo sich Euer schändlicher Bruder verbirgt, und Ihr, Ihr ...«

Plötzlich verstummte er, und ein heftiger Blutschwall quoll aus seinem Mund. Eudeline packte den Stein, den sie vom Boden aufgeklaubt hatte, noch fester und schlug ein zweites Mal zu.

Der Prokurator fiel nach hinten, spreizte die Glieder von sich wie ein erschlagenes Insekt. Eudeline hörte jedoch nicht auf, sie stützte sich mit einem Knie auf seiner Brust ab und schlug so lange mit dem Stein auf ihn ein, bis ihre Wut verflogen war.

Aleydis wurde vom Weinen ihres Kindes geweckt.

»Ehrwürdige Mutter, wo seid Ihr?«, rief sie leise und stand auf. Das Fieber trübte ihre Sicht und ließ sie taumeln, doch schlimmer war das Jucken in ihrem Gesicht. Sogar im Schlaf quälte es sie, genau wie die erdrückende Schwüle dieses verfluchten Sommers. Sie versuchte dennoch, sich dort nicht zu berühren, hatte man sie doch eindringlich davor gewarnt, die Blasen aufzukratzen. »Ehrwürdige Mutter …«

Angélique schrie weiter wie besessen. Als sie ihr Kind nicht finden konnte, erinnerte sich Aleydis, dass es in der Zelle nebenan lag. Sie erstaunte nur, dass Äbtissin Eudeline die Kleine allein gelassen hatte. Mühsam schwankte sie zur Tür, bemerkte kaum, dass sie ihr Zimmer verließ, und taumelte dann weiter durch einen dunklen Gang.

Das Kind schrie immer lauter. Aleydis ließ sich von seinem Weinen leiten, mehrfach wäre sie beinahe gestolpert. Sie war erschöpft, ihre Kehle brannte unsäglich, doch sie widerstand der Versuchung, in ihr Bett zurückzukehren. Ihre geliebte Tochter weinte, wahrscheinlich weil sich niemand um sie kümmerte. Sie musste unbedingt zu ihr, um sie zu trösten.

Allmählich gelang es ihr, mehr von ihrer Umgebung zu erkennen. Verschwommen, aber sie sah wenigstens die Tür. Als sie hineinging, wobei sie sich am Türpfosten abstützen musste, wurde Angéliques Schreien so laut, dass es sie in den Ohren schmerzte.

»Mein Schatz, jetzt sei doch brav …«, sagte Aleydis lächelnd und trat zu der geflochtenen Wiege. »Ich bin hier … Hier bei dir …«

Sie hielt der Kleinen den Daumen hin, damit sie ihn umklammern konnte, und versuchte, ihren Schüttelfrost zu unterdrücken. So unendlich geschwächt, wie sie sich fühlte, hätte sie sich niemals träumen lassen, dass sie es bis zu ihrem Kind schaffen würde. Aber nun würde alles gut. Sie musste nur noch gesund werden, dann wäre sie die glücklichste Frau auf der Welt, mit ihrer wunderbaren …

Immer noch gedankenverloren starrte sie auf Angéliques Gesicht und wich dann zurück. »Oh mein Gott, bitte gib, dass es nicht wahr ist …«, flüsterte sie entsetzt.

Sie sah noch einmal genau hin, und es schüttelte sie.

Trotz ihres Flehens zeichnete sich ein Bild immer klarer vor ihr ab. Das Schlimmste, das sie je erblickt hatte.

Ein kleiner scharlachroter Punkt auf der Stirn ihrer Tochter.

Wenig später erreichte auch Eudeline, den Stein immer noch fest umklammernd, den Gebäudeflügel des Dormitoriums, in dem Aleydis mit ihrer Tochter untergebracht war. Sie hatte das Weinen des Kindes gehört und wollte sich versichern, dass es Angélique gut ging. Sie durfte nicht auch noch sie verlieren. Nicht jetzt, wo es Aleydis ebenfalls schlecht ging.

Sie zwang sich, das Bild des leblosen Prokurators aus ihrem Kopf zu verbannen, sah flüchtig ins Zimmer von Aleydis und fand dort niemanden vor. Eine seltsame Ahnung stieg in ihr auf und ließ sie zur Zelle des Kindes beinahe rennen. Doch noch ehe sie es sah, wusste sie es, spürte sie es. Und so schrie sie bereits, als sie die leere Wiege erreichte.

18

Robert traf noch am selben Tag in Reims ein. Von der Grabesstille in den Straßen der Stadt alarmiert näherte er sich dem Kloster von Sainte-Balsamie. Nach so vielen Toten auf seinem Weg wuchs mit jeder Wegbiegung die Angst, dass er Eudeline nicht wiedersehen würde. Und obwohl er stark im Glauben an Jesus Christus war, wusste er doch nur zu gut, wie wenig es zählte, sich mit Gebeten an den Herrn zu wenden.

Als er absaß, betrachtete er kurz sein Pferd. Dessen Fell war unter den vielen Schmutzschichten fast nicht mehr zu erkennen. Robert lächelte bitter bei dem Gedanken, wie viel Schmutz auch er auf dieser Reise innerlich wie äußerlich angesammelt haben musste, als er sich durch Not und Pest vorwärtsgekämpft hatte.

Mit schnellen Schritten durchquerte er den Hof und den Kreuzgang, wobei ihm die Reihen mit den frischen Gräbern ins Auge fielen. Er zögerte jedoch, nachzusehen, wer dort wohl ruhte, und wollte schon laut nach Eudeline rufen, als der Anblick eines Leichnams am Rand des Friedhofs ihn davon abhielt. Er beugte sich über ihn und erkannte einen Geistlichen, dessen Gesicht eingeschlagen war. Das Blut war noch frisch.

Robert zückte das Schwert und sah sich um, aufs Schlimmste gefasst. »Eudeline!«, rief er. »Herrin, seid Ihr in Gefahr?«

Doch er hörte nichts als das leise Rauschen des Abendwinds.

Besorgt lief er in die Kirche, die Sakristei und schließlich in den Domus der Äbtissin. Nichts. Die gesamte Gemeinschaft von Sainte-Balsamie schien sich in Rauch aufgelöst zu haben.

»Eudeline«, rief er erneut, rannte wie ein Wahnsinniger durch die Räume des Klosters. Das Refektorium, das Valetudinarium, das Skriptorium, die kleine Bibliothek …

Je drängender er suchte, desto mehr sehnte er sich danach, auf dem Boden zusammenzusinken und sich der Verzweiflung hinzugeben. Selbstbetrug war Wahnsinn. Das Schweigen dieses Ortes war eine mehr als beredte Antwort auf seine Fragen. Doch er durfte sich nicht geschlagen geben. Wegen des Versprechens, das er Maynard gegeben hatte. Wegen der Liebe, die er für sie empfand.

Nachdem er unten jeden Winkel abgesucht hatte, ging er hinauf ins Dormitorium, um jede einzelne der verlassenen Zellen zu kontrollieren.

Bis er sie fand.

In Tränen aufgelöst kauerte sie am Boden.

Robert ließ das Schwert fallen und näherte sich ihr ungläubig.

Vielleicht hatte er die Vorsehung zu Unrecht beschuldigt.

Vielleicht erhörte der Herr doch von Zeit zu Zeit Gebete …

Er kniete sich vor sie hin und nahm ihr Gesicht in die Hände. Sie sah ihn überrascht an.

»Sag es Maynard!«, rief sie, ohne ihn zu begrüßen. »Sag es ihm! Er muss es erfahren!«

Aber Robert hatte genug von der Verzweiflung. Genug von der unendlichen Traurigkeit, die sich finster über die Welt gelegt hatte. Und dann sah er, wie Eudeline die Lippen öffnete, um seinen Namen auszusprechen.

Es war, als ob ihm ein Sonnenstrahl das Herz erhellen würde.

Ich werde es ihm später sagen, versprach er sich selbst.

Und dann küsste er sie voller Leidenschaft.

So, wie er es sich in den dunkelsten Nächten dieser endlosen Reise erträumt hatte.

19

Südlich von Tours
10. August

Gualtiero hatte die Hospitäler und Gasthäuser nach Möglichkeit gemieden, aber zuweilen war er doch gezwungen gewesen, sich eine Unterkunft zu suchen.

Auch diese Nacht gab er nach monatelanger Reise auf Pilgerpfaden zum wiederholten Mal seinem Wunsch nach einem bequemen Lager und einer warmen Mahlzeit nach. Er betrat eine Schenke, setzte sich weitab vom Kamin und beobachtete aufmerksam die anderen Gäste, die über ihr Essen gebeugt saßen. Nach außen sahen sie alle wie Söldner oder einfache Reisende aus, aber Gualtiero war sicher, dass sich unter so manchem Gewand Räuber, Betrüger oder auch Mörder verbargen. Auf seinem Weg hatte er mehr als einmal erfahren, warum es hieß *»lupus est homo homini«*, und eine gewisse Fertigkeit sowohl im Umgang mit dem Basler Messer als auch in der Landessprache gewonnen. Mehr mit der Waffe als in der Sprache, um der Wahrheit die Ehre zu geben, denn in letzter Zeit schienen die Menschen die Lust verloren zu haben, sich mit ihrem Nächsten zu unterhalten.

Gualtiero musste sich jedoch nicht nur vor versprengten Verbrechern in Acht nehmen. Seit er das Languedoc hinter sich gelassen hatte, wäre er mehr als einmal beinahe in Aufstände der aufgrund von Hunger und Pest verzweifelten Bauern geraten. Zuletzt hatte er in der Gegend um Limoges vor einer Meute fliehen müssen und war in gestrecktem Galopp einen unbekannten Wasserlauf entlanggeprescht. Dabei war er vom Weg abgekommen und über einen Monat durch Wälder und Felder geirrt, bis er erkannte, dass er bereits weiter als gedacht nach Norden vorgedrungen war. Um Haaresbreite wäre er einem englischen Spähtrupp in die Hände gefallen, ehe er wieder die richtige Route fand.

Er hatte sich Richtung Tours gewandt und war dann dem Fluss Clain gefolgt, bis er diese gottverlassene Schenke erreicht hatte.

Genauso fühlte er sich allmählich auch. Von Gott verlassen. Der Schmerz über den Verlust seiner Mutter wollte nicht weniger werden, nicht einmal auf dieser anstrengenden Reise oder in den Momenten höchster Gefahr. Nur im Schlaf fand sein Kummer ein wenig Ruhe, wenn er nicht von furchtbaren Alpträumen heimgesucht wurde.

Das Schicksal hatte sich einen grausamen Scherz mit ihm erlaubt, dass er seine Mutter gefunden hatte, nur um sie sogleich wieder zu verlieren. Und dass das Blut der Bonacossi und derer d'Este durch seine Adern floss, machte es in seinen Augen kaum besser, dass er im Grunde ein Bastard war.

Einzig der Gedanke an Isabeau schenkte ihm Trost. Er sehnte sich danach, die ihm von Maynard anvertraute Mission zu beenden, um so schnell wie möglich zu ihr zurückzukehren.

Der Wirt stellte eine Schüssel mit Brühe hin, in der ein kläglicher Hühnerschlegel schwamm. Gualtiero dankte ihm mit einem Nicken und begann zu essen, ohne die anderen Gäste aus den Augen zu lassen. Einer hatte besonders seine Aufmerksamkeit erregt: Er saß ein wenig abseits, so wie er, trug einen Umhang, der allerdings nicht die Reitstiefel verbergen konnte, und hatte ein schmales, scharf geschnittenes Gesicht.

Zunächst war ihm nur sein wölfisches Verhalten aufgefallen. Dann erinnerte er sich, dass er diesen Mann schon einmal gesehen hatte.

In Villeneuve, vor der Kirche Saint-Nicolas.

Er begriff sofort, dass er in großer Gefahr schwebte. Als er eine Gelegenheit sah, unauffällig zu verschwinden, zahlte er und entfernte sich vom Gasthaus. Lieber schlief er unter freiem Himmel, als dass er herausfand, was dieser Mann von ihm wollte.

20

Villeneuve, Palais de Griffon
10. August

Kardinal Bertrand du Pouget war es mehr als leid, sich in den Räumen seines zweiten Wohnsitzes, fernab vom Leben und den Vergnügungen von Avignon, zu verstecken. Nach über einem Jahr, in dem er bei der Suche nach dem Lapis exilii keine Fortschritte erzielt hatte, begann er unter der erzwungenen Untätigkeit zu leiden. Von der Stadt der Päpste war wenig geblieben, was die Anzahl der Überlebenden betraf. Obwohl der Gedanke unerhört war, schien es, als hätten die Engel den Zorn Gottes an den Nachfolgern Petri ausgelassen. Doch mehr noch quälte den Kardinal die Vorstellung, er könnte an Altersschwäche sterben, ehe die dunkle Sonne der Pest aufhörte, die Erde zu verfinstern.

Er erhob sich aus seinem roten Samtsessel und suchte Trost in dem Schrein, der vor ihm stand. Wie jedes Mal versicherte er sich, dass er sein Arbeitszimmer abgeschlossen hatte, ehe er ihn öffnete. Keiner, nicht einmal der verlässlichste seiner Diener, durfte von diesem Geheimnis erfahren.

Er drehte den Schlüssel herum und klappte den Deckel hoch.

Der Kelch und die Lanzenspitze funkelten im Kerzenschein. Schwärzer als Ebenholz schienen sie fast zu pulsieren und verströmten einen Duft wie Ambra, nur wesentlich intensiver. Der Kardinal fragte sich, ob es wohl derselbe Geruch war, den die wenigen Glücklichen wahrnahmen, denen es vergönnt war, das Grab eines heiligen Märtyrers zu öffnen. Natürlich setzte dies voraus, dass es überhaupt Reliquien von echten Märtyrern gab, in einer Welt, in der der äußere Schein mehr zählte als der Gehalt. Sogar in der Religion.

Andererseits bestand an der Echtheit dieser beiden Gegenstände nicht der geringste Zweifel.

Seit er sie erhalten hatte, war es ihm niemals in den Sinn gekommen, sie könnten nicht mit dem Leidensweg Christi verbunden sein. Bei jeder noch so kurzen Berührung spürte er eine milde Wärme und sofortigen Trost, fast so, als leuchtete in ihnen auf ewig das Licht der Gnade.

Dass es ihm trotz seines Alters immer noch gut ging, verdankte er seiner Meinung nach ihnen. Und ebenso, dass er der Großen Pest entgangen war.

Doch es fehlte noch der Lapis exilii. Die letzte Reliquie Jesu Christi, die wertvollste und rätselhafteste. Der Kardinal hatte viele Jahre mit der Suche nach ihr verbracht, vom Ehrgeiz getrieben, dank ihr wie sein Vater Papst zu werden. Doch im Moment musste er sich noch vor der wütenden Pest verstecken und darauf hoffen, dass Pater Claret Fortschritte erzielte. Während Maynard de Rocheblanche ihm vielleicht entkam.

Er bezähmte den aufkommenden Zorn, da er vor den heiligen Gegenständen nicht seinen niedrigen Instinkten nachgeben wollte. Sie waren Pforten in das Jenseits, die Augen des richtenden Gottes. Dunkler und undurchdringlicher als die Nacht.

Das Wiehern eines Pferdes lenkte seine Aufmerksamkeit auf das Geschehen vor dem Haus. Er schloss den Schrein und lehnte sich ans Biforium, das auf den Innenhof des Palastes ging; gegenüber erhob sich der Hügel mit der Festung von Villeneuve.

Zwei Boten waren eingetroffen.

Der Kardinal erkannte auf ihren Livreen das päpstliche Wappen von Avignon und zog sich schnell zurück, während er sich fragte, was das zu bedeuten habe. Kurz darauf klopfte ein Diener an seine Tür.

»Eine Botschaft für Euch, Eure Eminenz!«

»Leg sie vor die Tür und geh wieder«, befahl er. Seit der Schwarze Tod wütete, vermied er jeglichen Kontakt zur Außenwelt. Und wenn er etwas von dort erhielt, hatte er sich angewöhnt, sich eine Orange vor die Nase zu halten, in der so viele Gewürznelken steckten, dass man davon ein ganzes Pferd hätte bezahlen können.

Er wartete, bis der Diener den Befehl ausgeführt hatte, dann öffnete er die Tür und nahm die kleine Pergamentrolle an sich.

Wie merkwürdig, dachte er. Sie war vor dem Sommer von einer Abtei losgeschickt worden, die weit entfernt am Padus lag. Pomposa. Ein wahres Wunder, dass sie ihr Ziel erreicht hatte. Auf dem Siegel stand der Name des Bischofs Guido von Ferrara.

Er hielt den Pergamentstreifen an das Licht einer Kerze, um den Text zu lesen. Wenige Worte in winzigen Buchstaben, die ihm aber umso mehr ins Auge fielen.

Wenn es in Eurem Interesse liegt, den Chevalier de Rocheblanche und die Reliquien zu finden, schickt Boten zur Kurie von Ferrara. Der Unterzeichnende weiß um das Rätsel des Lapis exilii.
Möge der Herr Euch beschützen.

Der Kardinal las die Nachricht ein zweites Mal, sorgfältiger diesmal, dann sah er beunruhigt zu dem geschlossenen Schrein hin. In der sündigen Gegend von Avignon konnten nur wenige von sich behaupten, dass sie einer göttlichen Erleuchtung teilhaftig geworden waren. Und doch konnte er sich jetzt zu diesen Auserwählten zählen.

Er musste nicht länger auf Nachricht von Pater Claret warten oder diese Hure Eudeline de Rocheblanche unter Druck setzen.

Nun wusste er genau, wo er zu suchen hatte.

Er musste nur warten, dass die Seuche endete.

Und selbst wenn er der einzige Mensch auf Erden wäre, würde er sich dennoch auf den Weg machen. Um seinen Ehrgeiz zu befriedigen.

21

Ferrara, San Romano
10. August

Wie viele Mönche fühlte sich Abt Andrea stets nicht recht wohl, wenn er auf öffentlichen Straßen unterwegs war, obzwar es bei ihm wohl eher an seiner Persönlichkeit als der klösterlichen Ausbildung lag. Vor Pomposa war er viele Jahre in lebhaften Städten wie Fano, Padua und Rimini tätig gewesen, wo er sich jedoch niemals an die vielen Menschen und den Lärm gewöhnt hatte.

An jenem Tag fehlten sie ihm allerdings beinahe.

Trotz der milden Vormittagssonne lagen die Straßen Ferraras vollkommen verlassen da. Es gab keine Stände mit Waren, keine Karren oder Händler, die für Leben in der Stadt sorgten. Sogar im Schatten der Kathedrale, wo sonst immer Pilger, Bettler oder Grüppchen von klatschenden Weibern herumstanden, herrschte völlige Stille.

Andrea war darüber zunächst erleichtert, doch als er über die Ursachen dieser Ruhe nachdachte, überfiel ihn Traurigkeit.

Seit Anfang des Sommers gab es keine Pestrufer mehr, die Seuche war zurückgefahren in die Hölle, aus der sie gekommen war, aber sie hatte drei Viertel der Bevölkerung mit sich genommen. Die Überlebenden zögerten noch, aus ihren Häusern hervorzukommen oder vom Land in die Stadt zurückzukehren, aus Furcht, sich doch anzustecken. Die wenigen, die schon ihre Häuser verließen, taten das klammheimlich, wie Katzen schlichen sie durch die Straßen oder schlüpften schnell in die Eingänge und blieben unterwegs niemals stehen.

Um dieser teuflischen Ruhe so rasch wie möglich zu entfliehen, durchquerte Andrea schnellen Schrittes die Piazza und das Viertel San Romano, während er sich auf die Beweggründe für seinen Aufenthalt konzentrierte. In den letzten Wochen hatte er sich häufig gefragt, was das Beste wäre, und als in ihm ein alter Wunsch wiedererwacht war, hatte er beschlossen, beim Bischof um eine Audienz zu ersuchen.

Als er den Palast der Kurie erreichte, hielt er kurz inne und betrachtete die Brandspuren, die seit dem letzten Winter die Mauern und die Arkaden des Eingangs verunstalteten. Anscheinend hatte Rocheblanches Rachetat nicht nur den stolzen Marchese Obizzo getroffen, sondern auch eine der renommiertesten Straßen der Stadt. Kopfschüttelnd und hin- und hergerissen, ob er diesen stürmischen Ritter für seine Tat eher tadeln oder loben sollte, steuerte er auf das Portal des Gebäudes zu.

Dort war keine Wache postiert, nur ein ziemlich unbeholfener Diener, der, nachdem er Namen und Grund des Besuches erfahren hatte, auf die Obergeschosse verwies, die das Feuer nicht erreicht hatte.

Seine Exzellenz Bischof Guido di Baisio saß an einem Fenster, von dem man einen weiten Blick über das Häusermeer Ferraras hatte, aus dem sich die Kirchtürme von Santa Giustina, San Biagio und Sant'Agata erhoben. Er trank Wein aus einem Zinnbecher und hing düsteren Gedanken nach. Als er Abt Andrea das Zimmer betreten sah, verjagte er seinen Kummer und schenkte ihm ein dankbares Lächeln, worauf dieser ihm einen höflichen Gruß entbot.

»Ich sehe, es geht Euch gut«, sagte der Bischof.

»Und Euch auch.« Andrea küsste seinen Ring, dabei fiel ihm auf, dass Guido immer noch den Bisamapfel um den Hals trug.

Der Bischof nickte. »Ich danke dem Herrn jeden Tag«, sagte er und bot Andrea einen Stuhl an.

»Ich hatte meine Zweifel, dass Ihr Euch wirklich so lange in Ferrara aufhalten würdet«, erklärte dieser. »Noch dazu ohne Wachen oder Diener.«

Der Bischof zuckte stumm mit den Schultern, dann ging er zu einem Tablett mit einer Karaffe und weiteren Bechern. Er füllte einen und brachte ihn seinem Gast. »Bologna ist noch nicht sicher«, erwiderte er ausweichend, »dazu kommen die Unannehmlichkeiten der Reise, die Gefahr, von Räubern überfallen zu werden …«

»Ich verstehe«, sagte Andrea. Man musste nicht besonders schlau sein, um zu begreifen, dass der Bischof nicht über die Gründe reden wollte, weshalb er sich noch in der Stadt aufhielt, und plötzlich fragte er sich, ob er nicht einen ungünstigen Moment für seinen Besuch gewählt hatte. Er stellte den Becher ab und stand auf. »Bis eben drängte es mich sehr, mit Euch zu reden«, gestand er, »aber jetzt merke ich, dass ich ungelegen komme …«

»Aber was heißt ungelegen?«, wehrte der Bischof ab. »Ihr habt mir das Leben gerettet! Wenn ich Euch in irgendeiner Weise behilflich sein kann …«

»Ihr habt bereits mit genügend Schwierigkeiten zu kämpfen«, erwiderte Andrea. »Euer Palast … Ich habe nicht erwartet, dass er in einem so schlechten Zustand ist …«

Der Bischof sah sich gleichgültig um. »Nichts, worum man sich sorgen müsste«, sagte er und forderte Andrea ebenso höflich wie bestimmt dazu auf, sich wieder zu setzen. »Die Mauern haben nicht gelitten«, erklärte er. »Die Schäden sind zum Großteil durch den Rauch verursacht.«

Obwohl der Bischof so leichten Herzens darüber sprach, war Andrea nicht beruhigt. Schließlich beherbergte er den Urheber dieser Schäden in seinen Mauern. »Auch im Namen von Maynard de Rocheblanche bitte ich Euch um Verzeihung.«

Der Bischof hob eine Augenbraue. »Rocheblanche!«, rief er. »Hat er immer noch vor, seinen Ruf wiederherzustellen?«

»Mehr denn je«, bestätigte Andrea, behielt allerdings dessen Gründe für sich. »Er will sich mit Marchese Obizzo aussöhnen. Selbst wenn er dafür seine Motive vor dem Rat der zwölf Savi darlegen muss.«

Der Bischof schwenkte den Becher und trank einen Schluck. Jetzt blickte er so finster und undurchdringlich, dass Andrea sich wieder unwohl fühlte. Der Bischof überlegte einen Augenblick, während er seinen Blick erneut über das Dächermeer schweifen ließ, das sich bis zum Viertel San Marco erstreckte.

»Ich könnte ein Treffen ermöglichen«, schlug er schließlich vor.

Andrea wehrte kurz ab und gab zu erkennen, dass er nicht wegen Maynard gekommen war.

Doch der Bischof blieb bei diesem Thema. »Sagt ihm, dass er zu mir kommen soll.« Dann hob er den Zeigefinger. »Aber warnt ihn, es ist gefährlich, erklärt ihm das. Er ist immer noch vogelfrei.«

Andrea blieb nichts anderes übrig, als sich dankbar zu zeigen, obwohl er ahnte, dass der Bischof noch einen verborgenen Beweggrund für sein Angebot hatte. »Ihr seid zu gütig«, stellte er knapp fest. »Erwartet jedoch nicht, dass Ihr Euch durch diesen Gefallen bei Rocheblanche einschmeicheln könnt.«

Das Lachen des Bischofs verwirrte Andrea. »Ich kann mir denken, dass Ihr meine Korrespondenz gelesen habt, als ich unter Eurem Dach weilte.« Er begleitete seine Worte mit einem jovialen Klaps auf Andreas Schulter, um ihn aus seiner Verlegenheit zu befreien. »Das ist keine Anklage. Ich an Eurer Stelle hätte genauso gehandelt.« Er setzte den Becher ab und stellte sich vor ihn hin. »Aber es überrascht mich, dass Ihr, obwohl Ihr wisst, dass ich treu zu Avignon stehe, in meinem Angebot Falschheit wittert. Schließlich habe ich es auch Rocheblanche zu verdanken, dass ich noch am Leben bin, und ich helfe ihm gerne, den Lapis exilii vor der Kirche zu verbergen.«

Andrea saß steif und aufrecht auf seinem Stuhl. »Eure Worte ehren Euch«, sagte er, »aber zugleich beunruhigen sie mich.«

»Ich habe Kardinal du Pouget über die Reliquien Christi unterrichtet, und ich habe es nicht bereut«, erklärte der Bischof. »Ich musste es tun, und Ihr werdet meine Gründe bald verstehen.«

Andrea erkannte, dass der Bischof überzeugt war, das Richtige getan zu haben, und konnte dies nachvollziehen, obwohl er selbst anderer Meinung war. Auf theologischer Ebene erahnte er Verbindungen zum Prinzip der Unfehlbarkeit aus der Maxime *Ecclesia ab errore immunis*, dank derer jeder hohe Kirchenmann stets ein reines Gewissen haben konnte. »Du Pouget …«, sagte er misstrauisch und seufzte. »Ihr wisst genau, dass dieser Mann Ferrara hasst. Was wird wohl Eurer Meinung nach geschehen, wenn Ihr seine Aufmerksamkeit auf diese Stadt lenkt?«

»Monsignore Bertrand hasst Ferrara keineswegs«, stellte der Bischof klar. »Er wollte es einst mit Bologna unter den Schutz von Avignon stellen, um es groß und mächtig zu machen.«

»Und hätte es beinahe zerstört, weil er dafür Soldaten und Spione einsetzte.«

»Soldaten und Spione, das mag wohl sein, aber doch zu einem guten Zweck.«

Die beiden Geistlichen saßen sich wie zwei Schachspieler gegenüber, unergründlich, beinahe freundlich.

Schließlich konnte Andrea sich nicht mehr zurückhalten. »Auch die Mutter von Gualtiero de' Bruni handelte aus lauteren Motiven. Habt nicht gerade Ihr mir das gesagt? Und doch habt Ihr sie gefangen gehalten und fortgeschickt.«

»Hättet Ihr es lieber gesehen, wenn Obizzo über ihre Anwesenheit in Ferrara in Kenntnis gesetzt worden wäre?«, gab der Bischof zurück. »Ihr wisst nichts über die Taten von Elisa d'Este. Dank Informanten wie ihr gelang es der Heiligen Mutter Kirche, die Lehen der Emilia und der Romagna zu kontrollieren. Doch diese Zeiten sind vorbei, und es ist sinnlos, die Vergangenheit wiederaufleben zu lassen, das würde nur die Beziehungen zwischen der Kurie in Ferrara und den Herren d'Este verschlechtern. Was ich selbstverständlich nicht zulassen kann.«

Andrea erkannte in diesem letzten Satz eine Warnung, die von einem entsprechenden Blick unterstrichen wurde. »Jetzt seht mich nicht so an!«, rief er verärgert aus. »Ich habe Euch geschworen, Stillschweigen zu bewahren, und das werde ich tun.« Es blieb später noch Zeit, sich als Feigling zu beschimpfen, jetzt musste er sich auf die Folgen einer Angelegenheit konzentrieren, die weitaus besorgniserregender waren. »Ich fragte mich nur, was mit dem Sohn geschehen würde, dem jungen Gualtiero, wenn er die Wahrheit erführe …«

Der Bischof senkte den Blick. »Ein Erbe von Passerino de' Bonacossi hätte in einer Welt voller Wölfe nur ein kurzes Leben«, sagte er düster. »Wenn also Euer Miniaturist vor der Pest fliehen müsste, seine Mutter wiederfinden und dann in diese Gegend zurückkehren würde …«

»Ich werde mich ab sofort bemühen, dass er Stillschweigen bewahrt«, erklärte Andrea schnell. Schließlich nahm er seinen ganzen Mut zusammen und fügte hinzu: »Und ich werde ihn beschützen.«

Der Bischof konnte sein beziehungsvolles Lächeln nicht verbergen. »Das obliegt also Eurer Verschwiegenheit«, sagte er bloß, dann setzte er wieder eine sanftmütige Miene auf. »Falls mir nicht etwas entgangen ist, weiß ich noch immer nicht, warum Ihr gekommen seid.«

Aber inzwischen hatte Andrea die Begeisterung verloren, die ihn hierhergeführt hatte. Er wollte jetzt bloß noch in die Einsamkeit seiner Abtei zurückkehren und diese verfängliche Unterhaltung beenden. »Ich habe Euch bereits genügend Umstände bereitet.«

»Hört doch mit dieser Komödie auf«, spottete der Bischof. »Ihr wirkt ja schüchterner als ein Novize.«

Da ihm die Erlaubnis verweigert wurde, sich zurückzuziehen, starrte Andrea den Zinnbecher an, den er auf die Lehne seines Stuhls gestellt hatte, und ihm wurde bewusst, dass er nicht einen Schluck daraus getrunken hatte. Hastig ergriff er ihn und stürzte die blutrote Flüssigkeit hinab.

»Nun gut, Ihr habt gesiegt«, sagte er schließlich. »Es geht um die Abtei.«

»Braucht Ihr Geld?«

»Nein, Euer Gnaden. Im Moment habe ich genug, um für die Belange des Klosters aufzukommen.«

Der Bischof nickte. »Ihr seid nur noch zehn, wenn ich mich recht erinnere.«

»Elf«, erklärte der Abt betrübt.

»Also?«

»Es geht um meine Hoffnungen auf eine spirituelle Erneuerung.«

»Ihr habt davon gesprochen, das stimmt, und ich erinnere mich, dass ich Euch ermutigt habe, Eure Träume zu verfolgen. Doch offen gesagt … Ich weiß nicht, ob es der Mühe wert ist. Meint Ihr, die Zeiten sind danach, eine noch strengere Ordnung als die Klosterregeln voranzutreiben?«

Andrea hatte einen ähnlichen Einwand erwartet. Die Pest hatte mit ihren vielen Opfern die Angst vor der Apokalypse genährt. Würde man nun diese Stimmung weiter anstacheln, würde man im Volk nur den Fanatismus schüren. »Ich will nicht die Strenge stärken«, erwiderte er, »sondern die Erleuchtung.«

Der Bischof musterte ihn aufmerksam. »Erklärt Euch.«

»Die Fresken im Kirchenschiff«, sagte Andrea, der nicht wusste, wie er beginnen sollte. »Sie sind alt und die Farben verblasst.«

»Ganz zu schweigen von der Apsis«, gab ihm der Bischof recht. »Ich will ja nicht unhöflich sein, aber es sieht ganz so aus, als hätte jemand mit einem Hammer darauf eingedroschen.«

»Das war Sigismondo de' Bruni«, erläuterte Andrea. »Er war gerade damit fertig, die Wand aufzuklopfen, um darauf eine neue Schicht mit Fresken aufzutragen, als er … verhaftet wurde.«

Der Bischof schlug sich in einem stummen *Mea culpa* vor die Brust, das mehr sagte als hundert Worte. Durch meine Schuld wurde er gehenkt, schien sein Blick zu bedeuten. Aus Angst vor dem, was er wusste. Damit er es niemandem weitersagen konnte … Er lächelte großmütig. »Daher sucht Ihr nun einen tüchtigen Maler.«

»So ist es, Exzellenz.«

Das Lächeln des Bischofs verwandelte sich in ein Grinsen. »Eure Vorschläge sind durchaus gewagt«, sagte er. »Mich erreichen Gerüchte vom Richter der Savi, der damit beschäftigt ist, neues Leben nach Ferrara zu bringen, die Hungersnot zu bekämpfen und die leer stehenden Häuser an fremde Adlige zu verteilen … und Ihr steht nun hier vor mir und seid bereit, Geld und Tatkraft auf ein Fresko zu verwenden?«

»Ich bin ein Benediktinermönch«, erwiderte Andrea. »Ich kenne keinen anderen Weg, Gott zu ehren, als durch Wissen und Schönheit.« Plötzlich hatte er seinen Mut wiedergefunden, zusammen mit seiner Leidenschaft, die durch Schmerz und Opfergeist belebt wurde. Als er seine Mitbrüder dahinscheiden sah, war ihm erneut bewusst geworden, wie flüchtig das Leben war, zu kostbar, um es mit Selbstmitleid und Klagen zu verschwenden.

»Splendor, nitor, lucor!«, rief er aus, als wolle er so die Schatten vertreiben, die ihn seit Jahren niedergedrückt hatten. »Diese Worte wurden mir eingebläut, als ich ein Novize war. Nun denn, auf dass ihre Botschaft durch diese Fresken eine neue Generation von Mönchen erreiche, auf dass wir alle nach dieser Geißel des Schwarzen Todes die Zukunft mit einem erneuerten Heilsversprechen angehen können.«

Der Bischof lauschte aufmerksam, während sich auf seinem Gesicht abwechselnd Misstrauen und Begeisterung widerspiegelten. Schließlich nickte er. »Ich habe Euch einen Wahnsinnigen genannt, aber deswegen verhöhne ich Euch noch lange nicht.« Er begann im Zimmer auf und ab zu gehen. »Vielleicht habe ich ja jemanden für Euch. Ein gewisser Vitale degli Equi aus Bologna. Vor einigen Jahren hat er mir gute Dienste geleistet, als er vier hölzerne mit Weiß und Gold bemalte Statuen anfertigte, die nun eine Nische unserer Kathedrale schmücken. Ich weiß nicht, ob er durch die Pest sein Leben gelassen hat oder durch die Hand von Gläubigern, aber wenn Ihr Euch ein wenig gedulden wollt, kann ich gleich Erkundigungen einholen.«

»Etwas Besseres kann ich mir nicht wünschen, Exzellenz«, dankte Andrea ihm. Und als er aufstand, stand es ihm endlich frei, den Raum zu verlassen.

Am nächsten Tag, zurück in Pomposa, ließ Abt Andrea nach Rocheblanche rufen.

»Willkommen zurück«, begrüßte ihn Maynard mit hochgezogener Augenbraue. »Ich habe von Eurer Reise nach Ferrara erfahren.«

»Es ging um nichts, was Euch betrifft«, gab Andrea gleichmütig zurück. Er kannte den misstrauischen Charakter Maynards zu gut, um nicht den Verdacht in seinen Worten zu bemerken. »Nichts«, wiederholte er, »außer einem einzigartigen Angebot von Bischof Guido.«

Maynard musterte ihn skeptisch. »Ihr habt ihm doch nicht zufällig etwas enthüllt …«

»Meint Ihr, ich wäre ein unbedarfter Jüngling?«, fuhr Andrea auf. »Ich habe ihm nur das Nötigste über Eure Umstände gesagt. Und aus irgendeinem dunklen Grund hat sich Seine Exzellenz angeboten, für Euch ein Treffen mit dem Marchese Obizzo zu arrangieren, und zwar vor dem Rat der Savi. Ganz so, wie Ihr es wünschtet.«

Maynard wägte diese Nachricht kurz ab, dann gewann sein Misstrauen die Oberhand. »Für mich riecht das nach einem Hinterhalt.«

»Selbstverständlich auch für mich.« Andrea nickte. »Trotz allem halte ich den Bischof nicht für so töricht, Euch ein Leid zufügen zu wollen. Ganz im Gegenteil habe ich den Eindruck, dass er Euch danken möchte.«

»Hat er das auch Euch gegenüber getan?«

Maynards sarkastischer Unterton ließ Andrea das Gesicht verziehen. »Ich bin der Meinung, dass Ihr die Gelegenheit wahrnehmen solltet«, schloss er. »Dass Ihr Euch von allen Anklagen freisprechen lasst und Euch wieder Obizzo d'Este annähert, könnte dringlicher sein, als wir es uns im Augenblick vorstellen können.«

»Was meint Ihr damit?«

Der lange Seufzer des Abts war eine mehr als beredte Antwort.

»Bischof Guido hat mir gestanden, dass er an Kardinal du Pouget geschrieben hat, ganz so, wie wir gefürchtet haben. Nun ist aus unserer Vermutung also eine Tatsache geworden. Nur Gott allein weiß, was der Bischof in diesem verfluchten Brief alles enthüllt hat.«

Maynard strich instinktiv über den Griff seines Schwertes. »Dann ist also der Zeitpunkt gekommen«, sagte er leise. »Nun denn, so sei es! Morgen schon werde ich mich zum Bischof begeben, um das Treffen mit dem Rat zu vereinbaren, und wehe ihm, wenn er irgendwelche Ränke gesponnen hat!«

Andrea nickte. »Ihr habt selbstverständlich meine uneingeschränkte Unterstützung. Inzwischen sagt mir, wie Ihr hofft, Euch von den Anschuldigungen des Marchese und des Rates freizusprechen.«

»Ihr habt recht, ehrwürdiger Vater«, sagte Maynard. »Setzt Euch also an Euren Schreibtisch und hört mir aufmerksam zu, denn von diesen Worten hängt nicht nur meine Freiheit ab, sondern auch Eure Ehre.«

22

Reims, Kloster Sainte-Balsamie
11. August

Als Robert erwachte, war Eudeline nicht mehr an seiner Seite. Rasch stand er auf und wusch sich das Gesicht in einer Schüssel. So glücklich wie schon seit Langem nicht mehr fragte er sich, ob es gerecht war, dies zu empfinden, nachdem er auf seinem Weg so viel Leid gesehen hatte. Doch er war zu wenig an solche Gedankenspiele gewöhnt, um sich die Frage beantworten zu können. Der Krieg und die Ritterehre hatten einen großen Teil seiner Jugend bestimmt und ihm einen klaren Weg vorgezeichnet, dem er folgen musste. Dem König zu dienen, Frankreich zu dienen, ohne dies je zu hinterfragen. Erst jetzt bemerkte er, dass solche Taten nur einen geringen Wert hatten.

Er hatte einen Freund auf dem Totenbett zurückgelassen, eine von der Pest zerstörte Welt durchquert und sich in einer unmöglichen Liebe verzehrt ... Das waren die wichtigsten Erfahrungen seines Lebens. Die intensiven Erlebnisse dieser wenigen Monate hatten ihn neu geformt, ihn sensibler und vielleicht auch weiser werden lassen.

Er überquerte den Klosterhof und schritt einen Weg entlang, der unter Dornengestrüpp und Unkraut zu verschwinden drohte.

Wie erwartet traf er Eudeline auf dem kleinen Friedhof an.

Bevor er zu ihr ging, blieb er hinter einem Baum verborgen stehen und beobachtete sie.

Etwas an ihr wirkte verändert, aber ihm blieb keine Zeit, darüber nachzudenken, als er ihr tränenüberströmtes Gesicht sah. Der Anblick versetzte ihm einen Stich ins Herz.

Erst gestern hatte er ihr enthüllen müssen, was mit Maynard geschehen war. Es hatte keine Worte gegeben, die den Schmerz darüber hätten lindern können, dass ihr Bruder in den Armen des Schwarzen Todes sein Leben ausgehaucht hatte. Selbst ihr zu erzählen, wie heldenhaft er sich bis zuletzt verhalten hatte, war ihr kein Trost gewesen.

Er verließ sein Versteck, trat zu ihr und umfasste tröstend ihre Schultern.

Sie entwand sich ihm. »Ich kann es nicht glauben«, sagte sie leise. »Ich kann und will nicht glauben, dass er tot ist.«

Robert senkte den Kopf und versuchte, die rechten Worte zu finden, um ihr Trost zu spenden. »Seine letzten Gedanken galten Euch.«

Eudeline umfasste sein Handgelenk. »Und habt Ihr gesehen, wie …«

»Nein, meine Liebe, nein«, sagte er. »Er war noch am Leben, als ich ihn verließ. Natürlich wollte ich bei ihm bleiben. Aber er hat mich gedrängt, so rasch wie möglich aufzubrechen.«

»Also besteht noch Hoffnung, dass er gesundet ist!«

»Klammert Euch nicht an barmherzige Hoffnungen. Ihr würdet später nur noch mehr leiden.«

»Aber ich fühle doch, dass –«

»Er ist tot, Eudeline.« Robert wischte sich eine Träne fort. »Tot! Mir selbst zerreißt es das Herz, dies zuzugeben, aber ich habe keinen Zweifel. Ich habe gesehen, in welchem Zustand er sich befand … habe gehört, wie schwach er atmete … Und ich … ich …« Hilflos sah er auf seine großen Hände.

»Es gibt keinen Grund mehr, hierzubleiben.«

Die Worte ließen ihn aufhorchen. »Was meint Ihr damit?«

Eudelines Züge wirkten auf einmal hart. »Die Pest ist schon vor den Toren und wird auf ein bereits durch die Pocken geschwächtes Reims stoßen. Ich habe alles verloren, Robert. Meine Güter, meine Sicherheiten, meinen Schleier. Einzig Ihr seid mir geblieben. Ihr und der Wunsch, an Maynards Grab zu weinen.«

Einen Augenblick lang sah Robert wieder die Löwin in ihr, diese leidenschaftliche Stärke, derentwegen er sich vor bereits so langer Zeit in die Frau unter dem Schleier verliebt hatte. Und er zweifelte nicht, dass dieses Wesen schon lange Zeit in ihr verborgen war und nur auf den rechten Moment gewartet hatte, in ein schreckliches Gebrüll auszubrechen und die Krallen in den Feind zu versenken.

»Meine Herrin«, sagte er, weil er sich dennoch verpflichtet fühlte, etwas einzuwenden, »Ihr wisst nicht, was es heißt, diese Hölle zu durchqueren …«

»Es geht um meinen Bruder!«, fuhr sie auf. »Ich werde um nichts in der Welt darauf verzichten, ihm die letzte Ehre zu erweisen.«

Robert lächelte beinahe befriedigt. »Einverstanden. Wir laden Euren gesamten Besitz auf einen Wagen und geben uns in die Hände Gottes.«

»Nur noch eins hält uns hier zurück«, sagte Eudeline. »Ich will Aleydis und ihre kleine Tochter wiederfinden.«

»Das ist Wahnsinn«, erwiderte Robert. »Die Straßen von Reims sind erfüllt von Gewalt und Tod. Diese Frau hat sich zum Tode verurteilt, als sie das Kloster verließ.«

Eudeline nickte. »Das ist mir bewusst. Aber die kleine Angélique …« Ihre Stimme versagte.

Robert strich ihr sanft über die Wange und trocknete ihre Tränen. »Ich werde noch heute nach ihr suchen«, versprach er ihr. »Aber Ihr müsst mir versprechen, dass Ihr hier in Sicherheit auf mich wartet.« Als Eudeline zustimmend nickte, verspürte er ein schlechtes Gewissen. Denn er war überzeugt, dass es für die Suche keine Hoffnung gab.

23

Aleydis lief, bis ihre Kräfte versagten, ihr Kind eng an sich gedrückt. Um sie herum wurde es immer dunkler. Nur der Instinkt, weit fort von hier zu fliehen, trieb sie noch an – fort von der Krankheit, der Reue, dem Tod, dorthin, wo sie niemand mehr erreichen konnte. Sie sah schon Kardinal du Pouget, Schwester Claire und den bösartigen Marcus drohend hinter sich auftauchen. Schreckliche Geister, die aus der Hölle kamen, um sich wegen ihrer Missetaten und ihres Versagens an ihr zu rächen.

Blind vor Fieber und Tränen quälte sie sich weiter über staubige Straßen, tausendmal flehte sie um Verzeihung in den Gassen einer Stadt, die zu einem undurchdringlichen Labyrinth geworden war. Und Angélique hörte nicht mehr auf zu weinen.

Sie hastete an grauen Mauern vorbei, durch ein stinkendes, sterbendes Reims, das dem Schmerz und dem Wahnsinn überlassen war. Und als sie in die Knie sank, zu müde, um sich ihren geisterhaften Verfolgern zu entziehen, begriff sie, dass sie nicht wieder aufstehen würde. Sie kauerte sich an eine Mauer, drückte ihre kleine Tochter an sich und konnte nicht glauben, dass es so enden sollte. Doch warum erstaunte sie das nur? Das Leben hatte es nie gut mit ihr gemeint. Seit sie sich erinnern konnte, hatte sie stehlen, lügen und betrügen müssen.

Dein Wille geschehe, dachte sie wütend. Sollten doch alle zur Hölle fahren, sie alle da draußen und sie selbst auch, wenn das der Wille des Herrn war. Ihr einziger Trost war, dass ihre kleine Angélique zu den Seligen ins Paradies kommen würde. Dieser tröstliche Gedanke genügte, dass sich ihre Stirn glättete und sie einschlief.

Im Traum sah sie noch einmal Äbtissin Eudeline vor sich, so edel, so schön wie eine Heilige. Sie war von weißem Licht umgeben, streckte die Hände aus, um ihr zu helfen.

»Ich habe Euch so geliebt …«, flüsterte Aleydis und lächelte sanft. »So sehr …«

Der Araber trug eine mit Gewürzsud getränkte Binde vor dem Gesicht, als er sich über die Frau beugte, die an der Mauer zusammengesunken war. Sanft strich er ihr eine Locke aus dem Gesicht, dann wich er zurück und schüttelte bedauernd den Kopf.

Sein Blick fiel auf das Bündel im Schoß der toten Frau, und er zögerte.

»Was ist los?«, fragte der Mann in der schwarzen Rüstung, der in der Mitte der Straße ungeduldig sein Pferd im Zaum hielt.

Bevor er antwortete, öffnete der Araber vorsichtig das Bündel und musterte dessen Inhalt. »Ein Kind«, erwiderte er dann. »Es lebt noch.«

»Für derlei haben wir keine Zeit!«

Doch der Araber hatte sich schon mit dem Säugling im Arm erhoben. »Ich glaube, es ist ein Mädchen.«

»Leg es sofort runter, verdammt!«, rief der Mann in der schwarzen Rüstung. »Hast du nicht den Fleck auf der Stirn bemerkt? Das sind entweder die Pocken oder die Pest, zum Teufel!«

»Ihr täuscht Euch, Herr.« Der Araber musterte das Kind aufmerksam. »Ich habe Erfahrung mit diesen Malen und bin mir sicher, dass dieses hier harmlos ist.«

»Und selbst wenn, willst du dich etwa um die Tochter einer Hure kümmern?«

»Habe ich nicht das Gleiche für Euch in Hispanien getan?«

Die Miene des Mannes in der schwarzen Rüstung versteinerte, dann spuckte er verächtlich aus. Er wollte schon eine seiner zahllosen Gemeinheiten ausstoßen, als sein Blick auf das kleine Wesen fiel, das wie durch ein Wunder dem Tod entkommen war. Staunen machte sich plötzlich auf seinem Gesicht breit. Wortlos stieg er vom Pferd und streckte die Hand nach dem Schmuckstück am Hals des Kindes aus.

Beim Anblick seiner eisenbewehrten Finger brach die Kleine in Tränen aus.

Fluchend zog er seine Hand zurück, entledigte sich hastig des eisernen Handschuhs und packte das edelsteinbesetzte Kreuz am Hals des Mädchens dann mit der bloßen Hand.

Erneut huschte Erstaunen über sein Gesicht, dann wurden seine Züge wieder hart. »Du kannst sie behalten«, sagte er schließlich tonlos. »Wenn sie meinen Schlaf nicht stört.«

»Ich danke Euch«, sagte der Araber, den diese Wendung verwirrte. »Darf ich dennoch den Grund für Euren Sinneswandel erfahren, Herr?«

Der Mann in der schwarzen Rüstung starrte noch einmal auf das Kreuz, musterte eingehend die Gravierung und dann die in der Mitte und an den vier Außenpunkten eingelassenen Edelsteine. Schließlich hielt er es dem Araber hin. »Wenn das kein Trugbild der Hölle ist, gehört dieses Kreuz meiner Tochter Eudeline.«

Bevor der Araber etwas erwidern konnte, hörte man das Klappern von Pferdehufen. Kurz darauf erschien ein Reiter aus einer nahen Gasse. Er ritt langsam vorwärts und sah sich suchend um.

Ein kurzer Blick auf ihn genügte dem Araber, um beunruhigt zu sein. »Erkennt Ihr ihn wieder, Herr?«, flüsterte er.

»Ich habe ihn schon einmal gesehen ...«

»Ich glaube, sein Name ist Vermandois. Vor einigen Monaten hättet Ihr ihn beinahe getötet.«

Die Hand des schwarzen Reiters ging zum Griff seines Schwertes. »Schlägst du mir vor, das Werk zu vollenden?«

»Das wird nicht nötig sein«, sagte der Araber. »Wir müssen nur hier im Verborgenen abwarten, dass er vorbeizieht.«

24

Ferrara, Domus Communis
13. August

Obwohl er bezweifelte, dass der Bischof in guter Absicht handelte, hörte Maynard auf Abt Andrea und ließ zu, dass Guido di Baisio für ihn eine Anhörung beim Rat der Savi arrangierte. Er konnte es sich auch gar nicht erlauben, wählerisch zu sein. Ihm allein wäre es niemals gelungen, Kontakt mit einer Gerichtsbarkeit aufzunehmen, deren Mitglieder und Funktionen ihm gänzlich unbekannt waren. Während seines Aufenthalts hatte er nur erfahren, dass es sich um einen aus zwölf Weisen bestehenden Rat handelte, der mit Justiz- und Verwaltungsaufgaben betraut war. Ein Richter, der zugleich der Berater des Marchese war, führte den Vorsitz. Seinen Namen allerdings kannte Maynard, und er hatte auch die scharfe Zunge des Toskaners bereits kennengelernt. Er erinnerte sich noch lebhaft an dessen boshaften Kommentar, als er im vergangenen Jahr zum ersten Mal am markgräflichen Hof erschienen war, und war sich deshalb gewiss, dass der Mann ihm auch jetzt kaum mehr gewogen war.

Auch aus diesem Grund zögerte er ein wenig, als er zur vierten Stunde den Eingang zum *Domus Communis* durchschritt, das auch Palazzo della Ragione genannt wurde, ein imposantes Gebäude, das sich am Eingang der Kontrade San Romano erhob. Vor zwei Tagen hatte er ein kurzes Gespräch mit dem Bischof gehabt, in dem dieser ihm Tag und Stunde für dieses Treffen genannt und ihm außerdem eingeschärft hatte, unbedingt pünktlich zu erscheinen. Obwohl sich Maynard wirklich wünschte, nicht mehr als vogelfrei zu gelten, fürchtete er zum ersten Mal in seinem Leben, der Situation nicht gewachsen zu sein.

Er fluchte deshalb stumm, während er sich dem hageren Soldaten näherte, der den Eingang bewachte. Es musste einfach gut gehen, redete er sich selbst zu.

»Mein Name ist Maynard de Rocheblanche«, sagte er. »Ich bin auf Anweisung Seiner Exzellenz des Bischofs hier, um den Rat der Savi zu bitten, mir eine Audienz zu gewähren.«

»Ich wurde über Eure Ankunft unterrichtet«, erwiderte der Wachsoldat. Nachdem er sich überzeugt hatte, dass Maynard keine Waffen trug, ließ er ihn passieren.

Bevor er weiterging, sah Maynard noch einmal hinauf zum wolkenverhangenen Himmel. Dabei bemerkte er, dass sich auf den Zinnen kein einziger aufgespießter Kopf befand. Anscheinend hatte die Pest schon zu viele Leben genommen, als dass die Gerichtsbarkeit des Marchese sich noch damit beschwerte, weitere zur Hölle zu schicken.

Vielleicht würde er nach vielen Monaten der Erste sein.

Der mit alten Fresken geschmückte Versammlungssaal war nur spärlich beleuchtet. Die Mitglieder des Rats hatten bereits ihre Plätze eingenommen, auf zwei langen Reihen mit jeweils sechs Holzsitzen, die an den Wänden entlang um die in der Mitte Sitzenden gruppiert waren: Obizzo III. d'Este, ganz in Schwarz gekleidet bis auf den weißen Adler, der auf den Ärmel seines Obergewands gestickt war, und Richter Filippo Migliorati. Der dritte Stuhl war leer geblieben; dort hätte der Bürgermeister Donaccio da Piacenza sitzen sollen, doch dieser war wegen wichtiger Angelegenheiten verhindert.

Als Maynard vor ihnen stand, wurde er aufgefordert, für das Protokoll Namen, Titel und Herkunft zu nennen. Dem kam er in knappen Worten nach.

Die Anwesenden, einschließlich Obizzo d'Este, hörten ihm scheinbar gleichmütig zu, obwohl jeder von ihnen genau wusste, welcher Verbrechen er angeklagt war.

Maynard wusste dieses Schweigen nicht zu deuten, doch er hielt seine Gefühle im Zaum, bis sich eines der ältesten Mitglieder des Rates an den Richter wandte und so die gespannte Stille durchbrach.

»Ich begreife nicht, warum man einem vogelfreien Verbrecher hier eine Anhörung gewähren sollte! Man lege ihn in Ketten, und dann sprechen wir das Urteil.«

»Das wäre bereits geschehen«, erwiderte Richter Migliorati seufzend, »hätte Seine Exzellenz der Bischof uns nicht auf einen Fehler während des Verfahrens hinsichtlich seiner Festnahme hingewiesen.«

»Sind wir vielleicht hier, um dem Bischof zu dienen?«, beharrte das Ratsmitglied.

»Nicht dem Bischof«, gab der Richter zurück, »sondern der Gerechtigkeit und der Stadt.«

Der Marchese schlug mit der Faust auf die Armlehne seines Stuhls, um das Wortgefecht zu beenden. »Man verlese die Anklagen«, befahl er finster.

Daraufhin erhob sich eines der zwölf Ratsmitglieder und verkündete mit lauter Stimme: »Maynard de Rocheblanche wird angeklagt, im vergangenen Oktober in den Bischofssitz von Ferrara eingedrungen zu sein und Vizdom Superanzio Orsini sowie elf seiner Wachen niedergemetzelt zu haben.« Er wartete ab, bis ein verknöcherter Notar das Ganze ins Protokoll aufgenommen hatte, dann fuhr er fort: »Nicht genug dieser Gewalttaten, hat der hier anwesende Rocheblanche einen Brand im Hof des betreffenden Gebäudes gelegt und damit dem Besitz der bischöflichen Diözese beträchtlichen Schaden zugefügt. Er wurde von den Häschern Seiner Gnaden noch an Ort und Stelle festgenommen, doch zwei Monate darauf ist er vermutlich mit der Hilfe eines Komplizen aus den markgräflichen Kerkern geflohen.«

Filippo Migliorati hörte der Anklage mit unter dem Kinn verschränkten Fingern zu und beobachtete dabei den Angeklagten. »De Rocheblanche«, sagte er schließlich, »versteht Ihr den Inhalt der Anklage?«

Maynard entging der Hohn nicht, der aus diesen Worten sprach, doch er blieb ungerührt und antwortete nur: »Ja.«

»Und Ihr wagt es noch, hier vor uns zu erscheinen?«

»Ja.«

»Warum? Warum seid Ihr nicht geflohen?« Nun klang der Richter beinahe verächtlich. »Für einen schlauen Mann, wie Ihr es wohl seid, wäre dies doch ein Leichtes gewesen.«

»Ich hätte dies getan, wenn sich bei mir Schlauheit nicht mit dem

Gefühl von Ehre und Ehrlichkeit die Waage halten würde«, gab Maynard zurück. »Oder anders gesagt, ich bin zu Euch gekommen, um meinen guten Ruf wiederzuerlangen und gleichzeitig Seiner Gnaden, dem Marchese, zu beweisen, dass er sich in Bezug auf mich geirrt hat.«

Obizzo machte eine verärgerte Handbewegung. »Bisher habt Ihr nur eins bewiesen, nämlich dass Ihr arrogant seid.« Er erhob sich nach kurzem Zögern, um sich direkt vor Maynard zu stellen. »Was wollt Ihr hier, Rocheblanche?«, fragte er wütend. »Wollt Ihr mich einmal mehr beleidigen?«

Maynard hielt seinem Blick stand. »Ich bin mir bewusst, dass ich Euch in vieler Hinsicht erzürnt habe, sowohl persönlich als auch öffentlich. Wenn ich mich für Ersteres bei Euch nur bei passender Gelegenheit entschuldigen kann, muss ich mich doch für Letzteres diesem edlen Rat stellen.«

Der Marchese wollte ihm schon eine entsprechend verächtliche Antwort geben, doch dann merkte er, dass dies hier nicht der Ort dafür war, und setzte sich wieder.

Der Richter der Savi wartete schweigend, ob der Marchese noch etwas hinzufügen wollte, dann wandte er sich an Maynard. »Nun gut, wir werden Euch anhören. Wir sind gespannt, wie Ihr Euch herausreden wollt.«

»Ich will mich nicht herausreden«, sagte Maynard zu Migliorati, doch sein Blick blieb auf den Marchese geheftet. Er wusste selbst nur zu gut, dass Obizzo nicht so sehr der Tod des Vizdoms quälte, sondern Lippas Betrug, doch er konnte jetzt nicht seiner Reue darüber Ausdruck zu verleihen, ebenso wenig, wie er zulassen konnte, dass Obizzo an ihm seinen Zorn ausließ. Ihm blieb nur eine Möglichkeit: Er musste ihm beweisen, dass er ein rechtschaffener Mann war, ein Ritter, der für Ehre und Wahrheit in den Kampf zog.

Er straffte sich, dann rief er: »Ja, ich habe Vizdom Orsini getötet und bin nicht hier, um deswegen Gnade von Euch zu erflehen. Ja, ich habe ihn getötet, und um dies zu tun, habe ich mich gegen seine Schergen zur Wehr setzen müssen, indem ich so viele wie möglich zum Teufel schickte. Der Brand im Hof des Bischofssitzes war nur eine unglückliche Folge der Ereignisse.«

»Ihr bestätigt hiermit nur noch Eure Schuld«, bemerkte der Richter, sichtlich aus dem Konzept gebracht.

»Ja, ich bin für den Tod eines Mannes verantwortlich, das will ich nicht leugnen.« Nun war es an Maynard, den Anwesenden mit einem stolzen Lächeln zu begegnen. »Aber ich werde beweisen, dass ich ein Recht zu dieser Tat hatte.«

»Habt Ihr den Verstand verloren?«, fuhr der Richter erbost auf.

»Nicht mehr und nicht weniger als Ihr alle, edle Herren.« Maynard musterte die Mitglieder des Rates der Reihe nach und genoss ihre Verwirrung. Endlich hatte er ein für ihn sicheres Gebiet erreicht, auf dem weder Gesetz noch Vorschrift ihm verbieten würden, seinen Mut zu beweisen. »Meine Handlung gegen den Vizdom erfolgte aufgrund eines schwerwiegenden Verbrechens, es handelte sich keineswegs um simple Rache. Ich habe ihn angegriffen, um eine unerträgliche Schmach zu tilgen, die keiner von Euch ungestraft hingenommen hätte.«

Maynard schwieg kurz und überzeugte sich, dass alle Anwesenden seinen Worten gefolgt waren. »Damit beziehe ich mich auf Ereignisse, die Ende Juli des vergangenen Jahres stattgefunden haben. Superanzio Orsini hat mich unter einem feigen Vorwand in die Kontrade der Rotta gelockt, mich dort hinterrücks mit einem Dolch angegriffen, sodass ich verwundet in den Padus stürzte. Allein der göttlichen Vorsehung verdanke ich es, dass ich diesen Angriff überlebt habe.«

Obizzo d'Este war der Einzige, der keine Verwunderung erkennen ließ. Er musterte Maynard mit wachsendem Hass. Auf sein Zeichen hin setzte der Richter die Befragung fort.

»Das sind hehre Worte, Maynard de Rocheblanche. Habt Ihr dafür auch Beweise?«

Maynard machte eine vage Handbewegung. »Ich könnte die ehrwürdigen Mönche als Zeugen berufen, die meine Wunde versorgt haben. Sie leben am Flussufer, in der Einsiedelei Santo Stefano della Rotta. Sie haben mich beinahe drei Monate gepflegt, während dieser Zeit war ich ans Bett gefesselt und unfähig, das Unrecht anzuzeigen, das mir widerfahren war. Der Marchese wird meine Abwesenheit bei Hofe wohl bemerkt haben.«

»Ich bin sicher, dass der Marchese Wichtigeres zu tun hatte«, sagte Migliorati spöttisch und blickte zustimmungheischend zu den zwölf Weisen. »Ganz offen gesagt, sind wir doch alle gut darin, in vorangegangenen Ereignissen eine Rechtfertigung für ein Gemetzel zu finden. Ich könnte hier eine Schar Lügner und Betrüger herbeirufen, die bezeugen würden, dass sie ihren gesamten Besitz durch Plünderungen während der Pest verloren haben«, sagte er und starrte wieder Maynard an. »Und was Eure wohltätigen Mönche betrifft, nehmen wir sogar einmal an, sie hätten die tödliche Seuche überlebt –«

»Überlassen wir die frommen Männer ihren Gebeten«, unterbrach ihn der Marchese, dann richtete er den Finger drohend auf Maynard. »Die Wunde, von der Ihr sprecht, könnt Ihr Euch irgendwo zugezogen haben.«

»Wollt Ihr mir damit etwa unterstellen, dass ich hierhergekommen bin, um Lügen zu verbreiten?«, fragte Maynard zornig.

»Was Ihr bezwecken wolltet, interessiert mich nicht«, erwiderte Obizzo, »genauso wenig wie Euer Angebot, mich für die Beleidigungen meiner Person zu entschädigen. Ihr versteht es meisterhaft, uns einzulullen. Ihr seid ein feiger Lügner, der nur eines will, unter einem Vorwand der Todesstrafe entgehen.«

»Ich kann Euren Hass ertragen«, fuhr Maynard auf, »aber nicht, dass Ihr mich derart beleidigt.«

Obizzo zuckte nur mit den Schultern. »Ehre muss man sich verdienen.«

»Mehr verlange ich auch nicht.«

»Wie meint Ihr das?«

Endlich war Maynard dort angelangt, wo er das Gespräch haben wollte. Die Einlassungen des Richters hatten ihn zwar kurz aus dem Konzept gebracht, aber der Stolz des Marchese hatte ihm in die Hände gespielt. »Da, wo ich herkomme«, erklärte er, »gibt es den Brauch, dass sich ein Mann vornehmer Herkunft von einer Anklage freisprechen kann, indem er sich einem Gottesgericht stellt, einer Probe, in der der Herr dessen Schuld oder Unschuld feststellt. Und da hierzulande die gleichen Bräuche gelten, fordere ich das Recht ein, mich mit jedem Mann im Zweikampf zu messen, der mich einen Lügner schimpfte.«

»Ihr Narr!«, zischte Migliorati. »Wollt Ihr es etwa wagen, das Schwert gegen unseren Herrn, den Marchese, zu erheben?«

»Nur, wenn er den Mut hat, meine Herausforderung anzunehmen«, erwiderte Maynard.

»Rocheblanche!« Der Marchese sprang erbost von seinem Sitz auf und hätte sich womöglich auf Maynard gestürzt, hätte ihn nicht der Richter am Arm gepackt und zurückgehalten. »Bezeichnet Ihr mich etwa als Feigling?«

»Das würde ich niemals wagen, Euer Gnaden.« Maynard war wieder ruhig, so ruhig wie ein Krieger, der sich auf die Schlacht vorbereitet. »Wenn Ihr meine Forderung nicht annehmt, wäre dies jedoch der Beweis dafür.«

Filippo Migliorati widersprach entschieden. »Seine Gnaden sind der Dominus von Ferrara. Selbst wenn er es wollte, dürfte er sein Leben nicht aufs Spiel setzen, um die Unschuld eines Niemands zu beweisen.«

»Dann soll er einen Kämpfer ernennen, der an seiner statt antritt«, schlug Maynard vor.

»So wird der Gerechtigkeit nicht Genüge getan«, beharrte der Richter.

Maynard verschränkte ungerührt die Arme vor der Brust. »Ich hingegen sehe keinen anderen Weg. Niemand von Euch, Ihr edlen Herren, hat bisher mein Recht in Frage gestellt, dass ich mich gegen das Unrecht Orsinis verteidigen durfte. Doch da ich keine Möglichkeit habe, meine Aussagen zu beweisen, bleibt mir nichts anderes, als mich auf das gleiche Recht zu berufen, um die Anschuldigungen zurückzuweisen, die ich als Verleumdungen ansehe.«

Obizzo war inzwischen wieder in seinen Sitz gesunken und wirkte nachdenklich. Kurz blitzte etwas in seinen Augen auf, doch es gelang ihm, seine Begeisterung zu unterdrücken. Dann, langsam und bedacht wie ein erfahrenes Raubtier, hob er seine Hand und zog damit die Aufmerksamkeit aller auf sich.

»Es sei, wie Ihr wollt, Rocheblanche«, sagte er und grinste höhnisch. »Binnen zwei Tagen werdet Ihr Euch mit einem Kämpfer meiner Wahl messen. Anlässlich des Turniers zur Feier von Mariä Himmelfahrt, das wir auch dieses Jahr trotz der unglücklichen Zeiten abhalten, um die Moral des Volkes und des gesamten Adels zu erheben.«

25

Wälder um das Kloster Mont-Fleur
14. August

Die Pest, unwegsame Wälder, die Wölfe – Gualtiero hatte alle Widrigkeiten seiner Reise überstanden und durchstreifte nun die Gegend um Saint-Savin-sur-Gartempe auf der Suche nach Villa Cerisii, bis er schließlich den Weg fand, der sich zwischen Bäumen zu dem Ort hinaufschlängelte, von dem Maynard gesprochen hatte. Erschöpft, mehr schlafend als wach, schlug er sich durch das dichte Unterholz, das kein Ende zu nehmen schien. Seit sein Pferd unerwartet gestorben war und er von dem Tag an den Rest der Reise zu Fuß zurücklegen musste, war er ohne Rast weitergelaufen, die eine Hand fest um den Reisesack geklammert, in der anderen das Basler Messer. Er lauschte aufmerksam auf jedes Geräusch. Mehr noch als die wilden Tiere fürchtete er seinen Verfolger aus Avignon. Obwohl er ihn seit jener Nacht in der Schenke nicht mehr gesehen hatte, spürte er doch, dass er dort irgendwo zwischen den Bäumen lauerte. Natürlich konnte es auch bloße Einbildung sein. Aber da er nicht sicher sein konnte, zwang sich Gualtiero, auch in der Nacht wach zu bleiben.

Er war am Ende seiner Kräfte und sein Kopf übervoll an Gedanken. Maynard hatte ihm zwar erklärt, wie er an seinen Bestimmungsort gelangte, doch er hatte ihm nichts darüber offenbart, was er dort vorfinden würde, und das beunruhigte ihn. Warteten dort weitere Prüfungen auf ihn? Obwohl er inzwischen weit herumgekommen war, fürchtete Gualtiero, dem nicht gewachsen zu sein.

Und doch schritt er voran, allerdings trieb ihn nicht nur die Neugier an. Inzwischen waren alle seine Vorräte aufgebraucht, und er musste dringend eine Herberge finden, wenn dieser verfluchte Wald nicht sein Grab werden sollte.

Eine Bewegung zwischen den Zweigen riss ihn aus seinem Dämmerzustand, und er ging schneller. Noch drang helles Sonnenlicht von oben durch das Blätterdach und vermittelte ihm eine gewisse Sicherheit. Nach Einbruch der Nacht würden die wilden Tiere nicht mehr so scheu sein.

Doch schnell wurde ihm klar, dass er die Lage falsch eingeschätzt hatte. Es mochte zwar noch taghell sein, trotzdem sprang jetzt ein riesiger Wolf vor ihm aus dem Gebüsch. Das mächtige Tier mit seinem von Silberstreifen durchzogenen schwarzen Pelz baute sich zähnefletschend vor ihm auf.

Gualtiero wich zurück und zückte sein Messer. Wenn er doch nur noch sein Pferd hätte! Vergeblich sah er sich nach einem Fluchtweg um. Er hätte höchstens auf einen Baum klettern können, doch das Raubtier würde ihm nicht die Zeit dazu lassen. Ihm blieb keine Wahl, er musste kämpfen. Reglos stand er da, das Herz in seiner Brust klopfte so heftig, dass er es fast hören konnte. Er war nicht sicher, ob er noch über die nötige Kraft für einen solchen Zusammenstoß verfügte.

Die Augen des Wolfes leuchteten gelb. Gualtiero zwang sich, nicht hineinzustarren, sondern richtete seine Aufmerksamkeit auf die Pfoten des Tiers, um nicht von einem Angriff überrascht zu werden. »Verschwinde!«, schrie er und schwang verzweifelt sein Messer. »Weg da!«

Der Wolf zögerte einen Moment, dann ließ er ein so grauenerregendes Knurren vernehmen, dass sich auch dem abgehärtetsten Krieger die Haare gesträubt hätten. Und sprang vor.

Gualtiero konnte gerade noch ausweichen, dabei stieß er seinen langen Dolch nach vorn. Doch der Hieb ging ins Leere, und der Wolf griff erneut an. Diesmal gelang es ihm, Gualtiero zu Boden zu reißen. Der Wolf hatte eine enorme Kraft und bewegte sich blitzschnell. Gualtiero sah seine scharfen Fänge direkt vor seinen Augen, und er versuchte, sich mit dem linken Arm zu schützen.

Heftiger Schmerz durchfuhr ihn, und er schrie auf. Die Zähne des Wolfes drangen durch sein Fleisch bis auf die Knochen und gaben ihm einen Vorgeschmack auf das, was ihm drohte, wenn er sich einfach seinem Schicksal ergeben würde. Er besann sich, dass er immer noch das Basler Messer in der Hand hielt, und bohrte es in einem verzweifelten Aufbäumen in eine Pfote des Wolfs, woraufhin dieser sich jaulend zurückzog.

Gualtiero sprang auf die Füße, bereit, sich zu verteidigen. Und schon war der Wolf, den die Wunde nur noch wilder gemacht hatte, wieder über ihm. Gualtiero versuchte, ihn ein zweites Mal zu treffen, doch damit stachelte er die Wut des Tieres nur weiter an. Zähnefletschend umkreiste es ihn, bis es einen seiner Knöchel zu fassen bekam und sich darin verbiss.

Gualtiero fiel erneut zu Boden und versuchte, den Wolf abzuschütteln, doch es gelang ihm nicht. Er spürte, wie die Zähne durch das Leder seines Stiefels drangen, und trat in Todesangst nach der Schnauze des Tieres.

Der Wolf sprang zurück und fletschte erneut die Zähne, bereit, sein Opfer endgültig zu erledigen.

Der Pfeil schnellte beinahe geräuschlos heran. Erbarmungslos streckte er das Tier nieder, das daraufhin kraftlos zu Boden sackte.

Gualtiero fuhr herum und erspähte zwischen den Bäumen den Bogenschützen, der schon einen zweiten Schuss vorbereitete. Groß und schlank zeichnete sich seine Gestalt in der Tunika mit Kapuze ab, die Stiefel waren mit Lederbändern über die Knöchel geschnürt. Noch während er sich fragte, ob er diesen Bogenschützen mehr fürchten musste als den Wolf, sah er, dass dieser den Pfeil in den Köcher zurücksteckte und zu dem Tier ging, um ihm den Gnadenstoß zu versetzen. Dann kam der Fremde zu Gualtiero, schlug die Kapuze zurück und enthüllte darunter zu seiner Überraschung das Gesicht eines Mädchens.

»Könnte Ihr laufen?«, fragte sie ihn mit dem blutigen Dolch in der Hand.

Gualtiero wollte aufstehen, doch ein heftiger Schmerz fuhr ihm durch den verwundeten Knöchel. »Nur mühsam«, murmelte er.

»Ihr habt Glück, dass ich Eure Schreie gehört habe«, sagte das Mädchen. »Nur Verrückte und Dummköpfe wagen sich in diesen Wald.«

»Ich suche ein Kloster«, erklärte Gualtiero vage eingedenk seines Versprechens an Maynard, niemandem sein Ziel zu verraten. Doch er benötigte dringend Hilfe, und das Mädchen hatte ihn »Fremder« genannt, daher war sie wohl hier heimisch. Er sah ihr eindringlich in die hellen, wachen Augen. »Das Kloster Mont-Fleur.«

Sie wich zurück. »Aus welchem Grund?«

»Ich habe eine Botschaft für den Abt.«

Gualtiero fürchtete schon, einen Fehler begangen zu haben. Doch dann sah er, wie sie ihren Dolch einsteckte und zu ihm kam, um ihm aufzuhelfen. Sie war stark und ein gutes Stück größer als er. Sie roch nach dem Harz und dem Moos der Wälder.

»Stützt Euch auf mich«, sagte sie. »Ich bringe Euch nach Mont-Fleur.«

26

Sie erreichten Mont-Fleur nach einem kurzen Fußmarsch. Als Gualtiero die Umgrenzungsmauern des Klosters aus dem dichten Wald auftauchen sah, wunderte er sich, wie nahe sie herangekommen waren, ohne dass er es bemerkt hatte. In seinem Knöchel pochte es schmerzhaft, auch wenn Matilde – so hieß die junge Jägerin, die ihm zu Hilfe gekommen war – vor allem die Armwunde Sorgen machte.

Nach all dem, was ihm zugestoßen war, konnte Gualtiero immer noch nicht fassen, dass er auf eine barmherzige Samariterin getroffen war. Matilde hatte ihm geholfen, ohne sich darum zu kümmern, ob er von der Pest oder einer anderen Seuche befallen war, so als hätte sie keine Angst vor einer möglichen Ansteckung. Außerdem war da eine Unergründlichkeit in ihrem Blick, eine heitere Gelassenheit, die in Zeiten wie diesen selten geworden war. Konnte es sein, dass er an den einzigen Ort der Welt gelangt war, wo man keine Verzweiflung kannte?

Die Antwort auf diese Frage erhielt er, noch ehe er die Befestigungsmauern des Klosters durchschritt, als er von freundlichen Menschen empfangen wurde, die sich sofort bemühten, seinen Durst zu stillen und ihn medizinisch zu versorgen. Zum Großteil waren es Soldaten, obwohl sie keine Wappen oder andere Zeichen trugen. Sie lebten mit ihren Familien in größter Einfachheit in Steinhäusern, die an der äußeren Wehrmauer von Mont-Fleur erbaut waren.

Matilde überließ Gualtiero deren Händen und zog sich in ein kleines Gebäude zurück, um dort mit einer Schar älterer Männer zu reden. Bei ihrer Rückkehr hatte sie ihren Bogen und den Dolch abgelegt. Sie trug ein Skapulier und ein Gewand aus weißem Leinen, ganz ähnlich dem Mönchshabit der Kamaldulenser.

»Folgt mir«, sagte sie zu Gualtiero.

Er gehorchte und durchschritt zusammen mit ihr die Wehrmauer. Dahinter folgten sie einem Kiesweg, über dem sich ein bedrohlich wirkender Glockenturm erhob. Die Klosterkirche war längst nicht so beeindruckend wie die Kathedralen in den großen Städten oder die Basiliken berühmter Mönchsorden, doch sie wirkte ausgesprochen feierlich. Über der Lünette des Portals war ein großartiges Relief vom Jüngsten Gericht angebracht, das die Hölle – oder vielleicht auch den Teufel persönlich – in Form eines großen Mauls darstellte, das die Verdammten verschlang.

»Das *Gorgoneion*«, flüsterte Matilde, als wollte sie ihm Angst einjagen.

Gualtiero folgte seiner hochgewachsenen Führerin, während er sich den Kopf zermarterte, was er wohl dort drinnen vorfinden würde. Er konnte sich kein Geheimnis vorstellen, das so wichtig war, dass ein furchtloser Mann wie Maynard de Rocheblanche für dessen Verteidigung sein Leben opfern würde. Während seiner Reise hatte er ununterbrochen versucht, das Rätsel des Lapis exilii zu lösen, doch er hatte immer noch nichts begriffen. Und nun befand sich dieses Geheimnis nur noch wenige Schritte entfernt.

Als sie den Narthex durchschritten, konnte er sein Staunen nicht verhehlen. Die Wände des Schiffes waren vollständig mit Fresken bedeckt.

Es handelte sich um einen Bibelzyklus oder eine *Biblia pauperum*, wie man gemeinhin sagte, da durch sie sogar der Ärmste im Geiste die Erzählungen der Heiligen Schrift erfassen und begreifen konnte. Gualtiero genügte ein Blick, um zu erkennen, dass sie mehr waren als eine reine Geschichtensammlung. Ihre wahre Botschaft wurde durch die Geschehnisse der *Historia salutis*, von der Erschaffung Adams bis zu den Posaunen des Jüngsten Gerichts, nur vage angedeutet, und doch trat sie zuweilen mit Macht hervor, wenn beispielsweise die Überführung der Bundeslade, die mystischen Wehen Mariens bis zur Auferstehung des Lazarus oder der Rächer, dem ein scharfes Schwert aus dem Mund kommt, um sich gegen Ende der Apokalypse in die Schlacht zu werfen, besonders hervorgehoben wurden.

Gualtiero verharrte lange reglos davor und verlor sich in den verschiedenen Stationen der menschlichen Rettung, wie sie die Weisheit der Theologen vorsah. Seine Müdigkeit verflog, weil er herausfinden wollte, wer ein so geniales Werk – wenn auch nach alter Schule – geschaffen hatte, und gleichzeitig spürte er den wachsenden Wunsch, unverzüglich zu Pinsel und Farbe zu greifen.

Auch ich kann das!, rief eine Stimme in ihm.

Es war keine Überheblichkeit, die aus ihm sprach, sondern sein Können, das dank des mürrischen Sigismondo während der langen Tage im Skriptorium von Pomposa in ihm herangereift war, und auch Gevatter Tod, dessen vielfältige Gestalten er unterwegs allesamt kennengelernt hatte, hatte seinen Teil dazu beigetragen.

Ihm kam es vor, als würde er aus einem Traum erwachen, als er bemerkte, dass sich ihm ein alter Mönch näherte. Er sah, wie Matilde sich verneigte und respektvoll den Blick senkte. Der alte Mann zog ihn sofort in seinen Bann. Das musste der ehrwürdige Abt Manessier sein. Der Mann, der es geschafft hatte, Maynard de Rocheblanche zu faszinieren – oder zu ködern.

Er erinnerte Gualtiero an einen der alten Heiligen, die in der »Legenda aurea« von Jacobus de Varagine beschrieben wurden. Seine weißen Augenbrauen und die knotigen Hände, die sich fest um den Hirtenstab legten, vermittelten zunächst den Eindruck kriegerischer Strenge, doch das Lächeln, das nun hervorblitzte, milderte diesen sofort.

»Siehst du, Matilde?«, sagte der Abt erfreut. »Durch die Art, wie jemand betrachtet, unterscheidet sich ein kluger Mensch von einem Armen im Geiste.«

»Nun ja«, sagte Matilde spöttisch, »wenn er diesen Blick nicht hätte, würde man ihn wohl für einen gewöhnlichen Bauern halten.«

»Lerne, dich mit Augen wie diesen umzusehen«, ermahnte sie der Abt. »Und nun lass mich mit dem Fremden allein.«

Matilde zögerte, aber auf einen Wink des alten Mannes hin entfernte sie sich.

Abt Manessier schwieg zunächst. Er stellte sich neben Gualtiero und studierte mit undurchdringlicher Miene die Fresken des Kirchenschiffs. Gualtiero ahnte, dass dieser geheimnisvolle Mann gleich ein Gespräch eröffnen würde, das über eine gewöhnliche Unterredung hinausging. Er spielte dessen Spiel mit, blieb allerdings auf der Hut.

»Erfreut Euch, was Ihr seht?«, fragte der Abt schließlich.

»Wie seit Langem nichts anderes«, erwiderte Gualtiero und seufzte.

Der Abt löste seinen Blick von den Bildern und musterte ihn eingehend. »Ihr seht aus wie jemand, der durch die Asche der Unterwelt gewatet ist.«

»Wenn es doch nur die Unterwelt gewesen wäre! Doch es war die Welt der Lebenden. Zumindest war sie dies früher einmal.«

Abt Manessier nickte, während er sich wieder den Gemälden widmete und leise etwas vor sich hinmurmelte, bis er bei der drastischen Darstellung der Kreuzigung innehielt. Er schloss die Lider, als würde ihn die Gewalt in dem Bild verletzen. »Von woher kommt Ihr?«

»Von der Abtei Pomposa«, antwortete Gualtiero. »Mich schickt Maynard de Rocheblanche.«

Verwunderung glitt über das Gesicht des Abts. »Der Ritter …« Seine Stirn umwölkte sich. »Wie unvorsichtig von ihm! Er hatte mir geschworen, er würde niemandem von diesem Ort erzählen, und dann … dann …«

»Maynard war dazu gezwungen«, sagte Gualtiero hastig. »Es war einer seiner letzten Wünsche, ehe er sich dem Tod anheimgab.«

»Oh Herr! Wie ist das geschehen?«

»Die Pest.«

Manessier neigte den Kopf und wollte sich schon auf einer Kniebank niederlassen, doch dann stützte er sich lieber auf den Hirtenstab. »Das tut mir leid … über alle Maßen leid! Möge seine rastlose Seele Frieden finden …«

Gualtiero fragte sich, in welcher Beziehung Maynard zu Manessier stand. »Er hat mich beauftragt«, fuhr er fort, »Euch zwei Botschaften zu überbringen.«

»Ich höre.«

»Zunächst lässt er sich entschuldigen. Obwohl er es bis zuletzt versucht hatte, ist es ihm nicht gelungen, die beiden verschwundenen Reliquien zu finden. Er hat das nicht näher erläutert, aber er hat mir versichert, dass diese Worte genügen würden, damit Ihr es versteht.«

»In der Tat verstehe ich, mein Sohn«, sagte der Abt, »und ich bedaure es unendlich.«

»Die zweite Botschaft«, fuhr Gualtiero fort, »betrifft dagegen eine große Bedrohung, die auf Euer Kloster zukommt.«

Manessier sah ihn an. »Eine Bedrohung, sagt Ihr ... von welchem Ausmaß?«

»Kaiser Karel von Böhmen und Kardinal Bertrand du Pouget. Maynard sagte, sie beide seien auf der Suche nach einer Reliquie, die man Lapis exilii nennt.«

Der Abt wiederholte die beiden Namen leise. Sein Blick war kalt und hart geworden, sodass Gualtiero unwillkürlich ein Stück zurückwich.

»Zwei überaus mächtige Feinde«, sagte Manessier schließlich. »Wisst Ihr, über welche Informationen sie verfügen?«

»Nein, ehrwürdiger Vater. Und ich bezweifle, dass Maynard mehr darüber gewusst hat.«

»Auf jeden Fall ist seine Warnung sehr wertvoll.«

In dem Moment erinnerte sich Gualtiero an seine wichtigste Aufgabe. Er öffnete seinen Reisesack, holte den Kardinalsring und die Pergamentrolle mit dem Rätsel des Lapis exilii hervor und reichte sie dem Abt. »Indem ich Euch diese Gegenstände übergebe«, erklärte er, »kann man meine Aufgabe als erfüllt betrachten.«

Manessier musterte das Dargereichte sehr aufmerksam, dann nickte er und ließ beides in einer Tasche seiner Kutte verschwinden.

»Was hat Euch Rocheblanche über den Lapis exilii enthüllt?«, fragte er.

»Nichts«, antwortete Gualtiero. Doch er spürte die Augen des Abts weiter unerbittlich auf sich ruhen, als erforschten sie sein Gesicht, ob er log. Er dachte an die Nächte, die er ruhelos über den Sätzen des Rätsels verbracht hatte, und plötzlich hatte er das Gefühl, dass der alte Mann es *wusste*. Er widmete sich wieder den Fresken mit den schrecklichen Szenen der Apokalypse. Bei diesem Anblick wuchs sein Schuldgefühl.

»Allerdings«, gestand er schließlich, »habe ich das Pergament gelesen.«

Manessier stieß mit seinem Stock auf dem Boden auf. »Gegen das Verbot von Rocheblanche, vermute ich.«

»Ich bitte um Vergebung, Pater. Ich war neugierig ...«

»Und habt Ihr den Sinn verstanden?«

Immer noch den Bildern zugewandt machte Gualtiero eine vage Handbewegung. »Ein wenig, da ich in den letzten Monaten im Skriptorium von Pomposa etwas Latein erlernt habe«, antwortete er, hielt damit jedoch einen Teil der Wahrheit zurück. Vielleicht irrte er sich ja, aber seit er die Klosterkirche betreten hatte, grübelte er über den Lapis exilii nach. Ganz unwillkürlich, wie ihm jetzt allmählich bewusst wurde. Ausgelöst worden waren seine Gedanken durch eine Gestalt, die auf der Ostwand dargestellt war.

Der Abt schien sich zu entspannen. »In dem Fall befreie ich Euch von allen Verpflichtungen, die Euch binden. Ihr habt meinen Segen, kehrt einfach wieder dorthin zurück, woher Ihr gekommen seid –«

»Auf ein Wort, wenn es mir gestattet ist.« Mit wachsender Erregung betrachtete Gualtiero das Bild, das ihn so beschäftigte. Es war ein Engel mit riesigen gefiederten Flügeln, der gerade einen vollkommen runden Mühlstein aufheben wollte. Unter ihm hatte der unbekannte Maler von Mont-Fleur ein sturmbewegtes Meer dargestellt. »Diese Szene …«, murmelte er. »Ich habe sie schon einmal gesehen … Halt, nein. Ich habe sie schon einmal *gelesen.*«

»Seid Ihr sicher?«, fragte Manessier.

»Ja«, antwortete Gualtiero.

Der skeptische Ausdruck des Abts konnte ein geheimes Vergnügen, ja beinahe eine hoffnungsvolle Vorfreude nicht verhehlen. »Bestimmt meint Ihr die Stelle der Apokalypse, in der der Engel einen Mühlstein ins Meer wirft, um das Ende Babylons anzukündigen!«

»Diese Stelle meine ich nicht«, beharrte Gualtiero, »sondern einen Text, den ich erst kürzlich gelesen habe. Etwas, das ich in Händen hielt … Ja, die erste Zeile des Rätsels vom Lapis exilii. Der Mühlstein … der Mühlstein des Engels …«

Manessier lächelte und dann zitierte er: *»Missam ut molam ab angelo in mare est Lapis exilii situs in Monte floris.«*

Während er sich eifrig bemühte, den Mühlstein hochzuheben, schien der Engel auf dem Fresko Gualtiero spöttisch zu mustern, sodass ihm das Geheimnis, das ihn umgab, noch unergründlicher vorkam.

Ja genau, ich bin es, schien er ihn zu verspotten. *Und jetzt, was folgerst du daraus?*

Gualtiero ließ den Blick über das Bilderlabyrinth gleiten, suchte nach einer Antwort in den unzähligen Fresken des Kirchenschiffes. Bis sein geschultes Auge an einem ungewöhnlichen Detail hängen blieb. Es war auf die Wand gegenüber dem Engel gemalt und hatte ein ganz anderes Motiv, allerdings gab es auch hier einen Gegenstand, der im Aussehen an den Mühlstein erinnerte.

Zuerst wunderte sich Gualtiero, wie so ähnliche Formen in derart unterschiedlichen Zusammenhängen auftauchen konnten, dann war er verwirrt. Und er ahnte die Wahrheit.

»Das hier ist er, nicht wahr?« Er zeigte auf das Fresko. »Das hier ist der Lapis exilii.«

Abt Manessier, der seine Gedankengänge verfolgt zu haben schien, antwortete schlicht: »Das ist nur eine Darstellung davon«, dann legte er ihm eine Hand auf die Schulter. »Aber allein weil Ihr ihn erkannt habt, habt Ihr verdient, den wahren Lapis exilii zu sehen.«

Gualtiero wich einen Schritt zurück. »Ehrwürdiger Vater …«, stammelte er. »Ich bezweifle, dass ich dessen würdig bin …«

»Habt keine Furcht, mein Sohn«, beruhigte ihn Manessier. »Seit meiner Wahl zum Abt seid Ihr der Erste, der dank seines Verstandes erkannt hat, was eigentlich für alle offensichtlich sein sollte. Würdiger als Ihr könnte niemand sein.«

Gualtiero zauderte noch immer und starrte den ungewöhnlich geformten Gegenstand an, der seinen Verstand für die Erleuchtung geöffnet hatte. Er dachte an den Maler, der den Auftrag gehabt hatte, ihn darzustellen, an sein meisterliches Können, das von der Weisheit eines Eingeweihten gelenkt worden war.

»Einverstanden, Vater. Ich werde Euch folgen«, sagte er. »Davor befriedigt allerdings bitte meine Neugier und erzählt mir von dem Meister, der diese Fresken angefertigt hat.«

»Das werde ich«, antwortete Manessier. »Und dann führe ich Euch in die Krypta von Mont-Fleur. Selig sind Eure Augen! Denn sie werden erkennen.«

Zwei Tage später brach Gualtiero von Mont-Fleur auf. Sein Herz barst schier vor neuen Vorsätzen. Er konnte das Bild dessen, was er stundenlang in der Krypta des Klosters bewundert hatte, nicht aus seinem Kopf verbannen, und allein beim Gedanken daran stieg neue Rührung in ihm hoch. Wenn die anderen nur wüssten ... Wenn nur die ganze Welt wüsste! Abt Manessier allerdings hatte ihm mit äußerster Strenge ein Schweigegelübde abgenommen. Keiner durfte von einem solchen Schatz erfahren, falls er nicht dank seines eigenen Verstandes in der Lage war, dessen Existenz zu erkennen. So wie er.

Andere Gedanken wirbelten ihm durch den Kopf. Er wollte dorthin zurückkehren, von wo er aufgebrochen war. Er wollte Pomposa wiedersehen, mit dem ehrwürdigen Andrea sprechen und Isabeau seine Liebe erklären ... Und etwas Großartiges schaffen, das von dem Licht künden würde, das ihm in Mont-Fleur das Herz erleuchtet hatte.

Auf dem Rotfuchs, den ihm der alte Abt geschenkt hatte, preschte er durch den dichten Wald um das Kloster und dann weiter nach Süden auf der Suche nach dem günstigsten Weg zu den Alpenpässen.

Als er jedoch an eine Brücke kam, über die er einen Fluss überqueren musste, sah er, wie ihm ein Reiter den Weg versperrte.

Es war der Spion aus Avignon.

»Da ist ja der Sohn von Elisa d'Este«, höhnte der Mann und zückte sein Schwert. »Jetzt werdet Ihr mir verraten, was Euch hierhergetrieben hat, oder ich werde Euer Leben beenden.«

Gualtiero hatte keine Wahl. Hier gab es weder Zuflucht noch Ausweg. Keine Hoffnung, diesen Schurken zu besänftigen.

Er musste kämpfen.

27

Ferrara, Piazza der Kathedrale
15. August

Verglichen mit dem vorangegangenen Pferderennen des Palio war die Piazza nicht sehr belebt. Eingedenk des schrecklichen Sterbens, das vor wenigen Monaten in der Stadt gewütet hatte, konnte einem schon das Herz aufgehen vor Freude, dass überhaupt so viele Menschen zur Feier von Mariä Himmelfahrt zusammengekommen waren. Es mochten ungefähr hundert Leute aus dem einfachen Volk sein, magere Gestalten und noch nicht allzu sehr zum Jubeln aufgelegt. Maynard freute sich vor allem, unter ihnen viele Kinder zu entdecken, denn sie waren wie die Alten am zahlreichsten von der Pest dahingerafft worden.

Dieser Gedanke schenkte ihm nur kurzen Trost, dann wandte er seine Aufmerksamkeit wieder dem Ort des Zweikampfes zu. Der Platz, etwa dreißig Ruten lang und weniger als zwanzig breit, war rundum von den Menschen umgeben, die sich auf ein übliches Turnier aus Anlass des Feiertages freuten. Mehr darüber wussten die Adligen, die auf einer mit Girlanden geschmückten Tribüne saßen; ein großer Baldachin, der vor das Portal von San Romano gespannt war, schenkte ihnen Schatten. Viele von ihnen waren neu in Ferrara. Es hieß, dass der Richter der Savi wahre Wunder vollbracht habe, um die Reihen des von der Seuche dezimierten Adels wieder aufzufüllen, indem er herrenlos verbliebene Palazzi und Ländereien an fremde Familien von hohem Stand veräußerte. Lästerzungen behaupteten, er habe sich dabei persönlich bereichert, aber Maynard hätte auch so in ihm den Leichenfledderer erkannt.

Da war er auch schon, Filippo Migliorati, der die letzten Vorbereitungen überwachte. Gerade überprüfte er die Ausrüstung des Kämpfers, der für den Marchese antrat. Dessen Name war Werner von Urslingen, ein berüchtigter Söldnerhauptmann schwäbischer

Herkunft. Einst hatte er im Dienst von Pisa gestanden, doch seit drei Jahren zog er nun mit seiner Söldnerschar durch die Ländereien der Toskana und verheerte sie. Er hatte sich über die Gelegenheit gefreut, seinen Beutel weiter zu füllen, und war dem Aufruf von Obizzo d'Este gern gefolgt.

Tatsächlich hatte der Marchese mit ihm eine ausgezeichnete Wahl getroffen, überlegte Maynard. Von Urslingen war von beeindruckender Statur, und so, wie er sich in seinem Plattenharnisch bewegte, schien er an blutige Zweikämpfe gewöhnt.

Im Gegensatz zu ihm trug Maynard nur einen Kettenpanzer, den er bei einem Schmied in Ferrara erworben hatte. Obwohl dessen Glieder eher grob und ungenau ineinander vernietet waren, hatte man ihm versichert, dass das Eisen aus einer Schmiede bei Mailand stamme. Als Waffen hatte er sein Langschwert und das Stockschwert gewählt; ersteres hatte er am Sattel befestigt, und das zweite steckte in seinem Waffengehenk. In Einklang mit den Regeln hatte er sich auch Schild und Lanze besorgt. Besonders die Lanze war ausgezeichnet gefertigt, mit einer Brechscheibe vor dem Griffstück bestand sie außer der metallenen Spitze vollständig aus Holz.

Nur noch wenig Zeit verblieb, ehe das Horn geblasen würde. Maynard bestieg seinen furchtlosen Rappen und ließ ihn zur Mitte des Platzes traben, während er das Publikum musterte. Seine ganze Aufmerksamkeit galt den Zuschauern auf der Tribüne. Unter den wichtigsten Würdenträgern stach besonders Obizzo d'Este hervor, der ihn grimmig anlächelte, als Maynard ihm einen soldatischen Gruß entbot, dann ließ er seinen Blick auf dem jungen Aldobrandino ruhen, der neben dem Vater saß. Der Junge wirkte verstört, wahrscheinlich war er hin- und hergerissen zwischen Zuneigung und Enttäuschung. Maynards Augen glitten weiter, und er entdeckte nicht weit vom Marchese entfernt Bischof Guido, so ausdruckslos wie eine Sphinx; ganz am Rand des schattigen Baldachins, saß Abt Andrea, der sich sichtlich unwohl fühlte unter all den Menschen, die sich wie Pfauen herausgeputzt hatten. Maynard hob die Lanze und ließ den Seidenwimpel mit dem Wappen des Hauses Rocheblanche – ein weißer Turm auf blauem Grund – im Wind wehen.

Dann hatte er keine Zeit mehr für derlei Ablenkungen.

Auf ein vereinbartes Zeichen hin nahm er seine Position am Ende des Platzes ein und wartete hoch zu Ross in hundert Schritt Entfernung von seinem Gegner. Nun stieg seine Anspannung, erfüllte jede Faser seines Körpers so stark, dass sie sich auch auf seinen Rappen übertrug. Er straffte sanft die Zügel, um sich und das Pferd unter Kontrolle zu behalten, dann überprüfte er noch einmal, ob jede Waffe und jeder Schutz an seinem Platz waren.

In der Zwischenzeit hatte sich Filippo Migliorati in die Mitte des Platzes begeben und hob nun die Arme, um die Aufmerksamkeit des Publikums zu gewinnen.

»Volk von Ferrara!«, rief er laut. »Wir haben uns hier am Feiertag von Mariä Himmelfahrt versammelt, um nicht nur einem gewöhnlichen Turnier beizuwohnen, sondern einem Zweikampf, bei dem die Unschuld oder die Schuld von Chevalier Maynard de Rocheblanche erwiesen wird, der angeklagt wird, grausam und zu Unrecht den Vizdom des Bischofs, Superanzio Orsini, und viele andere Soldaten getötet zu haben. Da er mit dem Schiedsspruch des Marchese und des Rates der Savi nicht einverstanden war, beruft der hier anwesende Ritter sich auf das Recht, den eigenen guten Glauben durch ein Waffenordal zu beweisen und daher im Zweikampf dem auserwählten Helden unseres geliebten Dominus zu begegnen. Es geschehe also der Wille des Herrn, auf dass der Gerechte über den Lügner obsiege!«

Dann entfernte sich der Richter. Kaum hatte er den Platz freigegeben, brandete beim Klang des Horns der Jubel der Menge auf.

Maynard bekreuzigte sich, packte Schild und Lanze mit fester Hand, gab seinem Rappen die Sporen und hielt geradewegs auf seinen Gegner zu. Pfeilschnell legte er die Hälfte der Strecke zurück, der mächtigen Gestalt des Werner von Urslingen entgegen.

Der Schwabe galoppierte mit zwischen den Schultern eingezogenem Kopf und richtete die Lanze nach vorn. Schnell und gedrungen, fast als wären Mann und Reittier eins, kam er auf Maynard zu. Dieser hielt bis zum letzten Moment den Schild gesenkt und zielte mit der Lanzenspitze auf den Helm des Gegners. Er nahm nichts wahr, weder Lärm noch Anstrengung, spürte nur die Kraft in sich wachsen, die er zu lange unterdrückt hatte.

Danke, Herr!, dachte er. Nach Monaten in Verstecken und auf der Flucht erkannte er schließlich das Ziel, für das er geboren war, trotz all dieser erbärmlichen Figuren, die nicht wussten, was Ehre und Stolz bedeuteten. Ein kurzer Augenblick genügte ihm, um jede Enttäuschung abzuwerfen und wieder zu dem furchtlosen Ritter zu werden, der bei Crécy gegen einen tödlichen Pfeilhagel gekämpft hatte. Nichts und niemand würde ihn in diesem Moment davon abhalten, sich seinen guten Namen zurückzuerobern.

Die plötzlichen Schreie der Menge trugen den Trauerschleier davon, der sich für endlose Monate über Ferrara gelegt hatte, und brachten das Blut einer Stadt in Wallung, die sich danach sehnte, neu geboren zu werden. Und unter dem schwindelerregenden Geschrei der Menge näherten sich die Gegner auf eine Rute Entfernung an.

Kurz vor dem Aufeinandertreffen sah Maynard, wie sich die Lanze seines Gegners absenkte und auf seine Brust zielte. Er hob den Schild und hielt mit der Rechten unerbittlich auf von Urslingens Kopf zu. Ein schwieriger Stoß, beinahe unmöglich zu treffen. Der Schwabe, der bis zuletzt die Bedrohung unterschätzt hatte, war gezwungen, trotz schlechter Sicht zu parieren.

Der Aufprall hallte so laut über den Platz, dass das Publikum verstummte. Lanzen trafen auf Schilde, und dabei wurden beide Reiter aus dem Sattel gehoben.

Mit einem unterdrückten Aufschrei fiel Maynard auf die Erde und rollte sich von seinem Pferd weg. So schnell wie möglich erhob er sich wieder und musste feststellen, dass seine Lanze zerbrochen war. Der riesenhafte Werner stürmte schon zu Fuß mit erhobenem Schwert auf ihn zu. Beim Zusammenstoß hatte er seinen Helm verloren, und so konnte man jetzt seine blutverschmierten strohblonden Haare sehen.

Maynard hob den Schild und wurde gleich darauf fast taub, als der Schwabe mit lautem Schrei auf ihn einhieb. Von der Wucht des Aufpralls wurde er zurückgeworfen, ohne jedoch zu Boden zu gehen, dabei bekam er einen Schultergurt seines Gegners zu fassen. Er zerrte heftig daran und zwang ihn so in die Knie.

Die Menge quittierte die Aktion mit Jubelschreien, aber Maynard hörte sie kaum. Er nutzte seinen Vorteil, rannte zu seinem Pferd, warf den Schild weg und riss sein Schwert vom Sattel. Gerade noch rechtzeitig, um einem zweiten Angriff auszuweichen.

Beim folgenden Schlagabtausch gelang es Maynard, die Mensur zu erweitern. Als seine Lanze auf den gegnerischen Schild geprallt war, hatte er sich am rechten Arm eine Zerrung geholt. Mehr Sorgen bereitete ihm allerdings sein Rücken – im Fallen musste er sich eine ernsthafte Verletzung zugezogen haben, die nun zu schmerzen begann.

Wütend aufschreiend bedrohte Werner von Urslingen ihn mit einem schnellen Hieb. Als Maynard parierte, spürte er den Schlag bis in die Schultern, doch er konnte die Mensur schließen und den Schwaben mit dem Ellenbogen am Kinn treffen.

Von Urslingen schwankte, doch er fiel nicht. Seine Statur und seine Rüstung verliehen ihm die Standfestigkeit eines Felsblocks. Allerdings war er ziemlich langsam in seinen Bewegungen, was Maynard sich zunutze machte und ihn mit einem Hieb an der Ferse überraschte. Die Klinge drang nicht durch die Beinröhre, doch die Wucht genügte, um den Riesen zu fällen.

Der Jubel des Volkes war nichts im Vergleich zum ungläubigen Staunen und dem anschließenden Zorn, die sich auf Obizzos Gesicht abzeichneten. Maynard warf ihm einen flüchtigen Blick zu. In wenigen Augenblicken würde Werner sich wieder erheben. Doch Maynard war schneller.

Kurz suchte er unter den Umsitzenden nach Abt Andrea, entdeckte ihn und nickte ihm verstohlen zu. Dann packte er in einer ebenso flüssigen wie eleganten Bewegung das Schwert bei der Klinge und schwang es wie eine Keule, um dem Schwaben mit dem Knauf einen brutalen Schlag an die Schläfe zu verpassen.

Unter den ungläubigen Blicken des Publikums fiel von Urslingen wie ein abgeschlachteter Stier.

»Wohlan, meine Herrschaften!« Maynard riss sich den Helm vom Kopf und warf ihn zu Boden, während er die Adligen auf der Tribüne musterte. »Gibt es noch jemanden, der darauf brennt, meinen guten Glauben in Zweifel zu ziehen?«

In der darauffolgenden Grabesstille wirkte es einen Moment so, als wollte der Marchese es selbst versuchen.

»Nein, Euer Gnaden!«, flehte ihn Bischof Guido an und beugte sich schnell zu ihm. Er konnte allerdings nicht die staunende Bewunderung für diesen mutigen Einsatz verhehlen.

Doch Obizzo d'Este beachtete den Prälaten nicht weiter und erhob sich. Er ging ein paar Schritte, legte dann die Hände auf die Brüstung und starrte zunächst in die Menge, dann auf den Ritter. »Ihr habt Euch Ehre gemacht, Rocheblanche.«

Da er eigentlich eine Beleidigung erwartet hatte, musste Maynard unwillkürlich lächeln. »Nur für Euch, Herr«, gab er gleichermaßen stolz zurück. »Und für meine Ehre natürlich.«

Der Marchese machte eine verächtliche Geste. »Glaubt ja nicht, dass Ihr meine Gunst ähnlich schnell zurückerobern könnt.«

Doch davon ließ sich Maynard nicht beirren. Gleichmütig betrachtete er den schwäbischen Söldner, der immer noch bewusstlos am Boden lag, dann blickte er wieder zum Marchese. »Ich werde jede Prüfung ertragen, die Ihr für angemessen haltet, um eines Tages Eure Freundschaft erneut zu gewinnen«, verkündete er. »Aber glaubt mir, edler Obizzo, das gereicht eher Euch als mir zum Nutzen. Denn ehe dieser Tag zu Ende geht, werdet Ihr erkennen, dass Ihr meine Dienste dringend benötigt.«

Ohne ein weiteres Wort verabschiedete er sich mit einer Verbeugung und bestieg sein Pferd, frei, seiner Wege zu ziehen, wohin immer er mochte.

28

Südlich von Paris
13. September

Robert auszuschicken, um in den Straßen von Reims nach Aleydis und Angélique zu suchen, war vergebens gewesen. Nach diesem neuerlichen Schicksalsschlag hatte Eudeline jedoch schnell ihre Enttäuschung beiseiteschieben müssen, weil nun alles vorbereitet werden musste, damit sie zusammen mit Robert die Stadt verlassen konnte. Während ganz Frankreich unter der Last der Geißel, die jetzt sogar Paris erreicht hatte, in eine Schreckensstarre verfallen war, hatten die beiden Liebenden alles, was nicht niet- und nagelfest war, auf einen Ochsenkarren geladen und sich auf den Weg nach Süden gemacht, um einen sicheren Weg zu den Alpentälern zu finden.

Hinten auf der Ladefläche des Karrens hatte Eudeline – gut verborgen unter den Säcken mit den Lebensmittelvorräten – die Truhen mit dem Schatz des Hauses Rocheblanche wie auch dem Vermögen von Sainte-Balsamie verstaut. Nachdem sie so viele teure Menschen verloren hatte und man ihr alles bis auf den Titel genommen hatte, wollte Eudeline den Schakalen nichts hinterlassen, die das Kloster nur ausplündern würden. Außerdem hoffte sie, sich mit diesen Mitteln ein neues Leben an der Seite von Robert aufbauen zu können, vielleicht irgendwo in der Nähe von Ferrara, wo sie dem Grab ihres Bruders nahe sein konnte.

Sie waren inzwischen seit einem Monat unterwegs und gönnten sich nur die nötigsten Ruhepausen. Robert hatte einige Male seine Waffen gegen Wegelagerer einsetzen müssten, aber je weiter sie nach Süden kamen, desto weniger Menschen begegneten ihnen. Als ob die Pest auf ihrem Weg übers Land alles Leben ausgelöscht hätte. Robert allerdings wusste, dass es sich nicht so verhielt, und deshalb machte er sich Sorgen. Ihm waren Gerüchte von gefährlichen Aufständen im Languedoc zu Ohren gekommen, wo sich aufgepeitschte Horden aus dem Volk gegen die Adligen und Vermögenden auflehnten. Er hatte es Eudeline gegenüber nicht erwähnt, um sie nicht zu beunruhigen, und betete jeden Tag zum Herrn, er möge ihn gesund erhalten, damit er sie verteidigen konnte.

Aber als es Herbst wurde, verschloss der Herr seinen Bitten das Ohr.

Sie waren in der Nähe von Vézelay, als Eudeline, die das Ochsengespann lenkte, sah, wie der neben ihr sitzende Robert in sich zusammensackte und um ein Haar vom Karren gefallen wäre.

»Robert!«, schrie sie.

Er schreckte auf, klammerte sich am Bock fest und setzte sich dann wieder aufrecht hin. Das bereitete ihm offensichtlich so viel Mühe, dass Eudeline den Wagen anhielt.

»Fühlt Ihr Euch wohl?« Sobald der Karren stand, beugte sie sich über ihn und untersuchte ihn aufmerksam. Jetzt fiel ihr auf, wie bleich und schweißgebadet er war. »Robert! Antwortet mir! Fühlt Ihr Euch wohl?«

Robert verzog das Gesicht und schloss die Lider. Ungesunde Schatten lagen unter seinen Augen.

»Mein Gott, nein!« Eine dumpfe Vorahnung bohrte sich in Eudelines Brust wie eine eiskalte Klinge. Sie musste den fast körperlichen Schmerz unterdrücken und allen verbliebenen Mut zusammennehmen.

Nicht er!, wiederholte sie immer wieder. Nicht er.

»Wo ist es?«, fragte sie und rüttelte ihn an der Schulter. »Sagt mir, wo es ist!«

Robert lächelte sie leidend an. Schließlich zog er schier unerträglich langsam den Kragen seiner Tunika herunter und zeigte ihr eine violette Blase unten am Halsansatz.

»Sagt mir, dass Ihr mich liebt, meine Herrin. Wenigstens ein Mal.«

Eudeline wischte ihm das Gesicht mit ein wenig Gaze ab und mied seinen Blick, lieber starrte sie in das bleiche Licht, das zum Fenster hereinfiel. Sie hatten unweit des Weges in der Scheune eines verlassenen Gehöfts Unterschlupf gefunden. Fast hätte sie sich einreden können, sie befände sich immer noch innerhalb der Klostermauern und wäre immer noch die Frau von einst. Aber in ihr war nichts von dem vom eigenen Vater missbrauchten Mädchen geblieben, ebenso wenig wie von der selbstbewussten Äbtissin von Sainte-Balsamie.

»Ich liebe Euch, Robert.«

Er schloss die Augen und kostete die Worte einzeln aus.

Genau wie sie.

Ein Klagelaut brachte sie in die Wirklichkeit zurück, und sie bemerkte, dass Robert sie wieder betrachtete. Seine grünen Augen musterten sie wie zum letzten Mal.

»Jetzt geht … lasst mich hier zurück.«

Eudeline schüttelte den Kopf. »Ich bleibe bei Euch.«

»Das dürft Ihr nicht«, widersprach er. »Hier gibt es nichts als den Tod.«

»Ihr irrt Euch.« Eudeline wischte sich eine Träne weg und sah ihn stolz an; Löwin, so hatte Robert sie einmal bezeichnet. Fast musste sie lächeln.

»Hier gibt es wesentlich mehr, mein Geliebter. Hier ist der einzige Grund, warum die Welt noch weiter existieren soll.«

29

Abtei Santa Maria di Pomposa
20. November

Abt Andrea hatte aufgehört, einzig in der Heiligkeit und den Möglichkeiten des Geistes die Mittel zu sehen, um sich selbst zu erhöhen. Jetzt erfüllte er wie ein braver Handwerker seine täglichen Pflichten. Die Neubelebung der Abtei von Pomposa war zur zentralen Aufgabe seines Daseins geworden, und er arbeitete verbissen Tag und Nacht daran, ohne sich weiter mit eitlen, selbstgefälligen Träumen aufzuhalten. Er bot seine tägliche Mühsal Gott zum Opfer an, ohne mehr zu erwarten als den Gehorsam des Klosters. Zehn Mönche waren ihm geblieben, und er tat alles, damit sie jeden Moment ein Leben erfahren konnten, das ganz der Weisheit und dem Gebet gewidmet war.

Das Geld von Rocheblanche hatte ausgereicht, um ihm die Dienste von Vitale da Bologna zu sichern, von dem er baldige Nachrichten erwartete. In der Zwischenzeit hatte er ein wenig den Klosteralltag geordnet, um ihn zurück zur strengen Regel des heiligen Benedikt zu führen. Es war nicht leicht gewesen, aber schließlich gaben erneut Stille, Mäßigung und das Gebet den Rhythmus der Tage in Pomposa vor, bis man den Schatten des Todes und der Verzweiflung ganz aus diesen Mauern vertrieben hatte.

Doch es durfte auch nichts dem Vergessen anheimfallen. Andrea hatte lange über die Geißel der Pest nachgedacht und sich, angeregt von Maynards Überlegungen, gefragt, ob die Menschheit wirklich der Apokalypse entronnen war. Dass er nach dieser langen Nacht des Todes jeden Morgen wieder erwachte, hatte in ihm das Bewusstsein geschärft, mehr als ein Überlebender zu sein. Er war ein Zeitzeuge. Und als solcher hatte er die Pflicht, die Erinnerung an diese erneuerte Allianz zwischen Gott und den Menschen zu bewahren.

Er blickte vom Lesepult auf und trat ans Fenster, weil ihn das Knarren von Holz neugierig gemacht hatte. Ein Ochsenkarren rollte heran.

Zunächst meinte er, es müsste Mastro Vitale da Bologna sein. Doch dann bemerkte er, dass eine Frau auf dem Bock saß. Er hätte gesagt, sie wäre eine Nonne, wenn nicht ihre langen Haare offen im Wind geflattert hätten.

Gespannt eilte er die Treppe hinab.

Seit Längerem widmete sich Maynard dem Studium der Bücher. Nach seinem glorreichen Sieg zu Mariä Himmelfahrt hatte er weiter in der Abtei gewohnt und wartete nun darauf, dass Marchese Obizzo ihm eine Audienz gewährte. Er hatte ihm bereits unzählige Briefe geschrieben und ihm seine uneingeschränkte Bereitschaft angeboten, sich wegen der unseligen Angelegenheit mit Madonna Ariosti und jeder anderen erlittenen Beleidigung Genugtuung zu verschaffen. Doch vom Hof von Ferrara war bislang noch keine Antwort gekommen.

Maynard verstand den Zorn des Marchese, doch konnte er es sich nicht leisten, einen so mächtigen Verbündeten zu einem Zeitpunkt zu verlieren, da der schicksalhafte Schatten von Kardinal Bertrand du Pouget auf die Ländereien des Padus zu fallen drohte. Durch einige Nachforschungen, die Abt Andrea diskret durchgeführt hatte, hatte er erfahren, dass der Kardinal ebenfalls der Pest entgangen war. Und gewiss würde er sich schon bald wieder auf die Suche nach dem Lapis exilii machen.

Maynard konnte nur abwarten und sich die Zeit mit Lektüre vertreiben. Glücklicherweise gab es in der Bibliothek von Pomposa nicht nur theologische Schriften, sondern auch lateinische Klassiker, darunter eine Kopie der »Äneis« von Vergil.

Im Augenblick grübelte er unter einem Baum im Hof sitzend über einer Passage aus diesem Werk:

Facilis descensus Averno;
noctes atque dies patet atri ianua Ditis;
sed revocare gradum superasque evadere ad auras,
hoc opus, hic labor est.

Abt Andreas Stimme ließ ihn von der Lektüre aufblicken, und während ihm die Verse noch durch den Kopf gingen, sah er, dass der Abt nicht allein war. Eine blasse Frau von edlem Anschein war an seiner Seite.

Das Buch fiel zur Erde, er flüsterte tonlos einen Namen, und ohne zu merken, wie er zu ihr gekommen war, stand er vor ihr. Erschüttert, überglücklich.

»Eudeline …«

Fassungslos streichelte sie sein Gesicht. Ihre Miene erzählte von Kummer und Leid, ihre Hand zitterte. »Maynard … Ich dachte … du wärst tot …«

Er ließ sie weiter seine Wange erforschen, dann die Haare, bis ihn die Gefühle überwältigten und er sie in seine Arme nahm und fest an sich presste. Und während er ihr Schluchzen hörte, wollte er ihr alles erzählen und gleichzeitig alles hören, wollte wissen, aus welchem Grund sie hierhergekommen war, und dann dem Herrn für das ungeheure Glück danken, das er ihm geschenkt hatte. Aber aus seinem Mund kam nichts als Lachen.

EPILOG

NOVISSIMA TEMPORA

1

Ferrara, Kloster Sant'Antonio Abate
25. November

Isabeau war unter den Ersten, die der französischen Nonne begegneten, und anfangs gelang es ihr nicht, hinter deren Fassade aus kühler Zurückhaltung zu blicken. Eine schöne und stolze Frau; es hieß, sie käme aus Reims und sei adliger Herkunft. Die Äbtissin von Sant'Antonio hatte ihr zeitweilig Zuflucht im Kloster gewährt und sie wie einen geschätzten Gast unter den Mitschwestern aufgenommen. Mehr konnte Isabeau nicht über Schwester Eudeline herausfinden, bis diese dann selbst auf sie zukam.

Es war am Rande des Kreuzgangs während der nachmittäglichen Ruhepause. Isabeau saß unter einem großen Kirschbaum und betrachtete gerade zwei Drosseln, die nebeneinander auf einem Zweig hockten, als sie bemerkte, dass Schwester Eudeline mit verschränkten Armen unter einem Bogen stand und sie beobachtete.

Sie grüßte und kam auf sie zu. »Maynard hat mir von Euch erzählt«, begann sie leise in sanfter *Langue d'Oil.*

Isabeau betrachtete sie verblüfft. »Maynard …?«

Eudeline versicherte sich zunächst, dass niemand sie belauschte, dann nickte sie. »Seid unbesorgt«, sagte sie verschwörerisch. »Ich werde Euer Geheimnis niemals verraten. In meinen Augen bleibt Ihr seine kleine Schwester, also auch die meine.«

Isabeau konnte immer weniger glauben, was sie da hörte. Trotz der offensichtlichen Zurückhaltung dieser Frau und des schwarzen Benediktinerinnengewandes konnte sie sich nicht vorstellen, dass sie eine einfache Nonne vor sich hatte. »Dann seid Ihr also …« Sie ließ den Satz unbeendet und entdeckte nun eine Ähnlichkeit zwischen dieser geheimnisvollen Frau und ihrem Retter. Der Bogen der Augenbrauen, die Form der Nase, die Art, wie sie ihre Lippen kräuselte … »Das ist doch nicht möglich!«, rief sie aus.

»Doch, das ist es«, versicherte ihr Eudeline. Sie setzte sich neben sie und lehnte sich mit dem Rücken gegen den Baumstamm, auch dabei büßte sie nichts von ihrer anmutigen Zurückhaltung ein. »Er hat mir anvertraut, dass Ihr ihm harten Widerstand geleistet habt, bis es ihm gelungen ist, Euch hierherzuschaffen.«

Obwohl sie ein eher misstrauischer Mensch war, spürte Isabeau, dass sie Eudeline vertrauen konnte. Vielleicht lag es an der Traurigkeit, die niemals aus ihren Zügen verschwand. Oder auch einfach daran, dass Isabeau seit Monaten keine Möglichkeit mehr gehabt hatte, sich einem vertrauten Menschen mitzuteilen.

»Jetzt geht es mir gut«, erwiderte sie, »abgesehen von der Langeweile natürlich.«

»Gerade habt Ihr diese Drosseln beobachtet, als wolltet Ihr Euch am liebsten zusammen mit ihnen in die Lüfte erheben«, scherzte Eudeline, doch ihr Gesicht blieb ernst dabei.

Isabeau zuckte mit den Schultern. »Ich habe schon öfter an Flucht gedacht«, räumte sie ein, »wäre da nicht …«

Völlig unerwartet erlaubte sich Eudeline die Freiheit, ihr einen Finger auf die Lippen zu legen und sie so zum Verstummen zu bringen. »Die Welt hinter den Klostermauern ist grausam und brutal.« Da war er auf einmal – mit entwaffnender Heftigkeit hatte sich ihr innerer Schmerz den Weg nach draußen gebahnt, gepaart mit dem herrischen Ton derjenigen, die es einst gewohnt war, Befehle zu geben. »Habt es nur nicht so eilig, Euch den Stürmen des Lebens auszusetzen«, mahnte sie. »Ich habe in letzter Zeit schon viele Menschen verloren, die mir teuer waren, so viele, dass … ich mich erschöpft fühle. Und deshalb habe ich mich entschlossen, nachdem ich meinen geliebten Bruder wieder in die Arme schließen durfte, mich in dieses Kloster zurückzuziehen. Ihr solltet dankbar für den Schutz sein, den er Euch bietet, dankbar für die Sicherheit vor den Schrecken der Welt.«

Isabeau konnte nicht umhin, Mitleid für Eudeline zu empfinden. Dennoch bemerkte sie unter deren Erschöpfung eine kaum gezügelte Wut. »Ist es denn wirklich so furchtbar?«, fragte sie plötzlich. »Ich meine, die Pest.«

»Ihr könnt es Euch nicht vorstellen, meine Liebe.« Eudeline schloss die Lider. »Aber noch schlimmer sind die Menschen.«

Isabeau war aufmerksam genug, um zu begreifen, dass dies nicht nur ein Gemeinplatz war. Andererseits hatte sie sich nur scheinbar für die schlimmen Folgen der Pestilenz interessiert, weil sie abwägen wollte, inwieweit sie mit jemandem über ihre größten Sorgen sprechen konnte, der über die Alpen gereist war. Dann tat sie es.

»Ein Freund … ein junger Mann, der mir sehr am Herzen liegt …«, fing sie an, »ist im vergangenen Frühling nach Frankreich gereist. Und ich … weiß nicht, wie sicher es ist, dass er zu mir zurückkehrt.«

Eudeline drückte nur still ihre Hand.

Isabeau warf diese entschiedene Geste, aber mehr noch die Gefühle, die ihr dadurch vermittelt wurden, aus der Bahn. Mit angehaltenem Atem starrte sie Eudeline an in der Hoffnung, dass sie einen Trost oder vielleicht eine schwache Ermutigung von ihr erhalten würde.

Doch Eudeline de Rocheblanche sagte: »Ihr müsst lernen, stark zu sein, meine Liebe. Denn in dieser Hölle werden uns oft mehr Opfer abverlangt, als wir geben wollen.«

2

Vor den Stadtmauern von Ferrara
20. Dezember

Gualtiero streifte den Reisesack ab und hängte ihn an den Sattel des Rotfuchses, den er am Halfter führte. Seine Füße schmerzten, er litt unter der Kälte. Sein Körper unter den zerschlissenen Gewändern war abgemagert und durch die zahllosen Unbilden, denen er auf seiner langen Reise trotzen musste, versehrt.

Doch das Feuer in ihm war nie erloschen. Es hatte ihn über die Berge geführt, durch Wälder und über raue Wege, und obwohl auf einer Reise der Reisende auf sein innerstes Wesen reduziert wird, so wie Holz, das vom steten Wind abgeschliffen wird, hatte er seinen kostbarsten Gedanken bewahren können. Einen unerschütterlichen Wunsch, der erst sein Sehnen, dann sein leuchtender Stern geworden war.

Isabeau.

Er betrachtete die ruhige Wasserfläche des Padus, die sich in der Abenddämmerung bleiern färbte, dann sah er auf die von den Fluten umspülte Insel.

Sant'Antonio Abate.

Er konnte sich kaum noch an ihre letzte Begegnung erinnern. Sie schien Ewigkeiten her zu sein, und er war damals nur ein dummer Junge gewesen, der zu blind gewesen war, um zu bemerken, welche Kostbarkeit er einfach zurückließ. Schmerz und Glück hatten ihm zu jener Zeit etwas anderes bedeutet, waren anders gewesen in ihrer Heftigkeit.

Doch jetzt gab es nur noch eins für ihn. Sie.

Er betete zum Herrn, dass sie noch lebte, obwohl nach all den Monaten, in denen er so viel Elend und Wahnsinn erlebt hatte, jedes Gebet seinen Wert verloren hatte.

Gualtiero überquerte die schmale Brücke, und während er in die unruhigen Fluten sah, fürchtete er schon, er hätte sich in einem seiner zahllosen Träume, die er auf der Reise erlebt hatte, verloren.

Nun musste er nur noch ins Kloster gelangen.

Das äußere Tor war geöffnet, und so konnte er die Fassade der Kirche sehen. Doch genau in diesem Moment erklang eine Glocke, und einige Frauen in Nonnengewändern, die sich vor dem Portal versammelten, wandten sich nach ihm um. Nur eine sah ihn etwas länger an. Zunächst erstaunt. Dann mit unbändiger Freude.

Er merkte noch nicht einmal, dass er ihren Namen rief oder wie heiß ihm die Tränen über das Gesicht liefen. Nichts zählte als diese unermessliche Freude in seiner Brust.

Isabeau ließ sich von den Rufen der anderen nicht beirren und rannte auf ihn zu. Schön und unvorhersehbar wie immer. Unermesslich schöner, als er sie in Erinnerung hatte. Überglücklich eilte sie durchs Tor, umarmte ihn und bedeckte ihn mit zärtlichen Küssen.

So blieben sie eine Weile unter dem grauen, schneeschweren Himmel.

Auf einmal fühlte er sich wieder wie der alte Gualtiero.

Denn diesen Namen riefen ihre zauberhaften Lippen.

Von der anderen Seite der Brücke verfolgte ein Mann mit arabischen Zügen das Geschehen. Eine Umarmung zwischen Liebenden war in diesen Zeiten eher selten zu beobachten, doch etwas anderes fesselte seine Aufmerksamkeit. Er beugte sich vor, da er sicher war, eine der Nonnen aus dem Kloster erkannt zu haben, dann hielt er inne. Das kleine, knapp ein Jahr alte Mädchen, das er im Arm hielt, fing an zu weinen.

Er strich ihr mit seinem ebenholzfarbenen Finger sanft über das Gesichtchen, und um sie zu beruhigen, spielte er mit dem edelsteingeschmückten Kreuz an ihrem Hals.

»Wer weiß«, flüsterte er, »wer weiß, was unser Herr darüber denken wird.«

3

Abtei Santa Maria di Pomposa
21. Dezember

Der Hof des Klosters lag bereits unter einer Schneedecke verborgen, als Gualtiero ihn erreichte. Er zügelte seinen Rotfuchs und betrachtete versonnen den alten Karren, der immer noch wenige Schritte vom Gebäude entfernt dastand. Er wirkte wie ein bereits vor Jahrzehnten gestorbenes Tier, das der Zahn der Zeit ausgeweidet hatte. Bei seinem Anblick tauchten Erinnerungen wie zum Greifen nah vor ihm auf. Einen Moment lang schien es ihm, er sähe seine Mutter, wie sie die Wäsche auf davor gespannte Leinen hängte. Er unterdrückte die aufsteigende Traurigkeit und dachte an die endlosen Stunden, die er darin allein und voller Sorge zugebracht hatte.

Die Plane des Daches war inzwischen löchrig geworden, die Holzbretter morsch, und die Räder hatten unter dem Gewicht nachgegeben. Er saß ab und näherte sich dem Karren, um hineinzuspähen, doch im Innern war nur Weniges heil geblieben. Gefäße mit eingetrockneter Farbe, Fetzen von Pergamenten und Hadernpapier, und in jeder Ecke hatte sich Unkraut festgesetzt.

Ein bitteres Lächeln glitt über Gualtieros Lippen. Er ging zurück zu seinem Pferd, suchte in einer Satteltasche und holte dann ein kleines, mit Temperafarben gefertigtes Porträt heraus. Er betrachtete das Gesicht und ließ den Blick auf den rätselhaften Augen der Frau ruhen, die er als Sapia gekannt und geliebt hatte. Ein Teil von ihm konnte ihr allerdings immer noch nicht vergeben.

Er stellte das Bildnis auf die Staffelei, die in einer Ecke den Verfall überdauert hatte, und rief sich noch einmal jenen sorglosen Tag in Erinnerung, an dem er es gemalt hatte. Dann verneigte er sich davor, als wollte er sich verabschieden, und wandte sich ab.

Er musste dringend mit Maynard de Rocheblanche sprechen.

Maynard befand sich ganz in der Nähe, am Rande des Waldes, der die Abtei vom Sumpfland trennte. Mit der dunklen Tunika und der gleichfarbigen Kappe hätte man ihn für einen Mönch halten können, wäre da nicht um die Hüfte ein Ledergurt gewesen, aus dem der Griff eines Dolches ragte. Er lief mit gesenktem Kopf hin und her, unstet wie ein Tier, das man in einen Käfig gesperrt hat.

Als er hinter sich Schritte auf dem Schnee knirschen hörte, fuhr er herum. Seine Augen weiteten sich ungläubig. »Mein Freund«, stammelte er und fragte sich, ob er vielleicht einen Geist vor sich hatte. »Ich hätte niemals gedacht ... dass ich Euch noch einmal wiedersehen würde.«

Gualtiero lächelte. »Auch ich hielt Euch für tot.«

Maynard kam näher, legte ihm die Hände auf die Schultern und musterte ihn aufmerksam. »Ihr seid es wirklich!«, rief er schließlich aus. Er freute sich, war fast schon beseelt vor Begeisterung. Er wollte Gualtiero gerade umarmen, als er zögerte und zurückwich. »Sagt mir«, erkundigte er sich vorsichtig, »habt Ihr die Mission zu Ende gebracht, die ich Euch anvertraut hatte?«

Gualtiero sah ihm fest in das ängstlich gespannte Gesicht, ehe er schließlich nickte. »Ich war in Mont-Fleur«, antwortete er. »Ich habe Abt Manessier getroffen und ihm Eure Botschaft überbracht.«

»Ich wusste, dass ich mich auf Euch verlassen kann. Ich werde Euch weiß Gott dafür zu entschädigen wissen –«

Gualtiero hob den Zeigefinger und unterbrach Maynards begeisterten Wortschwall. Plötzlich wirkte er ernst, fast herrisch. »Das ist noch etwas, Herr.« Nach einer kurzen feierlichen Pause fügte er hinzu: »Ich habe gesehen, was die Krypta dieses Klosters verbirgt.«

Maynard trat einen Schritt zurück, sein Herz klopfte wie wild. »Mit dem Einverständnis des Abts?«

»Er war es, der mich dorthin geführt hat. Nachdem ich das Rätsel gelöst habe.«

»Das Rätsel?«

»Der Mühlstein des Engels.«

»Ihr sprecht von der Apokalypse.«

»Da irrt Ihr Euch, ich meine nichts anderes als die Rettung der Menschheit.«

Maynard erstarrte. Dann lächelte er verwirrt. »Wollt Ihr mir etwa zu verstehen geben, dass Ihr das Rätsel des Lapis exilii gelöst habt … ganz auf Euch allein gestellt?«

»Ja, nur mit meinem eigenen Kopf«, bestätigte er und wirkte auf einmal sehr selbstbewusst. »Und dank der Bilder, die mich leiteten.«

Maynard begann im Kreis zu laufen und grub dabei tiefe Spuren in die makellose Schneedecke. Diese unerhörte Erklärung musste er erst einmal verdauen. Er zweifelte nicht an Gualtieros Aufrichtigkeit, doch er konnte nur schwerlich akzeptieren, dass es irgendjemandem gelungen sein sollte, ein solches Rätsel zu lösen. Ein Geheimnis, das sich ihm trotz all der Opfer, die er gebracht hatte, nicht erschlossen hatte.

»Nun ja, Abt Andrea hat mehr als einmal Euren scharfen Verstand gelobt«, knurrte er. »Er sagt, Ihr verfügtet über ziemlich seltene Talente … die ich im Übrigen auch an Euch bemerkt habe …« Misstrauisch, fast drohend trat er an Gualtiero heran. »Werdet Ihr das Geheimnis bewahren?«

»Ich werde es mit meinem Leben verteidigen«, erwiderte Gualtiero, ehe er bedeutungsvoll fortfuhr: »Obwohl es sehr sinnvoll wäre, dieses Geheimnis zu teilen.«

Maynard schüttelte den Kopf. Natürlich lockte ihn das Angebot, aber sein Stolz verbot es ihm, etwas anzunehmen, dessen er sich nicht würdig erwiesen hatte. »Wenn es damals der ehrwürdige Manessier mit mir hätte teilen wollen …«

Doch Gualtiero klärte ihn auf. »Beim Abschied erlaubte mir Abt Manessier, das, was ich gesehen habe, einem Menschen zu enthüllen. Nur einem und er muss dessen würdig sein.« Er trat an Maynard heran und drückte ihm die Hand. »Auf mein Wort, ich kenne keinen Menschen, auf den dies mehr zuträfe als auf Euch. Ihr seid ein Mann von Ehre und könntet das Geheimnis weit besser bewahren als ich. Daher bestehe ich darauf, dass Ihr es wisst, denn eines Tages könnte das Wohlergehen von Mont-Fleur von Euch abhängen.« Er wartete, bis Maynard seinen Widerstand aufgab und zustimmend nickte, dann setzte er hinzu: »Da ist noch etwas, was Ihr zuerst wissen müsst.«

»Euer Ton klingt bedrohlich, mein Freund.«

»Das soll er auch.« Gualtiero sah sich vorsichtig um. Als er fortfuhr, lag Misstrauen in seiner Stimme. »Auf dem Rückweg von Mont-Fleur traf ich auf einen Spion aus Avignon. Einen Mann von Bertrand du Pouget.«

»Ein Mann des Kardinals?«, fragte Maynard zweifelnd. »Seid Ihr da absolut sicher?«

»Ich schwöre es bei Gott, Herr. Das Wappen auf seinem Gürtel war das gleiche wie auf dem Ring, den Ihr mir vor Monaten mitgegeben habt. Er trug das Zeichen des Silberlöwen.«

»Der Löwe von Kardinal Pouget ...« Maynard verzog das Gesicht. »Nehmen wir einmal an, Ihr habt Euch nicht geirrt, warum sollte ein solcher Mann Euch verfolgen?«

»Ganz einfach.« In Gualtieros Stimme lag nun ein wehmütiger Anflug. »Wegen des Blutes, das in meinen Adern fließt.«

Zunächst begriff Maynard nicht die volle Bedeutung dieser Worte. Nach einem Moment bestürzten Schweigens rief er aus: »Heilige Muttergottes! Das Geheimnis Eurer Mutter!«

»Ja, ihr Geheimnis«, seufzte Gualtiero. »Meine Mutter hatte Verbindungen nach Avignon und ... zu vielen anderen Dingen. Entschuldigt, wenn ich mich jetzt nicht in Einzelheiten ergehe, aber ich will es erst verstehen und muss mich an den Gedanken noch gewöhnen ... Andererseits halte ich es für unbedingt wichtig, dass Ihr über meinen Zusammenstoß mit diesem Mann unterrichtet seid.« Er streichelte über den Griff seines Basler Messers, konnte allerdings einen Schauder nicht unterdrücken. »Ich musste ihn töten, um nicht als Gefangener zu enden.«

»Ich höre ein gewisses Bedauern heraus«, bemerkte Maynard. »Doch Ihr müsst keine Gewissensbisse haben, wenn Ihr voller Mut gekämpft habt.«

Gualtiero lächelte bitter. Ja, er hatte gekämpft, dort hinter dem Wald bei Mont-Fleur, und bei diesem kurzen Zweikampf hatte er dem Boten des Kardinals gezeigt, wie geschickt der Sohn von Passerino de' Bonacossi und Elisa d'Este darin geworden war, einen Mann zu erstechen. »Das ist kein Bedauern«, sagte er dann, »sondern vielmehr die Furcht, dass mir andere Späher bis hierher gefolgt sind.«

Die Augen von Maynard blitzten nun abenteuerlustig auf. »Also dann, klärt mich endlich über den Lapis exilii auf. Sprecht offen und erzählt mir alles über das Rätsel des Pergamentröllchens.«

Gualtiero ließ sich nicht länger bitten. »Der Schlüssel versteckt sich in der sechsten Zeile«, enthüllte er flüsternd. »Erinnert Ihr Euch noch, wie sie lautete?«

»Als ob sie mir jetzt vor Augen stünde. Ich fand sie auf einer Notiz von Pater Facio in den Untergeschossen des Palazzo della Signoria. Sie lautete: *Xpi servata ab primis in quinque.* Damals schien es für mich keinen Sinn zu ergeben, bis auf das Chrismon, das Monogramm mit dem Namen Christi. Dennoch erkannte ich sofort seine Bedeutung.«

»Nach den Erläuterungen Abt Manessiers liegt der Sinn in dem Ausdruck *ab primis in quinque*. Übersetzt heißt das so viel wie ›von den ersten von fünfen‹ oder noch besser ›von den ersten in den fünfen‹.«

»So wird es ja nur noch verworrener!«, sagte Maynard.

»Überlegt doch, Herr«, ermutigte ihn Gualtiero. »Worauf kann sich das Rätsel beziehen, wenn nicht auf sich selbst? Die Zahl fünf spielt auf die fünf ersten Worte an, mit denen jeder Vers beginnt, und das Wort *primis* betrifft den jeweiligen Anfangsbuchstaben.«

Maynard verschränkte die Hände vor der Brust und kniff die Augen zu Schlitzen zusammen. »Im Grunde fordert es also dazu auf, den Anfang der ersten fünf Verse nach unten zu lesen und dann mit der sechsten fortzufahren.«

»Genau. Als würde man den Strichen eines Ls folgen.«

»Also gut, nur den ersten Buchstaben jeden Verses …« Maynard bemühte sein Gedächtnis und ließ vor seinem inneren Auge noch einmal den Text erstehen, den Jang de Blannen ihm im Blut und Schlamm nach der Schlacht von Crécy anvertraut hatte.

Missam ut molam ab angelo in mare
Est Lapis exilii situs in Monte floris
Nostra salute clausus in vetusta crypta
Sub caelo historiis mire depicto
A meridie Sancti Savini in uilla Cerisii

Und dazu noch den letzten Vers, den Facio di Malaspina versteckt hatte:

Xpi servata ab primis in quinque

Er dachte noch einmal über die Erklärung nach, die Gualtiero ihm gegeben hatte, dann griff er sich mit wachsender Ungeduld einen Zweig, der auf die Erde gefallen war, um seine Überlegung in den Schnee zu schreiben.

MENSA CHRISTI SERVATA AB PRIMIS IN QUINQUE

»Mensa«, las Gualtiero mit dem geheimnisvollen Lächeln desjenigen, der nicht nur verstanden, sondern auch *gesehen* hatte. »Mensa ist das Wort, das sich in den Anfangsbuchstaben der fünf Verse verbirgt. Habt Ihr seine Bedeutung erfasst?«

Maynard konnte seinen Blick nicht von dem Satz im Schnee abwenden. »Oh mein Gott. Nach so langer Suche, so vielen Reisen, all den Überlegungen …«, murmelte er, schwankend, ob er jubeln oder sich über sich selbst ärgern sollte, weil er nicht in der Lage gewesen war, ein so schlichtes Rätsel zu lösen. Mit kaum verhohlener Scham wandte er sich an Gualtiero: »Wie seid Ihr denn darauf gekommen?«

»Dank der Bilder. Als ich durch das Portal von Mont-Fleur trat, fiel mir im Kirchenschiff sofort das Fresko eines Engels auf, der einen Mühlstein in den Händen hielt, und ich erriet, dass ich vor einer bildlichen Darstellung des Rätsels stand. Doch ich begriff erst, worauf es anspielte, als ich die biblische Szene sah, die auf der gegenüberliegenden Wand dargestellt war.«

Maynard folgte seinen Überlegungen, und ihn beschlich eine beunruhigende Ahnung.

War das möglich?, zermarterte er sich das Gehirn. War es tatsächlich möglich, dass das Mysterium von Mont-Fleur so eng mit der Heilsbotschaft verknüpft war? Nach einem Leben, das er damit verbracht hatte, in Kirchen und auf Schlachtfeldern nach dem Willen des Herrn zu suchen, nachdem er über die Sterne und die apokalyptischen Träume von den drei Reitern nachgegrübelt hatte, wusste er nicht mehr, ob er die göttlichen Zeichen erkannte, die in die Welt eingeschrieben waren. Und doch schien dieses Wort – dieses einzige Wort! – sich vor ihm wie eine Tür zu geheimem Wissen zu öffnen. *»Mensa«*, flüsterte er. *»Mensa Christi …«*

»Ja, ebendas sah ich auf dem Fresko.« Gualtiero öffnete die Arme, als wollte er diese legendäre Szene darstellen. »Ich sah das Abendmahl, in einer ganz klassischen Abbildung nach den strengen Regeln der Sakralkunst, doch sie unterschied sich in einem Punkt: Der Tisch, lateinisch *mensa*, an dem Jesus saß, war nicht rechteckig, sondern rund.«

Maynard erinnerte sich vage, dass er dieses Detail bei seinem Aufenthalt in Mont-Fleur bemerkt hatte, aber damals hatten ihn zu viele Sorgen gequält, als dass er dem Umstand Bedeutung hätte zumessen können. Und vielleicht, so gestand er kleinlaut ein, wäre es ihm nicht einmal mit einem unbelasteten Kopf gelungen.

»Rund«, sagte er bewegt. »Wie ein Mühlstein.«

»Oder wie ein Stein, mit dem man eine Grabkammer verschließen kann«, sagte Gualtiero geheimnisvoll.

»Ja …« Maynard presste sich die Fingerknöchel gegen die Schläfen und versuchte Klarheit zu gewinnen. Die Worte aus dem »Codex Millenarius«, das Herannahen der drei Reiter, die Symbole, auf die er nach so langer Suche gestoßen war, legten sich in seinem Kopf wie Tarotkarten übereinander. »Nicht das war das Geheimnis, das Josef von Arimathäa anvertraut worden war … Nicht das … Dem Buch des Juden Flegetanis zufolge …«

»Flegetanis«, wiederholte Gualtiero und lenkte ihn von seinen inneren Überlegungen ab. »Meint Ihr den ›Codex Millenarius‹?«

Maynard starrte ihn an. »Hat Abt Manessier auch darüber mit Euch gesprochen?«

»Ja, auch darüber.«

»Wie ist das möglich? In diesem Buch steht, dass der Lapis exilii das Evangelium von Christus sein könnte! Ihr dagegen sprecht vom Tisch des Abendmahls ... Welches Wunder könnte zwei so verschiedene Dinge vereinen?«

Gualtiero stellte sich nun aufrecht vor Maynard hin, doch er mied seinen Blick. »Ich werde Euch an diesem letzten Rätsel nur teilhaben lassen, wenn Ihr mir Euren Segen gebt.«

»Wofür?«, fragte ihn Maynard mürrisch.

»Isabeau.«

»Ich verstehe nicht ...«

Gualtiero wirkte auf einmal ganz verträumt, doch er zögerte, sich deutlicher zu erklären. Worum es auch ging, es schien, als wäre er hin- und hergerissen zwischen dem Wunsch und zugleich der Angst, es preiszugeben. Sein Blick ging zur Abtei, während er nach den richtigen Worten suchte. Seine Augen ruhten weiterhin dort, als er sich entschloss, sein Schweigen zu brechen.

»Ihr, Herr, seid ihr Beschützer, der einzige Mensch, mit dem Isabeau wirklich etwas verbindet, daher muss ich mich an Euch wenden, wenn ich um ihre Hand anhalte.« Er wandte sich schließlich zu Maynard um. »Ich liebe sie, und ich will ... ich will sie heiraten.«

Einen Moment fand Maynard in diesen brennenden Augen noch einmal den naiven Träumer wieder, den er im vergangenen Jahr kennengelernt hatte, und er fragte sich, ob er Isabeau einem Menschen anvertrauen könnte, der nicht in der Lage sein würde, sie zu verteidigen. Doch dann bemerkte er in Gualtieros Zügen die Zeichen von einem Mut, der vorher dort nicht vorhanden gewesen war, zusammen mit einem Ausdruck wilder Entschlossenheit. Da sah er ihn an, auf die Art, die er sonst nur seinesgleichen vorbehielt oder Feinden, die seinen Respekt verdient hatten, und mit einem herzlichen Lächeln sagte er: »Ihr habt meinen Segen, mein Freund. Ich gebe sie Euch mit Freuden.«

Gualtiero ließ nichts von seinem inneren Aufruhr erkennen. Seine Miene war eine fast undurchdringliche Maske, das Gesicht des Pilgers, der von Mont-Fleur zurückgekehrt war.

»Kommen wir noch einmal zum Lapis exilii«, sagte er ernst. »Denn er ist sowohl der Tisch des Abendmahls wie das Evangelium. Ich erkannte dies, als ich in die Krypta hinabstieg und einen majestätischen runden Tisch in ihrer Mitte stehen sah.«

Diese Worte begeisterten Maynard so, dass er sich spontan bekreuzigte. »Beschreibt ihn mir bitte.«

»Er war aus Stein ... es war der Stein, der das Grab Christi verschloss.« Während Gualtiero sprach, war sein Blick ins Leere gerichtet, als ob ein Teil von ihm dortgeblieben wäre, in den Tiefen von Mont-Fleur, und als ob er immer noch den Anblick der wertvollsten Reliquie der Welt genießen könnte. »Im Licht der Fackel«, fuhr er fort, »fiel mir die raue Oberfläche auf, und ich entdeckte darauf Hunderte, Tausende Worte. Ein Labyrinth aus gemeißelten Buchstaben, Zeugen einer nunmehr unbekannten Sprache. Und der Abt ... der Abt erklärte mir deren Bedeutung, damit ich das unschätzbare Geheimnis begreifen würde.« Er lächelte, und Rocheblanche dachte, dass er alles dafür gegeben hätte, zu sehen, was Gualtiero gesehen hatte, und sei es bloß für einen Augenblick.

»Die Hand, die diese Worte in den Stein meißelte«, enthüllte Gualtiero schließlich, »war die von Josef von Arimathäa. Aber das Wort ... die Stimme, die es in die Welt entließ, war die des Meisters, unseres Herrn Jesu Christi.«

Nachdem er Maynard dieses große Geheimnis enthüllt hatte, verabschiedete sich Gualtiero von ihm, um die Klosterkirche zu betreten. Obwohl er von der Reise äußerst erschöpft war, drängte es ihn, die alten Fresken wiederzusehen. Als er Isabeau in seine Arme geschlossen hatte, waren seine ehrgeizigen Pläne plötzlich neu in ihm erwacht. Und jetzt, wo sein Kopf mit den Wundern von Mont-Fleur erfüllt war, fühlte er sich bereit, sie zu verwirklichen.

Er schritt durch den Narthex, und während er darauf wartete, dass sich seine Augen an das Dämmerlicht gewöhnten, sah er sich um, um sich wieder mit einem Ort vertraut zu machen, der ihm so viel bedeutete. Beinahe wäre er auf die Knie gefallen.

Er erbleichte und musste sich an einer Säule festhalten; erst als er sich wieder etwas beruhigt hatte, konnte er mit wackligen Knien zur Apsis schreiten, wo auf einem Gerüst aus Holzbalken ein Mann stand, der den Bogen ausmalte. Mit den schwarzen Haaren und dem dichten lockigen Bart glaubte er einen Moment, Sigismondo vor sich zu haben.

Gualtiero rieb sich die feuchten Augen und schluckte die Tränen herunter, um wenigstens ein Wort herauszubringen. Das alte Fresko war zum Großteil von einer frischen Putzschicht bedeckt, aber noch konnte man an den Rändern die von den Meißelschlägen aufgeraute Oberfläche sehen.

Der Mann hoch oben auf seinem Gerüst bemerkte ihn. »Seid gegrüßt, Pilger!«, rief er und zeigte mit dem Pinsel auf das Werk, an dem er gerade arbeitete.

Immer noch ungläubig starrte Gualtiero auf einen mächtigen Christus Pantokrator, so wie er ihn sich vor über einem Jahr erdacht hatte: umgeben von einem Kreis Heiliger und Seliger. Unter ihnen stach rechts neben dem Heiland eine wunderschöne, engelsgleiche Madonna in einem von goldenen Lilien übersäten blauen Gewand hervor.

»Color est lux«, zitierte der Maler zu seiner Verwunderung. »Nichts bringt uns näher zu Gott.«

Gualtiero konnte immer noch kaum glauben, dass dieser Mann nicht Sigismondo war. Sogar die Stimme mit dem Akzent der Romagna erinnerte an den grimmigen *Mastro pittore*. »Aber Ihr … Ihr …«, stammelte er neugierig.

»Mein Name ist Vitale da Bologna, zu Euren Diensten«, enthüllte der Maler mit einem breiten Lächeln. »Und jetzt seid so freundlich und reicht mir dieses Gefäß mit Ockerfarbe zu Euren Füßen!«

Glossar

Abbas: lat. für »Abt«

Advocatus: lat. für »Anwalt«, Laie im Auftrag des Bischofs, um unterschiedliche Angelegenheiten zu klären, auch Verbrechen

Apostolica dignitate in spiritualibus, iurisdictio solius Imperii.: lat. für »Ein Würdenträger des Papstes urteilt in Glaubensfragen, die weltliche Gerichtsbarkeit liegt beim Thron des Kaisers.«

Armarium: lat. für »Schrank«, Schrank, Nische oder Raum zur Aufbewahrung von Büchern

Basler Messer: auch: Baselard, Dolch mit langer zweischneidiger Klinge, der Griff hat dabei eine typische I-Form

»Bestimmt meint Ihr die Stelle der Apokalypse, in der der Engel einen Mühlstein ins Meer wirft …« (S. 389): Anspielung auf Apokalypse 18, 21

Biblia pauperum: lat. für »Armenbibel«, bezeichnet Bilderzyklen zu Geschichten aus der Bibel

Biforium: zweibogiges Fenster

Bisamapfel: runder oder ovaler Anhänger mit Löchern aus Gold oder Silber, in dem Duftharze wie Ambra, Weihrauch, Myrrhe und Benzoe aufbewahrt wurden; sie dienten nicht nur als Schmuck, sondern auch, um sich vor der Pest oder anderen Krankheiten zu schützen

Bohrschwert: auch Panzerbrecher genannt, lange, gerade Stichwaffe, die speziell zum Durchdringen einer Rüstung entwickelt wurde

Brigantine: eine Art Schuppenpanzer, gebräuchlich seit dem 14. Jahrhundert, bei dem zahlreiche Metallplättchen so vernietet wurden, dass Schutz ebenso gewährleistet war wie hohe Beweglichkeit

Castrum: lat. für »Kastell«

Chanson de geste: frz. für »Heldentat«, mittelalterliches Heldenepos

Charta: lat. für »Papierblatt«, Bezeichnung für eine wichtige Urkunde, die in erster Person und im Präsens abgefasst wurde

Chevalier: frz. für »Ritter«

Cingulum militiae: lat. für »Rittergurt«, das Tragen dieses Schwertgurts war das Vorrecht und Kennzeichen für alle, die durch Geburtsrecht dem Ritterstand angehörten

Cloître: eigentlich Kreuzgang, der Cloître de Notre-Dame zu Reims umfasste neben der Kathedrale den Kapitularhof, den erzbischöflichen Palast und die Wohnhäuser der Kanoniker

Collectanea: lat. für »Sammlung«, Sammlung mit Auszügen aus anderen Büchern

Color est lux.: lat. für »Farbe ist Licht.«

Conceptio Merlini: lat. für »Empfängnis Merlins«

Congregatio mortis: lat. für »Gemeinschaft für die Toten«, Mönche, die den zum Tode Verurteilten Trost spendeten

Decimae: lat. für »Zehnter«, Abgabe in Höhe von zehn Prozent an eine weltliche oder geistliche Institution

Dominus: lat. für »Herr«

Domus particularis: lat. für »Privatgemach«

Dormitorium: Schlafsaal in einem Kloster

Dyskrasie: Begriff aus der Viersäftelehre und der Homöopathie, der eine schlechte Mischung der Körpersäfte beschreibt; gemäß der altertümlichen Medizin waren Störungen im Verhältnis der vier Säfte des menschlichen Körpers – Blut, Schleim, gelbe Galle und schwarze Galle – für Krankheiten verantwortlich

Ecclesia ab errore immunis: lat. für »die Kirche ist frei von jedem Fehler«

Empyreum: in der mittelalterlichen Kosmologie der höchste Teil des Himmels

Extra moenia: lat. für »außerhalb der Stadtmauern«

»Facilis descensus Averno …« (S. 402): Vergil, Äneis, Buch 6, 126–129: »Göttlichem Blut entsprosst, leicht steigst du hinab zum Aver-

nus;/Tag und Nacht steht offen das Tor zum finsteren Pluto./Aber den Schritt zurück zu den himmlischen Lüften zu wenden,/Das ist die schwierigste Kunst.« (Zitat nach http://www.gottwein.de/Lat/verg/aen06de.php)

Falsi doctores: lat. für »falsche Doktoren«, Irrlehrer, zu denen zum Beispiel Häretiker und Schismatiker gezählt wurden

»Florida me genuit nigrantem corpore tellus« (S. 326): lat. Zitat von Aldhelm von Sherborne, *Enigmata*, XCVII, »Die fruchtbare Erde gebar mich schwarz aus ihrem Leib.«

Frater, fratres (Pl.): lat. für »Bruder«, ein Mönch

Gambeson: gepolstertes Obergewand mit langen Ärmeln, das als Schutz im Kampf getragen wurde

Garnache: mittelalterliche Oberbekleidung, eine Mischung aus einer Tunika und einem Mantel

Gorgoneion: griech. für das Gorgonenhaupt; das Abbild des abgeschlagenen Hauptes der Medusa soll Unheil abwehren

Haeresis: lat. für »Ketzerei«

Hennin: Haube für Frauen in Kegelform mit einem langen Schleier

Herbaria: Kräutergarten im Kloster

Historia salutis: lat. für »Heilsgeschichte«

Hortus simplicius: lat. für »Garten der Einfachen«, also der Heilkräuter

Hospitalium: lateinische Bezeichnung für ein Haus zur Aufnahme von Armen und Pilgern

Illiteratus: lat. für »Ungebildeter«

In extremis: Hochzeit in extremis = auf dem Sterbebett

Infirmarius/Infirmaria: Mönch/Nonne, der/die sich um die Pflege der Kranken kümmert, auch Siechenmeister/in genannt

In spiritualibus: lat. für »in geistlichen Angelegenheiten«

Insula Pomposiae: Name für das Kloster Pomposa, weil es ursprünglich auf einer Insel im Po lag

Kartular: auch Kopialbuch, Buch mit Abschriften von wichtigen Urkunden oder Rechtstexten

Konjunktion: scheinbares Zusammentreffen von zwei oder mehr Planeten am Sternenhimmel

Kontrade: ital. *»contrada«*, Stadtviertel

Langue d'Oil: mittelalterliches Nordfranzösisch

Laudes: Gebete zum Morgenlob, werden als Teil des liturgischen Stundengebets zum Tagesanbruch abgehalten, zwischen sechs und acht Uhr

Livrée du Lion: frz. für »Löwenpalais«, in Avignon errichteten die Kardinäle im 14. Jahrhundert für sich und ihr Gefolge prachtvolle Anwesen, die sogenannten *»livrées cardinalices«*

Lupus est homo homini: lat. für »Der Mensch ist dem Menschen ein Wolf«, Zitat aus einer Komödie von Plautus

Madonna: ital. für »Meine Dame«, mittelalterliche Anrede

Mastro: ital. *»maestro«* für »Meister«, ein *Mastro pittore* war ein Meister und Lehrer der Malkunst

Matutin: Gebet zum Morgen als Teil des liturgischen Stundengebets und Gebetszeit, entspricht etwa drei Uhr

Mea culpa: lat. für »meine Schuld«

Mensur: Abstand zwischen zwei Fechtkämpfern

Messere: ital. für »Mein Herr«, mittelalterliche Anrede

Miles: lat. für »Krieger, Kämpfer«, im Mittelalter Bezeichnung für Ritter

Narthex: Vorhalle oder Vorhof am Haupteingang einer Kirche

Nequissimus monachus: lat. für »äußerst nichtsnutziger Mönch«

Novissima tempora: lat. für »ganz neue Zeiten«

Oculi di vitro: lat. für »Glasaugen«

Ordo equestris: lat. für »Ritterorden«

Padus: lateinischer Name des Flusses Po

Palatium: lat. für »Palast«, Gebäude für Repräsentationszwecke und zur Unterbringung hochrangiger Gäste

Pantokrator: griech. für »Weltenherrscher«, beliebtes Motiv in der Ikonografie

Parlatorium: lat. für »Sprechzimmer«

Pentaforum: Gruppe von fünf Fensteröffnungen, die eine Einheit bilden

Portus abbatis: lat. für »Hafen des Abts«

Prokurator: lat. für »Verwalter, Geschäftsbesorger«

Rabenschnabel: spätmittelalterlicher Reiterhammer mit langer Stange

Requiem aeternam dona eis, Domine: lat. für »Schenke ihnen ewige Ruhe, Herr«

Rocher des Doms: Felsvorsprung, auf dem der Papstpalast in Avignon zum Teil ab 1334 erbaut wurde

Roman: ab dem 12. Jahrhundert aufkommende Bezeichnung für eine Versdichtung in einer »romanischen« Sprache

Rute: historisches Längenmaß, dessen effektive Länge je nach Land und Region variierte; in der Gegend von Bologna zur damaligen Zeit entsprach eine Rute (auch *»Percha«* oder *»pertica«*) etwa 3,8 Metern

Savi: Der Rat der Savi war das gesetzgebende Organ der Stadt Ferrara aus zwölf weisen Männern.

Scursurium: So wurden in Ferrara die Kanäle entlang der öffentlichen Wege genannt, in denen Regenwasser und Abwässer zum Padus geleitet wurden.

»Seid also standhaft …« (S. 57): Paulus: Brief an die Epheser 6,14 (Einheitsübersetzung)

Serviten: Abgaben an die Kirche

Servitium: lat. für »Dienst«, der Dienst an einer höheren Sache

Skapulier: Überwurf über Kopf und Schultern als Teil einer Ordenstracht

Skriptorium: lat. für »Schreibstube«

Speculum principum: lat. für »Fürstenspiegel«

Splendor, nitor, lucor: lat. für »Pracht, Glanz, Licht«

Sternendreieck: In den Sommermonaten bilden die Sterne Altair (aus dem Sternbild Adler), Deneb (aus dem Schwan) und Wega (aus der Leier, die in der Antike auch »herabstoßender Geier« genannt wurde) einen Asterismus, der als »Sommerdreieck« bekannt ist.

Terz: Teil des Stundengebets, entspricht etwa neun Uhr

Theriak: auch »Himmelsarznei«, Mischung aus bis zu 300 Zutaten, darunter Opiate, Vipernfleisch und Krötenmehl, die seit Galens Zeiten in Form von Pastillen verkauft wurde und als kostbares Allheilmittel galt

Valetudinarium: lat. für »Lazarett, Krankenhaus«, Bereich des Klosters, in dem die Kranken untergebracht und gepflegt wurden

Vesper: Gebet zum Abend als Teil des liturgischen Stundengebets und Gebetszeit, entspricht etwa siebzehn Uhr, anschließend wurde im Kloster zu Abend gegessen

Via dei romei: alte Straße, die Venedig und Ravenna mit Rom verband

Via Francigena: lat. für »Frankenweg«, verschiedene Pilgerstraßen, die aus dem Reich der Franken nach Rom führten

Vita Merlini: Heldenepos in Hexametern von Geoffrey von Monmouth über das Leben Merlins

Vizdom: Stellvertreter eines Herrschers

Vox populi, vox ignorantiae: lat. für »Die Stimme des Volkes ist die Stimme von Dummköpfen«

Waffenordal: Gottesurteil, Gottesgericht

Anmerkungen des Autors

Das Dunkle in der Geschichte

Obwohl die Handlung des Romans reine Erfindung ist, basiert »Die Abtei der hundert Verbrechen« auf dem aus zeitgenössischen Quellen gut dokumentierten historischen Hintergrund des ebenso prallen wie kontroversen 14. Jahrhunderts. Die Hungersnöte und die Kriege haben ebenso wie der technologische und kulturelle Fortschritt einen zwingenden bestimmenden Einfluss – wenn auch in unterschiedlichem Maße – auf die Psychologie jedes gesellschaftlichen Rangs im Spätmittelalter. Unter diesem Aspekt muss man auch die große Pest von 1348 betrachten. Ihre rasche und plötzliche Ausbreitung zwang das gesamte christliche Abendland, die Gründe dafür in den Konstellationen der Naturphänomene sowie den Beziehungen der Menschen zu Gott, dem Universum und der Geschichte zu suchen. Von diesem Bedürfnis zeugen zahlreiche pseudowissenschaftliche Abhandlungen der damaligen Zeit, die auf die astrologische Medizin von Albumasar zurückgreifen, wie die »Chirurgia Magna« des päpstlichen Leibarztes Guy de Chauliac und der »Tractatus de coniuntione Saturnis et Iovis Christi« aus dem Jahr 1345 von Levi ben Gershon, der in der Provence als Arzt und Philosoph wirkte.

Die Konjunktion der Planeten Mars, Jupiter und Saturn war nur die erste von unzähligen Theorien einer Generation von Gelehrten, die sich die epidemische Verbreitung des »Schwarzen Todes« nicht erklären konnten. Von den Reden der Theologen mit maßlosen Bekundungen von Glauben, Frömmigkeit und Aberglaube hoben sich auch scharfsinnige analytische Denker ab wie der französische Arzt Pierre de Damousy, Tommaso del Garbo aus Bologna und der umbrische Gentile da Foligno, der in seinem »Paradigma del soffio pestifero – Paradigma des Pesthauchs« die These der »verdorbenen Winde« (aer corruptus) aufstellte, die infolge von Erdbeben aus den Tiefen der Erde und aus dem Meer aufsteigen würden.

Die Pest schlug in ganz Europa zu, aber einige Städte wurden härter als andere getroffen. Darunter auch Ferrara. Die Geschichtsschreibung berichtet, 1348, »als die ansteckende Seuche ausbrach, das war zu Beginn des Märzes, war die Sterblichkeitsrate so hoch, dass nur ein Viertel der Bevölkerung überlebte. Der stets unerschrockene Lippo [Filippo Migliorati da Prato, der damalige Richter der Savi] unternahm alle nur möglichen Anstrengungen. Danach gab er viele Anordnungen heraus und zog eine große Menge an Bewohnern nach Ferrara, indem er an die fremden Adligen die aufgrund des Todes der Besitzer verwaisten Ländereien und Gebäude verteilte. Wodurch es Lippo innerhalb ganz kurzer Zeit gelang, die Stadt wieder zu bevölkern« (Alfonso Maestri, »Cronologia et istoria de capi, e giudici de Savii della città di Ferrara«, Ferrara 1683).

Auch Reims wurde äußerst schwer getroffen. Anfang August 1348, während Paris der Ausbreitung der Seuche ohnmächtig zusah, beschrieb Pierre de Damousy die Pockenepidemie, die diese Stadt kurz vor der Pestwelle heimsuchte (und die seinen Worten zufolge durch die heißen, feuchten Winde aus dem Süden verursacht wurde).

Wie bei Ferrara habe ich versucht, das historische Stadtbild von Reims nach allen Gesetzen der Wahrscheinlichkeit wiederauferstehen zu lassen, vor allem was den alten Markt rund um die Kathedrale betrifft. Mit ebensolcher Sorgfalt habe ich mich bemüht, ein glaubwürdiges Avignon zu erschaffen, vor allem was seine gesellschaftlichen und wirtschaftlichen Verhältnisse angeht. So sind beispielsweise die Vorgehensweise bei der Steuereintreibung sowie die Zahlen der Besteuerung durch die Apostolische Kammer historisch belegt.

Viele Figuren des Romans, zuvorderst Bertrand du Pouget, haben wirklich gelebt. Ich habe mir natürlich »erzählerische Freiheiten« erlaubt, um ihre Charaktere auszugestalten, wie bei Obizzo III. d'Este, Bischof Guido di Baisio und Abt Andrea; das Todesdatum von Lippa Ariosti ist allerdings so verbürgt. Nach Berichten der Historiker Ludovico Antonio Muratori und Antonio Frizzi starb sie am 27. November 1347 an einer geheimnisvollen Krankheit, nachdem sie auf dem Totenbett mit Marchese Obizzo vermählt worden war, und wurde in der Kirche San Francesco beerdigt. Weniger gut dokumentiert ist die Gestalt der Elisa (oder Alisa) d'Este, die ich in meiner Phantasie mit der fiktiven Gestalt der Sapia verknüpft habe. Diese

Adlige wurde 1325 mit Rinaldo »Passerino« de' Bonacossi (oder Bonacolsi) vermählt, hatte keine Kinder und starb wahrscheinlich vier Jahre später.

Nun noch einige Worte zum Lapis exilii, der zum Teil eine nachzulesende Legende, zum Teil meine ganz eigene Interpretation ist. Ich bin darauf zum ersten Mal im »Parzival« von Wolfram von Eschenbach (13. Jahrhundert) gestoßen, der unter Wiederaufnahme der Grals-Thematik auf einen geheimnisvollen Stein namens »Lapsit exillis« anspielt, in dem man einen esoterisch-christlichen Bezug auf die rätselhaften Worte Lapsit elixir oder Lapis exilii sehen wollte. Wolframs Text spricht außerdem von geheimen Zeugnissen zum Gral in Toledo, dem bedeutenden Zentrum der arabischen und jüdischen Kultur, die auch das legendäre Buch von Flegetanis belegen sollte. Meine Phantasie und mein literarischer Instinkt haben mich dazu bewogen, diese Legende mit dem »Merlin« des französischen Dichters Robert de Boron zu verknüpfen (einem Zeitgenossen Wolframs). Nach dieser faszinierenden Erzählung soll der runde Tisch (den der Vater von Artus auf Merlins Anweisung hin gebaut hat) an die Tafel des Abendmahls erinnern, die zum ersten Mal vom Sohn des Josef von Arimathäa nachgebildet wurde und als Tafelrunde des Heiligen Grals bekannt ist.

Und als ich nicht mehr zwischen Geschichte, Legende und literarischer Überlieferung unterscheiden konnte, habe ich mich von der Fiktion mitreißen lassen.

EIN MITTELALTER-THRILLER VON
MARCELLO SIMONI
DIE
ABTEI
DER HUNDERT
SÜNDEN
emons: